KB252990

겐지이야기 제2권

나남출판

■ 역자 약력

전 용 신

1921년 출생하여 경성사범학교 연습과(갑)와
서울대 문리과대학 심리학과를 졸업하였으며,
고려대 문과대학 심리학과에서 문학박사 학위를 받았다.
1964년부터 고려대 심리학과 교수로 재직하였고,
1987년부터는 고려대 명예교수로 있다.

저서로 《韓國古地名辭典》이 있으며,
《日本書記》 완역판을 출간한 바 있다.

源氏物語 전 3권 완역본

겐지이야기 제 2 권

1999년 1월 15일 발행
2006년 11월 25일   4쇄

저자_ 紫式部
역자_ 田溶新
발행자_ 趙相浩
디자인_ 이필숙
발행처_ (주) 나남출판
주소_ 413-756 경기도 파주시 교하읍
        출판도시 518-4
전화_ 031) 955-4600 (代)
FAX_ 031) 955-4555
등록_ 제 1-71호(79. 5. 12)
홈페이지_ www.nanam.net
전자우편_ post@nanam.net

ISBN 89-300-0557-8
ISBN 89-300-0559-4
책값은 뒤표지에 있습니다.

겐지이야기 제2권

무라사키 시키부 / 田溶新 완역

NANAM
나남출판

겐지이야기 제2권

차 례

제 2 부

제 3 부

21. 소녀 (少女[*])

대강 줄거리

겐지 나이 33세부터 35세.

전 재원(前 齋院) 조안(朝顔)에 대한 겐지의 사랑은 조금도 진전되지 않았다. 그러나 겐지는 변함없이 소식을 전하며, 선물을 보내기도 했다. 조안의 숙모 여오의궁은 여전히 두 사람의 결혼을 바라고 있었지만, 조안의 생각은 변하지 않았다.

석무(夕霧)는 이해에 12세가 되어, 관례를 치르게 되었다. 겐지에게 생각하는 바가 있어서 석무의 관위(官位)를 6위에 그치게 했다. 석무의 조모는 그것이 불만스러웠다. 겐지는 석무를 대학에서 공부하게 하려고 이조원으로 옮겨와 박사에게 교육을 맡겼다. 석무는 이 시련에서 빨리 벗어나려고 생각하여, 마음을 독하게 먹고 학문에 전념했다. 그 결과 이례적인 속도로 요시에 급제했다.

그 즈음 매호여어(梅壺女御)는 중궁이 되었다. 예전의 두중장은 내대신 자리에 있었는데, 매호여어가 자기 딸 홍휘전여어를 누르고 중궁이 되었다는 것을 유감으로 생각했다. 대궁에게 맡긴 둘째 딸인 운거안을 동궁비로 삼으려고 마음먹고 있었다. 그런데 운거안이 소꿉동무인 석무와 상사관계라는 소문을 듣고 깜짝 놀랐다. 내대신은 일방적으로 운거안을 내대신의 저택으로 데려왔다.

---

* 소녀(少女)는 오절(五節)의 무희(舞姬)를 가리킨다. 오절이란 12월중 축(丑), 인(寅), 묘(卯), 진(辰) 나흘에 걸쳐 하던 궁중의 소녀 무악. 겐지가 축자의 오절에게, 석무가 유광의 딸 오절에게 각각 노래를 전한다. 오토메(おとめ)라 읽는다.

그 해 가을 신상제에 겐지는 오절(五節)을 바쳤다. 무희로는 유광의 딸이 선출되었다. 그 딸을 살짝 훔쳐본 석무는 운거안과 같은 나이 또래인 것에 끌려 노래를 보냈다. 겐지도 옛 기억들을 떠올리며 일찍이 정을 두었던 축자의 오절에게 노래를 보냈다.

다음해 봄 주작원 행행(行幸)에서 석무는 시재(詩才)를 나타내어 진사가 되고, 가을의 관리 임명 때 시종이 되었다.

겐지는 미리 구상하고 있던 4계절의 구획으로 된 육조원의 조영에 착수하여, 8월에 낙성(落成)을 하게 되었다. 겐지는 곧 자의상(紫의 上)과 화산리를 육조원으로 옮겨 살게 하였다. 얼마 안 있어 매호중궁(梅壺中宮)과 명석의군도 받아들였다. 다음해에는 여기서 자의상의 아버지 식부경궁의 50세 축하식이 예정되어 있어서 겐지부부는 그 준비에 여념이 없었다.

1. 겐지가 조안과 노래를 증답하다.

해가 바뀌어, 등호궁의 1주기도 지나갔다. 상복 색깔로 물들어 있던 세상은 원래의 빛깔로 돌아갔다. 옷을 갈아입는 4월 초에는 모든 것이 새롭고 화려하게 바뀌었다. 더구나 하무(賀茂)의 접시꽃 축제 철이 되면, 하늘 모양도 유난히 상쾌하여 세상이 온통 생기에 넘쳤다. 그와는 반대로 조안은 아버지 고 식부경궁(式部卿宮)의 복상중이어서 우울한 생각에 잠긴 채로 지내고 있었다. 뜰 앞의 침나무[桂] 아래서 불어오는 바람이 그리운 생각을 북돋우고, 젊은 하녀들도 이것저것 옛일을 생각하고 있었다. 그러는 중에 겐지편에서 문안이 왔다.

"재원을 물러난 지금, 목욕재계의 날을 얼마나 편안한 기분으로 보내실까요?"

겐지는 조안에게 편지를 전했다.

"오늘은,

〈하무의 냇가에 파도가 오고가듯이 목욕재계의 날이 돌아왔는데, 당신이 재원의 목욕재계가 아닌, 상복을 벗는 목욕재계를 하게 될 줄은.〉"

보랏빛 종이에 쓴 편지에 정갈하게 등꽃이 붙어 있었다. 사랑의 편지가 아니라 사무적인 편지였으므로, 조안도 마음을 열게 되었다. 때가 때이니 만큼 진실한 감회도 솟아나서 조안은 답장을 적었다.

"〈상복을 입은 것이 어제의 일 같은 데, 오늘은 벌써 상복을 벗는 목욕재계를 하는군요. 심하게 변해 가는 세상입니다.〉

덧없는 생각이 듭니다."

겐지는 그 편지를 반갑게 여겼다. 조안이 상복을 벗는 때에, 놓을 데가 없을 정도로 많은 옷들을 보냈다. 조안은 사람들 눈에 뜨일세라 걱정스러워서 선물을 받은 시녀를 나무랐다.

"사람을 유혹하는 내용의 편지가 첨부되어 있었다면, 어떻게 해서라도 물건을 되돌려 보냈을 것입니다. 그러나 이제까지 오랜 세월, 때때로 표면상의 문안을 해 왔었고, 이번 것도 그와 같은 문안의 편지인데, 어떻게 거절할 수가 있겠습니까?"

조안은 겐지의 선물을 어떻게 처치해야 할지 망설이고 있었다.

겐지는 여오의궁(女五의宮)에게도 같은 기회에 문안을 드렸다. 여오의궁은 눈시울을 적시며 감격했다.

"바로 엊그제까지 아이라고 여겼었는데, 이렇게 어른이 되어 문안을 주시다니! 얼굴만 아름다운 게 아니라 마음씨조차도 남보다 빼어난 어른이 되었군요."

여오의궁은 침이 마르도록 겐지를 칭찬했다. 조안을 만날 때마다 여오의궁은 겐지의 이야기를 꺼내었다.

"겐지대신은 정말 열심히 편지를 올리더군요. 그것은 새삼스러운 일도 아닙니다. 돌아가신 아버님도 겐지가 다른 집안의 사위가 된 것을 한탄하시지 않았던가요. 아씨의 고집을 분하게 여기신 때도 있었습니다. 그러나 규의상(葵의上)이 살아 있는 동안은 어머니인 삼의궁(三의宮)의 한탄이 불쌍하여, 나도 아무 말을 하지 못하였습니다. 그러나 지금은 그 당당하던 규의상이 돌아가셨으니, 아버님이 바라던 대로 당신이 그 자리에 앉는다 해도 아무 흠이 되지 않을 것입니다. 겐지가 옛날로 돌아가서 이렇게 열심히 구애하는 것도 두 분에게 맺어질 인연이 있기 때문일 것입니다."

여오의궁은 한결같이 이렇게 권하였다. 그러나 조안의 마음에는 변화가 없었다.

"돌아가신 아버님께도 나는 그렇게 고집 센 사람으로 여겨져 왔는데, 새삼스럽게 나를 굽히고, 세상에 굽히는 것도 아주 어울리지 않는 일이지요."

조안의 단호한 태도에 여오의궁은 더 이상 억지로 권하지도 못했다. 여오의궁의 저택 사람들은 상하를 불문하고 다 겐지에게 마음을 두고 있어서 조안은 혹시라도 겐지가 몰래 인도되어 들어오면 어쩌나 하는 걱정도 들었다. 그러나 겐지는 자기 마음을 전부 쏟고 진실한 사랑을 보이면서 조안의 마음이 열리게 될 때를 기다리고 있었다. 그런 겐지였으므로, 억지로 조안의 마음을 상하게 하는 일은 생각지도 않았다. 1)

2. 석무의 관례.

석무의 관례는 겐지가 직접 준비를 했다. 처음에는 이조원에서 하려고 했지만, 규의상의 어머니인 대궁(大宮) [여삼의궁] 은 석무의 장한 모습을 가까이서 보고 싶어했다. 그것이 애처롭고도 그럴 만도 하여 겐지는 삼조(三條)의 저택에서 하도록 배려하였다. 석무의 백부(伯父)들은, 전의 두중장인 우대장을 위시하여, 모두 임금의 신망이 각별한 당상관들이었다. 그들은 경쟁하듯, 관례에 필요한 물건들을 완벽하게 갖추어왔다. 세상이 소란스러울 정도로 성대한 준비였다.

겐지는 처음에는 석무를 사위(四位)로 하려고 생각했다. 세상 사람들도 그렇게 될 것이라고 예상하고 있었는데, 겐지는 문득 생각을 바꾸었다. 석무가 아직 어릴 뿐 아니라, 자기 마음대로 되는 세상이라 해서 임

---

1) 조안 아씨와 겐지의 오랫동안의 교섭은 이것으로 막을 내렸다.

의로 높은 지위를 주는 것은 바람직하지 않다는 생각 때문이었다. 석무가 6위의 천총(淺蔥)2)의 차림으로 돌아오는 것을 보고, 조모(祖母)인 대궁은 불만스러웠다. 사실 뜻밖의 일이었을 것이어서 그런 마음도 당연하고 애처로웠다. 대궁은 겐지에게 직접 서운한 마음을 말했다. 그러자 겐지는 대궁에게 사리를 자세히 설명했다.

"석무에게 대학3)의 과정을 밟게 하려고 생각하고 있습니다. 어린아이에게 무리하게 어른 대접을 하는 것 같기도 합니다만, 다 저 나름의 생각이 있기 때문이지요. 앞으로 2, 3년은 일부러 돌아서 가기로 마음 먹었습니다. 그사이에 조정에 섬기게 되면, 곧 남들만큼의 벼슬을 하게 될 것입니다. 나 자신은 궁중의 깊숙한 곳에 자라서 세상의 물정을 모르고 있습니다. 밤이나 낮이나 아버지 임금의 앞에 있었고, 어지간한 책도 조금 배웠습니다. 황송하게 직접 임금으로부터 가르침을 받았는데도 모자라는 점이 많았습니다. 한학이든 거문고와 피리든 간에 제대로 익히지를 못하였지요. 부모가 현명해도 자녀가 제대로 배우지 못하기도 하는데, 더구나 시시한 어버이 밑에 현명한 아들이 나오는 일은 별로 없지요. 대대로 그런 식으로 이어져 간다면, 장래의 자손의 일이 몹시 걱정스럽습니다. 그래서 석무의 입학의 일을 결정하였습니다. 놀이나 음악만을 좋아하고, 학문에는 무지하더라도 좋은 관위를 얻을 수 있는 경우는 간혹 있겠지요. 그렇게 되면 권세가를 무조건 따르는 세상 사람들이 내심으로는 비웃으면서도 겉으로는 알랑거리며 비위를 맞출 것입니다. 그럴 때에는 어딘지 뛰어나고 귀한 인물로 보이다가도 시대가 바뀌고 적당한 후원자도 죽으면 운세가 기울어져서 결국 의지할 곳 없이 세상에서 가볍게 취급당하고 말 것입니다. 그런 까닭으로 역시 학문을 기본으로 해야만 실무의 재주4)가 세상에서 중하게 쓰이는 것이지요. 당분간은 낮은 지위

---

2) 흰색이 섞인 파의 색으로 육위(六位)에 해당하는 색.

3) 대학은 식부성 대학료(大學寮). 문장(文章), 명경(明經), 명법(明法), 산(算)의 사도(四道)가 있었고, 입학자격도 귀족에 한하였으며, 입학연령은 13세부터 16세까지이다.

4) 원문은 "일본의 혼"〔大和魂〕이다. 이 말은 여기에서 문헌상 처음으로 등장한다.

가 답답하게 느껴지더라도 장래에는 국가의 중진이 될 것이라는 각오를 갖는다면, 내가 죽은 뒤에도 걱정할 게 없으리라 믿습니다. 그래서 대학에 넣으려고 하는 것입니다. 당장에는 화려하지 않겠지만, 내가 이렇게 보호자로 있으니, 가난한 대학생이라고 조소하고 바보 취급하는 이는 설마 없을 것입니다."

대궁은 탄식하면서 하소연했다.

"정말, 부친으로서는 그렇게까지 깊이 생각해야 하는군요. 우대장도 '너무나 세상의 관습과 동떨어진 처사다'라고 미심쩍어하고 있고, 장본인인 석무도 어린 마음에 대단히 유감으로 여기고 있습니다. 지금까지는 우대장이나 좌위문독(左衛門督)의 아이들을 자기보다 지위가 낮은 자라고 업신여겼었는데, 그들마저 다 승진되어 한 사람 몫을 하고 있지 않습니까? 그런데 자기만이 천총차림으로 있는 것을 몹시 괴로워하는 모습이 가엾기만 합니다."

겐지는 웃으면서 말했다.

"무슨, 어른이라도 된 것처럼 불평을 하는군요. 정말 사려분별이 없는 짓입니다. 하긴 그럴 나이 또래니까."

겐지는 석무가 사랑스러워 죽겠다는 생각을 하며, 이렇게 덧붙였다.

"학문을 하여 조금 더 사물의 이치를 알게 되면, 그런 불평은 저절로 없어질 것입니다."

3. 석무의 자를 짓는 의식을 행하다.

석무의 자(字)5)를 짓는 의식은 이조원의 동원(東院)에서 거행되었다. 그 동쪽의 대옥에서 의식을 준비했다. 당상관이나 전상인(殿上人)들도 보통으로는 좀처럼 볼 수 없는 이런 의식에 호기심을 가져서 경쟁하다시피 모여들었다. 석무를 가르치게 될 박사들이 그 성대함에 오히려 기가 죽을 지경이었다. 그러나 겐지는 명령했다.

"나의 저택이라고 사양하지 말고, 규칙대로 가르치시오. 봐주지 말고

---

5) 대학의 문장도(文章道)에 입학할 때에, 한자(漢字)로 두 글자의 자를 짓는다.

엄격하게 집행하시오."

박사들은 다른 데서 빌려 온 옷들을 입고 있어서 제대로 몸에 맞지 않아 보기 싫은 모습을 하고 있었는데, 겐지의 말에 힘입어 그것을 부끄럽게 여기지 않을 수 있었다. 그들은 얼굴 표정이나 목소리를 엄숙하게 가다듬고, 가능한 한 조용하게 의식을 거행했다. 일정한 좌석에 나란히 앉는 범절을 비롯하여 모든 절차가 보지도 못한 것들이었다. 젊은 사람들은 참지 못하고 웃음을 터뜨렸다. 그러나 박사들은 나이가 지긋하고 침착성이 있어서 분별없이 웃음을 짓지 않을 사람만을 골라 술을 따르게 하였다. 평소에 하던 대로 생각 없이 잔을 받은 우대장이나 민부경(民部卿)은 박사들로부터 엄하게 야단을 맞았다.

"여러분들은 무례합니다. 이렇게 유명한 나를 무르고 조정에 나가십니까? 대단히 어리석은 일입니다."

사람들이 모두 참지 못하고 웃으니까 박사는 말했다.

"시끄럽소. 조용히 하시오. 대단히 예의가 없군. 자리에서 나오시오."

이렇게 박사는 학생을 상대하는 모양으로 위협하는 것이었다. 이러한 광경을 자주 보지 않았던 사람들은 오늘의 의식을 신기하고 흥미 있게 여겼다. 또 대학료를 나와 출세한 당상관들은 자랑스러운 듯 미소를 띠우며, 젊은 석무를 대학에 들어가게 한 겐지의 처사는 훌륭한 일이라고 칭찬하였다. 그들은 더욱더 겐지의 견식을 존경하게 되었다. 그렇게 엄하게 야단을 치는 박사들의 얼굴도 밤이 되면서 도리어 등잔불의 빛을 받아 익살맞고, 초라하고 꼴사납게 보였다. 이 모든 것이 확실히 여는 때와는 다른 독특한 분위기였다.

"나 같이 칠칠치 못하고 미흡한 것이 많은 사람은 이런 날에 사람들 앞에 나서면 호되게 꾸지람을 들었을 것이다."

겐지는 이렇게 생각하며, 고운발 안에 숨어서 의식을 지켜보고 있었다. 겐지는 차려 놓은 자리의 수가 정해져 있던 탓에 자리에 앉지 못하고 돌아가는 대학 학생들이 있다는 말을 듣고는 모처럼 온 사람들을 그냥 보낼 수 없어, 마루 쪽으로 불러서 특별히 기념품을 주었다.

4. 의식 후의 시회.

자를 짓는 의식이 끝나자, 겐지는 퇴출하는 문장박사와 시문에 재주가 있는 학자들을 불러 시를 짓게 했다. 당상관이나 전상인도 작시(作詩)를 감당할 만한 사람은 모두 불러 자리를 채우게 했다. 학자들 쪽은 오언율시(五言律詩 : 다섯 글자씩 여덟 줄의 한시)를, 다른 사람은 모두 절구(絶句 : 넉 줄의 간단한 한시)를 지었다. 흥취 있는 제목의 문자를 문장박사가 골라 올렸다. 밤이 짧은 때여서 이미 날이 밝은 뒤였다. 좌중변(左中弁)이 강사역(講師役)을 맡았다. 그는 얼굴 생김이 매우 아름다운 사람으로 목소리도 당당했다. 신비하다고 할 만한 가락으로 시를 읽는 광경은 대단히 풍취가 있었다. 그는 세상의 신망도 두터운 훌륭한 학자였다. 사람들의 시는, 석무가 이러한 고귀한 집안에서 태어나 세상의 모든 영화를 탐닉해도 좋은 신분이면서도 창가의 반딧불을 벗으로 하여[6] 나뭇가지의 눈을 가까이 하는[7] 결의가 얼마나 훌륭한가를 노래한 것들이었다. 다들 생각이 미치는 데까지 고사를 인용하며, 각자의 취향을 살려서 지은 시였다. 어느 시구(詩句)나 다 시적인 정취가 풍기고, 본고장인 중국에 갖다 놓고 싶은 훌륭한 작품들이었다. 그 중에서도 겐지가 지은 것이 가장 평판이 높았다. 어버이다운 차분한 애정까지도 스며들어 있었기 때문에 사람들은 감격의 눈물을 흘리며 저마다 겐지의 시를 읊조렸다.

5. 석무가 오로지 면학에 힘쓰다.

겐지는 이어서 입학의 예[8] 같은 것을 시키고, 곧바로 이조원 내에 석무가 쓸 방을 마련하였다. 석무는 학식이 풍부한 스승에게 맡겨져 엄격한 교육을 시켰다. 이제 조모인 대궁 곁에는 거의 가지 않았다. 대궁은 그때까지 석무를 낮이나 밤이나 귀여워하며 어린아이 대우를 하고 있어서 그곳에서는 도저히 공부를 못하리라고 생각해서 겐지가 석무를 조용

---

6) 진서(晉書)에 보이는 차윤(車胤)의 고사.

7) 손씨세록(孫氏世錄)에 보이는 손강(孫康)의 고사.

8) 속수(束脩)의 예(禮)라고도 함. 스승에게 물건을 주는 것. 영제(令制)에 포(布) 일단(一端)에 주식(酒食)을 곁들인다.

한 곳으로 옮겼던 것이다. 겐지는 석무에게 매달 세 번 정도만 조모의 집에 다녀오는 것을 허락하고 있었다.

석무는 방안에 갇혀 지내면서 울적한 마음으로 아버지를 원망했다.

"정말 가혹하게도 시키신다. 이런 괴로움을 당하지 않고도 높은 지위에 올라 세상에서 중요하게 쓰이는 인물이 없는 것도 아닌데."

그러나 석무는 대체로 진지하고 들뜨지 않은 성격이었다. 석무는 어떻게든지 잘 참아서 소정의 과정을 빨리 마치고, 관계(官界)에도 들어가고 세상에도 나아가리라고 결심했다. 그 결과 석무는 겨우 4, 5개월도 안되는 사이에 《사기》(史記)[9] 같은 방대한 책을 죄다 읽었던 것이다.

6. 석무가 요시의 예행에서 소질을 발휘하다.

석무가 여기까지 차례차례 해 나가자, 이제 요시(寮試 : 대학료의 시험)를 치르게 하려고 생각했다. 겐지는 먼저 자신의 앞에서 예비시험을 치르게 했다. 석무의 큰아버지인 우대장과, 좌대변, 식부민보, 좌중변 등이 심사위원으로 참여했다. 스승인 대내기(大內記)를 초대하여, 실제로 요시에서 박사가 물어볼 만한 난해한 부분을 가려내어 읽게 했다. 석무는 모호한 부분도 없이 여러 가지 설들을 두루 읽어 내었다. 석무는 손톱자국[10] 하나 없이 놀랄 만한 유례없는 성적을 거두었다. 과연 석무는 이러한 자질을 가졌었구나 하고 누구나 감격했다.

"이런 때에, 돌아가신 태정대신이 살아 계셨더라면 …"

백부인 우대장은 이렇게 말하며 눈물을 보였다.

"이제까지 다른 부모들이 어른이 되어가는 아이에게 간섭하는 것을 보거나 들을 때면, 어리석다고 생각하곤 했지요. 그런데 나는 아직 그럴 만큼 나이가 들지도 않았는데, 역시 이렇게 하는 것을 보면 이것이 세상의 관습이었군요."

---

9) 황제(黃帝)로부터 전한(前漢)의 무제(武帝)까지의 일을 서술한 사마천(司馬遷)의 전기체(紀傳體) 사서. 총 130권.

10) 모르는 곳에 손톱으로 자국을 낸다.

겐지도 이렇게 말하고는 눈물을 참을 수가 없어서 눈물을 닦고 있었다. 그것을 본 대내기의 마음은 체면을 세웠다는 생각으로 기쁘기 그지없었다. 우대장이 술잔을 권하여서 대내기의 야윈 얼굴은 몹시 취해서 멍청해 보였다. 이 대내기는 성격이 몹시 편벽된 사람이었다. 학문은 많이 했지만 세상이 써 주지 않았고, 사람 사귀는 것도 좋아하지 않아 가난하게 홀로 지내고 있었다. 그러나 겐지는 그런 그가 장래성이 있다고 생각해서 특별히 석무의 스승으로 불러들였던 것이다. 몸에 넘칠 만큼의 은혜를 받고서 대내기는 새로 태어난 것 같은 살림을 할 수 있었다. 더구나 장래에 석무가 훌륭하게 된다면, 그는 세상으로부터 둘도 없는 신망을 얻게 될 것이다.

7. 석무가 요시에 급제하다.

드디어 요시 당일이 돌아왔다. 대학료의 문 앞에는 당상관의 수레가 수없이 모여들었다. 세상에 남아 있을 사람이 없어 보일 만큼의 성대한 의식이었다. 그 중에서도 둘도 없이 소중한 대우를 받으면서 들어오는 관자(冠者 : 새로 관례를 치른 사람) 석무의 모습은 다른 사람들과 한 또래로 보이지 않을 만큼 기품이 있고 아름답게 보였다. 초라한 모습의 유학자들이 어수선하게 모여 참석하고 있는 곳에서 석무는 맨 끝자리에 앉았다. 그것은 석무에게는 괴로운 일이었다. 미리 경험해 본 대로 큰소리로 꾸짖는 자가 사람들을 불쾌하고 당황스럽게 만들었다. 그러나 석무는 조금도 기가 죽지 않고 쭉쭉 읽어 나갔다. 대학이 영화로운 시대였으므로, 신분의 상하를 불문하고 다 대학에 들어오려고 모여들어 와서 이 무렵 세상에는 학문이 높은 유능한 인물이 많이 있었다. 석무는 의문장생(擬文章生) 시험을 위시하여 무엇에나 거뜬히 급제했다. 석무는 오로지 학문에만 마음을 썼고, 스승도 석무의 교육에 더욱더 최선을 다했다. 겐지의 저택에서는 시회(詩會)가 빈번히 열려서 학자와 시문에 재주가 있는 사람들을 자랑스럽게 만들었다. 학문이나 예술에 재능이 있어야만 세상의 인정을 받는 시대였었다.

8. 매호여어가 중궁이 되다.

궁중에서는 중궁을 책립(冊立)하는 의식이 있을 때였다.

"매호여어가 최적임이다. 돌아간 모궁 어식소도 임금을 돌보아 주는 사람이라고 여겼으니까."

그런 이유로 겐지도 매호여어를 밀고 있었다. 그러나 등씨(藤氏) 이외의 황족 출신이 계속 황후로 서는 것을 세상 사람들이 납득하지 않을 것 같았다.

"홍휘전여어가 누구보다 먼저 입내했는데, 왜 그분을 중궁으로 정하지 않고 있을까?"

홍휘전여어편의 사람들도 마음을 졸이고 있었다. 병부경궁은 이때 식부경이 되어 있었는데, 냉천제의 치세에 어느 때보다도 더 왕의 신임이 두터웠다. 식부경은 전부터 희망하던 대로 따님을 입내하게 했다. 그녀 역시 왕가의 여어로 사후했다.

'임금의 모후 등호와 혈통이 이어진 관계이니, 이분과 더욱 가깝게 느낄 것이다. 모후가 돌아가신 후로 대신하여 돌보는 분으로는 더없이 적합할 것이다.'

식부경궁 쪽에서는 이렇게 생각하고 경쟁하였다. 그런데 결과는 매호여어 쪽으로 결정이 났다. 모군 육조어식소보다 훨씬 더 훌륭한 행운을 얻었다고 하며 세상 사람들은 놀라워하였다.

9. 겐지가 승진하다.

겐지 내대신은 태정대신(太政大臣)11)으로 승진되고, 우대장은 내대신이 되었다. 임금은 내대신에게 실무를 모두 맡겨서 천하의 정치를 내대신이 집행하게 되었다. 이 내대신은 잘못된 것을 싫어하는 인품에다가 마음 씀씀이도 현명하였다. 학문에도 힘썼지만, 문자 맞추기에서는 겐지 대신에게 졌었다. 그러나 정치 방면에서는 참으로 유능한 사람이었다.

---

11) 최고의 지위. 천하의 사표가 될 인물을 선임한다. 적임자가 없는 경우에는 결원으로 한다. 정1위(正一位).

여러 부인 들에게서 자식이 10명이 있었는데, 성인이 된 사람은 차례로 훌륭한 관직으로 나아가, 겐지에게 지지 않는 성대한 일족이었다.

대내신의 딸은 홍휘전여어 외에 또 한 사람이 있었는데, 그녀의 이름은 운거안(雲居雁)12)이었다. 그녀의 모군은 왕족이기 때문에 가계가 고귀하기로는 홍휘전여어에 지지 않았다. 그러나 그 모군은 나중에 안찰대납언(按察大納言)의 본처로 재가하여, 현재의 남편과의 사이에 아이들을 많이 두고 있었다. 내대신은 운거안을 그 아이들과 함께 계부 밑에서 양육하고 싶지 않아서 모친으로부터 따로 떼어 대궁에게 맡겼다. 내대신은 홍휘전여어와 비교하면 운거안을 훨씬 가볍게 여겼으나, 그녀의 인품이나 용모는 홍휘전여어 못지않게 귀여웠다.

10. 석무와 운거안이 연정을 품다.

새로 관을 쓴 석무는 운거안과 같은 저택에 살고 있었으나, 석무 12세, 운거안 14세로 된 때부터는 기거하는 장소가 따로 떨어져 있었다. 내대신이, 친한 사이라고 해도 남자아이하고는 떨어져 있어야 한다고 운거안에게 가르쳤던 것이다. 그러나 석무는 어린 마음에도 운거안을 사랑스럽게 여겼다. 꽃이나 단풍철, 그리고 인형놀이를 할 때에도 석무는 항상 운거안과 붙어 다녔다. 그 마음을 운거안도 자연히 알게 되어 서로 깊은 정감을 품고 있었다. 어느 정도 나이가 든 지금도 운거안은 석무에게서 부끄럼 타고 숨어 버리는 태도를 분명히 하지는 않았다.

"아니 무어, 아직 어린 분끼리인데, 오랫동안 친하게 지낸 사이를 갑자기 떼어놓아 당황하게 할 수야 있나요?"

운거안을 돌보는 사람도 이렇게 말하며 그다지 간섭하지 않았다. 석무는 아직 사리분별이 없는 아이처럼 보였지만, 나이에 걸맞지 않게 어떤 사이까지 갔었는지, 두 사람이 소원하게 된 이후로는 만나지 못하는 것을 한탄하고 있는 듯했다. 아직 충분히 성숙되지는 않았지만, 장래에 얼마나 훌륭하게 될 일인지가 눈에 보이는 필적으로 그들은 편지를 주고받

---

12) 구름 속에 사는 기러기라는 뜻. 나중에 석무의 아내가 됨.

고 있었다. 아이다운 부주의로 그만 편지를 떨어뜨려서 사람들 눈에 띠는 일도 있었다. 운거안의 하녀 중에는 내막을 아는 사람도 있었는데, 이런 일을 어떻게 남들에게 말할 수 있을 것인가고 여기며, 사정을 알면서도 그들은 아무것도 보지 못한 것처럼 하고 있었다.

11. 내대신이 대궁과 거문고를 타면서 이야기하다.

겐지와 내대신의 승진 축하잔치도 끝나고, 조정의 행사도 없어서 느긋한 때였다. 때마침 가을비가 지나가고, 갈대 잎사귀 끝을 스쳐 지나가는 바람도 한층 더 차분하게 느껴지는 저녁이었다. 내대신은 모궁인 대궁방을 찾았다. 내대신은 운거안을 부르게 하여 거문고를 타게 했다. 대궁은 모든 악기를 훌륭하게 다룰 줄 아는 사람이어서 그것을 다 운거안에게 전수했다. 운거안의 거문고소리를 들으면서 내대신이 말했다.

"비파는 여자가 타면 귀여운 맛이 없는 듯한데, 그 음색은 사람을 끌어들이는 매력이 있습니다. 그러나 현대에는 그 요령을 올바르게 전하는 사람이 거의 다 없어졌습니다. 친왕 몇 명 정도가 남아 있다고 할까요. 부인 중에는, 태정대신이 대언(大偃)의 산골에 숨겨 둔 여인이 특별히 잘 탄다고 들었습니다. 다른 예술과 달리 음악은 역시 많은 명인과 합주하여 어떤 사람과도 상대할 수 있는 것이 훌륭한 경지이겠지요. 그런데 그 여인은 혼자 익혀서 명수가 되었다니, 그것은 좀처럼 있기 어려운 일이지요."

내대신은 대궁에게 비파를 권했다.

"안족(雁足) 13) 을 누르는 것도 귀찮아져서."

대궁은 변명을 하면서도 멋지게 잘 탔다. 대궁은 거문고를 타다 말고 이야기했다.

"대언에 있는 명석의군은 참 행운도 많은 분입니다. 게다가 인품 역시 믿지 못할 정도로 훌륭한 분이라지요. 겐지 대신이 이 나이가 되도록 갖지 못하였던 따님을 낳은 것도 그렇고, 또 그 따님을 자기 옆에 데리고

───────────

13) 거문고 줄에 세워 놓는 기둥.

있지 않고 버젓한 분에게 맡긴 마음가짐도 더 말할 것이 없는 분이라고 듣고 있습니다."

내대신은 이 말을 듣고, 한탄하며 말했다.

"정말, 여자는 마음씨 여하로 세상에 존중받게 되는 것이지요. 나는 홍휘전여어를 무엇 하나 남에게 지지 않는 여인으로 키웠다고 생각했었는데, 생각지도 않았던 사람이 나타나서 추월을 당하는 불운을 겪는군요. 이 세상에는 예상 밖의 일이 많아서 돌아가는 형편에 따를 수밖에 없나 봅니다. 적어도 운거안이라도 기대한 대로 잘되었으면 합니다. 주작원의 아들로 올해 9세인 동궁의 관례가 곧 있을 것이니, 그 쪽에 드리는 것을 몰래 생각하고 있습니다. 그런데 지금 말씀하신 행운을 얻은 분이 황후감의 아씨를 낳았으니, 그분이 궁중에 들어가면 경쟁할 사람도 없을 것입니다."

대궁은 대답했다.

"왜 그런 생각을 하십니까? 이 집에서 그러한 사람이 나오지 말라는 법도 없지 않습니까? 지금은 돌아가신 대신도 홍휘전여어의 입내의 일을 열심히 준비하셨었는데, 그분이 생존해 계셨다면 이런 억울한 꼴을 당하지도 않았을 것입니다."

홍휘전여어가 밀려난 일에 대해서 대궁은 겐지에게도 확실히 원망스러운 생각을 가지고 있었다. 거문고를 타고 있는 운거안은 퍽 아이답고 귀여운 모습이었다. 머리카락 전체가 고상하게 윤이 나는 것을 내대신은 가만히 보고 있었다. 운거안은 부끄러워서 옆으로 조금 고개를 돌렸다. 그 모습이 더욱더 사랑스러웠다. 왼손으로 줄을 누르는 솜씨가 정말 잘 만든 인형을 연상하게 했다. 대궁은 누구보다도 운거안을 아끼고 있었다. 운거안은 가락을 맞추는 짤막한 곡을 할 수 없이 타고, 거문고를 저쪽으로 밀어 놓았다.

내대신은 6현금인 화금(和琴)을 끌어당기고, 당세풍의 조금 화려한 곡을 연주했다. 내대신 정도의 명수가 스스럼없이 화금을 타는 모습은 정말 흥취 있는 광경이었다. 뜰 앞의 나뭇잎마저 매혹되었는지 남김없이 흩어지며 떨어졌다. 늙은 하녀들은 휘장그늘에 여기저기 모여, 그것을 듣고 있었다. 내대신은, '바람의 힘이 아마도 적다'라는 옛시를 읊조리고는 운거안에게 권했다.

"거문고의 본래 느낌은 그렇지 않은데, 이상하게 슬프게 느껴지는 저녁때구나. 한 곡 더 타지 않겠는가?"

운거안은 추풍락(秋風樂)의 가락에 맞추어 거문고를 타면서 고운 목소리로 읊조렸다. 대궁은 아들인 내대신과 손녀인 운거안이 모두 너무나 사랑스러웠다. 거기에다 더욱 분위기를 돋우려는 듯 석무가 찾아왔다.

12. 석무에 대한 내대신의 태도.

"제발 이쪽으로."

내대신은 말하며 석무가 들어오는 것을 일단 제지했다. 운거안과는 휘장을 사이에 두고 있게 하려는 것이었다.

"요사이는 통 뵐 수가 없었군요. 왜 그렇게 면학에만 열중해 있는가요? 학문을 신분 이상으로 너무 몸에 익히는 것도 곤란하다는 것을 알고 계실 텐데. 겐지 대신이 이렇게 훈련시키는 것은 까닭이 있을 테지만, 당신 스스로 공부에만 들어앉아 있는 것은 애처롭게 보이는데요. 때로는 다른 것도 하세요. 피리소리 같은 데에도 옛 성현의 가르침이 배어 있답니다."

내대신은 가지고 있던 피리를 건네주었다. 석무는 그것을 젊고 아름다운 음색으로 불어서 감흥을 돋우었다. 그들은 잠시 거문고를 밀어 놓았다. 내대신은 홀박자(笏拍子)14)를 어울리게 치면서 '싸리의 꽃을 문지르고' 등을 노래하였다.

"겐지 대신도 이런 놀이에 강한 흥미를 가지고 있었지요. 놀이를 하며 바쁜 정무에서부터 잠깐씩 벗어나 있곤 했지요. 정말 이 아무것도 아닌 세상에는 무언가 마음을 가득 차게 해주는 것을 하고 지냈으면 하지요."

내대신은 이렇게 말하며 술잔을 기울였다. 어느덧 밖이 어두워져서 등

---

14) 홀 모양의 두 장의 널빤지로 박자를 맞춤.

불을 켜고 더운물에 만 밥이나 과일 등을 나누어 먹었다. 내대신은 운거
안을 저쪽의 방으로 내보냈다. 내대신은 이렇게 두 사람의 사이를 억지
로 떼어놓는 것이었다. 운거안의 거문고소리조차도 들리지 않게 사이를
떼어놓았다.

"이제 두 사람에게는 반드시 불쌍한 일이 일어날 것만 같다."

측근에서 시중을 들던 늙은 여인들은 이렇게 소곤거리고 있었다.

13. 내대신이 석무와 운거안의 사이를 알다.

내대신은 저택을 나오는 척하고, 몰래 어떤 여인을 만나려고 하였다.
가만히 고개를 숙이고 나오는데, 소곤거리는 소리를 들었다. 이상하게
생각하여 귀를 기울여 보았더니, 틀림없이 자기이야기를 하는 듯했다.

"대단히 현명한 척하지만, 제 자식 귀여운 줄밖에 모르는 어리석은 부
모지요. 이상한 일이 꼭 일어날 것입니다. 어버이만큼 자식을 알지는 못
한다는 말은 아무래도 믿지 못하겠는데요."

하녀들은 험담하고 있었다.

"정말 놀랄 일이 아닌가? 의심스럽게 느끼지 않은 것은 아니었는데,
아직 어린이라고만 생각하여 마음을 놓고 있었다. 세상에는 얼마나 귀찮
은 일뿐일까?"

일의 내용을 소상히 알았지만, 내대신은 소리도 내지 않고 그대로 저
택을 빠져나왔다.

"나리는 지금에야 저택을 나갔나 봅니다. 어디에 숨어 계셨을까? 이
나이가 되도록 여자를 밝히는 마음을 버리지 않고."

조금 있다가 벽제(辟除) 소리가 들려오자, 하녀들은 이렇게들 이야기
했다.

"좋은 향기가 흘러들어서 석무 서방님이 와서 그런 줄 알았는데, 내대
신이 숨어 있어서 그랬다니 얼마나 무서운고. 험담을 어렴풋이 듣지 않
았을까? 까다로운 성질인 분이어서."

그들은 낭패한 얼굴로 서로를 보고 있었다.

내대신은 오는 도중 생각에 잠겨 있었다.

"두 사람의 일이 말도 안될 정도로 나쁘다는 것은 아니지만, 이런 결혼은 그다지 대단한 것도 아니다. 세상 사람들도 그렇게 생각하며 소문을 낼 것이다. 겐지 대신이 억지로 홍휘전여어를 물리친 것도 원망스러운 일인데, 운거안에 대한 기대마저 무너져 버렸으니 정말 유감스러운 일이다."

겐지 대신과는 오래 전부터 대체로 매우 친밀한 사이였지만, 이런 방면에서는 경쟁했던 때의 응어리가 지금도 남아 있었다. 그것을 생각하니 재미가 없어서 내대신은 자주 잠에서 깨어나 밤을 밝혔다.

'모궁도 두 사람의 그런 내심을 알고 있었을 터인데, 귀엽게 여겨 온 손주라고 자유롭게 내버려두었을 것이다.'

하녀들의 이야기 내용도 생각할수록 더욱 화가 났다. 불끈하는 성미를 지닌 내대신은 초조함과 분함을 참지 못했다.

14. 내대신이 대궁을 비난하다.

이틀쯤 지나서 내대신은 또 대궁의 저택으로 왔다. 내대신이 이렇게 자주 방문하자, 대궁은 만족스럽고 기쁘게 생각했다. 대궁은 머리를 빗어 올리고, 말끔한 평상복을 걸쳐 입었다. 자기 자식이었지만 마음이 쓰이는 내대신의 인품이어서 대궁은 휘장을 사이에 두고 만났다. 그런데 내대신의 기분이 좋지 않았다.

"이쪽으로 오는 것도 쑥스럽고, 하녀들이 어떤 눈으로 볼까 걱정이 됩니다. 그렇게 큰 세력을 지닌 처지는 아니지만, 이 세상에 있는 한 늘 찾아 뵙고 마음에 걸리는 일을 만들지 않으려고 하였는데, 분별이 없는 딸의 일로 원망하지 않으면 안될 일이 생겼습니다. 이렇게 생각하지는 말자고 마음 먹었지만, 그래도 역시 서운함을 달랠 길이 없었습니다."

내대신이 눈물을 닦는 것을 보고 대궁은 화장한 얼굴빛이 달라지며 눈을 크게 떴다.

"대체 어떤 일로 새삼스럽게 이 나이가 되어 당신으로부터 사이가 벌어졌을까요?"

내대신은 애처롭게 생각하면서도 말했다.

"어머니를 정말 신뢰했기 때문에 어린 운거안을 맡겼습니다. 나 자신은 아버지이면서도 어렸을 때부터 아무것도 돌보아 주지 않았지요. 당장 가까이에 있는 홍휘전여어의 입내 같은 일이 생각대로 되지 않는 것을 한탄하느라 허둥지둥하고 있었습니다. 그래도 운거안은 어떻게든 한 사람 몫을 하게 키워 줄 것이라고 쭉 믿어 왔었습니다. 그런데 어처구니없는 일이 생겨, 아주 유감천만입니다. 석무는 정말 천하게 둘도 없는 학자임에는 틀림없으나, 친한 사촌끼리 이런 일이 있는 것은 경솔한 일입니다. 세상 체면을 생각해도 그렇고, 신분이 낮은 자들 사이에서도 생각해 볼 일인데, 더구나 우리 같은 신분으로는 석무에게도 무척 보기 흉한 일입니다. 전혀 다른 집안 사람과 인연을 맺어, 깔끔하고 훌륭하고 새로운 느낌이 드는 집에서 화려하게 환대를 받는 것이 좋은 일이지요. 인척끼리 서로 친하여 결합하는 것은 정상적이지 않은 일이고, 겐지 대신도 들으면 불유쾌하게 생각할 것입니다. 혹여 그렇게 하게 한다 해도 이런 사정이 있다고 저에게 귀띔이라도 해 주셨어야지요. 그래야 남들에게도 체면이 서게 겉을 꾸밀 수가 있지 않습니까. 그냥 어린 사람들이 하는 대로 방임하신 것은 원망스러운 일입니다."

대궁은 꿈에도 몰랐던 일을 듣고 깜짝 놀라서 말했다.

"과연 그런 말도 일리가 있으나, 나는 전혀 두 사람의 마음속을 모르고 있었습니다. 정말 유감으로 여기는 것은 나이고, 당신 이상으로 한탄하고 싶은 마음입니다. 그런데 내가 저 두 사람과 같은 생각을 하고 있는 것처럼 말하니, 그것이 원망스럽습니다. 운거안을 맡은 이후 특별히 마음을 써서 당신이 알지 못하는 일들에 이르기까지 훌륭하게 기르려고 남모르게 고생하고 있었습니다. 아직 한 사람 몫을 하기에는 이른 이때, 손주가 귀엽다고 눈이 멀어 급히 두 사람을 결혼시키려고는 생각지도 않았습니다. 그건 그렇다 치고 누가 이런 일을 당신에게 말하였습니까? 쓸데없는 세상 사람의 소문을 그대로 믿어, 무조건 괘씸하다고 생각하는 것은 한심한 일입니다. 아무렇지도 않은 것을 가지고, 소중한 운거안의 이름에 생채기를 입히는 것입니다."

"어째서 아무렇지도 않은 것입니까? 시중 드는 하녀들도 숨어서는 다들 나쁘다고 말하고 웃고 있습니다. 실로 유감이고, 근심이 아닐 수 없습니다."

내대신은 이렇게 말하며 자리를 차고 일어났다. 사정을 알고 있던 하녀들은 대단히 안쓰러워했다. 지난 저녁에 험담했던 하녀들은 더욱더 마음이 아팠다. 어째서 그런 일을 입 밖에 내었을까 후회하며 한탄하고 있었다.

15. 운거안을 본댁으로 옮기려 하다.

운거안은 그런 줄도 모르고 천진하게 방에 있었다. 아버지 내대신이 들여다보고는 그 귀여운 모습을 가슴 쓰려 하면서 보고 있었다.

"아무리 나이가 차지 않더라도 사람 나름으로 출세시키려고 생각한 내가 얼마나 어리석었는가?"

유모들은 또 이렇게 한탄들을 했다.

"옛이야기에 보면, 임금이 가장 아끼는 황녀라도 뜻밖에 이런 과실을 저지를 수 있다고는 하지요. 그러나 그것은 기미를 알고 주선하는 사람이 적당한 틈을 보아서 중개하기 때문이지요. 그러나 이쪽은 자나깨나 오랜 세월을 같이 커 온 사이이고, 게다가 아직 어린 나이가 아닙니까? 조모가 잘 돌보고 있는데, 주제넘게 나서서까지 두 사람의 사이를 갈라 놓을 필요가 있을까 하고, 무심코 보고도 그대로 두었습니다. 또 재작년부터는 확실하게 떼어놓았기에 안심하였지요. 나이가 어린 사람이라도 자칫하면 숨어서 색정적인 행동을 하는 경우도 있는 모양이지만, 젊은 군은 전혀 행실이 나쁘지도 않아서 조금도 걱정하지 않았습니다."

내대신은 말했다.

"이젠 좋다. 당분간은 이러한 일은 비밀로 하자. 언제까지 이런 소문이 세상에 알려지지 않게 할 수는 없겠지만, 충분히 조심하여 적어도 사실무근이라고 넘겨 버리도록 하라. 운거안은 그 동안 내 쪽으로 옮기겠다. 그래도 모궁의 마음이 실로 원망스럽다. 설마 그대들은 제발 그렇게 되었기를 바라고 있는 것은 아니겠지?"

유모들은, 운거안에게는 안되었지만, 내대신의 처사가 옳은 것이라고 생각했다.

"천만에요. 운거안의 계부(継父)인 대납언님께 알려지기라도 할까 봐 마음을 쓰고 있습니다. 아무리 훌륭한 상대라도 신하의 가문을 생각한다면, 기쁜 일이 아니라고 생각합니다."

운거안은 너무 순진해서 아버지가 여러 가지를 타일러도 잘 알아듣지 못했다. 내대신은 그만 눈시울이 뜨거워져, 제발 이 아이가 쓸 만한 사람이 되게 할 수는 없을까 하고, 몰래 믿을 만한 하녀들과 상담하였다. 그러면서 줄곧 대궁을 원망했다.

대궁은 손주들을 정말 사랑스럽게 여겼지만, 그 중에서도 남자를 더 귀여워해서 그런지, 그렇게 연애하는 방법도 있었는가 하고, 그것마저 사랑스럽게 여기고 있었다. 내대신이 동정심도 없이, 있어서는 안될 일인 듯 비난하는 것이 오히려 원망스러웠다.

"어째서 이것이 그렇게 나쁜 일인가? 원래 내대신은 운거안을 그토록 사랑하는 것도 아니었고, 이렇게까지 소중하게 키워 주려고 생각도 안 했었다. 내가 지극히 돌보아 주어야만 동궁에게 드릴 수 있다고 생각하였겠지만, 그 희망이 빗나가서 신하하고 맺어질 숙연이라면 석무만큼 훌륭한 사람이 또 있을 것인가? 용모나 태도를 비롯하여 석무와 경쟁할 사람이 있을 것 같지도 않다. 운거안이 도저히 못 미치는 고귀한 황녀와 맺어진다 하여도 이상하지 않을 정도로 훌륭한 사람인데."

대궁은 이렇게 완전히 석무 편에서 생각하고 있었다. 이러한 심증을 내대신에게 보인다면, 얼마나 더 원망을 사게 될 것인가?

16. 대궁이 석무를 타이르다.

이런 사정을 알지도 못하고, 석무가 대궁 곁에 왔다. 지난번에는 사람들 눈이 많아서 가슴속을 숨김없이 이야기할 상황이 아니었다. 그것이 여느 때보다도 애달파서 석무는 이렇게 저녁때에 찾아왔다. 대궁은 여느 때 같으면 만사를 제쳐놓고 기뻐하였을 테지만, 이날은 정색을 하고 이야기했다.

"네 일 때문에 내대신이 내게 싫은 소리를 하였는데, 정말 마음이 아프구나. 누가 들어도 그다지 기특하지 않은 일에 사람을 조마조마하게 만드는 것을 보니, 내 마음이 괴롭구나. 이런 푸념을 하지 말자고도 생각했지만, 한편 그러한 사정도 알지 못하고 있을 수는 없어서."

석무는 이제까지 그 일이 마음에 걸렸기 때문에 그 말을 듣고 곧 무슨 까닭인지 알 수 있었다. 석무는 저도 모르게 얼굴이 붉어졌다.

"무슨 일입니까? 조용한 이조원에 들어앉아 학문을 시작하고부터는 사람들 가운데에 나올 기회도 없어서, 내대신이 원망할 만한 일은 없으리라고 생각합니다만."

부끄러워하는 석무의 얼굴 모습을 대궁은 귀엽게 생각하며, 이렇게만 타일렀다.

"이젠 됐다. 그렇지만 앞으로는 조심하는 것이 좋다."

17. 석무와 운거안이 한탄하다.

이제부터는 편지를 주고받는 것도 더욱 어렵게 되리라고 생각하니, 석무는 정말 마음이 어두웠다. 대궁이 식사를 권하여도 석무는 전혀 먹지 않고 자는 체하고 있었다. 사람들은 다 잠이 들었는데, 석무의 마음은 가라앉지 않았다. 석무는 운거안의 방 칸막이의 두꺼운 미닫이를 끌어보았다. 여느 때에는 특별히 자물쇠 같은 것을 채우지도 않았었는데, 이 날 밤은 방문이 단단히 잠겨 있었다. 사람이 있는 것 같은 기척 하나 들려오지 않았다. 아무래도 마음이 안 놓여서 석무는 그 미닫이에 기대앉아 있었다. 운거안도 방안에서 잠을 이루지 못하였다. 바람은 대나무를 스치며 바스락 소리를 내는데, 기러기가 울면서 나는 소리가 어렴풋이 들려왔다. 운거안은 그 소리를 들으며 어린 마음에도 이것저것 혼란스러웠다.

"구름 속에 사는 기러기[15]도 내일인가?"

운거안은 혼자서 이렇게 읊조렸다. 석무는 그 귀여운 목소리를 들으며 마음이 몹시 안타까웠다.

"이 미닫이를 열어 주시오. 작은 시종은 업는가요?"

그러나 안에서는 아무 응답이 없었다. 작은 시종은 유모의 딸이었다. 운거안은, 석무가 자기의 혼잣말을 들었다는 것도 부끄러워서 자기도 모르게 얼굴을 이불 속에 넣었다. 그러나 운거안 역시 애정을 모르는 것은 아니었다. 유모들이 옆에 자고 있기 때문에 운거안은 몸을 조금 움직일 수도 없었다. 서로 아무 소리도 내지 않았다.

"〈한밤중에 벗을 부르며 날아가는 기러기 소리가 슬프게도 들리는데, 다시 갈대의 잎새 끝을 건너는 바람이 탄식하면서 불어제친다. 〉

괴로움이 몸에 스며드는구나."

석무는 탄식을 그치지 못했다. 대궁이 잠에서 깨어 들을까 걱정스러워서 몸을 뒤척이며 누워 있었다.

이튿날 아침, 석무는 일찍부터 자기의 방으로 물러나와서 부끄러운 마음으로 편지를 썼다. 그러나 편지를 전해 줄 작은 시종과 만나지도 못하고, 운거안의 방 쪽으로 가지도 못하며 마음을 태우기만 했다. 운거안은 또 운거안대로 혼잣말을 중얼거린 것이 부끄러웠다. 이제 앞으로 자기 몸이 어떻게 되더라도 세상이 어떻게 생각하더라도 석무를 미워하는 마음은 생기지 않을 것 같았다. 운거안은 유모들이 이것저것 상의하는 모습을 보면서도 천진스럽게 평소대로 귀엽게 행동했다. 일부러 석무를 멀리해야겠다고 생각하지도 않았다. 이렇게 사람들로부터 이러쿵저러쿵하는 소리를 들을 만큼 큰일이라고도 생각지 않았으나, 유모들이 주의를

---

15) 이 노래에 의하여 운거안(雲居雁)이라는 호칭이 생겼다.

하는 바람에 편지를 전하지도 못했다. 더 어른스러운 사람이었다면 적당한 틈을 만들어 낼 수도 있었을 것이다. 그러나 석무 쪽도 의지할 수 없는 젊은 나이여서 다만 몹시 유감스러워할 뿐이었다.

18. 내대신이 운거안을 데려가다.

내대신은 그날 이후 대궁을 원망하느라 저택을 찾는 일도 없었다. 그러나 본처 사의궁(四의宮 : 홍휘전여어의 어머니)에게는 이러한 근심을 내색도 하지 않았다. 다만 어떤 계제에 몹시 불쾌한 얼굴로 말했다.

"매호중궁이 특별히 화려하게 위의(威儀)를 차리고 입내하셨는데, 홍휘전여어가 주상과의 사이를 비관하고 있는 것이 불쌍하고, 마음 아픕니다. 말미를 받아서 집에 오게 하여, 마음 편히 쉬게 해 드립시다. 임금은 홍휘전여어를 밤낮으로 옆에 두시기 때문에 옆에 있는 여인들과 여유 있게 가까이 지낼 사이도 없다고 합니다. 그저 괴롭다, 괴롭다고 한탄하고 계시는 모양입니다."

내대신이 불만스런 태도를 보이며 억지로 허가를 구하는 바람에 냉천제는 마지못해 허락했다. 내대신은 급히 홍휘전여어를 자택에 마중했다.

"여기서는 무척 심심하실 것이니, 운거안을 데려와서 같이 놀이라도 하십시오. 운거안을 그곳에 맡겨 놓은 것은 안전을 위한 것이었는데, 아무래도 교활하고 어른스러운 사람이 출입한다는 점이 마음에 걸립니다. 친하게 지내고 있을 뿐 아니라, 난처한 나이가 되어가서요."

내대신은 운거안을 본댁으로 옮기게 하였다.

대궁은 아주 맥이 풀렸다.

"오직 하나뿐이었던 딸 규의상이 죽은 후로는 언제나 쓸쓸하고 마음이 안 놓였었는데, 기쁘게도 운거안을 맡아서 내가 살아 있는 한 보물처럼 소중하게 키우려고 했었다. 자나깨나 늙은이의 수심을 달래 주고 있었는데, 그런 생각은 해주지도 않고 떼어놓다니 괴롭구나."

내대신은 죄송한 마음이 들었다.

"저는 마음속에 불만스럽게 생각하던 것을 솔직하게 말씀 드린 것뿐입

니다. 어째서 아주 떼어놓을 생각을 하였겠습니까? 입내하고 있던 홍휘
전여어가 임금과의 사이가 원만하지 않은 것 같아, 요즈음 집에 내려와
있습니다. 할 일 없이 우울하게 있는 것이 가여워서 같이 놀이라도 하며
기분을 달래 주려고 잠시 동안 데려가는 것뿐입니다. 운거안이 한 사람
몫을 하도록 길러 주신 은혜를 대수롭지 않게 여기는 것은 절대로 아닙
니다."

대궁은 내대신이 이렇게 결정한 이상, 말린다고 해서 생각이 바뀔 사
람이 아니라는 것을 알고 있었다. 그저 불만스럽고 섭섭해하는 도리밖에
없었다.

"사람의 마음이란 정말 생각대로 되지 않아 괴로운 것이군요. 어린 석
무와 운거안이 나에게 자신들의 생각을 숨겼던 것도 섭섭한 생각이 들었
어요. 그것은 어린아이의 일이니, 할 도리가 없는 것이겠지만, 사물의
도리를 깊이 알고 있는 내대신까지 나를 원망하며 그렇게 운거안을 데려
가 버릴 줄은 몰랐습니다. 그곳도 여기보다 안심할 곳이 못 되는데."

대궁은 울면서 푸념했다.

19. 내대신의 진의.

때마침 석무가 왔다. 혹시라도 운거안과 만날 기회가 있을까 하여, 요
사이에는 월 3회 이상으로 빈번하게 얼굴을 보이고 있었다. 내대신의 수
레가 세워진 것을 보고 석무는 어쩐지 양심에 찔려서 눈에 띄지 않도록
몰래 자기 방에 들어가 있었다. 내대신의 아들들인 좌소장, 소납언, 병
위좌(兵衛佐), 시종(侍從), 대부(大夫) 등도 다 이곳에 모여 있었지만,
대궁은 그들이 고운발 안에 들어오는 것을 허락하지 않았다. 대궁의 배
다른 자식인 좌위문독, 권중납언(權中納言) 등도 돌아가신 아버지의 방
침에 따라 여전히 이쪽에 참상하며 정성 들여 섬기고 있었는데, 그들의
자녀들 중에도 석무만큼 예쁜 사람은 없었다. 그러니 대궁은 누구보다도
석무를 귀여워했다. 그러다가 석무가 이조원의 동원으로 옮기고 나서는
운거안만을 가까이에 두고 귀여워하였다. 이제는 운거안마저 이런 일로

옮겨가 버리는 것이 대궁에게는 몹시 쓸쓸했다.

"그러면 금방 참내하고 저녁때에 운거안을 마중하러 오겠습니다."

내대신은 이렇게 말하고는 그곳을 나왔다.

"이제 와서 여러 소리하는 것도 소용없는 일이다. 조용히 일을 마무리하여, 두 사람을 같이 있게 해볼까?"

내대신은 돌아가는 도중에 이렇게 생각하였지만, 그래도 역시 무언가가 마음에 차지 않았다.

"석무의 지위가 올라간 다음에 그때에 운거안에 대한 사랑의 깊이를 확인해야겠다. 만약 허락한다 해도 새로운 이야기처럼 형식을 밟는 것이 좋겠다. 아무리 엄격하게 막아도 같은 장소에 있으면 마음이 가는 대로 분별없이 행동하여, 보기 싫은 일이 생길 것이다. 그렇게 되면, 모궁도 두 사람을 꾸짖고 말리려 들지는 않을 것이다."

홍휘전여어가 심심한 것을 핑계 삼아, 내대신은 운거안을 자기의 저택으로 옮길 준비를 갖추었다.

20. 대궁이 운거안과 석별하다.

대궁은 운거안의 방에 편지를 전했다.

"내대신은 나를 원망하겠지만, 너는 내 마음을 이해할 수 있을 것이다. 이리 와서 얼굴을 보여 다오."

운거안은 귀엽게 옷을 차려 입고 건너왔다. 14세인 운거안은 아직 정답게 보이지는 않았으나, 얌전하고 깜찍한 모습이었다.

"이제까지 옆에서 떼어놓지도 않고, 아침 저녁으로 너를 좋은 친구처럼 위안으로 삼고 지냈지만, 이제부터는 정말 쓸쓸하여 못 견딜 것 같구나. 내게는 이미 남은 날도 얼마 안될 것이니 너의 장래를 끝까지 보지는 못할 것이다. 이 수명이 슬프게만 느껴진다. 그런데 새삼스럽게 나를 버리고 옮기는 곳이 어디인지를 생각하면, 정말 슬퍼 못 견디겠다."

대궁은 말하며 울먹였다. 운거안은 모두 석무와의 부끄러운 일 때문에 이렇게 된 것이라고 생각하니, 얼굴을 들지도 못하고 눈물을 흘렸다. 그

때 석무의 유모인 재상의군(宰相의君)이 곁으로 다가왔다.

"우리들은 당신을 석무님과 함께 주인으로 의지하고 있었는데, 이렇게 옮기게 되시니 분하기만 합니다. 내대신이 따로 혼담을 생각해 두었다 해도 제발 그대로 따라가지 마십시오."

재상의군이 소곤소곤 말하는 것이 더욱 부끄러워서 운거안은 아무 말도 안 하였다. 대궁이 말했다.

"이봐, 귀찮게 될 일을 가르쳐 주지 말게나. 사람의 운명은 아무도 미리 알 수 없는 것이니까."

그러나 재상의군은 대꾸하며, 몹시 화가 난 듯 점차 열띠게 말했다.

"아닙니다. 내대신은 석무님을 아직 한 사람 몫을 못 한다고 우습게 보고 그러시는 겁니다. 지금은 그렇더라도 나중엔 우리 석무님이 정말 남에게 뒤지는지 어떤지를 누구에게라도 물어보아 주십시오."

21. 석무가 운거안과 만나다.

석무는 그늘에 숨어서 운거안을 바라보고 있었다. 보는 사람은 비난할는지 몰라도 보통 때 같으면 이러지 않았을 석무에 몹시 마음이 안 놓여서 눈물을 닦으며 서 있었다. 이 광경을 보고, 유모인 재상의군은 불쌍한 마음이 솟아났다. 재상의군은 대궁에게 조용히 상의하였다. 대궁은 땅거미가 질 때 사람들이 왕래하는 틈을 타서 석무와 운거안을 만나게 해주었다.

두 사람은 왠지 모르게 부끄럽고 가슴도 두근거려서 아무 말도 없이 울고 있었다. 이윽고 석무가 입을 열었다.

"내대신의 마음이 정말 원망스러워 차라리 체념하여 버릴까도 생각했지만, 그렇게 되면 당신이 그리워서 틀림없이 못 견딜 것입니다. 이때까지는 조금씩이라도 만날 틈이 있었을 것인데, 어째서 서먹서먹하게 지내 왔을까요?"

아직 아이답고 애처로운 목소리였다. 운거안이 대답했다.

"나도 정말 그렇게 생각합니다."

"내가 그립다고 생각하십니까?"

석무가 이렇게 물으니, 운거안은 고개를 끄덕였다. 그 모습은 정말 순진해 보였다.

등불을 켜야 하는 때가 되어 내대신이 궁중에서 퇴출한 모양이었다. 전구(前驅)가 으리으리하게 소리치는 것을 듣고, 하녀들도 당황하여 떠들어 대니 운거안은 너무나 무서워 벌벌 떨고 있었다. 석무는 내대신이 보고서 책망해도 좋다고 생각하며, 운거안을 그대로 보내 주지 않았다.

'대신이 말씀하신 대로 대궁께서는 정말 모든 것을 알고 계셨구나.'

운거안의 유모가 그 장면을 보고는 이렇게 생각하며, 원망스러워했다.

"정말 정떨어지는 세상이다. 내대신님의 분노와 꾸지람은 말할 것도 없고, 대납언님이 들으시면, 어떻게 생각하실까? 석무님이 아무리 훌륭한 분이라도 아씨의 최초의 혼담이 겨우 육위(六位)밖에 되지 않는 분과의 혼담이라면."

유모가 혼자 말하는 소리가 석무에게 어렴풋이 들려왔다. 두 사람이 만나고 있는 병풍 바로 뒤까지 쫓아와서 푸념을 했기 때문이었다. 석무는 자기의 직위가 낮은 것을 욕보인다고 생각하니, 세상이 원망스러웠다. 석무는 간신히 그리움을 가다듬고 냉정하게 생각해 보았다. 그 말은 용서할 수 없었다.

"저것을 들어 보시오.

〈당신을 생각하며 흘리는 피의 눈물에 빨간 색으로 물든 나의 소매 빛깔을 육위 따위의 엷은 녹색이라고 깔보아도 되는 것일까요?〉"

석무의 말에 운거안은 이렇게 노래했다.

〈내 몸의 괴로운 숙연을 생각나게 하는데, 우리 두 사람의 운명은 어떻게 정해져 있을까요?〉

말을 다 마치기도 전에 내대신이 저택 안으로 들어왔다. 운거안은 어떻게 할 수가 없어 방을 나오고 말았다.

22. 운거안이 내대신의 저택에 가다.

홀로 남게 된 석무는 말도 못하게 부끄럽고 가슴이 터질 것 같아서 자기 방에 돌아와 누워 있었다. 수레 세 대를 나란히 하여, 전구의 소리도 억제하며 급히 나가는 기색을 듣고 있자니, 석무는 가만히 있을 수만도 없었다. 대궁은 심부름 온 사람을 통해 석무에게 자기 쪽으로 오라고 전했지만, 석무는 자는 척하고 움직이지 않았다. 눈물이 그치지 않고 나와서 한탄으로 밤을 밝혔다. 서리가 하얗게 내린 아침, 그는 급히 저택을 나왔다. 울어서 부은 눈초리를 사람들이 보는 것도 부끄럽고, 게다가 대궁이 또 옆으로 부를 것 같아서 석무는 마음이 안 쓰이는 이조원으로 급히 돌아왔다. 오는 도중, 모두가 다른 사람 탓이 아니라 자기가 사서 하는 슬픔이라는 생각이 들었다. 운거안이 가게 된 곳도 자꾸 걱정이 되었다. 하늘도 몹시 흐려서 날은 아직 어두웠다.

〈서리도 얼음도 나를 괴롭히려는 듯이 맺혀 있는, 이른 새벽의 어두운 하늘을, 더 어둡게 만들면서 끊임없이 흘러내리는 눈물이다. 〉

23. 겐지가 유광의 딸을 오절의 무희로 정하다.

겐지는 오절(五節)의 무희를 바쳤다. 특별히 준비할 것도 없었지만, 기일이 가까워지자, 곁에 따르는 여동의 옷가지들을 급하게 맡겼다. 동원에서는 참내의 밤에 곁에서 따를 사람들이 입을 옷을 만들었다. 겐지가 전반적인 일들을 감독했다. 매호중궁도 여동(女童)이나 아래에서 일 보는 사람들의 옷을 훌륭하게 만들어 드렸다. 작년에는 오절이 중지되었는데, 쓸쓸하고 어딘가 부족하게 여겨졌었다. 그래서 전상인이 이번에는 예년보다 화려하게 하려고 생각하고 있었다. 무희를 내놓는 집들끼리도 경쟁이 치열하여, 정말 착하고 아름다운 소녀들만 준비되어 있다고들 수군거렸다. 안찰대납언과 좌위문독과 전상인 몫으로는 근강수(近江守)를 겸하고 있는 양청(良淸)이 무희를 바쳤다. 임금은 이 무희들을 다 궁중에 머물게 하면서 시중들게 하겠다고 말씀하셨기 때문에 다들 자기 딸을 무희로 바쳤다.

겐지 대신이 바치는 무희는 섭진수(攝津守)이면서 좌경대부(左京大夫)를 겸한 유광(惟光) 조신의 딸이었다. 그녀는 얼굴 모습이 대단히 아름답기로 평판이 자자한 아이였다. 유광은 곤란하게 여겼으나, 사람들은 이렇게들 몹시 비난하였다.

"안찰대납언이 후처 소생의 딸을 바치려고 하는데, 당신이 소중한 외동딸을 바친다 해서 무엇이 부끄럽다고 하는가?"

유광은 난처해져서 그대로 궁중에서 봉사하게 하려고 결심하게 되었다. 유광은 춤 연습 같은 것을 자기 집에서 정성 들여 마무리하고, 가까이에 둘 사람도 엄하게 골라서 당일 저녁에 이조원으로 보냈다. 겐지도 여러 사람들의 시중을 들 여동들을 얼굴이 예쁜 자들만 특별히 골라냈는데, 그들은 다들 선택받는 것을 영광으로 생각하고 있었다. 임금 앞에 선보일 때를 대비하여 그들은 차례로 겐지 앞을 지나가면서 평가를 받았다. 그런데 누구 하나 버리지 못할 만큼 여동들은 제각각 몸매나 얼굴이 예뻤다.

"궁을 시중 드는 또 한 사람 분도 이쪽에서 바치고 싶군요."

결국 겐지는 자기가 판정하지 못하고, 이렇게 말하며 웃었다. 겐지는 가까스로 몸매 다루기와 마음의 소양으로 뽑았다.

24. 석무가 유광의 딸을 연모하다.

석무는 그때 이래로 슬픔 때문에 가슴이 막혀, 식사도 목으로 넘어가지 않았다. 몹시 마음이 우울하여 책도 보지 않고 생각에 잠겨 있다가 답답함을 조금이라도 덜까 하여, 몰래 방을 나와 여기저기를 걷고 있었다. 석무는 예쁘고 고상한 인상이어서 젊은 여자들은 정말 훌륭한 분이라고 감탄을 하였다. 겐지는 석무가 자의상의 고운발 앞까지도 가까이에 갈 수가 없게 하였다. 겐지는 무슨 생각이 있어서인지 석무를 조금은 경계하고 있었다. 그래서 석무는 자의상을 돌보는 여인들과도 그다지 친하지 않았다. 그러나 이날은 혼잡한 틈을 타서 이쪽으로 들어왔었다. 석무가 바라보니, 무희는 우차(牛車)에서 조용히 내려와 기다리고 있었다.

여닫이문 사이에 병풍을 세워서 임시의 설비를 만들어 놓았는데, 무희는 그곳에서 기다리고 있었다. 가만히 다가가서 안을 들여다보니, 무희는 지친 모습으로 물건에 기대 있었다. 나이는 운거안과 비슷하게 보였고, 키는 조금 더 큰 것 같았으며, 용모는 한층 더 눈에 띄었다. 매력 있는 모습은 오히려 무희 쪽이 나은 것 같았다. 어두워서 자세히 볼 수는 없었지만, 모든 것이 운거안을 생각나게 하는 상황이었다. 석무의 마음이 갑자기 무희에게로 옮겨간 것은 아니었지만, 마음에 적지 않게 소동이 일어났다. 석무는 일부러 옷의 단을 소리나게 끌어 보았다. 무희는 누구인지 눈치 채지 못하고, 이상하다고만 생각했다.

"〈하늘에 계시는 풍강희(豊岡姬)에게 시중 드는 궁인인 당신도, 내가 금줄을 쳐 놓고 내 것으로 생각하고 있다는 것을 잊지 마십시오.〉

아주 옛날부터 당신에게 마음을 걸고 있었습니다."

석무는 이렇게 당돌한 말을 하였다. 젊고 아름다운 목소리였지만, 무희는 목소리의 주인이 누구인지 알 수 없었다. 무희가 놀라고 떨리는 가슴으로 두리번거리는데, 여인들이 다가와서 주위가 떠들썩해졌다. 석무는 유감스러워하며 거기를 빠져나왔다.

25. 오절의 날, 노래를 증답하다.

그 동안 석무는 육위의 색인 천총(淺葱)이 불만이어서 지금까지 참내도 하지 않고 지냈다. 그런데, 오절에는 천총과는 다른 색깔의 평상복이 허용되어 궁중에 들어갔다. 그 동안 석무는 어려서 고운 자태로만 보였었는데, 이날은 퍽 어른답고 의젓하게 걷고 있었다. 임금을 비롯하여 모든 대신들이 석무를 귀중하게 여기고, 비할 데 없이 다루었다.

오절의 무희가 들어오는 의식이 시작되었다. 어느쪽이 더 특별하다고 할 것 없이, 다들 더할 수 없이 준비를 한 모습이었다. 그러나 무희의 용모로 말하자면 겐지와 안찰대납언이 데리고 온 사람이 그 중 뛰어났었다. 모두들 그 예쁜 용모에 놀라 칭찬을 아끼지 않았다. 두 사람 다 몹시 아름다웠으나, 여유 있고 귀여운 점에서는 역시 겐지의 무희를 따르지 못하였다. 유광의 딸은 어디 하나 흠잡을 데 없이 예쁘고 화려한 느낌의 용모를 지니고 있었고, 그러한 신분의 딸이라고는 보이지 않게 치장을 한 모습이 말할 수 없이 매력적이었다. 올해의 무희는 예년보다 조금 어른스럽고, 확실히 다른 해보다 특별했다. 겐지도 참내하여 무희를 바라보면서 그 옛날 눈에 익혀 두었던 무희의 모습을 회상하였다. 겐지는 춤의 당일인 진(辰)의 날 저녁때, 옛 무희에게 편지를 보냈다.

〈옛날의 젊었던 무희도, 지금은 세월이 흘러 나이를 먹어 고풍이 되었을 것이다. 하늘의 소매를 흔들며 춤추던 때의 옛날의 친구인 나도, 상당히 나이가 들었으니까. 〉

세월을 돌이켜보다가 문득, 그리운 옛정을 가슴에 묻어 둘 수가 없어서 한번쯤 젊은 날을 떠오르게 하는 정도의 내용이었지만, 상대의 마음에 설레임을 불러일으키는 것은 어쩔 수 없는 일이었다. 옛날 축자의 오절은 답장을 보냈다.

〈오절의 의식을 빙자하여 그렇게 말씀을 주시니, 옛날 햇빛 그늘의 가발을 쓴 내가, 볕 드는 곳의 서리가 소매에 녹는 것처럼 당신에게 나부꼈던 것이, 바로 오늘 일 같이 여겨집니다. 〉

이 답장은 잘 어울리는 파란 종이에 필적을 감추려고 먹의 농담을 조절하여, 초가나〔草假名〕16)를 많이 섞어서 흐트러진 느낌이 나도록 쓴 것이었다. 겐지는 그 편지에 흥미를 느꼈다.

석무도 유광의 딸이 마음에 들어서 남모르게 사랑하는 마음을 품고 서성거렸지만, 그 근처에도 가지 못했다. 어떤 일에도 쑥스러운 젊은 나이였기에 다만 한스럽게 생각할 뿐이었다. 그러나 그 어여쁜 얼굴 모습이 실로 강하게 가슴에 와 닿아, 괴로운 운거안과의 인연을 위로하기 위해서라도 그녀를 자신의 것으로 하지 못할까 하고 생각하였다.

---

16) 일본의 글자 중, 초가나〔草假名〕와 변체가나〔變體假名〕의 총칭.

26. 석무가 유광의 딸에게 소식을 전하다.

무희는 그대로 모두 궁중에 머무르게 하여, 궁중에서 일하게 하려는 것이 임금의 의향이었다. 그러나 일단은 퇴출시켜 근강수의 딸은 신기(辛崎)의 불제에, 섭진수 유광의 딸은 난파(難波)의 불제에 일하게 하였다. 안찰대납언도 다른 기회에 딸을 들여보내려고 미리 말씀을 올렸다. 좌위문독은 자격을 갖지 않은 사람을 무희로 올렸다고 꾸중을 들었지만, 그래도 무희는 궁중에 머무르게 했다.

"전시(典侍)가 결원으로 있는데, 내 딸을 거기에."

섭진수 유광이 이렇게 청하여 왔으므로, 겐지는 그렇게 힘써 보려고 생각하였다. 석무가 그 소식을 듣고는 몹시 섭섭해했다. 석무의 나이가 이렇게 어리지 않고, 지위가 이렇게 하찮은 것이 아니었다면, 자기에게 달라고 청해 볼 수 있었을 것이었다. 그러나 자기가 그녀에게 마음을 품고 있다는 사실조차 알리지 못하고 마는 것이 안타까웠다. 석무는 이일로 운거안과의 이별이 더욱 사무쳐 눈물을 머금을 때가 많았다.

유광의 딸의 아우 중에는 동자전상(童子殿上)을 하는 자가 있었는데, 항상 석무의 옆에서 시중들며, 남보다 친하게 따르고 있었다.

"오절은 언제 궁중에 들어가는가?"

석무가 은근히 물어보았다.

"올해 중에 들어간다고 듣고 있습니다."

"얼굴 모습도 정말 훌륭하더구나. 까닭없이 그립게 생각이 된다. 그대가 그녀를 늘상 만나는 것이 부럽다고 생각되는데, 다시 한번 내게도 만나게 해줄 수 없을까?"

"어째서 그런 일을 할 수 있겠습니까? 나도 마음대로 얼굴을 보지 못합니다. 남자형제라고 가까이에 갈 수도 없는데, 더구나 어떻게 젊은 군에게 대면시켜 줄 수 있겠습니까?"

"그러면 하다못해 편지라도."

석무는 이렇게 말하고 편지를 건네주었다. 아버지인 유광은 이전부터 이런 일을 엄하게 금하고 있어서 동자전상인에게는 귀찮은 일이었다. 그러나 무리하게 도로 드리는 것도 미안해서 편지를 가지고 갔다. 오절은 나이보다 성숙해서였을까, 그 편지를 보고 마음이 움직였다. 녹색의 질이 좋은 종이에 멋을 아는 색깔의 겹종이를 써서 이직 어린 티가 풍기는 필적으로 적혀 있었지만, 믿음직스럽게 느껴지는 편지였다.

〈당신이 썼던 빛의 그늘의 가발은 아니지만, 햇볕에도 똑똑했을 것입니다. 무희가 흔들며 춤추는 하늘의 날개의 소매에 건 나의 마음을.〉

오누이가 보고 있을 때 마침 우연히 유광이 들어왔다. 그들은 무서워서 당황하느라 편지를 감추지도 못했다.

"무슨 편지냐?"

두 사람은 얼굴을 붉히고 송구스러워했다.

"괘씸한 일을 하는구나."

유광은 꾸짖고는 도망가는 아우를 불러서 물었다.

"누구 편지인가?"

"석무님이 전하라고 건네준 것입니다."

유광은 갑자기 웃는 얼굴이 되었다.

"귀여운 젊은 군이 장난스런 마음으로 보낸 것이로군. 믿음직하지 못한 나이 또래들이구나."

유광은 석무를 칭찬하며, 모군에게도 편지를 보였다. 유광은 말했다.

"이 젊은 군이 내 딸을 한 사람 몫으로 인정하고 있다면, 궁중에 봉사하는 것보다도 이쪽에 바치는 게 어떨까? 겐지님의 마음 씀을 보면, 처음 반하였던 사람을 잊어버리는 일이 없어서 진실로 믿음직하다. 나도 명석(明石)의 입도 같이 될까."

그러나 어쨌든 궁중 봉사의 준비로 분주하게 지냈다.

27. 석무가 화산리를 평가하다.

석무는 운거안과 헤어진 후로 편지조차 전하지 못하고 있었다. 유광의 딸보다는 훨씬 나은 내대신의 아씨 운거안의 일이 언제나 마음에 걸렸다. 날이 지남에 따라 그리움은 더해만 가는데, 이제 다시는 못 만난다고 생각하니 한탄만 할 따름이었다. 석무는 대궁에 참상하는 것도 괴롭게 생각되어 가지 않았다. 운거안이 있던 방, 오랜 세월 동안 같이 놀던 곳이 전보다도 더 생각이 나서 그 저택마저 한심하게 느껴졌다. 석무는 동쪽의 원에만 들어앉아 있었다. 겐지는 석무를 서쪽 대옥에 있는 화산리(花散里)에게 맡겨 놓고 있었다.

"대궁의 수명도 이미 얼마 안 남았다고 생각되는데 이렇게 어린 때부터 친하게 지내다가 그분이 돌아가신 후에라도 후견인의 노릇을 하여 주시오."

겐지의 부탁이라면 그저 말씀대로 따라 하는 화산리여서 석무를 정성들여 소중하게 돌보고 있었다.

석무는 화산리를 언뜻 보고서 이런 생각을 하였다.

"용모도 그렇게 빼어나지는 못하다. 아버지는 이런 사람도 버리지 않고 계셨구나. 그토록 아름다운 운거안의 얼굴 모습을 오로지 마음속 깊이 간직하며, 그리워하는 것도 쓸데없는 짓이다. 마음씨가 이분처럼 다정한 분하고 사랑하는 것이 좋을 것이다."

그러나 한편으로는 마주 앉을 마음도 들지 않는 화산리의 용모가 어쩐지 불쌍하게 여겨졌다.

"아버지는 이분하고 오랜 세월을 지내고 있지만, 원래 이 정도의 용모임을 알고 있어서 결점을 일부러 안 보려고 겹겹의 휘장을 사이에 둔 것이다. 그러고서 이것저것 마음을 써서 감싸 주고 있는 것이다. 그것도 정말 좋은 일인 것 같다."

이렇게 생각하는 석무의 심중의 깊이는 어른도 무색할 정도였다. 대궁은 여승 모양을 하고 있는데도 아직 예쁘고, 그 동안 석무가 가는 곳에는 어디든 모두 어여쁜 여인들만 있었던 것이었다. 그런데 화산리는 원래 잘 생기지 못하고, 게다가 조금 나이가 들어서 너무 마르고 머리털이 적어진 것이 큰 흠으로 보였던 것이다.

28. 석무와 대궁이 서로 한탄하다.

섣달 그믐께가 되었다. 대궁은 오직 석무 하나를 위해서 정월의 옷 등을 정성껏 준비하였다. 석무는 대궁이 아름답게 지은 여러 벌의 옷을 보는 것도 한심하게만 느껴졌다.

"정초에는 특별히 참내할 일도 없는데, 왜 이리 많이 준비하셨나요?"

"좋은 일이 있으면 늘 참내를 해야지. 늙어서 기력이 없는 이처럼 말하는구나."

"나이를 먹지 않아도 아주 기력이 없어서."

석무는 이렇게 중얼거리며 눈물을 머금었다. 운거안의 일을 생각하느라 저럴 것이라고 생각하자, 대궁도 가슴이 찢어질 듯 눈물을 글썽였다.

"사나이는 아무리 신분이 천한 자라도 마음가짐을 높게 가져야 한다. 너무 그렇게 우울하게 있지 말아라. 그렇게 생각에 잠길 일이 뭐가 있느냐? 가당치도 않다."

"아닙니다. 깊이 생각해서 그런 게 아닙니다. 육위라고 모두 바보처럼 여기는데, 그것도 잠깐 동안이겠지만, 참내하는 것도 무언가 마음이 내키지 않습니다. 돌아가신 태정대신이 생존해 계셨다면, 이렇게 바보처럼 당하지는 않았겠지요. 아버지는 격의 없는 실부(實父)인데도 남처럼 대하며 나를 멀리하시니, 계시는 곳에 마음 가볍게 가까이 갈 수도 없습니다. 동쪽의 원에서만 아버지를 대면할 수가 있습니다. 서쪽 대옥의 화산리께서 나에게 마음을 써 주시지만, 어머니가 재세하셨다면, 지금처럼 괴롭지는 않았겠지요."

떨어지는 눈물을 얼른 닦으며 감추려 하는 모습이 애처로워, 궁은 한층 더 마음이 슬퍼져서 소리 없이 눈물을 흘렸다.

"모친이 먼저 죽은 사람은 신분의 고하를 막론하고 다 너처럼 불쌍하지만, 자연히 어른이 되고 나면 깔보는 사람도 없어진단다. 그러니 그런 생각은 그만두어라. 돌아가신 태정대신이 그런 대로 좀더 살아 주셨으면 좋았을 것을. 네가 유일하게 의지할 곳은 대신의군(大臣의君)인데, 돌아가신 태정대신을 의지하는 것과 똑같은 것 같지는 않구나. 내대신의 성질도 세상에는 좋은 평판이 나 있지만, 옛날과는 아주 다른 처사가 많아서 내가 오래 사는 것도 원망스럽구나. 긴 장래가 있는 너까지 조금이라도 세상을 비관하고 있으면, 정말 만사가 원망스럽게만 여겨진다."

대궁은 이렇게 말하며 흐느꼈다.

29. 주작원의 행행.

원단(元旦)에 34세가 된 겐지는 궁중의 하례식에 나가지 않아도 되어서 편안히 쉬었다. 옛사람 등원양방(藤原良房)의 예를 배워서 겐지는 이조원에 백마를 끌고, 궁중의 의식에 준하여 행사를 마련했다. 선례보다도 많은 행사를 하여 더욱 위엄이 있어 보였다.

2월 20일이 지나서 주작원(朱雀院)에 행행(行幸)이 있었다. 꽃이 한창일 때는 아직 멀었지만, 3월은 등호궁이 돌아가신 달이었다. 빨리 피는 벚꽃의 빛도 화려하고 예뻤다. 주작원에서도 특별히 마음을 써서 손질과 장식을 하고, 또 행행에 같이 온 당상관과 친왕들도 여러 가지 준비를 하고 있었다. 그들은 모두 청색의 겉옷에 붉은 속옷을 입었다. 임금은 붉은 옷을 입었다. 부름이 있어 참상한 겐지도 붉은 겉옷을 입었다. 같은 옷을 입은 임금과 겐지는 더욱 구별이 안되는 것처럼 보였다. 사람들의 옷차림과 마음쓰임도 여느 때와는 달리 특별하였다. 주작원도 해를 거듭할수록 아름다워져서, 언뜻 보기에도 우아하였다. 이날은 전문 문인을 부르지 않고, 다만 문재가 뛰어나다는 평판의 실력 좋은 학생 10명 정도를 불렀다. 식부성의 문장생 시험 제목을 본떠서 칙제(勅題)를 내렸다. 이것은 겐지의 장남인 석무가 시험을 보기 때문이었다. 마음이 약한 자들은 벌써 몹시 허둥대고 있었다. 한 사람씩 따로따로 배를 띄우자 정말 어찌할 바를 모르는 것 같았다. 해도 점점 기울어 졌을 때, 음악을 연주하기로 된 한 쌍의 배가 언저리를 저어 돌며, 가락을 맞추는 짧은 곡을 연주했다. 때마침 위에서 불어 내리는 산바람이 연주를 더욱 흥취 깊게 만들었다.

'이런 괴로운 학문의 길을 걷지 않아도 사람과 교제하고, 놀며, 흥겨

위 할 수 있는 것을.'

석무는 이렇게 세상을 원망스럽게 생각하였다.

춘앵전(春鶯囀)을 출 때에, 겐지는 옛날 꽃잔치의 일을 떠올렸다.

"그때처럼 훌륭한 것을 또 다시 구경할 수가 있을까?"

주작원도 이렇게 말하였다. 겐지는 감회에 젖어 그 당시의 일을 이것저것 차례로 회상하였다. 춤이 끝나고 겐지는 주작원에게 술잔을 올리고 읊었다.

〈꾀꼬리의 지저귀는 소리, 춘앵전의 곡은 예전대로인데, 예전의 꽃잔치 때 사이 좋게 놀았던 꽃의 그늘은, 시대의 세력처럼 모두 변하여 버렸습니다. 〉

주작원은 이렇게 답했다.

〈궁중에서 멀리 떨어져 노을 사이에 끼어 있는 나의 집에서도, 봄이 왔다고 말하는 꾀꼬리소리가 들립니다. 〉

수궁은 지금은 병부경(兵部卿)이 되어 있었다. 그는 임금에게 술잔을 올리며 노래했다.

〈옛적의 음색을 그대로 불러 전하여진 춘앵전의 곡조에, 지저귀는 꾀꼬리의 소리마저 옛적과 다름이 없습니다. 정말 축하드립니다. 〉

그 자리의 분위기에 어울리는 훌륭한 노래였다.

〈꾀꼬리가 옛적을 그리워하여 지저귀는 것은, 날아다니는 나무의 꽃의 빛이 바랜 것일까? 춘앵전의 곡에 옛적을 그립게 생각하는 것은, 내 치세가 떨어지는 것일까?〉

임금은 술잔을 받고는 이렇게 노래했는데, 그 광경은 무척이나 그윽하고 고상하였다. 더 많은 노래들이 전해지지 않은 것은 이날의 모임이 비공식적인 내밀한 것이어서 술잔이 너무 많이 오고 간 탓이었을 것이다.

악소(樂所)가 멀어서 음악소리가 또렷하지 않아, 임금은 현악기들을 가져오게 하였다. 비파는 병부경궁, 화금은 내대신, 쟁의금은 주작원의 앞에 드리고, 거문고는 태정대신이 맡았다. 이렇게 훌륭한 명수들이 모여 멋지게 여러 가지 솜씨를 자랑하였다. 노래를 잘 부르는 전상인들이 많이 대기하고 있었다. '안명존'(安名尊) 17)을 노래 부르고, 다음에 앵인 (櫻人)을 불렀다. 달도 몽롱하게 떠서 흥취가 다하지 않았다. 가운데 섬에 여기저기 화톳불을 놓고, 성대한 놀이는 아쉬운 대로 끝을 맺었다.

30. 임금과 겐지가 홍휘전대후의 곁에 들다.

이미 밤도 깊어졌으나, 이런 기회에 홍휘전대후(弘徽殿大后)가 계시는 곳을 들여다보지 않는 것은 예의에 어긋나는 일이었기에 임금은 돌아가는 길에 그곳에 들렀다. 대후는 57, 8세로 몹시 나이 들어 보여서 새삼 겐지는 돌아가신 등호궁의 짧은 생애를 한탄하였다. 이렇게 장수하는 분도 계시는데 참으로 서운한 일이었다.

"지금은 이렇게 나이가 들어 모든 일을 잊어버렸는데, 황송하게도 생각하여 주시니 새삼스럽게 옛날 동호원의 치세를 생각나게 합니다."

대후는 울면서 말했다. 임금은 말했다.

"의지하던 모궁께서 떠나신 후로 봄의 오고 감도 모를 정도로 한탄하고 있었지만, 지금 보니 그 마음을 위로할 수가 있었습니다. 이제부터는 때때로 찾아오려고 합니다."

"다른 기회에 다시 오겠습니다."

겐지도 적당한 인사말을 하고, 이렇게 말하며 일어섰다. 하늘을 찌를 듯한 겐지의 위세에 대후는 아직도 마음이 온화하지 못했다.

'저 사람은 옛일을 어떻게 생각하고 있을까? 역시 천하를 얻을 운명을 막을 수는 없었구나.'

대후는 옛일을 후회했다.

한편, 농월야도 조용히 옛일을 생각하며, 감회를 견디지 못하는 때가 많았다. 농월야는 지금도 적당한 때에 몰래 인편을 구하여 가만히 편지를 올리고 있었다. 또 대후는 임금에게 주상할 일이 있어도, 조정에서 받고 있는 연관(年官) 18)과 연작(年爵) 19)이나 기타 여러 가지 일이 생각

---

17) 아나도오도(あなどうど). '아아, 고귀하다'라는 뜻.
18) 명색뿐인 관에 임용하고, 그 봉급을 천황 등이 나누어 갖는 것을 말한다.

대로 안될 때에는, 오래 살아서 이러한 한심한 시대를 만난 것이라고 한탄하며 전성기를 되찾으려고 하여 모두를 불쾌하게 만들기도 했다. 늙어감에 따라 비뚤어진 마음도 더하여져, 주작원도 비위를 맞추기가 어려워 힘에 겨워하고 있었다.

31. 석무가 진사에 급제하다.

석무는 그날의 시부(試賦)를 훌륭하게 지어서 진사(進士)가 되었다. 그날의 수험생은 모두 연공(年功)을 쌓은 우수한 자들이었지만, 급제한 사람은 겨우 3명이었다. 석무는 가을의 관리 임명 날에 5위로 승진하여 시종(侍從)이 되었다. 운거안의 일을 잊을 때는 없었지만, 내대신의 감시가 심하여서 무리하게 만나지는 못했다. 적당한 인편을 구하여 소식만을 전하는 가여운 두 사람 사이였다.

32. 육조원의 조영.

겐지는 한적한 주거를 희망했는데, 그것도 같은 값이면 미래를 멀리 내다볼 수 있게 조영(造營)하여, 여기저기에 떨어져 있어 걱정이 되는 산골 사람들까지 한데 모아서 살려는 계획이었다. 겐지는 육조 경극(京極) 근처, 매호중궁의 구저택 근처 4구획의 땅에 신저택을 지었다. 또 식부경궁이 내년에는 50세가 되므로 그 축하의 일도 자의상이 준비하고 있었다. 겐지도 역시 이 일은 모르는 척하고 보아 넘길 수가 없어서 더욱더 이 축하 준비의 일과 법회 후 정진의 행사, 음악가와 무용가의 선정 등을 열심히 지휘하고 있었다. 불경이나 불상의 장식, 법회의 날의 옷이나 참회자에게 줄 물건 등은 자의상이 준비하였다. 화산리에게도 준비를 분담시켰다. 화산리와의 사이는 이전보다도 마음이 더 잘 통하여 기품 있게 지내고 있었다.

이렇게 세상에서 크게 떠들어 댈 정도로 준비하고 있는 것을 식부경궁도 듣게 되었다.

---

19) 종5 이하에 임용하고 그 봉급을 연관(年官)과 같이 나누어 갖는 것을 말한다.

'겐지 대신은 항상 세상에 은혜를 널리 베풀었는데, 내 집에는 묘하게 박정하여 쑥스러운 생각을 갖게 했었다. 한심한 일이 많았던 것은 다 나를 절실하게 원망한 까닭일 것이다.'

'관계하는 분들이 많이 있었는데도 그 중에서 자의상에게 특별히 총애가 깊어, 세상에서 소중하게 받들어 섬기게 된 것은 얼마나 운이 좋은 일인가? 친정인 내 집까지는 그 운이 미치지 못한다 해도 그것만으로도 너무나 영광이다.'

그는 괴롭게 생각하면서도 한편으로는 이렇게 생각하고 있었다.

'게다가 또 이렇게 과분하게 세상의 소문이 요란할 정도로 준비를 하여 주는 것은 뜻하지 않은 만년의 광영이라고 말할 수 있겠다.'

식부경궁이 이렇게 기뻐하는 것을 본처는 불쾌한 일로 생각하고 있었다. 그 까닭은, 딸이 여어로 입내할 때에도 겐지가 마음을 써 주지 않았던 것을 속으로 원망하고 있었기 때문이다.

33. 육조원이 완성되다.

8월에는 1년에 걸친 육조원의 조영이 끝나서 짐을 옮기게 되었다. 서남쪽은 원래 매호중궁의 영지였던 구택이 있는 곳으로, 지금도 중궁이 살도록 꾸몄다. 동남쪽은 대신이 살 예정이었다. 동북쪽은 이조원의 동원에 살고 있는 화산리, 서북쪽은 명석의군의 거처로 결정되어 있었다. 전부터 있었던 연못과 산 같은 것도 어울리지 않는 것은 헐어서 위치를 바꾸거나 물의 흐름과 산의 모양을 고쳐서, 각각 거주하는 분들의 희망대로 풍취를 만들어 냈다.

동남의 저택에는 산을 높게 쌓고, 온갖 종류의 꽃나무를 모아서 심었으며, 연못의 풍경도 특별히 재미있게 꾸몄다. 가까운 앞쪽에는 잣나무, 홍매, 벚꽃나무, 등(藤), 황매화나무, 바위 철쭉들과 같은 봄나무와 풀을 심되 특별히 티가 나지 않게 가을의 초목들도 섞어 놓았다. 중궁이 거처할 곳은 전부터 있었던 가산(假山)에 빛깔이 고운 단풍나무를 심고, 깔끔한 샘물을 흘러가게 했으며, 물소리를 맑게 하는 바위를 여러 개 세

윘다. 그리고 폭포수를 떨어지게 하고, 넓은 가을들판을 만들어 놓았다. 그 들판은 때마침 제철을 맞아, 가을 화초가 한창 흐드러지게 피어 있었다. 그토록 유명한 대언 근처 야산의 추색이라도 이 뜰에 비하면 아무런 생색이 나지 않을 것이었다. 북등의 저택에는 보기만 하여도 시원한 샘을 만들고, 여름의 나무그늘을 중심으로 하여 만들었다. 가까운 앞뜰에는 담죽(淡竹)을 바람이 잘 통하도록 심고, 높은 나무를 숲처럼 무성하게 펼쳐 놓고 산골 같은 풍취가 나도록 병꽃[卯]나무 울타리를 일부러 만들었으며, 옛날을 생각나게 하는 귤나무, 패랭이꽃, 장미, 바위 등나무 같은 것을 심고, 봄과 가을의 나무와 풀을 곳곳에 섞어 놓았다. 그 동쪽에는 부지의 일부를 갈라서 마장집을 짓고 울타리를 만들어 5월 경마 때의 놀이터로 삼았다. 물가에는 창포를 심어 무성하게 하고, 그 건너편에 마구간을 세웠으며, 훌륭한 말을 몇 마리나 준비하여 매어 놓고 있었다. 서북의 저택에는 정북면의 대지에 매립지를 쌓아올리고, 창고를 지어 늘어놓은 구획이었다. 구획의 울타리에는 소나무를 많이 심어서 설경을 감상하기 좋도록 꾸며 놓았다. 초겨울의 아침서리가 맺히면 더욱 아름답게 보일 국화의 성근 울타리, 한껏 자랑하는 듯 물들어 있는 갈참나무의 들, 그다지 잘 알려지지 않은 이름없는 심산의 나무들이 모두 깊은 정취를 느끼도록 조화를 이루고 있었다.

34. 처첩을 육조원에 옮기다.

가을의 피안(彼岸 : 8월 10일께의 7일간) 쯤에 이사를 했다. 일제히 옮길 예정이었으나, 중궁은 너무 떠들썩하다고 조금 날짜를 연기하였다. 온화하고 까다롭지 않는 화산리만은 그날 밤 자의상을 따라 집을 옮겼다. 봄의 계절에 따라 꾸민 자의상의 거처는 지금의 계절에는 맞지 않지만, 역시 특별하고 빼어나 있었다. 자의상은 수레를 15량 정도 늘어놓고, 전구(前驅)는 4위, 5위가 주로 하고, 육위인 전상인 중 착실한 사람들만을 골랐다. 혹 세상의 비난이 있을까 해서 간략히 차렸으므로, 사람을 놀라게 하는 위엄은 없었다. 겐지는 화산리의 편도 자의상보다 조금도 떨어

지지 않게 준비시켰다. 석무가 곁에서 돌보는 사람이니, 그렇게 하는 것
이 훌륭한 처사라고 생각했던 것이다. 하녀들의 방으로 할당된 구역도
섬세하게 배려되어 있었다.

5, 6일 뒤에, 매호중궁이 궁중에서 여기로 퇴출하였다. 매호중궁 역시
간략하게 하려고 마음 먹었으나, 그 위세는 성대한 것이었다. 중궁은 물
론 운도 좋았지만, 인품이 고상하고 무게가 있어 보여서 세상으로부터도
한층 더 훌륭하다는 평을 듣고 있었다. 이곳에는 수많은 담이나 복도들
이 있어, 서로가 자유로이 오갈 수 있었다. 친하게 마음을 나눌 수 있는
좋은 사교장이 되도록 배려한 것이었다.

9월이 되어 단풍이 여기저기에 물들자, 중궁의 거처 앞에는 말로 다할
수 없을 정도로 풍취가 감돌았다. 바람이 부는 저녁때에 중궁은 상자 뚜
껑에 여러 가지 색의 꽃과 단풍을 섞어서 자의상에게 드렸다. 통통하고
키가 큰 여동이 짙은 보라의 겉옷에 안팎의 색이 다른 옷을 겹쳐 입고,
매우 익숙한 몸놀림으로 복도와 홍예다리를 건너서 자의상 쪽으로 왔다.
중궁은 이 귀여운 여동에게 심부름시키는 것을 여전히 좋아하고 있었다.
고귀한 장소에서 시중 드는데 익숙한 여동은 몸매부터 용모가 아름다울
뿐 아니라 재치도 있었다. 중궁의 편지에는 이렇게 적혀 있었다.

〈봄의 계절을 기다리는 뜰에 지금은 갈 곳도 없이 계실 것이므로, 내
거처의 아름다운 단풍을 그런 대로 바람 편에라도 보아주십시오.〉

젊은 여인들은 심부름 온 여동을 재미있게 접대했다. 답장은 상자의
뚜껑에 이끼를 깔아 바위 같은 풍치를 이루게 하고, 소나무의 가지에 묶
어 보냈다.

〈바람에 지는 단풍 같은 것은 가벼운 물건에 지나지 않습니다. 영원히
변하지 않는 바위의 소나무에서 봄의 녹색을 보아주셨으면 좋겠습니다.〉

바위의 소나무도 정교하게 만들어져 있었다. 이렇게 순간의 취향을 살
린 재주의 번득임을 중궁은 감탄하며 들여다보았다. 곁에 있는 여인들도
다 같이 칭찬을 아끼지 않았다. 겐지는 말했다.

"이 단풍의 편지에 솜씨 좋게 감쪽같이 당한 것 같은데요. 봄의 꽃이

한창일 때 답례를 하십시오. 지금의 계절에 단풍을 헐뜯는 것은 용전희 (龍田姬 : 가을의 여신)에게도 미안한 일이니 일단 양보하시지요. 봄에 꽃 그늘에 둘러싸여 있을 때라야 시원한 대답을 할 수 있지 않겠어요?"

겐지의 그런 모습은 한없는 매력을 지니고 있어서 어디에서 보아도 훌 륭하였다. 나무랄 데 없는 이 저택에서 처첩들은 친하게 편지를 주고받 고 있었다.

대언에 있는 명석의군은 자기 신분이 낮은 것을 고려하여 다른 분들이 이사를 끝낸 다음에 몰래 옮기려고 생각하고, 10월이 되어 옮겨왔다. 저 택의 준비와 이사의 모습 등은 다른 분에게 떨어지지 않도록 겐지가 돌 보았다. 명석의 어린 아씨의 장래를 생각하고 있어서 만사 다른 분들과 차별하지 않고 아주 정중하게 대하고 있었다.

22. 옥 다리 (玉鬘[*])

대강 줄거리

겐지 나이 34세부터 35세.

석안의 딸인 옥만(玉鬘)은 축자에서 아름다운 여인으로 성장해 있었다. 옥만은 모친의 행방을 찾다 못한 유모 일가와 같이 하향했다가 유모의 남편 소이가 죽은 뒤 상경하지 못하고 있었다. 옥만은 어느새 20세가 되었다. 그 미모와 천하지 않은 혈통을 전하여 듣고 구혼자들이 쇄도했는데, 그 중에도 특히 대부감이라고 하는 비후국의 호족은 억지로 사랑을 고백하고 있었다. 유모는 옥만을 상경시켜 아버지 내대신과 어머니에게 보이겠다는 희망을 버리지 않았다. 결국 무서운 대부감의 눈을 피하여 쾌속선을 마련해서 탈출하였다. 유모의 자녀 중에는 그곳에서 녹을 받고 있었기에 함께 떠날 수 없는 사람도 있었다. 그들은 괴로운 이별을 했다.

그들은 경에 도착해서도 모친인 석안을 찾을 길이 없었다. 하는 수 없이 신불에 소원을 빌고, 장곡사의 공덕을 의지하러 참배의 길을 떠났다. 춘시의 숙소에서 일행은 뜻하지 않게 우근과 만났다. 우근도 옥만과의 해후를 기원하며, 때때로 참배를 했던 것이었다. 우근은 옥만의 소식을 겐지에게 보고했다. 겐지는 기뻐서 옥만을 자기 집에 데려오려고 했다. 겐지는 시골에서 자란 옥만의 교양이 걱정되

---

[*] 죽은 석안(夕顔)의 딸 이름. 옥만의 원뜻은 옥 같이 만든 다리이다. 겐지가 읊은 노래에 나온다. 이 노래로 인하여 이 권의 여군을 옥만이라 호칭한다. 다마가쓰라(たまかつら) 라 읽는다.

었지만, 답장에 나타난 옥만의 마음씨를 보고는 안심했다. 옥만은 육조원으로 옮겨서 석무와 함께 화산리의 보살핌을 받게 되었다. 언제나 옥만을 지켜 왔던 젖형제인 풍후개도 그 집의 가신이 되어 체면을 세웠다.

　연말에 겐지는 여인들에게 정월의 설빔을 선물했다. 옥만을 비롯한 여인들 모두에게 용모나 기품에 맞게 골라 보낸 옷감이었다. 자의상은 어쩐지 수상하게 생각했지만, 겐지는 그것을 딱하게 여겼다. 겐지로부터 온 심부름꾼에 대한 물건이나 반가 등에는 여인들의 마음씨가 담겨 있었다. 겐지는 언제나 변함없는 말적화의 지루함에 정나미가 떨어져 두손들었다. 이것이 계기가 되어, 겐지는 자의상을 상대로 여성론과 화가론을 시작했다.

1. 겐지와 우근이 석안을 추모하다.

　석안(夕顔) 이 죽은 후 17년이 지났지만, 겐지는 애착이 각별했던 석안을 조금도 잊지 않았다. 각각 성격이 다른 여인들의 모습을 수없이 보아 왔으면서도 석안이 만약 이 세상에 살아 있다면 하는 생각이 들 때마다 그립고 섭섭하게 여겼다. 우근(右近)[1]은 특별한 점이 없는 여인이었으나, 석안을 추억하게 하는 사람이었다. 그래서 겐지는 우근을 사랑스럽게 여기며 오래 전부터 하녀로 곁에 두고 있었다. 겐지가 수마로 옮길 때, 하녀들은 모두 자의상에게 맡겨졌었는데, 우근은 그때부터 자의상을 섬기고 있었다. 자의상이 보기에도 우근은 마음씨 곱고 조심스러운 사람이었다.

　"만약 돌아간 석안 아씨가 살아 계셨으면, 명석의 분만큼은 평판을 얻으셨을 것이다. 겐지님은 그다지 깊게 생각하지 않았던 분이라도 버리지

─────────

1) 석안의 젖형제이면서 시녀.

않고 형식을 갖춰 대우하시는 분인데, 우리 아씨와는 그토록 정이 깊으셨으니 …. 마님처럼 당당하지는 못하지만, 이번 이사 때에 오신 분들 가운데에는 들어갈 것이었는데."

우근의 심중에는 이런 생각이 끊이지 않아 슬프기만 했다.

2. 옥만이 축자로 내려가다.

우근은 서쪽의 경에 남겨진 석안의 딸 옥만의 장래도 늘 마음에 걸렸다. 그러나 '되돌려 놓을 수도 없는 일로 새삼스럽게 내 이름이 오르내리지 않도록 하여 주게'라고 당부하던 겐지를 생각하면, 옥만을 찾아내서 편지를 할 수도 없었다. 그사이에 옥만의 유모는 남편이 대재소이(大宰少貳)가 되어 부임하게 되자, 남편을 따라 하향했다. 이렇게 해서 옥만은 4세가 되던 해에 유모와 함께 축자로 내려갔다.

유모는 석안의 행방을 알려고 여러 신불(神佛)에 기원도 하고, 아침 저녁으로 그리워하며 있을 법한 곳을 죄다 찾아보았지만, 끝내 알아내지 못했다.

"이렇게 되면, 하는 수 없다. 아씨께서 남겨 놓은 옥만 아씨만이라도 극진히 돌보아 드리자. 먼 시골길에 데려가는 것보다는 아버지 되시는 분에게 슬며시 알리는 것이 낫지 않을까?"

유모는 이렇게도 생각하였지만, 적당한 방법이 없었다. 만일 석안의 행방을 물어오면 무어라고 대답해야 할지, 낯익지도 않은 아버지가 옥만을 떠맡는 것이 정말 좋은 일일지, 유모는 걱정이 한두 가지가 아니었다. 결국 축자(筑紫)로 데려가기로 결심하게 되었는데, 그토록 사랑스럽고, 어여쁜 옥만을 막상 변변한 설비도 없는 배에 태우고 가려니, 실로 애달픈 마음이 들었었다.

"어머니 있는 곳으로 가나요?"

옥만은 어린 마음에도 어머니 일을 잊지 않고 자꾸 이렇게 물었다. 그래서 일행은 눈물이 끊일 새가 없었다. 유모의 딸들도 석안을 그리워하며 눈물을 쏟았는데, 뱃길에 불길한 일이라고 나무라서 그치게 하였다.

"아씨는 마음이 젊어서, 이런 경치를 보면 좋아하셨을 텐데."

"만약 살아 계셨다면, 우리들은 하향하지도 않았을 것입니다."

아름다운 경치를 보면서도, 이런 말들을 주고받았다. 모두들 그만 경의 방향으로 생각이 달려가지 않을 수 없었으나, 옛 노래에도 있는 것처럼 되돌아오는 파도는 부럽기도 하고 마음이 안 놓이기도 하였다.

"슬프다, 멀리도 왔구나."

뱃사람들은 거친 목소리로 이렇게 노래하고 있었다. 유모의 딸 둘이 마주 앉아 울고 있었다.

〈뱃사람도 누구를 그리워하는 것일까요? 대도(大島)의 포구에도 슬픈 듯한 소리가 들리는데요.〉

〈과거도 미래도 배의 갈 곳도 모르는 앞바다 쪽에 나가, 어디를 향해도 당신을 그리워하게 됩니다. 어디에 계신가를 가르쳐 주세요.〉

금의곶(金의岬)을 지나고서는 '나는 석안님을 잊지 않았다'는 말들을 자나깨나 다들 입버릇처럼 중얼거렸다. 겨우겨우 대재부(大宰府)에 도착하였을 때는 경에서 더욱 멀리 떨어졌다는 생각에 눈물이 흘러내렸다. 다들 옥만을 소중한 주인으로 생각하며 나날을 보내고 있었다. 유모의 꿈에 이따금씩 석안이 보일 때도 있었다. 석안이 죽을 때 베갯머리에 나타났던 그 여자가 꿈에도 옆에 붙어 있어서 유모는 잠에서 깨어나도 기분이 좋지 않았다. 역시 석안은 이미 죽은 것처럼 보여서 슬프게도 체념하였다.

3. 옥만이 아름답게 성장하다.

유모의 남편인 소이(少貳)는 5년의 임기를 마치고 경에 올라갈 때가 되었다. 그러나 경까지는 워낙 거리도 멀고 특별한 세력도 없어서 소이는 출발을 망설이며 우물쭈물하고 있었다. 그러는 동안에 그는 중병에 걸려 죽을 때가 가까이 왔다고 느꼈다. 그사이 옥만은 10세쯤으로 성장했는데, 불길할 정도로 아름다웠다.

'나까지도 옥만 아씨를 버렸다면, 얼마나 처량하게 유랑하였을까? 그러나 벽촌의 시골에서 자라게 한 것도 황송한 일이었다. 빨리 경에 데리고 가서 아버지인 내대신에게도 알리고, 그 뒤의 일은 옥만 아씨의 운명에 맡기기로 생각했었고, 그렇게 되면 아무 걱정할 것이 없다고 여겨 그 준비를 하고 있었는데, 이대로 여기서 내 수명이 끝나게 될 줄이야.'

소이는 이렇게 한탄하며 옥만의 일에 마음을 쓰고 있었다. 그에게는 아들이 셋 있었다.

"오직 옥만 아씨를 경에 데리고 갈 일에만 온 힘을 다해라. 나의 공양 같은 데에는 마음 쓸 것도 없다."

소이는 아들들에게 이렇게 유언하고는 결국 숨을 거두었다.

그는 옥만이 누구의 자식인지를 관저의 사람에게 알리지도 않고, 다만 손자로 정중하게 다루어야 할 사람이라고만 말해 두었다. 사람들에게 보이지도 않고, 더없이 소중히 키워 왔던 것이 소이가 죽자, 유족들은 슬픔과 불안에 잠긴 채로 한결같이 경으로 출발하려고 생각했다. 그런데, 소이와 사이가 나빴던 이 지방 사람이 많아서 이것저것 걸리는 일이 많았다. 그들은 살아 있다는 생각도 없이 그대로 해를 지냈다. 옥만은 훌륭하게 성인이 되어갔다. 모군인 석안보다도 아름다웠고, 거기에 아버지 내대신의 핏줄을 이어서 그랬는지, 기품도 높고 고상했다. 옥만의 교양과 미모는 어느새 널리 알려졌다. 색을 좋아하는 시골 사람들은 그 소문을 듣고 싱숭생숭해져서 사랑의 편지를 보내오곤 했다. 유모들은 재수 없고 어이없다고 여겨서 누구 하나 상대를 하지 않았다.

"얼굴 생김은 그런 대로 괜찮지만, 몸이 불구자랍니다. 그래서 누구에게도 시집 보내지 않고 여승이 되게 하여, 내가 살아 있는 동안 옆에 두려고 합니다."

유모는 일부러 이런 말을 퍼뜨렸다.

"돌아간 소이의 손녀는 불구자라는구나. 아까운 일이다."

사람들이 이렇게 수군거리는 것을 듣자니,

"어떻게든지 경으로 데리고 가서 아버지 내대신에게 알려야지. 옥만 아씨가 어릴 때 그토록 사랑스러워했던 분이니, 지금이라도 무책임하게 보아 넘기지는 않을 것이다."

유모는 신불에 소원을 빌고, 정성껏 기도를 하였다.

4. 비후의 대부감이 옥만에게 구애하다.

유모의 딸들과 아들들은 적당한 혼담이 있어, 그 지방에서 차례로 결혼하였다. 유모는 마음속으로는 급하게 서둘렀지만, 경의 일은 더욱더 멀어져만 갔다. 옥만은 분별이 생겨남에 따라, 세상을 괴롭게 여겨 연삼(年三)[2]을 행하였다. 옥만은 20세가 되면서 정말 이대로는 황송할 정도로 훌륭한 여인이 되었다. 그녀가 사는 곳은 비전국(肥前國)[3]이었다. 그 근처에 사는 이들 중에서 약은 체하는 사람은 옥만의 모습을 인편으로 들으면서 끊임없이 사랑의 편지를 전해왔다. 그 소동이 대단해서 귀가 아플 정도였다.

그 중에는 대부감(大夫監)[4]이라는 사람도 끼어 있었다. 그는 비후국(肥後國)[5]에 일족이 많고, 명성과 세력이 강대한 무사였다. 무서운 성질을 지닌 자로서 여색을 탐하여 아름다운 여인을 모아 놓고 돌보고 있었다.

"설혹 심한 불구라도 저는 그것을 참고, 언제까지라도 버리지 않겠습니다."

그는 옥만의 소문을 듣고, 이렇게 간절히 사랑을 구해 왔으므로, 유모들은 정말 기분 나쁘게 여겼다.

"왜 그런 말을. 그러한 이야기에는 전혀 귀를 기울이지 않고, 여승이 되려고 궁리하는 중입니다."

유모는 사자에게 답변하였다. 대부감은 더욱 초조하여 가만히 있지 못하고, 억지로 이 지방의 경계를 넘어서 왔다.

그는 유모의 아들들을 불러모아서 얘기를 꺼냈다.

---

2) 1년중에 정월, 5월, 9월의 15일에는 정진하여 내세를 빈다.
3) 구주(九州)의 좌하(佐賀), 장기현(長崎縣 : 나가사키현)의 옛 이름.
4) 대재부(大宰府)의 판관(判官), 관인(官人)으로 실력자였다.
5) 지금의 웅본현(熊本縣 : 구마모토현)의 옛 이름.

"만일 일이 내 마음대로 되었을 때에 마음을 합쳐 힘이 되어 주겠다."

대부감이 집요하게 파고들자, 아들 셋 중 두 명은 대부감편이 되었다.

"처음 당분간은 맞지 않아서 불편할지 몰라도 몸을 의지하기에는 정말 믿을 만한 사람입니다. 그 사람에게 밉게 뵈면, 이 일대에서는 살아갈 수가 없습니다. 아씨가 존귀한 사람의 혈통이라고 하지만, 아버지로부터 친자식으로 여겨지지도 못하고, 세상에 알려지지도 않았으니, 어떻게 할 수 없는 노릇이지요. 그 사람이 이렇게 열심히 마음을 쏟는 것이야말로 지금의 아씨로서는 행복한 일입니다. 원래 이렇게 될 전세의 인연이 있어, 이러한 시골에 옮겨오게 된 것입니다. 도망가 숨는다 해서 무슨 이익이 있을까요? 대부감은 남에게 지지 않으려는 성질이 있어서 한번 화가 나면 어떤 짓을 저지를지 모릅니다."

유모의 아들까지 이렇게 협박하다시피 하니, 정말 한심한 지경이 되고 말았다. 그러나 세 아들 중 맏이인 풍후개(豊後介)6)는 이렇게 말했다.

"아무리 그렇더라도 그것은 괘씸하고 황송한 일이다. 돌아가신 아버지의 유언을 생각해 보아라. 어떻게든 궁리하여 경으로 모시고 가자."

"석안 아씨가 한심한 일로 집을 나가 버려서 행방도 모르는 상황이 되어, 그 대신 옥만 아씨만은 훌륭한 한 사람의 몫을 해 주십사고 생각하였는데, 저처럼 천한 사람의 무리에 낀다는 것은!"

유모의 딸들도 이렇게 말하며 울며, 한탄하였다. 대부감은 그런 줄도 모르고 자기야말로 세상의 신망이 높은 사람이라고 생각하여, 꾸준히 사랑의 편지를 보내왔다. 제 딴에는 중국제의 색지에 좋은 향내를 충분히 쪼이고서 필적도 아주 훌륭하다고 생각하였다. 그런데, 그 말투에는 사투리가 심하게 섞여 있었다.

대부감은 유모의 둘째 아들을 포섭하여 함께 일하고 있었다. 대부감은 30세 가량의 남자로, 키가 크고 듬직하게 살이 찐 체격이었다. 그다지 보기 흉한 용모는 아니었지만, 행동이 거칠고 어마어마해서 어딘지 꺼림

---

6) 현재의 대분현(大分縣 : 오오이타현)의 차관(次官).

칙한 느낌이었다. 얼굴 색깔도 좋고, 기력이 대단히 좋아 보였다. 그는 몹시 쉰 목소리로 뜻도 모를 이야기를 사투리로 지껄이고 있었다. 사랑하는 사람이 밤의 어둠에 숨어 있는 것을 '밤에 부름'[7] 이라고 하는데, 이것은 어딘가 색다른 봄의 저녁때라는 둥 그의 이야기는 끝이 없었다. 비위를 건드리지 않으며, 유모가 나와 응대하였다. 대부감이 유모에게 말했다.

"돌아간 소이는 인정이 많고, 훌륭한 분이어서 사이좋게 지냈으면 하고 있었는데, 불행하게도 돌아가셨습니다. 그 소이님을 대신해서 진심으로 돌보아 드리려는 마음을 먹고 있습니다. 여기에 계시다는 아씨의 일입니다만, 혈통이 특별하다는 말을 들어서 황송하다고 생각합니다. 저는 오로지 속으로 옥만 아씨를 주인으로 생각하며 받들어 모시겠습니다. 할머님도 내키지 않게 여기신다고 듣고 있습니다만, 변변치 않은 여자들을 여럿 돌보아 주고 있는 것을 마음에 걸리시는 거겠지요. 그것은 그렇다 해도 어째서 아씨를 다른 여자들과 같은 열에 놓고 다루겠습니까? 왕후의 지위에 못지않게 모시겠습니다."

"어째서 그런 말씀을. 그렇게 생각해 주시는 것을 정말 행복한 일이라고 생각은 합니다만, 전세의 인연에 혜택을 받지 못한 사람이었을까, 마음에 걸리는 것이 있습니다. 아씨는 도저히 다른 사람의 처가 되리라고는 생각지도 않고, 남몰래 한탄하고 있습니다. 불쌍하기도 하여, 돌보아 드리는 데에도 곤란한 일이 많았습니다."

"부디 사양하지 마십시오. 설령 정말로 눈이 멀고 다리가 부러졌어도 제가 돌보아 드리고 고쳐 드리겠습니다. 나라 안에 있는 신불은 저의 소원대로 들어주시리라고 믿고 있습니다."

대부감은 자랑스러워했다.

"이 달은 계절의 끝이어서."

곧 며칠 안에 데려갈 것처럼 말하므로, 유모는 이렇게 얼버무렸다.

---

7) '밤에 부름'은 결혼하고 싶은 상대에게 그 뜻을 표시한다는 말인데, 밤에 여인의 침소에 가만히 들어가는 것을 의미하기도 한다. 요바이(よばい)라고 한다.

대부감은 돌아오기 전에 노래를 부르는 것이 좋다고 생각하여 꽤 오래 생각한 끝에 읊었다.

"〈아씨에 대한 변하지 않는 마음을 송포[8] 에 계시는 거울의 신[9] 에게 맹세하겠습니다. 〉

이 노래는 제 생각에도 잘된 노래인 것 같군요."

대부감은 이렇게 말하며 히쭉 웃었다. 참으로 서투른 짓이었다. 유모는 산 것 같지도 않은 기분이어서 반가(返歌)를 읊고 싶지도 않았다. 딸에게 반가를 대신 지으라고 했지만, 그녀는 더욱 아찔하다며 발을 빼었다. 시간이 자꾸 지나 어찌할 바를 모르다가 유모는 문득 생각나는 대로 이렇게 떨리는 목소리로 대답했다.

〈오랫동안 기도를 해 왔는데 보람도 없이 되면, 거울의 신을 원망스럽게 생각할 것입니다. 〉

"기다리십시오. 그게 무슨 소리입니까?"

대부감은 이렇게 물으며 불쑥 가까이 다가왔다. 유모는 깜짝 놀라 얼굴빛이 달라졌다. 딸들은, 억지로 웃으면서 이런 변명을 하였다.

"이 사람 옥만 아씨에게는 보통 사람과는 다른 점이 있습니다. 만일 자기가 한 말이 조금이라도 어긋나게 되면 나중에 몹시 끙끙거린답니다. 그런데, 오늘도 그만 신을 들먹이며 말을 잘못한 것 같습니다."

"그럼, 그렇지."

대부감은 고개를 끄덕이며 말했다.

"재미있는 말주변이로군요. 나를 두고 시골 냄새가 난다고들 하신다지만, 출세를 못한 농민은 아닙니다. 경에 있는 사람이라고 별것이 있겠습니까? 나도 무엇이나 다 알고 있습니다. 바보로 보지 마십시오."

대부감은 이렇게 말하고, 다시 한번 노래를 읊어 보려고 했다. 그러나 잘 안되는지 그대로 돌아갔다.

유모는 둘째 아들이 대부감편에 있는 것을 정말 무섭고도 한심하게 생

---

8) 좌하현(佐賀縣)과 장기현(長崎縣)에 걸친 현해탄에 면한 지역.

9) 당진시(唐津市 : 가라쓰시)에 있는 경신사(鏡神社)의 제신.

각하여 큰아들 풍후개를 재촉했다. 풍후개는 혼자서 고민하고 있었다.

　'어떻게 해 드리면 좋은가? 따로 의논할 사람도 없다. 많지도 않은 형제인데, 동생들은 내가 대부감에게 동의하지 않는다고, 내게 등을 돌려 버렸다. 대부감의 적이 되면, 운신하기가 참으로 난처해진다. 잘못하다가는 도리어 가혹한 꼴을 당할지 모른다.'

　아무리 궁리를 해도 좋은 수가 떠오르지 않았다. 옥만 아씨가 남몰래 가슴을 태우는 모습은 정말 가엾기만 했다. 대부감의 처가 되기보다는 차라리 죽어 버리려고 생각하고 있는 것도 당연했다. 그래서 풍후개는 과감히 계획을 세워 상경의 길을 떠났다. 그의 누이들도 오랫동안 같이 살던 남편을 버리고, 옥만과 동행했다. 유모의 딸인 병부의군10)이 야간에 옥만을 도망시켜서 태운 것이었다. 대부감은 4월 20일경에 날을 잡아 결혼할 생각을 하고 있어서 재빨리 도망한 것이다.

5. 옥만의 일행이 경으로 돌아오다.

　풍후개의 누이는 가족이 늘어서 이 구주땅을 도저히 떠날 수가 없었다. 병부의군은 언니와 서로 이별을 아쉬워하며 헤어졌다. 오랫동안 살아온 땅이지만 이곳에 크게 정이 든 것은 아니었고, 다만 송포궁 앞의 해변 경치와 이 언니와의 이별이 바로 되돌아보지 않고는 견딜 수 없는 슬픈 것이었다. 병부의군은 배 안에서 노래를 읊조렸다.

　〈괴로웠던 땅을 떠나서 배를 저어 멀어진 지금, 이제부터 어디가 배의 묵을 곳인가. 몸 둘 곳도 모르는 불안한 처지여.〉

　옥만도 노래를 읊었다.

　〈갈 곳도 보이지 않는 넓은 바다에 배를 띄우고, 바람에 맡긴 신세는 정말 의지할 곳이 없습니다.〉

　옥만은 정말 불안한 마음으로 배 밑에 엎드려 있었다.

　이렇게 도망하였다는 것이 사람들의 입을 통해 전해지면, 대부감이 고

---

10)　오빠의 관직명에 따라 부른 이름. 일반적으로 여자는 아비 또는 형제의 관직명에 따른다.

집스럽게 뒤쫓아오리라는 생각으로 안절부절못하는 것이었다. 그러나 특별한 장치가 되어 있는 쾌속선인데다 순풍이 불어와서 배는 경을 향하여 위험할 정도로 빨리 나아갔다. 파마탄(播磨灘)11)도 다행히 무사하게 지났다.

"해적의 배일까, 작은 배가 나는 듯이 쫓아온다."

누군가가 말했다. 해적보다도 더 무서운 대부감이 아닐까 하는 생각에 일행은 무서워서 어쩔 줄을 몰랐다.

〈괴로운 생각으로 가슴이 메이는 그 드높은 소리에 비하면, 울리는 여울의 소리도 대수로운 것이 아니다.〉

천구(川尻 : 지명)에 가까워졌다는 소리에 배 안은 비로소 생기가 돌았다. 언제나처럼 뱃사람이 거친 목소리로 '당백(唐泊)에서 천구를 밀 만큼'이라는 노래를 부르고 있었다. 그 노랫소리도 마음에 스며들어왔다. 풍후개는 흥에 겨워 제멋대로 노래를 부르고는 말했다.

"귀여운 처자의 일도 잊어버렸다."

그러나 한편, 이런 생각도 들었다.

'정말 무엇이든 다 내버리고 왔다. 그러나 착실하게 나를 도왔던 부하들은 모두 데려왔다. 대부감은 나를 미운 놈으로 여겨서 남은 가족들에게 못된 짓을 하지 않을까?'

그러자 풍후개는 마음이 아팠다. 자기가 처자를 뿌리치고 떠나 버렸다고 생각하니, 아이처럼 마음이 약해져서 울고 말았다.

"오랑캐땅에 처자를 헛되이 버리고 왔다."12)

이 소리를 듣고, 여동생 병부의군은 이런 생각에 잠길 수밖에 없었다.

'정말 나도 까닭 모를 일을 했구나. 오랜 세월 따르던 남편의 마음을 갑자기 배반하여 도망쳐 버렸다. 남편은 어떻게 생각하고 있을까?'

어디라고 자리잡을 만한 익숙한 집이 있는 것도 아니었다. 몸을 맡겨 의지할 만한, 아는 사람도 없었다. 옥만 아씨 하나만을 위하여 오랫동안

---

11) 울리는 여울이라고도 하는 험한 곳.

12) 백씨문집(白氏文集)에 있는 시구(詩句). 노수(虜囚)의 비참한 경우를 한탄한다.

살아왔던 땅을 떠나서 갈 길이 없이 떠돌게 된 이들은 어찌할 바를 모르고 있었다.

"이분을 대체 어떻게 해 모실까?"

정해진 장소는 없었지만, 그들은 일단 급히 경으로 들어왔다.

6. 풍후개가 팔만궁에 참배하다.

그들은 구조에 옛날에 알고 있던 사람이 남아 있는 것을 찾아내어 거기에 숙소를 정했다. 그러나 그곳은 경 안이기는 해도 천한 장사치들이 많은 지역이었다. 뜻대로 안되는 세상을 쓸쓸하게 생각하는 동안에 여름이 가고 가을이 왔다. 이때까지의 일, 앞으로의 일이 모두 슬프게만 느껴졌다. 풍후개는 일행의 중심 인물이었지만, 그 역시 마치 물새가 뭍에 올라서 당황하는 것처럼 처음 겪는 이런 생활을 불안하게 생각하였다. 이제 와서는 축자로 돌아갈 수도 없고, 너무 분별없이 떠났던 것이 아닌가 하는 생각으로 끙끙 앓고 있었다. 그러는 사이에 따르던 사람들도 연고지를 찾아 도망가듯이 떠나거나 뿔뿔이 옛 땅으로 돌아가 버렸다. 경의 생활에 자리잡을 도리가 없어서 유모도 자나깨나 탄식을 하며 지냈다. 풍후개는 권하여 말했다.

"너무 걱정할 것도 없습니다. 저는 아주 태평합니다. 옥만 아씨 하나를 대신해서 사라져 없어진다 해도 무어라 불평하지 않을 겁니다. 설사 우리가 세력이 있는 몸이 되더라도 옥만 아씨를 그런 종류의 사람 가운데 내버려두었다면 어떻게 되었을까요? 신불만이 아씨를 적당한 운명으로 이끌어 주실 거라고 생각합시다. 가까운 곳에 팔만궁이라고 하는 데가 있습니다. 전에 참배했던 송포(松浦)나 거기(筥崎)와 같은 신사입니다. 우리는 저 지방을 떠날 때에 여러 개의 원(願)을 세웠습니다. 경에 돌아온 것은 모두 그 공덕을 입은 것이니, 빨리 답례를 올리시지요."

그래서 그들은 팔만궁에 참배하게 되었다. 전부터 아버지 소이가 친하게 지내 오던 승려 오사(五師)[13]가 남아 있다는 것을 알게 되어 풍후개

---

13) 사무를 맡아 하는 5인의 승려.

는 그곳을 참배하게 하였다.

7. 옥만이 우근과 재회하다.

풍후개가 말했다.

"팔만궁의 다음으로는 초뢰(初瀬)가 영험한 곳입니다. 중국에까지도 이름이 나 있다고 합니다. 그곳의 부처님이 옥만 아씨를 틀림없이 도와 줄 것입니다."

그들은 다시 초뢰로 가기로 했다. 그것도 일부러 걸어서 가기로 결정했다. 옥만은 익숙하지 않은 일이라 정말 견딜 재간이 없었지만, 풍후개의 뜻에 따라 열심히 걸었다.

"죄업이 깊은 몸인 까닭에 이런 운명으로 세상을 유랑하고 있습니다. 어머님이 세상에 안 계시다 하더라도 나를 불쌍히 생각하고 계시다면, 계시는 곳으로 나를 데려가 주십시오. 만일 이 세상에 살아 계시다면, 얼굴을 보여 주십시오."

옥만은 걸으면서 부처님에게 되풀이하여 기도를 드렸다. 옥만은 어머니의 생전의 모습조차 생각나지 않았다. 다만 어머니가 살아 계시기를 기원하며, 그것조차 알 수 없는 자신의 처지를 한탄하고 있었다. 몸과 마음의 고통을 견디며, 옥만은 가까스로 춘시(椿市 : 경에서 72km 떨어진 곳)[14]에 도착했다. 나흘이 걸려 오전 11시경에 겨우 목적지에 다다랐다.

그 이상 걸을 기력도 없고 발바닥이 퉁퉁 부어서 응급치료를 했지만, 몸을 가누지 못하고 기진해 있었다. 일행은 풍후개와 궁시(弓矢)를 갖는 자 두 사람, 하인과 동자 3, 4인, 여자들은 모두 3인, 여자 나그네 차림인 호장속으로 변기를 청소하는 자, 늙은 하녀 2인 정도였다. 조용히 남의 눈을 피하고 있었다. 불전에 바치는 등불을 마련하느라 어느새 저녁 때가 되었다.

"손님을 숙박시킬 방에 누가 들어가 있는 것인가? 어리석은 여자가 제 멋대로…."

---

14) 경에서 72 km.

그 집 주인인 법사는 이렇게 말하며 불쾌해했다. 너무하다고 생각하고 있던 차에 그 사람들이 들어왔다.

이 사람들도 걸어서 온 모양이었다. 상당한 신분의 여자 2인과 남녀 하인들이 여럿이었다. 말 4, 5두를 끌고, 몹시 사람들 눈을 조심하며 표 안 나게 몸치장을 했지만, 그런데도 깔끔하게 보이는 사람들이었다. 법 사는 그들을 여기에 숙박시키려고 정성껏 돌보아 주고 있었다. 사정이 나쁘기는 했지만, 다시 숙소를 옮기기도 어려워서 풍후개 일행은 안쪽으 로 들어가거나 다른 방에 몸을 숨기거나 하고, 나머지는 한쪽 구석에 모 여 있었다. 옥만은 그림이 있는 장막 안에 숨어 있었다. 나중에 온 사람 들도 풍후개 일행에게 마음을 써서 목소리를 죽이고 주의하는 듯했다. 그것이 사실은 죽은 석안을 잊지도 않고 그리워하는 하녀 우근의 일행이 었다. 우근은 세월이 흘러감에 따라 바뀐 주인을 섬기는 자신의 몸을 괴 롭게 생각다 못해 이 절에 자주 참배하고 있었다.

우근은 늘 다니던 곳이어서 익숙하게 채비를 하고 왔으나, 견디지 못 할 정도로 괴로워서 물건에 의지하여 누워 있었다.

"이것을 아씨에 드리십시오. 밥상도 준비가 안되어 죄송스럽습니다."

우근은 이 옷장막에서 먹을 것을 담은 각진 쟁반을 들고와, 이렇게 말 하는 풍후개의 소리를 들었다. 우근은 저 사람들은 자기와 같은 신분은 아닐 것이라고 생각하였다. 틈으로 살짝 들여다보니, 그 남자의 얼굴은 어디서 본 듯하였지만 누군지 생각이 나지 않았다. 우근은 풍후개를 아 주 젊었을 때 보았기 때문에, 오랜 세월이 지난 지금은 살이 찌고, 얼굴 도 검어졌으며, 몸치장도 허술한 그를 바로 분간하지 못하였던 것이다.

"삼조(三條)야, 아씨가 부른다."

불려오는 여자를 보니, 역시 낯익은 사람이었다. 삼조는 허드렛일을 하는 여자였는데, 석안의 밑에서 오랫동안 시중을 들었고, 몸을 숨기고 지내던 집에서도 같이 있던 사람이었다. 삼조를 알아보자, 우근은 정말 꿈만 같았다. 주인이 옥만 아씨인지 보고 싶은 마음이 간절했지만, 주인 을 보기는 어려웠다.

'이 여자에게 물어보자. 아마 저 남자는 병등태(兵藤太 : 풍후개의 예전 이름)라고 하는 사람일 것이다. 옥만 아씨가 계실까?'

생각다 못해 우근은 이렇게 생각하며, 안타까운 마음으로 삼조를 불렀다. 그러나 삼조는 정신없이 식사를 하느라고 곧 가까이 오지 않았다. 우근은 자기 처지만 생각하고, 몹시 화가 났다.

한참 후에야 삼조는 다가왔다.

"생각도 못할 일입니다. 축자국에서 20년 가까이 지내 온 우리 같은 하인을 경의 분이 알고 계시다니 …. 혹시 사람을 잘못 본 게 아닌가요?"

그녀는 시골냄새가 풍기는 명주옷을 입었는데, 전보다 몹시 살이 쪄 있었다.

"더 잘 들여다보십시오. 내가 기억 안 나십니까?"

우근은 37세쯤인 자기의 나이를 생각하면 부끄러웠으나, 이렇게 말하며 얼굴을 내밀었다.

"당신이 아니세요? 아니, 세상에. 기쁘다, 기뻐! 어디서 오신 건가요? 여기로 올라오십시오."

삼조는 손뼉을 치며, 큰소리로 떠들면서 울었다. 우근의 젊은 모습을 언제나 곁에서 보던 때를 생각하니, 쌓인 세월을 셀 수 있을 것 같아서 가슴이 메어 왔다.

"좌우간, 유모님은 계신가요? 아씨는 어떻게 되었는가요? 유모님의 셋째 따님은?"

우근은 일부러 석안의 일은 입 밖에도 내지 않았다.

"다 한곳에 모여 있습니다. 제일 먼저 유모님에게 이 일을 알립시다."

삼조는 이렇게 말하고 안으로 들어갔다.

"꿈같은 이야기가 아닙니까? 정말 원망스럽습니다. [15] 설마 이렇게 만나게 될 줄이야."

삼조의 말을 듣고 사람들은 다들 놀라서 이렇게들 떠들며 칸막이 쪽으

---

15) 우근이 석안과 같이 갔다가 돌아오지 않았기 때문이다.

로 모여들었다. 서로 기색을 알지 못하게 막아 놓았던 병풍도 전부 열어 젖혔다. 다들 할말을 잊고, 울음을 터뜨렸다. 늙은 유모가 말했다.

"석안 아씨는 어떻게 되셨습니까? 이 긴 세월 동안 꿈에라도 계시는 곳을 보려고 소망을 세우고 있습니다만, 먼 시골에서 바람에 실려서라도 소식을 듣거나 전하지 못한 것을 몹시 슬퍼하고 지냈습니다. 늙은 몸으로 살아 남아 있는 것도 한심스럽지만, 남겨 두고 가신 옥만 아씨의 사랑스러운 모습이 죽을 때 걸림돌이 될 것만 같아, 이렇게 눈을 감지도 못하고 살아 있습니다."

우근은 옛날 석안이 급사하던 때, 어떻게 해야 좋을지 모르던 그때보다도 무어라 대답해야 할지 모르는 지금이 더욱 곤혹스러웠다.

"그 일은 말씀드려야 소용없는 일입니다. 석안 아씨는 이미 옛날에 돌아가셨습니다."

우근이 대답하니, 사람들이 그대로 흐느껴 울었다.

날이 저물어 갔으므로, 부처에 올릴 등불 준비를 급히 끝냈다. 뜻밖의 재회 때문에 그들은 마음이 더 분주해져서 일단 헤어졌다.

"같이 갈까요?"

우근이 말하였지만, 다른 일행들이 이상하게 생각할 것이고, 풍후개에게 사정을 설명하기도 어려워 다들 밖으로 나왔다. 우근은 몰래 옥만 아씨를 보니, 몹시 보잘것없는 몸치장이었는데도 황송할 만큼 예뻤다. 우근은 가슴이 아플 정도로 안타까웠다.

8. 우근이 옥만의 장래를 기원하다.

걷는 것에 익숙한 우근 일행은 불당에 먼저 도착하였다. 다른 일행들은 아씨 때문에 애를 먹다가 초야의 근행 때에야 불당 안에 들어왔다. 불당은 매우 화려하고, 참배인들이 많아서 북적거렸다. 우근은 본존불의 우측에 자리를 잡았다. 옥만을 인도하는 법사는 수행이 깊지 않아서인지, 본존불에서 먼 서쪽 칸에 자리를 잡았다. 우근은 옥만 일행 쪽으로 찾아와서 청하였다.

"역시 이쪽으로 오십시오."

옥만 쪽의 여인들은 풍후개에게 사정을 의논한 후에 남자들을 남겨 두고 우근의 자리 쪽으로 건너왔다. 우근이 말했다.

"쓸모 없는 몸이지만, 지금은 겐지님을 주인으로 모시고 있습니다. 이렇게 허술한 여행이라도 마음이 든든합니다. 이런 장소에서는 질이 좋지 않은 건방진 자들이 시골 사람을 업신여기는 일이 있습니다. 죄송스러운 일입니다."

좀더 이야기를 나누고 싶지만, 불당이 떠나갈 듯한 근행의 물결에 말려 황급히 부처님에게 절을 하였다.

'옥만 아씨를 어떻게라도 찾아뵈려고 기도를 해 온 보람이 있어, 이렇게 바라는 대로 겨우 뵙게 되었구나. 겐지님도 옥만 아씨를 찾아내려고 여러모로 마음쓰고 계셨으니, 이 소식을 알려 드리면 기뻐하실 거다.'

우근은 마음속으로 이렇게 생각하며 기도하고 있었다.

각 지방에서 온 시골 사람들이 여럿 참배하고 있었다. 이 지방 대화국수(大和國守)의 본처도 참배를 하러 왔었다. 그 호화로운 위세가 부러워서 삼조가 말하였다.

"부처님에게 다른 것은 아무것도 말씀 드리지 않겠습니다. 옥만 아씨가 축자 대이의 본처나, 아니면 이 지방 장관의 본처로라도 되시기를 기원합니다. 저도 신분에 알맞게 출세하게 해주시면, 보답의 참배를 꼭 드리겠습니다."

삼조는 이마에 손을 대고서 열심히 기도하고 있었다. 우근은 정말 흉한 말을 한다고 여기고, 그들을 나무랐다.

"정말 아주 시골 사람이 되었군요. 중장님[16]은 옛날에도 임금의 신뢰가 얼마나 두터웠던가요? 지금은 더욱이 천하를 마음 먹은 대로 할 수 있는 대신이지요. 그렇게 훌륭하신 분의 친자녀이신데, 지방관의 처로 신분이 정해지기를 기원하다니 말도 안됩니다."

---

16) 전의 두중장. 옥만의 실부(實父).

"제발 조용히 하십시오. 아무리 대신이라도 조금 기다리십시오. 대이의 처가 청수(淸水)의 관세음사(觀世音寺)에 참배하는 것을 보았는데, 그 호화로움과 위세는 임금의 행행에도 지지 않았습니다."

삼조는 여전히 손을 이마에서 떼지도 않고 절을 하고 있었다.

옥만 일행은 사흘 동안 절에 있을 계획이었다. 우근은 그렇게 오래 있을 생각이 아니었는데, 이런 기회에 옥만 아씨와 천천히 이야기를 나누고 싶어서 계획을 변경했다. 우근은 절의 승려에게 변경된 계획을 알리고, 그 취지를 전했다.

"예에 따라, 등원유리님[17] 이라는 분을 위해서 보시해 드리겠습니다. 잘 기도해 주십시오. 그 사람을 요새 찾아냈습니다. 그것을 감사하는 참배도 꼭 하겠습니다."

우근은 진심으로 감사와 정성을 담아서 전했다. 그 동안 법사는 이렇게 말했다.

"정말로 좋은 일입니다. 그것도 그 동안 우리들이 게을리하지 않고 기도한 보람이라고 생각합니다."

그리고는 떠들썩하게 밤새 근행을 하고 있었다.

9. 우근과 유모가 옥만의 장래를 의논하다.

밤이 새자, 우근은 불당을 나와 옥만이 머무는 방으로 내려갔다. 마음 편하게 이야기하고 싶었기 때문이었다. 옥만은 검소한 옷차림으로 있는 것을 부끄럽게 여기는 표정이었으나, 그것이 도리어 더욱 훌륭하게 보였다. 우근은 처음으로 옥만의 모습을 자세히 보았다.

"여인들이 모여 있는 육조원에서 여러 분을 보아 오면서 제가 모시는 분, 자의상만한 용모의 여인은 계시지 않을 거라고 오랫동안 생각하여 왔습니다. 그분 말고는 점점 커 가는 명석 아씨의 모습이 정말 훌륭하다고 생각하였습니다. 비할 데 없이 소중하게 키우셨으니, 그럴 만도 하지요. 그런데 이렇게 검소하게 계시는 분의 모양이 그 아씨에게 지지 않는

---

17) 옥만을 가리킨다. 옥만의 어릴 때 이름인 듯하다.

다고 생각되는 것은 참으로 진귀한 일입니다. 겐지님은 아버지 동호제 때부터 여어나 후들을 비롯하여 그 이하로 무수한 사람들을 보아 오셨습니다. 그런 안목으로 등호여원과 이 명석 아씨의 용모를 가장 높이 치시더군요. '미인이란 이런 사람을 말하는 것이다'라고 겐지님이 자의상님에게 말씀하시는 것을 들었습니다. 저는 등호여원을 뵌 일은 없지만, 자의상님을 명석 아씨와 비교하여 보면, 명석의 아씨는 아직 다 어른이 되지 않아서 앞으로의 아름다움이 기대되는 모습입니다. 그에 비해 자의상님의 용모는 역시 아무도 비교할 만한 사람이 없다고, 누구나 생각할 만합니다. 겐지님도 훌륭하다고 생각하시는 모양이지만, 말로는 미인의 축에 넣지 않으십니다. '나와 나란히 서 있는 것은 당신에게 과분한 일이지요'라고 농담을 하신답니다. 보기만 해도 두 분의 모습은 다른 데에 이런 예가 있을까 하는 생각이 들 정도로 정겹답니다. 그런데 옥만 아씨는 어디가 떨어지는 것인가요? 물론 모든 것에는 한도가 있는 것이니, 아무리 훌륭하다 해도 부처님처럼 머리에서 빛이 난다고는 말할 수 없겠지요. 그렇지만 이런 아씨를 훌륭하다고 하지 않으면 안될 것입니다."

우근은 이렇게 말하면서 생긋 웃었다. 노인인 유모도 즐거웠다.

"이렇게 좋은 용모를 하마터면 벽촌에서 썩힐 뻔하였으니, 정말 그것이 황송하고 슬퍼서 집도 버리고 의지할 수 있는 가족들과도 헤어져, 지금은 도리어 낯선 땅이 되어 버린 경으로 돌아온 것입니다. 당신은 빨리 아씨를 좋은 길로 인도하여 주십시오. 고귀한 분의 저택에서 시중들고 있으니, 자연히 교제하는 사람들도 우리와 다를 것입니다. 아버지 대신에게 아씨 소식을 알려, 자녀 가운데 넣어 주도록 힘써 보십시오."

유모는 이렇게 간청했다. 옥만은 부끄러워 고개를 돌리고 있었다. 우근이 말했다.

"나는 변변치 못하지만, 겐지님 가까이에서 시중을 들고 있지요. 기회가 있을 때마다 '아씨께서 어떻게 하고 계실까요?'라고 말했는데, 그 말에 겐지님은 '어떻게 해서라도 찾아내고 싶은데, 만일 무슨 소문을 듣게 되면' 하고 말씀하셨습니다."

"겐지님은 훌륭한 분이지만, 버젓한 처들이 여럿 있다고 들었습니다. 무엇보다도 먼저 아버지인 내대신에게 꼭 알려 주십시오."

유모는 이렇게 말하며 옛날 일을 이야기했다. 우근이 말했다.

"겐지님은 정말 잊기 어려운 슬픈 일이라고 생각하셔서 '석안 대신으로 그 따님을 돌보아 드리자. 나는 자식이 적어서 쓸쓸한데, 나의 자식을 찾아냈다고 세상에 자랑하고 싶다' 라고 늘 말씀하고 계십니다. 내 생각이 어른스럽지 못한데다 만사 기가 죽어 있어서, 나서서 찾지 못하고 지내 왔었습니다. 유모님 남편이 소이가 되었을 때, 이름을 듣고 알았습니다. 부임 인사차로 저택에 오셨던 날에 모습을 잠깐 보았지만, 아무 말씀도 드리지 못했습니다. 어쨌든 옥만 아씨를 옛날의 석안 아씨 댁에 남겨 놓았을 거라고 짐작하고 있었습니다. 이렇게 시골 사람으로 지내신 줄도 몰랐다니요."

그들은 하루종일 옛이야기를 하면서 염불과 독경을 하기도 했다.

10. 우근과 옥만이 귀경하다.

그곳은 참배에 모여드는 여러 사람의 모습을 내려다볼 수 있는 장소였다. 앞을 흐르는 냇물은 초뢰천(初瀨川) 이었다.

" 〈두 그루의 삼나무가 서 있는 장소를 찾아오지 않았더라면, 옛날의 냇가 근처에서 당신을 만날 수 있었을까요?〉

반가운 여울에."

우근이 노래했다. 이어 옥만이 답가를 읊었다.

〈흐름이 빠른 초뢰천의 옛날 일은 모르지만, 오늘 뵙게 된 것을 반가워하는 눈물로 이 몸까지 흘러가게 되었습니다. 〉

울고 있는 옥만의 모습은 정말 나무랄 데가 없었다.

'용모가 아름답더라도 시골 사람처럼 거친 모양을 하고 있었다면, 얼마나 옥의 티처럼 안타까웠을까? 그런데 정말 이렇게 훌륭하게 자라셨으니 ….'

우근은 이렇게 생각하며, 유모의 정성을 고맙게 여겼다. 모군인 석안은 순진하고, 부드럽고, 나긋나긋하기만 했었는데, 옥만은 상대방이 부끄러울 정도로 품위 있고 소양이 몸에 배어 있었다. 다른 사람들은 다 시골냄새가 나는데, 옥만에게서는 그런 느낌이 전혀 들지 않는 것이 이상할 정도였다. 해가 저문 뒤, 그들은 불당에 올라가 다음날까지 계속 근행하였다.

가을바람이 골짜기에서 불어올라와, 쌀쌀한 날씨였다. 여러 가지 생각을 불러일으키는 분위기였다. 옥만은 이날까지 남들만큼 되기도 어렵다고 낙심하고 지내 왔었다. 그런데 우근의 이야기를 통해서 아버지 내대신의 위세와, 여러 배를 빌려 낳은 별 볼일 없는 자식들까지 다 한 사람 몫을 하게 키워 왔다는 것을 들으니, 자기처럼 그늘에서 살아온 몸이라도 희망을 가져도 좋겠다는 생각이 들었다.

절을 나올 때에 그들은 서로 주소를 물었다. 어쩌다가 또 행방을 모르게 될까 하여 미리 챙겨 놓는 것이었다. 우근의 집은 육조원에서 가까운 곳이어서 거리도 멀지 않고 의논하기에 편리할 것 같았다.

11. 우근이 겐지에게 옥만과의 해후를 보고하다.

경으로 돌아와서 우근은 육조원에 참상하였다. 옥만과 재회하였다는 것을 보고할 기회가 있을까 하여 급히 방문한 것이었다. 그런데 문에서 수레로 들자마자 넓직한 마당에 퇴출하고 참상하는 수레들이 많이 눈에 띄었다. 변변치 못한 몸으로 출입하는 것이 황송하게 생각될 만큼 대궐 같이 훌륭한 집이었다. 우근은 그날 밤은 참상도 하지 않고, 이것저것 생각을 하다가 잠들었다.

다음날, 겐지는 지난밤에 돌아온 신분 높은 하녀들 중에서 특별히 우근을 불러내었다. 우근은 자랑스러운 느낌이 들었다.

"집에 가 있는 기간이 어째서 길어졌는가? 다른 때하고는 다르지 않은가? 우직한 여인도 돌변하여 젊어질 수도 있는 법이다. 틀림없이 재미있는 일이 있었을 것이다."

겐지는 우근에게 여느 때처럼 듣기에 부끄러운 농담을 건넸다.

"집에 물러나서 이레를 넘겼지만, 그렇게 재미있는 일은 없었습니다. 그런데 절에 가서 그리워하던 사람을 발견하였습니다."

우근은 이렇게 말을 꺼냈다.

"어떤 사람이었는가?"

"돌연히 이런 말씀을 드리면 어떨는지요. 아직 자의상님에게는 말하지 않은 것을 군에게 말씀드리면, 나중에 들으시고 서운해하시지 않을까요? 나중에 보고하겠습니다."

다른 사람이 근처로 참상했기 때문에 우근은 도중에서 말을 끊었다.

방에 등불을 켜고 나서, 편안하게 나란히 쉬고 있는 겐지 부부의 모습은 참으로 보기에 좋았다. 자의상은 27, 8세가 되었을까, 한창 나이여서인지 한층 더 아름답게 보였다. 며칠 동안 안 보다 보니, 그 사이에 더 예뻐진 것 같았다. 우근은 옥만을 보고 나서 정말 훌륭하다고, 자의상에게 지지 않겠다고 말을 하였지만, 생각 탓인지, 역시 격이 틀리게 보였다. 우근은 두 사람을 자기도 모르게 비교하며, 과거가 행복했던 사람과 그렇지 않았던 사람은 확실히 다르다는 생각을 했다. 겐지는 자려고 누우며, 우근을 불러 다리를 주무르게 했다.

"자의상은 피곤하다고 불평을 하는구나. 역시 나이 든 사람끼리는 마음이 통하여 사이 좋게 지내기가 쉬운가 보다."

겐지가 이렇게 말하자, 하녀들이 소리를 죽이고 웃었다.

"그렇고 말고요. 저희들이야 이런 심부름을 싫어할까요? 듣기 싫은 농담으로 놀리셔서 곤란할 때도 있지마는."

"자의상은, 나이 든 동지끼리라도 너무 사이가 좋으면 또 불쾌해할 것이다. 걱정이 없는 성미가 아니어서 위험하다."

겐지는 우근을 상대로 가벼운 이야기를 나누며 웃고 있었다. 정말 부드럽고, 정이 있으며, 웃음을 자아내게 하는 면도 있었다. 조정에 섬기고는 있지만, 지금은 그리 바쁘지 않은 신분[18] 이어서 세상 일에 관해서

---

18) 태정대신은 특정한 직무가 없는 한직 (閑職).

도 유유하게 생각하고 있었다. 가끔 두서없는 농담을 한다든지 사람 마음을 시험해 보고 재미있어하기도 했다. 우근처럼 나이 든 이에게 장난삼아 놀리려 들었다.

"거기서 찾아낸 사람은 어떤 사람이었던가? 고귀한 수행승과 사이가 좋아져서 데려오기라도 했는가?"

"아이, 창피해라. 그것이 아니라 어이없게도 돌아가신 석안 아씨와 인연이 있는 분을 보았지요."

"그랬었구나. 그것은 가슴을 치는 이야기가 아닌가? 오랫동안 어디에 있었는가?"

우근은 있는 그대로 말씀드리기가 어려웠다.

"벽촌의 산골에서 있었답니다. 옛날 사람도 몇 명이 아직 남아 있어서 그 당시의 얘기를 꺼내더군요. 견디기 어렵게 슬펐습니다."

"이제 그만. 사정을 모르는 분 앞에서는."

겐지는 자의상에게 숨기려고 하였다.

"아이. 뭘 그리 복잡하게 …. 나는 졸려서 잘 들리지도 않는데."

자의상은 이렇게 말하며, 소매로 귀를 덮어 버렸다. 겐지가 우근에게 물었다.

"용모는 옛날의 석안에게 뒤지지 않을까?"

"그분처럼은 안될 거라고 생각했었는데, 오히려 훨씬 예쁜 성인으로 자랐습니다."

"재미있는 얘기로군. 누구 정도라고 생각하는가? 우리 집 자의상보다 어떠한가?"

"어떻게 그런 …."

"자신만만한가 보군. 혹 나를 닮았다면, 그것은 안심해도 좋다."

겐지는 어버이다운 말투로 말하였다.

12. 겐지가 옥만에게 소식을 전하다.

겐지는 이 이야기를 들은 후로는 우근 혼자만을 자주 불렀다.

"옥만을 이 근처로 옮기도록 하자. 오랫동안 행방을 모르고 있었던 것을 생각하면 분한 마음이 들었는데, 무사히 있다고 하니 정말 기쁘다. 그래도 지금까지 편지도 없었던 것은 어떤 까닭일까? 아버지인 내대신에게는 아무것도 알릴 필요가 없을 것이다. 사실 자식이 여럿이어서 소동을 벌일는지도 모른다. 변변치 못한 주제로 지금에 와서야 낯선 형제들 틈에 끼게 되면, 도리어 꼴이 우스워질 것이다. 나는 이렇게 아이들이 적어 쓸쓸하니, 생각지도 않은 곳에서 찾아낸 사람이라고만 말하여 두자. 호색한들을 몹시 애태우게 할지 모르니, 정말 소중히 다뤄야겠다."

우근은 겨우 마음을 놓고 즐거운 기분이 되었다.

"그저 겐지님 마음에 달렸을 뿐입니다. 내대신에는 슬며시라도 전할 사람이 없습니다. 헛되게 돌아간 분을 대신하여 어떻게라도 도와 주십시오. 죄를 갚는[19] 일이 될 것입니다."

"또 나를 몹시 나쁜 놈으로 치는구나."

겐지는 장난스런 미소를 띠면서도 그때를 회상하고는 눈물을 지었다.

"그립고 덧없는 인연이라고 오랫동안 생각해 왔다. 이렇게 모여 있는 여러 애인들 중에 석안만큼 애착을 가진 사람은 하나도 없구나. 다만 오래 살다 보니 느긋함을 깨우치게 하는 일이 많은 것 같다. 그래도 석안이 부질없이 떠나 버려서 우근 말고는 추억거리로 삼을 사람도 없는 것이 섭섭하기만 했다. 한시라도 잊지 못하고 있었으니, 어떻게 해서라도 옥만을 데려와 주었으면 좋겠다."

겐지는 우선 편지를 썼다. 어려운 환경에서 지내 온 말적화(末摘花)가 어떻게도 나아질 여지가 없는 사람이었던 것을 회상하고, 그처럼 궁핍하게 커 온 옥만의 모습이 걱정되어 먼저 편지로 상황을 알아보려고 했던 것이다. 겐지는 고지식한 척하면서 경우에 알맞게 편지를 썼다. 그 끝에

---

19) 우근은 석안의 급서를 겐지의 책임으로 보고 있다.

이런 노래를 적어 넣었다.

"왜 내가 이런 글을 띄우는지,

〈마음에 짐작 가는 것이 없어도, 얼마 안 있어 사람에게 물어서 알아 볼 수 있을 것입니다. 삼도강(三途江) 가에 자란 삼릉(三稜)의 줄기처럼, 인연이 닿아 있으니까요. 〉"

우근은 편지를 가지고 겐지 앞을 물러나와 옥만에게 직접 가지고 갔다. 아씨의 옷이나 하녀들의 옷감 같은 여러 가지 선물도 가져갔다. 우근은 자의상에게도 이미 석안에 대해서, 그리고 옥만이 석안과 내대신 사이의 아이라는 것을 말해 두었다. 옷을 돌보는 사람에게 말하여 준비한 물건들 중에서도 색깔이나 모양새가 특별한 것들을 골라낸 선물이었다. 축자 같은 시골 사람의 눈에는 한층 더 세상에 둘도 없는 옷이라는 생각이 들 만한 것들이었다.

'그저 단순한 인사 정도였어도 친부모의 편지였다면 기쁘기도 하겠지만, 아무리 고마운 말씀이라도 어떻게 알지도 못하는 사람 앞에 나갈 수 있을까?'

옥만은 이런 생각으로 괴로워하고 있었다. 우근은 옥만에게 이제부터 어떻게 하는 것이 좋을는지를 가르쳐 주었다. 주위의 사람들도 다들 이렇게 말하였다.

"그렇게 해서 한 사람 몫을 하게 되면, 자연히 내대신님도 듣고 알게 될 것입니다. 부모 자식 사이의 인연은 끊어지려야 끊어질 수 없는 법입니다. 우근이 변변치 않은 몸으로 모쪼록 아씨를 보기를 원하였던 것도 신불의 인도가 있었던 것이 아니겠습니까? 하물며, 존귀한 아씨의 염원인 경우에야 아씨나 내대신님이나 무사하게 살아 계시기만 하면, 언젠가는 만나게 될 것입니다."

다들 이렇게 말하였다. 그제야 옥만은 마음을 누그러뜨렸다. 먼저 답장을 하라고 재촉하여 옥만은 억지로 붓을 들었다. 틀림없이 시골 냄새가 날 것 같아서 옥만은 부끄럽게 생각하였다. 향을 쪼인 당(唐)의 종이를 꺼내어 썼다.

〈변변치 않은 이 몸은 어떤 계통으로 삼능(三稜)이 못에 뿌리를 내리는 것처럼 이 싫은 세상에 생겨나게 된 것입니까?〉

필적은 믿음직하지 않고 비틀비틀하였지만, 그런 대로 보기 싫지 않았다. 겐지는 어느 정도 안심하였다.

13. 겐지가 자의상에게 옛날 일을 말하다.

겐지는 옥만이 살기에 적당한 곳을 생각해 보았다.

"자의상이 있는 동남쪽은 위세가 특별하고, 어디에나 사람이 잔뜩 살고 있어서 인기척도 많고 눈에 띄기도 쉬울 것이다. 중궁이 계시는 서남쪽은 옥만이 살수 있을 만큼 조용하긴 한데, 중궁의 하인들과 비슷하다는 인상을 주기 쉬울 것이다. 조금 시원한 맛은 덜하겠지만, 화산리가 지내는 동북쪽의 서고를 다른 데로 옮기고, 옥만을 데려오는 것이 제일 낫겠다. 화산리는 조심성이 있고 성미가 좋은 분이니, 옥만과 같이 살게 되어도 사이 좋게 이야기하며 지낼 수 있을 것이다."

겐지는 이렇게 결정하였다.

자의상에게도 지금에 와서야 비로소 석안과의 옛일을 자세하게 이야기했다. 자의상은 이렇게 마음속에 숨겨 놓은 일이 있었구나 하고 원망스러워하였다.

"원망하는 것은 무리입니다. 물론 있었던 사실이지만, 물어오지도 않는데 이쪽에서 자진해서 이야기를 한다는 것이 자연스러운 일일까요? 이러한 기회에 숨김없이 이야기를 하는 것만도 당신을 다른 사람보다 특별히 생각하고 있다는 증거입니다."

겐지는 감개무량한 표정으로 옛날을 회상하고 있었다.

"다른 사람의 예들도 많이 보아 왔지만, 그다지 정이 있는 사이가 아닌데도 여자에 대해 집념이 깊은 예들은 얼마든지 있더군요. 그래서 꿈에라도 호색적인 마음을 일으키지 말자고 생각하였는데, 어쩌다 보니 그렇게 되지 않는 여자도 알게 되더군요. 귀엽다는 점에서는 유례가 없다고 생각되는 이도 있었습니다. 만일 석안이 지금까지 살아 있었다면, 북쪽의 거리에 살고 있는 사람 정도는 대접하지 않을 수 없었을 것입니다. 사람의 모습은 각양각색인 법입니다. 재기나 풍류 방면에서는 떨어져도 기품이 있고 귀여웠습니다.”

‘그래도 명석의군과 동렬로는 대접하지 않았을 텐데.’

자의상은 이런 생각이 들었다. 자의상은 아직도 명석의군을 눈엣가시로 여겨 마음을 터놓지 않았던 것이다. 그러나 명석의 어린 아씨가 너무도 예쁘고, 무심히 두 사람의 얘기를 듣고 있는 것이 귀여워서 고쳐 생각을 하였다.

14. 옥만을 육조원으로 옮기다.

이러한 일이 있었던 것은 9월이었다. 이사하는 일은 그다지 수월하지 않았다. 조금 나은 동자나 젊은 하녀를 찾아야 했다. 축자에서는 경에서 유랑하다 내려간 쓸 만한 하녀들을 찾아내어 쓰고 있었는데, 대부감 때문에 당황하여 급히 빠져나오느라고 다 그대로 남겨 두고 왔었다. 시장 여인들의 교묘한 주선으로 하녀들은 간신히 찾아내었다. 겐지는 옥만이 누구의 자식인지를 알리지 않고 있었다.

일단 우근의 집에서 하녀와 옷가지들을 준비하고 나서 옥만은 10월에 육조원으로 옮겼다. 겐지는 동쪽의 화산리에게 옥만을 부탁했다.

“그립게 생각하던 여인이 나와의 사이에 싫증을 느껴 조그만 시골집에 숨어 있었습니다. 어린아이도 있어서 오랫동안 몰래 찾았었는데, 알아내지도 못한 채 딸이 혼기(婚期)에 이르도록 해가 지났습니다. 그러다가 뜻하지 않은 장소에서 딸을 찾아내었습니다. 그래서 적어도 지금부터라도 잘 돌보려고 생각하여 여기에 옮기도록 하였습니다. 모친은 이미 죽어 없습니다. 석무중장[20]을 당신에게 부탁했었는데, 또 이런 부탁을 드리게 되는군요. 옥만도 같이 돌보아 주십시오. 산골 사람처럼 컸으니까, 시골냄새가 날 겁니다. 만사 적당히 당신이 가르쳐 주십시오.”

겐지는 정성 들여 당부하였다.

---

20) 석무(夕霧)가 중장(中將)이 된 것이 처음 나왔다.

"그런 딸이 있었다는 말은 처음 듣는군요. 명석의 어린 아씨가 혼자 지내는 것이 어딘지 불만스러웠었는데, 잘된 일입니다."

화산리는 기꺼이 받아들였다.

"모친은 성질이 더없이 좋았었습니다. 당신의 성격도 안심할 만큼 좋다고 생각하고 있습니다."

"내가 맡았던 석무중장이 별로 말썽을 일으키지 않아서 심심하던 차에 기쁘게 생각합니다."

그 댁에 있던 하녀들은 옥만의 신상을 전혀 몰라, 이렇게들 생각했다.

"어떤 분을 또 찾아내었을까? 옛날에 사귀던 성가신 여인이겠지."

옥만은 4인승 수레 석 대로 이사를 했다. 우근이 옆에서 잘 주선하여 하녀들까지 시골 때를 벗도록 꾸며 주었다. 겐지가 무늬가 있는 직물과 그밖에 필요한 물건들을 미리 보냈던 것이다.

15. 겐지가 옥만을 방문하다.

그날 밤, 이사하는 즉시로 겐지가 그곳에 모습을 나타냈다. 옥만은 옛날부터 빛나는 겐지라는 이름은 쭉 들어왔었다. 그러나 오랜 세월 그런 일과는 인연이 없는 생활을 한 까닭으로 겐지의 모습을 짐작할 수도 없었다. 그런데 희미한 등불빛에 휘장의 틈 사이로 살짝 본 모습은 너무나 아름다워서 무섭게까지 여겨졌다.

"이 문을 드나들 수 있는 사람은 특별한 사람이라는 생각이 드는데."

겐지는 우근이 활짝 열어 놓은 문으로 들어와서 이렇게 말하며 웃었다. 겐지는 조금 좁은 방의 자리에 무릎을 붙이며, 휘장을 조금 잡아당겼다.

"이 불은 정말 호색적인 느낌이 든다. 어버이 얼굴은 보고 싶어하게 마련인데, 그렇게 생각하지 않는가?"

옥만은 못 견디게 부끄러워 옆으로 비켜 앉았다. 그 모습이 정말 아름답게 보여서 매우 기뻤다.

"조금 더 불을 밝게 하여 보여 주지 않겠는가? 어두운 데서 보자니 아까운 일이다.”

겐지의 말에 우근은 심지를 올려서 가까이로 당겨 놓았다.

“조심성이 없는 사람이군.”

겐지는 조금 미소를 지었다. 옥만의 눈언저리가 너무 예뻐서 겐지는 오히려 주눅이 들 것만 같았다. 그러나 겐지는 조금도 서먹서먹하지 않게 말을 하고, 어버이답게 행동했다.

“오랫동안 너의 행방을 몰라서 마음에 걸리지 않는 때가 없이 걱정하였다. 이렇게 너를 보게 된 것이 마치 꿈과 같고, 지난 옛일까지 이것저것 생각이 나서 그 마음을 말로는 다하지 못하겠다.”

겐지는 눈물을 닦았다. 실제로 이때까지의 일이 그만큼 슬프게 느껴졌던 것이다. 겐지는 옥만의 나이를 세어 보고는[21] 원망의 말을 하였다.

“부녀간에 이렇게 오랫동안 따로 떨어져 지내는 예는 없었다. 괴로운 숙연이었다. 이제는 지나간 날들의 이야기도 해주고 싶은데 어린애처럼 굴 나이도 아니면서 왜 그렇게 마음을 터놓지 않아 내 가슴을 애태우는 건가?”

그러나 옥만은 대답할 수 없을 만큼 부끄러워서 조그맣게 대답했다.

“3년 동안 다리가 서지 않을 때에 시골로 흘러간 후로는 무엇이나 간에 있으나마나한 덧없는 모습으로 ….”

그 목소리가 석안과 꼭 닮아 있었고, 풋풋한 느낌을 주었다. 겐지는 생긋 웃으며, 말했다.

“괴로운 신세였겠지. 그것이 가여워서 마음에 스며들게 느끼는 사람이 지금 나 말고 누가 있을까?”

겐지는 우근에게 적당한 조치를 분부하고 돌아갔다.

겐지는 옥만이 무난하게 지내고 있는 것을 기쁘게 생각하여, 자의상에게도 이야기했다.

“저런 산골에서 오랫동안 지내 왔으니 얼마나 가여운 모습일까 하고

---

21) 옥만 21세. 당시로는 결혼 적령기가 지남.

미리 생각하여 깔보고 있었는데, 도리어 이쪽이 기가 죽을 정도였습니다. 어떻게 해서라도 이런 여인이 있다는 것을 사람들에게 알려서 형병부경궁처럼 이 저택을 마음에 들어하는 분들에 소동을 일으키고 싶다. 호색가들이 항상 근실한 태도로 당신의 근처에 얼굴을 내놓는 것도 표적이 될 만한 젊은 여인이 없었던 까닭입니다. 아주 잘 돌보아 드립시다. 시치미를 떼는 척하면서 본색을 드러내는 사람들의 모습을 지켜봅시다."

"이상한 아버지군요. 사람의 마음을 들뜨게 할 생각부터 하시다니, 좋지 않은 마음씨인데요."

"정말 당신이야말로 옛날 어렸을 적에 그렇게 다루었어야 했던 것이었는데 …. 참 재수 없게 되어 버렸군요."

겐지는 말하고는 큰 소리로 웃었다. 자의상은 얼굴을 붉혔다. 그 모양이 무척 젊고 아름답게 보였다. 겐지는 벼루를 가져다가 장난 삼아 썼다.

"〈석안을 계속 생각해 온 내 몸은 옛날 그대로인데, 저 딸은 어떤 인연을 더듬어 찾아온 것일까?〉

아."

겐지가 혼잣말로 하니까, 자의상은 틀림없이 깊이 정을 주었던 분의 추억거리일 것이라고 생각했다.

16. 석무가 옥만과 인사하다.

겐지는 석무에게도 일렀다.

"새로운 사람을 찾아냈으니 사이좋게 지내고, 네가 먼저 가서 인사하거라."22)

석무가 말했다.

"나는 변변치 못한 사람이지만, 이런 아우가 있다고 맨 먼저 불러 소개시켜 주셨으면 좋았을 것을. 이사 때도 와서 도와 드렸어야 했는데."

이렇게 진심으로 말하는 것을 듣고 사정을 아는 사람은 아무래도 겸연쩍어하였다. 옥만은, 있는 대로 머리를 짜 내어 꾸민 축자의 주거였지

---

22) 석무에게도 친자식인 양 말하였다.

만, 지금 와서 보니 어이없을 정도로 시골 티가 났었음을 알게 되었다. 이 집과의 대단한 차이를 자연히 느끼게 되었던 것이다. 방의 치장 등이 기품 있는 당세풍인데다, 어버이와 형제들과 사이좋게 지내는 여러 여인들의 용모도 눈부실 정도로 아름다웠다. 삼조마저 이제는 대재대이를 경멸하였다. 하물며 대부감의 숨소리나 험하고 무서운 얼굴은 생각하기도 싫을 만큼 꺼림칙했다. 겐지는 풍후개의 마음씨가 기특하다고 생각했다. 우근도 겐지에게 그런 말을 하였다. 미적지근하게 버려 두면 무엇이나 결단을 못 내리는 것이라고 하므로, 이쪽의 가신들로 정하고는 적당한 것을 여러 가지로 맡겼다. 풍후개는 오랫동안의 시골 살림으로 비참한 생각이 들던 차에 상황이 갑자기 변하자 기쁘기 그지없었다. 이런 저택은 어쩌다 한번 보는 것만으로도 대단한 일이었는데, 아침 저녁으로 드나들며 종자(從者)를 데리고 일을 책임 지는 신분이 되었으니, 너무나 명예롭게 생각했다. 겐지의 세심한 마음쓰임은 풍후개에게는 정말 황송한 일이었다.

17. 겐지가 애인들에게 정월의 옷을 선사하다.

연말이 되자, 겐지는 설날의 장식과 하녀들의 옷 등을 신분이 당당한 분과 똑같이 처리하였다. 옥만에게는 산사람처럼 가볍게 생각하여 마른 옷을 주었는데, 용모야 이 정도면 되었지만 역시 어딘가 시골 티가 날 것이라고 생각했기 때문이었다. 겐지는 장인이 제각기 기술을 다하여 짠 수많은 옷가지들을 모아 놓고서 자의상에게 이렇게 말했던 것이다.

"정말 많은 물건이군. 여러 여인들이 부러워하지 않도록 공평하게 나누어 줍시다."

자의상은 꺼내 놓은 옷들을 신기한 색깔로 염색하였다. 세상에 흔히 보기 어려운 솜씨였다. 겐지는 그 옷들을 찬찬히 비교하였다. 색깔별로 나누어 몇 번이나 고른 뒤, 여러 옷상자에 나누어 넣게 했다. 나이 든 하녀들을 옆에 모아 놓고, 이것은 누구 것, 저것은 누구 것 하면서 정해 주고 있었다. 자의상도 그 모습을 보면서 말했다.

“어느 것이나 우열의 차가 나지 않는 옷들뿐이지만, 입을 분들의 용모에 맞는 것으로 골라서 나누어 드립시다. 옷이 인품에 안 맞는 것은 꼴불견이지요.”

겐지는 웃으며 대답했다.

“시치미를 떼고 여인들의 용모를 판단해 보자는 생각이군요. 그러면, 당신은 어느 것에 어울린다고 생각합니까?”

“그런 것은 거울로만 보아서는 도저히 알지 못합니다.”

자의상은 이렇게 말하면서도 부끄러워하고 있었다. 겐지는 자의상에게 홍매(紅梅 : 겉은 빨강, 안은 보라)의 잘 만든 통상예복과 당세풍의 아주 훌륭한 옷을 주었다. 겉은 희고, 안은 짙은 보랏빛의 평상복과 광택이 나는 부드러운 옷은 명석의 어린 아씨의 옷으로 정했다. 해변의 풍경이 새겨진 엷은 남색 직물로 짠 방식이 청초하면서도 화려하지 않은 것을 짙은 분홍의 아래옷과 함께 화산리의 것으로 했다. 한 점의 어둠이 없이 빨간 겉옷에 노란 꽃모양이 있는 평상복을 옥만에게 주었다. 자의상은 보지 않는 척하면서, 이것저것 추측해 보았다. 내대신23)이 화려한 사람이니, 옥만도 예쁘게 보이겠지만, 틀림없이 청초한 맛은 없을 거라고 생각했다. 자의상은 생각을 얼굴에 나타내지는 않았지만, 골똘히 생각에 잠긴 표정이었다. 겐지는 말했다.

“아니 글쎄, 옷에 용모를 비교하는 것은 여러 사람을 화 나게 만드는 일입니다. 여인의 외모는 더없이 아름다울 수 있지만, 물건의 색깔에는 한도가 있지 않습니까? 또 용모가 아무리 부족하다고 해도 그밖에 깊은 멋을 지니고 있기도 하니까요.”

말적화의 옷으로 당초(唐草)의 무늬가 새겨진 유(柳 : 직물의 이름)의 직물로 된 옷을 골랐는데, 고상하고 아름다운 느낌을 주는 옷이었다. 겐지는 남몰래 언뜻 미소를 띠었다. 명석의군에게는 매화나무의 가지와 나비나 새가 뒤섞여 날아다니는 무늬의 박래풍(舶來風) 하얀 약식 예복과

---

23) 자의상만은 내대신이 옥만의 아버지라고 알고 있었다.

짙은 보라의 광택이 있는 옷을 골랐다. 자의상은 명석의군을 상상만 해 보아도 기품이 있는 것이 재미없다고 여겼다. 여승 공선(空蟬 : 겐지의 비 호하에 있음)에게는 고상해 보이는 엷은 먹색의 직물에, 입는 것이 허용 된 색의 옷을 첨가하여 편지와 함께 전했다. 겐지도 자의상이 말한 대로 용모와 복장이 어울릴 것을 염두에 두고 있었다.

18. 말적화의 반가를 보고 겐지가 화가를 논하다.

여인들은 모두 다 예사롭지 않은 답장을 보냈다. 심부름꾼에게 선물에 주는 것에서도 각각의 마음쓰임이 나타났다. 말적화만은 이조 동원에 있 었기에 다른 분들보다 다분히 소원한 편이었는데도 만사에 고지식한 사 람이어서 할 일은 꼭 지키려고 겐지의 옷을 보내왔다. 소매가 퍽 낡고 찌들어 있는 노란 예복을 밑에 입는 옷도 없이 보내온 것이었다. 답장은 향을 쪼인 육오국의 종이에 썼는데, 해묵어서 노랗게 바랜 두꺼운 종이 였다.

"자, 어떻게 될 것인가요? 옷을 주신 것이 오히려 괴로워,

〈입어 보니 조금 원망스럽게 여깁니다. 이 옷[唐衣]은 도로 드리고 싶 습니다. 내 눈물에 소매를 적시고서.〉"

필적이 워낙 구식이어서 겐지는 엷은 웃음을 띠고는 한참이나 들여다 보았다. 자의상은 어찌된 일인지 궁금해하며 바라보고 있었다. 심부름꾼 마저도 말적화에게서 받은 선물이 너무나 변변치 않고 꼴사나워서 화가 난 채로 몰래 빠져나왔다. 하녀들은 참으로 대단한 일이라고 다들 소곤 대며 웃었다. 이렇게 지나치게 구식으로 아슬아슬할 정도인 것을 도저히 깜찍하게 보아주기가 어려웠다. 겐지는 창피하다는 눈초리로 자의상을 바라보았다.

"옛날 식의 노래에는 '당의'니, '소매를 적시고'니 하는 원망의 말을 떼 어놓을 수 없나 보군요. 나도 그 부류에 속하는지 모르지요. 옛날 식을 외곬으로 지켜, 당세풍의 말에는 전혀 마음을 두지 않는 것이 훌륭하다 면 훌륭하겠지요. 무슨 절회(節會)나 주상의 앞에서 특별히 마련된 노래

모임에서는 '마도이'(圓居 : 둘러앉음) 라는 단어를 빼놓지 못하지요. 주거니받거니 하는 사랑의 풍류노래에서는 '아다비도노'(仇人의. 사랑하는 사람의) 라고 하는 다섯 자를 제3구에 놓아야만 말이 제대로 이어지는 것이 안심이라고 정해지는 것이 되지요. 여러 가지 이야기책이나 노래를 다 들춰보아도 옛날부터 언제나 노래에 잘 나오던 말들은 크게 달라진 것이 없습니다. 언젠가 말적화가 상륙의 친왕이 남겨 놓은 조지소(造紙所) 의 책을 보라고 내게 보내왔었어요. 그 노래에는 학문이 실로 꽉 차 있어서, 가병(歌病) 24) 을 피해야 할 부분이 많더군요. 그것은 원래 내가 잘하지 못하는 방면의 일인데, 그 책을 보다가는 더 심해질 것 같아서 귀찮은 마음에 돌려보냈습니다. 그것을 공부하였던 노래솜씨치고는 이 답가는 정말 평범하군요."

이렇게 말하는 모습은 말적화에게는 참으로 미안한 일이었다. 자의상은 정말 진지한 표정으로 말했다.

"어째서 그 책을 돌려보내셨나요? 베껴 놓고 명석의 아씨에게도 보여 드렸으면 좋았을 것을. 제게도 무엇인가 볼만한 책이 있었는데, 그것도 좀이 다 슬어 버렸답니다. 그런 책을 읽지 않은 사람은 아무래도 이해가 좀 부족하겠지요."

"아씨의 학문에는 전연 소용이 안될 것입니다. 여성의 경우에 좋아하는 것 하나만을 세상에 내보이려는 생각으로 거기에만 힘을 쏟는 것은 어리석은 일입니다. 물론 매사에 서투른 것도 유감스러운 일이겠지요. 다만 자기 생각만은 확실하게 가지고서 겉보기에 평온해 보이는 사람이 호감을 주는 것이지요."

겐지가 말적화에게 답장할 생각도 하지 않자, 자의상이 말했다.

"'도로 보내고 싶습니다' 라고 썼던데, 이쪽에서 답장을 보내지 않는다면 실례가 될 겁니다."

겐지는 냉정한 짓을 못하는 성격 때문에 답장을 썼다. 그냥 가벼운 마

---

24) 노래 가사(歌詞) 의 수사상(修辭上) 의 결함을 말함.

음이었다.

“〈도로 보내고 싶다고 말씀하신 것을 읽으니, 그 옷의 한쪽 소매를 깔고, 혼자서 잠들 당신이 불쌍하게 생각됩니다.〉

지당한 일입니다.”

겐지의 답장은 이런 내용이었다.

23. 첫 울음 (初音*)

대강 줄거리

겐지 나이 36세의 정월.

정초를 맞이하여, 세상은 봄에 물들어 들떠 있었다. 그 중에서도 육조원의 봄의 저택은 이 세상의 극락처럼 보였다. 원단의 저녁, 북적대던 신년 축하객들이 물러간 뒤, 겐지는 단정한 차림으로 부인들을 찾아갔다. 제일 먼저 겐지는 자의상과 함께 천년만대를 축하했다. 명석의군은 명석의 아씨에게 선물과 노래를 보내왔는데, 겐지는 아씨로 하여금 그에 대한 답장을 쓰게 했다. 화산리를 방문한 뒤에 서쪽 대옥에 있는 옥만을 찾아보았다. 겐지는 그녀의 훌륭한 자질에 새삼 감탄하였다. 저녁 때 명석의군을 찾아 그 밤은 거기서 묵었다.

다음날은 당상관과 친왕들이 빠짐없이 육조원에 모였다. 옥만의 존재에 마음을 두고 있는 젊은이들은 까닭 없이 마음이 움직였다. 겐지는 소홀하게 다루어진 이조 동원으로 가서 말적화와 공선을 만났다.

그 해는 남자답가가 거행되는 해였으므로, 육조원에도 그 일행이 찾아왔다. 육조원의 여인들은 남쪽의 저택에 모여들어 구경했다. 옥만은 명석 아씨와 자의상과 인사를 나누었다. 겐지는 답가의 젊은 청년들을 극진히 대접했다. 흥겨운 기분이 드는 때여서 겐지는 애인들과 음악의 연회를 계획하였다.

---

* 초음(初音). 그 해 들어 처음으로 듣는 꾀꼬리소리. 명석의군이 딸에게 준 노래에 이 말이 나온다. 하쓰네(はつね) 라 읽는다.

1. 신춘의 육조원에 상서로운 기운이 가득하다.

해가 바뀐[1] 원단 아침 하늘은 한 점의 구름도 없이 화창했다. 여염집 담장 안에서도 녹아 있는 눈 사이로 싱싱하게 풀이 물들기 시작했다. 오래 기다렸다는 듯 봄을 예고하는 안개 속으로 움트는 나무의 새 눈이 어렴풋이 모습을 드러냈다. 자연히 사람들의 마음도 구김살이 없어 보였다. 더구나 옥 같은 자갈을 깐 겐지의 집은 구석구석 넋을 빼앗길 정도로 아름다웠다. 여느 때보다 더 한층 화려하게 꾸민 여인들의 저택은 말로 다 표현하기 어려울 정도였다.

2. 자의상의 저택에 오다.

자의상의 거처인 봄의 저택은 유난히 아름다움이 더하였다. 매화 향기는 고운발 안의 향기와 섞여서 바람에 실려 흩날리고 있었다. 이 세상의 극락정토라고 생각될 지경이었다. 자의상은 여느 때와 다름없이 그곳에서 평온하게 지내고 있었다. 젊고 훌륭한 하녀들은 명석 아씨를 돌보도록 골라내었기 때문에 조금 나이 든 사람들이 그곳에 남아 있었다. 그곳의 하녀들은 현명하고 지혜로워서 옷차림이나 행동들이 보기 좋았다. 하녀들은 여기저기에 모여서 연초(年初)에 장수(長壽)를 비는 의식을 하고 있었다. 거울떡[2]까지 갖다 놓고, 일년의 행복을 기원하는 각종의 축언(祝言)을 하느라 흥겨운 분위기가 넘치고 있었다. 마침 그때 겐지가 그곳에 왔다.

“정말 부끄럽습니다.”

하녀들은 몸가짐을 고치고, 다들 쑥스럽고 황송해했다.

“나에게 굉장한 축언들을 하고 있었군. 다 각각 바라는 것이 있겠지. 조금 듣게 해줄 수 없나? 이번에는 내가 그대들에게 축언을 하자.”

겐지가 말하며 이렇게 웃는 모습을 보여, 하녀들은 모든 것이 더욱 번성하리라고 예감하였다.

---

1) 육조원 조영 후 처음 맞는 신춘.
2) 크고 작은 두 개의 떡을 포개 놓은 것.

"'전부터 보아온'이라고, 거울떡의 그림자와 이야기하고 있었습니다. 저 한 사람을 위한 기원은 무엇 하나 하지 않았습니다."

다른 하녀들과는 다르게 숨긴 사랑을 받고 있는 중장의군은 대답했다.

아침 내내 문안 온 사람들이 가득 차서 집안이 온통 떠들썩했다. 저녁 때가 되자 겐지는 애인들에게 새해인사를 하기 위해 정성껏 몸치장을 했다. 그야말로 아무리 보아도 훌륭한 모습이었다.

"오늘 아침 여기 있는 하녀들이 매우 기분 좋아 보이더군요. 그것이 정말 부러워서 당신에게는 내가 거울떡을 보여 드리겠습니다."

겐지는 농담을 섞어 가며 자의상에게 축하를 했다.

〈얇은 얼음이 녹아 버린 거울 같은 못의 표면에는, 이 세상에 둘도 없는 행복한 그림자가 나란히 비쳐 보입니다.〉

겐지의 노래처럼 과연 훌륭한 두 사람의 사이였다.

〈조금의 흐림도 없는 거울 같은 못의 표면에 언제까지나 함께 살 우리들의 그림자가 똑똑히 비쳐 보이는군요.〉

그들은 더없이 좋은 부부의 인연이 영원하기를 축원했다. 그날은 마침 자(子 : 쥐)의 날이기도 했다. 이처럼 아름다운 봄의 자의 날에 장수를 비는 것은 제격이었다.

3. 겐지가 옥만을 찾고, 명석의군 댁에서 자다.

명석 아씨의 처소에는 여동이나 하녀들이 앞뜰의 가산(假山)에서 작은 소나무를 끌며 놀고 있었다. 젊은 하녀들의 마음도 가만히 있기 어려운 모양이었다. 명석의군의 저택에서는 오늘을 위해 일부러 모아 놓은 듯한 수많은 바구니와 과일 그릇들을 보내왔다. 명석의군의 편지에는 깊은 수심이 드리워져 있었다.

"〈작은 소나무, 아씨에게 이끌려 세월을 보내고 있는 나에게 오늘은 꾀꼬리의 첫울음, 첫소식을 전하여 다오.〉

소식 하나 없는 마을에."

겐지는 문득 그녀의 불쌍한 처지를 깨달았다. 정초부터 불길한 눈물을 참을 수 없어 흐느끼고 있는 모양이었다.

"직접 답장을 하세요. 첫소식을 그만두어 버리는 분은 아니겠지요."

벼루를 준비하고, 명석의 아씨에게 직접 쓰게 하였다. 참으로 귀여워서 조석으로 보고 있어도 싫증이 나지 않을 듯한 모습이었다. 생모를 지금까지 한번도 만나지 않은 채로[3] 세월을 지나게 한 것이 애처롭게 느껴졌다. 명석 아씨는 이렇게 썼다.

〈이별한 후 해를 겪었다 해도, 꾀꼬리가 보금자리를 떠난 소나무의 뿌리(생모)를 잊어버릴 수야 있겠습니까? 지금도 또렷이 기억하고 있습니다.〉

어린 마음을 있는 그대로 적은 노래였는데, 아직 세련된 솜씨는 아니었다.

겐지는 여름의 저택에 살고 있는 화산리의 주거에도 들렀다. 여름의 계절이 아니어서인지, 고요하고 소박하게 느껴졌다. 일부러 풍류 있게 꾸민 것은 없었고, 품위 있게 지내고 있는 자취가 어디에서나 눈에 띄었다. 세월이 지남에 따라 두 사람의 사이는 더욱 격의 없고 차분해졌다. 지금은 무리하게 한 이불을 덮는 일도 없었다. 부부로서는 형식적인 인연만 남아 있었지만, 의좋게 이야기하며 지내고 있었다. 휘장이 두 사람 사이에 놓여 있었는데, 겐지는 그것을 조금 젖혀 보았다. 화산리는 모습을 숨기지 않고 그대로 있었다. 생각한 대로 화려하지 않은 엷은 남색의 옷을 입고 있었고, 머리칼은 이미 한창때를 지난 듯 보였다.

"부끄러워할 사이는 아닐지 모르지만, 다리(가발)로 모양을 갖추었으면 좋았으련만. 다른 남자였다면 같이 살고 싶은 생각도 없어질 것인데, 나는 이상하게도 이렇게 돌보아 주는 것이 기쁘구나. 이것이 본래부터 내가 희망하던 바이다. 이 여인이 바람기 있는 여자들처럼 나를 배반하였더라면, 지금쯤 어떤 상황에 처해 있을까?"

겐지는 화산리와 얼굴을 맞댈 때마다 자기의 마음이 변하지 않은 것

---

3) 생모인 명석의군은 아씨님을 4년간 대면하지 않고 있었다.

이, 또 상대방의 생각이 신중한 것이 기쁘게 생각되었다. 화산리라는 여인은 역시 이래서 좋은 사람이라고 생각했다. 겐지는 지나간 이야기들을 세세하게 정을 담아 이야기하고, 옥만이 있는 서쪽 대옥으로 건너갔다.

옥만은 이사 온 지 두 달밖에 되지 않아 별로 정들지는 않았지만, 주위의 분위기를 풍류 있게 꾸미고 있었다. 귀여운 여동들을 포함하여 하녀들도 여럿 있었다. 방의 설비도 꼭 필요한 것만 있었고, 자질구레한 일용품은 아직 충분히 마련되지 않은 상태였다. 옥만은 그런 대로 청초하게 살고 있었다. 겐지는 옥만을 슬쩍 본 순간, 참으로 예쁘다고 감탄했다. 노란 옷이 용모를 한층 돋보이게 하고 있었다. 어디 하나 그늘진 데가 없었다. 겐지는 그만 넋을 잃고 말았다. 오랫동안 고생한 탓일까, 머리가 조금 엷어졌다. 그러나 매끈하게 옷에 걸린 머리채는 매우 청결한 느낌을 주었다. 어디에나 신선한 느낌이 감돌았다. 만약 이렇게 집안에 데려다 놓지 않았더라면, 그저 딸로 보아 넘기지는 못했을 것이었다. 옥만은 물건도 사이에 두지 않고 가깝게 대면하고는 있었지만, 역시 어딘가 서먹서먹하게 행동했다. 무언가 꿈같은 생각이 들어서 옥만은 아직 마음속으로부터 경계심을 품고 있었다. 그런 태도가 오히려 겐지의 흥미를 돋우었다.

"그간 너무 오랜 세월이 지나긴 했지만, 이제 보고 싶을 때 스스럼없이 볼 수 있게 되었으니, 소원을 성취한 기분이오. 무엇이나 사양 말고, 자의상에게도 건너오시오. 거문고를 처음 배우는 어린이도 있으니까, 같이 연습하시오. 저쪽에는 경계할 사람도, 동정심 없는 사람도 없으니."

"말씀하신 대로 하겠습니다."

옥만은 다소곳이 대답했다.

저녁때가 되자, 겐지는 명석의군 쪽으로 건너갔다. 복도의 문을 열자마자 고운발 안에서 우아한 향내가 풍겨 나와서 색다른 기품이 느껴졌다. 본인의 모습은 보이지 않았다. 사방을 돌아다보니, 벼루 근처에 이야기책들이 흩어져 있었다. 겐지는 그것을 이것저것 집어들고 들여다보았다. 가장자리에 수를 놓은 큼직한 방석 위에는 추억이 얽혀 있는 거문고가 놓여 있었다. 특별히 마련한 듯한 풍류 있어 보이는 화로에는 시종 향(侍從香 : 배합한 향의 일명)이 타고 있었다. 그 향기 속에 어렴풋이 연향(鍊香 : 조합 향료의 일종)의 향기가 섞여 있는 것이 더욱 운치 있게 느껴졌다. 방심하고 흩뜨려 놓은 글씨들도 보통과 다르게 소양이 있는 필적이었다. 초가나[草假名]를 지나치게 모양 내서 쓰지도 않았고, 호감이 가도록 참하게 씌어진 글씨였다. 딸이 보낸 답가를 신기하게 생각했는지, 옛 노래를 섞여서 여러 번 적어 놓았다.

"〈신기하고 기쁘다. 꽃이 피는 집에 즐겁게 살면서, 옛날의 낡은 집을 찾아 준 꾀꼬리여.〉

기다리다 지쳤었는데, 그 목소리를 들을 수 있었구나."

이런 내용도 있었다. 또 생각을 바꾸어 자신의 마음에 위로가 되도록 노래를 적어 놓은 것도 눈에 띄었다. 그것을 손에 집어들고 미소짓는 겐지의 모습은 보는 사람을 주눅 들게 할 정도로 훌륭했다.

붓 끝을 축여서 장난 삼아 뭐라고 쓰고 있을 때, 명석의군이 무릎걸음으로 다가왔다. 방해하지 않으려고 조심하면서 마음을 쓰는 것이 역시 다른 사람하고는 달라 보였다. 하얀 겉옷에 걸려 있는 검은 머리채는 한층 더 뚜렷하고 싱싱해 보였다. 겐지는 마음이 움직였다. 신년 초4) 부터 소동을 부리는 일이 될까 걱정스럽기도 하였지만, 겐지는 그날 거기서 묵었다. 자의상의 저택에서는 의외로 여기는 하녀들이 많았다.

겐지는 이른 새벽에 그곳을 나왔다.

'이렇게 캄캄할 때에 오지 않았더라도 좋았을 것을.'

자의상은 이렇게 생각하였다. 겐지는 명석의군을 떠나온 후에도 그 마음이 꼬리를 끌어 몹시 안타까웠다. 겐지는 한편으로는 기다리다 마음이 상한 자의상의 처지를 이해했다.

"묘하게 잠자리가 아닌 데에서 어른스럽지 않게 깊이 잠들어 버렸는데, 그대로 깨우지도 않아서 ….".

---

4) 정초의 저녁은 제1부인인 자의상과 지내야 한다.

겐지는 이리저리 비위를 맞추었다. 자의상은 별다른 대답도 하지 않았
다. 겐지는 자는 척하다가 해가 높이 뜰 때까지 쉬고 일어났다.

4. 임시객의 연회.

그날은 임시객5)의 소동을 핑계로 자의상과 마주치지 않도록 했다. 여
느 때와 마찬가지로 당상관이나 친왕들이 한 사람도 빼놓지 않고 축하하
러 모여들었다. 관현의 놀이가 있었고, 그 후의 선물들은 둘도 없이 훌
륭한 것들이었다. 모여 있는 사람들은 다들 남에게 뒤질세라 행동했지
만, 누구하나 겐지에게 비교될 만한 사람은 보이지 않았다. 한 사람 한
사람 따로따로 보면 흠잡을 데 없는 이들이었지만, 겐지의 앞에서는 무
색해지는 것은 딱한 노릇이었다. 변변치 않은 하인들까지도 육조원에 오
면 각별히 마음을 쓰는 것이었다. 더구나 젊은 당상관들은 속으로 옥만
의 일을 생각하고 있었기에 무작정 가슴이 두근거리는 것이었다. 꽃향기
를 품은 저녁바람이 한가롭게 불어오는 가운데, 뜰 앞의 매화는 점점 꽃
망울을 부풀리기 시작했다. 때마침 황혼 녘에 다채로운 관현의 음색과
박자의 소리는 더욱 화려하게 들렸다. 겐지도 때때로 소리를 합하여 삼
지의 풀[三枝草]6)의 끝 부분을 불렀는데, 누구라도 반할 정도로 훌륭한
소리였다. 무엇이나 겐지가 조금 거들면 훌륭한 점이 더욱 돋보이고 흥
취가 한결 더해졌다. 겐지는 특출함은 이날도 뚜렷이 느낄 수 있었다.

5. 겐지가 말적화와 공선을 찾아가다.

이렇게 소란스러운 말과 수레소리도 멀리 떨어진 곳에서 듣고 있는 여
인들에게는 쓸쓸함을 자아낼 만했다. 극락정토에서 아직 피지 않은 연꽃
을 기다리는 마음이 이럴 것이라고 생각하며, 겐지는 마음이 개이지 않
았다. 더구나 이조 동원에 살고 있는 말적화와 공선에게는 무심한 세월
만 흘러가고 있었다. 그러나 겐지의 마음이 박정하다고 비난할 수는 없

---

5) 정월에는 섭관대신 집에서 친왕과 공경들을 향응하였다.
6) 최마락의 곡조. 자세한 것은 미상. 가지가 셋으로 갈라지는 식물 같다.

는 처지였다. 별다른 불안으로 걱정할 일도 없었기 때문에 불도를 수행하는 공선은 다른 일에 마음쓰지 않고서 근행에 열중하고 있었다. 또 가나[假名]로 쓴 책들을 공부하느라 여념이 없는 말적화는 또, 생활의 어려움을 잊을 수 있는 지금의 처지에 감사하고 있었다. 떠들썩한 며칠이 지나고 나서 겐지는 이조 동원을 찾았다.

신분이 신분인 만큼 말적화를 가엾게 여겨 남 보기에 부족함 없이 충분히 배려했다. 옛날 한창일 때에 곱던 머리칼은 해마다 적어지고, 점점 용소(龍沼)의 웅덩이보다도 더 시퍼렇게 변해 가는 옆얼굴이 애처로워서 정면으로 대면은 하지 않았다.

"예상한 대로 유(柳)의 직물은 실패였다."

겐지는 말적화를 위해 옷을 고르던 때를 떠올렸다. 광택도 없는 검은 비단에 삭삭 소리가 날 정도로 풀을 먹인 홑옷은 몹시 가련하고 추워 보였다. 밑에 받쳐입는 옷은 또 어떤 것일까? 코의 색깔만이 꽃처럼 봄안개에도 숨길 수 없을 정도로 두드러져서 엉겁결에 한숨을 쉬었다. 일부러 휘장을 깔끔히 고쳐 놓고 사이를 떼어놓는 것이었다. 말적화는 그렇게는 생각하지 않고, 지금도 이렇게 상냥하게 배려하는 겐지의 마음씨에 안심하면서 더욱 믿고 의지했다. 그것이 더욱 가엾게 생각되어, 차분하게 마음을 가라앉혔다. 말적화는 추워 보이는 목소리로 덜덜 떨면서 말하고 있었다. 겐지는 차마 똑바로 쳐다볼 수도 없었다.

"옷 같은 것을 돌보는 사람은 있습니까? 이렇게 아무 걱정도 없는 집에서는 부드럽게 풀기가 없는 것이 낫습니다. 겉으로만 치장한 옷차림은 맞지 않습니다."

말적화는 역시 어색하게 웃으면서 말했다.

"제호사(醍醐寺)의 오빠를 돌보아 드리느라 거기에 손을 뺏겨, 옷을 꿰맬 수가 없었습니다. 가죽옷까지도 빼앗겨 버려서 춥습니다."

이것을 들으니, 코가 빨간 오빠 때문에 생긴 일인 듯했다. 천진하긴 하지만 삼가는 태도가 부족한 것이 눈에 거슬렸다. 겐지는 여기에서는 지극히 딱딱하게 행동하고 있었다.

"가죽옷 이야기는 이제 그만. 산야의 수험승(修驗僧)에게 도롱이 대신
주었어도 좋아요. 그런데 아껴 둘 필요도 없는 흰옷은 왜 일곱 겹이라도
겹쳐 입지 않으시오? 필요한 물건이 있을 때에는 내가 깜박 잊고 있더라
도 말씀하여 주시오. 나는 천성이 어리석고 게으름뱅이입니다. 게다가
여기저기 복잡한 일이 차례차례 일어나서 자연히 나도 모르게…."

이조원의 창고를 열게 하여 비단과 능직물을 주었다. 황폐할 것까지는
없으나, 겐지가 살지도 않는 저택은 분위기가 유난히 조용하였다. 뜰 앞
의 나무숲이나 홍매의 아름다운 색깔을 감탄하며 바라볼 사람도 없는 것
을 보고, 겐지는 중얼거렸다.

〈옛날 살고 있던 주거에 봄의 꽃을 찾아와서, 세상에 둘도 없는 꽃,
코를 보고 있구나.〉

말적화는 이것이 모욕적인 말인 줄도 모르고 있었다.

겐지는 여승 공선의 처소에도 얼굴을 내밀었다. 공선은 잘난 체하는
일 없이 조용히 조그만 방에 살고 있었다. 부처님만을 넓은 장소에 모셔
놓고, 근행에 골몰하고 있는 모습이 기특하게 보였다. 부처님을 섬기는
데 필요한 도구들은 모두 풍취 있게 잘 만들어져 있었다. 역시 마음씨가
구석구석에까지 미쳐 있는 사람이라고 생각되었다. 공선은 보기 좋은 엷
은 남색 휘장에 완전히 몸을 숨기고 앉아 있었다. 겐지는 마음이 이끌려
서 눈물을 머금고 이야기했다.

"솔의 포구의 섬을 멀리서 바라보는 것만으로 그쳤으면 좋았을 겁니
다. 옛날 일을 생각하니 괴로운 인연[7]이었습니다. 그러나 이만한 인연
은 끊어질 리도 없었습니다."

"이렇게 의지할 수 있는 것을 깊은 인연의 보람으로 알고 있습니다."
공선도 조용한 목소리로 대답했다.

"옛날, 몇 번이고 마음을 괴롭혔던 것을 언제나 부처님께 사과하고 있
습니다. 남자라는 것은 정말 그렇게 순진하지는 않은데, 당신은 그것을

---

7) 공선은 겐지와 단 한번 정을 통한 후에는 겐지의 집요한 구애를 거절해 왔다.

분별할 줄 아셨군요."

공선은 겐지의 말을 듣고, 겐지가 자신의 어이없는 일[8]을 알고 있었음을 깨달았다. 공선은 그것을 부끄럽게 여겨, 이렇게 말했다.

"이런 꼴을 끝까지 보이게 되었으니, 죗값을 치르고 있는 것입니다."

이러한 공선이 예전보다도 더한층 그윽하고 고상하여, 겐지는 기가 죽을 정도로 매력을 느꼈다.

"이렇게 되어, 이 사람은 남녀의 인연에서 멀어져 버렸구나."

마음 같아서는 남처럼 있기가 어려웠지만, 무심코라도 성적(性的) 인 이야기를 꺼낼 수는 없는 일이었다. 흔한 세상 이야기를 나누면서 겐지는 저 말적화가 적어도 이만한 상대로서의 자격이라도 있었으면 하고 생각했다.

겐지가 돌보는 여인들은 이처럼 많았던 것이다. 겐지는 한 바퀴 돌며, 다 얼굴들을 보고, 이렇게 부드럽게 말했다.

"무소식으로 나날을 보내는 일이 있을 때에도 마음속으로는 언제나 생각하고 있습니다. 다만 언젠가는 이 세상과 이별할 날이 마음에 걸립니다. 사람의 수명은 모르는 일입니다."

겐지는 어느 여인에게나 각자의 신분에 따라서 마음을 쓰고 있었던 것이다. 장소에 따라, 또 상대의 신분에 따라 어느 분에게나 다정하게 대하고 있었기 때문에 단지 이 정도의 정에 매달려서 많은 사람이 살아가고 있었다.

6. 겐지가 남자답가를 대접하다.

그 해에는 남자답가가 있었다. 임금은 주작원에 참상하고, 곧바로 육조원에 들렀다. 거리가 꽤 멀어서 이미 밤이 샐 무렵이었다. 달이 한 점의 흐름도 없이 더욱 맑아지고 눈이 조금 내려 쌓이고 있었다. 무어라 말할 수 없이 아름다운 뜰인데다, 음악의 명수가 많은 때였으므로, 정취

---

8) 공선은 남편 이예개와 사별한 다음, 의붓아들 기이수에게 구애를 받은 후 여승이 되었다.

는 더없이 훌륭했다. 모두들 겐지 앞에서는 특별히 주의를 하고 있었다. 겐지의 애인들은 전부터 구경하러 오라는 통지를 받았었다. 그녀들은 좌우의 대옥이나 복도들에 휘장으로 방을 만들었다. 서쪽 대옥의 옥만은 남쪽으로 건너와서 명석의 아씨와 대면하였다. 자의상도 함께 있었으므로, 그들은 휘장만을 사이에 두고 이야기하였다.

남자답가의 일행이 주작원과 홍휘전대후의 궁을 돌아서 오는 동안 밤도 점점 밝아졌다. 육조원은 물을 대접하는 역(驛)이었으므로, 간단히 해도 좋았지만, 관례보다도 더욱 취향 있게 성대히 환영했다. 밝을 녘의 달 아래 눈이 점점 내려 쌓였다. 높은 소나무 가지에서 바람이 불어내려와서 스산하게 보일 만한 날씨였다. 청색의 웃옷에 하얀 아래옷에도 아무 장식이 보이지 않았다. 관에 꽂은 비단꽃도 광택이 없는 것이었다. 그런데 장소 탓일까, 그 모든 것이 화려하게 보이고 마음이 활짝 개어, 수명도 연장되는 듯한 느낌이었다. 석무중장이나 내대신의 아들들이 여럿 가운데서도 특히 빼어났다. 훤히 날이 밝아 가는 중에 쌓인 눈이 조금 날려서 아주 추워졌다. '죽하'(竹河)를 노래 부르며 이리저리 무리를 이루어 걸어가는 모습은 그림으로 그려 남겨 놓지 못하는 것이 유감이었다. 여인들의 소매 끝이 고운발 아래로 흘러나와 있었는데, 멀리 바라보니 그 색의 배합도 밝아오는 하늘에 걸린 비단처럼 눈부셨다. 참으로 유쾌하고 기분 좋은 구경거리였다. 어릿광대를 흉내 내어 음란하고 잘난 체하는 축언들을 했다. 예에 따라 일동은 면포(綿布)를 받고 물러나왔다.

밤이 아주 밝아졌으므로, 여인들은 처소로 건너갔다. 겐지는 조금 쉬었다가 해가 높아진 뒤에 일어났다.

"석무의 목소리는 변(弁)소장9)의 목소리에 지지 않을 정도다. 지금 재주 있는 사람들이 차례차례 나오는 때가 아닌가? 옛날사람은 현명한 것을 치자면 정말 훌륭했지만, 풍미로 말하자면 요새 사람만 못하지 않았을까? 석무를 성실한 관리로 키우려고 했던 것은, 놀기 좋아하는 나의

---

9) 내대신의 차남, 미성으로 유명하다.

어리석음을 배우지 말라는 생각이었는데, 역시 석무의 마음속에는 어딘가 호기심이 남아 있는 것 같다. 그것을 누르고 겉으로만 얌전하게 있는 것은 곤란한데."

겐지는 석무를 몹시 아끼고 있었다. 겐지는 만춘락(萬春樂 : 당시의 악곡명)을 읊조리고 나서 말했다.

"여러분들이 여기에 모여 있는 기회에 꼭 악기의 음색을 시험하고 싶다. 후연(後宴)을 열자."

겐지는 훌륭한 자루에 넣어 소중히 간수하고 있던 현악기를 모두 다 꺼내어 정중하게 닦고 조율시켰다. 여인들은 다들 마음이 쓰여 가슴을 두근거리며 듣고 있었다.

24. 나비 (胡蝶[*])

대강 줄거리

　겐지 나이 36세의 봄부터 초여름.

　자의상이 있는 육조원의 남쪽 저택에서는 가는 봄을 아쉬워하며 뱃놀이를 했다. 때마침 친정에 다니러 온 중궁의 하녀들도 남쪽의 저택으로 와서 뱃놀이를 구경했다. 밤을 지새우는 음악소리에 중궁도 봄의 저택의 화려함을 부러워했다.

　이곳에 다녀간 공경들 중에는 재빨리 옥만에게 애정을 느낀 사람이 많았다. 겐지는 예상한 대로의 성과에 만족했다. 옥만을 마음에 둔 사람들은 겐지의 아우 형병부경궁과, 옥만을 누이인 줄 모르는 내대신가의 중장(백목) 등이었다.

　다음날 중궁은 계절의 독경을 올렸는데, 봄의 저택에 모였던 공경들이 다들 참상했다. 자의상도 부처님께 올리는 꽃을 준비하고, 새와 나비 차림의 옷으로 장식한 동녀 8인을 사자로 보냈다. 노래를 보내는 사자로는 석무가 결정되었다. 중궁편에서 보낸 물건도 동녀의 장식에 상응하는 훌륭한 물건이었다.

　초여름이 되자, 옥만에게 보내오는 사랑의 편지가 많아졌다. 겐지는 서쪽의 대옥에 가서 답장하라는 지시를 주기도 했다. 겐지가 선출한 상대는 형병부경궁과 수흑대장과 백목의 세 사람이었지만, 겐

---

* 호접(胡蝶)은 나비. 자의상과 추호중궁이 증답한 노래에 이 말이 나온다. 고초오 (こちよう)라 읽는다.

지 자신이 옥만의 모습과 인품에 끌려 점점 어버이답지 않은 연모의 정이 솟아오르고 있었다. 우근의 눈에는 이상적인 배합으로 보이기도 했지만, 옥만은 겐지를 어버이로서 의지하면서 아버지 내대신을 그리워했다. 옥만에게 마음을 빼긴 겐지의 가슴속을 자의상이 먼저 감지하였다.

겐지는 죽은 석안의 모습이 옥만과 겹쳐서 떠올라, 드디어 마음을 털어놓았다. 옥만은 의외의 결과에 겐지를 멀리하고, 어버이의 인연이 기박한 자신의 불행을 한탄했다.

1. 봄의 저택의 뱃놀이.

3월 20일이 지났을 때, 봄의 저택의 뜰 앞은 아름다움의 극에 달해 있었다.

"저쪽은 아직도 한창때가 지나지 않았는가?"

피어 있는 꽃들과 새소리에 다른 여인들의 처소에서는 이렇게들 부러워하였다. 나무숲이나 가운데 섬 근처에는 이끼가 짙은 녹색으로 피어나 있었다. 젊은 여자들은 그 풍취를 조금밖에 볼 수 없어 애가 타는 것 같았다. 자의상은 미리부터 단풍의 배를 만들어 놓았었는데, 급히 의장(艤裝)을 바꾸게 하여 못에 띄웠다. 자의상은 아악료(雅樂寮)의 사람을 부르고, 뱃놀이를 벌였다. 친왕들이나 당상관들이 많이 모였다.

중궁은 요즈음 친정에 내려와 있었다. '봄을 기다리는 동산은'이라고 도전해 왔던 중궁의 편지에 지금쯤 답하는 것이 좋겠다고 자의상은 생각하였다. 겐지도 이 꽃의 계절을 중궁에게 보여 드리고 싶었지만, 중궁은 아무 계기도 없이 가벼운 기분으로 건너와서 꽃구경을 즐길 신분이 아니었다. 그래서 중궁에 딸린 젊은 여인들 중에 신기해하며 소문을 퍼뜨릴 사람을 배에 태웠다. 원래 남쪽의 못이 이쪽으로 통하도록 만들어져 있었고, 조그만 가산이 양쪽을 가르는 관문처럼 보이게 되어 있었다. 그 산의 곶을 저어 돌아가면 동쪽의 낚시터가 있었는데, 그곳에 젊은 여자들을 모아 놓았다.

용두익수(龍頭鷁首)1)를 당식(唐式)으로 화려하게 치장하고, 노를 저을 여동은 각발(角髮)과 당식의 옷으로 차렸다. 그렇게 큰 못 가운데로 배를 밀어 나오니 여기에 처음 와 본 여인들은 미지의 나라에 온 것 같은 생각이 들었다. 배를 섬의 후미진 바위그늘로 저어가서 주위를 돌아보니, 아무렇지도 않은 바위들까지 마치 그림으로 그린 것처럼 보였다. 안개에 흐려 보이는 나무의 가지들도 비단을 일대에 펼쳐 놓은 것 같았다. 뜰 앞쪽이 멀리까지 쭉 내다보여서 녹색이 진해진 버들이 가지를 늘어뜨린 모습이 한눈에 들어왔다. 꽃도 말로 표현할 수 없이 좋은 향기를 떠돌게 하고 있었다. 딴 곳에서는 이미 한창때를 지난 벚꽃도 여기서는 지금이 한창이었다. 복도를 둘러싼 등나무도 짙은 보랏빛을 띠고 차례로 피기 시작했다. 못의 물에 그림자를 비추고 있는 황매화도 다른 꽃에 지지 않게 한창이었다. 짝을 지어 놀면서 가는, 가지를 물고 날아다니는 물새들이나 파도 위에 모양을 이루어 놓고 나는 원앙도 잊을 수 없는 풍경이었다. 정말 도끼자루가 썩을 듯이 마음을 뺏겨 버리고, 그날을 지냈다. 여인들은 이렇게 노래했다.

〈바람이 불면 파도까지 색이 비쳐 보이는 까닭으로, 그 유명한 황매화의 산부리라는 곳입니까?〉

〈봄의 저택의 못은 정수(井手 : 지명)의 냇가에 통하여 있을까요? 언덕의 황매화는 물 밑에도 피어 있습니다.〉

〈봉래산을 찾아갈 필요도 없습니다. 이 배 안에 불로라는 이름을 남기도록 합시다.〉

〈상쾌한 봄날 가운데를 한가하게 삿대 저어가는 배는, 삿대에서 떨어지는 물방울도 꽃처럼 지고 있습니다.〉

---

1) 한쪽은 선수(船首)에 용두(龍頭), 한쪽은 익수(鷁首)를 단 두 척의 배. 익(鷁)은 상상의 동물로서 바람을 받아 잘 날아서 수난(水難)을 방지한다고 전해졌다.

두서없이 생각나는 대로 주고받으며 돌아갈 목적지를 잊어버린 젊은 여자들의 마음도 이해할 만하였다.

해가 질 무렵, '황장'(皇麞)이라는 악곡이 흥을 더하고 있는 가운데, 본의 아니게 배는 낚시전사〔釣殿〕에 여인들을 내렸다. 그곳의 설비는 간소했지만, 아주 아름다웠다. 남에 질세라 마음을 쓴 젊은 여인들의 옷치장과 용모가 꽃을 수놓은 비단에 지지 않을 만큼 화려하게 보였다. 세상에 널리 알려지지 않은 좋은 음악들이 연주되고 있었다. 특별히 주의하여 선택된 사람들이 진기한 솜씨들을 총동원하여 춤을 추고 있었다.

밤이 되었지만, 아직 흥이 다하지 않아서 뜰 앞에 화톳불을 피웠다. 계단 밑의 이끼 위에 악사들을 부르고, 당상관이나 친왕들도 다들 악기를 하나씩 골라 연주하였다. 스승격인 빼어난 악사들이 아악을 연주하면, 그것을 단상에서 당상관이나 친왕이 이어받아 거문고로 연주했다. '안명존'(安名尊)[2]을 합주할 때에는 세상에 살아 있는 보람이 무엇인지를 알 것 같은 심정들이었다. 우둔한 천민들도 말이나 우차를 세우는 문 근처에 빈틈없이 늘어서서 싱글벙글하면서 듣고 있었다. 하늘의 빛깔이나 악기의 음색이 다른 때와는 달리 신비롭기만 했다. 밤을 새워 관현의 합주를 한 뒤 아침을 맞이했다. 곡조가 바뀌어 희춘락(喜春樂 : 봄을 기뻐하는 악곡)을 연주했고, 병부경궁은 '청류'(靑柳)를 재미있게 노래 불렀다. 주인인 겐지도 함께 거들었다.

밤이 완전히 밝았다. 가산(假山)을 사이에 두고 그 소리를 들은 중궁은 샘이 나기도 했다. 언제나 봄의 빛이 넘쳐 있는 저택이긴 했지만, 중궁에게는 마음을 붙일 인연이 없는 것이 안타까웠다. 한편 서쪽 대옥의 옥만은 무엇 하나 헐뜯을 만한 구석이 없이 어여쁜데다, 겐지가 특별히 소중하게 대하고 있다는 소문이 파다해서 마음에 두고 있는 청년이 많았다. 겐지는 그것을 기대하고 있었기에, 마음이 흐뭇했다. 자신만만한 신분의 남자들은 연줄을 찾아서 의중을 남몰래 전하기도 하고, 직접 말을

---

2) 최마락의 곡조. 아나도오도(あなどうど)라 읽는다. '아아, 존귀하다'라는 뜻이며 여기서는 육조원의 영화를 찬양하는 의미로 불렀다.

건네기도 했다. 그렇게도 못하고 마음속으로만 연모의 불을 태우고 있는 젊은 공경들도 있었다. 그 중에는 사정3)도 모르고 마음을 빼앗겨 버린 내대신의 아들 백목중장(柏木中將)도 있었다.

겐지의 아우인 병부경궁은 오래 같이 살던 본처가 죽은 후 삼 년째 혼자 살고 있었는데, 마음에 걸릴 것이 없는 처지여서 솔직하게 의중을 털어놓았다. 그날 아침에도 몹시 취한 척하며, 등꽃을 머리에 꽂고 허풍스럽게 옥만을 설득하는 것이었다. 겐지는 바라던 대로라고 생각하고 있었지만, 겉으로는 모르는 척하고 있었다. 병부경궁은 술잔을 돌릴 때에 몹시 곤란한 표정으로 이렇게 말했다.

"마음속에 품은 생각이 없었던들 이대로 도망쳐 버렸을 것입니다. 정말 이제는 기다릴 수 없습니다."

그리고는 겐지가 권하는 잔을 사양했다. 병부경궁은 겐지에게 등꽃의 머리장식을 드리며 말했다.

〈연고가 있는 분에게 정신을 죄다 빼껴 있어서, 등(藤)의 연못4)에 몸을 던져 버렸다는 나쁜 소문이 돈다 한들 무슨 뉘우침이 있겠습니까?〉

겐지는 기분이 좋아서, 이렇게 말하여 붙잡았다.

〈등의 연못에 몸을 던질 수 있는가 없는가를, 올봄은 꽃이 피는 근처를 떠나지 말고 지켜보십시오. 그렇게 허풍스러운 이야기는 하지 마십시오.〉

이날 아침의 관현의 놀이는 전날 저녁보다도 더한층 감흥을 돋우었다.

2. 중궁의 계절 독경.

이날은 중궁이 계절의 독경(讀經)을 시작하는 날이었다. 연회에 와 있던 사람들은 퇴출을 하지 않고, 그대로 의복을 갈아입었다. 특별한 용무가 있는 사람들만 퇴출하였다. 정오쯤에는 다들 중궁 쪽에 참상했다. 겐

---

3) 내대신과 돌아간 석안 사이에 옥만이 태어났다. 그러므로 옥만은 백목(柏木)의 배다른 누님이 된다.
4) 등(藤)과 연못은 동음이의어. 후지(ふじ).

지를 비롯하여 모두들 쭉 자리에 앉았다. 전상인들도 어느 한 사람 빠지지 않고 참상했다. 겐지의 위세를 돋보이게 하는 존엄한 광경이었다.

봄 거리의 자의상은 공양의 뜻으로 부처님께 꽃을 바쳤다. 자의상은 용모가 특히 빼어난 여동 8인을 새와 나비로 분장하게 했다. 새로 분장한 여동들은 은으로 된 꽃병에 벚꽃을, 나비로 분장한 여동들은 금 꽃병에 황매화를 꽂아서 준비했다. 꽃송이의 생김새나 꽃잎의 빛깔이 최고인 것들로만 마련하였다. 자의상 쪽 가산에서 저어 나와 중궁의 앞뜰로 나올 때쯤, 바람이 불어와 병의 벚꽃 잎이 조금 떨어졌다. 하늘은 화창하게 개어 있어서 안개 사이로 보이는 여동들의 모습은 가슴이 탁 트일 정도로 싱싱하였다. 악사들은 일부러 장막도 치지 않고, 복도에 임시로 걸상 몇 개를 내놓고 앉았다.

여동들은 계단 아래에 모여 꽃을 올렸다. 행향(行香)하는 사람들이 꽃을 받아서 부처님께 물을 올리는 선반에 올려놓았다. 편지를 전한 것은 석무중장이었다.

〈풀의 그늘에서 가을을 기다리는 벌레인 당신은, 봄의 화원의 나비까지도 싫게 느끼고 계시는지요?〉

중궁은, 자의상이 드디어 지난번 단풍의 노래에 답장을 보낸 것을 알고 웃음을 띠며 편지를 읽었다. 뱃놀이에 갔던 하녀들도 이렇게들 이야기했다.

"과연 봄의 아름다운 색깔은 도저히 헐뜯을 것이 못 됩니다."

꾀꼬리의 화창한 소리 사이로 새 모양의 여동들이 연주하는 음악이 울려 퍼졌다. 못 속의 물새도 무엇이라고 자꾸만 지저귀고 있는데, 음악의 가락이 빨라지며 불쑥 연주가 멈추었다. 여운을 남기는 재미가 있었다. 나비로 꾸민 여동들은 그에 못지않게 경쾌한 자세로 바람에 날리는 황매화의 꽃그늘에서 춤을 추며 나타났다.

중궁의 보좌관을 위시하여, 전상인들은 심부름 온 여동에게 기념품을 차례로 선물했다. 새의 여동에게는 벚꽃 빛의 웃옷을, 나비의 여동에게는 황매화 빛의 웃옷을 주었다. 미리부터 준비해 두었던 것 같았다. 악

사는 흰옷과 비단 두루마리를 차례대로 받았다. 석무중장에게는 등꽃 빛
의 옷감과 여인옷을 걸어 주었다. 중궁이 답장했다.

"어제는 소리를 내어 울고 싶을 정도였습니다.

〈나비도 유혹되어 참상하였을 것입니다. 겹황매화로 칸막이를 만들지
도 않았으니까. 〉"

이날의 분위기가 어찌나 화려했는지 훌륭하게 연공을 쌓은 사람들의
노래솜씨로도 흥겨움을 다 표현하지 못하는 듯했다.

뱃놀이구경을 나섰던 중궁 측의 하녀들도 이미 다 좋은 선물을 한껏
받았다. 일일이 다 말할 수 없을 정도였다. 언제나 이런 관현놀이가 자
주 열려 모두들 유쾌하게 지내고 있었다. 시중 드는 하녀들도 자연히 고
생을 모르고 살았으며, 서로 이리저리 편지를 주고받았다.

3. 옥만에 대한 겐지의 본심.

서쪽 대옥의 옥만은 답가 때에 자의상을 대면한 후로 자주 편지를 주
고받았다. 옥만은 속마음을 겉으로 잘 드러내지는 않았으나, 이해심이
많고 친근한 성격이었다. 사람을 불편하게 하는 법이 없는 인품이어서
누구나 다 옥만에게 호의를 보였다. 옥만에 대한 애정을 겉으로 표현하
는 사람도 많이 있었다. 그러나 겐지는 무책임하게 결정할 일이 아니라
고 생각했다. 겐지 자신도 마음속은 딱 잘라 부친의 태도라고는 말할 수
없을 듯했다.

"아버지에게 알려야 하나? 어떻게 할까?"

가끔 그런 생각이 들 때도 있었다. 석무중장은 옥만의 고운발 곁에 가
까이 가서 직접 대면하곤 하였다. 옥만은 그것을 부끄럽게 여겼지만, 사
람들은 당연히 그럴 만한 사이라고 여기고 있었다. 석무중장은 진지하기
만 했고 호색적인 생각은 전혀 없었다.

내대신 집의 젊은이들은 석무중장을 통해 옥만을 접해 보고는 사랑하
는 마음 때문에 언제나 못 견뎌했다. 그러나 옥만은 다른 이유 때문에
안타까워하고 있었다. 친아버지에게 자신의 존재를 알리고 싶은 마음으

로 남몰래 괴로워하고 있었다. 그러나 말로는 전혀 표현하지 않았다. 다만 사랑스럽고 순진하게 겐지를 의지하는 태도를 보였다. 그렇게 용모가 꼭 닮은 것도 아니었지만, 돌아간 어머니 석안의 인상을 불러일으켰다. 더구나 옥만 쪽은 재기도 갖추고 있었다.

4. 겐지가 사랑의 편지들에 관해 옥만과 이야기하다.

옷을 갈아입는 계절이 되어, 치장은 유행을 따라 바뀌었다. 하늘 빛깔까지도 이상하리만치 무언가 정취를 느끼게 했으므로, 겐지는 여러 관현의 놀이를 즐기며, 한가하게 시간을 보냈다. 옥만에게는 사람들의 연서 (戀書)가 자주 오고 있었다. 겐지는 기대한 대로라고 재미있게 여겼다. 겐지는 툭하면 옥만에게 건너가서 편지를 함께 보곤 했다. 적당한 상대에게는 답장을 내도록 권하기도 했는데, 옥만은 어쩐지 그들을 모두 경계하고 있었다.

애타는 호소를 가득 담고 있는 병부경궁의 편지를 발견하고, 겐지는 웃음을 지었다.

"여러 친왕들 중에서도 병부경궁과는 예전부터 특히 사이 좋게 지냈었다. 이런 방면에 한해서는 언제나 서먹서먹하게 굴더니만, 이 나이가 되어 이런 호색적인 마음을 보게 되니, 재미있고 사랑스럽구나. 꼭 답장을 하도록 해라. 조금이라도 교양이 있는 여자라면, 병부경궁 말고 노래를 주고받을 만한 이는 세상에 하나도 없을 것이다. 정말 재미있는 인품이다."

젊은 여자라면 자연히 마음이 끌릴 정도로 타일렀지만, 옥만은 자꾸 사양만 하고 부끄러워하였다.

진실한 척 위엄만 부리던 우대장5)도 사랑의 길에서는 공자(孔子)도 잘못을 저지른다는 속담대로 속마음을 호소해왔다. 그 일은 그 일대로 재미있는 사건이었다. 사랑의 편지를 여러 개 비교하고 있는 중에, 중국

---

5) 승향전여어의 오라버니. 동궁의 백부. 겐지와 내대신에 다음가는 실력가. 31세 혹은 32세. 본처는 자의상의 누이. 이 사람은 수흑(수염이 검은) 대장이라고 불린다.

식으로 엷은 남색 종이에 향이 깊이 쪼여 있는 것이 있었다.

"이것은 왜 이렇게 풀이 죽은 듯 보일까?"

겐지는 이렇게 말하여 뜯어보았다. 필적은 매우 훌륭했다.

〈내가 당신의 일을 생각하고 있는 것도 당신은 모르고 계실 거요. 바위 틈에서 세차게 솟아 나온 물처럼, 빛깔이 안 보이기 때문에.〉

현대적으로 멋을 부린 문체였다.

"또 어떤 편지들이 있는가?"

겐지가 물어도 옥만은 수줍어서 똑똑하게 대답도 하지 않았다.

겐지는 우근을 불러내어 타일렀다.

"이러한 편지의 경우에는 골라서 답장을 하는 것이 좋다. 호색적이고, 경박하며, 새것을 좋아하는 남자들이 가끔 재미없는 일을 저지르기도 하는데, 그것을 꼭 그 남자의 책임으로 돌릴 수는 없다. 내 경험으로 말하여도 꽤 박정하고 원망스럽게 생각하기도 했지만, 그렇다고 특별히 깊은 마음에서 그런 것은 아니었다. 특히 상대가 신분이 낮은 경우에는 더욱 건방지다고 느꼈지만, 그것도 그리 마음 쓸 일이 아니다. 꽃이나 나비를 핑계 삼아 편지하는 경우에는, 답장을 안 해서 안타까운 생각을 일으키게 하면 도리어 상대의 마음을 북돋아 주는 결과가 되기도 한다. 그러나 여자로부터 대답이 없어서 남자가 그대로 잊어버릴 경우라면, 여자가 전혀 잘못하는 일이 아니다. 무책임한 말에 재빨리 아는 체하고 대답하는 것은 후에 화를 부를 씨를 심는 것이기도 하다. 일반적으로 여자가 삼가는 것을 잊어버리고, 정취나 풍류를 잘 안다는 식으로 행동하면, 오히려 남자로 하여금 싫증을 느끼게 한다. 병부경궁이나 백목중장은, 남의 눈을 꺼리지 않고 열중하여 무책임한 말을 입 밖에 내는 사람은 아니다. 그러니 그들에 대하여 너무나 일의 정도를 모르는 태도를 갖는 것도 아씨의 경우에는 걸맞지 않다. 이 두 분보다 낮은 신분의 사람들에게는 생각의 정도에 따라 응해 주도록 하여라. 그 애타는 마음도 인정하여 주어라."

겐지의 말에 옥만은 고개를 뒤로 돌리고 앉아 있었다. 그 옆얼굴이 몹시 예뻤다. 패랭이꽃 빛깔의 웃옷에 계절에 어울리는 겉옷의 색깔이 잘 조화되고 있었다. 당세풍의 화려한 차림이 청신하게 느껴졌다. 아무래도 전에는 시골 티가 배어 있어서 그저 평범하게 보였었는데, 점점 이곳 사람들의 태도를 잘 본받아서 부드럽고 세련되게 행동했다. 화장6)에도 세심하게 마음을 써서 더할 나위 없이 아름다운 용모를 돋보이게 하고 있었다. 이런 여인을 가까이 보고 있으면서 생판 남인 것처럼 행동하는 것이 겐지에게는 정말 유감스럽다고 생각했다. 우근도 속으로 생각했다.

'겐지님은 어버이라고 말하는 것이 걸맞지 않을 정도로 젊어 보인다. 부부로서 나란히 있다면, 그거야말로 좋은 일일 터인데.'

우근이 겐지에게 대답했다.

"남에게서 온 편지를 아씨에게 중개한 일은 없습니다. 전에 보신 서너 통의 편지는 그대로 쑥스럽게 되돌려 주기가 곤란하여 그냥 받아 두기만 한 것입니다. 답장은 한 번도 쓰지 않았습니다. 아씨는 그런 일을 괴로운 일이라고 생각하고 계십니다."

"그러면, 이 편지는 누구것인가? 젊은 기분이 나게 묶어서 보냈구나. 겉으로 보기에는 무척 잘 쓴 편지일 것 같은데."

겐지는 웃으며 말했다.

"그것은 심부름 온 사람이 완강하게 놓고 간 것입니다. 내대신님 댁의 백목중장이 전부터 알고 있는 동녀를 통해 전하신 편지입니다. 그밖에는 눈에 띄는 사람도 없었습니다."

"정말 갸륵한 일이 아닌가? 신분이 낮다고는 하나, 그에게 어찌 소홀하게 대할 수 있겠는가? 공경(公卿)7)이라 하더라도, 백목중장의 성망(盛望)에 맞설 사람은 많지 않다. 게다가 아주 사려가 깊은 사람이다. 혈연이 있다는 사실을 똑똑히 밝히지는 말고, 잘 속여 대답을 하게 해

---

6) 당시 여성은 화장으로 눈썹을 뽑아서 먹으로 눈썹을 그렸으며, 이를 검게 칠하고 볼연지를 발랐다. 분은 쌀가루를 썼다.

7) 공(公)은 섭정관백(攝政關白)과 대신(大臣). 경(卿)은 대납언(大納言), 중납언(中納言), 삼위이상(三位以上), 사위(四位)의 참의(參議).

다오. 편지의 모양새로 보니 장래성이 있는 재능이다."

겐지는 편지를 내려놓지도 않고 들여다보았다.

"그 동안 어떻게 생각할까 해서 마음이 괴로웠다. 아버지 내대신에게 알리는 것은 망설일 만한 이유가 있었다. 아씨는 아직 순진하고, 이렇다 하게 처신의 방도도 결정되지 않았는데, 오랫동안[8] 소식 두절로 지냈던 부모형제들 사이에 갑자기 얼굴을 내미는 것은 어쩐지 걱정되는 일이다. 역시 세상 사람들이 보기에도 한 사람 몫을 하게 된 후에 적당한 기회가 있을 것이라고 생각한다. 병부경궁은 독신으로 지내시는 것 같지만, 실은 바람기가 심하여 애인도 여럿 있다는 소문이다. 정을 주는 몸종이나,[9] 자기가 본처감으로 적격이라 주장하는 여인들도 여러 명 있다고 듣고 있다. 그런 관계로 남자로부터 밉게 보이는 거동을 삼가고, 상대의 기분이 되돌아오기를 기다린다면 반드시 원하는 바를 이루게 될 것이다. 남자의 속을 썩이는 버릇이 있으면 소박을 맞는 일이 생길 것이니, 그 점을 주의하지 않으면 안된다. 수흑대장은 오랫동안 같이 지낸 본처가 몹시 나이가 들어서 너를 바라고 있겠지만, 그 일로 본처의 혈족들도 곤혹스러워하고 있다는 소문이다. 이것저것 생각하다 보니 옥만의 상대를 결정하지 못하고 있다. 이런 방면의 일은 부모에게도 자기의 생각을 숨김없이 이야기하기가 어려운 법이지만, 너는 이미 그럴 나이[10]도 지나지 않았느냐? 지금은 무슨 일이든지 자기가 판단할 수 있을 것이다. 나를 너의 어머니라고 생각해라. 불만을 가지고 있다면, 나도 괴로우니까."

겐지가 진실하게 말하는 것을 듣고, 옥만은 몹시 곤혹스러워 대답하지 못했다. 그래도 그렇게 가만히 있는 것은 모양 사납다고 생각하여, 옥만이 간신히 입을 열었다.

"아무것도 모르던 어릴 때부터 제게 부모라는 것은 없다고 생각하는

---

8) 옥만은 갓 태어났을 때 내대신과 헤어진 후로 22세가 된 현재까지 소식이 끊어진 상태이다.

9) 하녀로 시중 들면서 주인의 정을 받은 사람. 처첩으로서의 지위는 인정되지 않는다.

10) 당시에 여자는 14, 5세 정도에 결혼하는데, 옥만은 22세로서 만사를 명백히 분별할 수 있는 나이이다.

버릇이 들어서 자연스럽게 부모처럼 생각할 수가 없습니다."

이렇게 말하는 옥만의 모습은 의젓하고 대범했다. 겐지는 옥만의 처지를 이해할 수 있었다.

"그러면 이제부터라도 낳은 정보다 기른 정이 깊다는 세상의 속담처럼 나중의 부모를 친부모라고 생각해라. 나의 진실한 마음이 어느 정도인지를 잘 보아 두어라."

겐지는 자신의 속마음이 부끄러워 도저히 말로는 표현하지 못했다. 의미 있어 보이는 말을 얘기 사이에 집어 넣었지만, 옥만은 전혀 깨닫지 못하는 것 같았다. 겐지는 까닭 없이 한숨을 쉬고, 자리에서 일어났다.

뜰 앞에 솜대[吳竹]11)가 푸릇푸릇 자라나 바람에 나부끼는 모양이 마음을 움직였다. 겐지는 잠시 멈추어 서서, 고운발을 들어올리고 말했다.

"〈집안에 뿌리를 깊이 심은 대, 저 소중하게 기른 딸도, 각각 자기의 인연이 있어 이렇게 떠나 보내야 하는 것인가?〉

생각하면 한스러운 일이다."

옥만은 무릎걸음으로 나와서 대답했다.

"〈새삼스럽게, 그 옛날 젊은 대가 나기 시작하던 때의 뿌리, 낳은 부모를 찾아 나서겠습니까?〉

도리어 멋쩍은 일일 것입니다."

겐지의 진심을 이해한 대답은 아니었지만, 참으로 기특하고 갸륵한 마음이었다. 겐지는 사실, 옥만을 아주 단념하고 있는 것은 아니었다. 어떠한 기회에 본심을 알려 줄까, 걱정도 되고 가슴도 아팠다. 옥만은 순진하게만 생각하고 있었다. 겐지의 마음 씀이 세상에 다시없을 만큼 친절하였으므로, 어버이인 내대신이라도 도저히 이렇게까지 자상하지는 않을 것이라고 짐작하기도 하였다. 점점 세상의 물정을 이해하게 되면서 옥만은 어렵게 여겼다. 아버지인 내대신이 자기를 알아주기를 바라는 것도 어려운 일이라고 생각하고 있었다.

---

11) 중국에서 이식(移植)한 담죽(淡竹)의 일종.

5. 자의상이 옥만에 대한 겐지의 내심을 헤아리다.

겐지는 점점 더 옥만을 사랑스럽게 여겼다. 겐지는 자의상에게도 옥만에 대해 이야기하곤 했다.

"이상하리만큼 마음이 끌리는 인품입니다. 옛날의 석안은 마음이 활짝 갠 때가 너무 없었습니다. 그런데 옥만은 사정도 잘 이해하고, 더욱이 친근감이 가는 성격이어서 나무랄 데가 없군요."

겐지는 칭찬이 대단했다. 자의상은 겐지의 마음이 이대로 보아 넘길 정도가 아니라는 것을 느낌으로 알았다.

"일의 끝이 짐작할 만한데, 순진하게 무엇이나 숨기지 않고 당신에게 맡기고 있는 것은 불쌍한 일입니다."

"어째서 믿지 못할 점이 있습니까?"

"아닙니다. 어지간한 일은 다 참을 수 있는 나 자신도 때때로 왠지 슬픈 생각이 드는데, 그런 당신의 성미가 자연히 여러 가지 생각을 하게 합니다."

자의상은 미소를 지으며 말했다. 과연 세세한 데까지 주의가 미친다고 생각하였다.

"바람직하지 않은 방면으로 그릇되게 추측을 하는군요. 만일 그렇다면 정말 그것을 모른다고도 할 수 없을 텐데."

이렇게만 대답하며 얼버무렸다. 과연 이런 추측들이 있을 법도 했다. 대체 이 일을 어떻게 해야 할까 하고, 겐지는 갈피를 못 잡고 있었다. 또 한편으로는 자신의 겉모습이 얼마나 진실과는 다른가를 생각하며, 어이없다고 반성하기도 했다.

6. 겐지가 옥만에게 고백하다.

겐지는 마음은 잡지 못한 채, 자주 옥만에게 건너와서 돌보고 있었다. 비가 한 차례 온 뒤, 아주 차분한 기분이 들게 하는 저녁때였다. 뜰 앞의 단풍나무와 떡갈나무가 무성한 잎을 드리우고 있었다. 겐지는 방안에서 어쩐지 기분이 좋아지게 하는 하늘을 올려다보며, '환하고도 맑다' 라고 읊조렸다. 무엇보다 윤이 나고 곱기만 한 옥만의 용모가 저절로 생각나서 겐지는 여느 때처럼 조용히 건너왔다. 옥만은 장난 삼아 글씨를 쓰고 있다가 겐지를 보고는 부끄러워하며 자리에서 일어났다. 부드러운 그 자태가 문득 옛사람 석안을 생각나게 하여, 겐지는 그만 참지 못하게 되었다.

"처음 만났을 때에는 이렇게 닮은 줄 몰랐는데, 요새는 이상하게 정말 나도 모르게 그 사람하고 착각하는 경우가 있다. 무어라고 말할 수 없는 느낌이다. 석무가, 옛날의 아름다웠던 모친(규의상)과 별로 닮지 않은 것에 익숙해져서 친자식이라도 꼭 닮지는 않는다고 생각했었는데, 너와 같은 사람도 있었다."

겐지는 눈물을 글썽거렸다. 상자의 뚜껑에는 과일들이 담겨 있었는데, 그 중에서 귤을 장난 삼아 만지며 말했다.

" 〈귤의 향내가 났던 소매, 옛날의 석안과 비교하여 보면, 다른 사람이라고는 생각되지 않는다. 〉

언제나 네가 마음에 걸리고 좀처럼 잊혀지지가 않는다. 그 동안 불만스럽던 세월을 생각하면, 이렇게 돌보고 있는 지금이 꿈같이 생각되지만, 꿈이라 해도 역시 참지 못할 일이 있구나. 나를 싫어하지 말아라."

겐지는 불쑥 손을 잡았다.[12] 여인은 이런 경험이 없었던 만큼 아주 싫다고 여겼지만, 대범한 태도를 보이고 있었다.

〈소매의 향기, 돌아가신 어머니와 비교한다 해도, 그것 때문에 귤의 열매, 나 자신까지도, 덧없이 죽어 버리면 어떻게 할까요?〉

옥만은 이렇게 말하고는 외면하고 엎어져 있었다. 몹시 매력이 있었다. 부드럽고 포동포동한 손이 너무나도 사랑스러워 겐지는 더욱 마음이 북돋워졌다. 겐지는 가슴속에 있는 생각을 조금 고백하였다. 옥만은 어떻게 해야 할지 몰라서 몸을 떨고 있었다. 겐지는 유혹하였다.

"어째서 그렇게 싫어하는 거냐? 사랑하는 마음을 잘 숨기며 이제껏 누

---

12) 겐지는 같은 양녀라도 추호중궁에게 구애할 때에는 자제하면서, 직접적인 행동을 삼갔다.

구도 비난하는 사람이 없도록 조심하고 있었다. 아무 일도 없는 척하고 숨겨 두면 될 것이 아닌가? 깊이 생각하고 있는 친자(親子)의 정에 다른 사람이 끼여드는 것이니, 이보다 더 좋은 관계는 없을 거라는 생각이 든 다. 편지를 보내오는 사람들보다도 나를 더 아래로 보아도 되는 것인가? 나만큼 이렇게 깊이 생각하는 사람은 세상에 좀처럼 없을 것이니, 못 견 디는 내 마음을 헤아려 다오."

어버이의 마음이라기엔 너무나 주제넘는 것이었다.

비는 그치고, 바람이 대를 스치면서 소리를 내고, 달그림자가 드리워 져 멋이 더하는 밤에, 하녀들은 친밀한 두 사람 사이에 끼여들지 않으려 고 측근 가까이 다가오지도 않았다. 언제나 서로 만나고 있었지만, 좀처 럼 없었던 좋은 기회였다. 이미 생각을 입 밖에 냈기 때문에 마음을 누 르기가 더욱 힘들었다. 겐지는 가만히 옷을 벗고 옥만 옆에 누웠다. 옥 만은 사람들이 어떻게 생각할까 하고 너무나 괴로워 견디기 어려웠다. 만일 친아버지의 슬하였다면, 이렇게까지 싫은 일은 일어나지 않았을 것 이다. 옥만은 자꾸만 슬퍼져서 참으려고 해도 눈물이 흘러나왔다. 몹시 애처로운 모습이었다.

"그런 상태로 있는 것은 나도 괴롭다. 상대가 생판 남이라도 이런 경 우에는 몸을 허락했을 것이다. 하물며 이렇게 같이 세월을 보낸 가까운 사이인데, 이런 일이 어째서 괴로운 일인가? 더 이상 강요하는 태도는 결코 보이지 않겠다. 오로지 참으려 해도 더 참지 못하는 나의 마음을 털어놓고 싶었다."

부드럽게 끝없이 설득했다. 석안의 모습도 생각나서 겐지는 마치 아주 옛날로 되돌아간 기분이 들었다. 그러나 겐지 자신으로서도 당돌하고 경 솔한 짓이라는 자각이 들어서 가까스로 용케 단념하였다. 하녀들이 이상 하게 생각할까 걱정이 되어, 너무 밤이 늦기 전에 그대로 일어났다.

"나를 싫어한다면, 정말 괴롭다. 나도 알 수 없을 정도로 깊은 곳에서 그리워하고 있지만, 사람들로부터 비난받을 만한 행동은 결코 하지 않겠 다. 석안을 그리워한 나머지 그 위로로라도 두서없는 말을 하고 싶었다.

나와 같은 마음이 되어 답장을 주었으면 좋겠다."

옥만은 제정신을 잃은 듯이 고통스러워하고 있었다.

"정말 이 정도로 나를 싫어하고 있는 줄은 몰랐다. 이제는 더욱 미워하게 되겠지. 결코 다른 사람에게 눈치 채게 하지 말아라."

겐지는 이렇게 타이르고 나왔다.

옥만은 나이는 먹었지만 남녀의 사이를 모르고 있을 뿐 아니라 다른 사람에게 이런 일을 들어 본 적도 없었다. 그러니 이 이상 가까이하는 것은 상상도 못하였다.

'생각하면 어처구니없는 일도 일어나는 세상이다.'

옥만은 한탄스럽고 불쾌하게 여겼다.

"기분이 나쁜 것 같은데 …."

하녀들은 이렇게 말하며 걱정하고 있었다.

"나리의 후의는 세세한 데까지 미쳐, 과분할 지경입니다. 친어버이라고 해도 이처럼 만사 마음을 써 주시는 분은 없을 것입니다."

하녀 병부가 조용히 말씀드렸더니, 옥만은 생각도 못하게 불쾌한 지난번 때의 모습을 아주 싫게 여겨서인지 새삼 제 몸이 한심하게 느껴졌다.

다음날 아침, 일찍이 편지가 왔다. 옥만은 기분이 나쁘다고 누워만 있었지만, 하녀들은 벼루를 권하였다.

"빨리 답장을."

하녀들이 서두는 바람에 옥만은 마지못해 편지를 보았다. 하얀 종이에 겉으로는 평온하고 쌀쌀한 느낌이었지만, 실로 뛰어나게 씌어 있었다.

"둘도 없는 너의 태도가 괴로웠지만, 그것을 도리어 잊지 못하고 있다. 다른 사람이 어떻게 생각할까?

〈서로 허락하여 함께 잔 것도 아닌데, 어째서 너는 무슨 일이 있었던 것처럼 우울해하는가?〉

어른답지 않은 것이다."

여전히 아버지답게 쓴 말투가 옥만은 정말 못마땅하게 생각되었다. 답장을 쓰지 않으면 하녀들에게 이상하게 보일 것 같아, 두꺼운 육오국의 종이에 다만 이렇게만 적었다.

"잘 보았습니다. 기분이 좋지 않아서 답장은 못 씁니다."

누구라도 역시 거북하고 무뚝뚝하게 대할 것이라고 생각하며, 겐지는 미소를 지었으나, 내심 원망 비슷한 생각도 드는 것이었다.

7. 옥만이 겐지의 사랑에 곤혹스러워하다.

일단 생각을 밖으로 나타낸 후로 겐지는 예전과 아주 다른 태도를 보였다. 옥만은 더욱 쫓기는 것 같아 몸둘 바를 모르고 괴로워하다가, 병까지 들고 말았다. 더구나 양녀라는 사실을 아는 사람이 없고, 누구나 옥만을 겐지의 친자식이라고 생각하고 있었다.

"이런 모양이 세상에 알려지면 심한 웃음거리가 되어, 반드시 듣기 싫은 소문이 퍼질 것이다. 아버지 내대신이 찾아낸다 하더라도 그 일을 듣는다면 나를 나무라며 남보다도 더 나쁘게 생각할 것이다."

옥만은 이런저런 생각으로 불안하고 괴로웠다.

겐지는 병부경궁이나 수혹대장에게 옥만이 아주 상대도 않는 것처럼 전했다. 그들은 간절히 사랑을 호소해왔다. 백목중장은 내대신의 허락을 얻고, 일방적으로 열렬히 구애하였다. 옥만이 누나라는 사정을 모르고, 허둥지둥하며 열을 올리는 것이었다.

25. 반디 (螢[*])

대강 줄거리

겐지 36세의 여름.

옥만은 어버이답지 않은 겐지의 사랑에 괴로워했다. 자신에게 반해서 구애를 해오는 귀공자들에게도 조금씩 흥미를 느꼈다. 초여름 밤 겐지는 형병부경궁이 옥만을 방문하는 장면을 연출했다. 옥만도 겐지로부터 도망치려는 마음으로 형병부경궁에게 호감을 가지고 있었다. 겐지는 옥만의 방에 반디를 풀어 놓아, 엷은 장막 너머로 옥만의 모습이 희미하게 비치게 했다. 과연 형병부경궁은 들뜬 마음으로 그녀를 그리워했다.

5월 5일의 절회에는 화산리의 여름 저택에서 활쏘기 시합이 열렸다. 겐지는 그날 밤 화산리의 처소에서 잤다.

장마에 싫증이 난 육조원의 여인들은 각각 그림이나 소설에 몰두하였다. 명석 아씨에게는 친어머니로부터 여러 가지 물건이 보내져 왔다. 옥만은 소설에 흥미를 가졌다. 겐지는 옥만과 자의상을 상대로 소설에 관한 견해를 이야기했다.

겐지는 석무를 자의상과 떨어져 지내게 하였다. 그러나 석무는 명석의 아씨와는 친하게 지내고, 놀이상대가 되어 주었다. 아직도 운거안을 그리워하고 있었지만, 내색은 하지 않았다. 한편, 백목은 석

---

* 옥만의 모습을 비추어 형병부경궁(螢兵部卿宮)에게 보이게 한 반디〔螢〕를 가리킨다. 호타루(ほたる)라 읽는다.

620

무에게 옥만과의 만남을 주선해 줄 것을 강요했다.

내대신 집에서는 겐지의 딸 옥만의 성망이 높은 데 비해, 자기 딸들이 마음 먹은 대로 되지 않는 것을 한탄하고 있었다. 내대신은 문득 옛날에 석안이 낳은 딸을 떠올렸다. 옥만이 바로 그 딸인 줄도 모르고, 내대신은 잃은 아이를 찾아 나섰다.

1. 겐지의 사랑 때문에 옥만이 곤혹스러워하다.

겐지는 신분도 안정되고, 무슨 일에나 느긋한 태도를 보여주고 있어서 그에게 의지하는 여인들도 편안한 나날을 보내고 있었다. 각자 자신들에게 알맞은 신상도 정해지고, 불안이나 불평 없이 지내고 있었다.

오직 옥만만은 생각지도 않았던 겐지의 구애 때문에 어찌할 바를 모르고 괴로워하였다. 시골에 있을 때 대부감이 괴롭히던 지긋지긋 상황과는 비교할 수 없었으나, 어버이의 이런 태도는 누구라도 생각 못할 일이어서 아무에게도 말을 못하고 혼자 고민하였다. 옥만은 겐지가 정말 이상하게 느껴졌고, 싫은 느낌이 들었다. 이것저것 생각에 잠겨 있던 옥만은 새삼 어머니인 석안의 죽음을 떠올렸다. 옛일이 새삼 슬프고 유감스럽게 되살아나는 것 같았다.

겐지는 한번 말을 꺼내 놓고 나니, 이전보다도 더욱 마음이 타올랐지만, 남의 눈을 꺼려서 옥만에게 다가갈 수가 없었다. 괴로운 마음으로 자주 건너와서 옥만이 혼자 있는 조용한 때를 틈타 진지하게 속마음을 암시하였다. 옥만은 그때마다 가슴이 미어지는 듯했다. 그러나 분명하게 거절하면 겐지를 쑥스럽게 만들 것 같아 알아듣지 못한 척하며 얼버무리곤 했다. 옥만은 워낙 명랑하고 친밀감을 갖게 하는 성격이어서 몹시 조심한다고 해도 정을 돋우는 매력을 숨길 수는 없었다.

2. 형병부경궁이 초조해하다.

형병부경궁은 옥만에게 진심으로 사랑을 호소했다. 그는 옥만에게 사랑을 품은 지 얼마 지나지도 않았으면서 벌써 장마철[1]이 된 것을 한탄하고 있었다. 형병부경궁이 옥만에 편지를 보냈다.

"하다못해 조금 더 가까이 다가가는 것을 허락해 주신다면, 나의 생각을 자세히 말씀드려 마음을 개이게 하고 싶습니다."

겐지가 그 편지를 보고, 옥만을 타이르며 말했다.

"조금도 지장이 없는 일이다. 형병부경궁이 구애를 하면, 정말 볼만할 거다. 무조건 상대하지 않는 것은 재미없는 일이다. 때때로 답장을 드려라."

그러나 옥만은 그런 겐지가 더욱 싫어져서 기분이 나쁘다는 핑계로 답장을 쓰지 않았다. 옥만의 하녀들 중에는 변변한 가문 출신이 거의 없었다. 다만, 석안의 아저씨인 재상의 딸이 그 중 나은 하녀였다. 집안 형편이 몹시 기울어 있는 것을 알고, 거두어들였던 것이었다. 이름은 재상의군인데, 글씨도 제법 볼만하게 쓸 줄 알았다. 그전부터 옥만은 편지를 재상의군에게 쓰게 하고 있었다. 겐지는 재상의군을 불러서 문구를 가르쳐 가면서 답장을 쓰게 했다. 형병부경궁의 태도를 보고 싶어서였다.

옥만은 겐지의 구애로 마음이 상한 뒤로는 이 가득 담긴 구혼자들의 편지에 조금씩 마음이 쏠리고 있었다. 특별히 누구에게 마음이 끌려서가 아니라, 겐지의 한심한 처사를 벗어나서 지낼 수는 없을까 하는 생각에서였다.

3. 겐지가 궁에게 옥만의 자태를 보여주다.

겐지는 까닭 없이 자기가 마음을 설레며 형병부경궁을 기다리고 있었다. 궁은 그런 것도 모르고 조금 나은 대답이 있었던 것을 기뻐하며 조용히 찾아왔다. 겐지는 여닫이문 옆에 방석을 깔고, 가운데에 칸막이로 휘장 하나만을 치고, 옥만의 자리 가까운 곳으로 그를 들여보냈다. 향을

---

1) 5월에 오는 장마[五月雨]. 장마철에는 결혼을 꺼리는 풍습이 있었다.

그윽하게 피우고, 세심하게 마음을 써서 돌보아 주는 겐지의 모습은 어버이가 아니라 귀찮게 참견하는 사람이었다. 그래도 이렇게까지 정성껏 도와 주는 것은 감탄스러울 지경이었다. 재상의군이 옥만과 궁의 사이를 중개하고 있었는데, 옥만의 대답을 궁에게 전하는 것도 잊고서, 부끄러워하며 앉아 있었다. 겐지는 '무엇을 꾸물대고 있느냐?'고 다그치듯이 소매를 잡아당기거나, 꼬집곤 했다. 재상의군은 어떻게 해야 좋을지 몰라 당황스럽기만 했다. 초저녁때를 지나자, 하늘이 어슴푸레하게 흐려지면서 묘한 분위기가 감돌았다. 방안에서 은근하게 피어오르는 향기에다, 겐지의 옷에서 흘러나오는 향기가 뒤섞여 방안에는 향기로 가득 찼다. 궁은 미리 예상했던 것보다 더 정취가 있는 옥만의 분위기에 감탄하고 있었다. 그리워하는 마음의 깊이를 호소하는 그의 말은 오로지 열정에 들뜬 것만은 아니었다. 사려 깊고 진지한 궁의 모습은 매우 남달랐다. 겐지는 어렴풋이 엿듣고서 재미있는 광경이라 생각하고 있었다.

옥만은 동쪽의 조용한 방에 혼자 있었는데, 재상의군이 중개하러 무릎걸음으로 들어갔다. 겐지는 충고했다.

"정말 더위에 지쳐 버린 듯한 접대로군. 만사, 임기응변으로 대응하는 것이 무난한 법이다. 한결같이 어른스럽지 않게 행동해도 좋은 나이가 아니다. 궁에게 인편으로 서먹서먹하게 대답하는 것은 딱한 노릇이다. 목소리를 내지 않더라도 하다못해 조금 더 가깝게 있어야지."

옥만은 어쩔 줄을 모르고 있었다. 이런저런 핑계로 겐지가 방안에 들어오게 될지도 모른다는 생각에 옥만은 그곳을 몰래 빠져나와 안채의 경계에 있는 휘장 옆에 가서 누웠다. 궁의 길고 긴 호소에 대답하기도 곤란하여 주저하고 있는데, 겐지가 다가와서 휘장의 얇은 천 한 장을 들추면서 날렵하게 무엇인가를 집어 넣었다. 지촉(紙燭)처럼 빛을 내는 물건이어서 옥만은 깜짝 놀랐다. 겐지는 저녁때 반디를 잡아 얇은 천에 싸서 숨겨 놓았다가 이 틈에 갑자기 풀어 놓았던 것이다. 갑자기 빛이 이렇게 밝게 비쳐 나오자, 옥만은 당황하며 부채로 얼굴을 가렸다. 그러나 아름다운 옆얼굴이 드러나 보였다.

'갑자기 빛이 비치면, 궁도 반드시 엿보게 될 것이다. 궁은 옥만이 내 딸이라는 점만 생각하고, 이렇게 열심히 구애하는 것이다. 인품이나 용모가 이렇게까지 흠 하나 없으리라고는 생각도 못했을 것이다. 여색을 좋아하는 궁의 마음을 괴롭혀 볼까?'

겐지는 그렇게 생각했다. 정말 자기의 딸이었다면, 이런 일로 재미있어하는 일은 없었을 것이다. 겐지는 다른 문으로 몰래 빠져나와서 처소로 돌아갔다.

궁은 옥만이 생각보다 조금 가까이에 있는 것을 알고는 가슴이 두근거리며 얇은 천 틈으로 엿보고 있던 차에 생각지도 않았던 은은한 빛을 보게 된 것이었다. 그 빛이 너무나 아름다워서 그는 넋을 잃고 바라보았다. 어느새 하녀들은 그 빛을 보이지 않게 감추었다. 그러나 그 은은한 빛은 사랑이야기의 실마리가 될 만했다. 순간적이긴 했지만, 누워 있는 자태가 날씬하고 아름다웠던 것을 그는 또렷하게 보았다. 정말로 마음 깊이 스며드는 정취였다.

〈우는 소리조차 들리지 않는 반딧불이라도, 사람이 끌 수 없습니다. 하물며 나의 마음의 불을 누가 끌 수 있겠습니까?〉

옥만은 궁의 편지를 받고, 이럴 때 오래 생각을 끌면 좋지 않을 것 같아, 생각나는 대로 즉시 대답했다.

〈울지도 않고 한결같이 몸을 태우는 반디는 당신처럼 입으로 말씀하시는 것보다도 더 깊은 생각을 하고 있을 겁니다.〉

일부러 아무렇지도 않은 듯이 대답하고, 옥만은 안으로 들어갔다. 궁은 몹시 쌀쌀하게 당했다고 느껴서, 장황하게 원망을 늘어놓았다. 그러나 호색적으로 보일 것 같아서 그대로 앉아 밤을 새우지는 않았다. 그는 끊임없이 떨어지는 처마의 물방울소리가 괴롭게만 느껴져서 아직 어두운 때에 비에 젖으며 돌아왔다. 뻐꾸기마저 쓸쓸한 노래를 곁들였다. 하녀들은 궁의 고상한 자태가 겐지의 모습과 닮았다고 다들 칭찬이 대단했다. 옥만을 사랑하고 있는 겐지의 속마음을 모르는 하녀들은 옥만을 친부모처럼 돌보는 마음이 과분하다고들 이야기했다.

4. 겐지가 옥만을 사랑하면서도 자제하다.

'다 변변찮은 내 몸 때문이다. 친부모에게 사실을 알리고, 이러한 나리의 마음을 받들어 결혼하면, 그것이 왜 어울리지 않는 일일까? 보통과는 다른 지금의 경우가 한심스럽다. 나중에 세상의 소문거리가 되지나 않을까?'

옥만은 겉으로는 어버이답게 보이려고 하는 겐지의 모습에 이런 생각으로 자나깨나 괴로워했다. 그렇지만 사실 겐지는 남이 들어서 좋지 않은 행동만은 절대로 하지 않겠다고 생각하고 있었다. 그러나 추호중궁의 경우를 생각해 보더라도 아직 깨끗이 체념한 것은 아니었다. 어떤 때는 집요하게 추호중궁을 설득하려고도 했지만, 다다를 수 없는 높은 신분이기 때문에 노골적으로 구애하지 못했던 것이다. 반면에 옥만은 친해지기 쉬운 현대적인 성품이어서 겐지는 자신도 모르게 참지 못하고, 누가 보았다면 틀림없이 의심스럽게 여길 행동을 하곤 했다. 그러나 세상에서 다시 볼 수 없을 정도로 자신의 감정을 억누르고 있어서, 그래도 두 사람은 역시 좋은 사이였다.

5. 5월 5일, 겐지가 옥만을 방문하다.

5월 5일에는, 화산리의 저택을 방문하는 기회에 겐지가 옥만에게 건너왔다.

"어땠었는가? 형병부경궁은 밤을 새웠는가? 너무 가깝게는 하지 말아라. 궁은 까다로운 점이 있는 남자다. 사실, 여인의 마음에 상처를 주거나 어떤 추태도 안 부릴 수 있는 남자는 거의 없는 법이다."

궁을 칭찬하기도 하고, 헐뜯기도 하면서 충고하는 겐지의 모습은 아직도 젊음이 넘치고 화사하게 보였다. 광택이 넘쳐 흐르는 옷에 잘 어울리는 평복을 아무렇게나 겹쳐 입어서 대체 어디서 생겨난 아름다움일까 하는 생각이 들 정도였다. 겐지는 도저히 이 세상 사람이 염색하였다고는 생각되지 않을 만큼 잘 배합된 색깔의 옷을 입고 있었다. 평상시와 크게 다름없는 옷차림이었지만, 창포의 절인 이날은 특히 새롭게 느껴졌다.

옥만은 그에게서 풍겨나는 향기를 맡으며, 만일 이러한 괴로움이 없었다면 얼마나 감개무량하였을까 하는 생각이 들었다.

6. 궁이 옥만에게 창포의 노래를 전하다.

옥만은 궁으로부터 편지를 받았다. 하얀 색 얇은 종이에 필적도 소양의 정도를 보여주는 훌륭한 필체였다. 그러나 보고 있는 동안은 재미있게 느꼈으나, 되풀이해서 읽어 보니 그다지 특별한 느낌은 없었다.

〈보통 때는 물론, 단오의 절인 오늘까지도, 뽑아 주는 사람도 없이 물 아래 숨어 있는 창포의 뿌리에 물이 흐릅니다. 당신에게 상대감으로 여겨지지 않는 나는, 남의 눈을 피해 소리를 내면서 울고 있습니다.〉

나중에라도 반드시 화제가 될 만큼 훌륭한 창포의 뿌리에 매어서 보내온 편지였다.

'오늘은 답장을 반드시 …'

겐지는 이렇게 권하고 거기서 나왔다. 하녀들도 역시 재촉하므로 옥만은 직접 붓을 들었다.

" 〈잘 보이지도 않는 물 속에 흐르고 있던 창포의 뿌리는, 수면으로 나오면 한층 얕아 보입니다. 무턱대고 울며 여러 가지를 말씀하셔서, 당신의 마음이 생각보다 얕은 것을 알았습니다.〉

어른답지 않군요."

편지에는 이렇게만 씌어 있었다. 그 답장을 보고 형병부경궁은 필적에 좀더 풍치가 있었으면 좋았을 것을 하고, 풍류객답게 다소 불만스러워했다. 옥만은 여기저기에서 보내온 약옥 (藥玉)[2] 등을 받았다. 말할 수 없는 취향으로 아름답게 만들어진 것들이었다. 옥만은 이제

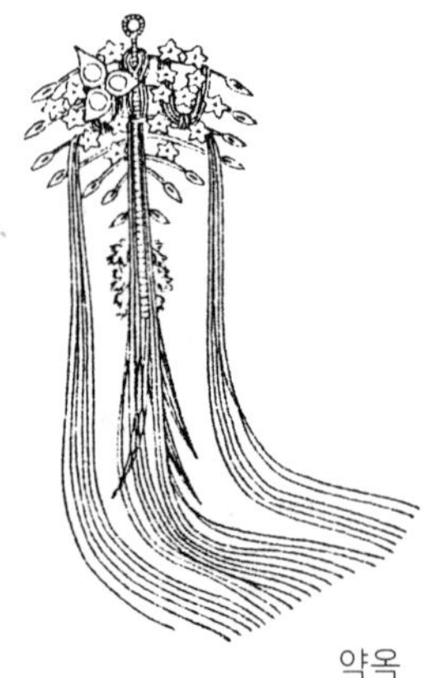
약옥

---

2) 사향, 침향 등의 향료를 비단주머니에 넣고,
   약초, 조화 또는 오색실을 단 장식품. 단오 때
   부정을 씻고, 액막이가 된다 하여 기둥 같은 데에 걸어 놓는다.

괴로운 경험의 세월이 자취도 없어지고, 풍부한 나날을 지내면서 마음의 여유가 생겼다. 그러므로 같은 값이면 상대의 마음에 상처 내지 않으려고 이런저런 배려를 할 수가 있었다.

7. 육조원에서 마장의 경사를 개최하다.

겐지는 동쪽 저택의 화산리를 방문했다.

"올해 15살인 석무중장이 오늘의 위부(衛府) 경사(競射)를 하고 나서 남자들을 데려온다고 했으니, 그렇게 알고 계십시오. 어둡기 전에 올 모양입니다. 묘한 일은, 이쪽에서 은밀히 개최하는 행사라도 어떻게 들었는지 친왕들이 다들 참석해서 큰 행사가 된다는 겁니다. 준비하여 두십시오."

마장의 저택은 화산리 쪽의 복도에서 훤히 전망될 만큼 멀지 않은 곳에 있었다.

"젊은 여러분. 건너는 복도의 문을 열고 구경하십시오. 좌(左)의 위부는 정말 훌륭한 관인이 많은 곳입니다. 어지간한 전상인에게 지지 않을 겁니다."

젊은 하녀들은 즐거운 구경거리라고 여겼다. 옥만이 기거하는 서쪽편에서도 구경을 하러 여동들이 이쪽으로 건너왔다. 복도의 문에는 파란 고운발을 나란히 걸어 놓고, 휘장을 쭉 세워서 여동과 하녀들은 다들 바쁘게 왕래하고 있었다. 서쪽 대옥의 여동들은 창포 빛의 웃옷에 빨강의 남색의 염료로 물들인 이람(二藍)의 한삼(汗衫)을 입고 있었다. 밑에서 일하는 하녀들은 단이 짙은 치마에 패랭이꽃 색깔의 당의(唐衣) 차림으로, 다 단오의 절에 잘 어울리는 옷들이었다. 화산리 쪽의 여동은 진한 홑옷에 패랭이의 한삼을 입고 있었는데, 각각 서로 경쟁하는 마음으로 행동을 해서 보는 사람을 재미있게 하였다. 젊은 전상인들은 그들에게 눈길을 주며, 흡족한 얼굴을 하고 있었다. 겐지는 오후 두 시에 마장의 저택으로 나왔다. 친왕들은 이미 많이 모여들어 있었다. 궁중에서의 의식과는 다르게 중장과 소장들이 다 같이 참가하여 경기를 벌였다. 색다르게 화려한 분위기로 해가 지도록 놀았다. 여자들은 어떻게 하는 것인지도 모르는 경기였지만, 사인(舍人)3)들까지 화려한 치장을 하고 힘껏 비술(祕術)을 다하는 것이 무척 재미있게 보였다. 마장은 남쪽 거리에서도 훤히 보였고, 그 쪽에서도 젊은 하녀들이 구경하고 있었다. 타구락(打毬樂：唐의 曲), 낙준(落蹲：高麗의 曲) 등의 무악을 연주하고, 승부를 큰소리로 떠들었지만, 밤이 되니 아무것도 보이지 않았다. 다들 각각 상을 받았다. 아주 밤이 깊어서야 사람들은 뿔뿔이 헤어져 돌아갔다.

8. 겐지가 화산리 곁에 자다.

겐지는 화산리의 처소에 머물렀다. 세상 이야기를 하고 나서 형병부경궁의 이야기를 꺼냈다.

"형병부경궁은 누구보다도 훨씬 훌륭합니다. 용모는 특별한 것이 없습니다만, 마음 씀씀이나 거동에 교양이 배어 있어서 사람을 끌어들이는 부드러움이 있습니다. 자세히 보셨습니까? 물론 아직 부족한 곳도 있습니다."

"궁은 아우님이신데, 당신보다 나이 들어 보이더군요. 오랫동안 이런 때마다 놓치지 않고 건너와서 사이 좋게 지내고 계시다고 들었습니다. 옛날에 궁중에서 언뜻 뵌 적이 있긴 했는데, 4) 나이에 따라 얼굴과 풍채가 정말 훌륭하게 변하신 것 같습니다. 미남자이긴 하지만, 인품은 좀 떨어지고, 제왕(諸王)쯤의 품위로 보였습니다."

겐지는 화산리가 사람을 한눈으로 꿰뚫어 보고 있다고 생각했다. 화산리는 미소를 띠고, 그래도 그밖의 사람을 단정적으로 평가하려고는 하지 않았다. 타인에 관해 헐뜯고 깔보는 듯이 말하는 사람은 불쌍한 사람이라고 생각하고 있었기 때문이다.

'수흑(鬚黑) 우대장조차 세상의 평판으로는 고상한 사람이라고 여겨지는 모양인데, 과연 그럴까? 이 사람과 옥만이 결혼하게 되면, 아무래도

---

3) 귀족의 잔심부름을 하던 사람.
4) 화산리는 젊어서 궁중에서 섬긴 지 10여 년이 흐르고 있다.

어딘지 불만스럽게 생각될 것이다.'

화산리는 이렇게 생각은 하면서도 입 밖에는 내지 않았다.

두 사람은 부부 사이라고는 하지만, 완전히 침상을 따로 쓰고 있었다. 어째서 이렇게 떨어져 지내는 습관이 붙었을까 하고 생각하니, 겐지는 괴로운 마음이 들었다. 화산리는 이러니 저러니 불평을 말하는 일도 없었다. 몇 해 동안 때때로 다른 여인들의 거처에서 행해지는 여러 가지 놀이들에 대하여 언제나 사람을 통해 듣고 알고는 있었지만, 서운해하는 법도 없었다. 다만 자신의 거처에서 드물게 개최한 이날의 놀이를 명예로운 것으로 생각하며 기뻐했다.

〈말도 먹지 않는 풀이라는 물가의 창포와도 같은 나를, 오늘은 명절이라고 돋보이게 하려고 하셨을까?〉

화산리는 이렇게 부드럽게 노래로 말했다. 썩 잘 지은 노래는 아니었지만, 겐지에게는 가슴에 와 닿는 것이 있었다.

〈자웅이 떨어지지 않는 농병아리 (鳰鳥) 와 그림자를 나란히 한 어린 말 같은 나는, 언제 창포의 당신과 이별할 때가 있겠습니까?〉

솔직하게 마음을 주고받는 두 사람의 노래였다. 겐지는,

"조석으로 같이 있지 않는 당신과의 사이지만, 이렇게 만나는 것은 정말 마음이 차분해집니다."

겐지는 반은 농담을 섞어 이야기했다. 대범한 인품이어서 차분히 마음을 가라앉히고 얘기했다. 화산리는 잠자리를 양보하고, 휘장으로 사이를 떼어놓은 채 쉬고 있었다. 나리의 옆 가까이에서 잔다는 것은, 정말 걸맞지 않는 일이라 여기고 있었다. 나리는 무리하게 청하지 않았다.

9. 옥만이 이야기책에 열중하다.

장마가 예년보다 길어서 육조원의 여인들은 하늘도 마음도 개이지 않는 듯했다. 심심하여 그들은 그림이나 소설책 같은 것을 위안거리로 삼으며, 나날을 보내고 있었다. 명석의군은 소일거리들을 취향 있게 만들어, 명석의 아씨에게 드렸다. 서쪽 대옥의 옥만은 다른 여인들 이상으로

열중하여, 자나깨나 열심히 글을 쓰거나 읽었다. 옥만에게는 이 분야에 뛰어난 젊은 하녀가 많았다. 참인지 거짓인지 모를 이야기들이었지만, 사람들의 이야기는 여러 가지였다. 옥만은, 그래도 자기처럼 신세가 불쌍한 사람은 없다고 생각하며 이야기책을 읽었다. 주길의 아씨5)가 심하게 학대받았던 것은 물론이고, 주계두(主計頭)6)가 하마터면 저지를 뻔하였던 일을 읽으면서, 옥만은 강제로 결혼하려고 했던 대부감의 흉악함을 떠올렸다.

겐지도 옥만의 처소를 찾을 때마다 여기저기 흩어져 있는 이야기책들을 보게 되었다.

"어이구, 어지럽다. 여자들이란 사람에게 속임을 당하려고 태어난 것일까? 이 많은 소설책 중에 진실된 것은 극히 적은데, 그것을 잘 알면서도 넋을 잃고 정말이라고 여기는구나. 무더운 장마철에 머리카락이 흐트러지는 것도 모르고 옮겨 쓰고 있으니."

겐지는 이렇게 말하며 웃었다.

"하기야 이러한 옛이야기들을 보지 않고서는 심심한 것을 달랠 수 없을 것이다. 그래도 이러한 꾸며 낸 이야기들 중에는 정말 그런 일도 있을 수 있겠다는 생각이 들 만큼 충분히 사실에 가깝게 쓴 것들도 있다. 7) 한편으로는 어차피 시시한 것이라고 알고 있더라도 앞뒤를 가리지 않고 흥미를 일으켜서 가여운 주인공에게 얼마쯤 마음이 끌리는 이야기도 있다. 한편으로는 또 있음직하지도 않은 이야기들에 그 과장된 내용이 신기해서 정신을 빼앗겼다가도 침착하게 들어 보면 화가 나는 경우도 있다. 그래도 어쩌다가 뜻하지 않게 감탄하게 하는 내용이 적혀 있는 경우도 있을 거다. 요새 어린 사람들이 하녀에게 읽게 하는 이야기들을 엿듣고 있으면, '세상에는 참 얘기 잘하는 사람도 있구나' 하는 생각이 든다. 이런 이야기책도 아마 교묘하게 거짓말을 만들어 내는 사람들의 솜씨로

---

5) 《住吉物語》의 여주인공. 의붓자식을 학대하는 전형적인 이야기.
6) 70여 세로 주길 아씨를 범할 뻔하였다.
7) 전기적 이야기에 대한 논평이다.

이루어진 것이겠지만, 꼭 그렇게만 생각할 것도 아닌 것 같다.”

“정말로 일을 만들어 내는 사람이 꾸며 내는 이야기들이란 말입니까? 제에게는 아무리 보아도 정말인 것처럼 생각되는 걸요.”

옥만은 대답하며, 벼루를 밀어 놓았다.

“내가 그만 실없이 소설책을 헐뜯어 버렸군. 이야기라는 것은 신대(神代) 이래로 이 세상에 있었던 일을 써 놓은 것이라고 한다. 일본기(日本紀)8) 등은 그 작은 일부분에 지나지 않다. 그런 이야기만이 도리에 어긋나지도 않고, 사실을 자세히 적어 놓은 것들이다.”

겐지는 이렇게 말하고 웃었다.

“있는 그대로를 쓴 것은 아니지만, 이 세상에 살아 있는 사람의 모습을 좋은 일이거나 나쁜 일이거나 흘려듣지 않고, 후세에 전하고 싶은 일들을 하나하나 숨김없이 말한 것이 소설의 시작이었다. 사람을 좋게 말하는 경우는 잘한 점만을 골라낸 것이고, 듣는 사람들의 관심을 끌기 위해 나쁜 모습도 좀처럼 있을 수 없는 정도로 과장해 놓는다. 그러나 그 좋은 점이나 나쁜 점이나 모두 이 세상 밖의 일은 아니다. 외국의 이야기들은 우리와 또 다르고, 일본의 이야기라도 옛날의 것은 지금 것과 다른 것이 당연하다. 내용이 깊고 얕은 차이는 있겠지만, 한결같이 거짓이라고 말해 버리는 것은 옳은 태도가 아니다. 부처님이 훌륭한 마음으로 설교한 법문에도 방편(方便)이라는 것이 있다. 깨달음이 없는 사람은 반드시 여기저기 모순되는 의심을 갖게 된다. 방편의 설은 방등경(方等經)9)에 많은데, 끝까지 따져 보면 결국 같은 취지에 의한 것이다. 보리(普提)와 번뇌(煩惱)와의 차이는 인물의 선과 악의 차이만큼 다른 것이다. 선의로 해석하면, 어떤 일이라도 무익한 것은 없는 것이다.”

겐지는 일부러 이야기가 아주 유익하고 소중한 것처럼 설명하였다.

“이러한 옛이야기 중에 나처럼 성실하고 어리석은 사람의 이야기가 있던가? 이야기 속의 고고한 아씨 중에도 당신처럼 냉담하고 새침한 사람

---

8) 육국사(六國史) 같은 관찬 국사(官撰國史)의 총칭.

9) 대승(大乘)에서는 대승의 교법(教法)을 설(說)한 경전(經典)의 총칭.

은 전혀 없었다. 그러니 너의 이야기를 달리 유례가 없는 소설로 꾸며서 세상에 전하게 하자."

겐지가 가깝게 다가와서 말하므로 옥만은 얼굴을 옷깃에 묻었다.

"그러지 않아도 이같이 좀처럼 없는 일10)이 세상에 소문이 안 나겠습니까?"

"너도 그렇게 생각하는가? 정말 너처럼 한심한 딸은 더는 없을 거다."

옥만은 몹시 당황하였다.

〈아무리 생각해 보고 옛이야기에서 예를 찾아보아도, 어버이를 배반한 자식은 유례가 없다.〉

옥만은 고개를 들지도 않고 앉아 있었다. 겐지가 그녀의 머리칼을 쓸어 올리며 몹시 원망을 하자, 옥만은 한참 있다가 이렇게 노래했다.

〈옛이야기에서 예를 찾아보았더니, 말씀대로 이 세상에 이런 어버이 마음은 찾아볼 수 없었습니다.〉

겐지는 기가 죽어서 그다지 대단하게 도를 넘치는 행동은 하지 못했다. 대체 앞으로 어떻게 일이 벌어질지 궁금한 노릇이었다.

10. 겐지와 자의상이 이야기의 공과를 논하다.

자의상도 명석 아씨에게 온 선물을 핑계로 소설책에서 손을 떼지 않았다. 자의상은 '구마노이야기'(熊野物語)11)의 그림을 보고, 매우 잘 그린 그림이라고 하며 들여다보았다. 그림에 어린 아씨가 무심히 낮잠을 자고 있는 데를 자의상은 옛날12)의 자기 모습을 생각하며 바라보고 있었다.

"어린아이라도 세상은 알아볼 능력이 있지요. 나로 말하지만, 역시 세상의 모범이 될 만큼 대범해서 다른 누구라도 견주어 볼 수가 없었지요."

겐지는 농담처럼 대답하고, 말을 이었다.

"명석의 아씨에게 이 색정적인 이야기책을 들려주지는 마십시오. 이러

---

10) 아버지가 딸에게 구애하는 일.
11) 소실된 이야기책. 추측건대 어린 풋사랑의 이야기로, 이별 후 남자가 달을 보고 옛날을 생각하다가 낡은 박쥐부채를 찾아내어 여자를 찾아갔다는 이야기인 듯하다.
12) 자의상이 10세 때 겐지에게 떠맡아졌다.

한 일도 세상에 있었구나 라고 생각하며, 예사롭게 여기면 큰일13) 입니
다."

이런 겐지의 마음을 옥만이 들어서 알게 된다면, 자기와는 너무나도
차이 나게 대우한다고 서운하게 여기며 경계심을 풀지 못하게 될 것이
다. 자의상은 소설을 예로 들며 대답했다.

"아씨가 경솔한 사람들을 흉내 내는 것은 옆에서 보고 있기에도 조마
조마합니다. '우쓰호이야기'(宇津保物語) 의 등원(藤原) 의 딸은 물정에 밝
은 단단한 사람이어서 잘못이 없을 거라고 생각됩니다만, 그렇다고 냉담
하게 말하는 태도는 여자다운 면이 없는 것 같아 마음에 들지 않습니다."

"실제 사람도 그럴 겁니다. 사람은 저마다 생각이 각각 달라서 완벽하
게 행동하지는 못합니다. 교양 있는 양친이 늘 조심하여 키운 딸은 대개
사심 없이 순진하기 마련입니다. 그러나 그밖의 부족한 점들이 있으면,
대체 어떻게 가르쳤기에 저 모양인가 하고 어버이의 양육방법을 탓하려
고 하니 정말 어이없는 일입니다. 아무튼, 딸을 보고 정말 그 신분에 맞
는다고들 생각해 준다면, 키운 보람도 있고 면목이 서는 일입니다. 주위
의 사람들은 쑥스러울 정도로 극구 칭찬하는데, 정작 본인의 행동이나
말 가운데 과연 그렇구나 하는 점이 없으면 실제보다 더 못해 보입니다.
시시한 사람들은 제발 딸을 칭찬하지 말았으면 좋겠습니다."

겐지는 한결같이 이 아씨가 비난을 받지 않게 하려는 생각이었다. 심
술 궂은 계모의 옛이야기14) 도 많았지만, 겐지는 자의상을 생각하여15)
그런 것들을 엄하게 골라내었다. 그림을 그리거나 베껴 쓰는 책들을 까
다롭게 선별해 주었다.

---

13) 겐지는 어린 아씨가 장래 황후가 될 운명의 사람임을 예언에 의하여 알고 있었고,
    그 일을 실현시키고자 했다. 그러므로 아씨가 이야기책의 영향으로 연애사건을 일으
    키면 곤란했다.
14) 《落窪物語》나 《住吉物語》 등의, 의붓아이를 학대하는 이야기들을 말한다.
15) 자의상은 명석 아씨의 계모이다.

11. 겐지가 석무에게 배려하다.

겐지는 석무중장을 자의상의 곁에 얼씬도 못하게 하고 있었으나,[16] 명석 아씨와 서먹서먹하게 지내지 않도록 가르치고 있었다.

"내가 살아 있는 동안은 상관 없지만 죽은 후의 일을 생각하면, 역시 평소부터 다정하게 지내는 것이 후견인이 되기에도 좋을 것이다."

겐지는 석무중장이 고운발 안에 들어가는 것도 허락하고 있었다. 많지도 않은 친자 사이여서 특별히 소중하게 다루고 있었다. 석무는 성격이 침착하고 고지식해서 안심하고 아씨를 맡기고 있었다. 여덟 살인 아씨는 아직 천진난만해서 인형놀이를 좋아했다. 석무중장은 운거안과 함께 놀던 세월을 회상하며, 인형놀이에 때때로 눈물을 지었다. 석무는 상대해도 좋을 만한 여인들에게 대수롭지 않은 농담을 거는 일은 많았지만, 진심으로 마음을 주지는 않았다. 이 정도면 사랑하는 사람으로 두어도 부족함이 없겠다는 생각이 들 만한 여인에게도 농담만을 던질 뿐이었다. 지금도 저 경멸받았던 녹색의 소매[17]를 늘 염두에 두고 있었다. 언제나 내대신을 따라다니면 끈기에 졌다는 형식으로 저분과의 결혼을 허락해 줄 수도 있을 것이었다. 그러나 내대신에게 인정받겠다고 결심하였던 것을 잊을 수가 없었다. 운거안에게만은 보통 아닌 정성을 쏟았지만, 주위의 사람들에게는 초조한 빛을 보이려고 하지 않았다. 운거안의 형제들은 석무중장의 이런 태도를 얄밉게 생각할 때가 많았다. 한편 우중장 백목(柏木)은 옥만에게 몹시 집착하여, 석무중장에게 울면서 중개를 부탁했다.

"이렇게 연애에 열중하는 모습은 누구라도 욕을 할 것입니다."

냉담하게 대답하기만 했다. 두 사람은 옛날 아버지들의 사이와 흡사하였다.

---

16) 겐지는 자기와 등호와의 과실이 되풀이되지 않도록 석무에게 경계심을 품고 있었다.
17) 석무는 운거안의 유모에게 '육위 주제에 …'라고 멸시를 당했었다. 석무는 내대신이 운거안과의 사이를 반대하는 것은 자기가 미관말직인 까닭이라고 생각하고 있었다.

12. 내대신이 딸의 불운을 한탄하다.

내대신은 여러 배를 빌린 자식들이 많이 있었다. [18] 어머니 쪽의 평판[19]이나 자식들의 인품대로, 그리고 무엇이나 생각대로 되는 대신의 명성과 세력의 덕으로 그들은 다 버젓한 지위에 앉아 있었다. 그러나 몇 명 안되는 딸들은 홍휘전여어도 기대했던 대로 일이 풀리지 않고,[20] 운거안도 생각대로 되지 않아서 몹시 섭섭했다. 그는 아직도 석안이 낳은 딸을 잊지 못하고 있었다.

"어떻게 되었을까? 왠지 모르게 의지할 수 없었던 모친에게 끌려서, 보기만 하여도 귀여운 아이였는데, 끝내 행방불명이 되었다. 과연 여자란 어떤 일이 있더라도 눈을 떼어서는 안되는 것인데 그랬다. 그 결과 그 아이는 얼마나 초라한 지경에 떨어져 있을까? 어떤 모습이건 나타나만 주었으면 …."

내대신은 자꾸만 생각을 거듭하고 있었다.

"만일 그렇게 내 이름을 대는 사람이 있으면, 외면하지 말고 받아 주어라. 젊은 때에 변덕으로 좋지 않은 거동도 했었지만, 그 중에도 이 일은 정말 보통 정도의 사연이 아니었다. 그런데 그만 쓸데없이 정을 떼고 모습을 숨기는 바람에 몇 명 안되는 딸 하나를 잃은 것이 유감이구나."

자식들에게도 이렇게 말해 놓고 있었다. 한때는 잊고 있었는데, 사람마다 딸들을 소중하게 양육하고 있는 모습을 보자, 자기만은 마음 먹은 대로 되지 않는 것이 화가 나서 더욱 집착하는 것이었다.

내대신은 어느날 꿈을 꾸고,[21] 용하다는 사람을 불러 꿈의 길흉을 물어보았다.

"이제까지 오랜 세월, 따님을 누군가가 눈치 채지 못하게 양녀로 두고

---

18) 남자는 10여 명쯤, 여자는 옥만을 넣어서 4명이다.
19) 당시에 자식의 신분과 대우는 대체로 어머니 쪽 신분이나 가문에 의해 결정되었다.
20) 중궁이 되려고 하였는데 추호중궁에 빼앗김.
21) 당시에는 사람을 생각하고 있으면, 혼이 빠져나가서 다른 사람의 꿈에 보이게 된다고 믿고 있었다.

있다는 소식을 들을 기회가 있을 겁니다."
"여자를 양녀로 삼는 것은 좀처럼 없는 일이다. 어떻게 된 것일까?"
내대신은 요새 와서야 겨우 그 일을 입 밖에 내고 있었다.

26. 패랭이꽃 (常夏*)

대강 줄거리

겐지 나이 36세의 여름.

더운 여름, 낚시의 저택에서 시원한 바람을 쐬는 겐지에게 석무와 내대신 집의 젊은이들이 찾아왔다. 겐지는 이들의 입에서 최근 내대신이 떠맡은 근강의군에게 집안 모두가 손을 들었다는 말을 들었다. 겐지는 석무와 운거안과의 일의 화풀이로 통렬한 야유를 퍼부었다.

저녁때 겐지는 옥만을 찾아갔고, 젊은이들은 옥만을 보려고 뒤를 따랐다. 겐지의 말투로 옥만은 겐지와 내대신과의 불화를 알게 되었다. 아버지와의 대면이 어려워질 것을 예상하고, 옥만은 몹시 한탄했다. 겐지는 옥만에게 화금의 기초를 가르치면서 내대신이 화금의 명수임을 말하고, 오래지 않아 소개하겠다는 뜻을 밝혔다.

옥만에 대한 겐지의 연정은 점점 심해 가고 있었지만, 자의상처럼 대우하지는 못하리라고 생각했다. 차라리 형병부경궁이나 수혹대장에게 주는 것이 본인에게 행복할 것이라고 생각하면서도 겐지는 미련을 끊을 수가 없었다.

내대신은 겐지가 돌보는 옥만의 평판을 듣고 빈정대었다. 찬양받을 기회를 잃은 운거안을 석무에게 줄까 하는 생각도 했지만, 석무도 겐지도 이제는 그 일을 모른 척하고 있었다. 운거안의 방을 찾은

---

* 常夏는 패랭이꽃의 이명이다. 여기서는 옥만을 가리킨다. 이 권의 배경을 이룬다. 도코나쓰(とこなつ)라 읽는다.

내대신은 낮잠 자는 딸의 모습을 보고, 여자의 소양을 타일렀다. 근강의군의 처지를 곤혹스럽게 여긴 내대신은 홍휘전여어에게 부탁하고자 했다. 근강의군은 홍휘전여어에게 시중들어 달라는 권유를 받자 순진하게 기뻐하며, 즉시 인사의 편지를 올렸다. 여어의 시녀들은 그 노래나 글이 형편없는 것을 어이없게 여겨, 일부러 무엇인지 모를 노래를 답장으로 보냈다. 그래도 근강의군은 기뻐서 어쩔 줄을 모르고, 출사 때의 화장에 여념이 없었다.

1. 겐지가 근강의군의 소문을 묻다.

유난히 더운 어느날, 겐지는 동쪽 낚시의 저택〔釣殿〕으로 나가서 더위를 식혔다. 석무중장도 함께 갔다. 가까운 전상인들이 많이 따라와서 서천에서 선물로 온 은어와 가까운 내의 둑중개〔石伏〕를 즉석에서 요리하여 권하였다. 여느 때처럼 내대신의 아들들이 석무중장을 찾아 이쪽으로 왔다.

"심심해서 졸던 차다. 마침 좋은 때에 왔다."

겐지는 이렇게 말하며 술과 빙수를 가져오게 하고, 물에 만 밥을 즐겁게 함께 먹었다.

바람이 아주 잘 통하는데도 해가 길고 구름 한 점 없어서 석양이 가까워졌을 때는 매미 소리도 더위에 지쳐 버린 듯이 들려왔다.

"오늘의 더위는 물 위에서도 도무지 가시지를 않는구나. 무례하다는 죄는 용서하여 주겠지."

겐지는 물건에 의지하여 누워 있었다.

"정말 이렇게 더울 때는 관현의 놀이 같은 것은 계절에 맞지 않아 재미없고, 그렇다고 아무것도 안 하면 좀처럼 해가 지지 않아 괴롭다. 궁중에서 섬기고 있는 젊은이는 견디지 못할 것 같다. 낮의 긴 시간 동안 허리띠도 풀지 못하게 하니 말이다. 하다못해 여기서라도 멋대로 편안히 지내면서 졸음을 쫓을 수 있는 세상의 신기한 이야기들을 들려 다오. 요즘에는 어쩐지 늙은이 같은 기분이 되어, 세상의 일에도 소원해지기 쉽구나.”

겐지의 말에, 젊은이들은 흥미진진한 이야기도 별로 생각이 안 나서, 죄송스러운 모습으로 앉아 있었다. 다들 높은 난간에 시원하게 기대 앉아서 누군가 이야기를 시작하기를 기다리고 있었다.

“어디서 어떻게 나온 이야기인지 모르지만, 내대신이 본처 아닌 다른 배에서 낳은 딸을 찾아내어 소중히 기르고 있다는 소문이 있던데, 그것이 정말인가?”

겐지는 백목의 아우 변소장에게 물었다.

“허풍스럽게 퍼뜨려서 좋을 이야기도 아닙니다. 올 봄에 꿈에 본 얘기를 하셨는데, 한 여자가 그 말을 전하여 듣고 그게 바로 자기라고 나섰던 일이 있습니다. 근강의군(近江의君)이라고 부르는 여자입니다. 백목 중장이 그 말을 듣고, ‘그렇게 믿을 만한 증거가 있는가’라고 물었습니다. 그밖의 자세한 일들은 잘 모릅니다. 말씀하신 대로 요새 묘한 소문이 세상 사람들 사이에 퍼지고 있는 것 같습니다. 이런 일은 사실 아버지와 집안의 망신이 되는 일입니다.”

겐지는 소문이 사실임을 알게 되었다.

“안 그래도 아이들이 무척 많은데, 행렬에서 뒤떨어져 뒤져 있는 기러기를 무리하게 찾으려 한 것은 지나친 욕심이다. 우리 집이야말로 아이들도 아주 적어서 그런 아이를 발견하려고 애쓰고 있는데, 이름을 밝히는 것도 귀찮은 것이라고 생각하고 있을까, 귀에 들어오는 소식이 전혀 없다. 그건 그렇다 치고, 근강의군이라는 사람은 내대신과 관계없는 아이는 아닐 것이다. 내대신은 호색적인 사람으로 여기저기서 몰래 즐겼던 모양이니, 맑지 않은 물에 비친 달 그림자가 어찌 흐림이 없을 수 있겠는가?”

겐지는 웃음을 띠며 말하였다. 석무중장도 자세한 내용을 듣고 있었으므로, 모르는 체할 수 없었다. 변소장이나 등시종들은 몹시 멋쩍은 표정이 되었다.

"너희들은 하다못해 그런 낙엽이라도 주우면 될 것이다. 체면이 안 서는 소문[1]을 나중까지 날리는 것보다는 같은 자매와 결혼하여 만족하는 것이 훨씬 나을 텐데."

겐지는 야유를 퍼붓는 것 같았다. 내대신과는 표면상으로는 아주 좋은 사이였지만, 옛날부터 뭔가 잘 안되는 부분도 있었다. 더구나 석무중장에게 몹시 부끄럼을 주고 괴로운 생각을 하게 했던 차가운 마음은 그냥 가슴에 묻어 둘 수가 없었다. 겐지는 이런 말을 내대신이 들어서 버럭 화를 내게 된다 해도 별수없는 일이라고 생각했다.

겐지는 근강의군의 이야기를 듣고서 말했다.

"옥만을 내대신에게 보이면, 결코 가볍게 다루지는 않을 것이다. 내대신은 무엇이나 격식을 잘 따지고 주변머리가 좋은 사람이니까, 선악의 분간도 똑똑히 알고, 사람을 칭찬하거나 경멸할 때에는 보통 이상으로 냉철한데, 내가 그 동안 옥만을 맡고 있었다는 것을 알면 얼마나 기분 나쁘게 여길 것인가? 기대 이상으로 훌륭하게 성장한 옥만을 보여주게 된다면 결코 가볍게는 안 볼 것이다. 정말 방심하지 말고 옥만에게 예의 범절을 가르쳐야겠다."

해가 질 무렵 바람이 몹시 시원하게 불어서 젊은이들의 표정은 돌아가고 싶지 않은 듯해 보였다.

"마음 편하게 시원한 바람을 쐬는 것도 쉽지 않구나. 점점 이러한 또래의 사람들로부터 따돌림을 당하는 나이가 되어 버렸구나."

겐지는 서쪽 대옥으로 건너갔다. 군들은 모두 겐지를 배웅하여 왔다.

2. 겐지가 옥만과 노래를 부르다.

황혼 때여서 주위가 점차 어두워지기 시작했다. 모두 다 똑같은 색의 평상복을 입고 있어서 누가 누군지 잘 분간이 되지 않았다. 겐지는 옥만

---

1) 석무가 운거안과의 결혼을 거절당한 일.

에게 말했다.

"좀 밖으로 나오너라."

그리고는 은밀하게 이야기를 건넸다.

"소장과 시종들을 데리고 왔다. 정말 이쪽으로 따라올 것 같았는데, 석무중장이 몹시 착실한 사람이라서 데리고 오지 않은 것은 동정심이 없는 처사였다. 저 사람들이라고 속셈이 없으라는 법도 없다. 생각해 보니 하잘것없는 신분의 여인도 깊은 규중에 숨어 있는 동안은 남자들의 마음을 끄는 법이다. 더구나 육조원에 관한 평판은 실제보다도 훨씬 허풍스럽게 소문이 나 있는 것 같다. 추호중궁이나 명석 아씨가 있다고 하지만, 그들은 아무래도 연모하여 구애하기에 좋은 처지가 못 된다. 네가 여기에 이렇게 있는 것은 그런 사람들의 마음이 얼마쯤 깊은가를 두고 보아야겠다고 생각하고 있었는데, 그 희망이 이루어지는 듯하다."

뜰 앞에는 혼잡스럽게 화초를 심지 않고, 아름답게 배합한 패랭이꽃들만 가꾸어 놓았는데, 당의 것과 일본 것 등 가지각색으로 어우러져 피어 있었다. 품위 있는 울타리 안에 황혼 빛을 받으며 피어 있는 패랭이꽃들은 정말 멋진 풍경이었다. 사람들은 모두 그 옆에 다가서서 마음대로 꺾지 못하는 것을 불만스러워하면서 잠시 멈춰 섰다.

"저들은 다 요즈음의 학식 있는 사람들이다. 마음씨도 다들 나름대로 훌륭하고 무난하다. 백목은 저 사람들 이상으로 사려가 깊고, 이쪽이 거북할 정도로 인품도 훌륭하다. 어떤가, 편지를 주는가? 쑥스럽게 여겨 뿌리치지는 말았으면."

겐지는 옥만에게 귓속말로 타일렀다. 석무중장은 훌륭한 청년들 가운데서도 한층 두드러지게 아름다웠다.

"석무중장을 싫어한 내대신은 어처구니없는 사람이다. 다른 사람의 피가 섞이지 않은 당당한 왕손 같은 혈통인데, 왜 그렇게 편벽스러울까?"

옥만이 말했다.

"그쪽으로 가시면 서랑(壻郞)이 될 분이었는데요."

"물론 그건 그렇다. 다만 어린 사람끼리 서로 약속을 하였는데, 오랜 세월 두 사람 사이를 방해해 온 대신의 의중이 원망스럽다. 아직 관직도 낮고, 세상의 평판도 가볍다고 생각한 것이겠지. 모르는 척하고 이쪽에 맡긴다면, 앞으로 걱정되는 일이라도 있다는 것일까?"

신음하는 것처럼 말하였다. 결국은 이렇게 마음이 안 맞는 데가 있는 두 대신의 사이였던가? 얘기를 들으니, 옥만은 친아버지에게 자신의 존재를 알려 줄 날이 언제가 될는지 모르겠다는 생각으로 마음이 안타까웠다. 달도 없을 때였으므로, 등에 불을 붙였다.

"역시 불기가 가까우면 숨막힐 듯이 덥구나. 화톳불[篝火] 2)이 가장 좋다."

겐지는 횃불을 가져오게 하였다. 풍치 있는 화금이 있는 것을 보고, 겐지는 그것을 끌어당겼다. 율의 가락으로 탔다. 소리가 참으로 잘 울렸다. 조금 타고서 말을 했다.

"이렇게 더운 날에 화금을 타는 것은 마음에 안 든다고 생각했었지. 달빛이 시원한 가을밤에 그렇게 깊숙하지 않은 곳에서 벌레소리에 맞추어 탈 때의 음색은 무척 친근하고, 현대적이다. 규모가 큰 연주에는 맞지 않는 것이다. 화금이, 많은 악기의 음색과 박자를 그대로 갖추고 있는 점은 정말 대단하다고 할 수 있다. 대화금(大和琴)이라는 것은 크기가 조그맣지만 한없이 교묘하게 만들어져 있다. 널리 외국의 것을 모르는 여자를 위해 만들어진 것이라고 생각된다. 이왕에 배울 거라면, 정성을 들여서 다른 악기들과 같이 합주하면서 배워라. 깊이 주의해야 할 점이라고는 별것이 없지만, 그렇더라도 정말 잘 타게 되는 것은 어려운 일이 아닐까? 당대에는 내대신과 어깨를 나란히 할 사람이 없다. 같은 손놀림에도 독특한 음색이 들어 있어, 형용 못할 정도로 훌륭하게 울리는 것이다."

겐지의 말을 조금은 알아들을 수 있을 것 같았다. 어떻게 해서라도, 잘 타려고 생각하면서, 옥만은 아버지의 이야기를 더 듣고 싶어했다.

---

2) 철제의 바구니를 옥외에 고정시키고, 안에 잘게 쪼갠 장작을 놓고 불을 피우는 등불. 가가리비(かがりび)라 읽는다.

"그분의 연주를 이 근처에서 어느 적당한 놀이 때에 들을 수 있겠습니까? 천한 산사람 중에도 들은 풍월로 화금을 배우는 사람이 많이 있어서 대강 쉬운 것이라고 여기고 있었습니다. 그렇게 잘 타는 사람은 아주 특별히 타는 것이겠지요."

아버지인 내대신의 화금을 들으려고 열심히 묻고 있었다.

"그렇다. 동금(東琴)이라는 그 이름은 품위가 없는 것 같지만, 임금 앞의 놀이에도 제일 먼저 나선다. 외국의 일은 별도로 하고, 이 나라에서는 그것을 악기의 근본으로 여기기 때문일 것이다. 네가 그 명수 중에도 제일인자라고 생각되는 내대신으로부터 직접 배우게 되면, 그때에는 틀림없이 특별하게 탈 수 있을 것이다. 내대신은 여기에도 가끔 오시는 일이 있지만, 기량을 아끼지 않고, 있는 대로 연주해 보이는 일은 흔히 없을 것이다. 명인이라는 사람은 어느 길에 있어서나 그렇게 거리낌없이 기량을 보이지는 않는다. 그러나 결국에 가서는 꼭 듣게 될 것이다."

겐지는 한 곡을 조금 더 탔다. 다시없이 화려하고 재미있었다.

"이 이상으로 뛰어난 음색이 나올 수 있을까?"

아버지를 만나고 싶은 마음이 함께 거들었다.

'언제면 아버지의 편안한 연주를 들을 수 있을까?'

이런 생각에 잠겨 있었다. 겐지는 '관하(貫河)의 여울마다 부드러운 팔베개'라는 최마락의 노래를 불렀다. 정말 누구라도 마음이 끌릴 만한 음색이었다. '어버이 피하는 아내'3) 라는 부분에 와서는 조금 웃으며 힘을 들이지 않고 가볍게 타는 모습이 무어라 말할 수 없이 재미있었다.

"자아, 타거라. 예도는 사람 눈을 부끄러워하지 않는 법이다. 상부련(想夫戀) 4) 만은, 마음속에 품어 두고 다른 사람 앞에서는 숨겨 놓는 일도 있었는지 모르지만, 합주할 때에는 스스럼없이 어떤 상대와도 흥겹게 연주하는 것이 좋다."

---

3) 옥만이 겐지의 사랑을 받아들이지 않는 것을 빗댐.

4) 본래는 '相府蓮.' 진(晉)의 대신 왕검(王儉)이 관저의 연꽃을 찬미하는 곡. '想夫戀' 혹은 '想夫憐'으로 음이 같은 글자로 바꾸었다.

겐지는 이렇게 말했지만, 옥만은 기가 죽어서 선뜻 연주하지 못했다. 시골 구석에 있을 때 경에서 온 늙은 왕손인 여자가 가르쳐 준 솜씨여서 잘못된 점이 많이 있을 것이라고 생각했다

"조금 더 타 주시면 좋을 것을. 그러면 들어서 외우기라도 할 터인데."

옥만은 화금을 배우고 싶은 마음으로 안절부절못하면서, 무릎걸음으로 겐지 곁에 다가앉았다.

"어떤 바람이 불어서 이렇게 울려오는 것일까요?"

머리를 갸웃거리고 있는 모습은 등불 아래서 참으로 가련하게 보였다. 겐지는 웃으면서 말했다.

"귀도 어둡지 않은 너로 인해, 이쪽에는 한층 더 찬바람이 몸에 스며들게 부는구나."

그리고는 화금을 옥만 곁으로 밀어 놓았다. 옥만은 무척 마음이 상했다. 하녀들이 가까이에 대기하고 있어서 언제나처럼 농담도 걸 수가 없는 상황이었다.

"패랭이를 마음껏 보지도 않은 동안에 저 사람들이 돌아가 버렸다. 내대신에게도 이 꽃동산을 보게 할 것이다. 세상에는 참 내일 일을 전혀 모르고 하는 말들이 많이 있구나. 옛날, 어떤 계제에 내대신이 네 이야기를 꺼냈던 것도 마치 지금의 일인 듯한 생각이 든다."

그 말을 듣자, 옥만은 가슴이 메이는 것 같았다.

"〈패랭이[옥만]의 아름다운 모습을 보고 있으면, 사람들이 원래의 담장[돌아간 모군]을 찾아낼 것이다.〉

그것이 귀찮아서 너를 몰래 숨겨 두었지만, 진심으로 가엾게 여기고 있다."

옥만은 울면서 노래했다.

〈비천한 산사람의 담장에서 키워진 패랭이꽃의 신원을, 누가 찾아 주실까요? 그런 사람은 없을 겁니다.〉

애써 아무렇지 않은 것처럼 슬픔을 감추고 있는 모습은 정말 누구라도 끌려들어갈 것 같이 순수하였다.

"지금 바로 여기에 안 오면."

겐지가 이렇게 읊조렸다. 괴로운 마음은 한결같이 점점 심해지는 것이었다. 역시 이대로는 참지 못할 것 같았다.

3. 옥만에 대한 겐지의 고민.

옥만이 있는 곳에 가는 일이 너무 잦아지자, 겐지는 사람들이 보고 비난하게 될까 양심의 가책을 느껴 자제했다. 다만 그럴듯한 일을 만들어 언제나 편지를 주고받고 있었다. 겐지는 오로지 옥만의 일만을 자나깨나 마음에 두고 있었다.

"어째서 이렇게 불합리한 일을 하여, 가라앉지 않은 괴로움을 만드는 것인가? 경박한 소문 때문에 세상의 비난을 받아 면목이 없어지는 것은 고사하고, 옥만을 위해서도 가여운 일이다. 끝도 없는 애착이라고 하지만, 자의상의 지위와 나란히 앉혀 놓는 일은 도저히 자신이 없다."

겐지 자신이 상황을 더 잘 알고 있었다.

"처로 삼는대도, 그보다 한 단계 아래인 지위에 두면 어떨까? 자기 스스로는 다른 사람보다 뛰어나다고 생각하는데, 애인이 많이 있는 남자와 인연을 맺어 그 여인들의 말석에 겨우 끼는 것은 사랑을 받는다 해도 결코 기쁜 일이 아니겠지. 별 볼일 없는 납언(納言) 정도의 사람으로부터 다른 여자와 경쟁할 필요가 없이 사랑을 받는 편이 훨씬 나을 것이다."

겐지는 스스로도 이런 생각을 하였다.

"병부경궁이나 수혹 우대장에게라도 양보할까? 그러고 나면 나도 자연히 체념하게 되어 이런 괴로움도 없어질 것이다. 보람이 없는 일이지만, 그렇게 해 버릴까?"

이런 생각도 해보았다. 그러면서도 다시 화금을 가르치는 것을 구실로 하여, 옥만 가까이에 다가서고 있었다. 옥만도 처음에는 기분이 나쁘고 싫다고도 느꼈지만, 만나는 사이에 점점 익숙해져 갔다. 평온하고, 안심이 되기도 하였다. 그래서 요즘에는 지나치게 서먹서먹하게 대하지는 않았다. 들여다볼 때마다 점점 더 매력 있고 아름다움을 더하여 가는 옥만을 보며, 역시 이대로 지내지는 못할 것 같았다.

"그러면 역시 결혼을 시킨 후에 여기서 살게 하면서 소중하게 돌보아 주다가 적당한 기회를 보아 사람 눈에 띄지 않게 설득해 보기로 할까? 이렇게 부부의 정을 모르는 동안은 달래는 것도 귀찮고 또 가엾다는 생각이 들지만, 남편이 있는 몸이 되면 설사 주위의 엄중한 감시가 있더라도 자연히 남녀의 정을 알게 되어, 상황이 달라질지 모른다. 가엾게 여길 필요도 없고, 마음을 여는 데에 별 지장이 없을 것이다."

겐지는 이런 생각까지 하고 있었다. 그럴수록 마음이 더욱 괴로워지기만 했다. 참으로 세상에 드물게 복잡한 두 사람 사이였다.

4. 내대신이 딸의 일로 고심하다.

내대신은 그 무렵 근강의군의 일을 집안 사람들도 용서 없이 헐뜯고 욕한다는 말을 듣고 있었다. 둘째 아들 변소장이 무슨 기회에, 겐지가 그 일에 관해 물어본 일이 있다는 말을 했다.

"그것 보아라. 저쪽이야말로 오랜 세월 동안 소문에도 듣지 못한 산골 사람의 딸을 맞이하여, 한 사람 몫을 하게 키우고 있지 않은가? 함부로 다른 사람을 나쁘게 말하지 않는 겐지 대신인데, 이쪽의 일은 곧 귀를 기울이고 헐뜯는구나. 이거야말로 알아 두어야 할 일이로구나."

내대신은 불쾌해하며 말했다.

"그 여인은 정말 나무랄 데 없는 훌륭한 모습이라고 합니다. 병부경궁 등이 대단히 열심히 구애하고 있으나, 잘 안되어 곤혹스러워하고 있다고 들었습니다. 보통 아닌 분이라고 사람들이 미루어 헤아리고 있습니다."

변소장이 말했다.

"정말 그럴까? 겐지 대신의 딸이라는 것만으로도 대단한 평판이 되는 것이다. 요새 사람의 마음이란 다 그런 것이다. 실제로는 꼭 그렇게 빼어난 것은 아닐지 모른다. 대신은 부족한 점이 하나도 없는데, 아깝게도 어엿한 본처의 배에서 소중하게 키울 훌륭한 따님이 없으니까 겐지 대신은 아마도 아이들이 적어서 걱정일 것이다. 열등한 혈통이긴 해도 명석의군이 낳은 아씨는 세상에도 둘도 없이 운이 좋아서 장래에 꼭 번듯한 신분이 될 것이다. 먼저 얘기했던 옥만은 어쩌면 친딸이 아닐지도 모른다. 그런데도 정말 성깔이 있어 보여서 그 아씨를 소중히 다루고 있을지 모른다."

내대신은 언짢은 목소리로 말을 이었다.

"이제 어떻게 결말을 내려고 하는 것일까? 병부경궁이라면 옥만을 항상 따라다녀서 결국 자기여자로 만들 것이다. 원래 대신과는 특별히 친한 사이이고, 인품도 한층 빼어난 사람이어서 아주 훌륭한 옹서(翁壻 : 장인과 사위)의 사이가 될 것이다."

내대신은 운거안의 일이 불만스러워, 유감이라고 생각하고 있었다. 겐지처럼 딸을 소중하게 키워서 사위는 누구로 정할 작정인가 라고 사내들의 마음을 안절부절못하게 할 수도 있었는데, 그러지 못하는 것이 몹시 화가 났다. 내대신은 사위로 삼기에 적당한 관위에 오르기 전에는 허락할 수 없다고 작심하고 있었다. 겐지도 열심히 되풀이하며 조르고, 원한다면 끈기에 지는 척하며 들어줄 수도 있을 것이었지만, 전혀 안달하지 않아서 내키지 않는다고 했다.

5. 내대신이 운거안을 타이르다.

내대신은 이것저것 궁리하다가 갑자기 운거안의 방으로 건너갔다. 변소장도 함께 갔다. 운거안은 낮잠을 자고 있는 중이었다. 항라(亢羅)[5]의 홑옷을 입고 옆으로 누워 있는 모양은 더위도 모르며 가련하고 몸집이 작게 느껴졌다. 비쳐 보이는 피부는 아주 아름다웠다. 손에 부채를 든 채로 팔을 베고 있었는데, 아무렇게나 놓인 머리칼의 모양은 가지런하고 예뻐 보였다. 하녀들도 여기저기에서 물건에 의지하여 누워 있어서, 운거안은 한참 후에야 눈을 떴다. 내대신이 부채로 소리를 내니, 무심히 눈을 뜨고 올려다보는 눈매가 매우 사랑스러웠다. 뺨을 붉히고 있는 것도 아버지의 눈에는 그저 귀여울 뿐이었다.

---

5) 항라를 입으면 살이 비쳐 보인다.

"선잠은 자지 말라고 언제나 주의를 하였는데, 어째서 이렇게 조심성 없이 자고 있는가? 하녀들도 옆에 붙어 있지 않으니 이상한 일이다. 여자는 자신의 몸을 언제나 조심하여 지키는 것이 좋다. 마음대로 아무렇게나 행동하면 품위가 떨어진다. 그렇다고 너무 몸을 딱딱하게 하고, 부동존(不動尊)6) 다라니(陀羅尼)7)를 염송하거나 인(印)8)을 맺고 있는 것처럼 처신하는 것도 보기 싫다. 인간미가 전혀 없고, 사람을 멀리하는 태도는 품격이 높다고는 하지만, 얄밉고 정이 가지 않는다. 태정대신인 겐지가 장래의 황후감으로 여기고 있는 아씨에게 언제나 하고 있는 교훈은, 만사 융통성 있게 행동하라는 것이다. 특별히 눈에 띨 정도의 예능은 몸에 지니지 않게 하고, 어떤 일에도 서투르지만 않게 하며, 여유를 갖고 가르친다고 들었다. 과연 그것도 지당한 가르침이지만, 사람으로는 성격상이나 일에나 좋아하는 것에 따른 일이 반드시 있으므로, 컸을 때에는 그것대로의 인품을 갖게 되는 것이다. 명석의 아씨가 성인이 되어, 궁에 나오게 될 때의 모습은 과연 어떨까? 나의 소원대로 너를 궁에 들여보내는 일은 지금으로서는 어렵게 되어 버렸지만, 어떻게 해서라도 세상의 웃음거리는 되지 않게 해야 한다고 생각하고 있다. 여러 사람들의 일을 들을 때마다 언제나 네 일을 생각하며 괴로워하고 있다. 친밀히 사귀는 석무의 말을 일시라도 생각 없이 쫓지 않도록 해라. 나에게는 깊이 생각하고 있는 것이 있다."

내대신은 귀여운 마음으로 말하였다.

"옛날에는 무엇 하나 충분히 이해할 수 없어, 저번 때의 저 사람을 가엾게 여기고, 소동을 일으키고도 오히려 태연하게 아버지를 뵈었던 것입니다."

운거안은 이렇게 말하며, 고개를 숙였다. 지금에 와서 회상하니, 부끄

---

6) 불교에서 말하는 오대명왕(五大明王)의 하나.

7) 산스크리트어[梵語]대로 부르는 주문(呪文).

8) 부처나 보살이, 깨달은 것이나 서원(誓願)을 손가락으로 가지각색의 모양[形]을 만들어 표현하는 것.

러운 마음이 가득했다. 조모인 대궁은 운거안의 얼굴을 보지 못하여 어쩐지 불안하다고 언제나 푸념하고 있었다. 운거안은 내대신의 생각을 어렵게 여겨, 대궁의 곁에 가 뵙지도 못하고 있었다.

6. 내대신이 근강의군을 홍휘전여어에게 맡기다.

내대신은 근강의군의 일을 걱정하고 있었다.

'어떻게 할까? 쓸데없이 참견하여 집에 들여 놓고서 사람들이 욕을 한다고 해서 도로 보내 버리는 것은 너무 경솔하고 우스운 짓이다. 그렇지만 이렇게 내 저택 안에서 살림하게 하고 있으니, 제정신으로 소중하게 키울 생각이 있어서인가 하고 사람들이 비웃는 것을 듣는 것도 당연하다. 정말 분한 일이다. 홍휘전여어에게 출입시켜서 아예 웃음거리로 만들어 버리자. 사람들이 이토록 나쁘게 말하고 있지만, 그러나 용모는 그렇게 말할 정도로 나쁘지는 않으니까.'

"근강의군을 올려보내겠습니다. 꼴사나운 점은 나이 든 하녀들에게 일러서 사양 말고 타이르라고 하십시오. 그래도 젊은 하녀들의 웃음거리로 만들지는 말고 돌보아 주십시오. 사실 몹시 들떠 있기는 하지만."

내대신은 마침 친정에 와 있는 홍휘전여어에게 웃으면서 말하였다.

"어째서, 그렇게 특별히 이상할까요? 백목중장이 특별히 아껴 준 것으로 알고 있는데, 그 조짐과는 전혀 다른 모양이지요? 아버님이 그렇게 생각하고 말씀을 하시니, 본인도 조금 쑥스러워 부끄럽게 생각을 하는 게 아닙니까?"

홍휘전여어는 이렇게 의젓하게 말했다. 그녀는 곰살궂게 예쁘지는 않았지만, 품위 있고 청초했다. 아름다운 매화꽃이 피기 시작한 밝을 녘의 풍취를 생각나게 하고, 아직 남겨 놓은 말이 많은 것 같은 표정으로 미소짓고 있었다. 그것이 다른 사람하고는 다르게 특별하다고 내대신은 생각했다.

"중장이 실제로 그렇게 말했어도 어쨌든 사실 사려가 깊지 않고, 주도하게 살펴보지도 않아서 …."

불쌍하기 그지없는 어버이의 모습이었다.

7. 내대신이 근강의군을 찾아가다.

홍휘전여어에게 갔다오는 김에, 내대신은 바로 근강의군을 찾았다. 안을 들여다보니까, 발을 밖으로 쑥 내밀고, 까불기 좋아하는 젊은 하녀 오절의군과 쌍륙(雙六)을 치고 있었다. 가끔 손을 비비며 '작은 눈, 작은 눈'이라고 비는 소리가 들리는데, 말이 아주 빨랐다. 내대신은 정말 곤란한 일이라고 생각하여, 같이 간 사람의 벽제소리[9]를 손으로 제지하고, 여닫이문의 틈 사이로 방안을 엿보았다. 오절의군도 몹시 성급하여, '돌려요. 돌려요'라고 통을 만지작거리고 있었다. 통 속에 염원하는 바가 들어 있는 것일까, 두 사람 다 아주 경박한 행동이었다. 근강의군의 외모는 친근하고, 애교도 있었다. 머리털은 깔끔하고, 단점은 별로 없었다. 이마가 좀 좁고, 목소리가 높은 것이 흠이었다. 특별히 미인이라고는 할 수 없으나, 생판 남이라고 주장하지는 못할 만큼 내대신의 모습과 닮아 있었다. 거울에 비친 자신의 얼굴과 비교하여 보니, 내대신은 정말 엉뚱한 운명이라고 진절머리를 내었다.

"이렇게 있는 것은 네게 맞지 않고, 익숙하기 어렵지 않느냐? 그 동안 쓸데없이 바빠서 자주 찾아보지도 못했다."

이렇게 말하니, 근강의군은 평소의 빠른 말씨로 대답했다.

"이렇게 있게 하여 주시니, 무슨 불만이 있겠습니까? 오랜 세월 만나 뵙고 싶어한 얼굴을 언제나 보지 못하는 것만은 쌍륙(雙六)[10]에서 좋은 눈이 안 나오는 것과 같습니다."

"내게는 몸 가까이에 하인들도 별로 많지 않아서 그렇게라도 늘 곁에 두려고 전부터 생각하고 있었는데, 좀처럼 그렇게 하지도 못하고 있었다. 여어의 시중을 드는 일이 일반 하녀와 다름없긴 해도 도리어 일부러 눈여겨보는 사람도 없어서 마음대로 행동할 수가 있을 것이다. 아무개의

---

9) 그 시대는 집안에서도 전구가 벽제소리를 내었다.
10) 이것은 점잖은 유희가 아니다. 저속한 용어로 내대신의 말에 응답하고 있다.

딸이라고 높은 지위를 얻게 되면, 자칫 어버이나 형제의 망신이 되는 경우가 많다. 더구나….”

말을 계속 하려다가 그만두었다. 그 표정이 심각한 것에도 전혀 마음 쓰지 않고, 근강의군은 말했다.

“천만에요. 그런 것은 아무렇지도 않습니다. 대단한 생각으로[11] 근무하면, 정말 거북할 것이지만…. 대변기 청소역이라도 열심히 근무하겠습니다.”

내대신은 더 이상 참지 못하고 웃어 버렸다.

“그것은 맞지 않는 일인 것 같다. 이렇게 우연히 만난 아버지에게 효도하려는 생각이 있으면, 조금 더 천천히 말을 해라. 그러면, 반드시 오래 살게 될 것이다.”

쓴웃음을 지으면서 익살맞게 말했다.

“혀는 타고난 것인가 봐요. 어릴 때부터 돌아간 어머니도 언제나 걱정하여 주의하셨습니다. 묘법사의 별당 대덕(大德) 중이 산실(産室)에서 안산의 기도를 하고 있었는데, 아마 그것을 닮은 모양이라고 한탄하곤 하셨습니다. [12] 어떻게라도 해서 빨리 말하는 버릇을 고치겠습니다.”

이렇게 근강의군은 떠들었다. 어버이에게 효도하려는 마음을 생각하면 감탄할 만한 정도였다.

‘대덕이야말로 정말 죄를 지은 모양이다. 대덕의 말이 빠른 것은 틀림없이 그가 범한 죄의 과보일 것이다. 벙어리와 말더듬이를 법화경에서는 욕을 한 죄라고 치고 있다. 같은 딸이라고 해도 그처럼 품위 있는 여어에게 이 딸을 보이는 것은 부끄러운 일이다. 도대체 나는 어쩌자고 이렇게 이상한 사람을 잘 조사도 않고 불러들였을까? 사람들이 차례차례 이 딸을 보고는 여러 가지 말을 퍼뜨리겠지.’

---

11) 내대신의 딸이라고 의식하여.

12) 근강의군의 이 말에서 살펴보면, 그 모친은 궁에 시중드는 가운데에 내대신과 관계하여 이 딸을 낳았다고 추측된다. ‘近江의君’의 호칭이 생긴 것도 이 까닭이다. 묘법사(妙法寺)는 근강국(近江國)에 있는 연력사(延曆寺)의 별원(別院).

내대신은 이렇게 다시 생각했지만, 결국 결심을 굳혔다.

"때때로 여어에게 가서, 예의범절을 본받아라. 대수롭지 않은 사람이라도 지체 있는 사람과 사귀면, 자연히 어떻게든 익숙해질 수가 있다. 그런 작정으로 가서 뵙거라."

"정말 기쁩니다. 다만, 어떻게 해서라도 꼭 여러분과 같이 한 사람 몫을 해낼 수 있게 해 달라고, 자나깨나 오랜 동안 그것밖에 생각한 것이 없었습니다. 허락만 해주시면, 물을 길어 머리에 이어서라도[13] 시중들겠습니다."

근강의군은 정말 유쾌한 듯 더욱더 시끄럽게 지껄여 댔다. 내대신은 아까 이야기한 것도 다 헛된 일이었다고 후회하며, 농담으로 말했다.

"그렇게까지 마음을 쏟아, 땔나무를 줍는다든지 하는 일은 하지 않아도 된다. 여어에게로 가 보아라. 다만 선망의 대상이 된 행운의 중만을 멀리한다면."

근강의군은 그것도 제대로 알아듣지 못했다. 내대신의 모습이 아름답고 당당하고 화려하여, 보통사람으로서는 얼굴을 맞대는 것도 부끄러운 모습이라는 사실도 그다지 느끼지 못하고 있었다.

"그러면, 언제 여어님에 참상하게 됩니까?"

"길일을 택한 후에 가야 할 것이다. 그러나 좋다, 그렇게 큰일도 아니니까, 마음을 먹었다면 오늘이라도."

내대신은 이렇게 내뱉고 돌아왔다.

훌륭한 사위(四位)와 오위(五位)의 사람들이 소중하게 지켜서 내대신을 모시고 있었다. 조그만 몸 움직임에서도 위세가 느껴지는 내대신을 배웅하고서 근강의군은 기분이 들떠 있었다.

"얼마나 굉장한 훌륭한 우리 아버님이신고! 이 정도의 혈통이면서도 그 동안 초라한 집에 살았었다니."

시중들고 있는 오절이 대꾸했다.

---

13) 당시에 여성이 머리로 물건을 운반하는 풍습이 있었다. 이는 물긷기와 같은 중노동이다.

"너무 훌륭해서 기가 죽을 정도입니다. 오히려 소중히 귀여워해 줄 만한 어울리는 분이 맡아 주셨으면 좋았을 것을."

근강의군은 이 말을 듣고 기분이 상해 버렸다.

"언제나 너는 사람의 말허리를 꺾어 놓는 나쁜 버릇이 있다. 이제부터는 나하고 맞먹으며 옆에서 말참견을 안 했으면 좋겠다. 나는 꼭 무언가 좋은 일이 있을 신상이니까."

화를 내는 그녀의 표정은 스스럼없고 애교가 있어, 도를 지나친 점은 그것대로 재미있고 천진난만했다. 다만 몹시 시골 티가 나는 아랫사람들 가운데에서 성장하였으므로, 적당히 말하는 방법을 모르고 있었다. 시시한 말이라도 천천히 목소리를 죽여서 조용히 말하면 순간적으로 훌륭하다는 생각이 들고, 재미없는 노래라도 소리 내는 법이 차분하면, 내용이 깊지 않아도 귀를 기울이게 되는 법이다. 이 아씨의 경우는 설사 정말 내용이 깊고, 취향이 있는 것을 말한다 해도 말이 워낙 빨라서 시시한 이야기로 들리는 것이었다. 들뜬 소리로 말하는 바람에 세련되지 않은 데다가, 시골사투리가 섞여 있었다. 제멋대로 삐기는 유모의 품에서 자란 탓으로 품위가 떨어지는 태도를 지녔기 때문에 가치가 없어 보이는 것이었다. 그러나 아주 이야기가 안되는 것은 아니었다. 30여 글자[14]로 윗구와 아랫구가 안 맞는 노래를 몇 수고 빠르게 짓기도 했다.

8. 근강의군과 홍위전여어가 노래를 증답하다.

'바로 여어에 참상하라고 말씀하셨으니, 떨떠름한 태도를 보이면 실례가 될지도 모른다. 밤이 되면 참상을 해야겠다. 아버님이 나 하나만을 위하고 귀여워해 주신다 해도 만일 이분들이 냉담한 태도를 보이면 저택 내에서 배겨낼 수가 있을까?'

근강의군은 그것이 몹시 불안하였다. 그래서 일단 편지를 올렸다.

"계시는 곳의 바로 옆에 있으면서 지금까지 모습을 접하지 못한 것은,

---

14) 일본의 화가(和歌)는 5-7-5-7-7의 31글자로 되어 있는데, 5-7-5를 윗구, 7-7을 아랫구라 한다.

오지 말라는 이름의 관문[勿來關]을 만들어 놓은 탓이라고 생각하고 있습니다. 아직 얼굴도 모르는데, 당신과 자매라고 말하면 황송한 일이 되겠지요. 황송합니다. 황송합니다."15)

편지에는 겹치는 글자가 지나치게 많았다.

"정말 그래요. 저녁때에라도 당장 뵈려고 결심하게 되는 것은, 싫어하면 도리어 열의가 높아지는 탓일까요? 참말로, 참말로. 이상한 글자는 너그럽게 보아주십시오."

편지는 이렇게 끝맺어져 있었다.

"〈구사와카미(ぐさわかみ : 의미불명). 상륙(지명)의 포구의 이카가사키(いかがさき : 지명)에서, 어떻게 뵈어야 할까요. 다고(지명)의 포구의 물결을. 〉16) (어떻게 해서라도 당신을 뵙고 싶습니다.)

보통 정도의 그리움이 아닙니다."

파란 색종이를 두 장 겹쳐서 쓴 편지에는 초서체가 많이 들어 있었다. 모가 난 필적으로 누구의 서풍인지도 모르게 비뚤비뚤 씌어 있었고 글자의 아래만이 길다래서 무턱대고 점잔을 빼는 듯했다. 줄의 모양은 가장자리 부분이 비스듬하여 쓰러질 것 같이 보였지만, 본인은 그것을 생글거리며 보고 있었다. 그래도 역시 젊은 여인답게 가늘고 조그맣게 감아서 패랭이꽃을 매어 놓았다. 변기 청소하는 동녀에게 편지를 전하도록 시켰는데, 그녀는 신참자였다.

이 여동은 여어의 부엌으로 가서 말했다.

"이것을 드려 주십시오."

밑에 있는 하인은 이 여동을 알고 있었다.

"북쪽의 대옥에서 시중을 들고 있는 여동이 아닌가?"

하인을 통하여 편지를 받은 대보의군(大輔의君)이 여어에게 편지를 전하였다. 여어는 편지를 읽고는 조금 웃으며 내려놓았다. 가까이에서 대

---

15) '아나카시코'(あなかしこ)는 '황송하다,' '죄송하다'라는 뜻 외에 여자가 편지 끝에 쓰는 경어로서의 의미가 있다.
16) 노래라고 지었지만 의미 불명.

기하고 있던 중납언의 군이 곁눈으로 흘긋 보고, 매우 현대풍의 편지인 모양이라며 보고 싶어했다.

"내가 초서체에 능하지 않아서 잘 모르는 것일까, 처음도 끝도 알아들을 수가 없구나."

홍휘전여어는 이렇게 말하며 건네주었다.

"답장은 내력이 있음직하게 쓰지 않으면, 서투르다고 경멸할지도 모른다. 곧 써라."

여어는 답장을 중장의군에게 맡겼다. 젊은 하녀들은 너무나 이상하여 다 웃어 버렸다. 여동이 답장을 기다리고 있었다.

"근강의군은 풍류일색인 것처럼 보이므로, 말씀드리기가 어렵군요. 대필로 보여서도 안되겠지요."

중장의군은 여어의 필적을 그대로 흉내 내어 썼다.

"근처에 사는 보람도 없이 편지도 안 주는 것을 원망하고 있습니다. 〈상륙국(지명)에 있는 스루가(するが : 지명)의 바다, 수마(지명)의 포구에 물결치며 나오세요. 상기(지명)의 소나무여. 〉17) (이리 나오십시오. 기다리고 있겠습니다)."

다 쓴 편지를 읽어 주니 여어는 얼굴을 찡그리며 말했다.

"아이 싫다. 정말 내가 지은 것처럼 생각하면 어쩌려고!"

"읽는 사람의 수준에 따라 달라지는 법입니다."

중장의군은 편지를 종이에 싸서 건네주었다.

근강의군은 이것을 받아보고, 떠들며 말했다.

"재미있는 노래솜씨다. 나를 기다리고 있다고 말씀하셨다."

그녀는 아주 달콤한 향18)을 몇 번이고 쪼이고 있었다. 빨간 안료를 있는 대로 칠하고 머리를 풀어 멋을 내면서 화려하고 애교 있는 치장이라고 생각했다. 여어와 대면할 때에는 반드시 지나친 행동을 저지르고 말 것이다.

---

17) 의미 불명.

18) 하품(下品)으로 친다.

27. 화톳불 (篝火*)

대강 줄거리

겐지 나이 36세의 초추.

근강의군의 소문을 들은 겐지는 내대신의 처사를 비난하였다. 옥만도 겐지의 생각에 동의할 수밖에 없었다. 속으로는 곤혹스러웠지만, 한편으로는 겐지를 새로이 생각하게 되었다.

초가을의 저녁 달밤, 겐지는 옥만을 찾아가서 끊기 어려운 집념을 횃불의 연기에 빗대어 호소했다. 동쪽 대옥에 석무를 찾아와서 피리를 불고 있던 백목과 변소장은 겐지의 권유에 따라 서쪽 대옥에 와서 연주했다. 옥만은 이름을 밝히지 못하는 형제의 모습에 감개가 한층 더하였지만, 그것을 모르는 백목은 거문고를 타는 손이 긴장되어 있었다.

---

* 겐지의 노래, 옥만의 노래에 나온다. 옥만이 사는 서쪽 대옥의 뜰 앞에 화톳불을 켜 놓게 한 것에 의한다. 가가리비(かがりび)라 읽는다.

1. 겐지가 내대신을 비난하다.

그 무렵 세상 사람들은 무슨 이야기를 하다가도 '내대신 집의 지금 아씨'〔근강의군〕라고 들먹이며 말들을 퍼뜨리고 있었다. 겐지도 그것을 들어서 알고 있었다.

"사정은 어떻든 간에 사람들 눈에 띄지 않게 숨어 있었던 딸을 그렇게 어마어마하게 내세우더니, 결국 저토록 사람들 앞에서 소문거리로 만든 것은 수긍하기 어렵다. 내대신은 정말 지나치게 사물을 구분지으려는 사람이어서 깊은 사정을 조사도 않고 끌어들이고 나서 자기 마음에 안 들면 저렇게 모양 사납게 다루는 것일 게다. 어떤 일을 어떻게 다루느냐에 따라 온전하게 될 수도 있는 것인데."

겐지는 근강의군을 퍽 아깝게 여기고 있었다. 이러한 이야기를 듣고 옥만은 생각했다.

'정말 잘했다. 내가 자식이라고 알렸어도 부끄러운 꼴이 되었을 것이다.'

우근(右近)[1]도, 그 동안 옥만을 무척 잘 가르쳐 왔다. 옥만이 겐지를 경계했기 때문에 자기 생각을 무리하게 밀고 나가지는 않았다. 겐지의 배려는 더욱 깊어져서 옥만은 차차로 다정하게 마음을 허락했다.

2. 겐지와 옥만이 횃불의 노래를 주고받다.

가을이 되었다. 햇바람이 시원하게 불어오자 겐지는 쓸쓸한 생각을 참지 못하고 빈번히 옥만을 찾아왔다. 하루종일 옥만과 함께 지내면서 화금(和琴) 등을 가르치고 있었다. 5, 6일경의 저녁달이 일찍 서쪽으로 지고, 하늘에는 엷은 구름이 걸려 있었다. 갈대의 잎을 스치는 바람소리조차도 쓸쓸함을 몸에 스며들게 만드는 때였다. 화금을 베개로 삼고, 겐지는 옥만의 곁에 바싹 누워 있었다. 다가가고 싶은 마음을 누르지 못하고 곧잘 한숨을 쉬면서 밤이 깊어졌다. 그러나 사람이 보고 비난하지 않을까 하여 그대로 돌아가려고 마음먹었다. 뜰 앞을 내다보니, 횃불이 꺼지

---

1) 옥만의 어머니 석안의 시녀. 현재 옥만의 교육을 맡고 있다.

려고 하고 있었다. 겐지는 데리고 갔던 우근대부를 불러서 불을 밝히게 했다.

시원하게 흐르는 물 근처, 옆으로 넓게 가지가 처진 참빗살나무 아래에 우근대부는 잘게 쪼갠 장작을 쌓아 놓고, 조금 물러나서 불을 붙였다. 그 거처는 정말 시원하고, 은근하게 밝혀진 빛 사이로 옥만의 모습이 더욱 돋보이고 있었다. 머리칼이 손에 닿는 감촉은 섬뜩할 정도로 매력적이고, 꼿꼿하고 얌전하게 있는 모습이 정말 품위 있게 보였다. 겐지는 돌아가기 어려워서 미적거리고 있었다.

"언제나 누가 대기하게 해서 불이 꺼지지 않도록 하여라. 여름의 달 없는 때에는 뜰에 불이 없으면 아무래도 기분이 나쁘고 의지할 데가 없는 것 같으니까.

〈횃불과 같이 날아오르는 나의 사랑의 연기야말로, 언제까지라도 끊이지 않는 불꽃이구나.〉

타는 마음속이다."

옥만은 깊은 뜻을 못 알아들은 체했다.

"〈어디로 올라가는지 모르게 하늘에서 사라지도록 해주십시오. 횃불과 같이 오르는, 사랑의 연기라고 말씀하신다면.〉

사람이 틀림없이 이상하게 생각할 것입니다."

단지 이렇게만 이야기했다. 겐지는 한탄하며 방을 나왔다. 때마침 동쪽 대옥에서는 피리의 맑은 소리가 화금에 맞추어 들려오고 있었다.

"석무중장이 언제나 같이 있는 동무들과 놀고 있는 모양이다. 백목중장인 것 같다. 정말 특별한 음색이다."

겐지는 이렇게 말하며, 잠시 멈추어 섰다.

3. 옥만이 형제들의 연주를 듣다.

겐지는 심부름꾼을 보내서 말했다.

"아주 시원한 횃불이 발걸음을 붙들고 있다."

그리고 세 사람을 이쪽으로 오도록 했다.

"바람소리가 가을이 되었다는 피리소리에 감동하여, 참지 못하게 하는 구나."

화금을 꺼내어 부드러운 가락으로 가볍게 탔다. 석무중장은 반섭조로 아름답게 피리를 불고 있었다. 백목중장은 옥만에게 마음을 쓰느라 노래도 제대로 부르지 못하고 있었다. 겐지가 늦다고 재촉하므로, 백목중장은 변소장의 박자소리에 맞추어 작은 소리로 노래를 부르기 시작했다. 귀뚜라미 소리와 구별할 수 없을 만한 미성이었다. 두 번쯤 되풀이하여 노래를 부르자, 겐지는 화금을 백목중장에게 밀어 주었다. 정말이지 아버지 내대신의 화금소리에 지지 않을 만큼 화려하고 흥을 돋우는 연주였다.

"고운발 속에, 음색의 좋고 나쁨을 가려 들을 줄 아는 사람이 있는 모양이다. 오늘 저녁은 술잔도 삼가자. 술에 취해서 자신도 모르게 억누르지 못하고 울음소리를 입 밖에 내서는 안된다."

옥만도 자못 가슴이 차 오르는 느낌으로 듣고 있었다. 피가 통하는 형제간의 인연은 과연 경시하지 못하는 것일까? 옥만은 이 청년들을 남 모르게 눈여겨보고 유심히 듣고 있었다. 그러나 청년들 쪽에서는 옥만의 속사정을 꿈에도 모르고 있었다. 백목중장은 옥만을 몹시 사랑하고 있었으므로, 이러한 기회에도 참지 못하였지만, 체면을 살리면서 마음 놓고 타지도 못하였다.

28. 태풍 (野分*)

대강 줄거리

겐지 나이 36세의 가을 8월.

가을이 깊어졌다. 육조원에서는 중궁의 앞뜰에 심은 가을의 화초와 나무들이 사람의 눈길을 붙잡고 있었다. 그러나 예전에 없던 심한 태풍으로 하룻밤 사이에 뽑히고 쓰러져 버렸다. 태풍이 있던 다음날, 석무는 육조원에 문안을 드리다가 우연히 자의상을 살짝 보고서 그 아름다움에 매료되었다. 석무는 겐지의 뜻에 따라 조모 대궁에게 문안을 가서 그날 저녁을 거기에서 묵게 되었다. 석무 가슴속에는 자의상의 모습이 깊게 아로새겨져 있었다. 대궁은 그 무렵 오로지 석무만을 의지하고 있었다.

다음날 아침 일찍이 석무는 비가 올 듯한 가운데 화산리를 문안하고, 뒤이어 남쪽의 저택으로 갔다. 겐지는 아직도 젊디 젊고 막 자리에서 일어난 자의상과 무엇인가 웃으며 이야기를 나누고 있었다. 석무는 대궁의 안부를 아버지에게 보고하고, 겐지의 심부름으로 추호 중궁에게 문안을 드렸다. 석무의 얼이 빠져 있는 표정을 보고, 겐지는 눈치 빠르게 자의상을 언뜻 본 모양이라고 느꼈다.

겐지도 여러 처첩들을 문안하고 있었는데, 석무도 동행했다. 추호 중궁, 명석의군, 다음으로 옥만의 차례였다. 석무는 거기서 겐지와

---

* 태풍은 이 권 전체에 나오는 소재다. 들의 풀을 가르며 부는 강풍. 노와키(のわき)라 읽는다.

옥만과의, 부녀관계라고 생각되지 않을 만큼 정다운 모습을 살짝 보고 놀랐다. 화산리가 있는 곳에서는 갑자기 추워진 날씨 때문에 의상만들기에 여념이 없었다. 석무나 겐지의 의상도 아름답게 물들여 놓고 있었다.

석무는 처첩을 문안하는 겐지를 수행하다가 운거안에 대한 그리움이 북받쳤다. 명석의 아씨 앞을 들렀을 때, 석무는 붓과 종이를 빌려서 운거안에게 사랑의 편지를 썼다. 명석 아씨를 살짝 본 석무는 자의상이 주황의 벚꽃에 비교된다면, 옥만은 겹황매화에 비교되고, 이 아씨는 등(藤)에 비교된다는 생각을 했다.

석무가 대궁을 찾아가니, 내대신이 그곳에 와 있었다. 운거안을 못 만나는 석무의 슬픔을 대궁이 호소하는데, 내대신은 근강의군 때문에 곤혹스러워하고 있다는 것을 씁쓸하게 이야기했다.

1. 태풍이 갑자기 불어오다.

추호중궁 쪽의 뜰에는 가을꽃을 심어 놓았었는데, 금년에는 예년보다 더욱 화려한 모양이었다. 여러 가지 종류를 모아 놓고, 취향이 담긴 껍질 째인 나뭇가지[黑木]와 껍질을 벗긴 나뭇가지[赤木][1]를 울타리로 엮어 두었다. 같은 색깔의 나무라도 그 가지의 뻗어 나간 모양이나 그 위에 내려앉은 아침이슬, 저녁이슬의 빛깔도 구슬로 착각할 만큼 유례없이 빛났다. 이 들판의 경치를 보면, 자의상이 사는 저 남쪽 저택의 훌륭한 봄의 동산도 문득 잊어버리고, 마음이 몸을 빠져나가는 듯 들뜨는 것 같았다. 봄과 가을의 경쟁에서 예로부터 가을편을 드는 사람이 많았다. 봄

---

1) 흑목(黑木)은 껍질째 있는 나뭇가지를, 적목(赤木)은 껍질을 벗긴 나뭇가지를 말한다.

의 저택의 화려한 꽃밭에 매혹되었던 사람들이 이제 가을의 들판에 넋을 잃는 모습은 권세에 나부끼는 세상 사람의 모양과 흡사했다.

중궁은 이 뜰의 경치가 좋아서, 친정에 와 있는 동안은 이곳에 머무르고 있었다. 그 사이에 관현의 놀이라도 개최함직하지만, 8월은 돌아간 아버지의 기월(忌月)이어서 삼가고 있었다. 꽃의 철이 지나지 않기를 바라며 안타깝게 하루하루를 지내고 있었다. 뜰의 꽃이 날마다 아름다움을 더해 가고 있는 사이에 태풍이 여느 해보다도 무섭게 심한 기세로 하늘 모양도 일변하게 불어왔다. 꽃들이 흔들리는 것을 보고는 꽃에 그다지 관심을 안 가진 사람들도 불안해서 어쩔 줄을 몰랐다. 더구나 중궁은 풀 숲의 옥 같은 줄기가 끊어져 흩어지는 것을 보고, 자신의 신세가 그렇게 된 듯, 마음을 상했다. 저 '하늘을 덮을 만한 소매'는 봄보다도 오히려 가을 하늘에 어울리는 것 같았다. 해가 저물어 가서 아무것도 안 보일 정도로 바람이 몹시 불어, 중궁은 불쾌한 마음으로 격자문을 내렸다. 꽃 들이 마음에 걸려서 밤 사이 내내 걱정을 하며 한탄하고 있었다.

2. 석무가 자의상을 훔쳐보다.

남쪽의 저택에서도 뜰의 나무들을 손질하고 있다가 심한 태풍을 맞게 되었다. 드문드문 나 있는 싸리가 이슬의 무게를 견디지 못할 만큼 바람의 기세는 대단하였다. 가지들이 여기저기로 휘어져서 이슬을 한 방울도 남아 있지 않을 만큼 바람이 부는 것을, 자의상은 툇마루에서 안타깝게 바라보고 있었다. 겐지가 명석 아씨에게 건너간 사이에 석무가 이쪽에 방문하였다. 동쪽의 복도 칸막이 위에서, 열려 있는 여닫이문 틈 사이로 무심히 안을 들여다보았다. 하녀들이 많이 보이고, 멈추어 서서 숨을 죽인 채 보고 있었다. 바람이 몹시 불어서 병풍도 한쪽 구석으로 치워 놓았으므로, 안까지 다 들여다볼 수 있었다. 그 아담한 방에 앉아 있는 여인은 다른 사람과 달리 빛을 확 내는 듯 고상하고 아름다운 모습이었다. 봄 새벽의 안개 사이로 훌륭한 분홍의 벚꽃이 난만하게 피어 있는 것을 보는 느낌이었다. 그 모습을 보고 있는 석무의 얼굴에까지 빛이 덮칠 것만 같았다. 그 상냥하고 정이 넘치는 매력은 세상에 둘도 없을 듯했다. 고운발이 저절로 바람에 날리는 것을 하녀들이 손으로 누르고 있었지만, 무엇 때문인지 생긋 웃고 있는 자의상의 얼굴을 자세히 바라다볼 수 있었다. 실로 무어라 표현할 수 없이 어여쁘게만 보였다. 자의상은 수많은 꽃들을 사랑스럽게 여겨, 내버려둔 채 안으로 들어가지 못하고 있었다. 옆에 있는 하녀들도 각자 깨끗한 용모를 하고 있었지만, 도저히 자의상으로부터 눈을 떼지는 못했다. 자기를 이곳에 가까이 오지 못하게 한 겐지의 마음을 짐작할 수 있었다. 이렇게 보는 사람의 마음을 움직이지 않을 수 없는 아름다운 모습이어서 혹시 이런 일이 일어날까 걱정이 되어 용의주도하게 대비한 것임을 느낄 수 있었다. 석무는 왠지 두려워져서 그곳을 떠나려 했다. 바로 그때, 겐지가 서쪽의 아씨 방에서 안의 겹미닫이를 열고 들어왔다.

"아주 무섭고 수선스러운 바람이다. 격자를 내리십시오. 남자들도 와 있었을 텐데. 이렇게 두면 훤히 다 보이지 않습니까?"

석무는 다시 다가와서 겐지의 모습을 살펴보았다. 겐지는 무어라 말을 하면서 생긋이 웃고는 자의상의 얼굴을 바라보고 있었다. 자기의 아버지로 보이지 않을 정도로 젊고 싱싱한 모습이었다. 지금이 전성기인 것처럼 느껴질 지경이었다. 자의상도 한창 나이로 보여서 두 사람의 모습은 나무랄 데가 없었다. 석무는 크게 감동하였다. 태풍은 복도의 격자까지 열어 젖혀 버렸다. 자기가 서 있는 곳이 안쪽에서 내다보일까 봐, 석무는 무서워서 물러섰다. 그는 비로소 참상한 것처럼 헛기침을 하고, 툇마루 쪽으로 갔다. 겐지는,

"이것 보아라. 환히 다 보이지 않는가?"

겐지는 이렇게 말하고, 여닫이문이 열려 있어서 석무가 수상하다는 생각을 했다.

"요새 이런 태풍은 아주 없었는데. 태풍이라는 것은 정말 바위라도 불어날리는 힘을 가지고 있었구나. 저처럼 주의 깊은 분들을 당황하게 할 정도이니, 희한하게도 좋은 기회를 만났었구나"

석무는 이렇게 생각하지 않을 수 없었다.

"정말 큰일 날 폭풍우인 듯합니다. 바람이 간(艮)[2] 쪽에서 불어오니까, 이쪽의 처소에서는 안심하고 계셔도 되겠습니다. 마장의 저택이나 남쪽의 낚시의 저택들이 위험하게 여겨집니다."

사람들이 태풍을 문안하느라 참상하여 어수선하게 떠들어 댔다.

"중장은 어디서 왔는가?"

"삼조궁에 있었는데, 태풍이 거세어지겠다고들 말하는 것을 듣고 이쪽이 걱정이 되어 왔습니다. 삼조궁은 이쪽 이상으로 불안하여, 대궁은 바람소리를 어린아이처럼 무서워하고 있습니다. 애처로워서 곧 다시 가 보아야겠습니다."

"물론이다. 빨리 가서 들여다보아라. 나이가 들어 감에 따라 다시 어린아이로 돌아가는 것은 참 이상한 일이지만 정말 누구라도 그렇게 되는 법이다."

겐지는 대궁에게 동정하며, 불안한 날씨이기는 하지만 석무중장이 옆에 있으니 안심하고, 만사를 맡기라고 대궁에게 전언할 것을 당부했다.

3. 석무중장이 계속 자의상을 생각하다.

육조원에서 삼조궁으로 오는 동안 태풍은 더욱 거칠게 불었다. 석무는 꼼꼼하고 예의 바른 인품이었으므로, 평소에도 삼조궁과 육조원에 오면 조모와 아버지에게 인사 올리지 않는 날이 없었다. 부득이하게 궁중에서 숙직하는 날을 제외하고는 바쁜 정무나 절회 같은 때에도 무엇보다도 먼저 원에 참상하고는 삼조궁에서 직접 궁중으로 가곤 했다. 더욱이 이런 날씨에는 태풍을 앞서가듯이 기특하게 여기저기 마음을 쓰면서 돌아다니는 것이었다.

대궁은, 기다리고 있던 중장이 오는 것을 기쁘게 마중했다.

"이 나이가 되도록 아직 이렇게 심한 태풍을 본 적은 없었다."

---

2) 축(丑)과 인(寅)의 사이. 북동쪽을 가리킴. 자의상의 거처는 육조원의 동남쪽이므로, 바람이 직접 닿지는 않는다.

대궁은 와들와들 떨고 있었다. 큰 나뭇가지가 부러지는 소리가 무섭게 들려왔다. 저택의 기와 한 장도 남길 것 같지 않게 바람이 거세었다. 대궁은 잘 와 주었다고 말했다. 옛날에 그처럼 성대하던 권세가 이렇듯 쇠퇴하여 지금은 중장에게만 의지하고 있으니, 참으로 전변무상(轉變無常)의 세상이었다. 지금도 세상 성망이 모두 사라져 버린 것은 아니었지만, 아들인 내대신의 태도는 몹시 쌀쌀했다.

중장은 밤새 거칠게 불어오는 태풍의 소리를 들으며, 왠지 모르게 슬픈 생각에 잠겼다. 언제나 그리워하고 있는 운거안마저도 자신도 모르게 뒷전으로 밀려나고, 낮에 본 자의상의 모습만이 가득했다.

"이것은 또 어떤 심사일까? 있을 수 없는 일을 생각하고 있다니 정말 무서운 일이다."

다른 일로 생각을 옮기려고 애써 보았지만, 어느덧 다시 무심코 그 얼굴 모습을 떠올렸다.

"이 세상에 좀처럼 있기 어려운 일이다. 부모님은 그토록 훌륭한 부부 사이인데, 어째서 화산리라는 분이 마님의 한 사람으로 어깨를 나란히 하고 계실까? 비교할 수도 없지 않은가? 얼마나 딱한 일인가?"

석무중장은 이렇게 생각하지 않을 수 없었다. 화산리를 버리지 않는 겐지의 배려는 도저히 있을 수 없는 일이라는 생각이 들었다. 성실한 인품이었지만, 자의상을 사모하는 있을 수 없는 일에 온 생각을 모으고 있었다.

"저처럼 아름다운 분을 처로 마중하여 조석을 같이 지내고 싶다. 그럴 수 있다면, 정해진 수명도 반드시 연장될 것만 같다."

생각을 계속하였다.

4. 석무중장이 겐지와 자의상의 침소 곁에 오다.

밝을 녘에 태풍은 조금 가라앉고, 소나기가 왔다.

"육조원에서는 떨어져 있는 집들 몇 채가 넘어졌습니다."

사람들로부터 이런 보고를 받았다.

"태풍이 몹시 거칠게 부는 동안, 높은 집을 이어 지은 육조원에는 경호하는 자도 많지만, 화산리의 거리에는 일손이 적어 불안하게 여기고 있었을 것입니다."

그 말에 깜짝 놀라서 석무는 날이 밝기도 전에 육조원으로 돌아왔다. 돌아오는 도중, 비가 수레 안까지 차갑게 들이쳤다. 날씨도 심상치 않고, 석무중장은 이상하게도 자기의 마음이 신체를 떠나서 방황하는 것 같은 기분이 들었다.

"대체 어떻게 된 것인가? 내 마음에 새로운 근심이 겹쳐진 것인가?"

석무중장은 정말 가당치 않은 일이라고 생각했다. 이건 정말 미친 짓이라고 생각하면서 석무중장은 동쪽의 화산리를 문안했다. 그녀는 너무 겁에 질려 지쳐 버린 상태였다. 여러 가지로 위로의 말을 전하고, 사람을 불러모아 여기저기를 수선하도록 일렀다. 석무중장이 남쪽 자의상의 저택으로 가 보니, 그곳은 아직 격자도 올리지 않고 있었다. 침소 근처의 높은 난간에 기대어 뜰을 바라보았다. 태풍은 가산의 나무들을 쓰러뜨리고 가지를 수없이 부러뜨려 놓았다. 풀숲의 어지러워진 모양은 말할 것도 없고, 지붕의 회피(檜皮)와 기와, 여기저기의 울타리 등이 어수선하게 뒹굴고 있었다. 햇빛이 조금 비쳐 들어서 뜰의 이슬이 반짝이고 자욱한 안개가 걷히고 있었다. 중장은 왠지 모르게 흘러내리는 눈물을 훔치고 훔치며, 숨기고 있었다. 마음을 가다듬고 헛기침을 하였다.

"중장이 소리 내는 것 같다. 날이 밝으려면 아직 시간이 있을 텐데."

겐지가 일어나는 낌새가 보였다. 그사이 무슨 말을 주고받았는지는 들리지 않았지만, 대신이 웃는 소리로 말했다.

"아주 옛날에도 한 번도 당신에게 그 맛을 가르쳐 주지 못하였던 그 새벽의 이별3) 이로군요. 오늘 아침 처음 경험하는 것이니, 퍽 괴로울 것입니다."

---

3) 당시에는 결혼해서 얼마 동안은 남자가 여자 집에 다니며 새벽에 헤어져서 돌아오는 습관이 있었는데, 겐지와 자의상은 처음부터 동거하고 있었기 때문에 새벽의 이별 경험이 없었다.

이야기를 엿듣고 있으니, 두 사람의 분위기가 어쩐지 색정적으로 느껴졌다. 자의상의 대답은 들리지 않았지만, 장난 삼아 말을 주고받는 것이 물샐틈없는 친한 사이로 느껴졌다.

겐지가 격자문을 몸소 열었다. 너무 가까이 있는 것이 거북하게 느껴져, 석무 중장은 조금 물러섰다.

"어떻더냐? 어젯저녁 네가 방문해서 대궁은 기뻐했겠지?"

"예. 자그마한 일도 눈물겹게 여기고 있어서 무척 난처하게 느꼈습니다."

겐지는 미소를 지으면서 말했다.

"아마도 남은 날들이 길지 않겠지. 공손하게 섬기고 도와 드려라. 내대신은 아무래도 잔정이 모자란다고, 대궁이 투덜대고 있었다. 내대신은 인품이 묘하게 화려한 것을 좋아하고, 지나치게 단단한 편이다. 어버이에 대한 효도도 겉으로 화려하게 하는 것만 소중하게 여기고, 은근하고 깊은 인정은 별로 없는 분이다. 그래도 머리가 아주 좋은 분이고, 이 말세에 담아 둘 수 없는 재주를 두루 갖추고 있어, 이쪽이 손들 정도인 것은 사실이지. 그밖에는 이렇다 할 탓할 점이 없는 것은 희한한 일이다."

5. 석무가 추호중궁에게 문안드리다.

"아주 무서울 정도의 태풍이었는데, 추호중궁 옆에는 든든한 궁사(宮司 : 중궁 전속의 관리) 들도 옆에 있었는가?"

겐지는 이렇게 말하고는 석무중장을 시켜서 추호중궁에게 소식을 전하게 하였다.

"엊저녁의 태풍소리를 어떤 마음으로 들으셨습니까? 태풍이 미친 것처럼 불 때에 마침 감기에 걸려 아주 괴로웠습니다. 머뭇거리는 동안에 결국 문안도 못 드리고 말았습니다."

석무는 겐지 앞을 물러나와, 복도의 문을 통하여 중궁에 참상하였다. 어슴푸레 밝아오는 빛 속을 걸어오는 중장의 용모는 참으로 훌륭하고 우아하였다. 동쪽 대옥의 남쪽에 서서 침전 쪽으로 눈을 돌리니, 격자가 두 칸쯤 올려져 있었다. 어렴풋한 새벽의 밝은 가운데, 고운발을 걷어올리고 하녀들이 앉아 있었다. 난간의 여기저기에 기대앉은 젊은 여자들이 여럿 보였다. 긴장을 완전히 푼 자세는 어떤 것일까? 가지각색의 치장을 한 모습들은 누구라 할 것 없이 다 제각기 운치가 있었다. 추호중궁은 여동들을 뜰에 내려서게 하여, 벌레장들에 이슬을 맞게 하는 중이었다. 여동들은 진하고 옅은 보랏빛 속곳 위에 마타리의 한삼 등으로 계절에 알맞게 치장하고서 4, 5명이 함께 풀숲에서 가지각색의 벌레장을 들고 있었다. 태풍에 휩쓸려 휘어진 패랭이의 안쓰러운 가지를 꺾어 가지고 중궁에게로 왔다. 안개 속에서 보일 듯 말 듯한 중궁의 모습은 참으로 고상했다. 석무에게 불어오는 바람은 온갖 꽃들의 향기를 한꺼번에 머금은 듯했다. 중궁의 손이 닿은 꽃에서 풍겨나오는 향기인 까닭일까, 예사롭지 않게 느껴졌다. 석무중장은 조금 긴장이 되어, 중궁 앞으로 나가기가 망설여졌다. 간신히 마음을 가다듬고, 살며시 인사를 건네며 걸어나갔다. 하녀들은 특별히 놀란 내색도 하지 않고, 다들 가만히 안으로 들어가 버렸다. 추호중궁이 궁중에 들어갔을 때[4]에도 출입하여 정이 들었기 때문에, 하녀들의 태도가 그다지 서먹서먹하지 않았던 것이다. 겐지의 말을 중궁에게 전하였다. 재상의군이나 내시 등이 가깝게 있는 듯하여, 석무는 조용하게 집안 이야기를 건네었다. 이 저택 역시 하루하루를 기품 높게 보내고 있는 것을 보고 있는 중장은 무언가 자연히 가슴에 뿌듯했다.

자의상 저택에서는 격자를 모조리 올리고, 엊저녁에 버리기 어려웠던 꽃들이 처참한 모양으로 꺾이어 엎어져 있는 것을 겐지는 보고 있었다. 중장은 정면의 계단에 앉아서 겐지에게 중궁의 대답을 전하였다.

"거칠었던 태풍까지도 막아 주실까 하고 아이들처럼 불안하게 기다리고 있었는데, 이렇게 문안의 사자를 보내 주셔서 지금 막 위로가 되었습니다."

---

4) 그때 석무중장은 10세였으므로, 중궁의 고운발 안에 들어가는 것이 허용되었다.

'추호중궁도 묘하게 약한 면이 있는 분이다. 하긴 여자들끼리는 분명히 무섭다고 생각할 만큼 거친 날씨였다. 틀림없이 나를 불친절하다고 생각했을 것이다.'

겐지는 이런 생각을 하며, 곧 중궁에 문안할 채비를 했다.

평상복으로 갈아입기 위해, 겐지는 고운발을 끌어올리고 안으로 들어갔다. 그때 그 사이로 여인의 소매 끝이 살짝 보였다. 석무중장은 가슴이 쉴새없이 고동쳤다. 그런 자신의 모습이 스스로도 화가 나서, 다른 쪽으로 눈을 돌렸다. 겐지는 거울을 보며, 자의상에게 말했다.

"중장의 모습을 새벽에 보니 아주 아름다운데요. 아직 어린아이에 지나지 않은데, 그렇게 훌륭해 보이는 것도 다 내 자식이라서 그런 걸까요?"

겐지는 세심하게 몸치장을 하고 있었다.

"중궁을 뵈면, 기가 죽는 것 같습니다. 겉으로는 사연이 있게 보이지 않는 분이지만, 뭔가 모르게 깊숙한 곳이 있어서 자연히 마음이 쓰이는 분입니다. 정말 부드럽고 여자답게 하고 있지만, 확고한 심지를 가지고 있습니다."

겐지가 고운발 밖으로 나오는데, 석무중장은 멍청히 생각에 잠겨서 즉시 알아보지 못하는 것 같았다. 눈치가 빠른 겐지의 눈에 그 모습은 심상치가 않았다. 겐지는 되돌아와서 자의상에게 물었다.

"어제 태풍으로 소동이 일어난 틈에 중장이 당신을 본 것은 아닙니까? 저 여닫이문이 열려 있었으니까요."

자의상은 얼굴을 붉히며 대답했다.

"어째서 그런 일이 있었겠습니까? 복도 쪽에는 사람의 소리도 들리지 않았는 걸요."

"그래도, 이상하다."

겐지는 혼잣말을 하고, 그곳을 나왔다.

겐지는 추호중궁의 고운발 속으로 들어갔다. 석무중장은 복도 쪽 문 앞에서 하녀들과 농담을 주고받았지만, 마음에 떠오르는 생각들이 견딜 수 없이 슬퍼서 전에 없이 우울했다.

6. 겐지가 명석의군을 찾다.

겐지는 중궁을 만난 후에 그대로 북으로 향하여 명석의군의 처소를 돌아보았다. 착실한 가신은 보이지 않았고, 일에 익숙한 하녀들이 풀숲 속에 들어가서 앞뜰을 고치고 있었다. 여동들은 예쁜 속옷바람으로 편안하게 일하고 있었다. 명석의군이 정성 들여 심어 놓은 용담이나 나팔꽃의 울타리가 모두 무너져 버려서, 이것저것 잡아 일으키고 찾아내기도 하는 모양이었다. 명석의군은 어쩐지 슬픈 생각이 들어서, 심심풀이로 쟁의 금을 타면서 근처에 앉아 있었다. 전구의 소리가 들려오자, 풀기가 없어진 평상복 위에 급히 웃옷을 꺼내 걸쳤다. 격식을 갖출 줄 아는 명석의군의 예의바름은 정말 빈틈이 없었다. 겐지는 잠시 앉아서 심했던 태풍의 위문을 하고, 인정머리없이 곧 떠났다. 명석의군으로서는 정말 마음이 풀리지 않는 일이었다.

〈태풍이 아니라 갈대 잎을 불어 지나가는 예사로운 바람소리도, 슬픈 내 몸에는 차분하게 느껴진다. 〉

그녀는 이렇게 혼잣말을 하고 있었다.

7. 석무가 겐지와 옥만의 모습을 보고 놀라다.

서쪽 대옥의 옥만은 지난밤을 새우다시피 하는 바람에, 늦게서야 일어나서 지금 막 몸단장을 하고 있는 중이었다.

"너무 지나치게 벽제소리를 내지 말도록."

겐지는 이렇게 주의를 주고, 소리를 죽이며 들어갔다. 병풍 같은 것을 죄다 구석에 접어 놓았고, 세간들이 난잡하게 흐트러져 있었다. 햇빛이 화려하게 비쳐드는 곳이어서 옥만은 눈부실 정도로 예쁘게 앉아 있었다. 겐지는 가까이에 붙어 앉아서 태풍의 인사를 건네며, 사랑의 농담을 늘어놓았다. 옥만은 못 견디게 지겹다고 여겨서 말했다.

"이렇게 한심한 일이 있으니, 엊저녁에는 태풍에 휩쓸려서 어딘가로가 버리고 싶었습니다."

불쾌하다는 말투였다. 그러나 겐지는 아주 유쾌하게 웃었다.

"태풍을 따라 어딘가로 가 버린다니 정말 경솔한 짓이로구나. 그렇다 치더라도 어딘가 목표로 하는 곳이 있는 것이 틀림없다. 드디어 나를 싫어하는 마음을 드러내는군. 당연한 일이겠지."

옥만은 뜻밖에 자기 마음속을 표현하고는 자신도 따라서 웃었다. 그 모습이 참으로 아름다웠다. 꽈리처럼 부드럽게 부풀어 있는 볼과 머리카락 사이로 보이는 피부가 귀엽기만 했다. 나무랄 데가 없는 모습이었다.

중장은 겐지가 각별히 정을 들여 이야기하는 것을 보아서, 어떻게 해서라도 옥만의 얼굴을 보려고 전부터 생각해 왔었다. 가지런하지 않은 휘장을 슬쩍 들어서 들여다보니, 세간들도 다 치워져 있어서 속까지 훤하게 보였다. 옥만과 장난하는 겐지의 모습이 숨김없이 보였다. 석무중장은 참으로 알 수 없는 일이라고 생각했다. 아무리 부녀간이라 해도 이렇게 품에 안을 만큼 가까이에 가서는 안되는 나이이지 않은가 생각하며, 꼼짝 않고 시선을 집중시켰다. 들키지나 않을까 무섭기는 했지만, 의외의 장면에 정신이 나가서 계속 바라보고 있었다. 옥만은 기둥에 숨으려는 듯 옆쪽을 보고 있었다. 겐지가 끌어당기는 바람에 머리채가 한쪽으로 흘러내려 얼굴을 덮어 버렸다. 옥만은 몹시 곤혹스러워하는 표정이었지만, 그러면서도 고분고분한 자세로 기대어 있었다. 정말 대단히 친숙한 사이로 보였다.

'이건 정말 꺼림칙한 일이다. 아버지는 여자 문제라면 무엇 하나 빈틈없이 처리하는 성미이므로, 어렸을 때부터 기른 딸도 아니어서 이런 호색적인 마음을 가진 것일까? 이해 못할 일은 아니지만, 정말 기분 나쁘다.'

이런 장면을 목격한 자신마저 부끄럽게 느껴졌다. 옥만의 자태는 남매라고는 하지만, 조금 인연이 먼 배다른 누이라고 생각하면 잘못을 저지를 수도 있겠다고 생각될 만큼 매력적이었다. 어제 보았던 자의상의 자태에는 어딘가 미치지 못하는 듯했지만, 보기만 해도 미소짓지 않을 수 없는 느낌은 충분히 어깨를 나란히 할 만하다고 보였다. 어지럽게 피어 있는 겹황매화의 아름다움이 문득 떠올랐다. 계절에 맞지 않는 비유이긴 하지만, 석무중장에게는 꼭 그렇게만 느껴지는 것이다. 꽃의 아름다움에는 한도가 있지만, 옥만의 훌륭한 용모는 흠 잡을 데가 없었다. 겐지와 옥만은 단둘이서 정취 깊게 속삭이고 있었는데, 어쩐 일인지 겐지가 갑자기 진지한 표정을 지으며 일어섰다. 옥만이 노래했다.

〈어지러운 바람에, 마타리는 지금 막 시들어 숨이 끊어지는 기색입니다. 나도 당신의 거친 거동에 약해져서, 지금이라도 죽어 버릴 것 같습니다.〉

그 목소리는 석무중장에게는 똑똑히 들리지 않았으나, 아직도 관심이 끌려서 끝까지 보고 싶었다. 그러나 겐지 눈에 띄지 않기 위하여, 서둘러 그 자리를 떠났다. 겐지의 노래는 다음과 같은 것이었다.

"〈나무 아래의 이슬에 기울어져 있었으면, 마타리는 거친 바람이 불어와도 시들지 않고 지낼 것을, 몰래 나에게 의지하고 있으면 새삼스럽게 난처할 일도 없었을 것을.〉

어여쁜 소녀를 보아라."

누가 들었다면, 그다지 듣기 좋은 소리는 아니었을 것이다.

8. 겐지가 화산리를 위로하다.

겐지는 이번에는 화산리에게 건너갔다. 이날 아침 날씨가 별안간 추워져서 손님이 없을 거라고 마음을 놓았던 모양이었다. 재봉을 하는 늙은 하녀들이 화산리 앞에 잔뜩 모여 있었고, 세궤(細櫃)5)에 풀솜을 걸고 만지는 젊은 여인들도 있었다. 붉은 황색의 얇은 옷감, 그 즈음 유행하는 짙은 홍매색 등 둘도 없이 고운 광택의 비단들이 화산리의 주위에 흩어져 있었다.

"중장의 받쳐입을 옷입니까? 호전재(壺前栽 : 처량전의 서쪽 뜰)의 연회도 중지될 터이고, 이렇게 거칠게 태풍이 불어 아무것도 할 수 없으니, 애써 준비한 보람도 없겠군요. 살풍경한 가을이 될 듯합니다."

이렇게 말하며 옷감들의 색이 참으로 고와서, 이러한 방면에는 자의상

---

5) 조금 길고 가늘게 만든 상자. 풀솜을 늘려서 솜 넣을 것을 만드는 준비를 하고 있다.

에게도 지지 않겠다고 생각하였다. 겐지의 평상복 중에서 꽃 모양을 짜
낸 능직(綾織)을 최근 산뜻하게 물들인 것을 보고 무척 호감이 갔다.

"나보다도 중장에게 이렇게 물들여서 입혀 주십시오. 이 이람은 젊은
사람에게 어울리는 색인 것 같습니다."

겐지는 기분 좋게 말하고 물러나왔다.

9. 석무가 명석 아씨를 찾다.

여인들을 문안하는 데 수행원으로 따라다니느라고 석무중장은 왠지 우
울한 생각이 들었다. 쓰고 싶은 편지도 쓰지 못한 채로 해가 높아진 것
에 마음을 쓰면서 명석 아씨를 찾아갔다.

"아씨는 아직 저쪽에 가 있었습니다. 태풍을 무서워하여, 오늘 아침은
일어나지도 못할 정도였습니다."

유모가 말하였다.

"여기서 숙직하려고 하였지만, 대궁이 너무나 괴로워하고 있어서 거기
에 갔었습니다. 장난감집은 어땠습니까?"

석무중장의 말에 하녀들은 장난스레 대답했다.

"부채바람이 불어와도 걱정이 많았는데, 엊저녁은 집이 다 부스러지도
록 바람이 거칠었습니다. 이 저택을 지키느라 퍽 애를 먹었습니다."

"종이를 조금 주십시오. 방의 벼루도."

부탁하니 하녀는 아씨의 문서 궤로 가서 용지 한 권을 꺼내 벼루 뚜껑
에 올려서 내밀었다.

"아니, 이것은 황송하다."

그러나 북쪽의 저택에 사는 모군의 격을 생각하면, 조금은 이래도 괜
찮을 듯하여, 거기에다 운거안에게 편지를 썼다. 보라색의 얇은 종이였
다. 정성 들여 먹을 갈고, 붓 끝을 보아 가며 정중하게 썼다. 붓을 멈추
고 생각에 잠긴 중장의 모습은 참으로 멋이 있었다. 그러나 노래솜씨는
이상하게 형식에 얽매어 그다지 잘 지은 노래는 아니었다.

〈바람이 거칠게 불어 떼구름이 흩어져 달리는 저녁에도, 나에게는 한

시라도 잊으려 해도 잊히지 않는 당신입니다. 〉

그는 편지를 바람에 흩어진 솔새[시훤]에 묶었다. 하녀들이 조언을 했다.

"교야(交野)의 소장6)은, 종이색과 같은 것으로 묶었습니다."

"그 정도의 색도 나는 분별을 못했군요. 어느 들판의 어떤 꽃이 좋을까요?"

석무는 하녀들에게도 말수가 적은 편이었다. 상대편이 마음을 터놓을 틈이 없도록 진지한 기품을 보이고 있었다. 석무는 유광의 딸 오절에게도 한 통을 써서 심부름하는 마조에게 주었다. 귀여운 동자나 수행원에게 각각 몰래 귓속말로 이르고 건네는 것을 보고, 젊은 하녀들은 편지받을 사람이 누구인지를 아주 궁금하게 여겼다.

아씨가 돌아오는 기척이 있어 하녀들은 떠들썩하게 휘장 등을 고쳤다. 중장은 살짝 본 겐지의 처첩이 꽃에 비길 만큼 아름다움이 있었는데, 아씨와도 비교해 보고 싶었다. 보통 때는 특별히 보려고도 하지 않았으나, 이날은 거리낌도 없이 고운발을 올려서 휘장 속을 들여다보았다. 지금 막 돌아오는 명석 아씨 모습이 물건 뒤에서 언뜻 보였다. 하녀들이 자주 왕래하므로, 똑똑히 확인할 수 없는 것이 안타까웠다. 아씨는 옅은 보라색의 옷을 입고 있었다. 머리가 아직 키만큼은 자라지 않았고, 그 끝 부분이 부채를 펴 놓은 듯 풍성했다. 아주 홀쭉하고 조그만 몸매여서 아무리 보아도 가련하고 애처로운 느낌이었다.

"재작년에 어떤 찰나에 살짝 보았었는데, 지금은 또 몰라보게 달라졌구나. 나이와 더불어 예쁘게 성장하고 있다. 더구나 혼기가 되면, 얼마나 고와질까?"

중장은 생각을 계속했다.

"아까 살짝 본 자의상과 옥만을 벗꽃과 황매화에 비유한다면, 이쪽은 등(藤)꽃이라고 할 만할까? 높은 곳에서 피기 시작하여 바람에 나부끼는

---

6) 산일(散逸)된 소설책의 주인공. 호색가로 유명하다.

등꽃의 아름다움은 꼭 이러한 느낌이다. 이렇게 어여쁜 분들을 아침 저녁으로 마음껏 보면서 지내고 싶다. 가족간이니까 당연히 그래야 할 것인데, 아버지가 일마다 사이를 떼어놓아 가까이 가지 못하게 하는 것이 원망스럽다."

진지하기로 유명한 중장의 마음도 왠지 안절부절못하며 가라앉지 않았다.

10. 석무가 대궁에게 문안하다.

석무중장은 할머니인 대궁의 저택에 문안 드렸다. 대궁은 조용히 근행하고 있었다. 아름다운 젊은 하녀들이 돌보고 있었지만, 태도나 외모나 의상이 모두 영화의 극에 달한 육조원의 하녀들과는 비교될 수 없었다. 미모의 여승들이 검게 물들인 옷을 입고 있었는데, 이런 간소한 모습이 오히려 그런 대로 운치 있게 보였다. 내대신도 문안하러 와서 불을 켜고 대궁과 조용히 이야기하고 있었다.

"운거안 아씨를 오래도록 못 만났는데, 해도 해도 너무한 일입니다."[7]

대궁은 이렇게 말하며 울었다.

"가까운 시일에 문안 오게 하겠습니다. 우울하기만 하고, 옆에서 보아도 괴로울 정도로 야위어 버렸습니다. 딸이라는 것은 솔직히 말하면, 갖지 않는 것이 좋다고 여깁니다.[8] 어떤 일에나 고생거리가 될 뿐입니다."

내대신은 아직도 대궁이 감독을 소홀히 해서 운거안과 석무의 사랑이 싹텄다는 생각으로 거북해하는 표정이었다. 대궁도 한심한 생각이 들었지만, 어떻게 해서라도 운거안을 만나고 싶어서 기분을 거스르는 말은 하지 않았다.

"정말 생각이 고루 미치지 않는 근강의군이라는 딸이 생겨서 몹시 힘겨워하고 있습니다."

---

7) 석무와 운거안을 양육하고 있던 대궁은, 내대신이 친밀한 두 사람의 사이를 떼어 놓느라고 운거안을 자택으로 데리고 간 것을 원망하고 있다.

8) 홍휘전여어, 운거안 이외에 최근 들어오게 한 근강의군도 사람의 웃음거리가 되고 있는 것이 심하게 불쾌하기 때문이다.

그 계제에 내대신이 불평하듯이 웃으며 한 말이었다.

"아니, 그것은 이상한 이야긴데. 당신의 딸이라면, 볼품없는 아이는 아닐 텐데."

대궁이 말하니, 내대신이 대답하였다.

"말씀드리기도 난처합니다. 어떻게든 보여 드리겠습니다."

29. 나들이 (行幸*)

대강 줄거리

겐지 나이 36세의 겨울 12월부터 37세의 2월.

옥만은 겐지의 사랑에 고민하고 있었다. 또한 겐지도 내대신의 격식 차린 성격을 생각하면, 옥만을 처로 삼았을 때의 번거로움을 생생히 예상할 수 있었다.

12월에 대원야 행행이 거행되어, 옥만도 하녀들에 섞여서 구경을 나섰다. 아버지 내대신과 수흑대장의 모습도 보았으나, 겐지가 상시 취임을 권하였던 것에 마음이 움직이고 있었다. 냉천제는 겐지가 행행에 참가하지 않은 것을 유감으로 여기고, 꿩에 노래를 붙여서 보냈다.

겐지는 옥만이 궁중에 들어가는 것을 실현시키려고, 치마 입는 의식을 12월로 정하였다. 친자의 대면도 겸하여 허리띠 매는 일을 내대신에게 부탁했으나, 내대신은 대궁의 병환을 핑계로 거절했다. 겐지는 대궁에게 문안을 가서, 옥만을 맡은 경위를 애매하고도 교묘하게 설명했다. 겐지는 대궁의 초대로 온 내대신과 맺혀 있던 묵은 감정을 풀어 버리고 술잔을 교환했다. 겐지는 옥만의 일을 털어놓으며, 치마 입는 의식에 허리띠 매는 일을 떠맡겼다. 그러나 석무의 결혼 문제는 끝내 화제에 올리지 않았다.

---

* 냉천제의 오오하라노(大原野) 행행을 말한다. 이 권(券)에 삽입되어 있는 겐지의 노래에 나온다. 행행(行幸)을 미유키(みゆき)라 읽는다.

2월 26일, 옥만의 치마 입는 의식이 거행되었다. 대궁으로부터 손주딸의 빗그릇이 선물로 왔다. 추호중궁을 비롯하여 여러 여인들에게서도 선물이 도착했다. 말적화의 선물은 여느 때처럼 겐지를 난처하게 했다. 옥만은 이날을 고대하고 있다가 찾아온 내대신과 극적인 대면을 하였다. 옥만의 성장과정이 밝혀짐에 따라, 구애자들의 생각은 복잡하게 움직였다. 내대신 자제의 심중도 미묘하게 되었다.

옥만이 입내한다는 소문을 들은 근강의군은 주위의 조롱을 불러일으킬 행동만 했다. 이러지도 저러지도 못하는 내대신도 어버이답지 않은 태도로 딸을 야유했다.

1. 겐지가 옥만의 처치를 골똘히 생각하다.

겐지는 온 정성을 쏟아서 옥만에게 가장 좋은 길을 궁리하여 보았다. 이 '소리 없는 폭포'〔無音瀧〕1) 야말로 옥만으로서는 불쾌하고 가여운 일이었다. 게다가 자의상의 추측이 적중하여, 쉽게 뜬소문이라도 퍼질 듯하였다. 내대신은 무엇이나간에 일의 구분을 명백히 하여, 조금이라도 모호한 대로 두고는 참지 못하는 성미여서 만일 이 일이 알려지면, 겐지를 공공연히 사위로 다룰 것이 틀림없었다. 그렇게 되면 반드시 다른 사람들의 웃음거리가 될 것을 생각하며, 혼자 고민했다.

2. 임금의 아름다움에 옥만의 마음이 움직이다.

그 해 12월에 오오하라노(大原野) 2)에 행행이 있다 하여, 세상 사람들이 모두 다 구경을 가느라 떠들썩했다. 육조원에서도 여러 여인들이 차

---

1) 겐지의 표면으로는 어버이의 입장으로 은폐하지 않으면 안되지만, 도리어 내면에서 높아지는 연정의 격렬함을 나타낸다.
2) 교토(京都)의 서교(西郊). 임금의 들나들이를 말함.

례로 우차를 끌어내고 구경에 나섰다. 행행의 행렬은 오전 6시에 궁중을 나와서 주작에서 오조를 거쳐 계천(桂川)의 근처까지 서쪽으로 지나갔다. 구경 나온 수레들이 가득 차서 입추의 여지도 없었다. 행행이라고 꼭 이렇게 화려한 것은 아니었지만, 이날은 친왕들이나 당상관들도 다 특별히 마음을 써서 말과 안장을 정돈했다. 수행원이나 마부들도 용모가 낫고 키가 훤칠한 자를 골라내어 각기 훌륭하게 장식했으므로, 좀처럼 보기 드문 구경거리였다. 좌우대신, 내대신, 납언 등을 비롯하여 아랫사람들도 모두 참가했다. 전상인과 5위, 6위의 사람들까지 청색의 웃옷에 엷은 보라의 아래옷을 입고 있었다. 눈이 때때로 조금씩 내려서 하늘까지 어슴푸레한 광경이었다. 매사냥에 참가할 친왕과 당상관들도 신기한 사냥의 복장을 완벽하게 준비했다. 더구나 근위부(近衛府)에 근무하고 있는 매의 전문가들은 세상에서 보기 드물게 염색한 옷을 제각기 입어서 참으로 특별한 구경거리를 만들었다.

좀처럼 볼 수 없는 성대한 의식이었으므로, 앞다투어 구경하는 사이에, 세상에 이름을 떨치지 못한 사람들의 빈약한 차는 차륜이 부러지기도 했다. 보기만 해도 불쌍한 사람도 있었다. 배다리(뜬 다리)〔浮橋〕근처에도 기품 있게 버티고 선 훌륭한 수레들이 많았다.

서쪽 대옥의 옥만도 구경에 나섰다. 다투어서 화려하게 차린 많은 사람들의 얼굴과 용모 중에서도 적색의 웃옷을 입고 단정하고 의연하게 있는 임금의 용모에 비교할 만한 사람은 없었다. 옥만은 아버지 내대신에게도 몰래 눈길을 보내곤 했다. 화려하게 아름답고, 한창때의 남자였지만, 그 나름의 한계가 있는 듯했다. 정말 훌륭한 사람의 신하라고 보일 따름으로, 가마 속의 임금 외에는 눈을 옮길 곳도 없었다. 더구나 '훌륭한 용모다,' '멋진 분이다' 하며 젊은 여인들이 정신없이 사모하는 백목중장이나 변소장이나 아무개 전상인들은 임금의 아름다움에 견주면 다들 초라할 지경이었다. 겐지 대신의 얼굴은 임금과 쪽 빼 닮았는데, 그렇게 생각해서일까 임금편이 한층 더 위엄 있고 훌륭하게 보였다. 이 임금 같은 사람은 세상에 두 사람이 있을 리 없을 듯했다. 역시 고귀한 사람이어서 아름다운 모습도 그만큼 특별한 모양이라 생각했다. 행사에는 병부경궁도 나와 있었다. 보통 때에는 아주 묵직하게 점잔 빼고 있던 수흑 우대장도 오늘은 아주 화려하게 꾸미고, 화살통을 짊어진 모습으로 나와 있었다. 그는 얼굴색이 검고, 온통 수염투성이로 마음에 안 들었다. 남자의 얼굴이 화장한 여자의 얼굴 색깔과 닮을 수야 없었다. 그런데도 옥만은 그것을 깔보고 있었다. 옥만은 문득 겐지의 말이 생각났다.

'어떻게 할까? 궁중에 섬기는 것이 생각대로 되지 않고, 모양 사납게 되는 것은 아닐까?'

옥만은 걱정이 되면서도 한편으로는, 임금의 정을 받지는 못한다 해도 그저 보통으로 섬기며 뵐 수 있는 것만으로도 기쁜 일에 틀림없다고 생각했다.

가마는 대원야에 도착해서 멈추었다. 당상관들은 차일 속에서 식사를 하고, 평상복이나 사냥옷으로 갈아입고 있었다. 육조원에서 술이나 과일 등을 내왔다. 임금은 겐지가 옆에 있도록 전갈을 했는데, 겐지는 꺼리는 것이 있다고 말씀 올렸다. 임금은 장인의 좌위문위를 사자로 하여, 꿩 두 마리3)를 겐지에게 보냈다. 임금의 편지에는 이렇게 적혀 있었다.

〈눈이 많은 소염산(小鹽山)에 꿩이 나는데, 이 대원야 행행의 선례에 따라서, 오늘은 당신도 동행하였으면 좋았을 것을.〉

겐지는 고마운 일이라 여기며, 사자를 정중하게 대접하고 답장을 올려 전하게 했다.

〈소염산의 솔밭에 눈이 내려 쌓이는 것처럼, 이때까지도 대원야의 행행은 여러 번 있었습니다만, 오늘처럼 성대한 예는 아마도 없었을 것입니다.〉

3. 겐지가 옥만에게 입내를 권하다.

다음날 겐지는 옥만에게 편지를 주었다.

"어제, 주상을 뵈었는가? 그 일에 마음이 움직였는가?"

---

3) 꿩 두 마리를 장끼는 위, 까투리는 아래로 한 가지에 묶어 맨 것.

흰 종이에 정말 친밀한 느낌이 들도록 적은 편지였다. 평소와는 달리 연정을 호소하는 편지가 아니어서, 옥만은 흥미 있게 읽었다.

"나와는 관계없는 일인 것을."

옥만은 웃고 있었지만, 겐지가 역시 남의 마음속을 살필 줄 안다는 생각이 들었다. 옥만은 답장을 보냈다.

"어제는,

〈아련히 아침안개가 끼고 눈마저 흐트러지던 행행에서, 똑똑하게 하늘의 빛〔임금의 모습〕을 볼 수가 있었겠습니까?〉

이것도 저것도 확실하게는 모릅니다."

자의상도 그 편지를 함께 보았다.

"옥만에게 입내를 권하였지만, 추호중궁도 저렇게 있고 하니, 나의 딸이라는 명목으로는 형편이 좋지 않을 것입니다. 내대신의 딸이라는 사실이 밝혀진다 하여도 홍휘전여어가 아직 저렇게 섬기고 있으니, 마찬가지일 것입니다. 젊은 여자라면 주상의 옆에서 섬기는 것을 아무렇게나 여길 사람이 있을까요? 더구나 주상을 실제로 보았다면, 궁중에서 섬기는 것을 무관심하게 생각할 여인은 결코 없을 겁니다."

겐지는 이렇게 말했다.

"정말 싫습니다. 주상이 아무리 훌륭하게 보이더라도 자기가 궁중에서 섬기겠다고 나서는 것은 아주 지나친 생각일 것입니다."

이런 자의상의 말에 겐지가 말했다.

"그런 당신이라도 눈앞에서 주상을 뵈면 열중하게 될 것인데."

겐지는 옥만에게 답장을 전했다.

"〈빛은 흐림도 없이 하늘에서 비치는데, 어째서 너는 행행날 내리는 눈에 시선을 흐리게 하여 똑똑히 보지 못했을까?〉

역시, 결심하거라"

겐지는 그 후에도 끊임없이 권하였다. 겐지는 앞으로 어떻게 되는지 모르지만, 우선 치마 입는 의식4)만은 꼭 치러야겠다고 생각하며, 그 의식에 필요한 세간의 품목을 자세하게 작성해 놓았다. 이 육조원에서는 겐지가 대수롭지 않게 여기는 의식도 자연히 과대하게 장중해졌다. 더구나 이번에는 의식을 하는 기회에 내대신에게도 진상을 밝히려고 생각하고 있었기 때문에 장소가 좁을 정도로 성대한 준비가 갖추어졌다.

4. 내대신이 옥만의 허리띠 매는 일을 거절하다.

해가 바뀌자, 겐지는 2월에 치마 입는 의식을 하려고 마음 먹었다.

"여자들은 평판이 높게 성장한 뒤에도 깊숙한 방에 모셔져서 들어내어 씨족신[氏神]5)에게 참배하는 일이 없으므로, 지금까지는 모호하게 지내올 수 있었다. 그러나 만일 궁중에서 시중 드는 일이 실현된다면, 춘일(春日)의 신(神)6)을 등져 버리는 결과가 될 것이다. 결국 끝까지 숨길 수도 없는 것인데, 쓸데없이 숨긴 것이 후세까지 소문나는 것은 한심한 꼴일 것이다. 보통의 신분이었다면, 씨(氏)를 바꾸는 것도 대단한 일이 아니지만."

겐지는 궁리를 거듭했다.

'친자의 연은 끊이지 않을 것이다. 같은 값이면, 이쪽에서 먼저 내대신에게 털어놓고 이야기하기로 하자.'

겐지는 이렇게 결심하고, 이 의식의 허리띠 매는 역할을 내대신에게 의뢰하였다. 그러나 대궁이 작년 겨울께부터 앓고 있고, 전혀 낫지 않아서 기회가 좋지 않다는 대답이었다. 사실 석무중장도 밤낮없이 삼조의 저택에서 근무하며 간호에 여념이 없었다. 겐지는 시기가 나쁜 것을 깨닫고 고민하였다.

'이 세상은 정말 덧없다. 대궁이 돌아가신다면, 옥만은 당연히 5개월의 상을 입어야 하는데, 그것도 모르고 지내고 있으니, 죄가 깊다고 할 것이다. 역시 대궁의 재세중에 진상을 털어놓기로 하자.'

겐지는 마음을 굳히고 삼조궁으로 건너왔다.

---

4) 보통 13세 때쯤에 하는 성인식. 표박하는 신세였던 옥만은 그 시기를 놓치고, 지금 20세가 되어 있다.

5) 같은 조상에서 나온 씨족의 신. 후에는 고장의 수호신.

6) 등원(藤原) 씨의 씨족신. 옥만의 원래의 씨족신이다.

5. 겐지가 대궁을 문안하다.

태정대신인 겐지는 전보다도 훌륭한 위세인데다, 용모가 더욱더 빛났다. 예사로운 외출이었지만, 행행에 뒤지지 않게 엄숙하고, 잘 어울렸다. 오래간만에 그런 겐지를 보고, 대궁은 병환을 떨쳐 버린 듯이 병상에서 일어났다. 궤상에 기대앉은 대궁은 확실히 쇠약한 모습이긴 했으나, 겐지와 많은 이야기를 나누었다.

"이렇게 뵈니, 병세가 그렇게 나쁘지는 않으신 듯합니다. 석무중장이 갈팡질팡하며 지나치게 걱정하고 있어서 얼마나 병세가 나쁘시기에 저러는가 하고 몹시 염려가 되었지요. 요새는 궁중에도 특별한 일이 아니면 참상을 않습니다. 조정에 섬기는 사람 같지도 않게 저택에만 있어서 만사에 서툴러지고, 무슨 일에도 마음이 내키지 않습니다. 나이가 나보다 많은 사람이 허리가 휠 정도로 일에 몰두하는 예가 옛날이나 지금에나 있을 것인데, 타고난 어리석은 성미로 몹시도 게을러진 모양입니다."

"늙어서 시름시름 앓고 있는 것인 줄을 전부터 잘 알고 있었지만, 금년 들어서는 오래 살 희망이 적다는 생각이 더 깊어집니다. 언제 곁에서 뵙고 말씀 드릴 기회도 없이 목숨이 끝나는가 하고 불안해하였는데, 오늘 이렇게 만나게 되니 조금은 명이 길어지는 듯합니다. 그러나 이쯤 되면, 이미 명을 아껴서 살아 남으려는 나이도 아닙니다. 친한 사람이 먼저 죽어서 늙은 몸으로 혼자 살아 남은 것이, 나 자신의 일이 되면, 얼마나 비참할지 잘 알고 있습니다. 그래서 저 세상으로 떠날 준비를 저절로 재촉하고 있습니다. 석무중장은 정말 다정하고, 기특할 정도로 마음을 써서 이것저것 배려를 해줍니다. 그것을 보고 있으면 가슴 아픈 미련이 남아서[7] 지금까지 명이 붙어 있는 모양입니다."

대궁은 하도 울어서 목소리가 심하게 떨리고 있었다. 그럴 만도 하다는 생각에 겐지는 몹시 가슴이 아팠다.

---

7) 석무가 운거안과 헤어져 있는 것.

6. 겐지가 옥만의 일을 말하다.

동호원시대의 일과 요즘의 일들을 여러 가지 이야기 하는 계제에 겐지는 넌지시 말했다.

"내대신은 날마다 자주 올 터인데, 이러한 기회에 만났으면 얼마나 즐거웠을까요? 꼭 알려 드릴 게 있는데, 만나보기도 쉽지 않아서 마음이 쓰입니다."

"조정의 근무가 바쁜 모양인지, 아니면 어버이 생각이 깊지 않아서인지, 별로 문안도 안 옵니다. 그런데 말씀하실 것은 어떤 일인가요? 석무중장이 사람들 눈에 띌 정도로 푸념하는 일도 있어서 '일의 시작은 어떻더라도 지금에 와서는 일단 난 소문을 수습할 수도 없고, 억지로 막으려 하면 오히려 더욱 이야깃거리만 만들어 주는 것일텐데'라고 말을 해보았지만, 옛날부터 한번 꺼낸 말은 주워담지 않는 사람이어서 소용이 없더군요."

대궁은 석무중장의 일인가 생각하고 말했다. 겐지는 빙그레 웃으며, 말했다.

"일단 일어난 일이므로, 이제 와서는 어떻게도 할 수 없는 것으로 하고 두 사람을 용서하여 체념하고 있지나 않을까 하고, 실은 저도 넌지시 말한 일이 있었지요. 그러나 내대신의 태도가 움직이지를 않아서 내가 왜 그런 주제넘은 말을 했는가 하고 거북하게 후회한 적이 있었습니다. 만사 더러워진 물건은 깨끗이 하는 법이 있는 것인데, 어째서 이러한 경우에도 원 상태대로 깨끗이 씻어 주지 않는가 하는 생각도 듭니다. 그러나 실제로는 유감스럽게도 이렇게 흐려진 일은 아무리 기다려도 밑바닥 깊은 데까지 맑아지기 어려운 것이 세상의 일입니다. 모든 것이 다 후세로 가면 갈수록 자칫 쇠퇴하기가 쉬운 것 같습니다. 내대신의 처사는 딱한 일이었다고 생각하고 있습니다. 실은, 내대신이 돌보아 주어야 할 사람을 제가 그만 우연히 떠맡았습니다. 그 당시에는 장본인들이 똑똑히 말하지 않아서 제대로 모르고 있었지요. 그런 뒤로 억지로 사정을 캐묻지도 않았습니다. 아이가 적은 것을 섭섭해하고 있던 참이라 설령 나와의 연고를 만들려는 구실로 그렇게들 처신했다 해도 상관할 게 없다고 너그러이 생각했습니다. 그 동안 별로 정성껏 돌보아 주지도 않은 채 세월이 흘렀습니다. 그런데 어떤 경로로 아셨는지, 임금으로부터 이런 말씀이 있었습니다. '상시(常侍)로 궁에 섬기는 사람이 없어서 내시사(內侍司)의 정무가 어지러워지고, 여관(女官)이 직무에 종사하려 해도 지시가 없어서 사무가 지체되고 있다. 지금 궁중에 섬기고 있는 늙은 전시(典侍) 두 사람과 그밖에 적당한 사람들이 각기 상시에 임명되기를 원하고 있지만, 내 기대에 상응하는 훌륭한 인물이 없다. 상시에는 예로부터 가계가 훌륭하고, 인망도 가볍지 않은 사람이 임명되어 왔다. 빼어나게 현명한 사람인 경우라면 가계가 좀 나쁘더라도 공로에 의하여 승진하는 예가 있기는 하다. 그러나 당장 여기에 합당한 사람도 없으니, 세상의 신망에 의하여 뽑기로 한다'고 은밀하게 말씀하셨답니다. 내대신도 분명히 여기에 관심이 있을 것입니다. 궁중에서 섬기는 것은 임금의 총애를 받는 것과 다름이 없습니다. 그래서 신분의 위아래를 막론하고 나름대로 기대를 안고 출사하는 것이지요. 그것이 여자로서 이상을 높게 갖는 방법입니다. 관청에서 내시사의 직무를 맡아 일을 처리하는 것은 천박하고 소용없는 일이라고 생각할지 모르지만, 어째서 그것으로 그치겠습니까? 다만 본인의 인품 여하로 만사가 결정되리라고 생각됩니다. 어느 계제에 연령 등을 물어보다가 바로 내대신이 찾으려고 애쓰는 따님임을 알게 되었지요. 어떻게 해야 할지 상의하여 확실히 하고 싶습니다만, 적당한 기회가 없어 내대신을 뵐 수도 없습니다. 털어놓고 말할 기회를 만들고자 치마 입는 의식의 일부를 부탁하는 편지를 썼는데, 댁의 병환을 핑계로 사양하셨습니다. 그러면 정말 시기가 좋지 않았었다고 생각하여 그 계획을 중지했습니다. 그런데 병세가 좋아 보이시므로, 역시 마음 먹은 기회에 추진해 볼까 하는 생각입니다. 내대신에게 전하도록 도와 주십시오."

"그것은 어찌 된 일일까요? 내대신의 집에서는 내대신의 잃어버린 딸이라고 그렇게 자신의 정체를 밝히는 사람은 누구라도 마중하여 받아들인다고 하는데, 어떤 생각으로 잘못 알고 연고를 말하였던 것일까요? 당사자는 전부터 당신이 아버지라고 들어와서 그렇게 되었던 것입니까?”

“그럴 만한 까닭이 있었습니다. 자세한 사정은 내대신도 앞으로 듣게 될 것입니다. 신분이 낮은 하잘것없는 자들끼리의 연애 이야기와 비슷해서 털어놓고 말하면 사람들의 귀찮은 소문거리가 될까 걱정입니다. 석무에게도 아직 일의 경위를 알리지 않았습니다. 누구에게도 새어나가지 않도록 하여 주십시오.”

겐지는 신신당부했다. 8)

7. 내대신이 삼조궁을 방문하다.

내대신도 삼조궁에 태정대신이 건너갔다는 소식을 듣고, 생각했다.

‘대궁은 얼마나 쓸쓸하게 계셨을까? 위세도 당당한 겐지 대신이 오기를 기다리고 계셨겠지. 전구들을 대접하고, 앉을 자리를 마련할 만한 사람도 없었을 텐데. 중장은 일행에 끼어 같이 있을 것이고.’

아들들과 친한 공경들을 대궁에게 참상케 했다.

“과일이나 술을 무례하지 않게 드려라. 내가 직접 가야 할 것이지만, 쓸데없이 시끄러워질 것 같아서.”

그러는 중에 대궁으로부터 편지가 왔다.

“육조의 겐지 대신이 문안으로 건너왔습니다만, 사람이 적어서 매우 허전합니다. 세상에도 체면이 안 서고 과분하기도 합니다. 허풍스럽게 초대의 편지를 낸다고 생각 말고, 건너오지 않으렵니까? 직접 만나서 말할 것도 있는 것 같습니다.”

내대신은 편지를 읽고, 생각했다.

‘무슨 일일까? 운거안의 일로 중장이 투덜댄다는 소리일까? 대궁도 여생이 얼마 남지 않은 것 같아서 이번 일을 해결하려고 절실하게 말씀하시는 듯하다. 겐지 대신도 확실히 근심하고 있는 거라면, 거절할 형편도 아닌 것 같다. 당사자인 중장이 운거안에게 관심이 없는 듯하게 쌀쌀하

---

8) 먼저 대궁을 자기편으로 끌어들여 일을 해내려 하는 겐지의 변설은 교묘하다. 기회
   를 보는 데 빠른 겐지의 심려원모(深慮遠謀)가 약여(躍如) 하다는 이야기다.

게 행동하는 것도 안타까운 일이다. 차라리 적당한 기회가 오면, 상대의 말에 감동하는 척하고 허락해 버리자.'

태정대신과 대궁이 마음을 합쳐서 청하는 것이라고 생각하니, 정말 반대할 이유도 없는 듯했다. 그래도 역시 이렇게 굴복할 수는 없다는 마음도 드는 것이 사실이었다. 고집이 워낙 완강한 성품이었던 것이다.

'그러나, 대궁이 이렇게까지 말씀하시고, 또 겐지 대신도 대면하려고 기다리고 있을 것이다. 너무 오래 기다리게 하면, 두 분에게 미안하다. 일단 참상하여, 저쪽의 생각을 안 연후에 결정하기로 하자.'

내대신은 특별히 공들여 복장을 갖추고, 지나치지 않을 정도로 전구를 준비하여 건너갔다.

8. 내대신의 위세.

아들들을 많이 이끌고 온 내대신의 모습은 믿음직하다는 느낌을 줄 만큼 위세가 있었다. 키가 크고, 체격도 조화를 이루어서 위엄과 관록이 넘쳐 보였다. 포돗빛의 바지에 벚꽃 빛의 아래옷을 길게 끌고, 일부러 느긋하게 거동하는 모습은 정말 눈에 띄게 훌륭하였다. 이에 비하여 겐지는 벚꽃 빛깔의 당 능직 평복에 당세풍의 옷을 몇 겹으로 입고, 긴장을 풀고 있는 모습은 더욱 비교할 데가 없었다. 아름다운 것으로 치자면 겐지가 낫지만, 각별히 엄숙하게 차려 입은 내대신의 모습이 더욱 훌륭했다.

내대신의 아들들도 차례로 모여들었다. 다들 훌륭한 청년이었다. 등대납언이나 동궁대부(東宮大夫)의 아들들도 각기 훌륭한 분이 되어 같이 왔다. 일부러 부른 것이 아닌데도 평판이 높고 눈에 띄는 당상관들인 장인두, 5위의 장인, 근위의 중장 및 소장, 변관 등 인품이 훌륭한 사람들이었다. 그런 사람들이 속속 모여드니, 그 위엄은 참으로 대단하였다. 술잔이 몇 순배씩이나 돌아서 다들 술에 취하였다. 누구보다도 복이 많은 대궁의 생애가 그 자리의 화제로 올라 있었다.

9. 내대신이 옥만의 일을 듣다.

내대신도 겐지와 오랜만에 대면하여, 옛일을 떠올렸다. 두 사람의 사이를 떼어놓고 있는 것은 쓸데없는 일에까지 겨루지 않으면 안되었던 경쟁심 탓이었지만, 마주하고 이야기를 주고받으면 가슴에서 솟아나오는 반가운 기억들이 많기도 했다. 마음의 거리도 없애 버리고, 옛날과 지금의 일들에 대해 이야기를 나누고 있는 사이에 날도 저물어 갔다. 술잔을 권하면서 내대신이 말했다.

"들러 보았어야 하는데, 부르지 않아서 사양하고 있었지요. 오늘 건너 오신 것을 알지 못한 채 지나쳐 버렸다면, 나를 불쾌하게 생각하셨을 테지요."

"꾸지람을 들어야 할 것은 이쪽이지요. 책망하시는 것이 아닌가 생각되는 일이 많습니다."

겐지는 의미가 있음직하게 말하였다. 내대신은 드디어 석무에 관한 일이 화제에 올랐다고 생각하여 귀찮아졌다는 마음이 들었다. 내대신은 죄송하다는 표정을 지었다. 겐지는 부드럽게 말하였다.

"예로부터 공사(公私) 양면에 걸쳐 중대한 일이나 조그만 일이나 상의하면서 당신과 나래를 같이하여 조정을 보필하려고 생각하고 있었습니다. 그 후 오랜 세월을 지내면서 옛날에 생각하였던 것과는 다르게 본의 아닌 일들이 때로는 일어났지만, 그것은 사사로운 것에 지나지 않았습니다. 처음의 생각은 전혀 변한 게 없습니다. 이렇다 할 것 없이 어느새 나이가 들어서 과거의 일이 그립다고 생각이 되지만, 뵐 기회가 드물었을 뿐입니다. 신분에 정해진 것이 있어 어마어마하게 번잡한 위세 때문이라 이해는 하지만, 우리들의 친한 사이를 생각하여 그 위세를 때로는 어떻게 누르시고 찾아 주셨으면 하고 원망스러워한 적도 있었습니다."

"옛날에는, 말씀하신 대로 뻔뻔스럽고 유별나게 실례될 정도로 친하게 교제하여 주셨습니다. 조정을 섬기게 되던 무렵에는 나래를 나란히 할 수도 없을 줄로 알고 있었는데, 뜻밖에 즐거운 은혜를 받았습니다. 하잘 것없는 몸인데도 이런 지위까지 승진하여 조정에 섬기게 된 것을 고맙게 생각하지 않는 것은 아니지만, 나이를 먹으면 말씀하신 대로 저절로 마음이 풀어져 결례되는 일만이 많아졌습니다."

내대신은 사과하였다.

겐지는 이 기회에 옥만의 이야기를 슬며시 꺼냈다.

"정말 가슴에 배게, 진기한 일을 들었습니다."

내대신은 말하며 울먹였다.

"옛날부터 어떻게 되어 버렸나 하고 행방을 찾았지만, 언젠가 슬픔을 누르지 못하고 속을 터놓고 말씀드렸던 기억이 납니다. 요새는 신분이 이렇게 어느 정도가 되었어도 쓸데없는 아이들이 여기저기서 연고를 더듬어 오는 것을 어리석고 보기 싫게 생각하고 있습니다. 그것은 그렇다 치고, 그 아이들을 나란히 세워 놓으면 불쌍히 여겨지는 때도 있었지요. 특히나 그 딸의 일은 맨 먼저 그리워집니다."

저 옛적 비오는 밤 품평회의 일이 생각나서 울고 웃는 동안에 밤이 매우 깊어졌다.

"이렇게 만나게 되니 멀리 지나 버린 옛일이 생각나서, 반가움을 억제하지 못하겠습니다. 정말 작별하려는 생각이 안 납니다."

평소에는 그다지 마음 약하지 않은 겐지도 술이 취해서인지 눈물겨워하고 있었다. 더구나 대궁은 죽은 규의상이 생각나는데, 그때보다도 현격하게 나아진 겐지의 용모나 위세를 보고는 눈물을 참지 못하였다. 승려의 몸으로 이렇게 슬픔을 터뜨리는 것은 흔하지 않은 것이었다.

이렇게 좋은 기회였지만, 석무중장의 일은 입 밖에 꺼내지도 않았다. 겐지는 내대신을 동정심이 없다고 판단한 적도 있어서 말을 꺼내기가 쑥스러웠고, 내대신도 상대방에게 의향이 없는 것으로 생각하여 무리하게 이야기하지 못했다. 가슴속이 개운치 않은 일이었다. 내대신은 말했다.

"오늘 저녁에 따라가서 배웅하고 싶지만, 불시에 찾아가 떠들썩하게 하는 것이 어떨는지 염려됩니다. 오늘의 답례로 후에 따로 찾아뵙겠습니다."

"대궁의 병환도 그만하니까 전에 말했던 날에 꼭 와 주십시오"

겐지는 이렇게 내대신에게 다짐하였다.

두 사람 다 기분 좋게 출발했는데, 그 위세가 근처를 압도하는 느낌이었다.

'무슨 일이 있었을까? 드문 대면이었는데, 확실히 기분이 좋아 보였다. 또 어떤 물려받을 것이 있었을 것인가?'

아들들을 따라갔던 사람들은 각각 빗나가게 상상들을 했지만, 이러한 것이라고는 생각 밖의 일이었다.

10. 내대신이 겐지와 옥만의 사이를 의심하다.

내대신은 아무래도 납득이 안 가고 마음에 걸리는 점이 있었다.

'급하게 옥만을 맡아서 어버이 노릇을 하는 것도 쉽지 않았을 것이다. 겐지 대신이 옥만을 찾아내어 맡았을 당시를 상상하여 보면, 틀림없이 결백한 관계로 지내지는 않았을 것이다. 내로라하는 처첩들을 꺼려서, 제대로 그들 중의 한 사람으로는 다루지 못했겠지. 그래도 역시 귀찮아서 다른 사람들의 입방아를 고려하여 이렇게 속을 터놓았을 것이다.'

이렇게 생각하니, 마음에 들지 않는 점도 있었다.

'그것을 가지고 흠이라 할 수 있을까? 내가 자진해서 옥만과 겐지를 가깝게 하려 한다 해서, 세상으로부터 비난받을 이유는 없지 않은가? 궁중에 섬기게 할 예정이라면, 홍휘전여어가 우려할 것이 문제다. 어떻든 간에 겐지 대신이 생각하고 결정하는 것을 배반할 수는 없다.'

내대신은 이런저런 생각에 잠겨 있었다. 이것은 2월 초순의 일이었다.

11. 석무의 심회.

16일은 피안(彼岸)이 시작되는 날로, 아주 길일이었다. 그 전후에는 길일이 없다고 점쟁이가 말하였고, 대궁의 용태도 어지간하였으므로, 서둘러서 치마 입는 의식을 준비하였다. 겐지는 옥만에게 건너와서 내대신에게 털어놓고 말한 상황을 상세하게 말하였다. 또 가져야 할 마음가짐을 찬찬히 가르쳐 주었다. 옥만은 겐지의 마음을 어버이라도 좀처럼 그럴 수 없을 만큼 자상한 것으로 고맙게 생각하면서도 친아버지와의 대면을 마음속으로부터 고대하고 있었다.

겐지는 석무중장에게도 은밀히 이 경위를 일러주었다.

'아무래도 이해가 안되는 것이 많았다. 정말 그랬었는가?'

석무는 이것저것 마음에 짚이는 것들을 생각했다. 운거안의 냉정한 모습과 비교하여 현저하게 다정하던 옥만을 생각하니, 자기가 어리석었다는 생각이 들었다. 그러나 옥만에게 마음을 옮기는 것은 터무니없는 일이라고 마음을 돌이켰다. 좀처럼 없는 성실한 사람이었던 것이다.

12. 옥만의 치마 입는 의식.

의식 당일이 되자, 삼조궁에서 심부름하는 사람이 왔다. 급하게 진행된 일이었지만, 빗상자 등 이것저것을 면밀히 장만하여 보내왔다. 편지에는 이렇게 씌어 있었다.

"편지하는 것도 재수 없다는 여승의 처지이므로, 오늘은 참고 가만히 있지만, 그래도 나의 장수를 본받기를 바라면서 …. 이처럼 그립게 여기고 있으니, 솔직한 사연을 말해 주면 어떨까? 아무튼 네 생각에 맡기자.

〈어느쪽의 아이이든 결국 나에게는 손주이니, 끊으려야 끊을 수 없는 인연인 것이다. 〉"

고풍스러운 필적도 몹시 떨리고 있었다. 마침 그때는 겐지가 이쪽으로 건너와서 이것저것 지시를 내리고 있는 때였다. 겐지는 편지를 보고서 생각했다.

'이 필적을 보니 안타깝구나. 옛날에는 아주 잘 쓰셨는데, 나이가 들면 필적도 쇠하여지나 보다. 필적이 몹시 흔들리고 있다.'

겐지는 몇 번이나 그 편지를 들여다보았다.

'화장 상자에 아주 구애되어 있군. 31 글자[9] 중에서 화장 상자와 연관이 없는 말이 거의 없다니, 좀처럼 쉬운 일이 아니다.'

이렇게 생각하며 혼자 웃었다.

---

9) 일본 화가(和歌) 의 글자 수.

13. 여러 여인들이 보내온 선물.

추호중궁으로부터 흰 치마와 당의(唐衣)와 머리 올리는 도구, 그리고 당제(唐製)의 훈향 등이 도착했다. 모두 진귀하고 독특한 물건들이었다. 그밖의 분들도 모두 다 나름대로 하녀들의 몫까지 각각 준비하였는데, 물건에는 우열의 차이가 없었다. 다들 깊이 생각하여 경쟁하며 고른 것들이어서 운치가 깊은 것들뿐이었다. 이조 동원의 사람들도 이런 행사에 대해 듣고는 있었지만, 축하의 말을 하는 축에도 못 끼고 알고만 있었는데, 말적화만은 이런 때를 그대로 지나 보낼 수 없다고 옛날 식의 생각을 지니고 있었다.

'어찌 이 준비를 남의 일이라고 지나칠 수 있을까?'

말적화는 예의범절에 맞게 축하드렸다. 기특한 마음씨였다. 청둔색(靑鈍色)10)의 평상복과 진한 분홍에 검정을 섞어 염색한 구식의 겹치마 한 벌, 보랏빛이 바랜 속옷들을 훌륭한 의류상자에 넣어서 깔끔하게 포장하여 보내왔다. 편지에는 다음과 같이 씌어 있었다.

"알아주실 수 없는 몸이라 꺼리는 바가 있지만, 이러할 때에 뒷구멍만 찾고 있으면 안되어서, 이것은 매우 묘한 물건이지만, 아무에게라도 주십시오."

겐지는 그것을 발견하고, 너무나 어이가 없었다. 언제나와 똑같다고 생각하여, 남부끄러운 생각에 얼굴을 붉혔다.

"묘하게 옛날 기질을 가지고 있는 사람이다. 이렇게 내향적인 사람은 가만히 있는 것이 차라리 낫다. 나까지 부끄럽게 만든다. 하지만 답장은 해라. 안 그러면 쑥스럽다고 생각할 것이다. 아버지인 친왕이 귀엽게 여겼던 것을 생각하여, 다른 사람보다 가볍게 다루지 않아야 한다. 정말 불쌍한 사람이다."

속옷의 소매에는 여느 때처럼 노래가 들어 있었다.

〈내 신세를 원망스럽게 생각합니다. 당신이 옆에 두어 주시지 않는다

---

10) 축의(祝衣)인데도 흉사용(凶事用)의 청둔색을 썼다.

고 생각하면. 〉

　필적은 옛날에도 그랬지만, 나무에 새겨 놓은 것 같이 딱딱하였다. 겐지는 밉다고 생각하면서도 한편 웃음을 참지 못하며, 불쌍히 여겼다.

　‘이 노래를 읊을 때에는 어떠하였을까? 지금은 도와줄 시녀도 없는데, 수고가 많았을 것이다.’

　“아니다.　이 답장은 바쁘지만 내가 쓰겠다.　정말이지 이렇게 기묘한 일은 하지 않는 편이 나았을 것을.”

　겐지는 화가 난 듯 붓을 들었다.

　〈당의, 또 당의, 당의.　되풀이 되풀이 당의라고 말하지요. 〉

　“고지식하게 저 사람이 특별히 좋아하는 문구여서,　나도 이렇게 읊어 본 것이다.”

　옥만은 몹시 아름다운 표정으로 웃으면서,　얼굴을 붉혔다.

　“불쌍하게.　놀리는 것 같습니다.”

14. 내대신이 허리띠 매는 역을 하다.

　내대신은 생각지도 않았던 진상을 듣고 나서는 전에 없이 마음이 조급해졌다.　빨리 옥만을 만나고 싶다는 생각이 마음에서 떠나지 않아 조금 일찍 도착했다.　의식은 전례에 비하여 신기한 취향으로 진행되고 있었다.　내대신은 겐지가 특별히 마음을 썼다는 것을 느낄 수 있었다.　과분하다고 생각하면서도 무언가 이색적인 행사라고도 생각했다.

　해(亥)의 시각(오후 10시)이 되어,　내대신은 고운발 안으로 안내되었다.　의식의 설비는 말할 것도 없었고, 고운발 안의 자리는 정말 둘도 없이 훌륭하게 마련되어 있었다.　안주가 들어왔다.　등잔도 관례보다는 조금 밝게 빛나고 있었고,　각별히 운치 있는 대접이었다.　내대신은 옥만의 얼굴이 보고 싶었지만,　너무 서두는 것 같아 망설였다.　그러나 치마를 잡아맬 때는 도저히 참지 못하였다.　겐지는 내대신에 권하는 말을 했다.

　“오늘 저녁은 옛날 일에 대해서는 아무 말도 안 할 것입니다.　다른 사람은 자세한 사정을 모르고 있습니다.　사람들의 체면을 배려하여 보통의 범절을 따르시지요."
"말씀대로, 정말 할말이 없습니다."
내대신이 말했다.
"세상에 둘도 없는 두터운 인연이라고 생각은 하지만, 지금까지 이렇게 숨어 있었던 원한도 말씀 안 드릴 수가 없습니다.
〈원망스럽습니다. 해변에 숨은 어부처럼, 치마 입는 날까지 숨어 있던 딸의 마음이. 〉"
겐지는 이렇게 말하며 끝내 참지 못하고 울어 버렸다. 옥만은 고개가 숙여지도록 훌륭한 두 분이 자리를 차지하고 있어, 도저히 대답을 못하였다. 겐지가 대신 답해 주었다.
"〈의지할 곳 없이 이러한 곳에 몸을 의지하였던 아씨는, 어부도 본체만체하는 해초 부스러기처럼, 누구도 찾지 못하였던 것입니다. 〉
당신이 말하는 것은 무리한 꾸지람일 것입니다."
"정말, 지당합니다."
내대신은 더 이상은 말을 하지 못하고, 고운발 밖으로 나왔다.

15. 겐지, 금후의 계획.

밖에는 친왕들과 그 이하 사람들이 모두 모여 있었다. 옥만에게 마음이 있었던 사람들도 그 속에 많이 끼어 있어서, 내대신이 고운발 속에 들어가 오랫동안 있었던 것을 의심스러운 표정으로 바라보았다. 내대신의 아이들 중에, 백목중장과 변군만이 진상을 어렴풋이 알고 있었다. 그들은 몰래 아씨를 연모한 것을 고통스럽게, 또 동시에 기쁘게도 생각하였다. 변군이 혼잣말을 했다.
"나는 잘도 생각을 억누를 수가 있었다."
그리고는 중얼거렸다.
"여느 사람과는 다른 겐지 대신의 취향이다. 중궁이 되도록 훈련하고 있는 것이 아닐까?"
겐지가 그것을 언뜻 듣고는 옥만을 타일렀다.

"역시 잠시 동안은 조심하여, 세상의 비난을 사지 않도록 해라. 어느 일에나 태평한 사람이면, 추잡한 일이 있더라도 용서받을 수 있을 것이다. 그렇지만 나나 너도 이것저것 소문이 나서 괴로운 지경이 되면, 보통 신분하고는 달라서 쓸데없는 결과를 가져오게 된다. 평온하게 점차적으로 진전시켜, 사람들 입에 오르지 않도록 하는 것이 제일이다."

내대신이 말했다.

"만사, 당신이 마음 먹은 대로 맡겨 둘 것입니다. 좀처럼 없는 양육 방법으로 훌륭히 키워 주셔서 나는 아무 수고도 할 필요가 없었군요. 이렇게 만나게 해주셨으니 무어라고 감사해야 할지."

내대신에게 드리는 선물은 물론, 모든 선사품과 축의 등은 관례에 있는 것 이상으로 풍성하였다. 대궁의 병환이 마음에 걸려서 관현의 놀이들은 열지 않았다.

'지금에 와서는 거절의 이유가 될 만한 것이 아무것도 없겠지.'

병부경궁은 이렇게 생각하여, 간절한 소망을 말했다.

"주상께서 의중에 있었던 것을 사퇴하고 있었는데, 다시 말씀을 해오셔서 그에 따르려 합니다. 다른 일은 그 후에 결정하려 하고 있습니다."

겐지는 이렇게 대답을 했다.

내대신은 어렴풋이 본 옥만의 모습을 똑똑히 다시 보고 싶어 견딜 수가 없었다. 조금이라도 부족한 점이 있었다면, 겐지가 이렇게까지 대단하게 다루지 않았을 것이라고 생각하니, 더욱 마음이 쓰이고 그립게 느껴졌다. 지금에 와서야 저 꿈[11]이 이해가 가는 것이었다. 내대신은 홍휘전여어에게는 일의 경위를 말했다.

16. 백목 등이 근강의군을 우롱하다.

옥만의 이야기가 세상의 소문에 오르내리지 않도록 애써 숨겨 놓았지만, 세상 사람들의 버릇은 어쩔 수가 없었다. 자연히 이곳저곳에 이야기가 새어 나가 점점 공공연한 일이 되어갔다. 근강의군이 그 소문을 듣고

---

11) 딸이 누군가의 양녀가 되어 있다는 꿈.

여어를 사후하는 백목과 변소장 앞으로 나와서, 천박하게 말하였다.

"나리에게는 아씨가 생겨난 것입니다. 아유, 훌륭한 일입니다. 어떤 여인이 두 분에게 소중한 대접을 받았는지? 들으니 그분도 신분이 낮게 태어났다고 합니다."

여어는 귀에 담기 어렵다고 생각하여, 무어라 응하지도 않았다. 백목이 핀잔을 주었다.

"그렇게 소중하게 다룰 만한 이유가 있었을 것입니다. 그렇다 치고, 누가 말한 것을 그렇게 아무렇게나 떠드는 겁니까? 입이 건 하녀들에게라도 들리게 되면."

"아유, 잠자코 있어요. 무엇이나간에 듣고 있습니다. 상시가 되리라고 합니다. 내가 이쪽 궁으로 빨리 나오게 된 것도 그런 기대를 할 수 있지 않을까 생각해서였는걸요. 그래서 보통 하녀들이 하지 못하는 일도 자진해서 열심히 하고 있습니다. 여어님은 너무하십니다."

근강의군이 원망의 말을 하자, 다 같이 미소를 지을 수밖에 없었다.

"상시의 자리가 비어 있는 것을 탐내고 있다더니, 무리한 소망을 가졌었군."

"훌륭한 형제자매 사이에 나 같이 변변찮은 것이 끼여들어서는 안되는 것이었습니다. 중장의군〔柏木〕이야말로 너무합니다. 쓸데없는 참견으로 나를 마중하여 주더니, 이제는 경멸하며 놀리려 듭니다. 보통 사람대로라면, 도저히 살 수 없는 저택 안입니다. 아이, 서러워라. 무서워라."

근강의군은 화가 나서 이렇게 말하며 뒷걸음을 치고는 노려보고 있었다. 정말 화가 나는 표정으로 눈초리를 치켜올리고 있었다. 백목은 이런 모습을 보면서 확실히 실수였다고 생각하였다.

"당신은 비할 데 없는 일꾼이니 여어님도 설마 경시하지는 않겠지요? 자, 마음을 조용히 하십시오. 굳은 바위도 가랑눈에 부서질 수 있으니, 소망을 달성할 때도 있을 겁니다."

변소장은 미소를 지어 가면서 말했다.

"하늘의 바위문12)을 닫고 가만히 있는 것이 체면에도 좋다."

백목도 이렇게 말하고 일어났다.

근강의군은 소리 없이 울면서 말했다.

"형제들까지도 다 차디 차게 대하는데, 여어님의 마음만을 따뜻하여 섬기고 있습니다."

그녀는 정말 부지런하게 밑에 있는 하녀나 동자들도 감당하기 어려운 잡역들을 해치우며 돌아다녔다.

"상시에 나를 천거하여 주십시오."

정성을 들여 바쁘게 시중들고는, 이렇게 재촉하듯 말했다. 여어는 어이가 없었다. 임금의 총애를 희망하며 그런 말을 한다고 생각하니, 기가 막힐 따름이었다.

17. 내대신이 근강의군을 놀리다.

내대신은 이 소원을 듣고, 정말 유쾌하게 웃었다. 여어가 있는 곳에 참상할 때에, 근강의군을 불렀다.

"어디에 있습니까? 근강의군은 이쪽으로."

근강의군은 부르는 소리에 똑똑하게 대답하며 나왔다.

"그처럼 열심히 섬기는 모습은 공공연한 공무가 꼭 어울릴 것이다. 상시의 일은 어째서 나에게 빨리 말을 안 하였느냐?"

내대신이 성실한 얼굴로 말하므로, 근강의군은 뛸 듯이 기뻤다.

"여어님이 전하여 줄 것이라고 믿고만 있었습니다. 상시가 될 사람이 온다는 말을 듣고 있어서 꿈속에서 부자가 되었던 것 같은 기분이 들었습니다. 가슴 위에 손을 얹어 놓은 것 같은 생각이 들었습니다."

그 이야기솜씨는 아주 시원시원하였다. 내대신은 터져 나오는 웃음을 겨우 참고 말했다.

"똑똑히 말을 못하는 버릇이 또 나왔군. 그런 생각이라고 미리 말하여 주었으면, 누구보다 먼저 너를 주상에게 말씀드렸을 텐데. 겐지 대신의

---

12) 天の岩戸. 천조대신(天照大神)이 하늘의 바위문에 틀어박힌 일. 《日本書紀》의 건
     국신화에 나온다.

따님이 아무리 빼어났다고 해도 내가 간절히 원하면 들어주지 않을 리도 없는데. 지금부터라도 한문으로 쓴 문서를 정리하여 잘 써 보아라. 취향이 있는 장편의 시가 같은 것을 열심히 배우면, 내버려두지는 않을 것이다. 임금님은 특히 동정심이 많은 분이니."

이렇게 속이는 것이었다. 어버이답지도 않게 볼썽 사나웠다.

"노래[和歌]는 잘은 못하지만, 그럭저럭 계속하여 쓸 수 있습니다. 또 곁으로 나리가 말씀을 하여 주시면, 나도 말을 보태는 형식으로 하여, 덕을 좀 보십시다."

근강의군은 두 손을 모아 비벼 가며 말하였다. 휘장의 뒤에서 듣고 있던 하녀들은 우스꽝스러워 숨이 막힐 지경이었다. 웃음을 참지 못하는 사람은 거기서 뛰쳐나가서 박장대소를 하고 있었다. 여어도 얼굴을 붉히고, 어쩔 줄을 몰라 했다.

"무엇인가 기분이 언짢을 때 근강의군을 보면 만사 기분이 풀린다."

내대신은 이렇게 말하며 딸을 웃음거리로 만들고 있었다.

"자신이 부끄러워하고 있어서 그 멋쩍음을 감추려고 저처럼 지독한 짓을 하는 거다."

세상 사람들은 이렇게 여러 가지 소문을 내고 있었다.

30. 난초 (藤袴*)

대강 줄거리

겐지 나이 37세의 8월, 9월.

옥만은 상시로 궁에 들어가는 것에 대해 고민하고 있었다. 궁중에는 추호중궁과 홍휘전여어가 있어서, 그들과 임금의 총애를 겨루는 사이가 될 것을 염려하였다. 양부인 겐지와도, 친아버지 내대신과도 거리낌없이 상의할 수가 없었다. 더구나 겐지는 옥만의 집안 사정이 공표된 후에는 거리낌없이 사랑을 호소하고 있었다.

대궁의 상을 치르고 있는 옥만을 석무가 찾아갔다. 겐지의 심부름으로 찾은 것이지만, 제 마음을 누르기가 어려워 복상을 핑계로 흉중을 호소하였다.

석무는 겐지에게 옥만의 장래에 관해서 날카롭게 따졌다. 형병부경궁의 이름도 나왔지만, 겐지는 굳이 입내의 길을 주장하였다. 석무는 소문을 핑계로 겐지의 속마음을 알고자 했다. 내대신이 겐지의 저의를 꿰뚫어 보고 있다고 알렸다. 겐지는 석무의 추궁을 받고, 결백을 밝히지 않으면 안될 지경에 빠졌다.

옥만의 입내는 10월로 내정되었다. 구혼자들은 입내 전에 옥만을 얻기 위해 결사적이었다. 구혼자들 중 남매의 관계가 되어 버린 백목은 내대신의 사자로서 옥만을 찾아왔다. 구혼자의 한 사람인 수흑

대장은 백목을 중개로 하여 내대신의 마음을 사려고 애썼다. 그는 동궁의 숙부로서 겐지나 내대신 다음가는 성망을 지닌 사람이었다. 내대신은 옥만의 미래를 겐지에게 일임하고 있었지만, 수흑대장의 청혼을 밉지 않게 여겼다.

형병부경궁과 식부경궁의 아들 좌병위독도 옥만에게 사랑을 고백하였다. 옥만은 형병부경궁에게만 반가를 주었다.

두 사람의 아버지는 서로 옥만의 처신을 칭찬하였다.

1. 옥만이 상시 출사를 앞두고 괴로워하다.

상시로서의 출사를 누구나 다 권하였지만, 옥만은 그에 관해서도 고민하고 있었다. 겐지처럼 어버이로 믿고 있는 분의 마음까지도 믿지 못하는 세상이었다. 더구나 궁에서 섬기는 생활을 하다가 생각지도 않은 은혜를 입기라도 한다면, 추호중궁과 홍휘전여어는 이것저것 옥만을 어렵게 여기게 될 것이었다. 그렇게 되면 자기는 반드시 더 이상 배겨낼 수 없는 처지가 될 거라고 생각하니, 근심이 끊이지 않았다. 게다가 옥만은 기댈 곳이 없는 신세였다. 어느쪽의 아버지도 육친이라고는 생각해 주지는 않는 것 같았기 때문이었다. 세상 사람들은 옥만을 가볍게 보고, 겐지와 보통 이상의 사이라고 말들을 퍼뜨리기도 했고, 옥만이 더욱 조롱받는 처지가 되기를 심술 궂게 원하는 사람도 많았다. 모두 고통스러운 일들 뿐인데, 분별을 할 수 없는 나이도 아니므로, 옥만은 혼자서 몸부림치며 슬퍼했다.

"그렇다고 이대로 계속 여기서 살 수도 없다. 현재 이렇게 살고 있는 것도 나쁘지는 않다고 하나, 겐지 대신의 괴상한 마음씨로부터 벗어나야 한다. 대체 어떤 기회에 사람들이 이상하게 여기는 이 관계를 깨끗하게 청산하게 될까? 생부인 내대신도 겐지 대신의 의향을 어렵게 여겨, 나를 당당하게 맡아서 딸처럼 다루려고 하지 않는다. 결국은 어떻게 되더라도 세상 소문이 나쁠 뿐이 아닌가? 남자들의 호색적인 시선을 받는 몸으로 언제나 마음이 편치 않고 소문에 시달리지 않으면 안될 운명이다.”

마음속을 조금이라도 털어놓을 수 있는 어머니도 계시지 않는데, 두 아버지는 어느쪽이나 정말 부끄럽도록 훌륭하여서 이런 일을 똑똑히 상의 드릴 수가 없었다. 세상에 둘도 없는 불행한 자기 신세를 한탄하면서 옥만은 저녁하늘을 마루 끝에 나와 바라보고 있었다. 그 모습은 몹시도 아름다웠다.

2. 석무가 옥만을 찾아, 흉중을 호소하다.

엷은 먹색의 상복1)을 입은 여윈 모습으로 옥만은 상냥하게 앉아 있었다. 평상시와 다른 색깔의 옷을 입은 까닭인지, 옥만의 얼굴 모습은 한층 곱게 돋보였다. 앞에서 얘기하고 있는 하녀들도 미소를 지으며 정신 없이 보고 있을 때였다. 석무중장은 조금 색이 짙은 먹색2)의 평상복을 입고, 평소보다 한층 아름다운 모습으로 건너왔다.

애초부터 남매간의 정이 두터웠었고, 옥만도 서먹서먹한 태도로 대하지 않았었다. 지금에 와서 실은 남매 사이가 아니었다고 해서 태도가 바뀌는 것도 이상해서, 역시 석무중장은 전과 같이 중개를 두지 않고, 고운발 앞에 마주 앉았다. 겐지의 심부름으로 임금으로부터의 말씀을 전하러 온 것이었다.

그들은 대범하고도 다정하게 이야기를 나누었다. 옥만의 태도는 실수가 없고 더구나 정이 깊었지만, 저 태풍이 있던 날의 아침 얼굴3)이 기억에 또렷이 남아서 그렇게 느끼고 있었다. 전에는 있어서는 안될 일이라

---

1) 대궁의 상(喪)을 입었다. 대궁은 3월 20일에 돌아갔다.
2) 어머니쪽의 조모는 3개월로 복상 기간이 끝난다. 옥만은 아버지쪽의 조모로 5개월 동안 복상한다. 석무의 상복색이 짙은 것은 성심 어린 태도를 나타낸다.
3) 아침 얼굴은 자고 막 일어난, 다듬지 않은 얼굴로, 남에게 보이면 안되는 것으로 되어 있었다.

고 생각했지만, 남매가 아님을 알게 된 이후로는 이대로 가만히 있어서는 안되겠다는 생각이 들었다.

'아버지는, 쉽게 옥만을 체념하여 궁에 섬기게 하지는 않을 것이다. 애인들과 저처럼 잘 살고 있는 사이지만, 옥만으로 인하여 귀찮은 처첩 간의 갈등도 꼭 일어나게 될 것이다.'

석무중장은 이런 생각으로 가슴이 막히는 것 같았지만, 안 그런 척하고 무뚝뚝하게 말했다.

"남의 귀에 들어가지 않도록 전하라고 하셨는데, 어떻게 할까요?"

의미 있는 듯이 이야기하므로, 근처에 대기하고 있던 사람들은 조금씩 물러나서 이쪽을 안 보도록 하고 있었다.

석무중장은 만들어 낸 말을 가지고 흡사 겐지의 전언인 양 그럴듯하게 이야기했다. 임금의 생각하심이 보통은 아니니까, 꼭 조심하라는 따위의 내용이었다. 옥만은 대답할 말도 없이 그저 탄식을 할 따름인데, 그것이 남몰래 가련하고 고상하게 느껴져서 끝까지 참지를 못하였다.

"상복을 이 달 안에 벗을 예정이지만, 일진이 좋지 않습니다. 이번 13일에 냇가에 가서 하라고 아버지 대신이 말씀하셨습니다. 그때 나도 같이 가겠습니다."

"같이 가 준다는 것은 과장되게 보이지 않을까요? 눈에 안 띄게 가는 것이 좋을 것입니다."

상복을 입은 사정을 세상에 널리 알리지는 않겠다는 사려 깊은 마음씨였다. 석무중장이 말했다.

"당신의 핏줄을 남모르게 숨기는 것이 나에게는 괴로운 일입니다. 대궁과의 추억을 생각하면, 이 상복을 벗어 버리는 것도 정말 괴로운 일이라고 생각하고 있습니다. 그렇지만, 당신과 이런 인연에 매여 있는 것은 참 이해하기 어려운 일입니다. 이런 인연을 표시하는 상복을 입지 않았다면, 사실을 전혀 모르고 있었을 것입니다."

"아무것도 모르는 저로서는, 더구나 어떤 사정이 있었는지 까닭을 모를 일이지만, 이러한 상복의 색깔도 퍽 가슴에 와 닿습니다."

여느 때보다도 더 차분한 옥만의 표정은 정말 가련하고도 아름답게 느껴졌다.

석무중장은 이러한 기회를 미리 예상하고 있었을까, 마침 풍치 있는 난초[藤袴]의 아주 풍치 있는 것을 가지고 있었다. 그것을 고운발의 끝에다 디밀고, 말했다.

"이것을 바라보아야 할 인연이 있었습니다."

석무중장은, 별다른 생각 없이 꽃을 집으려고 하는 옥만의 소매를 꽉 잡았다.

〈당신과 같은 들의 이슬로 시들은 난초입니다, 같은 대궁의 손자로 조모의 죽음을 애도하는 내게, 명색뿐인 말로라도, 사랑스럽다고 말하여 주십시오. 〉

옥만은 기분 나쁘게 생각하였지만, 겉으로 드러내지 않았다.

" 〈먼 들판의 이슬과 옅은 보라색은 내력이 있는 핑계가 되겠지만, 실제로는 말 붙이기 위한 것밖에는 안될 것입니다. 〉

지금보다 더욱 깊은 인연이 어떻게 가능할까요?"

옥만의 답가를 듣고 중장은 웃으며, 정성껏 호소했다.

"얕은 것도, 깊은 것도 잘 알고 계실 줄 압니다. 황송하게도 임금님의 배려로 궁에 섬기게 되는 것을 알고 있습니다만, 견딜 수 없는 내 가슴 속을 어째서 알아주시지 않는 것입니까? 말로 표현하면 오히려 지겹다고 여길 것입니다. 그것이 괴로워서 언제나 가슴에 묻어 두었습니다만, 지금은 몸을 버릴 정도로 골똘히 생각하고 있습니다. 저 백목중장의 모습을 잘 보셨습니까? 그때 당장은 그 일을 다른 사람의 일로만 여겼었지요. 나는 어째서 무관심하게 있었을까요? 이제 내 자신의 일이 되니, 한편으로는 정말 어리석었다는 것을 알고 있습니다. 그 후로는 백목중장은 체념하여 남매간으로 옆에서 언제까지라도 친하게 지낼 수 있을 것임을 믿으며, 마음을 위로하고 있는 듯합니다. 그 모습을 보니, 정말 부럽기도 하고 질투가 납니다. 하다못해 나를 불쌍하게라도 생각해 주십시오."

석무는 정성껏 호소하였다. 상시의군이 된 옥만은 번거로운 일이라고 생각하여 자꾸 움츠러들었다.

"괴로운 척하는군요. 당신에게 무례한 짓을 할 내가 아닌 것은, 이때까지의 일로 보아 자연히 잘 알고 있으리라고 믿습니다."

석무중장은 이렇게 말할 수밖에 없었다. 이러한 기회에 좀더 가슴속을 털어놓고 싶었지만, 탄식하며 그 자리를 떠났다.

3. 석무가 옥만의 일에 관하여 겐지에게 캐묻다.

석무중장은 오히려 털어놓지 말았으면 좋았을 것이라고 후회하기도 했다. 옥만보다도 더욱 간절히 사무쳤던 자의상의 모습을 물건 너머 대면하고 싶다는 생각이 들었다. 하다못하여 자그마한 목소리라도 어떻게 해서라도 좋은 기회에, 들었으면 좋겠다는 소망이 간절하였다. 온당치 않은 생각에 애태우면서 겐지 앞에 나아갔다. 석무는 겐지에게 옥만의 대답을 전하였다.

"궁에서 섬기는 것이 마음에 내키지 않는다는 것이군. 여자 다루는 데에 익숙한 병부경궁 같은 사람이 깊은 정을 쏟아서 안타까운 마음을 호소하니까, 그 쪽에 마음이 끌려 있는 모양이다. 그렇다면 안됐다는 생각이 든다. 그러나 대원야(大原野)의 행행으로 임금님을 뵈온 후로는 훌륭한 모습에 감탄했을 것이다. 젊은 여자라면 누구나 흘끗이라도 주상의 모습을 보면, 궁에서 섬길 희망을 도저히 버리지는 못할 것이다. 그렇게 생각하여, 이 일도 계획했었는데."

겐지는 말했다.

"옥만 아씨의 인품으로는 어느쪽으로 결정되는 것이 좋은 일일까요? 추호중궁이 저처럼 둘도 없는 지위에 계시고, 홍휘전여어도 귀한 신분으로 대단한 총애를 받고 있어서, 그분들과 어깨를 겨루어 서는 것은 무리일 것입니다. 병부경궁이 열심히 구애하고 있다고 하는데, 여어로 입내하는 것도 아니고, 그저 궁에서 섬긴다는 것이 과연 나은 일일까요? 병부경궁도 모처럼의 생각을 짓밟는 계획이라고 생각하여 마음을 상하게 될 것입니다. 아버지와의 친한 관계에 있는 분인 만큼, 그것은 꺼림칙한 일이라고 생각됩니다."

이렇게 석무는 어른스럽게 말했다.

"어려운 일이다. 사람의 신상이 내 마음 하나로 어떻게든 되는 것이 아닌데, 수흑대장까지도 나를 원망하고 있는 모양이다. 그 동안 옥만의 불쌍한 처지를 그냥 보아 넘기지 못한 까닭으로, 결국 남들에게 터무니없는 원한을 사게 된 것은 경솔한 일이었다. 나는 옥만의 어머니 석안이 남겨 놓은 유언을 잊지 않고 있다가, 쓸쓸한 산골에 살고 있는 것을 듣고 있으면서도 내대신이 전혀 귀를 기울이지 않는다고 호소해와서, 정말 가여워서 이렇게 떠맡았던 것이다. 이쪽에서 이렇게 돌보아 주고 있다는 것을 듣고서 대신도 보통 정도로 대접하고 있는 모양이다."

겐지는 그럴듯하게 설명하였다.

"인품은 병부경궁의 부인으로 꼭 알맞을 것이다. 현대적이고 참신하면서도 영리하여 잘못을 저지르지도 않아, 누구의 눈에라도 서로 잘 어울리는 사이로 보일 것이다. 하지만 같은 이유로, 또 궁에서 섬기는 일도 반드시 잘 해낼 수 있을 것이다. 얼굴 생김이 반듯하고 귀여운데다 공적인 일들에도 어둡지 않고 총명하니, 주상이 언제나 희망하던 사람임에 틀림이 없을 것이다."

겐지의 말을 들으며 석무는, 아버지의 진실한 속마음이 궁금했다.

"몇 해 동안 이렇게 양육하고 있는 정을, 세상에서는 이상하게 생각하여 소문내고 있는 것 같습니다. 내대신까지도 그렇게 생각하는 모양입니다. 수흑대장이 내대신에게 청혼하였을 때에도 그런 생각으로 대답을 회피한 것입니다."

석무의 말에 겐지는 빙그레 웃으면서 말했다.

"그것이 바로 엉뚱한 누명이라는 것이다. 결국은 궁에서 시중을 들거나 말거나 생부의 허락을 얻고서 그 의향을 따르지 않으면 안된다. 여자에게는 삼종의 덕(三從의 德)4)이라는 것이 있는데, 순서를 잘못 알고 나

---

4) 여자가 어렸을 때에는 아버지를, 결혼 후에는 남편을, 남편이 죽은 후에는 아들을 따르는 일.

의 생각대로 한다는 것은 터무니없는 일이다."

"내대신은, 이쪽에는 떳떳한 여인들 여럿이 오랫동안 함께 지내고 있으니, 옥만을 그러한 분들의 한 사람으로는 다루지 못하고, 반은 내버린다는 셈으로 이렇게 자기에게 떠맡겼다고 생각하는 듯합니다. 외관으로는 궁에 섬기게 하는 한편, 속으로는 곁에 두고 독차지하려고 생각하여 교묘한 계책을 만들어 냈다고 말하는 사람이 있었습니다."

거침없는 말투로 말하자, 겐지는 정말 내대신이 그렇게 상상하고 있을지도 모른다고 생각했다.

"정말 꺼림칙하게 그릇된 추측을 하고 있다. 구석구석까지 지나치게 마음을 쓰는 성미인 까닭이다. 앞으로 저절로 진실이 밝혀질 것이다. 잘도 마음대로 상상을 하는 사람이다."

겐지는 웃으면서 말했다.

석무는 겐지의 태도를 보고, 사람들이 그릇된 추측을 하고 있다고 믿었지만, 그래도 여전히 의심이 남아 있었다.

'그랬었구나. 세상에서 이렇게 생각하고 있는 것을, 만일 그 추측대로 한다면 정말 좋지 않을 것이다. 내대신에게 꼭 이 몸의 결백을 지켜보도록 하겠다.'

겐지도 이렇게 생각하니, 궁에 섬기게 한다는 것을 핑계로 모호하게 속여 온 사랑의 마음이 날카롭게도 간파당한 듯하여 기분이 나빴다.

4. 옥만의 구애자들이 초조해하다.

13일에 옥만이 상복을 벗었다.

"달이 바뀌면 개월(閏月)이므로, 출사하는 데에 지장이 있을 것이다. 10월쯤이 좋겠다."

겐지는 이렇게 생각하고, 그 경위를 임금에게 말씀드렸다. 임금도 빨리 왔으면 하고 기다리고 있었다. 전부터 옥만에게 구애하였던 사람들은, 다들 몹시 섭섭하게 여겼다. 출사하기 전에 꼭 기회를 만들어 달라고 친한 하녀들에게 재촉하고 울며 매달렸지만, 하녀들은 무리한 일이라고 대답할 수밖에 없었다.

석무도, 말하지 않았으면 좋았을 것을 터놓고 말한 후에, 옥만이 어떻게 생각할까 걱정이 되었다. 그래서 여기저기 쫓아다니며 어떤 일에나 열심히 시중들고 비위를 맞추느라 애쓰고 있었다. 경솔히 생각을 터놓는 일은 되풀이하지 않고, 체면을 살리면서 마음을 누르고 있었다.

친형제들도 이제는 가까이 오지도 않고, 출사 후 돌보기 위해 각자 그날을 기다리고 있었다. 백목중장도 마음을 다하여 사랑을 호소하던 것을 그만두게 되었다. 하녀들은 그의 태도가 담백하다고 재미있게 여기고 있었는데, 마침 그가 내대신의 사자로 건너왔다. 백목중장은 아직도 속마음을 다 정리하지는 못하였고, 예전의 관계도 어색하여 머뭇거렸다. 그러나 이제까지는 편지를 읽거나 이야기를 듣지도 않았던 옥만이 전과는 아주 다르게 남쪽의 고운발의 앞으로 안내했다.

5. 백목이 옥만을 원망하다.

옥만은 직접 이야기할 까도 생각했지만, 역시 그만두고 재상의군이라는 하녀를 중개로 응대했다.

"나를 특별히 사자로 보낸 것은 사람을 중간에 넣으면 안되는 전언이기 때문일 것입니다. 그런데 이렇게 멀리 있으면, 어떻게 말을 할 수가 있겠습니까? 나야말로 변변찮은 사람이지만, 끊으려야 끊을 수 없는 인연이 아닙니까? 어떻게 할까요? 이제는 나를 믿음직하게 생각하는 줄로 알았는데."

백목은 불쾌한 듯이 말했다.

"말씀하신 대로 오랜 세월의 쌓인 이야기라도 하고 싶지만, 요즈음 묘하게 기분이 좋지 않아서 일어날 수도 없습니다. 이처럼 책망하시면 도리어 타인처럼 쌀쌀하게 느껴집니다."

옥만은 아주 정색을 하며 대답했다.

"기분이 좋지 않아서 쉬고 있더라도 휘장의 옆까지 갈 수가 없습니까? 우선, 좋다고 합시다. 이런 말을 하는 것도 눈치 없는 일이 되겠지요."

　　백목중장은 내대신의 전언들을 조용히 말했다.　내대신의 마음쓰임은 다른 누구에게도 빠지지 않을 만큼 세심했다.

　　"출사하는 일정 같은 자세한 사항은 모르고 있습니다만,　생각하고 있는 것을 말해 주시면 좋겠습니다.　앞으로는 무슨 일에나 남의 눈을 조심하여 참상도 못하게 될 터이니,　걱정이라고 생각하고 계십니다."

　　이런 말을 하다가,　백목중장은 말했다.

　　"이거 참,　어리석은 일도 이제는 말씀드릴 수가 없습니다.　그러나 이제는 남매지간이라 해도 나의 속마음을 모르는 체하며 지내는 것이 원망스럽습니다.　무엇보다도 오늘 저녁의 이 대접은 어떻게 된 것입니까? 좀 더 깊숙한 장소에라도 청해 들였으면 다정하게 이야기하고 싶었습니다. 이런 대접은 또는 없을 겁니다.　참으로 묘한 우리들의 사이입니다."

　　이렇게 말하면서 고개를 갸웃거리고 푸념하는 것도 재미있어서,　재상의군은 이렇게 옥만에게 말씀드렸다.

　　"남의 이목이라는 게 있는 것이어서,　급하게 너무 친하게 된 듯이 보일까 봐 조심하고 있기 때문입니다.　오랜 세월 육친들과 멀리 있었던 원통함도 풀어 헤치지 못하는 것은,　정말 이전보다도 더 괴로운 것이 많아서 …."

　　옥만이 너무도 당연하게 말하므로,　백목중장은 쑥스러운 나머지 하고 싶은 말을 가슴에 숨기고 말았다.

　　〈우리들이 남매라는 깊은 사정도 모르고 글을 써 올리며 이루지 못할 사랑의 길을 헤맸던 것입니다.〉

　　백목중장은 자기가 고통의 씨앗을 뿌린 탓이라는 생각에 누구를 원망할 수도 없었다.

　　〈남매인 것을 깨닫지도 못하고,　당신이 사랑의 길에 빠져 있는 것도 모르고,　기묘한 일이라고 생각하면서 편지를 읽었습니다.〉

　　"어떤 의미인지도 알지 못하였던 것 같습니다.　아씨는 무슨 일에나 지나칠 정도로 세상의 눈에 마음을 쓰는 것 같아서,　대답할 수도 없는 일입니다.　그렇지만,　언제까지나 이대로 있지는 않을 것입니다."

백목은 그것이 지당한 말이라고 여겼다.

"오래 앉아 있는 것도 좋지 않을 때입니다. 내가 점점 도움이 되게 되면, 푸념하는 말도 알아듣게 되겠지요."

이렇게 말하고는 일어섰다.

맑은 하늘 높이 달이 떠서 하늘의 정취도 은근하게 흥을 돋우는 때에, 기품 높고 아름다운 백목중장의 모습은 유난히 돋보였다. 평상복 차림도 이날 따라 더욱 화려하고 운치가 있었다. 석무중장의 분위기에는 미치지 못하나, 역시 이쪽도 빼어나게 훌륭한 것은 사실이었다. 젊은 하녀들은 어째서 이런 분과 육친 사이가 되었는가 하고, 안타까워하며 칭찬하였다.

6. 수흑대장이 옥만에게 열심히 구애하다.

수흑대장은 자기와 같은 우근위부의 차관인 백목중장을 불러서, 내대신에게 중개해 달라고 계속 졸랐다. 인품도 좋았고, 장차 조정의 후견인이 될 만한 사람이었다. 내대신은 사위로 삼기에 지장이 없다는 생각이 들었지만, 겐지가 계획하고 있는 것을 무산시킬 수가 없었다. 게다가 겐지가 옥만을 각별히 생각하고 있다고 몰래 짐작하고 있어서, 겐지에게 모든 것을 일임하고 있었다.

수흑대장은 승향전여어의 형제였다. 두 명의 대신을 제외하면, 임금의 신임이 가장 두터운 훌륭한 분이었다. 나이는 서른 두셋 정도였다. 본처는 자의상의 누님, 즉 식부경궁의 장녀였다. 본처의 나이가 서너 살 위였는데, 이것은 특별히 이상한 것도 아니었지만, 할멈이라 불러도 마음에도 안 두는 성미의 여인이었다. 수흑대장은 어떻게 해서라도 본처와 헤어지려고 궁리하고 있었다. 그러한 사정으로 겐지는 수흑대장과 옥만의 결혼은 불행한 결과를 낳으리라고 생각하고 있었다. 수흑대장은 호색적이거나 난잡하지 않은 성격으로, 옥만을 위해서라면 아주 성심껏 뛰어다니고 있었다.

"내대신도 조금은 마음이 움직이는 듯하다. 옥만편에서도 궁에 섬기는 것에 마음이 내키지 않는 것 같고."

내밀한 경위를 간접적으로 듣고 있어서, 그렇게 생각하며 포기하지 않았다.

"겐지 대신의 의향만은 좀 다르지만, 생부의 생각도 이의가 없다면."
그는 옥만의 하녀 변에게도 재촉했다.

7. 옥만에게 편지가 모여들다.

9월이 되었다. 첫서리가 내려 몽롱하게 아름다운 아침, 여러 알선인들은 숨겨 가지고 온 편지를 옥만에게 내놓았다. 옥만은 직접 보지도 않고, 읽어 주는 것을 듣고만 있었다. 수흑대장의 편지는 이러했다.

"9월에는 어떻게 되리라고 믿고 있었지만, 역시 시간이 흘러가는 하늘의 모양에 애가 타서,

〈보통 사람은 이 말을 꺼림칙하게 생각하겠지만, 당신이 출사하기 전이 9월을 믿고 생명을 건다는 것은 정말 덧없는 일이지요.〉"
그는 달이 바뀌면 출사한다는 예정을 잘 알고 있는 모양이었다.

병부경궁은 이런 편지를 써 보냈다.

"새삼스레 어떻게 할 수 없는 결정이니, 이런 말씀을 드리는 것이 도리는 아니지만,

〈아침해의 빛을 쬐어도, 임금의 영광에 접하게 되더라도, 옥 조릿대의 잎의 서리처럼 나를 잊지 마십시오.〉

적어도 이 마음을 아시면 위로도 될 것입니다."
서리에 몹시 곱은 아랫가지에 묶어보낸 편지였다. 그 서리를 털지도 않고 가지고 온 사람들까지도 과연 병부경궁의 마음을 헤아린 듯했다.

식부경궁의 아들 좌병위독은 자의상의 형제였다. 친하게 참상도 하였던 청년이었으므로, 자연히 소식을 듣고서 크게 낙담하고 있었다. 그는 편지에 세세하게 원망의 말을 늘어 놓고, 노래로 끝을 맺었다.

〈잊고 체념하여 보리라고 결심을 하였는데, 그 자체가 매우 슬퍼 대체 어떻게 해야 할지 모릅니다.〉

편지에 사용된 종이의 빛깔, 먹의 농담, 향내가 저마다 모두 홍취가

있었다.

"출사하여 이분들의 편지가 끊어지면 쓸쓸하게 되겠지요."

하녀들도 제각기 이렇게들 수군거렸다. 어떤 마음에서였을까, 옥만은 병부경궁에게만 답장을 썼다.

〈스스로 햇빛을 향하는 해바라기조차도 아침에 내리는 서리를 스스로 지워 없애지 않습니다. 더구나 나의 의사로 출사하는 것도 아니어서, 당신을 잊을 수가 없습니다.〉

이렇게 적혀 있는 것을, 병부경궁은 정말 신기해하며 보고 있었다. 옥만이 그의 사랑을 느끼고 있다는 인상을 풍기고 있어서, 짧은 편지였지만, 정말 기쁘기 한량없었다. 이렇게, 여러 사람으로부터 어쩔 수도 없는 원한의 말들이 많았다.

여자의 마음가짐은 모름지기 옥만을 모범으로 삼아야 할 것이라고, 양쪽 대신이 다 칭찬하기도 했다고 한다.

31. 노송 기둥 (眞木柱[*])

대강 줄거리

겐지 나이 37세의 겨울부터 38세의 겨울까지.

수흑대장은 옥만을 수중에 넣었다. 겐지는 일이 되어가는 꼴에 놀라고 곤혹스러워하였지만, 수흑대장을 극진하게 대접하였다. 내대신은 속으로 안심하였다. 임금은 몹시 실망하였지만, 옥만은 예정대로 상시로 참내하게 되었다. 수흑대장은 옥만의 출사를 기뻐하지 않았지만, 옥만을 내놓지 않으려는 겐지에게 자기 저택으로 그녀를 데려오는 좋은 기회라고 생각하여 승낙하였다. 그는 본처의 한탄을 본체만체하며, 저택 안을 아름답게 손질했다.

수흑대장의 본처는 식부경궁의 장녀로, 자의상의 배다른 언니였다. 아름다운 여인이었으나, 근년에 귀신 들려 병으로 야위었다. 수흑대장과 옥만과의 관계를 들어 알고 있던 식부경궁은 화가 나서 딸을 자택으로 데려오려 했다. 수흑대장은 처를 설득하려고 했지만, 마음의 골은 깊어질 뿐이었다. 새로운 처에게 가는 남편의 채비를 도와 주던 중에, 본처는 돌연 정신이 나가서 향불의 재를 남편에게 뒤집어씌웠다. 이 일로 결정적인 파국이 왔다.

냉정을 되찾은 본처는 친정으로 돌아가기로 결심했다. 눈이 오는 저녁때, 본처는 딸 진목주와 아들들을 데리고 집을 나왔다. 식부경

---

[*] 노송의 기둥. 수흑대장의 딸인 진목주(眞木柱)가 집을 떠날 때 부른 노래에 나온다. 마키바시라(まきばしら) 라 읽는다.

궁의 본처는 의붓딸인 자의상을 미워하고 원망했다. 수흑대장은 식부경궁에게 면회를 거절당하고, 아들들만을 데리고 저택으로 돌아왔다. 이 사건은 옥만을 더욱 우울하게 했다.

출사한 옥만은 궁중에서 화려하게 명성을 날렸다. 병부경궁은 그녀에게 몰래 소식을 전했다. 임금도 그 방을 찾았다. 수흑대장은 불안을 참지 못하고, 억지로 옥만을 자기 저택으로 데려왔다. 겐지도 식부경궁도 심중이 복잡했다.

겐지는 생각다 못해 옥만에게 소식을 전했는데, 수흑대장으로부터 대답이 와서, 쓴웃음을 짓고 말았다. 수흑대장의 아이들은 옥만을 잘 따랐고, 옥만은 오래지 않아 사내아이를 낳았다. 근강의군은 그즈음 연애에 눈을 떠서, 석무에게 사랑을 구했다.

1. 수흑대장이 옥만을 얻고 기뻐하다.

수흑대장(鬚黑大將)은 옥만을 손에 넣었다.

"이러한 일이 주상에게 알려지면 황송한 일입니다. 당분간 세상에 알리지 맙시다."

겐지는 이렇게 주의했지만, 수흑대장은 도저히 숨겨 놓을 수가 없었다. 날이 지나도 옥만은 괴로움이 가라앉지 않았다. 어처구니없고 한심한 숙명이었다고 생각하며, 언제까지나 한결같이 우울해했다. 수흑대장은 그것이 몹시 괴로웠지만, 얕지 않은 인연을 기쁘게 생각했다. 보면 볼수록 빼어나고 이상적인 옥만의 자태를 떠올리며, 아차 하면 타인의 것이 될 뻔했다는 생각에 가슴이 미어질 듯했다. 석산사의 부처님과 변의댁에게 공손히 절하고 싶은 심정이었다. 그러나 옥만이 마음속으로부터 불쾌하게 여겨 몹시 싫어하여서, 집안에만 들어앉아 있는 형편이었다. 여러 구애자들의 간절한 마음을 보아 왔으면서도 결국 정이 가지 않는 수흑대장의 여인이 된 것을 보면, 정말 석산사의 영험이 나타났던 것인지도 모른다.

겐지도 유감스럽게 생각하고 있었지만, 지금에 와서는 어떻게 할 수 없는 일이었다. 누구나 그것을 인정하고 있는 이상, 새삼스럽게 승낙할 수 없다고 나서는 것도 우스웠다. 수흑대장을 생각해도 가여운 일이고, 굳이 그렇게 할 이유도 없다고 생각하여 겐지는 혼인의 의식을 성대하게 차려 주었다.

2. 겐지와 내대신의 마음.

수흑대장은 하루라도 빨리 옥만을 자기 저택으로 데려가려고 준비하고 있었다. 그러나 경솔하게 무심코 행동했다가는 본처의 불쾌감을 자극할 것 같아, 서두르지 못하고 있었다.

"역시 그렇게 서두르지는 말고 눈에 띄지 않게 처리하자. 어느쪽으로부터라도 비난이나 원망을 받지 않게 일을 추진하는 것이 좋다."

겐지는 수흑대장에게 조언을 했다.

아버지 내대신은 속으로 생각했다.

'오히려 이렇게 된 것이 다행이다. 육친처럼 보살펴 주는 이가 없으면, 궁중에 섬기는 것이 확실히 고생스러울 것이라고 걱정했다. 나도 이 딸을 소중히 생각하지만, 홍휘전여어가 저렇게 주상을 섬기고 있으니, 어떻게 여어를 제치고 돋보이게 할 수 있겠는가?'

정말 임금을 섬긴다 해도 다른 사람보다 가볍게 다루어지고, 어쩌다가 부름을 받는 정도로밖에 대접받지 못한다면, 참으로 처량한 신세인 것이었다. 3일밤의 축의의 떡을 여기저기에 돌린다는 소식을 내대신이 듣고, 겐지의 마음을 황송하게 생각했다. 옥만과 수흑대장의 일은 남몰래 진행되고 있었는데, 자연히 홍미 있는 이야기로 소문이 번져 갔다. 임금도 이 소식을 듣고 말했다.

"유감되게 인연이 없었던 사람이었는데, 상시라도 되려는 희망도 있으니까. 출사한다 하여도 후궁에 들어오는 것이라면, 단념할 수도 있을 테지만."

3. 옥만이 수흑을 싫어하다.

11월이 되었다. 옥만은 이미 상시로 임명을 받고 출사만을 미루고 있었다. 이 달은 신사(神事)가 연이어 있어서 내시소(內侍所)도 일이 많은 시기였으므로, 여관이나 내시사 사람들도 옥만에게 자주 찾아왔다. 육조원은 화려한 사람들의 출입으로 활기가 넘쳤다. 수흑대장이 대낮에도 사람들 눈에 띄지 않게 가만히 방에만 갇혀 있는 것을 보고, 옥만 상시는 정말 싫다고 생각했다. 병부경궁 같은 이는 이 일을 누구보다도 섭섭하게 생각했다. 수흑의 처남 병위독은 누이인 본처의 신상이 세상의 웃음거리가 된 것을 한탄하며 수흑대장을 원망하였으나, 이미 소용없는 일이었다. 수흑대장은 고지식하고 정직한 사람으로 유명하였고, 지금까지 조금이라도 틀에 벗어난 행동을 하는 법이 없었다. 그러던 사람이 갑자기 돌변하여 호색한처럼 사람들 눈을 피해 초저녁과 새벽에 들떠서 출입하고 있었다. 하녀들은 웃으며 그 모습을 지켜보았다.

쾌활하던 옥만은 몹시 우울해져서 누가 보더라도 자기 의사로 이렇게 된 것이 아님을 똑똑히 알 수 있었다. 겐지가 지금 어떤 생각으로 있을까, 또 친절하던 병부경궁은 어떻게 지낼까를 생각하면, 부끄럽고 후회스러워서 언제나 무엇이든 재미없다고 여겼다.

겐지는, 사람들이 자신을 의심하고 옥만을 동정하던 시기에, 자신의 결백이 밝혀져 다행스러웠다. 자의상에게도 '터무니없이 의심하고 있었지요?'라고 말을 했다. 그러나 마음을 억누르고는 있었지만, 어쩐지 괴롭게 생각되는 때도 있었다. 차라리 이제라도 자기 것으로 해 버릴까 하는 생각이 들기도 했으니, 역시 깨끗하게 단념한 것은 아니었다.

4. 겐지가 옥만을 찾아 노래를 교환하다.

겐지는 수흑대장이 출타중인 낮 동안에 옥만에게 건너왔다. 옥만은 지나치게 불쾌하게 우울한 상태였다. 그러나 이렇게 겐지가 와 있었기 때문에 간신히 일어나서 휘장에 몸을 숨기고 있었다. 겐지는 정색을 하고, 조금 쌀쌀한 채 세상이야기를 나누었다. 재미없는 평범한 사람과 함께 지내던 옥만은, 비할 수 없는 겐지의 태도나 모습이 더욱더 사무치게 그립게 느껴졌다. 한편, 뜻밖의 신세로 떨어진 자신이 몸둘 바 없이 부끄럽게 여겨져서 쉴새없이 눈물이 흘러내렸다. 겐지는 차차 정다운 목소리로 이야기하다가, 가까운 사방침에 기대어 때때로 휘장 안을 들여다보았다. 옥만은 역시 아름다웠고, 조금 수척해 보이는 모습이 더욱더 넋을 잃고 바라보게 만들었다. 가련한 느낌이 밀려와서 남에게 내준 것은 너무나 유별나지 않았나 하고 새삼스럽게 후회하였다.

"〈너와 부부는 아니었지만, 네가 삼도(三途)의 내를 건너갈 때, 나 이외의 남자에게 인도되게 하려는 약속은 안 했었는데.〉

이렇게 되리라고는 생각도 안 했었다."

목메어 북받친 목소리로 말하는 모습에, 옥만의 가슴은 찢어지는 듯 아팠다. 옥만은 얼굴을 숨기고 대답했다.

〈삼도의 내를 건너기 전에, 눈물의 냇물의 거품이 되어 없어지고만 싶습니다.〉

"그 냇가는 어린 마음이 물거품으로 사라지게 되는 곳이군. 그래도 어차피 피해 갈 수 없는 내라면 하다못해 너의 손끝이라도 잡고 힘을 보태주고 싶다."

겐지는 미소를 지으며 말을 이었다.

"사실은 너도 알고 있을 줄로 믿는다. 세상에 둘도 없는 내 어리석음과, 또 그것 때문에 안심할 수가 있었다는 점을 처음부터 너는 알고 있었을 거라고 생각한다."

옥만은 이런 겐지의 말을 정말 어떻게 들어야 하는지 괴롭기만 했다. 겐지는 애처로운 생각이 들어 다른 이야기로 말을 돌렸다.

"임금이 정말 애처롭게 말씀하시니, 역시 잠깐 동안이라도 참내하는 것이 어떻겠느냐? 수흑대장이 너를 아주 자기 아내로 삼게 되면, 그런 공공의 봉사도 어렵게 되리라는 것이 부부라는 것이다. 나의 처음 생각과는 사정이 달라졌지만, 내대신이 만족스러워하니, 나도 다행이라고 생각한다."

고맙고도 부끄러운 생각으로 옥만은 그저 눈물에 젖어 있을 뿐이었다. 이렇게까지 괴로워하고 있는 표정이 애처로워, 겐지는 자기 욕심대로 무리하게 행동하지 못하였다. 다만 참내할 때의 예의범절이나 마음쓰임을 가르쳐 주었다. 수흑대장 쪽으로 이사하는 것을 당장은 허락하지 않을 듯한 겐지의 모습이었다.

5. 수흑이 본처를 무시하고, 옥만에게 열중하다.

수흑대장은 옥만이 참내하는 것을 불안하게 생각하고 있었다. 그러나 그 기회에 그대로 자기 집으로 데려오겠다는 묘안이 떠올라서, 잠깐 동안 참내를 허락하였다. 이렇게 숨어서 여자에게 다니는 것이 처음인 수흑대장은 참을 수 없이 괴로웠다. 그는 자기 집안을 서둘러 수리했다. 오랫동안 거칠어진 채로 먼지에 파묻혀 있었던 방을 정성껏 새롭게 꾸며 놓았다.

그의 본처인 식부경궁의 딸은 몹시 한탄하며 슬퍼하고 있었지만, 그 마음을 조금도 헤아려 주지 않았다. 수흑대장은 귀여워하던 아들과 딸마저 조금도 염두에 두지 않았다. 부드럽고 동정심이 깊은 사람이라면 상대방에게 수치스러울 만한 일을 미리 짐작할 수 있겠지만, 수흑대장은 외고집에다 융통성이 없는 성미였으므로, 남의 마음을 건드리는 일이 많았다. 그의 본처는 누구에게도 지지 않을 만한 여인이었다. 고귀한 친왕이 소중하게 양육하여 세상으로부터 존경받는 성품을 지녔고, 용모도 아주 빼어났었다. 그런데 이상하게도 집요한 악령이 들려서, 지난 몇 해 동안은 성한 사람처럼 보이지 않게 되었다. 정신을 잃는 일도 자주 있어서 부부 사이가 몹시 냉담해진 지 이미 오래였다. 그러나 버젓한 본처로서 경쟁할 사람도 없어서 수흑대장은 이분을 소중히 여겨 왔었다. 그러던 수흑대장이 요새 묘하게 생각이 돌변한 것이었다. 정을 옮긴 여인이 보통이 아닐 뿐더러, 겐지와에 관계에 대한 의혹이 결백하게 증명된 것에 감동하여, 더욱 심하게 열중했다.

6. 식부경궁의 태도.

식부경궁은 이 일을 듣고서 생각했다.

"그런 화려한 사람을 집에 데려다가 추어올리고 소중히 하는 남편에게, 체면 없이 매달려 있게 하는 것도 남보기에 부끄러운 일이다. 내가 살아 있는 한, 딸이 그런 웃음거리가 되지 않고 깨끗이 살도록 하겠다."

그는 저택 동쪽 대옥을 치우고 준비하여, 딸을 데려오기로 결심했다.

"어버이 곁으로 가는 것이긴 하지만, 일단 출가한 몸인데 친정에 도망가서 얼굴을 맞대는 것은."

이런 생각에 수흑대장의 본처는 주저하고 있었다. 악령도 극성을 부리는 듯하여, 그대로 쭉 누워 있었다. 그녀는 본래 아주 정숙하고 마음씨도 좋아서 아이처럼 대범한 사람이었으나, 요즘에는 때때로 정신이 나가서 사람에게 빈축을 사는 일이 종종 있었다.

7. 수흑이 본처의 마음을 달래고 설득하다.

본처가 살고 있는 방은 어둡고 지저분했다. 옥을 갈아 놓은 것 같은 옥만의 처소를 보아 온 수흑대장의 눈에는 도저히 마음이 내키지 않았으나, 긴 세월의 정은 갑작스레 바뀌는 것이 아니어서 실로 가여운 생각이 들었다.

"얕은 인연이라도 부부라면 누구나 다 참고 끝까지 같이 사는 법입니다. 더구나 당신은 몸도 괴로운 처지가 아닙니까? 긴 세월 동안 약속하여 온 것을 잊었습니까? 나는 보통 사람과 다른 환자인 당신을 언제까지나 돌보아 드리려고 이렇게 참고 지내 왔는데, 당신은 나처럼 참지를 못하고 나를 싫어하는군요. 어린아이들에게도 소홀하지 않도록 애써 왔었는데, 당신은 여자의 쓸데없는 생각으로 이렇게 원망을 계속하고 있습니다. 내 마음을 끝까지 확인하기 전에는 그런 생각이 드는 것도 당연하겠지만, 내게 맡겨 놓고 당분간 결과를 더 지켜보십시오. 식부경궁은 소문을 듣고 나를 미워하여 당신을 깨끗이 데려가려고 하지만, 그것은 도리어 아주 경솔한 일입니다. 정말 그렇게 하려고 하였을까요? 그저 잠시 나를 징계하려고 한 것이 아닐까요?"

수흑대장은 웃으면서 말했다. 그것이 본처에게는 분하고 지긋지긋하게 느껴져서 마음이 상했다.

수흑에게 정을 받는 목공의군(木工의君)이나 중장의군 같은 사람은 신분이 낮은 여인들인데도 그 무렵 심중이 평온치 않았다. 그러니 본처의 마음은 더욱 어수선했다. 제정신으로 있는 때여서 온순한 모습으로 울고 있었다.

"나를 멍청하고, 분수도 모른다고 하여 욕보이는 것은 당연한 일입니다. 그러나 운이 없는 나 때문에 아버지의 체면이 깎이는 것은 정말 견디기 어렵습니다. 나는 익숙해져 있으므로, 새삼스럽게 무어라고 말할 것도 없습니다."

등을 돌리고 있는 본처의 모습은 매우 애처로웠다. 몸집이 아주 작은 데다 병 때문에 퍽 여위어 있었다. 아름답고 길던 머리칼은 누가 잡아 뽑은 것 같이 빠지고, 빗질을 거의 안 해서 눈물로 엉겨 붙어 있었다. 아버지를 닮아서 아름다운 용모였지만, 몸치장에 전혀 마음을 쓰지 않아, 화려한 풍치가 있을 리 없었다. 수흑대장은,

"내가 어찌 궁의 얼굴에 진흙을 칠하는 짓을 하겠습니까? 몹시 볼썽사나운 말은 하지 말아 주시오. 저, 눈이 부시도록 깨끗한 옥의 높은 전각으로 다니는 데에 나는 익숙하지가 않습니다. 고지식하게 출입하는 것이 이것저것 사람들 눈에 띄어서 쑥스러운 생각이 듭니다. 그래서 마음 편하게 이쪽으로 데려올 생각입니다. 겐지 대신의, 세상에 비교할 수 없는 평판은 새삼스럽게 얘기할 것도 없습니다. 부끄러울 정도로 구석구석까지 빈틈이 없는 분인데, 당신이 그 사람을 미워한다는 소문이라도 퍼지게 된다면, 황송한 일일 것입니다. 당신에게도 아주 불쌍한 일이겠지요. 온화하게 좋은 친구로 지내며 아껴 주십시오. 혹시 당신이 부궁의 곁으로 옮긴다고 해도 나는 당신을 잊어버리지 않을 겁니다. 어떻든 새삼스럽게 애정이 엷어지는 일은 없을 것입니다만, 세상의 웃음거리가 되

고, 경솔하다는 비방을 면하기 어려울 것입니다. 오랜 세월의 약속을 저 버리지 말고, 서로 나중까지 지켜보아 줄 각오로 있으십시오.”

수흑대장은 본처를 달래며 말하였다.

“당신의 가혹한 처사 같은 것은 아무렇지도 않게 생각합니다. 세상 사 람보다 못한 병신인 것을 아버지도 걱정하셔서, 새삼스럽게 웃음거리로 될 것을 걱정하시는 것 같은데, 그것이 안타까워 어떻게 아버지와 얼굴 을 맞댈 수 있습니까? 겐지 나리의 본처 자의상도 나와는 남이 아니랍니 다. 그분은 아버지도 모르는 사이에 성인이 된 분이지요. 나중에 와서는 모친처럼 옥만을 양육하였으니, 아버지는 그 미움을 덧붙여 말씀하시는 것 같습니다. 그러나 나는 마음에 두지 않고 있습니다. 당신이 하는 것 을 보고만 있겠습니다.”

“잘 말씀하셨습니다. 그러나 여느 때처럼 발작이 일어나면, 곤란하게 될 겁니다. 겐지 나리의 본처도 당신의 신상에 대해서는 모르고 있습니 다. 식부경궁은 그분의 어버이답게는 행동하지 않고 있습니다. 만일 이 러한 일이 저쪽에 전해지면, 퍽 성가시게 될 것입니다.”

수흑대장은 하루 종일 방에 들어앉아, 본처를 설득했다.

8.본처가 수흑에게 재를 뿌리다.

날이 저물자, 수흑대장은 마음이 들떠서 어떻게든 빨리 나가려고만 생 각했다. 그런데 공교롭게도 눈이 그치지 않고 있었다. 이런 날인데도 감 히 나가려고 하는 것이 사람들 눈에 띄면 본처에게 미안한 일이었다. 만 일 본처의 표정이 미움과 질투로 이글거리기라도 한다면 정말 난처한 일 이었다. 수흑대장은 그것을 염려하여 미리 작전을 세웠다. 수흑대장은 평소와 달리 조용하게 거동하고 연민을 불러일으키도록 처신했다. 격자 문을 올린 채 끝 가까이에 나와서 얼빠진 모양으로 한숨을 쉬는 것이었 다. 본처는 그것을 보고, 재촉의 말을 하고 있었다.

“공교롭게 내리는 이 눈을 어떻게 헤치고 나가시렵니까? 밤도 깊어졌 는데. 빨리 가십시오.”

이제는 이미 말리려고 하여도 소용없다고 생각을 정한 본처의 모습은 보기에도 몹시 안타까웠다. 수흑대장은 이야기했다.

"이런저런 소문이 겐지 대신의 귀에 들어가면 어떻게 생각하실까 걱정입니다. 다니는 것을 뚝 끊으면, 미안스러운 일이기도 합니다. 당신은 마음을 가라앉히고, 나의 마음을 끝까지 지켜보아 주십시오. 이 집에라도 옥만을 마중하게 되면, 걱정도 없어질 것입니다. 당신이 이렇게 오늘처럼 여유 있게 있으면, 다른 여자에게 쏠리는 마음도 자연히 없어지고, 당신 일을 차근히 사랑스럽다고 여길 것입니다."

이 말에 본처는 온화하게 말했다.

"여기에 머무르고 있어도 마음이 다른 데로 가 있으면, 도리어 괴로울 것입니다. 다른 데에 가 있을 때라도 이쪽을 생각하여 주시는 것만으로, '소매의 얼음'도 녹아 없어질 것을."

본처는 향로1)를 가까이 끌어당겨서 수흑대장의 옷에 향을 쬐었다. 풀기가 없어진 평상복 차림에 약하디 약한 모습으로 우울하게 있는 본처를 수흑대장은 정말 가엾게 여겼다. 눈이 조금 부어 있는 것이 마음에 안 드는 부분이었지만, 사랑스러운 마음이 가득했던 때에는 나무랄 생각도 안 했었다. 이렇게 오랜 세월을 같이 지낸 것을 생각하면, 다른 여자에게 마음을 완전히 뺏긴 자기가 경솔하게 느껴지기도 했다. 그래도 역시 옥만을 향한 마음을 높아질 뿐이어서 한숨을 짓게 되었다. 수흑대장은 옷차림을 단정히 하고, 작은 향로를 소매 속에 넣어 향을 쪼였다. 잘 차린 옷을 입고 있으니, 수흑대장의 모습은 말쑥하고 남자답게 보였다. 얼굴모습이야 나란히 설 수 없는 겐지의 아름다움과는 비교할 수도 없었지만, 신하의 신분이라고 생각되지 않을 정도로 훌륭한 풍채였다. 대기실에서 수행원들의 소리가 들려왔다.

"눈이 조금 그쳤습니다. 밤이 새어 버리겠습니다."

노골적으로 권하지는 못하고, 다들 나갈 것을 재촉하여 헛기침을 하고

---

1) 의복에 향기가 배어들게 하는 향로. 수흑대장을 옥만 곁으로 보내기 위해서 본처는
   남편의 의복을 준비하고 있다.

있었다.

"슬픈 두 분의 사이다."

중장이나 목공의군은 한숨을 쉬면서, 누워서 이야기하고 있었다. 본처는 가만히 생각을 누르고, 애처롭게 사방침에 기대어 누워 있었다. 그러다가 별안간 일어나서 큰 바구니의 밑에 있는 향로를 붙잡아 대장의 뒤에서 재를 쫙 끼얹었다. 사람들이 말릴 사이도 없는 순식간의 일이었다. 대장은 얼마나 놀랐는지 망연히 선 채로 있었다. 재가 눈과 코에도 들어가 아무것도 분별하지 못하고 있었다. 재는 털어 내려고 해도 솔기마다 가득하여서, 모처럼 차려 입은 옷을 도로 벗어버렸다. 제정신으로 이런 짓을 하였다면 두 번 다시 쳐다보지도 않을 것이지만, 악령이 본처를 정떨어지게 만들려고 한 것이었기 때문에 시중 드는 하녀들도 모두 애처롭게 생각하였다. 크게 소란을 피우며 옷을 갈아입었는데도 재가 몸속까지 날아 들어가서 아직도 재투성이였다. 비할 데 없이 고귀한 겐지 댁에는 도저히 이대로 갈 수 없는 상태였다. 아무리 악령 탓이라도 이건 이제까지 없었던 지나친 행동이라 생각하며, 수흑대장은 몹시 화가 났다. 조금 전의 사랑스러웠던 마음도 싹 가시고, 아주 정이 떨어져 버렸다.

'당분간 거칠게 다루면, 몹시 귀찮은 사태가 벌어질 것이다.'

수흑대장은 생각을 가라앉히고, 밤이 깊었지만 중을 불러서 기도를 하게 했다. 환자의 크게 외치는 소리가 너무 소란스러워, 수흑대장이 끔찍해하는 것도 무리는 아니었다.

9. 수흑이 옥만에게 소식을 보내다.

본처는 밤새 물건을 집어던지며 미친 듯이 울었다. 이튿날 아침이 되어서야 조금 눈을 붙이는 모양이었다. 수흑대장은 그 사이에 옥만에게 편지를 보냈다.

"엊저녁에는 갑자기 정신을 잃은 사람이 있었습니다. 더구나 눈도 와서 나서기가 어려워 주저하고 있는 동안에, 이 몸까지 얼어 버려서 …. 어떤 생각으로 계셨는지 묻지도 못하고, 옆의 사람들은 또 뭐라고 소문을 내었을까요?"

그는 고지식하게 썼다.

"〈내 마음까지도 정신없이 휘저어 어지럽던 큰 눈에, 혼자 자는 한쪽 소매는 추위로 완전히 얼어 버렸습니다.〉

참기 어려운 생각입니다."

흰 안피지(雁皮紙)에 묵직한 필체로 적혀 있었지만, 내용에는 특별한 흥취도 없었다. 그나마 필적이 훌륭한 것은, 그가 한학에 뛰어난 사람이기 때문이었다. 옥만은 수혹대장이 밤마다 건너오지 않는다고 해서 서운해하는 마음도 없었다. 옥만은, 가슴을 조이며 쓴 수혹대장의 편지를 읽으려고도 하지 않았다. 그랬으니 자연히 답장도 없었다. 수혹대장은 가슴이 터질 것 같아, 하루 종일 걱정하며 지내고 있었다.

본처는 아직도 퍽 괴로워하고 있었다. 수혹대장은 사람들에게 수법(修法)을 시켰다. 그는 마음속으로 이렇게 빌었다.

'하다못해 잠시 동안이라도 무사히 제정신으로 있게 해주십시오.

본처의 심지가 부드럽고 사랑스러운 사람이라는 것을 알지 못했더라면, 도저히 이만큼도 참지 못했을 것이다. 수혹대장은 여전히 불쾌했다.

10. 수혹이 옥만 쪽에 죽치고 머무르다.

날이 저물자, 수혹대장은 여느 때처럼 서둘러 옥만에게 갈 채비를 했다. 그는 무엇이든 제대로 갖추어지지 않으면 언제나 꺼림칙해하는 성미였지만, 이날은 적당한 평상복도 시간에 대어 준비하지 못하였다. 아무렇게나 입고 서둘러 대는 모습은 정말 볼썽 사나웠다. 엊저녁의 사건 때문에 탄내가 몸에 배어 있었다. 본처가 질투한 흔적이 똑똑하여, 옥만이 싫어할 것이 뻔하였다. 할 수 없이 목욕간에서 목욕을 하고, 몸치장하기에 여념이 없었다.

"〈옷이 탄 것은, 혼자 남은 본마나님의 가슴이 불처럼 괴롭게 타다가, 어쩌지 못하고 불꽃이 밖으로 나왔기 때문일 것입니다.〉

아주 단념하여 버린 모습은 옆에서 보고 있기에도 가슴이 아픕니다."

목공의군이 향을 쪼이면서 이렇게 말하고는 입언저리를 소매로 덮었다. 그 눈초리는 누가 보아도 예뻤다.

"어쩌다가 이런 여자에게 정을 주게 되었던가?"

수흑대장은 이렇게밖에는 생각하지 않았다. 얼마나 박정한 마음인가?

"〈엊저녁의 저 지겨운 일을 생각하면 아직도 기분이 침착하지 않은데, 연기냄새를 맡자니, 더욱 한탄이 솟아난다. 〉

저 아주 어처구니없는 사건이 만일 저쪽의 귀에 들어가면, 나는 어느 쪽에도 못 끼는 몸이 될 것이다."

수흑대장은 한숨을 쉬며 출발했다.

단 하룻저녁 만나지 않았을 뿐인데, 옥만은 그사이에 한층 더 어여뻐진 것만 같았다. 수흑대장은 다른 사람은 아무도 염두에 없는데다 본처에게 지독하게 싫증을 느꼈으므로, 오랫동안 이쪽에 죽치고 머물렀다.

본처 쪽에서는 수법 등을 하느라 소동을 벌이고 있었지만, 악령이 무더기로 나타나 소리를 치곤 했다. 수흑대장은 그 소문을 듣고서, 이런 어이없는 일로 평판이 나빠져서 반드시 치욕을 받게 될 거라 여기며, 무서워서 가까이 가지도 못했다. 어쩌다가 집에 돌아올 때도, 따로 떨어진 방에 들어가서 아이들만을 불러 만나보고 있었다. 12, 3세쯤의 딸이 하나 있었고, 그 밑으로 남자아이 둘이 있었다. 시중 드는 사람들은 이것으로 본처와의 인연이 끝났다고 생각하며 몹시들 슬퍼했다.

11. 식부경궁이 딸을 마중하다.

식부경궁이 이 소식을 듣고, 말했다.

"이제 와서 이렇게 본처를 버리고 돌아보지 않는다는데, 내가 이대로 참고 있는 것은 면목이 없는 일이고 웃음거리이기도 하다. 내 명이 끊이지 않는 한, 어떻게 가만히 앉아서 지켜보고 있을 수가 있겠는가?"

이리하여 식부경궁은 급히 딸을 마중하러 보냈다.

본처는 정신이 조금 평소대로 돌아와서, 수흑대장과의 사이를 한심하게 생각하며 슬퍼하고 있었다. 그러는 중에 마중하러 온 사람을 맞았다.

'무리하게 남아서, 아예 버림받은 것을 마저 확인하고 체념하여 받아들이는 것은 한층 더 웃음거리가 될 뿐이다.'

본처는 이렇게 결심하였다.

형제 되는 사람들 중 중장, 시종, 민부대보(民部大輔) 등이 수레 세 채를 이어 놓고 대기하고 있었다.

"결국은 이렇게 되고 만 것이다."

전부터 예상하고 있었던 일인데, 드디어 오늘을 마지막으로 이별한다고 생각하니, 시중 드는 사람들도 다 같이 눈물을 흘리고 있었다.

"낯선 타지에서 답답하고 거북하게 있게 될 거라면, 여럿이 시중을 들 까닭도 없습니다. 몇 사람은 각자 자기 집으로 돌아가십시오."

이렇게 방침을 정하여, 각각 짐들을 자기 집으로 나르고 뿔뿔이 헤어졌다.

필요한 세간들을 모두 정리해 놓고, 다들 소리 내어 우는 바람에 몹시 꺼림칙한 분위기가 되었다. 이곳저곳에 있는 아이들을 모두 불러모아 앉히고, 모군이 말했다.

"나는 이렇게 괴로운 운명을 타고났다고 생각하며, 지금은 죄다 체념해 버렸다. 이 세상에 아쉬움을 남기지 않고, 이제부터는 어떻게든지 세상이 되어가는 대로 살아갈 생각이다. 다만, 너희들이 긴 세월 동안 뿔뿔이 헤어져 있을 것을 생각하면 무척 슬프다. 딸은 어떻게 되더라도 내가 데려갈 것이지만, 사내아이들이 걱정이구나. 부군이 너희들을 감싸 주지 않을 것이니, 어디에도 의지할 데가 없어 불안하게 되고 말 것이다. 조부궁이 건장할 동안은 엔간히 조정에 섬길 수도 있겠지만, 지금은 겐지와 내대신이 마음대로 하는 세상이므로, 남만큼 출세하기는 어려울 것이다. 그렇다고, 나를 따라와서 너희들마저 산이나 들에서 세상을 피하게 되면, 후세까지라도 괴롭고 체면이 안 설 것이다."

본처는 눈물을 감추지 못했다. 아이들은 깊은 사정도 모르면서, 얼굴을 찡그리며 울고 있었다.

"옛이야기[2] 들을 보아도, 깊은 애정을 가졌던 아버지라도 추세에 따라서 생각이 달라져 박정하게 되어 버리기 마련이다. 하물며 형식적으로만 부자지간이지, 목전에도 이미 옛날 자취가 없어질 만큼 박정하게 거동하는 대장이 아이들을 위해 노력해 줄 것을 기대하는 것은 무리다."

유모들도 곁에서 본처와 함께 한탄했다.

12. 진목주가 한탄하는 노래를 남기다.

해도 저물어 하늘 모양은 눈이 내릴 듯이 쓸쓸하게 느껴졌다.

"지독한 날씨가 될 모양입니다. 속히 가십시오."

마중하러 온 군들이 재촉하여, 본처는 눈물을 닦고 하늘을 무심히 올려다보았다. 본처의 딸 진목주(眞木柱)[3]는, 그 동안 쭉 사랑하여 주셨던 아버지를 생각하고 있었다.

"부궁을 뵙지 않고 어떻게 살아갈 수 있겠습니까? 작별인사도 드리지 않고 이제 두 번 다시 뵐 수 없게 되다니요."

진목주는 도저히 여기를 떠나지 못하겠다는 듯이 엎드려 있었다.

"그런 생각을 하고 있는 것은 정말 한심스럽다."

다들 이렇게 그녀를 어르고 달랬다. 진목주는 지금 곧 아버지가 집으로 돌아왔으면 좋을 거라 생각하며 기다리고 있었지만, 이렇게 해가 지는 무렵에 저쪽으로부터 돌아오리라고는 기대할 수도 없었다. 자신이 기대어 있는 동쪽 기둥이 이제부터는 타인의 것이 될 것을 생각하니, 진목주는 몹시도 안타까웠다. 그래서 노송나무 껍질 색깔의 종이를 포개서 비녀 끝으로 기둥의 틈에 밀어 넣었다.

〈이제 마지막으로 이 저택을 떠나려고 하지만, 이때까지 친하였던 노송의 기둥은, 나를 잊어버리지 말아 다오.〉

진목주는 끝까지 다 쓰지도 못하고 울먹였다. 본처는 진목주를 보면서

---

2) 《繼子物語》. 현존하는 것으로 《落窪物語》나 개작된 《住吉物語》 등이 있다. 전처 배의 딸에게 애정을 가졌던 부친이, 후처와 세월을 지내 오면서 점점 야박해져 간다는 내용.

3) 진목(眞木)은 노송나무. 기둥에의 집념으로 집과 부친에의 애착을 표현. 이 노래를 부른 것 때문에 진목주(眞木柱)라고 이 권의 이름을 붙였고, 아씨의 이름도 되었다.

노래했다.

〈노송의 기둥이 오랫동안 친하게 여겨졌지만, 우리들은 이제 무엇 때문에 이 집에 머무를 필요가 있겠는가?〉

옆에 있던 사람들도 여러 가지 슬픈 생각으로, 여느 때는 마음을 쓰지 않았던 뜰 앞의 나무나 풀의 경치를 가만히 바라보았다. 여기를 떠난 후에는 이 모든 것이 그립게 여겨질 것만 같았기 때문이었다.

목공의군은 수혹대장에게 전속된 하녀여서, 이곳에 남아 있게 되었다. 중장의군은 목공의군에게 말했다.

"〈바위 사이에 모인 물이 얕긴 하지만, 어디까지도 맑아서 나리의 옅은 인연인 당신에게 언제까지라도 남아 있는데, 이 집을 지킬 분이 떠나는 것이 있어도 좋은 일입니까?〉

이렇게 되리라고는 생각도 안 한 것입니다. 이렇게 당신하고도 이별하게 되는군요."

"〈당신은 언제까지라도 남아 있다고 말씀하시는데, 바위 사이의 물과 같은 내 마음은 말할 수 없는 슬픔에 잠겨서, 언제까지라도 여기서 계속 살려는 생각이 들지 않는 세상이랍니다. 〉

정말 한심하게도."

목공의군은 이렇게 말하고 울었다. 수레를 끌어내자, 본처는 뒤를 돌아보며 도저히 다시 보는 일이 없을 거라는 덧없는 생각을 하고 있었다. 저택의 나무 끝에도 눈이 머무르고, 아무것도 보이지 않게 될 때까지 뒤돌아보는 것이었다. 남편이 사는 집인 까닭에서가 아니라, 오랜 세월을 지내 온 집이었기에 그리워지는 것은 당연했다.

13. 식부경궁의 본처가 겐지를 미워하고 매도하다.

식부경궁의 집에서는 모친이 슬프고 원통한 마음으로 기다리고 있었다. 그녀는 소리를 내어 울고 있었다.

"태정대신 겐지가 좋은 연줄이라고 생각하지만, 실은 얼마나 옛날부터 원수로 지냈던가 싶습니다. 여어4)에 관해서도 태정대신은 꼼짝 못 하게 처리하였었습니다. 사람들은, 태정대신이 옛날의 원한에 앙심을 먹고 일부러 그런 것이라고들 소문내고 있습니다. 옛날에 그런 일이 있었더라도 우리에게 이렇게 해도 되는 것입니까? 자의상 한 분을 소중히 여기니, 그 연고 있는 사람들까지도 은혜를 입어야 마땅한 법인데, 이해할 수 없는 일입니다. 게다가 이렇게 요새 와서는 까닭 모를 의붓딸을 극구 칭찬하더니, 자신이 의붓딸에게 오래 위안을 받아 왔던 것을 불쌍히 여겨, 저 우직한 수흑대장에게 떠넘긴 것이 아닙니까? 바람 피우지도 못할 사람을 용케도 구워삶아 이용하는 것은 얼마나 염치없고 미운 일입니까?"

모친은 계속 큰소리로 떠들고 있었다. 식부경궁은 말했다.

"이 얼마나 듣기 싫은 소린가? 세상에서는 누구한테도 비난을 안 받을 분인 대신을, 입에서 나오는 대로 헐뜯어 말하지 마시오. 저런 현명한 분이 전부터 깊은 생각이 있어 무슨 보복을 하려고 생각하였다면, 그럴 만한 일이 있었음에 틀림없소. 그렇게 의심을 받은 이 몸이 불행할 뿐이오. 그런데도 세상에 소문이 날 정도로 성대하게 과분한 연회를 개최하였으니, 그것을 일생의 명예로 알고 만족하여야 할 것이오."

모친은 더욱 화를 내어, 꺼림칙한 말들을 지껄이고 있었다. 식부경궁의 본처인 이 여인은 정말 천성이 손을 댈 수 없는 사람이었다.

14. 수흑이 식부경궁에게 냉대받고 돌아오다.

수흑대장은 본처가 아버지 식부경궁의 집으로 돌아갔다는 것을 듣고서 생각했다.

'정말 이해할 수 없는 일이다. 무분별한 젊은이끼리의 싸움 같이 앙갚음해 버렸구나. 본인은 그렇게 딱 잘라서 과감한 행동을 하지는 못하는 성미니, 부궁이 이러한 경솔한 일을 저질렀을 것이다.'

아이들도 있고, 또 세상 체면도 좋지 않아서 그는 여러 가지로 궁리하다못해 옥만에게 말했다.

---

4) 그들의 딸인 왕여어. 겐지가 그녀의 입내에 협력하지 않았을 뿐더러 입내 후에도 겐지가 후원하는 재궁여어[추호중궁] 때문에 중궁이 못 되었다.

"처가 출가하는 일이 생겼습니다. 한쪽 구석에 숨어서 조용히 있을 거라고 마음 편하게 생각하고 있었는데, 갑자기 아버지인 궁이 그런 일을 하였습니다. 오히려 어깨의 짐을 내려놓은 것 같기도 합니다만, 이대로 두면 세상의 소문이 박정하다고 할 것이니, 조금 얼굴을 내밀고서 곧 돌아오겠습니다."

수흑대장은 이내 저택을 나왔다. 고급 포(袍)5)에 유직(柳織)의 아래옷과 청둔색(靑鈍色)의 바지를 입은 옷매무새는 무척 당당한 느낌이었다. 이 정도면 정말 옥만과도 잘 어울린다고 하녀들은 생각하고 있었지만, 당자인 옥만은 눈을 돌리지도 않았다. 더구나 일이 이렇게 된 경위를 듣고 나니, 자기 신세가 너무나 한심하게 생각되었다.

수흑대장은 식부경궁에게 푸념하러 가는 길에, 먼저 자기의 집으로 와 보았다. 목공의군이 나와서, 일어났던 일을 보고했다. 딸 진목주가 한탄하던 모습을 들으니, 수흑대장은 남자답게 참아 오던 눈물을 흘리고야 말았다.

'세상의 보통 사람과 다르게, 본처의 기묘한 병을 오랜 세월 동안 대범하게 보아 온 나의 생각이 잘 알려져 있지 않았었군. 정말 자기 생각대로 행동하는 사람이라면, 지금까지 참고 같이 살 수도 없었다. 그래, 좋다. 본처는 이미 쓸모 없는 사람이니, 어디에 있더라도 상관은 없다. 다만 어린아이들을 어떻게 다루려 하는 것일까?'

수흑대장은 한숨을 쉬면서 노송기둥을 보았다. 필적은 유치했지만, 노래한 마음은 차근히 가슴을 치는 것이었다. 그리움이 점점 심해져, 수흑대장은 길을 가면서도 계속 눈물을 닦았다. 본처와는 만나게 해주지도 않았다.

"무어. 세상에 아첨하는 저 사람의 마음은, 새삼 지금에 비롯된 것도 아니다. 이 수년래 옥만에게 제정신을 뺏기고 있다는 소문을 귀로 들은 지도 퍽 오래되었는데, 이제 와서 만난다고 생각을 바꿀 리도 없다. 꼴

---

5) 평안시대(平安時代)의 옛 조정에서 공사(公事)를 볼 때에 관복(官服)의 곁에 입었던 조복(朝服).

사나운 너의 모습을 여러 사람의 눈에 띠게 하는 것일 뿐이다."

식부경궁은 이렇게 말하며, 딸에게 수흑대장과 만나는 것을 금하였던 것이다.

"정말 어른답지 않게 처리한 것 같습니다. 어린아이도 있으니, 별일이 없을 거라고 홀가분하게 저지른 저의 소홀한 행동을 어떻게 사죄하여야 할지 모르겠습니다. 변명의 여지도 없는 일이지만, 일의 순서를 잘 갖춘 뒤에 이러한 처치를 하셔도 좋았을 것입니다."

수흑대장은 이렇게 변명하였다. '하다못해 딸아이라도 만나고 싶다'고 말해도 내줄 기색이 아니었다. 10살 먹은 남자아이는 동자 전상으로 있었다. 아주 귀여워서 사람들에게 칭찬을 받고 있었다. 얼굴 모습은 그렇게 빼어나지 않았지만, 사물의 분별이 빠른 아이였다. 차남은 8살이었는데, 딸인 진목주와 많이 닮은 생김새였다.

"너를 사랑스런 누이의 추억거리로 생각하자."

수흑대장은 이 아이의 머리를 쓰다듬으며, 울면서 이야기했다. 수흑대장은 식부경궁을 직접 만나고 싶어 청했지만, 식부경궁은 불쾌하다는 듯이 거절의 말을 전했다.

"공교롭게도 감기가 들어 기분이 좋지 않은 때여서…."

수흑대장은 이러지도 저러지도 못하는 우스운 꼴로 물러났다.

15. 수흑이 남자아이들을 데리고 오다.

수흑대장은 남자아이들을 수레에 태우고 돌아왔다. 도저히 이 아이들을 데리고 육조원에는 갈 수가 없어서 저택에 머무르게 하였다.

"너희들은 아무래도 이곳에 있도록 해라. 그래야 만나러 오기에도 안심이 된다."

멀거니 아주 불안하게 아버지를 배웅하는 두 아들의 모습이 너무 애처로워서, 수흑대장은 근심의 뿌리가 또 하나 늘어난 것만 같았다. 그러나 옥만의 빼어난 용모는 저 꼴사나운 본처의 모습과 비교도 안되어, 모든 걱정거리를 위로받는 것 같았다.

수흑대장은 그 후 식부경궁의 집과는 아주 연락을 끊고 지냈다. 꼴사납게 면회도 거절당한 것을 핑계로 하여 발길을 끊었다. 식부경궁은 그것을 몹시 불쾌하게 생각하며 한탄하고 있었다.

"나까지 원망을 받는 것은 괴로운 일이다."

춘의상(春의上)이라고 불리는 자의상도 이 사태를 듣고서, 슬퍼하였다. 겐지는 그것을 불쌍히 여겨, 자의상을 달래며 말했다.

"어려운 일입니다. 사람의 일은 생각만으로는 어떻게 할 수 없는 것이어서, 주상도 나의 처사를 재미없게 여기는 것 같습니다. 병부경궁 같은 이도 나를 원망하고 있다고 듣고 있습니다만, 그렇더라도 그도 내막을 듣고는 납득이 되어[6] 원한도 풀렸다고 합니다. 남녀의 사이는 비밀로 하려고 하여도 언젠가 자연히 진상이 밝혀지는 것이니, 그렇게 걱정해야 할 일은 없을 것입니다."

16. 수흑이 옥만을 참내시키다.

여러 가지 사건으로 떠들썩한 때, 수흑대장은 옥만의 마음이 더욱더 개일 날도 없는 것을 안타깝게 여겼다.

"출사하기로 되어 있는 것을 방해하는 것은 주상에게도 무례한 일이라고 여겨집니다. 무언가 나에게 딴 뜻이 있는 것으로 생각하셨을 것이고, 두 대신들도 재미없다고 여기고 있을 것입니다. 조정에 섬기는 사람을 처로 삼는 예가 없는 것도 아니니까."

수흑대장은 생각을 고쳐, 해가 바뀌자 옥만을 참내시켰다. 그 해는 남자답가가 개최되는 때인데, 마침 그때 의식도 엄숙하게 유례없이 준비하여 궁중으로 왔다. 두 대신들과 수흑대장의 위세가 겹친 데다가, 석무중장도 친절하게 마음을 써서 돌보고 있었다. 좌대신의 자녀들도 이러한 기회에 함께 모여 성심껏 돌보고 있었다.

승향전(承香殿)의 동쪽에 상시의 방이 준비되어 있었다. 식부경궁의 딸인 여어가 살고 있었던 서쪽과는 복도 하나만을 사이에 두고 있었지

---

6) 옥만의 결혼은 수흑대장의 소행으로, 겐지의 의향과는 무관하다는 것을 말한다.

만, 마음의 거리는 멀리 떨어져 있었을 것이다. 여어들은 누구라도 영화롭게 하여, 궁중의 분위기가 유난히 고상하고 화려한 시대였다. 신분이 낮은 갱의(更衣)들은 그렇게 많지 않았다. 중궁, 홍휘전여어, 식부경궁의 여어, 좌대신의 여어 외에는 중납언과 재상의 딸 두 사람만이 임금을 섬기고 있었다.

17. 남자답가가 여러 곳을 돌다.

남자답가에는 친정집의 하녀들도 여어들이 있는 곳에 와서 구경하고 있었다. 색다른 취향이 있는 활기찬 구경거리여서, 누구나 다 아름다움을 다하게 차려 입고 나섰다. 동궁의 어머니 승향전여어도 정말 눈부시게 치장을 하였고, 동궁은 열두 살로 아직 어린 나이였는데도 만사 유행의 선두를 걷고 있는 느낌이었다.

남자답가 일행은 임금의 앞에서부터 시작하여, 중궁의 처소를 거쳐 주작원으로 돌아왔다. 그때는 이미 밤도 꽤 깊었다. 행사가 너무 어마어마할 것 같아, 육조원은 이번에는 생략했다. 주작원으로부터 되돌아와서 동궁이 머무는 곳을 돌아오는 동안에 어느덧 날이 밝았다.

아직 어렴풋하게 날이 밝을 때에, 일행은 몹시 취한 채, 최마락의 '죽하'(竹河)를 노래 부르고 있었다. 내대신 집의 젊은 청년 4, 5인과 목소리가 뛰어나고 용모도 아름다운 전상인들의 모습이 특히 훌륭하게 느껴졌다. 아직 동자 전상인인 팔랑의군(八郎의君)은 본처 태생으로 내대신이 대단히 소중히 여기는 아이였는데, 그 중에서도 유난히 귀여워 보였다. 수흑대장 댁의 장남과 나란히 서 있는 팔랑의군을 상시 옥만도 남이라고는 생각하지 않고 유심히 바라보았다. 상시의 하녀들은 시중 드는데에 익숙해 있는, 신분 높은 여어들의 하녀들보다도 현대적이고 더한층 화려했다. 옥만이나 하녀들은 전에는 궁중생활을 그다지 내켜하지 않았었지만, 이제는 할 수만 있으면 이렇게 유쾌한 기분으로 잠시 동안 지나는 것도 좋다고 생각했다. 높은 신분의 여인들과 같은 녹(祿)을 받았으며, 받은 풀솜도 특별한 취향으로 꾸미고 있었다. 여기는 물을 주는 역이었지만, 화려하게 기분을 돋우었다. 사람들에게 충분히 마음 써서 일정한 관례대로 성대히 접대하도록 특별히 수흑대장이 지휘하고 있었다.

18. 수흑이 옥만의 궁중 퇴거를 재촉하다.

수흑대장은 궁중 숙직소에서 하루종일 상시 옥만에게 말하고 있었다.

"밤이 되면 퇴출하십시오. 변화가 많은 궁중살이여서 걱정이 됩니다."

그는 같은 말을 되풀이하며 재촉하였지만, 옥만은 대답도 안했다.

"겐지 대신이, 오랜만의 참내이니 그렇게 조바심을 하지 말고, 주상이 만족하실 때까지 머물러 있다가 허락이 있으면 퇴출하라고 하셨습니다. 오늘 저녁에 퇴출하라고 하는 것은 너무 어이없는 일이 아닙니까?"

시중 드는 하녀들은 이렇게 반발하였다.

수흑대장은 정말 견디기 어려워서 이렇게 말하며 한숨을 쉬고 있었다.

"그처럼 말씀드렸는데, 이렇게까지 생각대로 되지 않는 사이였는가?"

19. 임금이 옥만에게 건너오다.

형병부경궁은 어전의 관현의 놀이에 사후(伺侯) 하고 있었다. 궁중 안에 사모하던 여인 옥만이 있다는 생각에 그는 마음이 평온하지 않았다. 결국 더 이상 참지 못하고, 옥만에게 편지하였다. 그때 수흑대장은 근위부의 대기실에 있었다. 상시 옥만은 중개를 통하여 그의 편지를 받아보았다.

"〈심산목(深山木)의 대장 나리와 사이 좋게 나래를 교차하고 있는 새인 당신의 일이, 다시없이 질투가 나는 봄입니다. 〉

그 새의 재잘거리는 소리도 무심히 들려와서."

병부경궁의 마음이 불쌍하게 여겨져서 얼굴이 붉어졌다. 어떻게 대답해야 할지 고민하고 있던 차에 임금이 모습을 나타냈다.

밝은 달빛에 비쳐, 임금의 얼굴 모습은 무어라 말할 수 없이 아름다웠다. 겐지의 자취가 역력히 느껴져서, 이렇게 아름다운 사람이 두 사람이나 있었는가 하는 생각이 들었다. 겐지가 자기에게 마음을 두었던 때에는, 그 정이 얕지 않았는데도 꺼림칙하고 괴로웠었다. 그러나 임금에게는 어찌 그런 생각이 있을 수 있겠는가? 임금은 정말 부드러운 태도로 기대에 어긋났다고 푸념하셨으므로, 옥만은 얼굴을 마주하지도 못하고 괴로워하였다. 얼굴을 부채로 가리고 대답도 하지 못하는 것을 보고 임금은, 말을 건네었다.

"이상하게 불안한 모양이군요. 나의 생각을 잘 알고 있으리라 믿고 있는데, 전혀 생각도 안 한 것 같이 있는 것은 당신의 버릇이었군.

〈어째서 이렇게 만나지도 못할 보랏빛7) 옷의 여인을 마음 깊이 생각하고 있었는가?〉

이 이상 깊어질 수 없는 사이였던 것인가?"

임금의 모습은 아주 젊고 아름다워서, 몸둘 바를 모르게 부끄러울 지경이었다. 옥만은 겐지 대신과 똑같은 분이라는 생각을 가라앉히고, 대답을 올렸다. 궁살이의 공로도 없는데, 위계를 받은 것이 감사하기도 했기 때문이었다.

" 〈어떤 정에 의하여서 주신 것인지도 몰랐던 보라의 색, 이것은 특별한 마음으로 주셨군요. 〉

지금부터는 은혜를 감사하게 알고 시중을 들겠습니다."

임금은 생긋 웃고서, 푸념하였다.

"지금에야 알게 되었다는 것으로는 역시 섭섭하군요. 누구에게 물어보고 싶군요. 나의 생각이 무리한 것인지 아닌지를."

그 표정이 진지하여 옥만은 숨이 막힐 것만 같았다. 그녀는 아주 곤혹스럽게 되었다고 생각했다. 남자와의 사이는 필시 이런 번거로운 관계가 된다고 생각하며, 기분을 돋우는 태도를 보이지 않으려고 마음 먹었다. 임금도 마음대로 도를 지나친 말은 할 수가 없어서, 차차 정이 들게 되리라고만 생각하였다.

---

7) 보랏빛은 3위 복장의 빛깔이다. 옥만이 3위에 서임된 것을 밝혔다.

20. 옥만이 임금과 노래를 주고받다.

수흑대장은 임금이 건너갔다는 것을 알고는 더욱 걱정이 되고 당황하여 퇴출을 재촉했다. 당사자인 옥만도, 있어서는 안될 사태가 벌어질지도 모른다고 한심스럽게 생각했다. 도저히 침착하게 있을 수가 없어서, 퇴출의 그럴듯한 구실을 생각해 내었다. 아버지 내대신 등이 잘 배려해서 겨우 퇴출 허락을 받을 수가 있었다.

'그런 일이라면 이번에 아주 염증을 느껴, 두 번 다시는 참내시키지 않겠다고 말하는 사람이 있으면 곤란하니까 허락은 해주었지만 …. 정말 괴롭다. 누구에게도 뒤떨어지지 않는 나의 마음이었는데, 기선을 제압당하여 지금은 비위를 맞추느라 급급해하고 있다니! 옛적의 아무개8)를 예로 들고 싶은 생각이다.'

임금은 마음속으로부터 이렇게 유감스러워했다.

전부터 소문으로는 들었지만, 실제로 본 상시의 아름다움은 소문 이상으로 훌륭했다. 임금은 처음부터 이런 마음은 아니었지만, 이제는 그냥 넘기지 못할 것만 같았다. 임금은 옥만을 보내기가 몹시 섭섭하였다. 그렇다고 허락을 하지 않으면, 정말 염치없는 사람이라고 생각하여 버리고 돌아보지 않을 것 같아서 친절하고 고상한 태도로 후의 일들을 약속하였다. 임금의 부드러운 태도가 황송하여, 옥만은 속으로 생각했다.

'속마음은 사실 궁중에서 시중 드는 일을 하고 싶은데.'

태정대신과 내대신이 보낸 수행원이 손수레를 옆에 대고 빨리 퇴출하시라고 재촉할 때까지, 그리고 수흑대장이 귀찮게 달라붙어 재촉할 때까지 임금은 옥만과 떨어지지를 못하였다.

"이렇게까지 엄중하게 옆에서 호위하는 것은 어이없는 일이다."

임금은 이렇게 말하며, 화를 내었다.

〈몇 겹의 안개로 사이를 떼어놓는 것이 되면, 매화의 향기도 풍기지 않는 것인가? 대장의 방해에 의하여, 당신의 잠깐의 참내도 더 바라지

---

8) 실제로 누구의 예(例) 인지에 관해서는 여러 설이 있다.

못하는 것일까?〉

특별한 것도 아닌 노래였지만, 임금의 용모나 태도를 보면 뜻 깊게 느껴지는 것이었다.

"들판을 그리워하여 하룻저녁을 같이 지내고 싶지만, 그렇게 되어서는 안될 처지가 남의 일 같지 않게 딱해 보여 안되었군. 이제부터는 어떻게 편지하면 좋은가?"

이렇게 임금이 말하며 괴로워하는 것도 옥만으로서는 몸에 넘치게 고마웠다.

〈향기만은 풍문에라도 전하여 주십시오. 꽃가지들처럼 많은 여어들의 아름다움과 경쟁할 나의 몸은 아닙니다만. 〉

역시 외면하지는 않는 태도를 보였다. 임금은 절실히 그립게 생각하면서 자꾸만 뒤돌아보며 돌아갔다.

21. 수흑이 옥만을 자기 저택으로 퇴출시키다.

수흑대장은 그대로 자기 집으로 데려가려는 속셈이었으나, 미리 그렇게 말하면 도저히 허락을 못 얻을 것 같아 그 일은 내색도 하지 않았다.

"갑자기 지독한 감기에 걸려 기분이 좋지 않습니다. 그래서 마음을 쓸 것이 없는 자택으로 돌아가 휴양하려고 생각하고 있습니다. 그 동안 당신이 다른 데에 떨어져 있으면, 아주 마음에 걸릴 듯한데."

수흑대장은 그럴듯하게 꾸민 이야기로 옥만을 서둘러 빨리빨리 데리고 갔다. 아버지 내대신은 돌연한 일을 듣고, 이렇게 옮기는 의식도 없이 처리하는 것은 어찌된 일인가 걱정했지만, 굳이 이의를 제기하면 수흑대장의 마음을 상하게 할 뿐이라고 생각했다.

"원래 내가 자유롭게 할 수 없는 딸의 일이어서."

내대신은 내버려두었다.

육조원의 겐지는 정말 뜻하지 않은 일로 불만이었다. 그러나 항의한다고 해서 어떻게 달라질 것도 아니었다. 옥만도, 나부끼는 소금연기처럼 되어 버린 예상 밖의 신세를 한탄스럽게 생각하였지만, 수흑대장만은 귀중한 보물을 훔쳐낸 것처럼 즐거워했다. 임금이 방에 들어왔던 것에 관해, 수흑대장은 몹시 빈정거렸다. 옥만은 매우 불쾌하여, 마음을 닫은 쌀쌀한 태도로 맞서고 있었다.

식부경궁의 집에서는 이제 와서 어떻게 해야 할지 몹시 곤혹스러워하고 있었다. 그러나 수흑대장은 더 이상 찾아오지 않았다. 소원대로 얻은 옥만을 받들어 섬기는 데에 자나깨나 열중할 뿐이었다.

22. 겐지가 옥만을 그리워하다.

2월이 되었다.

'얼마나 무정한 대장의 처사인가? 정말 이렇게 단호히 제 물건으로 만든 것은 예상하지도 못했다. 방심한 틈에 빼앗긴 것이 원통하여 죽겠다.'

사람 앞에서도 체면이 안 서는 일이었지만, 그보다도 옥만의 일이 자꾸만 마음에 걸리고 옛일이 그리워졌다. 사람의 운명이라는 것은 마음대로 할 수 없는 것이지만, 자기가 너무도 멍청하게 있었던 까닭에 이렇게 자업자득으로 괴로워하는 것이라 생각하며 자나깨나 옥만의 자취를 떠올렸다. 그렇듯 취미도, 붙임성도 없는 사람과 부부가 되어 있으니, 대수롭지 않은 농담을 적어 보내는 것도 어울리지 않을 듯하여, 애써서 참았다. 비가 몹시 와서 기분도 차분할 때에, 겐지는 이럴 때면 울적함을 달래려고 찾아왔던 옥만의 방으로 가 보았다. 얘기 상대로 있던 옥만의 예전 모습이 참을 수 없이 그리워서 겐지는 결국 편지를 보냈다. 하녀 우근에게 몰래 보내면서, 우근이 어떻게 생각할지 마음에 걸려 자세한 심정을 쓰지 못하고, 그저 짐작만 할 수 있도록 썼다.

"〈계속 내려서 한가로운 올 봄의 비에, 당신은 고향의 사람인 나를 어떻게 생각하고 있는가?〉

쓸쓸하고 심심한 마음에 원망스럽게 생각나는 일이 많지만, 이제 와서 그것을 어떻게 말할 수 있겠는가?"

옥만은 몰래 편지를 받아보고는 흐느껴 울었다. 옥만 역시 시간이 지남에 따라 겐지가 그립게 생각되었다. 그렇다고 그리운 마음을 표현할 수도 없는 어버이였기 때문에, 어떻게 하면 만나볼 수가 있을까 고심하고 있었다. 겐지가 이따금 성가시게 굴었던 것들은 우근에게도 그 동안 알려 주지 않았었다. 옥만은 혼자만의 비밀로 생각하고 있었지만, 우근도 어렴풋이는 짐작하고 있었다. 실제로 어떤 사이였는지 우근은 지금도 납득이 안되었다.

"말씀 드리는 것도 부끄러운 일인데, 말씀을 안 드리는 것은 미심쩍다고 생각하여,

〈장마 때의 추녀의 물방울처럼 나는 생각에 잠겨 소매를 적시면서, 잠깐이라도 당신의 일을 그리워하지 않을 때가 있겠습니까?〉

시간이 지나가면, 말씀하신 대로, 한층 더 부질없는 마음이 더해지는 것입니다. 죄송합니다."

옥만은 일부러 예의 바르게 썼다.

이 답장을 펼쳐 보고, 겐지는 가슴이 터질 것 같았다. 남의 눈을 생각하여 간신히 눈물을 참고 있었다. 그 옛날, 상시 농월야와 이별하고 말았던 것이 생각났다. 그러나 지금의 경우는 당장 눈앞의 일이어서일까, 겐지는 세상에 둘도 없을 정도의 슬픔을 맛보는 것이었다.

'호색가라는 것은, 자기가 사서 끊임없이 고생하는 것인가 보다. 새삼스럽게 또 무엇에 마음을 어지럽히려는 것인가? 옥만은 이미 나에게는 걸맞지 않은 상대가 아닌가?'

체념하려고 아무리 노력해도 체념할 수가 없었다. 거문고를 뜯고 있으면, 옥만이 부드럽게 타던 거문고소리가 자연히 생각났다. 겐지는 간단한 화금의 가락을 타고, '옥의 해초는 베지 말라'고 노래하였다. 흥을 돋우는 모습을 그리운 옥만이 보면, 가슴을 칠 것이라고 생각했다.

23. 임금이 옥만에 대한 연정으로 괴로워하다.

임금은 잠깐 본 옥만의 용모나 운치가 마음에 걸렸다. 임금의 마음에는 옥만의 인상이 강하게 박혀, 듣기 거북한 옛날노래를 입버릇처럼 되뇌며, 이것저것 생각에 잠겼다. 임금은 남몰래 편지를 보냈다. 옥만은

자신의 불운한 운명을 아예 단념하고, 이런 위로도 자기에는 맞지 않는
다는 생각에 마음을 연 답장을 하지 않았다. 역시, 둘도 없는 겐지의 친
절이 마음에 가득 물들어 있어서 아무래도 잊어버릴 수가 없었다.

24. 겐지에게 보내는 답장을 수흑이 대필하다.

3월이 되어, 육조원의 뜰 앞에는 등과 황매화의 꽃들이 저녁노을 속에
아름답게 피어났다. 겐지는 옥만의 모습이 생각나서, 봄의 거리의 저택
을 뒤로하고 옛날 옥만의 방에 건너와서 뜰을 내다보고 있었다. 솜대(吳
竹)의 울타리에 기대어 있는 황매화의 색깔이 참으로 풍취 있게 느껴졌
다. 겐지는 '저 색을 옷에' 라고 말하고, 읊조렸다.

  "〈생각지도 않게 정수(井手)의 중도(中道)9)가 우리들의 사이를 떼어
놓고 있어도, 나는 밖으로 드러내지 않고 마음속에서 황매화꽃, 당신을
그리워하며 참고 있다. 〉

  얼굴 자취가 보여서."

그러나 들어줄 사람이 없었다. 이제는 무어라도, 자기에서 멀리 떠난
사람인 것을 똑똑히 느낄 수 있었다. 기러기 알이 많이 있는 것을 보고,
'홍귤이나 귤의 열매처럼' 하고 옥만에게 보냈다. 우연히 생각나서 보낸
것처럼 꾸몄다. 편지도 사람들 눈에 띄지 않도록 마음을 써서, 담박하고
무표정하게 썼다.

  "만나지 못하고 마음쓰이는 나날이 지났는데, 생각도 못했던 처사라고
원망을 해도, 너의 탓만은 아니라고 듣고 있다. 무언가 특별한 기회가
없으면, 볼 수도 없는 것을 유감으로 여긴다."

  겐지의 편지는 친아버지의 그것과 같았다. 그러나 끝에 가서는 이렇게
적었다.

  "〈모처럼 같은 등지 속에서 부화한 보람도 없이, 그 알의 하나가 보
이지 않는다. 대체 어떤 사람의 손 안에 들어가 있을까?〉

---

9) 황매화의 명소. 정수(井手)의 마을에 가는 길로, 그 길의 떨어짐을 두 사람 사이의
   떨어짐으로 나타내었다.

어째서 이런 일이 있을까 마음이 아파진다.”

수흑대장이 이 편지를 보고서 쓴웃음을 지었다.

“친어버이의 옆에도 여자는 그렇게 가볍게 나아가서 만나는 것이 아닙니다. 무언가 특별한 기회가 없다면, 찾아가지 않는 것이 당연합니다. 더구나 친어버이도 아닌 이 대신이, 어떻게 때때로 체념하지 못하고 불평의 말을 하는 것인지?”

빈정거리는 것을 옥만은 얄밉게 듣고 있었다.

“저는 도저히 답장을 쓸 수 없습니다.”

“내가 쓰지.”

옥만이 난처한 표정을 짓자, 수흑대장은 스스로 대필을 자청했다. 옥만은 조마조마하게 생각하고 있었다.

“〈둥지 한쪽에 숨어서, 제 몫을 못하는 기러기 알, 임시의 딸을, 어디 누가 집에서 숨겨 놓을 수가 있겠습니까?〉

기분이 퍽 좋지 않은 것에 놀라서. 아무래도 색정적인 것입니다만.”

이렇게 수흑대장은 답장을 보냈다.

“이 대장이 이러한 풍류로운 일을 말한 것도 처음 보는 일이다. 아주 드문 일이다.”

겐지는 겉으로는 웃으며 말했으나, 마음속은 이렇게 하여 옥만을 독점당한 것이 정말 애달프게 느껴졌다.

25. 수흑의 아들들이 옥만을 따르다.

수흑대장의 본처는 세월이 지남에 따라, 너무나 암울하게 생각하고 점점 멍청해져서 제정신이 안 나는 날들이 많았다. 수흑대장은 만사 세밀한 데까지 필요한 일에 마음을 써 주었다. 아이들을 이전과 다름없이 소중하게 대하고 있어서 전연 인연을 끊은 것은 아니었고, 경제적으로도 종래대로 돌보고 있었다. 수흑대장은 딸 진목주를 참을 수 없을 정도로 그리워하고 있었지만, 아무리 해도 만나게 해주지는 않았다. 진목주는 아버지를 누구라도 용서없이 미워하여 점점 더 멀리하기만 했기 때문에 어린 가슴에는 불안하고 슬프게 여겼다. 아우들은 종일 아버지의 밑에 와 있었는데, 어느 날은 옥만의 인품에 관해서 이야기를 나누게 되었다.

"우리들도 상냥하게 귀여워하여 주시지요. 저 분은 자나깨나 흥취 있는 것을 좋아하십니다."

진목주는 가끔 아우들을 만나서 자유롭게 거동이 허용되는 사내아이로 태어나지 않은 것을 한탄하고 있었다. 어찌된 까닭일까, 옥만은 남자든 여자든 사람에게 깊은 생각에 잠기게 했다.

26. 옥만이 수흑의 남아를 낳다.

그 해 11월에 상시 옥만은 아주 잘생긴 남자아이를 낳았다. 수흑대장은 소원을 성취한 행복이라고 즐거워하여, 아들을 몹시도 소중히 여겼다. 아버지인 내대신도 딸의 운세가 생각대로 풀리는 데에 만족하고 있었다. 옥만의 아들은 내대신이 소중하게 여기고 있는 여러 아이들에 비하여 용모 같은 것이 조금도 빠지지 않았다. 백목중장도 옥만을 정말 호감이 가는 누이로 여겨 친숙하게 지내고 있었다. 그러면서도 역시 미련을 버리지 못하고, 때때로 안타깝게 생각하고 있었다.

'입내하여, 그 보람이 있는 출산이었으면 더 좋았을 것을.'

한편으로는 이런 생각을 하기도 했다. 이 아이가 귀여운 것에 대해서도 나름대로 멋대로 말하고 있었다.

"아직까지 황자가 없는 주상의 한탄을 생각하니, 이 아이가 황자였다면 얼마나 명예로운 일이었을까?"

어쨌든 옥만은 이렇게 해서 상시로서의 공적인 용무에는 규정에 따라 근무하면서, 참내하는 것은 자연히 그만두게 되었다. 어쩔 수 없는 일일 것이었다.

27. 근강의군이 석무를 연모하다.

한편, 근강의군은 성적인 면에 눈을 떠서 들떠 있었으므로, 사람들을 무척 난처하게 하였다. 홍휘전여어도 나중에는 근강의군이 어떤 경솔한 짓을 할까 하고, 언제나 조마조마하였다.

"이제부터는 사람 가운데 나가지 마라."

내대신이 이렇게 훈계한 것도 무시하고, 근강의군은 변함없이 사람 앞에 뻔질나게 나섰다. 그러던 어느 날, 세상에 평판이 좋은 전상인들이 여어의 앞에 참상하여 관현들을 연주하며 놀고 있었다. 그러한 저녁에 석무중장도 들러서, 잘생긴 풍채로 유유하게 농담 같은 것을 나누고 있었다. 그 아름다운 모습을 사람들도 모두 신기하게 여겼다.

"역시, 다른 사람하고는 다르다."

하녀들은 이렇게 칭찬하고 있었다. 그때 근강의군이 사람들 속을 헤치고서 가까이 나오고 있었다.

"자, 곤란하군. 어찌된 셈인가?"

석무중장은 안으로 들어가려고 했지만, 근강의군은 아주 심술 궂은 표정으로 노려보며 비켜 주지 않았다. 어떻게 할까 하고 망설이고 있었다.

"경솔한 것을 말하기 시작하는 것은 아닐까?"

사람들은 서로 옆구리를 찌르며 이렇게 수군거렸다. 이 세상에 없을 정도로 부지런한 사람을 두고 '저게 바로 그 사람이다' 라고 칭찬하여, 소리를 내어 떠드는 소리가 똑똑하게 들렸다. 주위의 여인들이 정말 곤란하게 생각하고 있는데, 근강의군이 큰소리로 말하는 것이었다.

"〈먼 바다에 기댈 곳 없는 파도에 시달리는 것 같이, 당신이 운거안과의 혼담이 미결로 있다면, 제가 노를 저어 가까이에 가겠습니다. 어디에 묵는지 갈 장소를 가르쳐 주십시오. 〉"

석무중장은 정말 영문을 몰랐다. 이 여어의 근처에 이러한 버릇없는 말을 할 사람이 있을 리가 없다고 생각했기 때문이었다. 그러나 잘 생각해 보니, 이것이 저 유명한 근강의군이었음을 알게 되었다. 석무중장은 우스워서, 답을 하였다.

〈기댈 곳 없이 바람에 희롱당하여 곤란을 겪고 있는 뱃사람처럼, 혼담이 정하여지지 않은 나라도, 본의 아닌 장소에 해변을 따라가지는 않습니다. 마음에도 없는 사람은 사양합니다. 〉

근강의군은 체면을 잃은 것을 알기나 했을까?

32. 매화 가지 (梅枝[*])

대강 줄거리

겐지 나이 39세의 봄.

명석 아씨의 입내가 가까워서, 육조원은 치마 입는 의식의 준비에 바빴다. 동궁의 관례도 가까웠다. 공적인 사무도 없이 한가한 정월 말, 겐지는 훈물시합을 계획했다. 자의상, 화산리, 명석의군, 조안 아씨에게 조제를 의뢰했다. 2월 10일에 형병부경궁을 맞아들여, 훈물시합이 거행되었다. 두 사람은, 여러 사람이 조제한 훈물에는 각각의 인품이 반영되어 있는 것을 논평했다. 밤이 되자 젊은이들의 관현의 놀이가 흥을 돋우었다.

아씨의 치마 입는 의식이 뒤이어 거행되었다. 허리띠를 매는 이로 결정된 추호중궁도 행사에 한층 빛을 더했다.

입내의 세간들이 잇따라 마련되어 갔다. 이야기책도 여러 가지를 모았다. 겐지는 당대의 명필들에게 부탁하여 쓰게 하고, 자신도 붓을 들었다. 자의상과 여성의 명필에 대해 이야기하고, 그녀의 필적을 칭찬했다. 형병부경궁이 의뢰하였던 이야기책을 가지고 와서, 겐지는 남성들의 필적을 논평했다. 형병부경궁은 소중히 간직하고 있던 '고만엽집'과 '고금화가집'을 아씨에게 증정했다. 겐지도 답례로 당의 글씨본을 선물했다.

---

[*] 최마락(催馬樂) '매지'(梅枝)에 의하지만, 매화는 이 권의 기조(基調)이기도 하다. 옥만 중심의 화제를 떠나, 명석의 아씨님, 석무 등 이른바 옥만 10권 이전의 사람들의 동정으로 연속된다. 우메가에(うめがえ)라 읽는다.

명석 아씨의 입내가 가까워옴에 따라, 내대신은 운거안의 이도저도 아닌 상태를 생각하며 괴로워했다. 겐지도 석무중장의 결혼 문제에 마음을 써서, 혼담을 꺼내거나 훈계를 하거나 하였다. 내대신은 석무의 혼담 소문을 듣고, 엉겁결에 딸의 앞에서 눈물을 보였다. 석무중장은 운거안과 소식을 교환하였으나, 상대가 오해하고 있는 것을 의심스럽게 생각했다.

1. 명석 아씨의 치마 입는 의식을 준비하다.

명석 아씨의 치마 입는 의식을 준비하는 겐지의 마음쓰임은 세상에 둘도 없었다. 동궁도 같은 2월에 관례가 있을 것이었고, 뒤이어 아씨의 입내가 예정되어 있었다.

정월 그믐께의 한가한 시기에, 겐지는 훈물(薫物)[1]을 조제하였다. 대재대이가 헌상한 향목들을 보니, 아무래도 옛날보다는 떨어지는 것 같아, 당(唐)에서 온 물건들을 여럿 가져오게 했다.

"비단이나 능직물도 역시 옛날 것이 낫군요."

아씨가 몸 가까이에서 쓸 세간살이의 덮개, 깔개, 요 등은 돌아간 동호원의 치세에 고려인이 헌상한 능직물과 비금(緋錦)[2] 등으로 마련했다. 그밖의 것들도 일일이 검사를 해서 가장 좋은 것들로 골랐다. 이번에 대이가 현상한 능직물과 항라 같은 것들은 하녀들에게 주었다. 겐지는 옛 향목을 두루 갖추어서, 여인들에게 나누어 주며, 훈물을 두 종류씩 조제하라고 부탁을 했다. 당일의 선물들은 세상에 없을 정도로 훌륭

---

1) 태워서 연기를 피우는 향. 몇 종류의 향목을 갈아서 만든 가루를 섞고, 꿀 같은 것으로 개어서 환약 같이 만든다.
2) 붉은 빛의 비단. 금난(金襴) 따위.

하게 준비하려고, 저택 안팎에서 분주하게 이것저것 힘써 일하고 있었다. 또 여인들이 재료를 골라 갖추어 향목을 찧는 쇠절구의 소리가 끊임없이 요란하게 울리고 있었다.

겐지는 혼자 침전에 가서 승화제(承和帝 : 54대 仁明天皇)의 비법에 따라 두 종류의 훈물을 조제했다. 자의상은 동쪽 대옥에 장막을 치고, 특별히 깊숙한 곳에 설비를 하여, 팔조의 식부경궁에게서 전수받은 조제법으로 겐지와 경쟁하듯 조제했다. 그 동안 아주 비밀을 지키고 있었다.

"훈물의 향내가 깊고 얕은 차이로도 우열이 판정되겠지요."

겐지가 말했다. 아이까지 둔 부모들이라고는 보이지 않을 정도의 경쟁심이었다. 이 두 사람은 모두 옆에 하녀들도 멀리했다. 세간도 아주 훌륭한 것으로 했다. 특히 몇 개의 향호(香壺)를 넣어 두는 상자와, 향호와, 부잡이 향로의 의장도 당세풍이나 새로운 모양으로 색다르게 만들었다. 거기에다 여러 뛰어나신 분들이 정성을 들여 조제하였을 여러 가지 뛰어난 향들을 골라 넣으려고 생각했다.

2. 여인들의 훈물을 시험하다.

2월 10일, 비가 조금 와서 뜰 앞의 홍매가 한창이고, 그 색이나 향기도 둘도 없는 풍취가 있는 때에 병부경궁이 건너왔다. 치마 입는 준비가 오늘과 내일밖에 안 남은 것을 알았기 때문에, 바쁜 일에 대한 문안의 인사말을 전했다. 겐지와 병부경궁은 옛날부터 사이가 좋아서 격의 없이 이일저일을 얘기했다. 홍매를 감상하고 있을 때, 꽃이 거의 떨어진 매화 가지에 매어 놓은 편지가 도착했다. 전 재원인 조안에게서 온 편지였다. 병부경궁은 전부터 들은 소문도 있어서 흥미를 보였다.

"어떤 편지인데, 저쪽에서 일부러 왔는지?"

"아주 무례한 것을 의뢰했는데,3) 고지식하게 서둘러 만든 모양입니다."

겐지는 미소를 지으며 대답하고는 편지를 슬쩍 숨겨 놓았다.

---

3) 훈물의 제작을 의뢰하였다.

침향목의 상자에 유리로 된 향호 두 개가 들어 있었고, 크고 둥글게 만든 훈물이 단지 안에 들어 있었다. 파란 유리[흑방의 향]의 단지에는 오엽송의 가지가, 하얀 단지[매화의 향]에는 매화의 조각이 장식되어 있었다. 서로 묶어 놓은 장식용 실의 모양도 부드럽고 아름다운 느낌이 들도록 꾸며져 있었다.

'은은하고 아름다운 솜씨로구나.

병부경궁은 이렇게 생각하며 꼼짝 않고 바라보았다. 조안의 노래가 가볍게 써 있었다.

〈이 훈물의 매화의 향은, 꽃이 져 버린 가지와 같은 나의 몸에는 어울리지 않지만, 이것을 태워서 향을 옮기려는 아씨의 소매에는 깊이 스며들 것입니다.〉

병부경궁은 그 노래를 낮은 소리로 읊조렸다. 석무중장은 조안 아씨로부터의 사자를 찾아내어 붙들고서, 술을 충분히 대접했다. 선물로는 홍매의 겹으로 된 당직물의 여자용 평상복을 주었다. 겐지도 홍매의 색지에 답장을 쓰고, 뜰 앞의 홍매 가지를 하나 꺾게 하여 편지를 매어 놓았다. 병부경궁이, 무척이나 보고 싶어하면서, 투덜대며 말했다.

"무슨 말일까, 저절로 마음이 쓰이는 편지인데요. 무슨 비밀이 있습니까? 몹시도 감추고 있군요."

"무슨 숨길 일이 있겠습니까? 내게 비밀이 있다고 생각하는 것은 곤란한데요."

겐지는 이렇게 말하고 써 내려가는 김에 이렇게 썼을까?

〈당신은 사람이 보고 수상히 여기지나 않을까 하여 향을 숨기려고 하지만, 나는 그런 꽃의 가지라고 말하는 당신에게, 지금까지보다도 더욱 마음이 끌리고 있습니다.〉

"이 일에 이렇게 열중하고 있는 것은 정도가 지나치는 것 같지만, 둘도 없는 딸의 일인 만큼 이것이 당연한 할 일이라고 생각합니다. 아주 못생긴 딸이어서, 친하지도 않은 분들에게 뵙게 하기도 쑥스러워, 중궁을 친정에 내려오시게 할 생각입니다. 중궁께서는 친한 사이로 사양할 것 없이 사귀고 있습니다만, 이쪽이 부끄러울 정도로 훌륭한 성품을 갖추고 있는 분이어서, 무엇이나 대강 준비하여 뵙는 것은 황송한 일이라고 생각됩니다."

이렇게 겐지가 말하자, 주변에서는, 중궁의 덕을 입었으니, 정말 꼭 신경을 써 주어야 되겠다면서, 그것이 도리라고들 말했다.

겐지는 이 기회에, 여러 사람이 조제한 많은 훈물들을 시험해 보려고 생각했다. 각각 심부름하는 사람을 보내 훈물을 받아왔다. 여러 여인들은 갖가지 취향으로 공들여서 훈물을 보내왔다. 겐지는 병부경궁에게 부탁했다.

"이 훈물의 우열을 판단하여 주시오. 당신이 아니면 판가름하기 어려울 듯합니다."

몇 개의 불을 잡아 두는 그릇을 가까이로 끌어당겨 놓고, 훈물 시합을 시작하였다.

"나는 사실 문외한입니다."

병부경궁은 겸손하게 말했지만, 말로 표현할 수 없이 좋은 훈물의 냄새들 중에서 뛰어난 점과 모자란 점들을 집어내고 굳이 우열을 가렸다. 이제, 겐지가 직접 만든 두 가지 훈물은 지금 처음 시험할 차례였다. 겐지는 서쪽의 복도 아래를 흘러나오는 물 근처에 훈물을 묻어 두었는데, 유광(維光) 재상의 아들인 병위위가 캐내어서 가져왔다. 그것을 석무중장이 받아서 겐지에게 건넸다.

"참 난처한 입장이 되었군요. 무언가 거북한데요."

병부경궁은 이렇게 말하며 곤혹스러워했다. 훈물의 조제법은 여기나 저기나 다 비슷비슷할 것 같지만, 사람들마다 그 맛의 깊이가 다른 것은 신기한 일이었다. 그것을 냄새 맡아 비교하여 보는 것은, 흥미를 돋우는 일이 아닐 수 없었다. 그 중에서 조안이 조제한 흑방은, 고상하게 가라앉은 느낌의 향내가 특별히 뛰어났다. 시종(侍從)이라는 훈물은 겐지가 조제한 훈물인데, 매우 부드럽고 친하기 쉬운 향이었다. 자의상이 조제한 것은 세 종류였는데, 매화라는 훈물은 화려하고 신선한 느낌이었고,

조금 매운 듯한 향이 섞여 있어서 진기하게 느껴졌다.

"요새 훈풍에 실려 향기를 내는 것들에 이보다도 더 좋은 향기는 없을 것 같습니다."

병부경궁은 칭찬하였다. 화산리는, 여러 여인들이 저마다 겨루고 있는 가운데에 자기가 끼는 것이 주제넘는 일이라는 생각으로, 다만 훈물의 하나인 하엽(荷葉)을 한 종류만 조제하였다. 그런데 그것이 색다른 취향으로 느껴졌다. 조용한 향내가 나고, 은근한 친근감을 느끼게 하였다. 명석의군도 남들에게 압도당할 수는 없다고 생각하여 조제하였다. 우다(宇多) 임금의 조제법을 주작원(朱雀院)이 인계하여 원공충(源公忠) 조신이 특별히 골라서 만들었다는 백보(百步)의 법(法)[4]을 생각하며, 이 세상의 것이라고는 생각도 안되는 우아한 느낌의 향을 만들었다. 병부경궁은 그 마음씨도 뛰어났고, 어느것이나 무엇인가 장점이 있다고 평정하므로, 겐지는 웃으며 이렇게 말했다.

"선뜻 결단을 못 내리는 판단자인 모양이다."

3. 달 아래에서 주연을 열다.

어느새 달이 떠올라, 그들은 술을 들며 옛날 이야기를 나누었다. 희미하게 보이는 달빛이 그윽한 느낌을 자아내고 있었고, 비 온 후에 바람이 조금 불어, 매화의 향기에 마음이 돋워 있는 때였다. 저택의 언저리에는 무어라 말할 수 없는 훈물의 향기가 감돌아서, 사람들의 마음도 황홀하게 들떠 있는 듯했다.

장인소 쪽에서도 내일 있을 관현의 놀이를 연습하느라 악기들을 준비하였다. 전상인들도 많이 모여 있어서, 재미있는 악기소리가 여기저기에서 들려왔다. 내대신 집의 백목중장과 변소장 등도 행사가 끝난 뒤에 바로 떠나지 않고, 거문고 등을 이쪽으로 가져왔다. 병부경궁의 앞에는 비파를, 겐지에게는 쟁의금을 드리고, 백목중장은 화금을 맡아 화려한 음색으로 타기 시작했다. 그 합주의 올림은 참으로 흥취 있게 들렸다. 석

---

4) 향이 백 보 떨어진 곳에까지 미친다.

무는 횡적을 불었다. 계절에 알맞은 가락이 하늘 높이 울려 퍼지고 있었다. 변소장은 홀박자를 쳐서 최마락의 '매화가지'를 재미있게 불렀다. 그는 동자였을 때, 운맞추기를 하며 '고사'(高砂)를 불렀었다. 병부경궁과 겐지도 같이 노래를 불러서 한껏 흥취를 더하였다. 술잔을 겐지에게 드리며[5] 병부경궁이 노래했다.

"〈내가 마음이 끌려 열중하고 있는 홍매의 꽃이 피는 곳에, 꾀꼬리 같이 아름다운 소리로 '매화가지'를 노래하는 것을 들으면, 그 때문에 내 마음은 점점 몸을 빠져나와, 공중을 헤매게 됩니다.〉

천 년이라도 지나 버릴 것 같습니다."

겐지는 화답했다.

〈꽃의 색과 향기가 당신의 몸에 배어들 정도로, 올 봄의 꽃이 필 이 집에 언제든지 와 주십시오.〉

겐지가 백목에게 잔을 주니, 그것을 받고서 다음 차례로 석무에게 잔을 돌렸다.

〈꾀꼬리가 보금자리로 삼고 있는 매화나무의 가지도 길게 뻗칠 정도로, 그 야반의 젓대를 음색이 미치는 한도까지 불어 주십시오.〉

백목의 노래에 석무가 답했다.

〈바람도 마음을 써 주고 있겠지만, 일부러 바람을 피하여 피고 있는 매화나무의 가지도 길게 뻗칠 정도로, 역시 그 야반의 젓대를 음색이 미치는 한도까지 불어 주십시오.〉

변소장이 노래했다.

〈봄 안개가 달과 꽃을 떼어놓지 않으면, 그 밝음 때문에, 매화가지를 보금자리로 하고 있는 새도 울기 시작할 것입니다.〉

밝을 무렵이 되자, 병부경궁은 돌아갔다. 그는 선물로 겐지 자신의 평상복 일습(一襲)과 손대지도 않았던 훈물 두 단지를 받았다.

〈이런 향기로운 매화 향기를, 보통 아닌 의상의 소매에 배어들게 하

---

5) 술잔을 줄 때와 받을 때에는 노래를 읊는 것이 관례였다.

면, 여인과 잘못을 저지른 줄 알고 우리 집 사람이 나무랄 것입니다. 〉

병부경궁은 이렇게 노래했다. 겐지는 '몹시 마음이 약한 듯이 말을 한다'고 생각하며 스스럼없이 웃었다. 겐지는 수레의 소를 매는 곳까지 쫓아가서 이야기했다.

"〈신기한 일이라고, 당신의 집의 분도 들여다볼 것입니다. 밤의 비단도 아닌, 꽃의 비단을 입고 돌아오는 당신을. 〉

둘도 없는 일이라고 옛사람은 생각할 것입니다."

궁은 이것은 너무 신랄하다고 여겼다. 겐지는 젊은이들에게도 허풍스럽지 않을 정도로 여자의 겉옷과 약식 예복을 선사했다.

4. 아씨의 치마 입는 의식.

겐지는 하오 8시경에 중궁의 거처로 건너갔다. 치마 입는 의식을 그곳에서 치르기 위해 필요한 설비를 갖추었고, 머리 올리는 일을 맡은 내시 등도 곧장 그 쪽으로 참상하였다. 자의상도 이 기회에 중궁과 대면하였다. 여인들의 하녀들이 한 장소에 가득히 모여 있어, 셀 수도 없을 정도였다. 오전 1시경에 명석 아씨는 치마를 입었다. 등불 아래라 희미해서 똑똑히는 안 보였지만, 아씨의 태도는 중궁의 눈에도 참으로 훌륭하게 보였다. 겐지가 말했다.

"거절하지는 않으시리라는 것을 믿고, 딸의 실례되는 모습을 자진해서 보여 드렸습니다. 이 일이 후대의 관례가 되는 것은 아닌가 하여, 좁은 소견으로 몰래 걱정하고 있습니다."

"어떻게 될 것인가도 생각 안 했는데, 이렇게 걱정을 많이 해주시니, 도리어 이 일에 얽매일까 걱정이 됩니다."

아무 일도 없는 듯이 대답하는 중궁은 생기발랄하고 인정미가 넘쳤다. 겐지는 뛰어나고 운치 있는 분들이 모여 있는 인척관계가 참으로 이상적이라고 생각했다. 아씨의 생모인 명석의군은 이러한 기회에도 딸을 보지 못하는 것을 대단히 괴롭게 생각하고 있었다. 그것이 애처로워서 될 수 있으면 이 의식에 참상시킬까도 생각하였지만, 사람들이 이러쿵저러쿵 떠들 것이 걱정되어 그대로 두고 말았다. 이런 저택 안에서의 의식은 대수롭지 않은 경우에도 몹시 번잡하고 귀찮았다. 이런 성대한 의식은 빠짐없이 상세히 적을 수가 없어서 이 정도로 매듭짓기로 한다.

5. 명석 아씨의 입내를 연기하다.

동궁의 관례는 2월 20일이 지나서 행해졌다. 동궁은 정말 어른답게 자라서, 어엿한 분들이 그 딸들을 다투어 입내시키려고 벼르고 있는 모양이었다. 그러나 겐지의 생각이 각별하여, 그렇게 안 하는 것이 좋겠다고 단념하는 사람들도 많았다.

"궁중생활은 훌륭한 여인들이 많은 가운데서 우열의 차를 경쟁하는 것이 이상적일 것이다. 빼어난 아씨들이 아직 집에만 있으면, 혼자서 입내한다 해도 아주 돋보이지는 못할 것이다."

겐지는 이런 생각으로 명석 아씨의 입내를 연기하였다. 명석의 아씨가 입내한 후에 하려고 차례대로 사양하고 있다가, 이러한 내막이 알려지자, 먼저 좌대신가의 삼의군(三의君)이 입내하였다. 그녀는 여경전(麗景殿)이라 불렸다.

겐지 댁 아씨의 숙소는 부친의 옛날 숙직소인 숙경사(淑景舍)를 보수하여 이미 마련해 놓은 상태였다. 동궁도 아씨의 입내를 기다리고 있었지만, 4월쯤으로 연기되었다. 수많은 세간들도 원래 있던 것보다 깔끔히 정비하고, 겐지도 그 방면의 명수들을 불러모아, 공들여 물건들을 준비했다. 겐지는 훌륭한 책상자에 어울릴 만한 이야기책들도 골랐다. 그대로 글씨본이 될 만한 것들이었다. 그 중에는 고대 최고 수준의 필적으로 후세에 명성을 남긴 것들도 많이 있었다.

6. 겐지가 당대 여성의 가나를 논평하다.

겐지가 자의상에게 말했다.

"무엇이나 옛날에 비하면 떨어지는 경향이 있어, 천박해져 가는 말세지만, 가나〔假名〕의 글씨만은 지금이 유례없이 훌륭합니다. 옛날사람의 필적은 일정한 서법에 맞게 하고 있지만, 유연한 기분이 충분히 나타나지 않고 틀에 구애되어 있었습니다. 훌륭하고 풍취가 있는 필체는 후대에 와서야 비로소 나타나게 되었습니다. 내가 여자가 쓴 필적을 열심히 배우고 있을 한창때에, 상당히 많은 글씨본을 모았었지요. 중궁의 모군인 어식소가 아무렇게나 갈겨 쓴 한 줄 정도의 글씨를 손에 넣었는데, 특별히 훌륭한 필적이라고 생각하였습니다. 그 후, 그만 있어서는 안될 뜬소문을 내게 되었습니다. 어식소는 나와의 사이를 몹시 원통하게 여기고 있었는데, 그분이 생각한 것처럼 내가 성실하지 못했던 것은 아니었지요. 후견인으로서 중궁에게 이렇게 힘쓰는 것을, 돌아간 혼이라도 알고 계시겠지요. 깊게 사물을 생각하는 분이니까, 지금은 나를 다시 보았을 것입니다. 중궁의 필적은, 모든 점에 부족함이 없지만, 재기가 모자라는 것 같아요."

겐지는 일부러 소리를 죽여서 말했다.

"돌아간 등호중궁의 필적은, 실로 깊은 맛이 들어 있고 품위가 있었습니다만, 가냘픈 점이 있어 여운이 모자랐습니다. 농월야 상시야말로 당대의 명수로 이름이 났습니다만, 너무 지나치게 멋을 부리는 버릇이 있습니다. 그런 난점이 있어도 농월야 상시와 전 재원 조안 아씨와 당신의 글씨는 가장 높은 품격의 필적으로 꼽을 수 있을 것입니다."

겐지는 자의상을 글씨 잘 쓰는 여인의 한 사람으로 인정하였다.

"그런 분의 열에 끼는 것은 부끄럽습니다."

"너무 겸손한 것은 좋지 않습니다. 당신의 글씨는 부드러운 점에서 특별한 호감이 갑니다. 한자를 잘 쓰는 것에 비해 보면, 가나에는 통합되지 않는 문자가 섞여 있는 것 같아요."

겐지는 글자가 없는 책을 몇 권이나 만들어서, 표지와 끈을 훌륭하게 만들었다.

"병부경궁과 좌위문독 등에게 써 달라고 하자. 나도 하나는 쓰겠다. 나도 그 두 분과 같은 정도로는 쓸 수 있을 것이다."

은근히 자신의 필적을 자랑했다.

겐지는 가장 좋은 먹과 붓을 골라내어, 여러 사람들에게 특별히 의뢰서를 내었다. 받은 이들이 이것은 어려운 일이라 생각하여 사양하는 경우도 있을 터이므로, 반드시 응해 줄 것을 진지하게 부탁했다. 겐지는 고려제의 얇은 종이가 특히 품위 있고 아름다운 것을 보고는 젊은이들에게 이 종이에 써 보라고 하여 시험해 볼 마음으로 석무중장, 식부경궁의 아들인 병위군, 내대신의 아들 백목중장 등에게 말했다.

"위수(葦手)6) 나, 가회(歌繪) 7) 를, 생각대로 써라."

이렇게 다들 나름대로 기량을 겨루게 했다.

7. 겐지가 가나책을 쓰다.

겐지는 침전에 혼자 앉아서 가나책을 썼다. 꽃도 철이 지나고, 엷은 녹색의 하늘이 화창한 때에, 마음을 집중하여 여러 가지 옛 노래들을 생각했다. 생각나는 대로 초가나의 글자와 보통 글자와 여자들의 글씨체도 이 이상은 도저히 불가능하게 느껴질 정도로 훌륭하게 썼다. 근처에는 사람을 별로 두지 않았다. 하녀 두셋에게 먹을 갈게 하고, 유서 깊은 옛날노래 모음집에 있는 노래를 마음 써서 골라내는데, 상대가 될 사람들만이 곁에 대기하고 있었다. 고운발을 전부 올리고, 사방침에 책을 올려놓고, 끝에서 너그러이 붓끝을 물고 이것저것 생각에 잠긴 모습은 아무리 보아도 싫증이 안 났다. 흰색과 붉은 색의 먹이 똑똑히 눈에 띄는 지면에, 붓을 다시 들어 조심스레 써 내는 모습은 보는 눈이 있는 자라면 누구라도 감개무량할 만한 것이었다.

병부경궁이 건너왔다는 말을 듣고, 겐지는 놀라서 평상복을 입은 채로 방석만 하나 더 깔고서 그대로 궁을 마중하였다. 병부경궁도 정말 깔끔한 모습으로 계단을 우아하게 걸어 올라왔다. 고운발 안의 여인들은 모두 다 그를 내다보았다. 말쑥하고 얌전한 두 사람이 예의 바르게 마주한 모습은 정말로 아름다웠다.

---

6) 흐르는 물 옆에 갈대가 나 있는 것처럼, 노래의 가사 따위를 초서체로 흘려 쓰는 방식.

7) 노래 한 수의 뜻을 그림으로 표현하고, 거기에 노래를 써 넣는 것.

"할 일 없이 집에만 있는 것도 괴롭게 생각되는 오늘, 한가한 때에 아주 잘 오셨습니다."

겐지는 기뻐서 말했다. 병부경궁도 겐지가 의뢰하였던 책을 가지고 건너왔었다.

8. 사람들의 가나를 비교, 논평하다.

겐지는 즉시 펼쳐 보았다. 그다지 대단하지 않은 필적인데도 정말 산뜻한 느낌을 주는 솜씨였다. 노래도 평범한 것이 아니라, 별다른 취미의 옛날 노래들만을 골라서 적었는데, 한 수를 석 줄 정도로 하고, 한자는 거의 쓰지 않았다. 겐지는 그것을 보고 깜짝 놀랐다.

"이렇게까지 써 주실 줄은 정말 몰랐습니다. 저는 아주 붓을 꺾어 버리고 싶습니다."

겐지는 진심으로 감탄하였다. 이에 병부경궁은 농담으로 말했다.

"어차피 이렇게 잘 쓰는 분 앞에서 주눅도 안 들고 붓을 든 것이어서, 나야 아무리 서툴러도 그러려니 하고 있습니다."

겐지는 썼던 몇 권의 책을 숨겨 둘 수도 없어서, 꺼내 놓고, 서로 상대방의 필체를 들여다보았다. 당지(唐紙) 중 몹시 빳빳한 것에 쓴 겐지의 초가나를, 병부경궁은 대단히 잘 쓴 것이라고 칭찬하였고, 또 결이 곱고 부드러운 고려의 종이에 대범하게 쓴 평가나도 비할 데 없이 훌륭하였다. 보고 있는 사람은 붓의 자취를 따라서 눈물까지 흐르는 듯한 기분이 들었다. 게다가 국산 지옥원(紙屋院)의 화려한 색지에 흐트러지게 쓴 초가나의 노래는 그 이상 훌륭한 것이 없을 정도였다. 자유롭고 부드럽게 쓴 글씨체를 언제까지라도 보고 싶어, 다른 사람들의 책에는 눈이 가지도 않았다.

좌위문독은 허풍스럽게 뻐기는 것 같은 취지로 즐겨 쓰고 있었는데, 붓을 드는 법이 세련되지 않은 듯하고, 그것을 어떻게든 숨기려고 하는 것이 엿보였다. 노래를 고르는 데에도 어색하고 작위적인 면이 있었다.

여자들의 것은 정면으로 집어내어 보이지는 않았다. 더구나 재원의 것은 꺼내 놓지 않았다.

젊은이들의 위수(葦手)의 몇 가지 책은 생각대로 씌어 있어서, 특히나 보기에 재미가 있었다. 석무의 것은 물의 기세가 강하게 드러나 있어서, 흐트러져 있는 갈대가 난파의 포구를 상상하게 했다. 대체로 매우 산뜻한 느낌이었다. 그리고 필체를 퍽 위엄 있게 바꾸어서, 글 자체, 돌과 같이 풍류롭게 써 놓은 것도 눈에 띄었다.

"눈도 따라가지 못할 정도로 훌륭합니다. 이것을 다 감상하려면 시간이 한참 걸릴 것 같은데요."

병부경궁은 이렇게 말했다. 그는 무엇에나 일가견을 가지고 있는 사람으로, 대단히 감탄하며 칭찬했다.

9. 병부경궁이 옛날 가나의 글씨본을 선사하다.

하루 종일 필적에 관한 것을 이것저것 얘기하며 이어 만든 종이책을 몇 권 골라냈을 때에, 병부경궁은 아들인 시종을 시켜 집에 있는 몇 권의 책을 가져오게 하였다. 차아제(嵯峨帝 : 52대 천황, 3필의 1)가 '고만엽집'(古萬葉集)의 노래를 골라 쓴 책 4권, 연희제(延喜帝 : 60대 천황)의 '고금화가집'(古今和歌集)이었다. '고금화가집'은 당의 엷은 남색 종이를 이어 두루마리로 만들고, 같은 색의 짙은 무늬로 된 비단으로 표지를 하였으며, 같은 색의 옥으로 축을 만들고, 권마다 서풍을 달리하여 그 이상이 없을 만큼 아름답게 만든 책이었다. 겐지는 등불을 낮추어 자세히 보고서, 이렇게 칭찬했다.

"아무리 들여다보아도 흥미를 끕니다. 이것에 비교하면, 요새 사람들은 어느 한 군데에만 멋을 내고 있습니다."

이 글씨본들은 그대로 대신에게 드렸다.

"설사 딸이 있더라도 이것의 장점을 도무지 모르는 자에게는 전하여 남겨 놓을 의향이 없습니다. 더구나 딸이 없는 나로서는 보배를 헛되이 가지고 있는 꼴이 되겠지요."

겐지는 시종에게, 훌륭한 당의 글씨본을 침향의 상자에 넣어서 주었다. 거기에다, 근사한 고려 젓대도 첨부하여 선물했다.

10. 겐지가 아씨의 책 상자에 넣을 책을 고르다.

요즈음 겐지는 오로지 가나의 책을 품평하며 시간을 보내고 있었다. 세상에 능서가(能書家)라고 평판이 나 있는 사람은, 신분의 고하를 가리지 않고 찾아내어 책을 쓰게 하였다. 명석 아씨의 책 상자에는 가장 좋은 것만을 넣으려고, 사람의 신분이나 지위를 구별하여 책과 두루마리를 쓰게 하였다. 모두 다 하나같이 진기하고 외국의 조정에도 없을 듯한 귀중한 보물들이었다. 그 중에 특히 몇 개의 글씨본은 세상의 젊은이들이 누구라도 꼭 보고 싶어하는 것들이었다. 그럼 몇 개를 준비하는 중에, 겐지는 저 수마의 일기를 전하여 알게 할까 하는 생각을 했다. 그러나 아씨가 좀더 세상 일을 알게 되었을 때에 보이는 것이 좋을 것 같아, 아직은 꺼내 놓지 않았다.

11. 운거안의 일로 내대신이 고민하다.

내대신은 겐지가 입내 준비를 하고 있다는 소문을 남의 일처럼 듣고 있었지만, 어딘지 불만스럽고 마음에 걸리는 것이었다. 자신의 딸 운거안의 모습은 한창 나이에 빠지는 곳이 없고, 귀엽기만 했다. 부질없이 생각에 잠겨 있는 운거안의 모습은 한탄을 자아냈다. 그런데 석무중장의 태도는 지금까지와 다름없이 침착하기만 했다. 만일 이쪽에서 마음 약하게 그 이야기를 꺼내면 웃음거리가 될 것이었다. 내대신은 저쪽이 열심일 때, 모르는 척하고 말하는 대로 해줄 것을, 하고 남모르게 후회하였다. 석무중장은, 이렇게 내대신이 다소 약하게 된 것을 들어서 알고 있었지만, 한때 쓰라리게 했던 것을 원망스러워하고 있었다. 그래서 일부러 태연한 척하며 생각을 가라앉히고 있었지만, 그래도 역시 다른 여자에게로 마음을 돌릴 생각은 없었다. 그리워 죽겠다는 마음이 드는 때도 많았지만, 천한 육위 따위라고 깔보았던 유모에게 납언(5위)으로 승진한 뒤의 모습을 보여주리라는 생각이 깊었을 것이다.

한편 겐지는 석무중장이 아직까지 혼처가 정해지지 않은 것을 괴롭게 생각하였다.

"내대신 집의 일은 단념하여라. 우대신이나 중무궁 등이 그런 의향을 말하였으니, 그 어느쪽으로라도 결정하여라."

석무는 한마디 대답도 없이, 송구한 표정을 지을 뿐이었다.

"이러한 문제에 대해서는 나조차도 아버지의 황송한 교훈까지를 따르려는 생각도 안 했었으므로, 네게도 입을 다물기로 했었다. 그러나 지금에 와서 생각해 보면, 아버지의 교훈은 후세에도 모범이 되는 것이었다는 생각이 든다. 정혼을 늦추고 있으면, 세상 사람들은 무슨 특별한 계획이 있는 줄로 오해하겠지만, 결국 대단치 않은 운명이었던 것으로 판명되는 것은, 확실히 용두사미 모양으로 체면이 안 서는 일이다. 몹시 기품을 높이 가지고 있어도 생각대로는 되지 않고, 다 정해진 것이 있는 법이다. 나는 어릴 때부터 궁중에서 커서, 생각대로 움직이지도 못하고 옹색하게 살아왔다. 조그만 실수라도 있으면 경망하다는 비난을 살 것 같아 삼갔었는데, 그래도 역시 호색적인 행동을 한다고 세상의 응징을 받았던 것이다. 위계가 낮고 자유로운 몸이라고 하여, 마음놓고 하고 싶은 대로 해서는 안된다. 자기도 알지 못하는 사이에 우쭐해져서, 바람기를 가라앉혀 줄 딸릴 식구가 없으면, 현명한 사람도 여자 문제 때문에 패가망신하는 예가 얼마든지 있다. 사랑하면 안될 여자에게 집착하면, 상대에게 오명을 쓰게 하고 자기 자신도 원한을 사서, 그것이 일생을 잡아매고 만다. 상대가 자기 마음에 안 들어 참지 못할 점이 있다 해도, 생각을 바꾸어 끝까지 같이 살려고 노력하면, 혹은 여자의 어버이를 생각하여 용서하고, 혹은 그 당사자의 심지가 갸륵하여 용서하면서 무난하게 살아갈 수 있다. 자신을 위해서도, 또 상대 여자를 위해서도 그런 생각만이 깊은 마음가짐이라고 할 것이다."

겐지는 한가하고 할 일 없는 때마다 이러한 마음가짐도 가르쳤다.

착실한 석무는 이러한 교훈이 없더라도 농담으로라도 다른 여자에로 생각을 바꾸는 것은 운거안에게 너무나 불쌍한 일이라고 생각하고 있었다. 운거안도 평상시와 달리 아버지 내대신이 걱정하고 있는 모습을 보면서 부끄럽기도 하고 우울한 생각도 들었다. 그러나 겉보기에는 대범한 심정으로 나날을 보내고 있었다.

12. 세상의 소문을 듣고 내대신이 슬퍼하다.

석무는 너무 벅찬 마음이 들 때면, 차분하고 깊은 마음이 담긴 편지를 보냈다.

'누구를 성실한 사람으로 믿어야 하는 것인가?'

운거안은 이런 걱정을 했다. 남자 경험이 있는 여인이라면 무턱대고 남자의 마음을 의심도 할 것이지만, 운거안은 그렇지가 않아서 편지를 보면, 차분한 마음에 짚이는 것이 있었다.

"중무궁이 겐지 대신의 의향을 들은 후에, 혼담을 마무리지으려고 생각하고 있다고 합니다."

이런 하녀들의 말을 듣고, 내대신은 더욱더 가슴이 답답해졌다.

몰래 운거안에게 내대신은 눈물을 흘리며 말했다.

"이런 소문을 들었다. 예전에 내가 강경하였다 하여, 억지로 이야기를 다른 데로 돌렸을 것이다. 그래도, 새삼스럽게 마음이 약해져서 저쪽의 말대로 한다면, 웃음거리가 될 것에 틀림없고."

운거안은 정말 부끄럽고, 모르는 사이에 눈물이 나왔다. 어떻게 하면 좋을지를 몰라서 얼굴을 돌리는 것이 더할 수 없이 귀여웠다.

"어떻게 하면 좋은가? 역시 이쪽에서 나서서, 의향을 물어보는 것이 어떨까?"

내대신이 갈피를 못 잡으며 떠난 후에도, 운거안은 여전히 가장자리에 앉아서 우울하게 있었다.

"어째서일까, 저절로 눈물이 나와 버리다니. 아버지는 어떻게 생각하셨을까?"

이것저것 생각하고 있던 차에 석무의 편지가 왔다. 편지를 보니, 애절한 마음이 끊이지 않고 있었다.

〈당신의 무정한 마음은, 싫은 이 세상의 보통 여자와 같이 되어가는

데, 그런 당신을 잊지 못하고 있는 나는 세상 사람과 다른 것입니까?〉

운거안은 세상 소문의 낌새도 안 보이는 석무를 무정하게만 여겼다.

〈그렇게밖에 할 수 없었다 해도 잊기 어렵다고 말을 하는 나를 잊으시니, 이것도 세상의 보통 사람이 된 마음일까요?〉

석무는 오해하고 있다고 생각하여, 편지를 내려놓지도 못하고 고개를 갸웃거리고 있었다.

33. 등의 속잎 (藤裏葉*)

대강 줄거리

겐지 나이 39세의 3월부터 10월.

내대신은 석무중장과 중무궁가와의 혼담 소문을 듣고, 몹시 초조하게 여겨 화해를 하려고 했다. 3월 20일, 대궁의 일주기가 열리는 극락사에서 내대신은 겨우 그 기회를 잡았다. 내대신은 4월 초, 석무를 자기 집의 등꽃 잔치에 초대했다. 겐지는 내대신의 마음속을 헤아리고, 석무에게 지기의 옷을 주어 보냈다. 내대신 집에서는 석무를 환대하고, 운거안과의 혼인을 허락했다. 겐지는 석무가 잘도 기다렸다고 칭찬하고, 내대신의 성격을 논평했다. 이 젊은 부부의 이상적인 나날은 사람들의 질투를 일으킬 정도였다.

명석 아씨의 입내를 앞두고, 자의상은 하무신사에 참배했다. 석무는 제전의 사자가 되는 등전시와 노래를 증답했다.

아씨의 입내는 4월 20일 이후로 결정되었다. 자의상은 아씨의 생모인 명석의군을 후견인으로 추천하여, 8년 만에 모녀가 같이 살게 되었다. 그것을 기회로 궁중에서 자의상과 명석의군은 처음으로 대면하여, 서로 훌륭한 인품을 칭찬했다. 아씨에 대한 동궁의 총애가 두터워, 모친의 신분이 낮은 것도 흠이 되지는 않았다.

겐지는 다음해에 40세가 되는데, 냉천제를 비롯하여 온 세상이 40

---

* 내대신이 읊은 고가(古歌)에 의하였다. 내대신가에서 연 등꽃의 잔치(藤의宴)에서 태정대신과 내대신 양가가 화해를 한 데서 나온 제목. 후지노우라바(ふじのうらば)라 읽는다.

의 축하 준비에 마음을 썼다. 겐지는 준태상천황의 위에 올랐다. 내대신이 태정대신이 되고, 석무중장은 중납언이 되었다. 석무 부부는 돌아가신 대궁의 구저인 삼조궁으로 옮겨 살며, 대궁이 함께 양육되던 어린 시절을 회상했다.

10월 20일이 지나, 육조원에 행행이 있었다. 주작원도 초대되어 참가했다. 주작원이나 겐지는 왕년의 단풍의 잔치를 회상하느라 감개가 한층 더했다. 냉천제의 치세와 겐지 태정대신 일족의 영화는 눈이 부실 정도였다.

1. 석무, 운거안, 내대신의 고민.

아씨의 입내를 준비하면서도 석무중장은 생각에 잠겨서 멍하게 있곤 하였다.

'내 마음이긴 하지만, 얼마나 강한 집념인가? 이렇게까지 한결같이 그리워하는 마음이라면, 관문을 지키는 대신이 마음이 약해져 눈감아 줄 듯한 태도를 보인다고 하니, 이 기회에⋯. 그러나 같은 값이면, 보기 싫지 않을 정도로 최후까지 밀고 나가자.'

석무중장은 괴로운 마음으로 이것저것 고민하고 있었다. 한편 운거안은 아버지로부터 석무와 중무궁과의 혼담에 관해 언뜻 듣게 되었다.

'만약 그 얘기대로라면, 저 분은 내 일 같은 것은 모두 잊어버렸을 것이다.'

몹시 원망스럽게 생각했다. 그들은 참으로 기묘하게 엇갈리는 관계이면서도 서로 그리워하고 있었다.

"저 중무궁의 편에서도 그렇게 결정해 버렸다면, 다시 새롭게 다른 상대를 이리저리 생각하는 것은 운거안의 새로운 상대를 위해서도 곤란할 것이다. 이쪽도 세상 소문이 나빠져서 자연히 격식을 떨어뜨리는 일이 일어날지도 모른다. 아무리 감춰 놓고 있어도 집안의 두 사람의 추태가 세상에 새어나갈 것이다. 어떻게 해서라도 세상의 체면을 잃지 않도록, 내가 나서야 할 것이다."

매우 강경하게 버티던 아버지 내대신도 일이 잘 안 풀리자, 이렇게까지 생각하게 되었다.

2. 대궁의 법회의 날, 내대신이 석무와 대화하다.

겉으로는 아무 일도 없는 것처럼 거동하지만, 내심으로는 서로 원망스런 생각이 계속되고 있는 내대신과 석무의 사이였다. 내대신은 당돌하게 이야기를 꺼내는 것이 어떨는지 걱정하며 기가 꺾였다.

"그렇다고 새로운 태도를 보인다는 것도 어리석게 보일 것이다. 어떤 기회를 잡아서 넌지시 의향을 전하면 좋을까?"

3월 20일은 대궁의 기일(忌日)로, 내대신가는 극락사(極樂寺)에 참배했다. 자식들도 모두 데려가서, 위세는 대단했다. 당상관들도 많이 왔지만, 그 중에서도 석무는 누구에게도 뒤지지 않을 정도의 당당한 모습이었다. 얼굴도 훌륭한 성인이 되어 어디로 보나 뛰어났었다. 석무는 이 내대신을 원망하게 된 이래 뵙게 될 일도 무의식중에 마음이 쓰여, 몸가짐을 단단히 하고 침착하게 태도로 있었다. 내대신은 석무를 어느 때보다도 주의 깊게 보았다. 독경을 육조원에서도 시켰다. 석무는 법회일의 이모저모를 맡아서 더욱 정성 들여 거행하였다.

저녁때 모두 돌아갈 때, 벚꽃은 죄다 떨어져 휘날리고, 안개가 몽롱하게 자욱히 끼어 있었다. 석무도 마음을 돋우는 저녁때의 풍경에 한층 더 차분한 마음이 되었다. 비가 올 것 같다고 같이 간 사람들이 떠들어 대는 것에도 상관 않고, 계속 생각에 잠겨 있었다. 내대신은 석무의 이 모양을 바라보다가 무엇인가 마음을 바꾸었는지 소매를 잡아끌었다.

"왜 이렇게 몹시 나를 허물하시는가? 오늘의 법회의 인연을 더듬어 올라가서 그것을 보아서라도 나의 죄를 용서하시게. 남은 나이도 얼마 되지 않은 만년에 나를 내버려둔 채로 있으니, 원망스러운 생각이 든다.”

석무는 황송하다는 표정으로 대답했다.

“돌아가신 분의 의향도 대신을 의지하라고 하신 것으로 알고 있습니다만, 허락하여 주시지 않아서 삼가고 지냅니다.”

어수선한 비바람에 마음도 재촉당하는 것 같아, 다들 뿔뿔이 앞을 다투듯 돌아갔다. 석무중장은 내대신이 어떤 생각으로 평소와 다르게 친근한 태도를 보인 것일까 생각해 보았다. 언제나 운거안을 마음속에 두고 있었으므로, 조그만 말도 귀에 남아서, 이런저런 생각으로 밤을 새웠다.

3. 내대신이 등꽃의 잔치에 석무를 초대하다.

오랜 세월에 걸쳐 기다린 보람이 있어서일까, 내대신도 전과는 아주 다르게 마음이 약해져서 새삼스럽지 않은 어떤 우연한 기회가 없을까 생각하고 있었다. 4월초가 되자 뜰 앞의 등(藤)꽃이 아름답게 어우러져 피어 있었다. 흔히 볼 수 있는 색깔도 아니고, 지는 대로 그냥 내버려두기가 아까울 정도로 한창이어서 내대신은 관현의 놀이를 열었다. 해가 질 무렵, 꽃의 색이 한층 더 아름다워질 때에 백목을 사자로 하여 석무에게 편지를 보냈다.

“저번 날, 꽃의 그늘에서 본 것이 어딘지 아쉬웠었는데, 만약 틈이 있으면 이리로 오지 않겠는가?

〈이 집의 등꽃의 색이 짙게 보이는 황혼 때에, 꽃의 자취를 더듬어 오지 않으렵니까?〉”

편지는 아주 멋진 등의 가지에 매여 있었다. 석무중장은 기다리고 기다리던 편지라고 생각하면서 자연히 가슴이 뛰었다. 그는 황송하다는 취지로 답했다.

“〈황혼 때의 똑똑히 볼 수 없는 장소에서는, 봄의 자취를 찾으려고 해도, 섣불리 그 등의 꽃을 손으로 꺾어도 되는 것[1]인가고 갈팡질팡할 것입니다.〉

---

1) 운거안을 자신의 것으로 하는 것.

유감스럽게도 마음이 약해져서."

"적당히 고쳐서 전하여 주십시오."

석무의 말에 백목은 자신이 뒤따르겠다고 자원하였다.

"과분한 수행원이니, 사양하겠습니다."

이렇게 석무는 백목을 먼저 돌아가게 하였다.

석무는 아버지 겐지에게 사정을 말하고, 내대신의 편지를 보였다.

"내대신은 생각하는 바가 있어 초대한 것일 게다. 상대편이 그런 식으로 나온다면, 이제야말로 옛날 대궁에의 불효에 대한 나의 원망도 풀리는 듯하다."

겐지는 이봐란 듯이 자랑스러운 표정을 지었다.

"그 정도로 의미 있는 것이 아닐지도 모릅니다. 대옥 뜰 앞의 등꽃이 예년보다 아름답게 피어 있다고 하므로, 틈이 있는 때여서 관현의 놀이를 열려고 생각하여서일 것입니다."

석무는 자신의 생각을 말했다.

"새삼스럽게 사자를 보낸 것이니까, 빨리 가는 것이 좋겠다."

겐지는 기꺼이 허락했다. 어떤 생각일까 궁금하고 걱정스러워, 석무는 마음이 복잡했다.

"이람의 평상복을 입으면, 붉은 기가 너무 강해서 묵직한 맛이 적을 것이다. 비참의(非參議)나 아무것도 아닌 젊은 사람이면 이람이라도 괜찮겠지만, 재상이 되었으니, 더욱 몸치장을 잘하는 편이 좋지."

그는 자신의 옷 중에서 특별히 훌륭한 것으로 골라 입히고, 가장 좋은 아래옷을 몇 겹으로 차려서, 같이 가는 사람에게 가지고 가게 했다.

4. 석무가 술 취한 것을 핑계로 잘 곳을 구하다.

석무는 자기 방에서 정성껏 화장을 끝내고, 내대신이 마음을 졸이며 기다리고 있을 때에야 참상했다. 백목을 비롯하여 주인 측의 젊은이들이 모두 모여서 마중하며 안내하였다. 이 젊은이들은 누구라고 할 것 없이 다 아름다운 얼굴이었으나, 석무는 다른 사람들보다 훨씬 빼어나게 매력이 있고, 품위가 있었다. 내대신이 석무의 자리를 정돈시키는 등 각별히 마음을 썼다. 관을 쓰고 객실에 나가려고 할 때, 본처나 젊은 하녀들에게 이렇게 말하기도 했다.

"재상의군을 들여다보오. 정말 나이를 먹어 감에 따라 더욱 훌륭하게 된 분이오. 태도도 아주 침착하고 당당하오. 분명히 무리와 동떨어져 어른다워지는 점은 아버지 대신보다도 나은 것이 아니겠소? 겐지 대신은 아름답고 인정미가 있으며, 만나면 나도 모르게 웃음을 띠게 하고, 세상의 괴로움을 잊어버리게 한다오. 공공연한 장소에서는 조금 지나치게 물러서, 강해야 할 때 꺾이기가 쉬운 경향도 있소. 그것도 무리는 아니지. 석무는 학문도 훌륭하고 마음씨도 남자답게 단단하여 흠잡을 데가 없는 사람이라고 평판이 대단하오."

의례적인 딱딱한 이야기는 금방 끝내고, 꽃 구경하는 잔치로 자리를 옮겼다.

"봄의 꽃은 각각의 색깔로 한꺼번에 활짝 피어 있을 때에 그 아름다움에 사람을 놀라게 하는데, 아쉬운 사람의 마음을 상관하지 않고 성급하게 져 버리는 것이 원망스럽다. 이 등꽃만은 나중까지 남아서 여름에 걸쳐 피는 점이 묘하게 그윽하고 차분한 느낌을 갖게 한다. 꽃의 그 보라색도 또 친하기 쉬운 연분이 있는 듯 생각된다."

내대신은 이렇게 말하며 방긋이 웃었다. 그 표정은 속뜻이 있는 듯이 보였다.

달이 떠올랐지만 꽃의 색깔도 확실히 볼 수 없는 때였는데, 꽃을 감상한다는 핑계로 술을 들고 합주(合奏)를 하였다. 내대신은 얼마 안 되어 취한 척하며 무턱대고 술을 권하여, 취하게 하려고 하였다. 석무중장은 거절도 못하고 몹시 곤혹스러워하고 있었다. 내대신이 말했다.

"당신은 말세에는 지나칠 정도의 천하의 식자이지만, 나이 든 사람을 동정하지 않는 점이 아주 괴롭게 생각된다. 옛날의 책에도 가례(家禮)라는 것이 있을 터. 중국의 성인(聖人)의 가르침도 잘 알고 있을 거라고 생각이 되지만, 몹시 나를 괴롭히니 원망스럽다."

취해서 그랬을까, 내대신은 깊은 뜻이 있는 듯이 울먹이며 말했다. 이에 석무는 황송하다는 뜻을 말했다.

"어째서 그런 일이 있겠습니까? 돌아가신 조모와 모친을 생각해서, 그분들 대신으로 있는 분들을, 내 몸을 버릴 각오로 마음속에서 받들고 있는데, 어떻게 그런 생각을 하십니까? 생래로 모자라는 저의 게으른 탓일 것이지만."

내대신은 때를 잘 생각하여, '등의 속잎에'[2] 라고 명랑하게 읊조렸다. 그 의향을 받아서 백목이 색이 짙고 꽃송이가 긴 등을 꺾어 가지고, 손님의 술잔 곁에 놓았다. 석무가 그것을 받고, 응대에 고심하고 있는데, 내대신이 말했다.

〈등꽃의 속의 보라에 원망의 말은 가지고 가자. 등꽃이 소나무 끝을 넘어서 미운 마음이 들 듯이, 오래 기다리게 한 당신을 야속하게 생각하지만, 그 푸념은 딸의 편에서 하기로 하자.〉

석무중장이 술잔을 가진 채, 형식만으로 배무(拜舞)[3] 하는 모습은 어디까지나 품격이 있었다.

〈몇 번이나 눈물의 봄을 지내고 나서, 겨우 꽃이 피는 것 같이, 희망대로 되는 시절을 만나는 것인가요? 긴 세월이었습니다.〉

이렇게 노래를 짓고, 석무는 백목에게 술잔을 돌렸다.

〈상냥한 소녀의 소매처럼 보이는 등꽃은, 보는 사람에 따라 색이 한층 더 밝게 비칠 것입니다. 누이도 상대에 따라서 달라 보입니다.〉

차례로 술잔이 돌아, 취한 탓으로 노래도 잘 안되고, 이 이상의 좋은 노래는 없었다.

7일 저녁의 달빛도 희미한데, 연못물은 거울처럼 한가롭게 맑았다. 아직 가지 끝마다 잎이 나기 시작할 뿐 무엇인가 부족한 계절이었는데도

---

2) 〈봄 해가 쪼이는, 등의 속잎에 마음이 풀어져, 군이 생각해 주면, 나도 믿으렵니다.〉 이 노래에 의하여 석무가 의뢰하여 오면 결혼을 허락해 주겠다는 뜻을 암시하고 있다. 이 권의 이름도 여기에서 유래한다.
3) 감사하다는 생각을 나타내는 동작.

각별한 정취가 있었다. 옆으로 가지를 뻗치고 있는 소나무의, 그다지 높지 않은 가지에 걸려 있는 등꽃의 모양은, 정말 노래에 있는 대로 보통과는 다른 흥취가 느껴졌다. 여느 때처럼, 변소장이 매력 있는 목소리로 '갈대 담장'[4]을 노래했다.

"몹시 색다른 노래를 부르는구나."

내대신은 이렇게 농담을 하고, '해묵은 이 집의'를 노랫말을 바꾸어서 변소장의 소리에 맞추었는데, 그 목소리가 매우 아름다웠다. 흥을 깨지 않을 정도의 편안한 놀이여서, 마음의 앙금도 모두 사라져 버린 것 같았다. 그러는 사이에 점점 밤도 밝아 갔다.

"도저히 참지 못할 정도로 속이 불편하여, 서둘러 돌아가려고 해도 가는 도중이 어려울 것 같습니다. 방을 하나 빌렸으면 합니다."

석무는 몹시 취한 체하며, 이렇게 백목에게 부탁했다.

"네가 손님이 주무실 곳을 마련하여 주려무나. 노인은 몹시 취기가 돌아서 실례하기 쉬우니까, 이쯤에서 물러나자."

내대신은 이런 말을 남기고 안으로 들어갔다.

5. 백목에 인도되어 운거안과 맺어지다.

백목이 말했다.

"꽃그늘에서의 하룻저녁 임시 숙박이군요. 어떻게 하면 좋은가? 괴로운 안내역이군요."

"소나무에 인연을 맺는 것이, 바람기 있는 꽃이라는 것입니까? 가당치도 않습니다."

석무는 백목에게 한마디 반격했다. 백목은 마음속으로 얄미운 짓이라는 생각도 들었지만, 석무의 인품이 훌륭한데다 이러한 결말이 오기를 기다리며 호의를 가지고 대해 왔었으므로, 안심하고 누이의 방으로 안내했다.

---

4) 최마락(催馬樂)의 노래. 남자가 여자를 데려가려는 데 마침 고자질하는 자가 있어 실패한다는 가사의 노래.

석무는 꿈처럼 생각하고, 여기까지 오게 한 자신의 몸이 새삼 대단하다고 생각했다. 운거안은 정말 마음속에는 부끄러운 느낌이 들었지만, 나이와 더불어 예뻐진 용모는 6년 전의 옛날보다도 더욱더 훌륭했다. 석무가 말했다.

"상사병으로 죽어도 세상의 이야깃거리도 되지 못하였을 내가, 이 한결같은 마음의 덕으로 허락을 얻게 된 거라고 생각합니다. 그런 깊은 내 마음을 당신은 모를 것입니다. 그것도 유별난 처사입니다. 변소장이 일부러 부른 '갈대 담장' 노래의 속뜻을 귀에 담아 두었습니까? 변소장은 몹시 신랄한 사람이더군요. '하구(河口)'5)라고 대꾸하고 싶었습니다."

운거안은 그 말이 귀에 거슬렸다.

"〈천박한 여자라고 소문을 흘린 당신의 입은, 어떠한 관문의 성긴 울타리의 일을 누설하였을까요?〉

어이없습니다."

이렇게 말하는 운거안의 모습은 정말 가련하고 순진해 보였다. 석무는 조금 웃으며, 말했다.

"〈단단히 지켜도 그 성긴 울타리를 넘어서 뜬 이름이 새어나갔다는 하구인데, 그 죄를 하구의 얕은 것, 내 입의 가벼운 것에만 돌리지 말아주었으면.〉

오랜 세월이 지나긴 했습니다만, 정말 견디다 못해 괴로워서, 지금은 분별도 못할 지경입니다."

취한 것을 구실로 괴로운 모양으로 행동하는데, 날이 새는 것도 모르는 것 같았다. 하녀들은 일어날 때라고 말씀 드리기가 어려웠다.

"태평한 아침잠을 자는구나."

이렇게 내대신은 중얼거렸다. 그래도 석무는 완전히 밝아지기 전에 일어나서 나왔다. 잠들어 흐트러진 아침의 얼굴은 보기만 해도 보람이 있는 풍치이기도 했다.

---

5) 파수꾼이 하구를 지키고 있는데, 나는 담장 밖으로 나가서 남자와 같이 잤었다는 뜻이 담긴 최마락(催馬樂)의 노래.

후조(後朝)의 글은, 역시 아직 사람들 눈을 피하던 때와 같이 써서 보냈다. 운거안은 부끄러워 도리어 이날만큼은 대답을 보내지 못했다. 말 많은 연배의 하녀들이 서로 쿡쿡 찌르고 있었는데, 내대신이 와서 석무의 편지를 보았다.

"어디까지나 쌀쌀하였던 당신의 모습에, 더욱더 내 분수를 알 수 있었습니다. 견디지 못할 마음이 가득 차서, 내가 사라져 없어질 것 같습니다. 그것도,

〈나무라지 마십시오. 사람 눈을 꺼려, 눈물에 젖은 소매를 짜면서 숨겨 왔었는데, 오늘은 마음이 누그러져 그 손도 움직이지 않아서, 물방울이 떨어질 정도로 젖은 소매가 사람 눈에 띄는 것을.〉"

정말 익숙한 듯한 말투였다.

"훌륭한 글씨를 쓰게 되었군."

내대신은 생긋 웃고 말했지만, 거기에는 이전에 석무를 미워했던 생각은 흔적도 없었다.

"꼴사나운 일이라."

운거안은 편지 쓰기가 어려운 모양이어서, 이렇게 걱정하며 물러났다. 내대신은 편지의 사자에게 선물을 보통보다 훌륭하게 마련하여 주었다. 백목도 덤으로 잘 대접했다. 이때까지 언제나 편지를 숨기고는 사람 눈을 피하여 왕래하였던 사자가, 오늘은 보통 사람처럼 태연하게 거동하고 있었다. 그는 우근장감으로 근무하여, 석무가 심복으로 생각하는 심부름꾼이었다.

6. 겐지가 석무에게 훈계하다.

육조원의 겐지 대신도 이러한 경과를 귀로 듣고 있었다. 석무가 평소보다 빛나는[6] 얼굴로 앞에 나왔으므로, 가만히 본 후에 타일렀다.

"오늘 아침은 어떤가? 글 같은 것은 보냈는가? 현인(賢人)이라도 여자 관계에서는 마음이 흔들리는 예도 있다. 다른 사람의 눈에 꼴사납게 보

---

6) '빛나는'이란 표현은 겐지, 냉천제, 석무, 자의상에게만 사용하였다.

이더라도 초조해하지 않고 오늘에 이르렀다는 것은 다른 사람보다 조금은 나았다고 생각된다. 내대신이 하신 일은 지나치게 형식적이었다. 지금 그것이 죄다 무너져 버린 것을, 세상 사람들도 이러니저러니 하며 이야깃거리로 삼을 것이 틀림없다. 그렇다고 해서 스스로 훌륭하다는 듯 자랑스런 얼굴로 자만심에 차서 무심코 들뜬 기분을 내는 것은 좋지 않다. 내대신은 대범하고 도량이 큰 성격으로 보이지만, 내심은 남자답지 않고 솔직함도 없으며, 교제하기 어려운 점도 가지고 계시는 분이다.”

겐지는 두 사람이 쌍방의 형편도 맞고 잘 어울리는 부부라고 생각하고 있었다. 겐지는 석무의 아버지라고는 생각지도 못할 정도로 젊어서 형님처럼 보였다. 두 사람이 각기 다른 장소에 있으면 똑같이 닮았다는 느낌을 주었지만, 나란히 있을 경우에는 각각이 정말 훌륭하게 보였다. 겐지는 엷은 평상복에, 무늬가 선명하고 속이 비쳐 보이는 하얀 당직의 옷을 입었는데, 어디까지나 기품이 있고 우아한 모습이었다. 석무는 아버지보다는 조금 짙은 평상복으로 짙은 갈색인 정자(丁子)[7]로 염색한 것과 부드러운 느낌의 하얀 능직옷을 입고 있었다. 특별히 아름답게 보이는 모습이었다.

관불회(灌佛會)[8]의 탄생불을 가져오느라 중들이 늦게 참상했다. 해가 질 무렵에 겐지의 애인들은 여동을 사자로 하여, 각각의 생각대로 궁중의 의식과 다름이 없이 보시(布施)를 했다. 임금 앞에서 하는 범절을 그대로 옮겨 놓고, 젊은이들이 가득 모여와서, 어설픈 형식에 치우쳐 정연히 행해지는 궁중의 행사보다도 묘하게 심적 부담이 커서 조금 주눅 들기 쉬었다.

석무는 마음이 가라앉지 않은 모양으로 한층 더 화장에 열을 올려, 몸치장을 단정히 하고 집을 나왔다. 겉으로 나타내지는 않지만 정을 주고 있는 젊은 하녀[9]들 중에는 원망스럽게 생각하는 사람도 있었다. 오랜

---

7) 정향나무 열매의 즙으로 염색한 색으로 엷은 붉은 색에 노란빛이 섞인 것.

8) 4월 8일 부처님의 탄생일 행사로, 탄생한 부처에게 향수를 끼얹는다.

9) 공식적으로 처첩으로 인정되지 않았다.

동안에 걸친 한결같은 그리움으로 이상적인 인연처럼 여겨지는 부부일
것이고, 그 사이를 파고들 여지가 없었을 것이다. 내대신은 석무를 목전
에서 보고는 더더욱 귀여운 사위라고 생각하여, 퍽 소중히 돌보아 주고
있었다. 자기가 져 버렸다는 분한 생각을 아주 잊어버린 것은 아니지만,
석무의 성품이 진지하고, 몇 해 동안 다른 여자에게 마음을 옮기지도 않
은 것들을 기특하게 생각했다. 내대신은 결국 아깝다는 생각도 깨끗이
버리고 두 사람 사이를 인정하게 되었다. 금실 좋은 모습이 홍휘전여어
의 모습보다도 화려하고 만족스러워 나무랄 데가 없었다. 본처나 전속의
하녀들은 재미없다고 생각하며 입에 올리는 자도 있었으나, 흠잡힐 데가
없는 두 사람이었다. 운거안의 생모인 안찰대납언의 본처도 이러한 상황
으로 결정된 것을 기쁘게 생각하고 있었다.

7. 자의상이 하무신사에 참배 후 측제를 구경하다.

이렇게 되어, 육조원이 준비중이던 아씨의 입내는 월말쯤의 일로 결정
되었다.

자의상은 하무(賀茂) 신사의 제신(祭神)인 미아레(御阿禮) 10)에 참배하
기를 겐지의 여러 애인들에게 권유했다. 그러나 여인들은 섣불리 그런
식으로 뒤를 쫓아가는 것을 꺼려하여 동행을 사양했다. 어마어마할 정도
는 아니고, 우차(牛車) 20량 가량의 일행이었다. 전구(前驅)도 번거로울
만큼은 데려가지 않고 간략히 참배하였는데, 그것이 오히려 훌륭하게 보
였다.

일행은 규제의 날 아침에 참배를 하고 돌아오는 길에는 칙사의 행렬을
보기 위해 임시 관람석에 나갔다. 애인들의 하녀도 각각 수레를 몇 량이
나 늘어놓고, 자의상의 앞에 자리를 잡았다. 저 분이 육조원의 자의상이
라고 먼눈으로도 알 수 있는 대단한 위세였다. 겐지는 그 옛날 어식소의
수레가 구경꾼의 뒤로 밀려난 일을 상기했다.

"그때 위세가 당당하다고 자만심을 가져 그런 일을 한 것은, 사람의

---

10) 하무(賀茂) 신(神)이 천상에서 재래하는 것을 맞이하는 제(祭).

정을 모르는 처사였어요. 그토록 상대를 깔본 사람도 그 원망을 짊어진 것처럼 죽었지요."

겐지는 자세한 경위에 대해서는 자세히 설명하지 않았다.

"후에 남은 자식 석무는 보는 바와 같이, 신하로서는 조금씩 출세하는 모양이오. 그런데 중궁은 나란히 설 사람도 없는 지위에 계시니, 생각해 보면 정말 감개무량합니다. 매사 무엇이 어떻게 되는지 알 수 없는 세상인 만큼, 무엇이나 내 마음대로 하면서 출가해 버리고도 싶소. 그러나 후에 남을 당신의 노후가 어처구니없게 영락하지나 않을까 하여, 그런 것들이 나도 모르게 걱정이 됩니다."

겐지는 자의상과의 이야기를 마치고, 당상관들이 모여 있는 관람석으로 갔다.

8. 석무가 등전시를 위로하다.

근위부에서 나오는 이날의 칙사는 백목중장이었다. 백목이 내대신 집에서 나올 무렵부터 사람들이 몰려왔다. 등전시(藤典侍)[11]도 사자(使者)였다. 그녀는 평판도 대단하여, 임금과 동궁을 비롯하여 육조원의 대신들로부터 축하의 물품들이, 놓을 자리도 없을 정도로 들어왔다. 편들어 주는 후원도 대단했었다. 석무는 전시가 출발하려는 곳에까지 사람을 보내 위로했다. 전시는 남몰래 석무와 깊은 정을 주고받는 사이여서, 그가 이렇게 어엿한 운거안이란 여인과의 인연이 굳어진 것을 가슴 아프게 생각하고 있었다.

"〈오늘의 치장을 무엇이라고 부르는지, 그것을 눈앞에 보고 있으면서도 똑똑히 기억해 낼 수 없을 정도로, 당신과 만나지 않는 날이 겹쳤습니다.〉

어이없는 일입니다."

석무는 이러한 기회에 노래를 한번 전해 보는 것뿐이었지만, 전시는

---

11) 유광(維光)의 딸. 오절의 무희로 출사한 이래, 석무의 애인의 한 사람이 됨. 처첩으로 공인되지 않은 비밀의 처.

그것을 어떻게 느꼈는지, 수레에 타려고 아주 분주할 때였는데도 답장을 보냈다.

"〈당신 스스로 꽂았으면서도, 그리고는 잊어버린 풀의 이름은 나도 모르지만, 월계수를 꺾은 분, 당신이 잘 알고 계실텐데. 〉

당신 같은 박사가 아니고는 도저히 모를 것입니다."

무어라 말할 수도 없는 이 답장에 석무는 감쪽같이 당했다고 생각했다. 본처가 결정되었어도 이 등전시와는 사람들 눈을 피하면서 만나게 될 것이다.

9. 아씨의 입내에 명석의군을 후견으로 정하다.

아씨의 입내에는 자의상이 곁에서 시중 드는 것이 관례로 되어 있지만, 겐지는 이렇게 생각했다.

"언제까지라고 오랫동안 시중들기는 어려울 것이다. 이러한 기회에 명석의군을 곁에 있게 하면 어떨까?"

"언젠가 결국 친 모녀가 같이 있는 것은 당연한데, 지금처럼 따로따로 세월을 보내고 있는 것을 모친도 한탄하고 있을 것이다. 아씨도 지금은 점점 모친의 일을 걱정하고 그렇게 생각하고 있을 것이 틀림없다. 두 사람이 서로 거북하게 생각하는 것도 곤란하다."

자의상도 이런 데에 생각이 미쳤다. 자의상이 겐지에게 말했다.

"이 기회에 모군을 아씨에게 붙여 드리십시오. 나이 11살인 아씨는 아직 어려서 연약한 것도 걱정이고, 시중 드는 사람들도 너무들 젊습니다. 유모 등이 있어도 주의가 미치는 것에는 한도가 있겠지요. 나 자신도 그렇게 언제나 곁에 붙어 있기는 어려울 것입니다. 모군이 곁에 있으면 그럴 때에도 안심할 수 있을 겁니다."

그 말을 듣고 겐지는 정말 좋은 생각이라고 여겨져서, 명석의군에게도 이 일을 이야기했다. 명석의군도 아주 기뻐하며, 드디어 소망이 모두 이루어졌다고 생각했다. 명석의군은 하녀들의 의복까지도 귀한 자의상에게 뒤지지 않게 준비를 시작했다. 어머니 여승도 역시 이 아씨의 장래를 보고 싶은 마음이 깊었던 것이다.
다시 한번 아씨의 모습을 볼 때
가 있을까 하고, 정해지지 않은
수명에까지 집념을 가지고 살아
왔는데, 아무래도 뵐 기회가 없
을 거라고 생각하는 것은 슬픈
일이었다. 아씨가 입내하는 밤

가마 수레

에는 자의상이 곁에서 시중을 들어 여러 가지 안내를 했다.

생모가 아씨의 가마 수레〔輦車 : 바퀴 달린 가마〕에 동승하지 못하여,
물러나서 도보로 따라가는 것은 다른 사람의 눈에는 보기 좋지 않았다.
그러나 명석의군은 어떻게 보여도 상관없다고 생각했다. 다만 이렇게 옥
같은 아씨에게 흠이라도 될까, 자기 같은 사람이 이렇게 오래 사는 것을
한편으로는 마음속으로 괴로워했다.

10. 아씨의 입내.

아씨의 입내 의식은, 사람들 눈을 놀라게 하는 일은 하지 말자고 해서
조심하여 억제했지만, 겐지 대신의 행사는 저절로 세상에서 보통으로 하
는 것보다는 훌륭하게 되어 버렸다. 자의상은 아씨를 더없이 소중히 대
하였고, 마음속으로부터 정이 들어서 귀엽게 생각했다. 그래서 이 아씨
를 남의 손에 건네주기 싫다고 생각했다.

'정말, 친딸이 있어 이런 일이 있었다면.'

이렇게도 생각했다. 겐지도, 석무도 오직 이 일 하나만을 부족한 것이
라고 생각하고 있었다. 3일 동안을 지내고, 자의상은 궁중을 퇴출했다.

교대하여 명석의군이 들어오는 밤, 두 여인은 처음으로 대면했다.

"보시는 바와 같이, 아씨는 어른이 되었습니다. 그 일을 맡은 때부터
의 긴 세월 동안을 잘 알고 있을 것이므로, 서먹서먹하게 지내는 것은
이제는 없겠지요."

자의상은 다정하게 말하고 정담을 했다. 이것이 두 여인의 마음을 터

놓는 계기가 되었을 것이다. 명석의군이 무어라 말을 하는 태도를 보고, 자의상은 겐지가 이 사람에게 끌리는 것도 지당한 일이라고 감탄했다. 또 명석의군도, 정말 기품이 높고 지금이 한창인 자의상의 모습을 훌륭하다고 생각하며 바라보았다.

'여러 여인들 중에서도 특별히 총애하여, 나란히 설 사람도 없는 제일의 자리로 정해진 것도 정말 지당한 일이라고 수긍이 간다. 이런 분하고 이 정도로 어깨를 나란히 하는 내 몸의 운명도 보통은 아니다.'

명석의군은 이런 생각이 들었다. 자의상이 퇴출하는 의식은 매우 정중하였다. 손수레를 타고 궁중을 출입해도 좋다는 칙허(勅許)를 받았으므로, 여어의 퇴출과 다를 바가 없었다. 명석의군은 그것과 비교해서 아무래도 자신의 처지는 하찮은 거라고 느꼈다.

귀엽고 인형 같은 아씨의 모습을 마치 꿈속인 양 바라보고 있노라면, 명석의군은 눈물이 끊이지 않고 흘러내렸다. 그것은 노래에서 말하는 것처럼 '같은 눈물'이라고는 생각되지 않았다. 이때까지 긴 세월, 이것저것 한탄하며 괴로움만을 체험하도록 태어난 신상이라고 우울하게 생각했던 생애였다. 그런데 지금은 언제까지라도 살아 남으려는 생각이 들 정도로 활짝 개어서, 정말 주길(住吉)의 신의 가호가 영험함을 깨닫게 되었다. 명석의군은 아씨를 소중하게 보살피고, 미치지 않는 곳이 없는 영리한 인품이었다. 아씨는 세상의 높은 신망을 얻는 것은 물론이고, 보통 아닌 태도와 용모로, 동궁의 특별한 사랑을 얻었다. 동궁의 총애를 다투고 있는 여어들의 하녀들은 모군이 이렇게 아씨의 곁에 있는 것을 흠처럼 말했지만, 그것으로 아씨의 품위가 손상될 까닭은 없었다. 현대적인 면에서 비길 데 없는 것은 말할 것도 없고, 그윽하게 품격을 갖추고 있는 아씨의 모습은 이 모군이 조그만 일까지도 나무랄 데 없이 돌보아 주기 때문이었다. 좀처럼 없는 재능이 번뜩이는 것을, 전상인들이나 사후(伺侯)하고 있는 사람들도 각자의 생각대로 관심을 보이고 있었다. 그에 응하는 하녀들의 마음가짐이나 태도까지도 대단히 잘 훈련되어 있었다.

자의상도 적당할 때에는 참내했다. 명석의군과의 사이도 마음을 터놓고 있었다. 명석의군은 그렇다고 정도를 넘는 것도 아니었고, 허물없이 익숙한 체도 하지 않았지만, 경시당했다는 태도는 전혀 없이 이상하리만큼 훌륭했다.

11. 겐지가 출가의 뜻을 세우다.

겐지는 살아 있는 동안에 꼭 이루려고 생각하고 있던 아씨의 입내를 당초의 생각대로 완전히 실현했다. 또, 결혼도 않고 세상 체면상 보기 싫던 석무중장도 운거안과 결혼하여 아무 걱정도 없이 자리를 잡자, 아주 안심했다. 겐지는 지금이야말로 전부터의 염원대로 출가하려고 생각했다. 자의상의 일을 내버려둔 채 떠나기가 걱정스러웠지만, 그것도 추호중궁이 확실한 이쪽편이 되어 있으니, 마음을 놓을 수 있었다. 또 아씨도 공식적인 어버이로는 먼저 자의상을 마음에 둘 것이므로, 자기가 출가하더라도 그분들을 믿을 수 있었다. 화산리가 때때로 마음 둘 곳이 없어질 것이지만, 이것도 석무중장이 있으니까 근심은 없으리라고 생각했다. 12)

12. 겐지가 준 태상천황이 되다.

내년에, 겐지는 40세가 된다. 그 축하13) 에 관해서는 임금을 비롯하여 온 세상이 빠짐없이 마음을 써서 대단한 준비를 하고 있었다.

그러한 해의 가을, 겐지는 태상천황(太上天皇) 14) 에 준하는 지위를 얻게 되어, 봉급도 증가하고 연관(年官)과 연작(年爵) 등도 모두 가산되었다. 이러한 지위를 받지 않아도 세상 일이 바라는 대로 되지 않는 것은

---

12) 겐지에게 출가(出家) 하려는 마음이 싹튼 것은 아버지 임금의 붕어 때였었다. 석무도 결혼하고, 명석의 아씨도 입내하고, 처첩도 장래에 걱정할 것이 없게 되었다. 이 단계에 이르러 겐지는 드디어 결심을 한 것이다. 여기가 겐지 생애의 일단락이다. 이 권을 제1부의 끝이라고 해석하는 까닭도 여기에 있다.

13) 당시는 40세가 되면 노경에 이르렀다고 하여, 축하잔치를 벌였다. 이때까지의 생애를 축하하고, 이제부터의 장수를 비는 의식이었다. 당시의 평균 수명은 42세였다는 설이 있다.

14) 황위를 물려준 임금을 태상천황이라 한다. 겐지는 신하이므로, 태상천황은 될 수 없어서 '준'(准) 한다고 하였다. 대우는 태상천황과 같다.

없었다. 그래도 역시 좀처럼 없었던 옛날의 선례대로 육조원의 원사들이 임명되고, 특별히 위풍당당한 맛이 첨가되었다. 이제는 마음 가볍게 참내하는 것도 어렵게 되리라고 한편으로는 섭섭하게 생각하는 사람도 많았다. 그래도 임금은 아직 불만족스럽게 생각하고, 세상을 어렵게 여겨 임금의 자리를 물려주지 못하는 것을, 조석(朝夕)으로 한탄했다. 15)

13. 내대신이 태정대신으로, 석무는 중납언으로 승진하다.

내대신이 태정대신으로 승진되고, 석무중장은 중납언(中納言)이 되었다. 석무 중납언은 감사의 인사로 태정대신의 저택으로 왔다. 한층 더 빛나는 모습이나 얼굴 생김을 비롯하여, 무엇 하나 부족함이 없는 것을 보고, 태정대신은 생각을 고쳐 먹고 있었다.

'섣불리 남에게 뒤떨어지지 않나 하고 궁중에 시중들게 한 것보다는 석무의 처가 된 것이 잘된 일이다.'

석무는 운거안의 유모인 대보(大輔)가 '육위숙세'(六位宿世) 16) 라고 중얼거렸던 그 밤의 일을 언제나 생각하고 있었다. 아주 아름답게 색이 변한 국화17)를 주면서, 아름다운 웃는 얼굴로 노래를 주었다.

"〈꽃도 피지 않은 엷은 녹색의 어린 국화를 보고, 언젠가 짙은 보라의 꽃이 필 것을 조금이라도 예상할 수 있는가? 육위숙세라고 불리던 내가 이렇게 되리라고는 생각도 안 했을 것이다.〉

괴로운 생각을 하지 않으면 안되었던 저 때의 한마디를 도저히 잊을 수가 없었다."

유모는 부끄럽기도 하고, 괜한 일을 했다고도 생각하지만, 또 귀엽다고도 생각하였다.

"〈떡잎 때부터 이름도 높은 화원에 자라난 국화이므로, 색이 엷다는

______

15) 동호제 때, 고려의 관상인이 예언한 겐지의 장래는 그대로 이루어졌다. 준태상천황이라는 지위에 이르러서, 겐지는 똑똑히 관상인의 말의 의미를 깨달았을 것이다.

16) 육위(六位)로 있게 된 전세부터의 인연.

17) 국화는, 한창때를 지나서 보랏빛을 띠는 때에 또 한번 감상한다. 여기서는 석무의 신상이 옛날과는 다르다는 것을 비유한다.

까닭으로 언제까지 차별 대우를 할 생각은 조금도 없었습니다. 명문의
당신이 언제까지나 육위로 계실 까닭은 없습니다. 〉

얼마나 마음을 상하셨을까?"

유모는 정말 익숙한 솜씨로 괴로운 변명을 했다.

14. 석무 부부가 삼조전으로 옮기다.

석무는 위세가 더해지자, 지금과 같은 주거가 비좁아서 대궁이 살던
삼조전으로 옮겨왔다. 조금 거칠어진 것을 여기저기 수리하고, 세간과
장식을 바꾸어 살고 있었다. 그들은 옛날 일을 생각하며, 차분하게 그리
운 마음으로 아무런 부러움도 없었다. 몇 개 있던 앞뜰의 나무도 작은
나무였는데, 지금은 정말 무성하게 깊은 그늘을 만들고 있었다. 덤불 억
새풀도 뻗을 대로 뻗어 어지러운 것을, 말끔히 손질하게 했다. 도랑물
속에서 자라난 수초도 제거하여, 정말 기분 좋게 물이 흐르고 있었다.

정취 있는 저녁의 한때, 석무 부부는 밖을 내다보며, 괴롭고 슬펐던
어린 시절의 추억담을 나누고 있었다. 옛날이 그리운 점도 많았지만, 사
람들이 어떻게 생각했을까를 돌아보면, 운거안은 부끄럽기도 했다. 옛날
부터 있던 하녀들 중, 이때까지 말미도 받지 않고 남아서 시중을 들던
사람들이 정말 기쁜 얼굴로 두 사람 앞에 차례로 왔다. 석무가 말했다.

〈사는 집의 맑은 샘물이여, 너만은 바위로부터 새어나와 바위를 지키
는 주인이지만, 옛날 여기에서 본 사람, 대궁이 어디로 갔는지를 아는
가?〉

운거안이 화답했다.

〈물이 적은 우물의 물을 들여다보면, 돌아가신 대궁의 그림자조차 보
이지 않고, 모르는 척 기분 좋게 흐르고만 있습니다.〉

그때, 아버지 태정대신이 궁중에서 퇴출하는 도중에 이 저택의 아름다
운 단풍에 끌려 건너왔다.

옛날 대신의 양친이 살아 있을 때의 모습과 거의 다른 점이 없고, 여
기도 저기도 산뜻하게 정리되어 있는 것을 보고서, 태정대신은 몹시 감

개무량하였다. 석무도 새삼스러운 기분으로 얼굴을 조금 붉히며 침착한 태도로 응대하였다. 나무랄 데 없이 정말 잘 어울리는 부부지만, 운거안은 얼굴 생김이 남보다 유독 빼어났다고는 생각되지 않았다. 그러나 석무는 이 이상 그럴 수 없이 아름다웠다. 옛날부터 있었던 하녀들이 앞에 앉아서 옛날 냄새가 나는 이야기를 이것저것 얘기하고 있었다. 글씨 연습으로 써 놓았던 어머니 대궁을 추억하는 노래가 근처에 흩어져 있는 것을 발견하고, 태정대신은 울먹이고 말았다.

"나도, 이 물의 마음을 물어 찾아보려고 해도, 노인의 되풀이하는 소리로 들릴까 말하기도 조심스러워서.

〈그 옛날의 노목은 썩어 버렸겠지만, 무리도 아닌 것이다. 그 무렵 심은 작은 소나무도 해를 거듭하여 이끼가 끼어 버렸다. 아이였던 나도 이 나이가 되어 버릴 정도로 세월이 흘러갔다. 〉"

석무의 유모였던 재상이, 쓰라린 생각을 하게 하였던 대신의 마음을 잊지도 않고, '지금이야말로'라는 기분으로 노래했다.

〈두 분 어느 쪽이나, 저를 지켜 줄 그늘이라고 생각하며 의지하고 있습니다. 떡잎 때부터 깊이 뿌리를 교환하는 소나무 같은 두 사람 사이의 끝까지도. 〉

늙은 하녀들도 이러한 줄거리의 노래를 여러 가지로 읊었는데, 석무는 그 모습을 재미있게 보고 있었다. 운거안은 멋쩍은 생각으로 얼굴을 붉히며 듣기 거북해하고 있었다.

15. 냉천제와 주작원이 육조원에 행행하다.

10월 20일이 지날 무렵, 육조원에 임금이 행차하셨다. 때마침 단풍이 한창인 때인 만큼, 필시 이번은 흥취도 깊을 것이라고 생각되는 행행이었다. 임금으로부터 주작원에게도 권유가 있어서 주작원까지 건너온다는 소문이었으므로, 세상에 없는 훌륭한 일이라고 다들 경이의 눈으로 바라보았다. 마중하는 육조원의 겐지도 정성을 다하여 눈이 부실 정도로 마음을 썼다.

행행은 사시(巳時)인 오전 10시경에 있었다. 먼저 마장에서 좌우 마료(馬寮)의 말을 끌어 내세우고, 그 말에 좌우 근위부의 무관이 서 있는 범절은 단오날의 경사(競射) 의식과 구별하지 못할 정도였다. 미시(未時)인 오후 2시경에 남쪽 거리의 침전으로 장소를 옮겼다. 홍예 다리를 건너는 복도에는 비단을 깔고, 밖에서 보이는 장소에는 그림 장막을 쳐서, 엄숙하고 훌륭하게 준비되어 있었다. 동쪽 연못에 배를 몇 척 띄우고, 궁중 주방의 가마우지를 키우는 우두머리와 육조원의 가마우지를 키우는 사람을 불러서 물고기를 잡게 했다. 가마우지가 작은 붕어를 몇 마리 물고 왔다. 새삼스러운 구경거리는 아니었지만, 지나는 길의 재미로 제공한 것이었다. 가산(假山)의 단풍은 어느 거리나 다 아름다웠지만, 추호중궁의 서쪽 저택 앞에 있는 것이 특별히 좋았다. 저택의 사이에 있던 벽을 헐고, 중문을 활짝 열어 놓아, 아무런 가로막는 것이 없이 구경하게 했다. 임금과 주작원이 앉는 두 개의 자리를 훌륭하게 만들고, 주인인 겐지의 것은 아래좌석으로 마련했다. 그러나 임금의 말이 있어 동렬로 고쳐 놓게 되었다. 그래도 임금은 규정 이상의 예를 다하지 못하는 것을 유감으로 여길 뿐이었다.

연못에서 잡은 물고기를 좌소장이 들고, 북쪽 들에서 사냥한 암수 한 쌍의 새를 우소장이 받쳐 든 모양으로, 침전의 동쪽에서 앞으로 나와 계단의 좌우에 무릎을 세우고 각각 주상했다. 태정대신이 임금의 말을 두 사람에게 전한 뒤, 조리하여 임금의 상에 놓았다. 그 자리에 있던 친왕들이나 당상관의 식사도 신기할 정도로 보통과는 취향을 달리하여 준비되었다. 모두를 기분 좋게 취했다. 해가 질 무렵, 악소(樂所)의 사람을 불렀다. 품위 있고 아름다운 연주가 시작되었고, 전상(殿上)의 동자가 춤을 추었다. 옛날 주작원에서 열렸던 단풍의 잔치들을 회상하게 되었다. 황은을 축하하는 곡(賀皇恩)을 연주할 때, 열 살쯤 되는 태정대신의 아들이 능숙하게 춤을 추었다. 임금이 옷을 벗어서 상으로 주자, 아버지인 태정대신이 뜰 아래로 내려가서 정중하게 받았다. 겐지는 뜰의 국화를 꺾게 하며, 청해파(青海波)를 추던 때를 회상했다.

〈가을이 되어 색이 한층 더 아름다워진 담장의 국화도, 때때로 소매를 걷고 춤춘 저 가을을 그립게 생각하고 있는 것 같습니다. 이 가을 태정 대신으로 승진한 당신도, 저 가을을 생각하고 있을 겁니다.〉

태정대신은 그때 같은 춤을 겐지와 나란히 추었었지만, 타인보다는 훌륭한 자리에 있는 자기로서도 아무래도 겐지와 비할 수 없었음을 새삼 깨달았다. 가을비가 때를 만난 듯이 오기 시작했다.

"〈성인의 대에 나타나는 보랏빛 서운 중에 섞여 있는 국화는, 혼탁한 점이 없는 성대의 별로 보입니다. 임금, 상황과 동렬의 당신은, 성대의 별로 보입니다.〉

지금 또 영달의 때를 마중하여서."

태정대신은 겐지에게 말했다.

16. 잔치가 한창일 때, 임금과 상황의 감회가 깊다.

저녁바람은 단풍을 헤쳐 깔아 놓았다. 색이 짙은 것도 있고, 엷은 것 도 있어서 비단을 깔아 놓은 복도로 잘못 볼 것 같은 뜰 위에, 용모가 아름다운 동자가 몇 개의 짧은 곡을 춤추었다. 이들은 좋은 집안의 아이 들로, 파랑이나 빨강의 엷은 옷에 소방이나 포도색으로 물들인 아래옷을 같이 입고, 머리는 각발로 땋았으며, 이마에는 천관(天冠)을 쓴 분장으 로 나왔다. 몇 개의 짧은 곡으로 겨우 춤을 마치고 단풍 그늘로 돌아가는 모습은 정말 해가 지는 것이 아까울 지경이었다. 과장된 연주는 이미 멈 춘 뒤였다. 조금 후에 당상의 놀이가 시작되어, 서사의 거문고를 가져오 게 했다. 음악의 감흥이 높아졌을 때, 세 분은 각각 거문고를 잡았다. 우다의 법사의 음색도, 주작원은 정말 오래간만에 감회 깊게 들었다.

〈궁중을 떠나서 몇 번인가의 가을을 지나 가을비가 오니, 나이를 먹은 시골 살림인 나도, 이런 단풍을 볼 기회가 없었다. 나의 재위 때는 이런 단풍의 잔치가 한번도 없었다.〉

주작원은 원망스러운 얼굴을 하고 있었다. 임금이 받아서 설명하여 드 렸다.

〈세상 보통의 단풍이라 생각하여 상황님은 보고 계십니까? 오늘의 이 것은 예전의 단풍 축하연을 뜰의 비단 위에서 다시 한 것인데. 상황님 은, 당시에 그것을 동궁으로 계실 때 보셨을 터인데. 〉

임금은 얼굴 생김이 해와 더불어 점점 가지런히 피어, 겐지와 정말 똑같아 보였다. 석무가 신하로서 시중들고 있었는데, 그 얼굴 또한 임금과 다를 것이 없어, 당혹케 할 정도였다. 기품이 높고 훌륭한 느낌은 생각 탓으로 우열을 가려서인지 임금이 더 나아 보였지만, 윤이 나게 아름다 운 점에서는 석무가 낫게까지 보였다. 석무는 피리를 맡았는데, 그 음색 은 정말 흥취를 돋우었다. 노래를 부르는 전상인이 계단에서 기다리고 있었다. 그 중에서 변소장의 목소리가 특별히 훌륭했다. 역시 마땅한 인 연이 있는 집안끼리라고 여겨졌다. 18)

---

18) 이 최상의 화려한 장면으로 이 이야기의 세계는 대단원에 도달한다. 얼마 안 있어 여삼의궁 같이 새로운 등장 인물을 갖는 '봄나물' 이후의 세계가 열리지만, 이야기의 주제, 작품은 뚜렷하게 일변한다. 여기에 단락이 있는 것을 부정하기 어렵다.

제 2 부

제 2 부에서는 이야기의 구성과 표현수법이
달라진 것 같다. 줄거리가 전처럼 복잡하게
분규스럽지 않다. 여삼의궁 사건에 말려든
겐지와 자의상을 중심으로 한 이야기이다.
제 1 부의 이야기를 이끌어 갔던 '예언'은,
여기서는 추진력을 잃고 있다. 그리고 겐지는
이 세상에 다시없는 인물이 아니라, 오히려
미추 양면을 갖는 지상 사람으로 그려져 있다.
특기할 만한 주제는 없고, 장면장면에 묘사된
것이 중심 화제가 된다. 사람이라는 것이
어쩐지 허전한 존재로 그려진 것 같다.

34. 봄나물 1 (若菜*1)

대강 줄거리

겐지 나이 39세부터 41세의 봄.

육조원 행행 후, 주작원은 병이 중해져서 출가를 생각했다. 그런데 걱정이 되는 것은 어머니가 안 계신 여삼의궁의 갈 곳이었다. 주작원의 사위 고르기 소문에, 백목이나 형병부경궁 등 몹시 희망하는 사람은 많았지만, 측근의 획책도 있어서 원의 속마음은 겐지에게로 굳혀졌다.

겐지의 동요에도 아랑곳없이, 여삼의궁의 치마 입는 의식을 마치자, 주작원은 출가하였다. 그 모습을 보니, 겐지는 여삼의궁이 뒷일을 이어받지 않을 수 없었다. 겐지 자신도 궁이 등호의 조카였던 까닭에 전혀 관심이 없는 것도 아니었다. 겐지와 자의상 사이에 미묘한 공기가 감돌았다.

해가 바뀌어 겐지는 40세의 봄을 맞이하였다. 축하연의 맨 처음으로 나선 옥만은 봄나물을 바쳤다.

2월 10일이 지나, 여삼의궁은 육조원으로 옮겨왔다. 겐지는 그녀의 유치함에 실망하는 동시에 의젓하게 행동하는 자의상에게 새삼스럽게 강한 애착을 느꼈다.

주작원은 서산에 들어앉았다. 겐지는 원을 물러난 농월야 상시와

---

* 옥만이 축하의 잔치를 주최했을 때 겐지가 부른 노래에 나온다. 와카나(わかな) 라고 읽고 봄나물을 뜻한다.

몰래 만났다.

명석여어가 친정에 오는 기회에, 자의상은 여삼의궁과 대면하여 융화를 도모했다. 가을이 되어, 자의상, 추호중궁, 석무가 각각 겐지의 40세 축하연을 열었다.

다음해 3월, 명석여어는 남아를 순산하였다. 이 소식을 듣고 명석의 입도는 연래의 숙원을 차례로 긴 편지에 적어 딸에게 보낸 후 산속 깊이 몸을 숨겼다. 겐지는 그 편지를 읽고, 숙운이 우연히 일치된 것에 감명을 받으면서도 여어의 양육에 힘을 써 온 자의상을 찬양했다. 석무도 자의상과 여삼의궁과의 차이를 새삼스럽게 인식했다.

3월 말에 여어가 궁중으로 돌아간 후, 육조원에 젊은 군들이 모여 공차기 놀이를 즐겼다. 여삼의궁을 잊지 못하고 있는 백목은, 어둠이 다가오는 침실의 고운발 끝쪽에, 뜻밖에도 궁이 서 있는 모습을 보았다. 궁의 부주의한 유치함에 석무는 어이없어했지만, 한편으로는 그 여삼의궁을 보고 얼이 빠진 백목의 모습에 위구를 느꼈다.

1. 주작원이 출가를 결심하고, 여삼의궁의 전도를 근심하다.

주작원은 먼저의 행행 이후로 눈병 외에도 여러 병환을 계속 앓고 있었다. 원래 병약하였지만, 특히 이번에는 어쩐지 불안한 생각이 들었다.

'오랫동안 불도를 닦으려는 염원이 깊었는데, 대후의궁[1] 이 생존해 계실 동안은 매사 삼가느라, 오늘까지 주저하고 있었다. 역시 불도에 끌려서일까, 이 세상에 그렇게 오래 살 것 같지 않다는 느낌이 든다.'

이렇게 생각하며, 출가하는 데 필요한 준비를 했다.

---

1) 홍휘전대후. 주작원의 모후. 모년 9월에 훙거하였다. 훙거 후 1년 이상 지났다.

자녀들은 동궁을 제외하면 여궁(女宮)이 네 분 있었다. 그 중에 등호라고 부르던 분은 겐지 성을 받은 선제[2]의 아이였다. 원이 아직 동궁일 때에 궁으로 올라왔고, 높은 위(位)를 받을 만한 분이었는데, 특별한 후견인도 없고, 모친 편도 이렇다 할 혈통이 아닌 갱의(更衣)였으므로, 궁에 시중들 동안도 불안한 형편이었다. 대후가 상시(尙侍)를 원에 바쳐서, 견줄 만한 사람이 없을 만큼 귀중하게 다루었기 때문에, 상시에게도 압도당했다. 원도 속으로는 안되었다고 동정하고 있었는데, 얼마 안 있어 위를 물려주서서 더 이상 돌보아 주실 수 없음을 한탄하면서 돌아가셨다. 그분에게서 탄생한 여삼의궁을 주작원은 여러 아이들 중에서 특히 사랑스럽게 여겼다. 그때 여삼의궁은 13, 4세였다.

'지금은, 이 속세를 버리고 산에 들어가고 싶은데, 앞으로 궁을 세상 가운데 남겨 두면, 누구를 의지하고 살아갈 수가 있을까?'

주작원은 이렇게 생각하고, 오직 이 여궁의 일만을 걱정하고 있었다.

서산에 있는 절을 다 짓고, 옮길 계획을 준비하는 한편, 여삼의궁의 치마 입는 의식[3]을 준비했다. 원의 집안에서 소중히 여기는 수많은 보물과 세간은 말할 것도 없고, 세세한 유희의 도구까지 다소라도 유서가 있는 것은 모두 이분 앞으로 옮겨 놓고, 나머지 물건들을 다른 자녀들에게 나누어 주었다.

2. 주작원이 여삼의궁의 장래를 동궁에게 부탁하다.

동궁은 아버지 주작원의 병환 위에 출가를 예정하고 있다는 것을 듣고 원에게 건너왔다. 모군인 승향전여어도 함께 왔다. 여어는 특별한 총애를 받지는 않았지만, 동궁을 통해 맺어진 숙연(宿緣)이 좋아서 몇 해 동안의 이야기를 정성껏 나누었다. 주작원은 동궁에게도 세상을 다스려 가

---

2) 동호제의 먼저 임금의 황녀로 태어나, 신하로 내려와서 겐지 성을 받았다. 등호중궁이나 자의상의 아버지 식부경궁의 이복누이에 해당한다.

3) 여자가 성인이 되어 처음으로 치마를 입는 의식. 남자의 관례에 해당한다. 12~14세에 하는 것이 보통이다. 여자의 초경과 관계되어, 결혼의 가망이 있는 것으로 여겨질 때 거행되었다.

는 마음씨 같은 것들을 가르쳐 주었다. 올해 13세인 동궁도 나이에 비해 아주 어른스럽고, 후견하는 사람들4)도 모두 신분이 높아서 원은 무척 안심하고 있었다.

"나는 이 세상에 한이 될 것도 없다. 다만 여궁들이 많이 뒤에 남아 있어서 그 장래가 어떻게 될 것인지가 저승길의 방해라고 생각될 뿐이다. 이때까지 보고 들은 일을 생각해 보면, 여자는 본의 아니게 자기 마음대로 되지 않고, 사람으로부터 믿음직하지 않다고 멸시당하는 운명에 있는 것이 아주 슬픈 일이다. 당신의 마음대로 되는 치세에 있게 되면, 어느 여자아이라도 각자의 경우에 따라 주의해서 돌보아 주어라. 후견인이 있는 딸들은 그쪽에 맡기겠지만, 여삼의궁만은 나이도 어리고, 이때까지 쭉 나만을 의지하고 있었다. 내가 속세를 버리게 되면, 그 후 행방도 모르게 세상을 떠돌게 되리라고 생각하니, 정말 걱정되고 슬퍼진다."

몇 번이고 눈물을 닦고는 말했다.

승향전여어에게도 여삼의궁에게 호의를 보여 달라고 친절하게 부탁했다. 그러나 이 여궁의 어머니인 여어가 다른 사람과는 달리 원의 총애를 받았을 때에 누구라도 서로 경쟁을 하던 사연이 있어, 서로 사귀기도 어렵게 되어 있었다. 그 생각의 잔재로 인해 지금은 특별히 밉게 생각은 안 해도, 아주 정성을 들여 보호하거나 돌보아 줄 것 같지 않았다.

3. 주작원이 석무에게 의중을 말하다.

주작원은 아침 저녁 할 것 없이 여삼의궁의 일을 걱정하였다. 병환이 더욱 무거워져서 방에만 있으면서 고운발 밖에는 나오지도 않았다. 이제껏 악령 때문에 때때로 괴로움을 당하기도 했었다. 그러나 지금이 가장 나쁜 상태여서 지금이야말로 최후라고 생각하고 있었다. 제위를 물러나 있어도 재위 당시부터 의지하고 있었던 사람들은 다정하고 훌륭한 원의 모습을 위로로 삼으며 참상하고 있어서, 그들의 정성어린 돌봄을 받았다. 육조원에서도 자주 문안으로 왔다. 원은 그 참상을 아주 즐거워하고

---

4) 수흑대장과 명석 아씨의 아버지인 겐지.

있었다.

석무가 참상했다는 말을 듣고, 원은 고운발 안으로 맞아들여 친히 이야기를 했다.

"돌아가신 동호원이 임종 때 많은 유언을 하셨는데, 그 중 당신 부친 일과 지금 임금의 일을 특별히 말씀하셨다. 내가 임금 자리에 올라선 후로는, 사물에는 규정된 것이 있는 까닭에 내심의 호의는 바뀌지 않았는데도 쓸데없는 과실5) 때문에 소원한 마음으로 지내셨을 거라고 생각한다. 그러나 몇 해 전부터 어떤 일에 관해서도 그때의 원한이 남아 있는 모습을 전혀 보이지 않았다. 아무리 현인이라도 자기의 일이 되면, 분별한 대로 되지 않아, 조용히 있지 않고 보복의 마음을 품기도 하여, 좋지 않은 행동을 하는 일이 예전에도 많이 있었다. 그래서 언젠가 기회가 있으면 그 생각이 밖으로 나타날 것이라고 세상 사람들도 그렇게 의심하고 있었는데, 결국 그런 마음을 누르고, 동궁6)에도 호의를 보였었다. 그리고 지금도 동궁과 둘도 없는 친밀한 사이로 친하게 지내는 것도 나는 심중에 몹시 감사하고 있다. 나는 본래 어리석은 데다, 자식을 생각하는 어버이 마음의 어두움에 빠져서, 보기 싫은 꼴이 되지 않을까 하고, 오히려 타인의 일처럼 모르는 척하고 행동하였다. 임금 일은 저 돌아간 원의 유언에 등지지 않고, 계획대로 하고 있는데, 이렇게 말세지만 명군으로 전대의 명예까지도 높여 준 것은, 염원을 이루어 준 것 같아서 오로지 기쁠 뿐이다. 저 가을의 행행 이후, 옛날의 일들을 같이 회상하고 나니, 매양 보고 싶고 어떻게 계실까 걱정이 된다. 뵙고 말하고 싶은 것도 많이 있다. 반드시 직접 문안하시라고 권하여 보아라."

눈물 흘리면서 말했다.

석무 중납언의 군이 말씀 올렸다.

"지나간 일에 대해서는 저는 이해하기 어려운 것도 있습니다. 성인이

---

5) 겐지가 농월야와 밀통하여, 수마 유적의 쓰라린 경험을 하게 되었던 것을 말한다.
6) 동궁은 겐지의 정적이라 할 수 있는 주작원의 황자이지만, 겐지는 일찍이 동궁에게 도 호의를 보이고, 딸 명석 아씨를 바쳤다. 장래 자기의 권세 확장의 포석이었다.

되어 조정에 섬기게 된 후부터는 세상 일을 여러 가지 보아 왔지만, 대소 여러 가지 일이나 집안에서 숨김없이 털어놓는 일들에도, 옛날에 괴로웠던 적이 있었다고 넌지시 말하는 것을 들은 일이 없습니다. '이렇게 조정의 후견을 중도에서 사퇴하고, 조용히 출가하려고 한결같이 지내 온 후로는 무엇이나 일체 관여하지 않으려고 하고 있어서, 돌아가신 원의 유언대로 섬기지도 못하고 있다. 원의 재위 시대에는 나는 연령과 국량(局量)이 부족하고, 현명한 윗분들이 많이 계셔서 내 뜻을 이루는 것을 보여 줄 기회도 없었다. 지금은 이렇게 퇴위하여 조용히 지내고 계시므로, 참상하여 아무 격의 없이 얘기를 들을까도 생각하지만, 어쩐지 거북한 옷차림 때문에 그만 뵐 기회도 없이 나날을 지내고 있다'고 때때로 탄식하고 계십니다."

석무는 20세가 조금 안 된 젊은이였지만, 모든 면을 충분히 갖추어 있었다. 얼굴 모습도 지금이 한창이었고, 기품이 있는 것이 원의 마음에 들었다. 주작원은 석무를 가만히 바라보면서, 어떻게 해야 할지 난처한 여삼의궁의 후견인으로 이 사람은 어떨까 하고 남모르게 생각하였다.

"태정대신의 운거안에 지금은 아주 낙착하였다고 들었다. 오랜 세월 이해할 수 없는 얘기를 들어서 안쓰럽다고 생각하였는데, 그 말을 듣고는 안심이 된다. 그러나 역시 유감으로 여기는 마음도 있었다."

'무슨 생각으로 말씀하는 것일까?'

석무는 이상한 생각이 들어, 이것저것 생각하여 보았다.

'여삼의궁의 앞날을 아무리 생각해도 좋은 수가 안 나와서, 적당한 사람이 있으면 거기에 맡기고, 안심하고 속세를 버릴 생각으로 그렇게 말씀하신 것이다.'

석무는 자연히 그 소문을 들을 기회가 있었기 때문에, 아마도 그런 취지일 것이라고 생각은 들었지만, 그 자리에서 아는 척하고 무어라 대답을 할 수는 없었다.

"저 같이 능력 없는 자로서는 정해진 처를 얻기도 상당히 어려워서요."

석무는 이렇게만 말을 하였다.

하녀들이 그 모습을 엿보고는 소곤거렸다.

"정말, 더는 없는 분으로 보이게 하시는 그분의 역량과 마음쓰임이군요. 얼마나 훌륭한가?"

"자아, 어떨까요? 잘 생겼다고는 하지만, 저 아버지 겐지가 젊었을 때의 모습과는 정말 대적할 수 없을 것입니다. 아주 눈이 부실 정도로 품격이 높았었습니다."

나이 든 이들은 이렇게 자꾸만 서로 편들어 떠들고 있었다. 그 소리를 주작원이 듣고서 칭찬의 말을 했다.

"정말 겐지는 모습이 남달랐던 사람이었다. 그리고 지금도 역시 그 당시 이상으로 훌륭해서 빛나기로 말하면 이 사람을 들어 말하지 않으면 안될 정도다. 겉으로는 빈틈없는 수완가여서 단호한 점이 있다. 그러나 한편으로는 또 탁 터놓고 농담 같은 것을 말하고 흥이 있게 놀 줄 알아서 몹시 부드럽고 친근감을 갖게 하니, 정말 신기하다. 저절로 전세의 과보라는 생각이 드는 훌륭한 인물이다. 궁중에서 쭉 자라나고, 아버지 임금도 몹시 총애하시어, 어루만지듯이 귀중하게 키웠다. 자신의 몸 이상으로 소중하게 생각하셨었는데, 제멋대로 거만해지는 법도 없이 자기를 낮추고, 20세 전에는 납언에도 못 올라갔었다. 20세를 막 넘어서 참의로 대장을 겸하였던가? 그에 비하면 이 중납언은, 정말 빨리 관위에 승진하였구나. 때때로 아들 쪽이 어버이보다 세상 성망이 높아지기도 하는 모양이다. 정말 조정에 섬기는 학식이나 마음가짐 등은 이 사람도 아버지에 거의 뒤지지 않는 것 같다. 설사 그것이 잘못된 것이라 하더라도, 점점 관록이 붙었다는 세평은 정말 대단한 것이다."

4. 여삼의궁의 유모가 겐지를 후견으로 진언하다.

여삼의궁의 귀엽고 천진한 모습을 보고, 주작원은 이렇게 생각했다.

"결혼하여 소중하게 같이 살면서 미숙한 점을 사람 눈에 숨겨 감싸 주고, 한편으로는 잘 가르쳐 줄 만한 사람이라면, 안심하고 맡길 수 있을 텐데."

주작원은 분별 있고 나이가 어지간한 유모 몇 사람을 불러내어, 치마 입는 의식을 준비시키는 기회에 말했다.

"육조의 겐지 대신이, 식부경 친왕의 딸 자의상을 길러 내었다는 데, 그렇게 이 궁을 맡아서 길러 주는 사람이 있었으면 좋을 텐데. 그러한 사람은 신하 중에는 있을 것 같지도 않고, 그렇다고 임금에게 청하자니 추호중궁이 붙어 있다. 그 이하의 여어들[7]도 정말 고귀한 분들만 모여 있으니, 착실한 후견인도 없는 사람은 어설피 궁살이하는 것보다는 안 하는 편이 나을 것이다. 저 권중납언 석무가 독신으로 있는 동안 넌지시 떠볼 것을 그랬다. 젊지만 정말 유능하고, 앞날이 촉망되는 사람 같다."

"중납언은 애초부터 아주 착실한 사람으로, 이때까지 몇 해 동안 운거 안에게 마음을 주고, 다른 누구에게도 마음을 돌리지 아니 하였습니다. 그 소망이 이루어진 지금은 이때까지보다도 더욱 다른 어떤 분에게도 마음이 흔들리지 않을 겁니다. 그 아버지 겐지 쪽이야말로 도리어 지금도 끊임없이 여자에게 마음을 움직이는 모양입니다. 특히 존귀한 태생의 여인을 희망하여, 전 재원 조안 아씨들까지 아직도 잊지 않고 지내시는 것 같습니다."

이렇게 유모가 대답했다.

'저런, 그 언제까지도 변하지 않는 호색적인 마음만은 아주 걱정이 된다. 설령 많은 처첩 가운데서 고생을 강요당하여, 뜻밖의 생각을 갖게 한대도, 겐지를 부모 대신으로 결정하였다는 형식으로 유모들의 말대로 맡겨 버릴까?'

주작원은 이어서 생각했다.

'정말, 세상 보통의 생활을 시키려는 딸을 가졌다면, 이왕이면 저 사람 곁에 함께 있게 하고 싶다.[8] 내가 만일 여자라면, 같은 형제간이라도 반드시 겐지에게 사랑을 구하였을 것이다. 젊었을 때에는 그런 생각이

---

7) 홍휘전여어, 왕여어, 좌대신의 여어.

8) 이하 주작원의 말은 그가 겐지의 형인 만큼, 세상일이 여성화하였던 당시에도 조금은 이상하다. 원의 여성적인 유약함을 나타내는 것이다.

들었었다. 남자라도 이러니, 더구나 여자가 열중하게 되는 것은 정말 무리도 아니다.'

주작원은 마음속에 농월야 상시의 일이 저절로 회상되었다.

5. 유모가 자기 오빠에게 겐지에의 중개를 알아보다.

여삼의궁에게 시중 드는 사람 중에, 지위가 높은 유모의 오빠가 좌중변이 되어 육조원의 가까운 가신으로 오래 섬기고 있었다. 그는 여궁편에도 특히 호의를 가지고 있었다. 어느 날 참상하고 있던 좌중변과 이야기하는 계제에 유모가 상의를 하였다.

"상 주작원은, 겐지를 사윗감으로 말씀하셨는데, 기회가 있으면 겐지에 이 일을 슬며시 말씀드려 보십시오. 황녀들은 쭉 독신으로 지내는 것이 보통 관습이지만, 이것저것 걱정해 주고, 무슨 일에나 보살펴 주는 사람이 있다면, 마음 든든한 일입니다. 주상을 제외하고는 걱정하여 주는 사람도 없으므로, 우리들이 시중들고 있다고는 하나, 얼마만큼 도움이 될는지 모릅니다. 그리고 나 혼자 생각으로 일을 진행시키는 것이 아니니까, 혹시 뜻하지 않은 잘못이 생겨서 경솔하다는 소문이라도 난다면 얼마나 시끄러운 일이 되겠습니까? 주상이 계시는 동안에 어떤 형태로도 이 아씨의 일이 정하여지면, 나도 돌보아 드리기 쉬워질 것입니다. 존귀한 혈통이라도 여자의 운명은 정말 알 수 없는 것이어서, 한탄하는 처지가 되기도 합니다. 이렇게 여럿 있는 황녀들 중에 주상이 특히 마음을 쓰는 것에도 사람의 질투가 따를 수 있으니, 어떻게 해서라도 조금의 비난도 없게 하고 싶습니다."

좌중변이 대답하였다.

"대체 어떻게 하는 것이 좋을까? 겐지는 이상하리만큼 생각이 바뀌지 않고, 일단 만난 상대라면, 마음에 들거나 아니거나 다 떠맡고는 여럿을 저택 내에 모여 있게 하고 있다. 하나밖에 안되는 소중한 본처에게만 배려가 치우쳐, 그 때문에 사는 보람도 없이 지내는 분들이 여럿 있다. 그런데 만일 숙연이 있어 서로 맺어지면 대단한 사람이라도 이 아씨의궁과 나란히 위세를 부리지는 못하게 될 것으로 짐작된다. 그래도 역시 어떨지 걱정이 된다. 사실 말이지만 원이, '말세라고 하지만, 이 세상에서 내가 얻은 영화는 과분한 정도이고, 내게 불만이란 하나도 없는 데, 여자의 일만큼은 사람의 비난을 받아서 나 자신도 어딘가 불만스럽게 여긴다'고 집안끼리 농담할 때 자주 입에 올린다고 듣고 있다. 정말 내가 보기에도 그런 것 같다. 이런저런 인연으로 겐지가 돌보아 주고 있는 분은 누구나 다 그렇게 천한 신분은 아니지만, 보통의 신분이면서 겐지에게 맞설 만한 신망을 갖춘 분이 계실까? 같은 값이면 주작원의 의향대로 황족의 딸이 시집 오게 되면, 얼마나 어울리는 사이가 될까?"

유모는 또 어떤 계제에 주작원에게 말씀 올렸다.

"저의 오빠에게 어떠냐고 떠보았더니, '저쪽 겐지는 꼭 수락할 것입니다. 오랜 세월의 희망이 이루어져서 기뻐할 것입니다. 이쪽의 허락을 얻을 수만 있다면, 주작원에게 그 취지를 말씀 드려 주십시오'라고 말하였습니다. 어떻게 하는 것이 좋을까요? 저쪽 겐지는, 그 일에 상응하는 사람의 신분을 언제나 잘 생각하시고는 신기할 정도로 마음을 쓰는 분인 모양입니다. 보통 신하라면, 자기 외에 남편의 정을 나누어 받고 있는 여자가 동격으로 있는 것은 불만일 텐데, 여궁이 출가하게 되면 어쩌면 생각 밖의 재미없는 일도 생길 수 있을 것입니다. 궁의 후견을 희망하는 사람은 백목(柏木), 형병부경궁 등 많이 있습니다. 잘 생각하시고 결정하시는 것이 좋을 것입니다. 아씨는 요새 세상에 최고로 귀한 분이긴 해도, 걸리적거리는 일들을 적당히 해결하고, 자기 생각대로 살고 있기 때문에 아씨는 그저 놀랄 만큼 불안하게 걱정하고 계시는 것 같고, 곁에 붙어 있는 사람들이 시중을 드는 것도 한계가 있을 것입니다. 저택 전체의 방침에 따라 탄탄한 아랫사람이 말썽 없이 시중 드는 것이, 의지할 만할 것입니다. 특별한 후견이 없는 것은 역시 불안한 일에 틀림없습니다."

6. 주작원이 사위 고르기에 고심하다.

주작원은 걱정이 보통이 아니었다.

"나도 여러 가지 생각하고 있지. 황녀들이 시집 간 경우에는 경솔하게 보이기도 하고, 또 여자는 고귀한 신분이라도 남자와 결연히 된 것만으로도 후회할 일, 화가 날 일도 자연히 있을 것이다. 한편으로는 불쌍하게 생각하여 괴로워하고 있다. 다른 한편으로 생각해 보면, 소중한 사람과 사별한 후에 혼자서 세상을 살아갈 경우, 옛날에는 사람의 마음도 평온했고,[9] 신하로서 황녀에게 사랑을 느끼는 일은 미리 체념하여 버리는 것이 관습이었다. 그런데 지금 세상은 음란한 일도 자주 일어나는 것 같다. 이제까지 고귀한 어버이 집에서 소중히 길러진 딸이, 요즘에는 아무 쓸모 없는 천한 신분의 호색가들의 노리갯감으로 소문이 나서, 돌아간 어버이의 낯에 먹칠을 하고 욕되게 하는 예를 많이 듣게 된다. 결국 어느 경우나 모두 걱정거리다. 신분에 상응하는 전세의 인연이라는 것은 판단하기 어려운 일이므로, 어느 것이나 걱정이 된다. 한마디로 말해서, 좋건 싫건 마땅한 사람이 지시한 대로 세상을 살아가면, 그것이 각자의 숙운인 것이다. 가령 나중에 가서 영락한다 하여도 장본인의 잘못은 아니다. 시간이 지나서 좋은 결과가 나오는 경우에야, 그것도 결국 나쁘지는 않았다고 보게 되는 것이다. 어버이에게도 숨기고, 그럴 만한 사람의 허락도 받지 않고, 자기 생각대로 내밀하게 결혼하여 버리는 것이야말로 여자의 몸에 더 이상이 없는 흠이 될 것이다. 신분이 높지 않은 보통 신하들 사이에서도 그런 일은 경박한 것으로 마땅치 않다. 본인의 생각과 관계없이 마음에 안 드는 사람과 맺어져, 전세의 인연이 이 정도밖에 안 된다고 하는 평가를 듣는 것은 정말 경솔한 일이다. 일상의 행동이나 마음쓰임도 다 그에 따라 평가받게 되는 것이다. 여삼의궁은 어쩐지 의지할 곳이 없는 듯 걱정스러워 보여서, 누구라도 마음 내키는 대로 다루려

---

9) 옛날과 지금의 대비로, 작가는 천황가의 절대적 권위가 지배하였던 율령(律令) 시대의 사람과, 그것이 허물어져 간 등원섭관(藤原攝關) 시대 사람의 의식 차이를 황족의 견지에서 이야기한다.

고 하고 있지만, 그러한 소문이 세상에 퍼지면 정말 괴로운 일이다."

여삼의궁을 남기고 먼저 떠나게 되면, 그 후 생길 일들이 정말 걱정이라고 생각하고 있던 차인데, 모두 다 더욱 어렵게 되었다고 걱정하고 있었다.

'조금 더 분별할 수 있는 나이가 될 때까지, 이대로 가만히 두려고 오래도록 참아 왔는데, 그러다가는 출가의 깊은 염원도 이루어지지 않을 듯하여, 부지중에 조바심이 난다. 어쨌든 저 육조의 겐지는 사물의 도리를 잘 알고 있어, 처첩들이 여럿 있다 해도 크게 걱정할 필요는 없을 것이다. 어떻게 되든 간에, 만사는 본인의 마음가짐 여하에 달려 있다. 저 겐지는 모든 면에서 안정되어 있으니, 세상 일반의 모범으로 장래가 안심되는 점에서는 유례가 없을 사람이다. 그밖에는 조금이라도 낫다고 말할 사람이 누가 있을 것인가? 병부경궁은 인물은 무난할 것이다. 같은 황족이니, 남과 달리 나쁘게 말하는 것도 좋을 것이 없지만, 중후한 맛이 부족하여 조금 경박하다는 느낌이 든다. 그런 사람은 어쩐지 믿음직스럽지 않다. 등대납언 조신이 이쪽의 가신이 되고 싶어한다는데, 충실하게 섬길 줄로 알지만, 과연 어떨까? 저렇게 흔한 신분의 사람을 사위로 삼는 것은 역시 어처구니없는 일일 것이다. 옛날에도 사위를 고를 때에는 만사에 걸쳐 보통 사람하고는 달리 명망 있는 사람으로 결정하게 마련이었다. 한결같이 처를 아껴 줄 것 같은 점만을 쓸모 있게 생각하여 사위를 삼는 것은 어쩐지 부족하다고 느껴진다. 우위문독 백목이 내심으로 애태우고 있다고 상시 농월야가 전하여 주었는데, 위계(位階)가 좀더 한 사람 몫을 하게 되면, 사위로서 걸맞지 않은 점은 없을 것이다. 그러나 아직 나이가 너무 어리고, 직위가 대단히 낮은 사람이다. 고귀한 분을 처로 맞겠다는 희망이 강하여, 기품 높고 침착하게 독신으로 지내는 태도가 보통 사람보다는 확실히 특별하다. 학문도 무난히 갖추고 있어 언젠가는 반드시 천하의 주석이 될 사람이므로, 장래도 의지할 만하다고 생각되지만, 역시 궁의 남편으로 결정하기에는 아무래도 미치지 못한다.'

주작원은 이것저것 생각하며 결정을 못 내리고 있었다.

이만큼 마음쓰지 않는 언니 궁들의 경우에는, 누구 하나 원을 번거롭게 한 분은 없었다. 이상하게도 집안에서 오고가는 여러 가지 내밀한 이야기가 언젠가 자연히 밖으로 퍼져 나가서 이 여궁에게 마음을 태우는 사람이 많았다. 10)

7. 동궁이 겐지에의 하가에 찬성하다.

'이 백목이 지금까지 독신으로 지내면서, 황녀가 아니면 받아들이지 않겠다고 생각하고 있으니, 이 계제에 원에게 말씀 드려 볼까? 만일 허락하여 주신다면, 나를 위해서도 얼마나 명예롭고 기쁜 일인가?'

이렇게 백목의 아버지 태정대신도 생각했다. 태정대신은 그 뜻을 주상했다. 농월야 상시에게는 그 누이인 본처 백목의 모친을 통하여 전해 드렸다. 있는 말을 다해 원에게 주상하여, 허락을 들으려고 했다.

병부경궁은 수흑대장의 본처인 옥만에의 구혼이 실패하자, 옥만의 눈을 의식하여 시시한 여자는 안된다고 생각하며, 까다롭게 여인을 고르고 있었다. 그러니 이 여궁의 일에 어떻게 마음이 움직이지 않을 것인가? 그는 몹시 초조하게 기다리고 있었다.

등대납언은, 오랫동안 원의 별당으로 가깝게 섬겨서, 언제나 옆에서 대기하고 있었다. 원이 드디어 산에 들어갈 때에는, 의지할 곳 없이 불안하게 지낼 것이라고 이 여궁의 후견인이 되려고 힘쓰고 있었다.

'다른 사람이 전하는 이야기로 들은 것도 아니고, 주작원이 이쪽 마음을 돋우려고 직접 말씀하시는 것을 눈앞에서 보았으니, 어떤 기회에 내 의향을 넌지시 말씀 드려 귀에 들어가게 되면 설마 나를 제쳐놓지는 않을 것이다.'

권중납언인 석무도 소문들을 듣고, 이런 기대로 가슴을 설레기도 했

---

10) 등원섭관 정치하에서 생활이 어려워졌던 황족 중에도, 특히 황녀는 그 존귀한 신분과 생활력이 없는 이중고를 짊어지고 있었다. 주작원의 끝없는 마음 아픔은 원의 생래의 성미가 약한 것도 합쳐져서 한층 잘 묘사되고 있다.

다. 그러나 운거안이 이제는 안심이라고 마음속으로부터 믿고 있는 것을 보고는 마음을 가다듬었다.

'이때까지 몇 해 동안, 냉대받는 것을 구실로 삼을 수 있었을 때에도, 다른 사람에게 마음을 옮기지 않고 지나 왔지 않은가? 괘씸하게도 지금에 와서 갑자기 여군에게 고생을 시켜서야 안되지 않을까? 보통 아닌 귀한 분과 일단 관계하게 되어서 결국 무엇 하나 마음대로 못하고 양쪽 여인이 모두 애태우고 있으면, 바라보는 나 자신도 반드시 괴로울 것이다.'

석무는 원래 호색적인 성미가 아니었기 때문에 그 일은 가슴속에 묻고 말로는 꺼내지도 않았다. 그러나 역시 이 여궁이 누구에게로 결정될 것인지가 궁금하여 귀담아 듣지 않는 것은 아니었다.

13세가 된 동궁도 이러한 여러 가지 소문을 듣고 있었다.

"당장 우선의 일은 그렇더라도 후세의 선례가 되는 일이므로, 잘 숙고하지 않으면 안될 것입니다. 인물은 그렇다 쳐도 보통의 신하로는 신분에 한도가 있을 것입니다. 역시 시집을 보내려고 결심하실 바에야, 저 육조원 겐지에 부모 대신으로 맡겨 두시는 것이 좋을 듯합니다."

동궁이 이런 의향을 전하여 왔으므로, 원은 기다리고 있던 말을 들은 것처럼 기뻐했다.

"정말 그렇다. 잘 생각하여 말해 주었다."

주작원은 드디어 마음을 결정하자, 먼저 변 소장을 사자로 하여 부랴부랴 그 생각을 겐지에게 전했다.

8. 겐지가 사양하다.

겐지도, 이 여궁의 일을 주작원이 이토록 괴롭게 생각하고 있다는 것을 전부터 들어서 알고 있었다. 겐지는 생각을 했다.

'애처로운 일이 아닌가? 그러나 그렇다고 주작원(42세) 보다 몇 살 젊지도 않은 내가(39세) 그 후견을 떠맡을 까닭이 있는가? 내가 좀더 세상에 남아 있을 시간이 있다면, 다른 여느 여궁이라도 남의 일처럼 상관하지 않고 있을 까닭이 없다. 이렇게 특별히 의향을 들은 여삼의궁에 관해서는, 각별히 소중하게 돌보려는 마음이 드는 것이 당연하다. 그러나 그 것조차도 정해지지 않은 세상이다. 더구나 도리어 주작원에 이어서 내가 속세를 버리는 일이 생기면, 나를 의지하고 가까이 했던 여삼의궁이 더 욱 불쌍해진다. 그뿐 아니라 나 자신에게도 괴로운 굴레가 될 것이 틀림 없다. 석무 중납언은, 연령도 젊고 전도양양하고, 인품도 결국은 조정의 방패역을 충분히 할 사람이니, 그를 사위로 생각하면 더할 나위 없을 텐 데. 중납언은 정말 성실하게만 거동하는 데다 마음에 드는 처가 결정되 어 있으니 그것을 어렵게 여기는 것일까?'

겐지 자신은 그다지 생각이 없는 듯이 보였다. 변소장은 주작원이 무 책임한 생각으로 결정한 것도 아닌데 겐지가 망설이자, 주작원이 애처롭 고 유감스러웠다. 그래서 원이 내심 그렇게 생각하게 된 사정을 자세하 게 설명했다. 겐지는 웃는 얼굴로 답했다.

"주작원이 정말 사랑하는 여궁인 모양인데, 이렇게 여러 가지로 생각 하시어 굳이 나를 지목하셨구나. 그렇다면 결단을 내려, 임금에게 드리 는 것이 좋다. 전부터의 어엿한 여인이 계시다는 것은 아무 이유도 되지 않는다. 그것 때문에 지장이 생길 까닭도 없다. 고참인 분이 있다고 하 여, 마지막에 입내하는 여인을 가볍게 다룬다는 법도 없다. 돌아간 원의 시대에, 홍휘전대후가 동궁의 최초의 여어로서 대단한 위세를 가졌었지 만, 가장 최후에 들어온 등호의궁에게 압도되지 않았는가? 여삼의궁의 어머니가, 다름이 아닌 저 등호의궁의 동생일 것이다. 용모도 언니 다음 으로 훌륭하였다는 평판을 들었던 사람이었으니, 어느 편의 혈통으로 보 아도 이 궁은 설마 보통의 용모는 아닐 것인데."

겐지는 용모를 상상하며 마음이 동요하는 듯했다.

9. 여삼의궁의 치마 입는 의식이 끝나고 주작원이 출가하다.

그 해도 저물어 갔다. 주작원은 병환에서 아직 쾌차하지 못했으므로, 무엇인가에 쫓기는 듯이 여삼의궁의 치마 입는 의식을 준비했다. 앞으로 오래도록 모범이 될 만큼, 위의를 차리느라 어마어마하게, 조금은 수선스럽게 준비하였다. 백전(柏殿)의 서쪽 아담한 방에, 높은 대와 휘장을 마련하였다. 이 나라의 능직물이나 비단을 사용하지 않고, 당나라 황후의 장식물을 사용하여 당당하고 훌륭하게 준비하였다. 허리띠 매는 역은 전부터 태정대신에게 의뢰하였는데, 그는 과대하게 위의를 세우는 사람이어서 귀찮은 일이라고 생각했다. 그러나 원의 말씀을 거역하지 못하여, 이번에도 참상했다. 나머지 좌대신과 우대신 두 사람의 대신이나 그 밖의 당상관들은 지장이 있는 사람도 억지로 시간을 맞추어 올라왔다. 전상인은 말할 것도 없고, 친왕들 8인에 동궁이나 동궁편의 사람들도 남김없이 모여와서, 성대한 의식이 치러졌다. 원이 주최하는 일은 이번이 최후일 것이라는 생각으로 임금이나 동궁을 비롯하여 모두가 안타깝게 여겼다. 장인소나 납전의 박래품(舶來品)이 많이 헌상되었다. 육조원에서 드린 물건도 정말 대단한 것이었다. 참석한 사람들에게 주는 기념품과 태정대신에게 주는 물건들은 육조원에서 장만한 것이었다.

추호중궁으로부터도 정성껏 마련된 옷과 빗상자들이 선물로 왔다. 저 옛날의 머리 없는 도구11)를 새로 매만져서 보내왔는데, 먼저의 풍치를 잃지는 않아 첫눈에도 알아볼 수 있었다. 원에도 전상인으로 출사하는 중궁의 보좌관이 사자로 왔다. 이런 노래가 속에 들어 있었다.

〈머리에 꽂으면서, 옛날의 정을 오늘까지 고맙게 간직하고 있습니다. 선물받은 예쁜 작은 빗은 퍽 오래된 것입니다. 〉

원은 이것을 보고, 저절로 차분하게 옛일을 회상했다. 중궁이, 자기 몸에 여삼의궁이 덕을 입는 것도 나쁘지는 않으리라고 생각하며 물려준 것이었다. 정말 면목이 서는 빗이었다. 주작원은 옛날의 회상은 접어 두고 답장을 썼다.

〈당신 다음으로는 여궁의 행복한 모습을 보고 싶습니다. 만세의 수를 알리는 회양목의 작은 빗이 오래 되어가는 대로. 〉

주작원은 몸이 몹시 괴로운 것을 참으며 기운을 내어서, 이 의식이 끝

---

11) 옛날, 추호중궁이 냉천제의 후궁으로 들어왔을 때, 주작원은 추호에게 빗그릇을 선물로 드렸었다.

난 사흘 후에 드디어 머리를 밀었다. 보통 신분의 사람이라도 모양을 바꾸게 되면 슬픈 생각이 드는 것인데, 이 경우는 더욱더 절실하게 애처로웠다. 주작원의 여인들도 어찌할 바를 모르고 한탄했다. 농월야 상시는 원의 곁에 쭉 붙어 있으면서 깊은 슬픔에 잠겨 있었다.

"어버이가 자식을 생각하는 길에도 한도가 있는 것입니다. 이렇게 나를 깊이 사랑해 주시는 당신과의 이별만큼은, 정말 참을 수 없습니다."

원의 굳은 결의도 흔들리는 것 같았지만, 굳이 견뎌 내고 있었다. 사방침에 기대어, 비예산의 좌주 등 계를 주는 중[僧] 3인이 사후했다. 중의 옷을 입으며 속세를 떠나는 의식은 슬픔 속에 거행되었다. 이날만큼은 세상 일을 깨달은 승려들도 도저히 눈물을 억제하지 못했다. 하물며 여궁들이나 여어, 갱의(更衣)들은 일제히 울어 떠들썩했다. 원의 마음은 동요할 뿐이었다. 조용한 곳에 그대로 조용히 있으려고 했던 본래의 소원이 이루어지지 못할 것 같았다. 이 모든 것이 오직 어린 여삼의궁에게 끌린 결과라고 생각하였다. 임금을 비롯하여, 문안 오는 사람들이 끊이지 않은 것은 말할 것도 없었다.

10. 겐지가 여삼의궁의 후견을 승인하다.

겐지도 주작원의 몸이 좋지 않다는 말을 듣고서, 참상하였다. 겐지는 조정에서 주는 급료 등을 퇴위한 임금과 모두 동등하게 받고 있었지만, 태상천황의 행차처럼 위의를 내세우지는 않았다. 세상에서의 대우나 존경 등은 특별한 것이었지만, 일부러 사양하여 지나치게 성대하지 않은 수레를 타고 왔다. 당상관들 몇 명만을 데리고 왔다.

기다리고 있던 주작원은 대단히 기뻐했다. 불편한 몸을 무리하게 일으켜 세우고, 겐지와 대면하였다. 격식을 차릴 상황은 아니어서, 그저 거실에 자리를 마련했다. 주작원이 변한 모습을 보니, 겐지는 전후의 분별도 잊어버린 채 눈물을 억제하지 못했다. 곧바로는 좀처럼 말도 나오지 않았다. 잠시 있다가 겐지는 말했다.

"돌아가신 동호원에게 작별한 후로는 자칫하면 세상의 무상을 느껴 왔었습니다. 출가의 숙원이 깊어졌으나, 마음이 약해서 언제나 우물쭈물할 뿐이었습니다. 드디어 이러한 모습을 뵙게 되니, 뒤에 남게 된 저의 변변치 못한 것이 정말 부끄럽게 여겨집니다. 저 같은 사람에게는 별것 아니라고 결심할 기회가 몇 번이나 있었지만, 막상 그때가 되면 참지 못할 일들이 많아서.”

겐지는 좀처럼 마음이 가라앉지 않았다.

주작원도 어쩐지 불안한 생각으로 마음을 다잡지 못하고, 눈물에 젖어서 옛날과 지금의 일들을 이야기했다.

“오늘인가 내일인가라는 생각으로 지내면서, 그래도 역시 날수가 지나왔습니다. 이대로 마음이 풀어져서 깊은 염원의 일부분도 이루지 못하고 마는 것이 아닐까 하고, 마음을 굳혔던 것입니다. 이렇게 출가했어도, 여명이 없으면 수행의 뜻도 이루지 못하겠지만, 우선 이럭저럭 한때라도 조금 마음을 가라앉히고, 적어도 염불만이라도 열심히 해야겠다고 생각합니다. 변변치 못한 나지만, 이 세상에 살아 남아 있는 것은, 다만 이 소원에 만류되어 있기 때문이라고 생각합니다. 모르는 바 아니지만, 오늘까지 근행을 잊은 게으름을 생각하는 것만으로도 편안하지 못합니다.”

주작원은 마음에 두었던 것을 자세하게 말했다.

“여러 여궁들을 뒤에 남기고 가는 것이 애통합니다. 그 중에도 나밖에는 돌보아 줄 사람도 없는 여삼의궁이 특히 염려되어, 어떻게 해야 할지 걱정입니다.”

주작원의 불안한 얼굴을 겐지는 애처롭게 생각했다. 아무래도 마음에 걸리는 여궁의 얘기여서 그냥 지나치지 못할 듯했다.

“보통의 신하와는 다른 신분이므로, 내밀한 후견역도 없는 것은 사람들의 눈에도 적당치 못합니다. 동궁이 이렇게 훌륭하게 있는 것을, 황송하게 말세를 지내고 다음 대를 이을 임금으로, 세상이 온통 의지하고 있습니다. 더구나 아버지 원인 당신이 이 여궁을 그처럼 소중히 여기시니, 동궁이 그 뜻을 헛되게 하지는 않을 것입니다. 장래의 일은 아무것도 괘념할 필요가 없을 것입니다. 그러나 세상 일은 한도가 있는 법이어서,

동궁이 위에 오르게 되어 세상의 정치를 한다 해도 여궁에게 각별한 친절을 베풀겠다고는 약속할 수 없을 것입니다. 대체로 여자 분에게는 무엇이나 실속이 있는 후견인이 있어야 합니다. 일에 부딪치면, 역시 적당한 형식으로 인연을 맺어 반드시 지켜 드릴 사람이 있어야 안심이 될 것입니다. 아무래도 장래에의 걱정이 남아 있다면, 잘 골라서 내밀히 적당한 사위를 결정하시는 것이 좋을 것입니다."

"그런 생각도 했지만, 그것도 쉬운 일이 아니었습니다. 옛날의 예를 들면, 임금이 아직 자리에 있고 기운이 왕성하였던 때에, 고생하여 사람을 골라서 황녀의 후견을 맡긴 일이 많았습니다. 그렇게 하면, 이렇게 속세를 버리기 직전에 걱정을 해야 할 까닭도 없습니다. 그러나 이렇게 세상을 버렸어도 역시 버리지 못할 것도 있어, 이것저것 궁리만 하는 동안에, 병은 무거워지고 되돌릴 수도 없는 세월이 흘러만 갑니다. 마음은 초조해지고 괴롭기만 합니다. 이 어린 여궁 한 사람을 특별히 돌보아 주고, 적당한 인연도 당신의 뜻대로 정하여 그에게 맡겨 주시기를 부탁드리고 싶은데…. 권중납언 석무가 독신으로 있는 동안, 이쪽에서 적극적으로 이야기를 걸었으면 좋았을 것을, 태정대신에게 먼저 자리를 뺏겨서 분한 마음입니다."

"중납언은, 성실하다는 점에서는 정말 잘 돌보아 드릴 수 있을 것 같지만, 만사에 아직 어리고 사려도 미치지 못하는 면이 많을 것입니다. 황송합니다만, 내가 정성을 들여 보살펴 드리면 당신이 지키는 것과 별로 다를 것이 없다고 생각은 되지만, 다만 나도 여명이 얼마 남지도 않은 것이 걱정입니다. 중도에서 보살피는 것을 못하게 될까 그 점이 안타까워서."

겐지는 이런 이야기 끝에, 여삼의궁을 떠맡았다.

밤이 되자 향응을 받았는데, 육기(肉氣)를 끊은 요리였지만, 훌륭하게 준비되어 있었다. 주작원 앞에 놓은 소반과 밥그릇이 이전과는 다르게 차려진 것을 보고, 사람들은 눈물을 흘렸다. 차분하게 마음에 와 닿는 것이 여러 가지 있었지만, 번거로워 자세하게 쓰지는 않겠다. 겐지는 밤이 깊어서 육조원으로 돌아왔다. 겐지는 수행자들에게 신분의 순서대로 선물을 주었다. 등대납언도 배웅하러 함께 왔다. 주작원은, 이날의 눈으로 감기가 도져서 병이 악화되었지만, 여삼의궁의 일이 결정되었으므로, 비로소 안심했다.

11. 겐지가 자의상에게 여삼의궁의 일을 말하다.

겐지는 어쩐지 기분이 무거웠으나, 여러 가지 궁리했다. 자의상도 이러한 사위 고르기의 사연을 전부터 조금 듣고 있었다.

'설마 그런 일은 없겠지. 전 재원[12]에게도 열심히 사랑을 구하였지만, 굳이 뜻을 이루려고는 하지 않았었으니까.'

이렇게 자의상은 생각하고 있었다. 그래서 굳이 묻지도 않고, 마음에 두지 않았다. 그것이 안타까워 겐지는 불안스럽게 생각했다.

'이 일[13]을 어떻게 생각할까? 내 마음은 이때까지와 조금도 다름이 없고, 그런 일이 있으면 도리어 한층 더 깊은 사이도 되겠지만, 그 일을 똑똑히 알기 전에는 얼마나 의심할 것인가?'

오랫동안 같이 있어 온 요즈음이 되어서는 더욱 서로 사이를 흉허물 없이 사이좋게 지내 왔는데, 잠시라도 마음에 숨겨 놓는 것이 생길까 보아 걱정이 된 채, 그 밤은 그대로 자고서 아침을 맞이했다.

이튿날은 눈이 오락가락하여, 하늘빛도 어쩐지 마음을 돋우게 했다. 두 사람은 지나간 옛일이나 장래의 일 같은 것을 이것저것 이야기했다. 겐지가 말했다.

"주작원이 아주 약해졌다기에 문안하러 갔습니다만, 동정을 금치 못할 일이 여러 가지 있더군요. 여삼의궁의 일을 정말 불안하게 생각하시며

---

12) 조안의 아씨. 그녀는 평판이 좋은 황족으로, 만일 겐지와 결혼하게 되면, 자의상의 지위가 위태롭게 된다. 이전에 그 불안을 심각하게 느꼈던 자의상은 여기서 다시 당시의 일을 생각하지만, 그것이 기우에 불과하였다는 것을 회상하여, 겐지를 신뢰하고 사태를 낙관한다.

13) 여삼의궁이 육조원에 하가(下嫁) 하게 되면, 황녀 신분인 까닭으로 당연히 본처로 대우하여야 하고, 이때까지 사실상의 본처였던 자의상에게 대항하게 된다.

떠맡아 달라고 말씀하셔서 안타까운 마음에 거절을 못하고 말았습니다. 그것을 과장되게 세상 사람들은 여러 가지로 추측하고 있는 모양입니다. 지금으로선 이미 그런 일도 부끄럽고 어울리지 않는다고 생각해서, 사람을 사이에 두고 넌지시 말씀하셨을 때에는 이것저것 변명하여 거절했습니다. 막상 눈앞에서 대면할 때에는 속마음을 털어놓고 말씀하시니, 도저히 박정하게 거절하지는 못하겠더군요. 주작원이 산속 깊은 곳으로 옮기게 되면 궁을 마중하게 될 것입니다. 당신은 불유쾌하게 여길 것이지만, 그러나 어떤 일이 있더라도 당신에게는 이때까지와 다른 점은 결코 없을 터이니까, 나의 생각을 의심하지는 마십시오. 그것은 여삼의궁에게는 불쌍한 일일 테니, 꼴사납지 않게 대접하십시다. 어느 분도 마음 편하게 살 수 있도록 ….."

자의상은 일시적인 바람기에도 마음이 편하지 않은 성미여서, 어떻게 생각할까 걱정이 되었는데, 의외로 무척 조용했다.

"가여운 부탁이었군요. 저 같은 사람이 어째서 의심하겠습니까? 저쪽에서 눈에 거슬리게 여겨, 아직도 이렇게 있느냐고 비난만 하지 않는다면 안심입니다. 궁의 어머님인 여어를 보아서라도 친하게 지낼 수 있겠지요."

겸손하게 말했다.

"너무 그렇게 기분 좋게 받아 주니, 어쩐지 걱정됩니다. 사실인즉, 그런 대로 그렇게 눈감아 주면서 서로서로 이해하여 조용히 살아 주신다면, 한층 더 기쁠 겁니다. 아무 근거도 없는 고자질을 듣고 옮기는 사람들의 말을 정말로 받아들이면 안됩니다. 세상의 소문이란 누가 말을 꺼낸 것도 아닌데, 저절로 부부의 사이를 사실과 다르게 만들어 버리는 법입니다. 자기 가슴속에 담아 두고, 일이 되어가는 형편에 맡기는 것이 좋은 것이지요. 성급하게 쓸데없는 원망은 마십시오."

겐지는 충분히 설명했다.

자의상의 심중에도 이런 생각이 들었다.

'이건 날벼락처럼 나리로서도 몸을 뺄 수 없었던 일이니, 섭섭한 말은 하지 말자. 나에 대해 배려하고, 내가 말하는 것을 들으려 하시니, 당사자끼리의 마음에서 나온 사랑인 것도 아니다. 두 분의 일은 막아 볼 도리도 없는 것이지만, 어리석게 멍하니 있는 꼴을 세상 사람에게 보이지 말자. 계모인 식부경궁 댁의 큰어머니가 언제나 저주스러운 말을 하고 쓸데없는 대장의 일14)로 묘하게 불평이나 질투를 하고 있는데, 이런 일이 일어난 것을 들으면 얼마나 고소하게 생각할까?"

아무리 대범한 자의상의 성격이긴 했지만, 어떻게 이 정도의 추측을 하지 않을 수가 있겠는가? 지금까지 이미 관계가 탄탄해져서 안심하고 겐지를 믿으며 지냈었는데, 그것이 세상의 웃음거리가 될지도 모른다고 생각되었지만, 겉으로는 그저 태연하게 거동하고 있었다.

12. 겐지의 40세 축하잔치를 열다.

해가 바뀌어 겐지는 40세, 자의상은 32세가 되었다. 주작원에서는 아씨가 육조원으로 옮겨갈 준비를 하고 있었다. 하가(下嫁)를 원하고 있던 사람들은 정말 분하다고 한탄하고 있었다. 임금도 생각이 있어서, 입내의 일을 거론한 적이 있었는데, 그 동안 사태가 이렇게 결정되었으니, 공연한 기대는 포기했다.

겐지의 40세 축하의 일15)은 조정에서도 건성으로 넘길 수 없어, 전부터 거국적인 행사로 준비하고 있었다. 그러나 겐지는 형식에 치우치는 일은 본래 좋아하지 않는 성품이어서 모두 거절했다.

정월 23일, 그날은 자(子)의 날이어서, 수흑대장의 본처 옥만이 봄나물16)을 올렸다. 옥만은 전부터 낌새도 보이지 않고, 내밀히 준비하고 있어서 갑작스러운 진상이었다. 거절할 수도 없었다. 내밀히 했다고는 하지만, 이처럼 위세가 있는 분의 일이기에 방문의 의식 같은 것은 아주 특별했다.

---

14) 수흑대장과 옥만의 사건으로부터, 의붓어머니가 겐지와 자의상을 원망함.

15) 40의 하(賀). 연수(年壽)의 축하로, 40세부터 시작하여 10년마다 거행한다. 40세부터 노년기에 접어든다.

16) 고사리 등의 12종의 봄나물. 축하연에 쓰이고, 먹으면 젊어진다고 하였다.

남쪽의 집 서쪽 마루에 좌석이 마련되었다. 병풍과 장막 등 모두가 새로운 것으로 준비되었다. 형식적으로 의자를 세우는 것은 그만두었지만, 방석 40개와 요와 사방침 같은 것을 모두 예쁘게 준비했다. 나전의 궤 두 쌍, 의상 상자 4개, 향을 담은 단지, 약의 상자, 벼루, 머리 감는 물그릇, 머리 빗는 도구를 두는 상자 등이 정성껏 갖추어졌다. 머리에 꽂는 꽃은 침향(沈香)이나 자단(紫檀)으로 대를 만들었는데, 같은 금속 제품이라도 훌륭하게 도안하고 색을 잘 다룬 것이 신선한 느낌을 주었다. 상시 옥만은 정취가 깊고 재기가 있는 여인이므로, 산뜻하게 끝마무리를 해 놓았다. 전체적인 행사는 일부러 과대하게는 차리지 않았다.

내빈이 도착해 좌석에 나가려다가 겐지는 옥만과 대면했다.17) 두 사람 다 마음속으로는 틀림없이 여러 가지 옛일들을 회상하고 있었을 것이다. 겐지는 참으로 젊고 아름다워서, 40의 축하라지만, 나이를 잘못 센 것이 아닌가 할 정도로, 아이를 가진 어버이 같지도 않았다. 2년 만에 뵈니 부끄러운 생각도 들었지만, 역시 타인을 대하는 것 같지는 않게, 서로 친밀히 말을 나누고 있었다. 옥만의 아이들은 세 살과 두 살로 무척 귀여웠다. 옥만은 연년생으로 낳은 아이를 뵙게 하지 않으려고 하였지만, 수흑대장은 하다못해 이런 기회에라도 뵙게 하자고 데려온 것이었다. 두 아이 다 머리를 두 갈래로 가르고, 천진한 평상복을 입고 있었다. 겐지가 말했다.

"나이를 먹어도 내 생각에는 별 걱정할 것도 없고, 다만 옛날 모양 그대로인 것만 같아서 이렇게 손주들이 생겨나면 세월에 재촉을 당하는 것 같아 노령이 쑥스럽다고 통감하게 된다. 중납언 석무가 벌써 아이가 생겼다는데, 떨어져 있게 하고는 아직 보여 주지도 않고 있다. 네가 내 나이를 세어서 누구보다도 축하해 준 오늘 자(子)의 날이, 도리어 원망스러운 마음이다. 늙은 것도 잊어버렸었는데."

옥만은 정말 예쁘고 한창 나이인데다, 완숙한 매력까지 있었다. 겐지

---

17) 여자는 의식에 참석 못하여, 식장(式場)과는 다른 방에 있었다.

는 그녀를 키운 보람이 있다고 느꼈다. 옥만은 어른스럽게 말했다.

〈어린 잎이 돋아나는 벌판의 작은 소나무, 두 아이를 데리고, 언제라도 변하지 않는 당신의 번영을 누리기 빕니다.〉

침향의 네모난 쟁반을 네 개 늘어놓고, 겐지는 봄나물을 의례적으로 먹었다. 그리고는 술잔을 들고, 읊조렸다.

〈작은 소나무가 자라는 들판, 손주들의 전도가 긴 연령의 덕으로, 들판의 봄나물인 나도 꼭 오래 살 것 같다.〉

그 동안에 당상관 여럿이 남쪽 조붓한 방에 착석했다.

식부경궁은 가지 않을 생각이었지만, 초대를 무시하게 되면 이러한 친한 사이가 깨어질까 보아 해가 높았을 때 왔다. 수흑대장은 득의양양하여, 제 집 행사인 양 혼자서 도맡아 일하고 있었다. 식부경궁은 그 모습이 정말 지긋지긋한 꼴로 보였다. 손자인 젊은이는 어느 편으로나 핏줄이 이어져 있어[18] 몸을 아끼지 않고 잡일을 맡아서 하고 있었다. 과일 광주리가 40개, 술안주가 40개 준비되어 있었는데, 석무를 비롯한 여러 사람들이 차례로 헌작했다. 술잔이 돌아가고, 봄나물국을 마셨다. 겐지 앞에는 침향의 소반 넷이 나란히 놓였고, 식기류도 당세풍으로 마련되어 있었다.

주작원의 병환이 아직 좋아지지 않고 있어, 화려한 것을 피하고, 악사들도 부르지 않았다. 그러나 태정대신은 젓대 같은 것을 준비하였다.

"세상에 이 축하처럼 훌륭하고 아름다운 것은 없을 것이다."

태정대신은 빼어난 명수들만 모아 놓고 눈에 띄지 않게 합주하였다. 특히 화금은 태정대신이 제일의 보물로 간직하고 있는 명기였다. 이만한 명수가 언제나 정성을 들여 연주하는 악기인고로, 음색이 참으로 유례가 없었다. 다른 사람들은 감히 그 악기를 타기가 어려웠다. 백목은 겐지가 굳이 권하므로, 거절하지 못하고 연주하였는데, 거의 태정대신에 지지 않는 훌륭한 솜씨였다. 명인의 대를 이을 사람이라도 이렇게는 도저히

---

18) 수흑 전처의 자식들에게 옥만은 의붓어미, 자의상은 숙모가 된다.

연주하지 못한다고, 사람들은 감개무량한 표정으로 감상하였다. 가락에 맞게 타는 형식이 있는 비곡(祕曲)이나, 주법이 악보에 결정되어 있는 당의 곡들은, 크게 남 다르다고 느껴지지 않았지만, 그러나 여러 가지 악기의 음색이 하나의 가락으로 조화를 이루도록 이상하리만큼 미묘하게 울림을 내는 것이었다. 아버지 대신은 거문고의 줄을 느슨히 하고, 가락을 낮추어 여운을 풍부하게 울리며 연주했다. 백목은 몹시 쾌활한 가락으로, 부드럽게 마음을 돋우어 주는 느낌으로 탔다. 실제로 이렇게 잘 타는 줄은 소문에도 들은 바 없다고, 친왕들은 크게 감탄하였다. 거문고는 병부경궁이 탔다. 이 거문고는 원래는 의양전(宜陽殿)의 소장으로, 대대로 제일의 명기라고 극구 찬양한 거문고였다. 돌아간 동호원의 만년에 일품의궁(一品의宮 : 여일의궁)이 좋아하는 것이라고 준 것이었는데, 이번 축하연을 아름답게 하기 위해, 태정대신이 일품의궁에게 부탁하여 가져왔던 것이다. 이런 유래를 생각하니, 겐지는 만감이 가슴에 차 올랐다. 어느덧 옛날 일을 그립게 회상하고 있었다. 친왕도 취하여 눈물을 억누를 수가 없었다. 겐지의 생각을 짐작한 듯, 거문고는 겐지의 앞으로 넘겨졌다. 겐지는 솟구치는 감동을 그대로 지나칠 수 없어서 신기한 곡 하나만을 탔다. 허풍스러운 점은 없고, 더없이 즐거운 저녁의 놀이였다. 노래 부르는 사람들을 계단 아래에 불러모으고 아름다운 목소리의 노래를 부르게 했다. 그것이 율려(律呂)의 전환점이 되었다. 밤이 깊어 가니 가락도 자유분방한 것으로 바뀌어, 최마락의 곡 '푸른 버들'을 부를 때에는 정말 둥지 속의 꾀꼬리가 눈을 뜰 것만 같았다. 사람들에게 주는 선물은, 대단히 훌륭한 것들이 준비되어 있었다.

날 밝을 때에, 옥만은 돌아갔다. 그녀에게도 선물이 있었다. 겐지가 말했다.

"이렇게 세상을 버린 것처럼 지내는 가운데, 세월이 지나는 줄도 몰랐다. 이렇게 내 나이를 알려 주니 어쩐지 마음이 허전하다. 이전보다도 늙었나 안 늙었나 비교하게 때때로 오너라. 이런 늙은이의 몸이 갑갑한데, 생각대로 자유롭게 만나지도 못해 매우 섭섭하다."

쓸쓸하게 혹은 즐겁게 떠오르는 일들이 많아서, 잠시 겨우 얼굴을 내밀고 급히 돌아가는 것이 무척 불만스럽고 섭섭했다. 옥만도, 생부 쪽은 어버이라는 숙연의 연결로만 생각했을 따름이었고, 세상에도 다시없게 정이 깊은 겐지의 마음씨를 각별하게 생각하고 있었다. 세월이 지남에 따라 이렇게 엉뚱한 사람의 처로 낙착되어 버렸지만, 늘 적지 않게 그리워하고 있었다.

13. 2월 중순, 여삼의궁을 마중하다.

이렇게 2월 10일이 지나, 주작원의 여삼의궁이 육조원으로 시집을 왔다. 겐지도 만반의 준비를 갖추었다. 봄나물을 먹었던 서쪽의 방에 귀인의 침실을 장만하고, 그쪽의 첫째와 둘째 대옥[19]부터 여삼의궁 전속 하녀의 방까지, 공들여 화려하게 꾸몄다. 입내하는 의식에 준하여 주작원에서도 세간들을 가져왔다. 혼례식의 성대함은 말할 것도 없었다. 같이 온 당상관들이 여럿 사후하였다. 여삼의궁의 후원을 지원했던 등대납언도 심중이 편안하지 않은 채 같이 왔다. 수레를 댄 곳에 겐지가 직접 마중 나와서 궁을 내려 놓는 것도, 통례하고는 다른 장면의 하나였다. 신하의 신분으로 있으므로, 의식에도 만사 한도가 있어 입내의 의식과는 달랐지만, 또 보통의 혼례 절차와도 다른 처지여서 무어라 말할 수 없는 두 사람 사이였다.

삼 일 동안 주작원으로부터도 주인인 육조원 측에서도, 성대하고 푸짐한 잔치를 벌였다. 대의상[자의상][20]도 차분한 마음으로는 있기 어려운 부부의 처지가 되었다. 그러나 이렇게 되었다 해도, 아주 저쪽에 압도당하여 희미한 존재가 될 것도 없지만, 적어도 지금까지와는 견줄 수 없는 나날이었다. 그러나 화려하고 젊어서 전도양양한 새 인물이 무시 못할 위세를 가진 여삼의궁에 하가하여 왔다. 자의상은 어쩐지 거북한 생각이

---

19) 서쪽의 대옥을 두 채 지어, 침실에 가까운 쪽부터 첫째 대옥, 다음을 둘째 대옥이라 하였다.

20) 동쪽 대옥에 산다. 대의상(對의上)이라는 호칭에 주의. 여삼의궁에 본처의 지위를 물려준 것이 자연스럽게 표현되었다.

들었지만, 어디까지나 아무 일도 없었던 것처럼 하고 있었다. 혼례 때에
도 겐지와 함께 구석구석까지 돌보아 주어서, 확실히 갸륵한 모습이었
다. 겐지는 자의상을 더욱 이 세상에서는 얻기 어려운 분이라고 여겼다.
여삼의궁은 과연 아직 너무 작아서 어른이 되기에는 너무 멀어 보였고,
모습도 몹시 어려 보였다. 겐지는 저 보라의 연유를 찾아가 떠맡았던 때
의 일을 회상하였다. 자의상은 재치가 있어 상대로 하기에 부족함이 없
었지만, 이쪽은 거기에 비하면 오로지 유치하게만 여겨졌다. 이 정도면
굳이 미워할 정도는 아니라고 생각하면서도 한편으로는 정말 너무나 시
원치 않은 느낌이었다.

14. 겐지의 반성과 자의상의 고뇌.

3일 동안 밤마다 빠지지 않고 궁 쪽으로 갔다. 이때까지 오랫동안 그
런 것에 익숙하지 않은 자의상의 마음에는, 참으려고 하여도 어쩐지 슬
픈 생각이 들었다. 겐지의 많은 의복들에 한결같이 정성 들여 향을 쪼이
면서도, 마음을 누그러뜨린 채로 견디고 있는 표정은 갸륵하고도 아름답
게 보였다.

'그럴 만한 사정이 있었더라도 어째서 따로 처를 마중할 필요가 있었
을까? 바람기 때문에 마음이 약해졌을 때, 내 마음이 느슨했을 시기 이
러한 사태가 벌어졌다. 미숙하지만, 석무 중납언을 사위로 삼을 것은 생
각도 안 했을까?'

자신이 한심하다는 생각에 빠져서, 자의상은 혼자서 눈물을 머금었다.

"오늘까지는 부득이한 일이라고 용서하여 주겠지. 앞으로 옆자리를 비
우는 일이 있으면, 그것이야말로 나로서도 정떨어질 일이라고 생각된다.
그러나 그것이 주작원의 귀에 들어갈까 걱정이 된다."

겐지는 이렇게 생각하며 괴로워하고 있었다. 자의상은 조금 웃으며 말
했다.

"당신의 마음조차도 결정하지 못하고 있는 것 같은데, 더구나 나 같은
것은 부득이한 사태인지 아닌지도 모르고 있습니다. 나중에는 어떻게 되

는 겁니까?"

　말도 못 붙일 듯한 자의상의 태도에 겐지는 쑥스럽기까지 했다. 그래서 볼을 괴고, 물건에 바싹 붙어 옆으로 누웠다. 자의상은 벼루를 끌어당겨 썼다.

　〈눈앞에서 변하면 이렇게도 달라지는 당신과의 사이인 것을, 언제까지 변함 없을 줄 의지하고 있었다니 ···. 〉

　옛 노래도 같이 섞어 써 놓은 것을 손에 들고서, 겐지는 자의상의 마음을 헤아렸다. 겐지는 이렇게 썼다.

　〈명이라는 것, 이것은 끊어질 때도 있다. 그러나 이 무상한 사람의 세상과는 다른 우리의 인연이다. 〉

　그리고 곧바로는 궁에게 가지 않았다.

　"정말 체면에 걸맞지 않은 일입니다."

　사람들은 재촉했다. 겐지가 알맞게 부드럽고 아름다운 의복을 입고, 표현할 수 없는 향내를 떠돌게 하며 나갈 때에, 배웅하는 자의상의 심중은 결코 평온하지 않았다.

　이제까지 오랜 세월 동안 그러한 일로 걱정을 한 일도 몇 번 있었으나, 새삼스럽게 그런 일은 없으리라고 믿고 있었다. 아무 걱정이 없다고 안심하고 있을 때에, 결국 이렇게 세상에 알리기도 몹시 난처한 일이 생겨난 것이다. 자의상은 앞으로의 일도 불안하다고 생각하였다. 그러나 조용한 체하며, 다른 사람에게는 마음을 숨기고 있었다. 옆에서 시중 드는 사람들도 이야기들을 했다.

　"뜻하지 않았던 일이 생기는 세상이로군요. 처첩들이 많이 있어도 누구나 다 자의상님의 위세에 한발 물러서 계시기 때문에, 무사태평하게 지내 왔는데. 저쪽 여삼의궁이 이렇게까지 세게 나오는 것을 아마 가만히 보고만 있지는 않을 겁니다. 또 그렇다고 그것으로 인하여 재미없는 일이 생길 때에는, 참 시끄럽게 될 텐데."

　이렇게 각자 서로 말하고 한탄하는 모습을, 자의상은 전연 알지 못하는 양 유쾌하게 이야기를 하면서 밤이 이슥할 때까지 깨어 있었다.

자의상은 하녀들이 이렇게 소문내는 것도 듣기 싫다고 생각했다.

'이렇게 처첩이 여럿 있는 것 같아도, 나리의 마음에 들 만큼 화려하고 빼어난 신분의 분은 없는 것이 늘 불만이었다. 그러던 차에 희망대로 이 궁이 이렇게 시집을 왔으니 아주 잘된 일이다. 세상 사람들은 아무래도 내가 곤란하게 되었다고 생각하고 있는 것일까? 나는 단지 신분이 동등하다든지, 저쪽이 낮다고 생각하는 사람에 대하여만, 그냥 흘려 듣지 못할 일도 자연히 생기게 된다. 저쪽 여삼의궁은 황송하게도 애처로운 사정이 있는 모양이니, 어떻게 해서라도 마음 편히 있게 하려고 생각하고 있다.'

중무나 중장의 군들은 눈짓을 하면서,

"지나친 마음쓰임입니다."

라고 말하는 것 같았다. 이 두 사람은, 옛날에는 보통의 하인과 달리 언제나 겐지의 옆에서 시중들던 사람이었지만, 이 몇 해 동안 자의상을 섬기고 있어서, 다 같이 이쪽편을 들고[21] 있었다.

"어떻게 생각하고 계시는지요. 처음부터 체념하고 있는 우리들은 도리어 마음이 편합니다."

겐지의 다른 처첩들도 이렇게 문안 드리는 여인도 있었다.

'이렇게 동정하여 주는 사람편이 도리어 괴로운 생각을 하고 있는 것이다. 세상이라는 것은 아주 믿을 것이 못 되므로, 저분들처럼 끙끙거리며 이것저것 생각하고 괴로워하는 것은 옳지 않다.'

자의상은 이렇게도 생각하였다.

'너무 늦게까지 깨어 있는 것도 이상하게 보일 것이다.'

그것이 마음에 걸려 침소에 들었다. 이불을 덮었지만 쓸쓸하게 혼자서 몇 밤을 지나왔기 때문에 역시 편안하지 못했다.

'그때는, 드디어 이것으로 헤어지는 것이라고 생각하면서도 다만 같은

---

21) 옛날의 관계로 말하면, 애인이었던 겐지의 편을 들어야 하는데, 지금은 거꾸로 옛날의 연적이었던 자의상의 편을 든다. 세월의 변화와 자의상의 훌륭한 인품을 보여주는 일례다.

이 세상에 무사히 살고 있다는 소식을 듣기만 하였으면 하고, 나 자신의 일조차 집어던지고 나리의 몸을 슬프게 생각했었다. 만약 그대로 소동에 휘말려 나와 나리가 목숨을 이어갈 수 없었더라면, 아무 보람없는 두 사람 사이였을 것을.'

수마 유적으로 이별할 때의 일들을 회상하며, 이렇게 생각을 고치고 있었다. 바람이 부는 밤 공기는 냉랭한데, 곧 잠들지 못하는 것을 하녀들이 이상하게 여기지나 않을까 하고, 자의상은 몸놀림도 하지 않았다. 한밤중에 들려오는 닭의 울음소리도 슬프기만 하였다.

15. 겐지가 꿈에 자의상을 보고 급히 돌아오다.

자의상이 고의로 불평하는 것은 아니었지만, 이런 생각으로 괴로워하고 있는 탓일까, 그 모습이 겐지의 꿈에 보였다. 문득 눈을 뜨고 어쩐 일일까 가슴이 두근거려 첫닭이 우는 소리[22]를 고대하고 있었다. 겐지는 밤닭이 울자, 아직 날이 컴컴하다는 사실도 잊은 채 급히 돌아왔다. 여삼의궁은 아직 어렸으므로, 유모들이 가까이에 대기하고 있다가, 여닫이 문을 열고 나가는 것을 배웅하였다. 어슴푸레한 새벽 하늘에 눈이 하얗게 쌓여서 언저리가 희미하게 보였다.

"어두움은 무늬가 없다."[23]

돌아온 뒤까지 감도는 옷의 향기에 관해 문득 유모는 혼잣말을 했다.

눈은 군데군데 녹아 있지만, 뜰의 모래도 흰색이어서 한눈으로는 분간할 수가 없었다. 겐지는 '아직 남아 있는 눈'이라고 혼자서 읊조리고, 격자문을 두드렸다. 오랫동안 이런 일이 없었으므로, 하녀들도 잠든 척하고 잠깐동안 기다리게 하였다가 격자를 올렸다.

"꽤 오랫동안 기다려서, 몸도 아주 얼었습니다. 이렇게 돌아온 것은, 당신을 염려하는 마음이 절실하기 때문입니다. 나에게는 아무 잘못도 없

---

22) 여인의 곳에서 잔 남자는 첫닭이 울면 밤이 밝기 전에 집에 돌아오는 것이 당시의 예의였다.

23) 겐지가 어두운 때에 돌아가는 것은 너무하다.

습니다.”

라고 말하면서 잠옷을 끌어 젖혔다. 자의상은 조금 눈물에 젖어 있는 홑옷의 소매를 끌어당기며, 아무 저항도 없이 온순하게 대했다. 마음이 다 풀어지지도 않았는데도 다소곳하게 대하는 마음씨가, 겐지를 부끄럽게 할 정도로 훌륭했다. 여삼의궁이 그 이상 없는 고귀한 분이라 해도 이렇게 무난한 사람은 별로 없을 것이라고, 자연히 저 궁과 비교해서 생각하였다.

16. 겐지가 여삼의궁에게 노래를 보내다.

겐지는 옛날에 있었던 일들을 생각하고 있었지만, 자의상은 쉽게 기분을 풀 것 같지 않았다. 그날은 하루종일이 지나도 도저히 나갈 수가 없어, 여삼의궁에게 편지를 썼다.

“오늘 아침의 눈으로 기분이 좋지 않아서 괴롭습니다. 그래서 마음 편한 곳에서 꾸물꾸물하고 있습니다.”

“그렇게 말씀드렸습니다.”

여삼의궁의 유모는 이렇게 구두로 답을 해왔다.

“쌀쌀맞은 대답이로군. 주작원의 귀에라도 들어가면, 애처로운 일이다. 당분간이라도 어떻게든 남 앞에서는 잘 보이도록 지내자.”

겐지는 이렇게 생각했지만, 그렇게 하는 것도 쉽지 않았다.

‘이렇게 되는 것은 예상했던 대로가 아닌가? 곤란한데.’

혼자서 언제까지라도 생각에 잠겨 있었다. 자의상도 남의 생각도 않는 겐지의 마음을 원망하고 있었다.

오늘 아침, 겐지는 평소와 같이 자의상 처소에서 눈을 뜨고, 여삼의궁에게는 편지를 썼다. 겐지는 궁에게 특별히 마음이 가지는 않았으나, 붓을 조심하여 하얀 종이에 썼다.

〈당신의 처소로 가는 길을 막을 정도는 아닌데, 흐트러져 내리는 눈을 보면 심란해집니다. 가 보지 못해서 유감입니다. 〉

겐지는 편지를 백매화의 가지에 묶었다.

"서쪽의 건너는 곳에 갖다 드려라."

사자를 불러서 이렇게 시킨 뒤, 그대로 밖의 경치를 보면서 끝 쪽을 향해 앉아 있었다. 하얀 옷을 몇 겹으로 입고, 매화를 완상하고 있었다. 벗을 기다리는 눈이 담담하게 남아 있는 위에, 이따금 눈이 하늘에서 흩날리고 있었다. 꾀꼬리가 근처의 홍매가지 끝에 앉아 경쾌하게 울었다.

"소매 끝에서 향기를 내라."

꽃을 손으로 숨기고, 이렇게 말하며 고운발을 들어올렸다. 그 모습은 어른이 된 자녀를 둔 사람의 어버이라거나, 준태상천황의 지위에 있는 분으로는 도저히 생각 못할 만큼 젊고 싱싱한 모습이었다.

여삼의궁으로부터의 답장은 조금 시간이 걸리는 것 같았다. 겐지는 방 안으로 돌아와서 자의상에게 그 백매화의 꽃을 보였다.

"꽃은 모름지기 이렇게 향기가 나는 것이 좋아요. 이 좋은 향기가 벗 꽃으로 옮겨간다면, 이젠 다른 꽃은 전연 돌볼 것도 없을 텐데."24)

겐지는 다시 말했다.

"이 꽃도, 여러 꽃에 눈이 쏠리지 않는 시기에 피었기 때문에 눈에 띄는 것일까요? 벗꽃이 한창일 때에 비교하고 싶은데요."

그때에, 궁으로부터의 답장이 왔다.

빨간 얇은 종이에 산뜻하게 싸여져 있는 편지를 보고, 겐지는 가슴이 뜨끔하였다.

'여삼의궁의 필적이 정말 아이답고 어려서 지금 당분간은 사람에게 보이고 싶지 않다. 내가 서먹서먹하게 대하려는 것이 아니고, 서투르게 씌어 있다면, 신분으로 보아 황송하게 되니까.'

이런 생각을 하면서도, 편지를 갑자기 감추면 자의상이 어색하게 여길까 보아, 끝부분을 펴고 있었다. 물건에 의지하고 있던 자의상은 곁눈질로 그것을 보고 있었다.

---

24) 이것은 여삼의궁에게 마음을 뺏긴 것에 대해 이치에 맞지 않는 변명이다. 이 부분에서 겐지는 자의상을 납득시키려고, 꽃을 빌려 여러 가지 말을 하지만, 제멋대로여서 설득력이 없다.

〈바람에 불려 떠도는 봄의 가랑눈은, 하늘 중간에서 사라져 없어질 것입니다. 당신이 오시지 않아서, 자리잡을 곳도 없이 스러질 것 같은 신세입니다.〉

필적은 과연 아이답게 유치하였다. 자의상은, 나는 저만한 나이에서는 이렇게 하지는 않았을 거라고 하고는, 편지에 눈길이 끌렸지만, 보지 않는 것처럼 하고 있었다. 다른 사람이라면, 이 정도밖에 안되는 사람이라고 은밀히 흉을 볼 수도 있겠지만, 궁의 신분을 생각하면 애처로운 일이었다. 겐지는 다만, 이렇게만 말했다.

"당신은 안심하고 있어도 좋습니다."[25]

17. 겐지가 자의상의 훌륭함을 생각하다.

이날에는 궁의 방으로 낮에 갔다. 공을 들여 화장하는 모습을 이번에 처음으로 보는 하녀들은, 한층 더 시중을 드는 보람이 있다고 생각하였을 것이다.

'자, 어떻게 될 것인가? 나리 혼자서는 훌륭하지만, 이것이 의외로 곤란한 일을 꼭 불러올 것 같다.'

유모들 중 나이 든 사람들은 기쁜 중에도 불안이 섞여서, 이렇게 두려워하고 있는 사람도 있었다.

여삼의궁은 정말 애처로울 만큼 어려서, 세간살이가 어마어마하고 격식 같은 것이 당당하지만, 장본인은 아주 천진하여 어쩐지 믿음직하지 못해 보였다. 마치 옷만 풍성하고 몸은 어디에 있는지 모를 정도로 가냘파 보였다. 특별히 부끄러워하는 일도 없고,[26] 낯을 안 가리는 어린아이처럼 보여 그저 귀여울 뿐이었다.

'세상 사람들이 주작원은 남자답고 견실한 면에서는 시원치 않다고들 하지만, 취미 면에서는 우아하고, 교양 면도 다른 사람보다 빼어났는데,

---

25) 마음이 상한 처를 앞에 놓고, 겐지는 옛날부터 자기의 바람기에 이유를 붙이거나, 상대를 부추겨서 그 장면을 호도하곤 했다. 그러나 지금의 자의상에게는 그런 것이 통하지 않는다. 잠자코 있는 그녀의 눈은 모든 것을 간파하고 있다.

26) 황녀로 자랐으므로 부끄러워할 줄을 모른다.

어떻게 이렇게도 미숙하게 키웠을까? 실제로 아주 열심히 양육한 여궁으로 들었는데.'

이런 생각으로 왠지 섭섭하게 여겼지만, 밉지 않은 분이라고 생각하고 있었다. 여삼의궁은 겐지가 말하는 대로 무슨 일에나 고분고분하게 따라 하고, 대답을 할 때에도 생각한 것을 순진하게 그대로 말하여서 도저히 그냥 두면 곤란할 듯한 지경이었다. 옛날의 젊은 마음이었다면 몹시 기대에 어긋난다고 느꼈겠지만, 지금은 십인십색(十人十色)이라고 편안하게 생각하고 있었다.

'사람은 이런 사람 저런 사람 여럿이 있지만, 뛰어나게 우수한 사람은 좀처럼 없는 것이다. 각자 장점도 단점도 많은 것이고, 궁의 경우에는 다른 면에서는 처로서 아무 흠도 없을 것이다."

언제나 함께 지내며 옆을 떠나지 않았던 지난 세월보다도 더, 자의상의 인품이 역시 세상에 둘도 없다고 생각했다. 자기 스스로도 참 훌륭하게 키워 왔다고 생각했다. 하룻저녁만 떨어져 있어도 혹은 아침의 잠깐 사이에도 자의상이 옆에 없으면 마음이 쓰이고, 조바심이 날 정도로 그리워졌다. 그리움이 너무 북받쳐서 불길한 느낌마저 들 정도였다.

18. 주작원이 산사로 옮기다.

주작원은 같은 달 2월에 절로 옮겼다. 겐지에게는 차분하고 정성이 담긴 편지가 몇 번이나 있었다.

"귀찮은 일이라고 생각하여, 내 귀에 들어올 소문 같은 것을 생각하지 말고, 어떻게든 마음 써서 돌보아 주십시오."

여삼의궁에는 말할 것도 없고, 이렇게 여러 번 부탁했다. 그러면서도 궁이 어리다는 것을 가슴 아프게 걱정하고 있었다.

자의상에게도 특별히 편지가 있었다.

"어린 사람이 아무 지각도 없는 모습으로 거기에 옮겨간 것을, 아무 죄도 없다고 너그럽게 보고서 돌보아 주십시오. 도와 주셔도 좋을 만한 종자매간이라는 연고도 있다고 생각됩니다.

〈출가해서 버린 이 세상에, 자식을 생각하는 마음이 남아 있는 것은, 생각하면 수행의 방해였습니다. 〉

자식을 생각하는 미혹을 깨뜨리지 못하고, 돌보아 주기를 원하니 어리석다고 생각되겠지요.”

“가슴을 치는 편진데요. 삼가 맡아서 돌보고 있다는 취지로 답장을 내시지요.”

겐지도 그 편지를 보고서, 이렇게 권했다. 하녀에게 일러 사자에게도 술잔을 주고, 굳이 마시게 했다. 자의상은 답장을 어떻게 쓸까 마음이 쓰였지만, 과장되게 공 들여야 할 경우도 아니어서 다만 솔직하게 생각하는 바를 진술하고 이렇게 적었다.

〈털어 버린 이 세상에 걱정이 남아 있다면, 끊기 어려운 인연을 무리하게 피하실 필요는 없을 겁니다. 궁의 일은 걱정하시는 것은 지당한 일입니다. 〉

선물로는, 여자의 평상복을 사자의 어깨에 걸어 주었다. 주작원은 자의상의 필적이 아주 훌륭한 것을 보고서, 만사 기가 죽을 정도로 뛰어난 자의상에 비하여 궁은 꼭 유치하게 보일 것이라고 안타깝게 여겼다.

19. 겐지가 농월야와 만나다.

드디어 속세와의 이별이라고 하여, 여어나 갱의(更衣) 들은 각각 말미를 얻고 내려가게 되었다. 상시 농월야는 돌아간 홍휘전대후가 계시던 이조궁에 살았었다. 주작원은 여삼의궁을 빼놓고는 농월야에의 집착이 강했다. 농월야는 여승이 될까도 생각하였지만, 주작원이 충고의 말을 하였다.

“이렇게 너도나도 다투어 출가하려고 할 때에, 뒤쫓아가는 것도 수선스럽다.”

농월야는 조금씩 불사준비를 하고 있었다.

겐지는, 깊은 정을 주고받으면서 싫증나지 않은 채 헤어졌기 때문에, 이별 이후 14년 동안이나 잊지 못하고, 기회 있을 때마다 다시 만나 얼굴을 맞대고 그 당시의 일들을 이야기하는 것을 소망하고 있었다. 그러나 서로 세상 소문을 조심해야 할 신분이고, 보기에도 민망했던 수마 유적이라는 천하의 소동도 문득 생각이 나서, 만사 조심하며 지내고 있었다. 농월야는 평온하게 사는 몸이 되어, 남녀의 정에 생각이 흐트러지지 않을 성싶었다. 그러나 겐지는 그런 모습을 한층 더 알고 싶고 걱정이 되었다. 잘못임을 알면서도 문안을 핑계로, 그리운 마음을 담은 편지를 끊임없이 보내고 있었다. 지금은 젊은 사람처럼 갑자기 돌발적인 행동을 할 사이도 아니어서, 그때그때 답장을 주고받고 하였다. 옛날에 비해 모든 면에서 나아지고 원숙해진 농월야의 모습을 편지로 보면서 아무래도 마음을 억누르지 못하였다. 농월야의 시녀인 중납언의 군에게도 괴로운 마음속을 언제나 숨김없이 이야기하고 있었다.

이 하녀의 오빠인 전 화천수(和泉守)를 불러, 젊었던 옛날로 돌아가서 상의하였다.

"사람을 중개하지 않고, 물건 너머로라도 상시의 군과 이야기해야만 할 일이 있다. 적당히 그대가 말씀드려서 알려주면, 그 후에 극비리에 가겠다. 지금은 몰래 다니는 것도 어색한 신분이니, 엄하게 사람들 눈을 피하지 않으면 안된다. 그대도 설마 타인에게 눈치채게 하지는 않을 것이라고 믿고 안심하고 상의하였다."

소식을 전해 듣고 농월야는, 한탄하면서 새삼스럽게 당치도 않은 일이라고 대답하였다.

"자아, 어떻게 할까? 애처롭고 슬픈 주작원의 일은 제쳐 두고라도, 옛부터 겐지의 박정한 마음을 몇 번이나 맛보았는데, 긴 세월이 지난 지금에 와서 어떤 옛 이야기를 말씀드릴 것인가? 타인에게 비밀이 새지 않도록 한다 해도, 내 마음을 나에게 물어볼 때, 그거야말로 정말 부끄러워진다."

'옛적에, 만나기도 어려웠을 때조차, 정을 통하지 않았는가? 사실, 속세를 버린 주작원에 대해서는 떳떳치 못한 일이지만, 우리들 사이는 지금 와서 시작된 일이 아니므로, 새삼스레 결백한 체하는 것이 무슨 소용

이 있겠는가? 한번 소문나 버린 뜬 이름을 다시 되돌려 놓지는 않을 것이다.'

겐지는 이렇게 생각하며 용기를 내어, 전 화천수를 길잡이로 하여 찾아갔다.

자의상에게는 이렇게 말했다.

"이조 동원에 살고 있는 상륙의군의 말적화가 오래 병을 앓고 있는데, 복잡한 일들에 말려 문병도 못 간 것이 미안하군요. 낮에 사람들 눈에 띄게 가는 것도 좋을 것 같지 않아 밤 사이에 몰래 갈 생각입니다. 누구에도 알리지 않겠습니다."

'여느 때는 그다지 걱정하고 있는 것 같지도 않더니, 아무래도 이상하다.'

대단히 마음을 설레고 있는 것을 보고, 자의상은 이렇게 생각했다. 그러고 보니 생각이 짚이는 곳도 있었다. 여삼의궁을 맞이한 후에는, 무엇이나 이때까지와는 다르게 조금 소원해져서 그냥 모르는 척하고 있었다.

그날 겐지는 여삼의궁의 처소에도 가지 않고, 편지만 주고받았다. 옷에 공 들여서 향을 쬐었다. 밤중이 되자 심복 4, 5인만을 데리고서, 젊었을 때 몰래 다니던 것을 생각나게 하는 허술한 삿자리지붕의 우차(牛車)로 행차했다. 화천수를 보내서 인사말을 하였다. 이렇게 건너오신 것을 가만히 귀엣말로 듣고 농월야는 깜짝 놀라며 불쾌해하였다.

"어떻게 된 것입니까? 어떻게 답변을 했습니까?"

"풍치 있는 대접을 하고 돌아가시게 해야지 이대로는 정말 괘씸한 일이 될 것입니다."

화천수는 깊이 생각한 끝에 이렇게 말하고 안으로 들였다.

"여기까지 조금만 나오십시오. 물건을 사이에 두고서라도. 젊었을 때처럼 불순한 생각은 이미 전혀 없어졌으니까요."

겐지는 문안의 말을 하고, 이렇게 굳이 원했다. 농월야는 몹시 한탄하면서, 무릎걸음으로 나왔다.

'과연 그랬었구나. 역시 정에 약한 점은 옛날과 다름없다.'

겐지는 생각했다. 서로 잘 알고 있는 사람끼리의 몸놀림이어서 쉽게 마음을 움직이게 했다. 그곳은 동쪽의 대옥이었다. 농월야는 겐지를 동남의 아담한 방에 앉게 하고, 맹장지의 아래 끝은 움직이지 않도록 고정시켜 놓고 있었다.

"아주 젊은 사람 대하듯 하십니다. 쌓인 세월도 똑똑히 알 수 있을 정도로 내내 그렇게 여겨 왔는데, 이러한 어색한 대접은 몹시 괴롭습니다."

겐지는 불평하였다.

밤이 퍽 깊어졌다. 말(藻)에 노는 원앙새의 소리도 가슴속 깊이 스며들어 왔다. 침울하고 사람 기척이 적은 방안 모습을 보니, 무상하게 바뀔 수도 있는 세상이라는 생각이 들어, 평중(平中 : 인명)을 흉내 내는 것은 아니지만, 눈물이 흘러내렸다. 젊었을 때와는 아주 다르게 온화하고 조용한 태도로 말을 하고는 있지만, 칸막이를 사이에 두고 그대로 있는 것이 불만스러워 맹장지를 끌어 움직였다.

〈오랜 세월 뵙지 못하다가, 이제야 가까스로 만날 수가 있는데, 이런 칸막이가 있으면, 슬픈 눈물이 막을 길 없이 떨어집니다.〉

이에 농월야는 쌀쌀하게 말했다.

〈눈물만은 봉판(逢坂 : 지명)의 관문의 맑은 물처럼 막을 길 없이 흐르지만, 이미 당신과 만나는 길은 끊어졌습니다.〉

그러나 옛일을 생각하면, 바로 자신 때문에 저처럼 무서운 유배의 대소동이 일어났던 것이기 때문에 아무래도 한번 정도는 모습을 보여도 좋을 듯하게 생각했다. 원래 신중한 점이 없었던 사람이지만, 그 사건 이래로 세상일을 알고 분별하게 되어, 과거의 일이 후회스러웠다. 농월야는 여러 가지 일들을 무수히 체험하여 몹시 주의하며 지내 왔지만, 그 당시의 일이 어제의 일처럼 생각되어 마음이 흔들렸다.[27] 농월야는 아직도 기품이 있고, 젊고 상냥했다. 한편으로는 세상에 대한 걱정, 다른 편

---

27) 농월야는 겐지를 거절하지 못하고 방으로 들여 몸을 허락하였다. 구체적인 묘사를 생략하는 것은 이 《겐지이야기》에서 항상 있는 일이다.

으로는 겐지에 대한 그리움으로 심하게 흐트러져 있었다. 탄식하는 모습은 처음으로 그리운 사람을 만나는 것처럼 신선하고 귀여워 보였다. 겐지는 밤이 새는 것이 너무도 섭섭하여, 일어날 생각도 안했다.

새벽 하늘은 아름다웠고, 갖가지 새소리는 맑고 한가롭게 들려왔다. 벚꽃은 다 떨어지고, 나무 끝에 흐린 연둣빛이 남아 있었다. 옛적에 등꽃의 잔치를 개최했던 것이 지금쯤이었을까, 겐지는 그때를 회상하였다. 그때로부터 세월은 아주 많이 흘렀지만, 지나간 일들이 차례로 마음에 스며들어, 하나하나 그립게 스쳐가는 것이었다.

"이 등나무는 정말 아름답구나. 어떻게 물들인 색일까? 뭐라고 말할 수가 없는 색조다. 어떻게 이 꽃그늘을 떠나갈 수가 있는가?"

중납언의 군이 배웅하려고 문을 열고 있는 곳에 되돌아와서, 혼잣말을 하며 몹시 떠나기 싫은 듯 주저하고 있었다. 때마침 산마루에 해가 떠오르며 아름답게 빛나서, 눈부실 정도로 고운 나리의 모습이 한층 더 화려했다. 겐지를 몇 해만에 보는 사람들에게는 신기하게도 예전보다도 더 이 세상 사람 같지가 않다고 생각했다.

'왜 상시님이 이러한 분하고 적당히 인연을 맺어 살 수가 없게 된 것일까? 궁중에 출사하여도 수칙이라는 것이 있어, 그다지 높은 신분이 되는 것도 아닌데, 돌아간 대후가 지나치게 나서서 좋지 못한 소동을 일으키고, 경솔하다는 소문까지 세상에 퍼졌으니, 두 분의 사이는 그것으로 마지막이 되고 만 것이다.'

하녀들은, 언제까지라도 끝나지 않을 두 사람의 사연을 앞으로도 계속되게 해 드리고 싶었으나, 생각대로 하지는 못하였다. 사람들 눈도 두려워 마음에 걸렸다. 점점 해가 높아져서 마음도 조마조마했다. 복도의 입구에 수레를 끌어넣은 수행원들도, 가만히 헛기침을 하면서 재촉했다.

겐지는 수행원을 불러, 늘어지게 피어 있는 꽃을 한 가지 꺾게 했다.

〈당신 때문에 역경에 가라앉은 것을 잊지도 않았는데, 질려 뉘우치는 일도 없이 몸을 던지고만 싶은 이 집의 연못입니다. 당신과 목숨을 건 사랑을 하고 싶습니다. 〉

겐지는 대단히 괴로워하고 있는 모습으로 난간에 기대어 앉아 있었다. 중납언의 군은 안타까워서 바라보고 있었다. 농월야도 새삼스럽게 몹시 부끄러워, 이것저것 생각이 흐트러져 있었다.

〈당신이 몸을 던지려고 하는 연못은, 진짜 연못이 아니라, 가짜 연못일 겁니다. 새삼스럽게 질려 뉘우치는 일도 없는 당신에게는 마음을 두지도 않을 것입니다. 〉

겐지는, 젊은이처럼 행동하는 것은 자기로서도 있을 수 없는 일이라고 생각하면서도 관문을 지키는 사람이 야무지지 않아서 마음이 편하였을까, 후에 다시 만날 것을 굳게 약속하고 일어섰다. 옛날에도 남달리 집념이 강했지만, 겨우 몇 번 만나고 헤어져 버린 두 사람이었으니, 왜 생각이 얕다고 할 것인가?

자의상은 사람들 눈을 피하여 돌아온 겐지의 지친 모습을 보고, 대충 짐작을 하고는 있었지만, 아무 것도 모르는 척하고 있었다. 질투하여 싫은 소리를 하는 것보다도 나리에게는 그것이 도리어 고통스러웠다.

'왜 이 지경이 되도록 나의 일을 포기하여 버렸을까?'

이런 생각에, 전보다도 각별히 깊은 약속과 긴 장래에 걸친 맹세를 했다. 농월야와 만났다는 것은 누구에게도 새어 나가게 하면 안되는 것이지만, 자의상이 옛날의 일을 알고 있었으므로, 겐지는 굳이 숨기려고 하지 않았다.

"거리를 두고 잠깐 만난 것뿐이어서, 서운하게 느낍니다. 사람에게 비난받지 않도록 하여 어떻게 다시 한번 찾아보고 싶군요."

모든 것을 사실대로 밝히려는 생각은 아니었지만, 이렇게 말하였다. 자의상은 가볍게 웃으며 말했다.

"화려하게 젊음을 되찾은 것 같습니다. 옛날의 사랑으로 다시 한번 돌아가고, 게다가 새로운 사랑을 보태려고 하는 것은, 기댈 곳이 없는 나에게는 얼마나 괴로운지 ….”

그래도 눈물을 머금은 눈초리는 정말 애처롭게 보였다.

"당신이 그렇게 괴로워하고 있으면, 나도 고통스럽습니다. 차라리 솔직하게 꼬집어서 원망해 주십시오. 그렇게 서먹서먹하게 대하지는 않더니, 생각 밖으로 성미가 바뀌었군요."

겐지는 이것저것 비위를 맞추다가, 무엇이든 남김없이 이야기하고 말았다. 겐지는 여삼의궁의 방에도 바로 들어가지 않고, 자의상을 어르고 달랬다.

여삼의궁은 겐지가 건너오지 않는 것을 아무렇지도 않게 생각하고 있었지만, 돌보아 주는 사람들은 겐지에게 불만을 전하였다. 궁 자신이 언짢은 생각을 보이면 견딜 재간이 없겠지만, 지금은 그저 대범하게 생각했다. 여삼의궁은 귀여운 놀이상대라고만 생각되었다. [28]

20. 자의상이 여삼의궁과 대면하다.

명석여어는 오랫동안 친정에 내려오지 못하고 있었다. 말미를 좀처럼 얻을 수가 없었기 때문이다. 여어는 나이도 젊고 마음 편한 생활에 익숙하여 있었기 때문에, 궁중의 생활을 몹시 괴롭게 여기고 있었다. 여름이 되어 몸이 좋지 않은데도 동궁은 퇴출하라는 허락을 내리지 않았다. 여어는 아무래도 임신한 모양이었다. 아직 티없는 어린 나이였으므로, 다들 두려운 일이라고 걱정하고 있었다. 여어는 간신히 친정에 내려왔다. 여삼의궁이 살고 있는 침전 동쪽에 여어의 방을 꾸몄다. 명석여어를 돌보며 궁중에 출입하던 여어의 모친 명석의군도 함께 왔다.

자의상은 이쪽으로 건너와서 대면하기 전에 겐지에게 말했다.

"아씨궁인 여삼의궁에게도 가운데 문을 열고 인사드려야겠습니다. 전부터 그럴 생각이 있었지만 , 기회가 없어 망설였는데, 이런 때에 대면하여 친밀한 사이가 되면, 이제부터는 마음쓰시지 않아도 될 겁니다."

겐지는 생긋 웃으며, 허락했다.

"그거야말로 내가 바라는 바입니다. 여삼의궁은 정말 어린아이처럼 하

---

28) 농월야와의 사랑이 재연된 것은 호색가였던 겐지의 인생이 최후의 빛을 발하는 것이었고, 두 사람의 만남은 감미로운 과거에 젖게 한다. 그러나 겐지로서는 자의상과 여삼의궁의 양쪽에 끼여 꼼짝 못하는 괴로움에서 일시적으로 도피하는 것에 불과하다.

고 있으니, 안심할 수 있게 잘 가르쳐 주십시오."

여삼의궁과 만나는 것보다도 기가 죽을 정도의 차림새로 자리를 같이 할 명석의군을 의식하여, 머리를 감거나 몸매를 만지고 있었다. 그런 자의상의 모습은 세상에 유례가 없을 정도로 예뻤다.

겐지는 궁의 방으로 건너가서 말했다.

"저녁때 자의상이 명석여어를 대면하러 가는데, 그 계제에 당신과 친해지려고 찾아온다 하니, 허락하고 이야기를 나누십시오. 성격이 아주 좋은 분입니다. 아직 젊은 편이어서 놀이상대로 하여도 잘 어울릴 분입니다."

"쑥스러운 일입니다. 무슨 말을 하면 좋은가요?"

여삼의궁은 스스럼없이 물었다.

"그런 것은 임기응변으로 하는 것이 좋습니다. 서먹서먹하게 남처럼 대하지는 마십시오."

겐지는 자세하게 가르쳐 주었다. 겐지는, 두 사람이 사이 좋게 지내기를 바라는 마음이었다. 너무나 천진한 궁의 모습을 똑똑히 보이는 것은 쑥스럽고 재미없다고 생각하면서도 자의상의 말을 거절하여 가로막는 것도 좋지 않다고 판단했다.

자의상은 자진해서 인사하려고 마음먹기는 했지만, 또 이렇게도 줄곧 생각하고 있었다.

'나보다도 나은 사람이 또 있을 수가 있을까? 의지할 데 없는 나를 나리가 돌보아 준 것뿐이 아닌가?'

요즘 글씨를 쓸 때에도 저절로 깊은 생각에 잠긴 듯한 옛 노래만을 쓰게 되었다. 그렇다면, 자기의 몸에는 괴로움이 숨어 있었던 것인가, 문득 깨닫는 것이었다. [29)]

겐지가 자의상 쪽으로 왔다. 겐지는 궁이나 여어의 모습을 보고, 제각

---

29) 자긍심이 높은 자의상은 자신이 질투로 괴로움을 당하고 우수에 잠겨 있는 여자라고 생각하고 싶지 않았다. 그러나 인정하기는 싫어도 노래를 쓰면 자연히 이런 종류의 노래뿐인 것을 보아, 자기가 그런 여자의 한 사람인 것을 깨달았다.

기 예쁘다고 감탄하였는데, 그 눈으로 다시 자의상을 보니 오랜 세월 눈에 익은 분인데도 새삼 놀랄 만큼 훌륭한 사람이라고 생각했다. 겐지는 이러한 분이 이 세상에 있다는 것은, 좀처럼 믿기 어려운 일이라고 느꼈다. 모든 면에 기품이 있어, 바라보는 사람을 기 죽게 하는 데다, 화려하고 현대적인 아름다움까지 갖추고 있었다. 지금이 한창때인 듯 빼어나게 보였다. 작년보다도 금년이 나았고, 어제보다도 오늘이 더욱 신기하고, 언제나 처음 보는 것 같은 신선한 인상을 주므로, 어떻게 이런 훌륭한 분이 있을까 하고 생각했다.

겐지는 무심하게 쓴 습자를 벼루상자 아래에서 발견하여 꺼내보고 있었다. 필적은 특별히 잘 쓴 것 같지는 않았으나, 우아하고 귀엽게 써 있었다.

〈몸 가까이에 가을이 다가왔을까, 어느 사이에 푸른 잎의 산색이 변하여 단풍이 되어 버렸다. 저분은 나에게 싫증을 느껴 차디찬 마음이 되었다. 〉

이렇게 써 있는 곳에 겐지의 눈이 머물렀다.

〈가을이 와도, 물새의 파란 날개 색은 변하지 않았는데, 싸리의 아랫잎의 모양이 전과 다릅니다. 내 생각은 변하지 않았건만, 당신은 달라지고 있습니다. 〉

겐지는 이렇게 써 넣고, 미소를 지었다. 무엇인가에 괴로워하고 있는 것이 여기저기에 나타나 있는데도 불구하고 아무렇지도 않은 것처럼 감추고 있었지만, 세상에서 보기 드문 귀여운 분이라고 느끼지 않을 수 없었다.

이날 저녁은, 어느쪽 분에게 갈 수 없을 것 같아, 무리한 궁리 끝에 농월야에게로 갔다. 정말 괘씸한 일인데다가 몹시 자제하려고 했지만 어떻게 할 수가 없었다.

명석여어는 생모보다도 자의상을 정답게 의지하고 있었다. 아주 귀여운 모습에다 어른이 된 것 같아서, 친자식 같이 사랑스러웠다. 세상 돌아가는 이야기를 다정하게 나누고서, 중간문을 열고 여삼의궁과 대면하게 되었다.

궁은 한결같이 어리게만 보여서 마음 편하게 느껴졌다. 자의상은 침착하게 모친과 같은 태도로 옛 혈통을 더듬어 찾아 이야기하였다. 그러나 대답이 시원치 않아서 중납언의 유모를 불렀다.

"같은 조상을 더듬어가서 말씀 드리는 것은 황송한 일이지만, 역시 한 집안 사람이라고 생각하는데, 이때까지 기회가 없어 결례를 했습니다. 지금부터는 사양하지 말고, 저쪽의 저의 거처에도 오십시오. 손이 미치지 못한 곳이 있을 때에는 말씀하여 주시면, 퍽 다행이겠습니다."

"궁은 의지하고 있던 분들과 여러 가지 사정으로 헤어져서 허전한 모습으로 계시니, 이러한 허락 말씀을 듣고 무엇보다도 고맙게 생각하실 것입니다. 세상을 버린 주작원의 의향도, 오직 이렇게 마음에 차별을 두지 말고, 아직 어린 궁을 돌보아 주실 거라고 믿고 계셨을 것입니다. 집 안끼리 이야기할 때에도, 언제나 그런 당신을 의지하고 계셨습니다."

이렇게 중납언의 유모가 대답했다.

"황송한 편지를 받은 후로는, 정말로 힘이 되어 드리려고 생각하고 있었는데, 어떤 일에나 불민(不敏)한 이 몸이 도리어 원망스럽습니다."

자의상은 온화하고 침착한 태도로 대답했다. 궁에게는 그림과 인형놀이 같은 것으로 다가갔다. 자의상은 아이처럼 순수하고 부드럽게 대했기 때문에, 여삼의궁은 금세 친하게 따르게 되었다.

이러한 일이 있은 후로는 언제나 편지의 왕래가 있었고, 재미있는 놀이라도 있는 계제에는 만나서 이야기를 나누고 있었다. 세상 사람들도, 이렇게 높은 신분의 여인들에 관하여 이것저것 말들을 옮겼다.

"자의상은 어떤 생각으로 계실까? 나리의 사랑이 아무래도 이때까지보다는 못할 것이다."

처음에는 이렇게들 떠들었지만, 이제는 한층 깊은 정이 도리어 더해지는 듯이 보였다. 어디에나 온당하지 않게 말하는 사람이 있게 마련이지만, 두 사람이 이렇게 사이 좋게 지내고 있자, 세상의 소문도 일어나지 않게 되고, 사람 눈에도 좋게 비치는 것이었다.

21. 자의상의 약사불 공양.

10월에 자의상은 겐지의 40의 축하하기 위하여, 차아야(嵯峨野)의 불당에서 약사불 공양을 올렸다. 겐지는 규모가 큰 의식을 단단히 금하고 있어서, 눈에 띄지 않게 계획하였다. 준비된 불상, 경의 상자, 경을 싼 질 같은 것들은 진짜 극락도 이럴까 하는 생각이 들 정도였다. 최승왕경(最勝王經), 금강반야경(金剛般若經), 수명경(壽命經) 등 정말 성대한 기원이었다. 당상관들도 많이 와서 참배했다. 단풍의 그늘을 비롯하여 불당의 정취도 지금이 한창이어서, 사람들은 반쯤은 그것에도 끌려 다투다시피 모여들었다. 서리를 맞아 마른 풀이 끝없이 계속 펼쳐진 들판에, 말과 수레의 왕래 소리가 쉴새없이 울려 퍼졌다. 육조원의 여인들은 너도나도 독경의 보시를 성대히 했다.

정진이 끝나는 23일이 되자, 훌륭한 분들이 모두 모여 빈틈이 없었기 때문에, 자의상이 사저로 생각하는 이조원에서 준비를 했다. 옷을 비롯하여 대강의 것은 다 여기에서 준비했지만, 다른 여자 분들도 각각 적당한 것을 맡아서 도와 주고 있었다. 몇 개의 대옥에서는, 하녀들의 방을 치우고, 자리를 크게 만들고 준비했다. 방들을 통례대로 꾸미고, 나전(螺鈿)으로 장식한 의자를 세웠다. 침전의 서쪽 방에는 옷을 얹는 책상을 12개 놓고, 여름, 겨울의 옷과 이불 등을 관습대로 마련했다. 보라 능직 덮개를 덮은 것이 여러 개 정연하게 나란히 있고, 그 아래 얼마나 훌륭한 것이 있는지를 밖에서는 짐작도 할 수 없었다. 겐지의 앞에는 장식물을 놓아둔 책상을 두 개 세워 놓고, 물들인 당제 비단으로 덮어 놓았다. 머리에 쓰는 꽃의 대는 금으로 만든 새가 은의 가지에 앉은 취향 등이 특별히 훌륭했다. 겐지의 뒤에 세운 병풍 네 쪽은, 식부경궁이 만들게 한 것이었다. 보통의 4계절의 그림을 그린 것은 별다를 게 없었지만, 신기한 산수와 깊은 강물 등이 참신하고 재미있게 느껴졌다. 북쪽 벽에는 장식물을 놓는 궤를 두 개 세워 놓았는데, 이는 관례에 따른 것이었다. 남쪽 아담한 방에는 당상관, 좌우대신, 식부경궁을 비롯하여, 참상하지 않는 사람이 없었다. 무대의 좌우 악사들의 대기소에는 차일이

처 있었다. 동서쪽에는 뭉친 밥 80개와 기념품을 넣는 당의 궤를 40개 연속해서 세워 놓았다.

하오 2시경에 악사들이 참상했다. 만세락(萬歲樂)과 황장(고려의 무곡)을 춤춘 후에, 해가 질 무렵에 고려악의 난성(亂聲) 30) 을 연주하고, 낙준(고려의 악곡)을 춤추었다. 이는 좀처럼 보기 드문 춤이었다. 춤이 끝날 무렵, 석무와 백목이 낙준을 춘 후, 들어갈 때의 멋31) 을 조금 추고 단풍의 뒤로 들어갔다. 사람들은 그 모습을 아쉬워하며 흥취를 맛보고 있었다. 옛적 주작원의 행행에서 그토록 훌륭했던 청해파(青海波)를 기억하는 사람들은, 석무와 백목이 부군에게 지지 않고 훌륭하게 대를 이은 것에 감탄하고 있었다. 부자 이대에 걸친 신망과 지위와 용모와 태도에다, 그 당시의 부군들보다도 조금 높아진 관위를 생각하며, 사람들은 전세의 인연이라고 생각했다. 예로부터 이런 훌륭한 분들이 대대로 나란히 선 양가의 사이였음을 떠올리며, 축하할 일이라고 여겼다. 주인인 겐지도 가슴이 뭉클하여, 눈물 머금고 문득 옛날의 일을 회상하고 있었다.

밤이 되어 악사들은 퇴출했다. 살림을 맡아보는 북정소의 수석 직원들이 하인을 데리고 기념물이 들어 있는 궤에 가서 물건을 하나씩 꺼내어 차례로 악사에게 주었다. 기념물인 하얀 의상 몇 벌을 어깨에 걸고, 가산의 옆을 지나서 연못 둑 위를 걷는 모습은 천 년의 수명을 예기하며 노니는 학의 자태로 언뜻 잘못 보이기도 했다. 막 시작된 관현의 놀이 역시 아주 신바람이 나는 느낌이었다. 여러 가지 종류의 거문고는 동궁이 있는 곳에서 마련했다. 주작원에게서 물려받은 비파와 거문고, 냉천제가 하사한 쟁의 금은 모두 다 옛일을 생각나게 하는 것들이었다. 오래 간만에 합주를 하고 있으니, 돌아가신 동호원의 모습과 궁중의 일 등이 자연히 간절하게 떠올랐다.

'돌아가신 등호궁이 만일 살아 계신다면, 내가 이러한 축하연들을 열

---

30) 고려악은 젓대만으로 부는 것으로, 무인(舞人)이 무대에 나올 때까지, 그리고 무대에서 퇴장할 때까지 분다고 한다.
31) 무대에서 퇴장할 때, 다시 한번 멋을 내는 무곡.

심히 돌보아 드렸을 것인데. 내 생각을 알아주셨던 일이 무엇 하나 있었던가? 전혀 그럴 기회도 없었다.'

겐지는 아쉽게 회상하였다.

임금께서도 돌아간 등호궁이 살아 계시지 않은 것을 안타깝게 생각하셨다. 적어도 겐지에게 세상 사람과 같은 형식대로 부자의 예를 행하려고 생각은 하지만, 그것이 가능하지 않은 것을 언제나 불만스럽게 여기고 있었다. 그래서 올해는 이 축하연을 핑계로 행행하려는 계획이었다.

"세상에 폐를 끼치는 일은, 결코 하시지 말아 주십시오."

그런데 겐지가 이렇게 여러 번 사퇴하는 바람에 하는 수 없이 그만두었다.

22. 추호중궁이 잔치를 베풀다.

12월 20일이 지나서, 추호중궁은 궁중으로부터 퇴출하였다. 추호중궁은 올해의 나머지 기원으로, 나라(奈良) 고도(古都)의 칠대사(七大寺)[32]에 직물 4000단을, 근처 경도(京都)의 40개 절에 비단 400필을 봉납했다. 세상에도 드문 육조원에서의 양육을 언제나 고마워하고 있었으나, 지금까지 특별한 사은을 하지 않고 지냈었다. 어떻게 하면 깊은 감사의 마음을 나타낼 수가 있을까, 이 기회를 놓치면 안되겠다고 생각했다. 돌아간 부궁과 어머니 어식소에게 해 드리는 마음으로, 성대하게 치르려고 생각했다. 그러나 겐지가 임금에 대해서조차 그토록 사양했기 때문에 계획했던 여러 가지 일들을 대부분 중지했다.

"선례를 들어 보아도 40의 수연(壽宴) 이후에 오래 산 예가 드뭅니다. 아무쪼록 이번에는 역시 세상이 떠들썩한 일을 삼가서, 여생을 온전히 할 수 있도록 해주시오."

겐지는 이렇게 사양 섞인 말을 했다. 그러나 공식적인 의식인 만큼, 성대하게 차리지 않을 수 없었다.

---

32) 동대사(東大寺), 홍복사(興福寺), 원흥사(元興寺), 대안사(大安寺), 약사사(藥師寺), 서대사(西大寺), 법륭사(法隆寺)의 일곱 절.

중궁이 사는 거리의 침전에 설비를 하고, 당상관의 기념품 같은 것은 궁중의 연회에 준하여 준비했다. 친왕들에게는 특별히 여인의 옷을, 비참의인 사위나 공경등 보통의 전상인에게는 하얀 평상복과 축(軸)에 만 비단 등을 차례로 주었다. 장속은 가죽 허리띠와 큰 칼 등 돌아가신 전 동궁이 전해 내려온 것으로, 감개가 무량했다. 예로부터 천하의 명품으로 이름있는 품목들은 모두 여기에 모여 있는 것만 같았다. 선물의 내용들을 일일이 여기에 다 적을 필요는 없는 일이다.

23. 칙명에 의하여 석무가 축연을 열다.

냉천제는 일단 계획했던 여러 가지 일들을 그렇게 손쉽게 중지할 수는 없다고 생각하여, 석무에게 그 뜻을 말했다. 그때 마침 우대장이 병으로 사직했는데, 축하 때에 한층 더 기쁨을 더하려고, 임금은 파격적으로 석무를 그 후임으로 승진시켰다. 겐지도 감사하며 겸손하게 말씀 드렸다.

"정말 이렇게도 갑자기 분에 넘치는 발탁을 해주셨습니다. 이 사의를 어떻게 말씀드려야 할지 모르겠습니다. 너무 이례적인 것 같습니다."

연회의 자리는 화산리의 거리에 마련되었다. 세상에 알려지지 않기를 원했지만, 역시 특별한 일이어서 의식을 한층 더 성대히 준비했다. 향응도 내장료와 곡창원에서 봉사하게 했다. 뭉친 밥도 공공연한 축하연과 똑같이 두중장이 칙언을 받들어 준비했다. 친왕 쪽 5인과 좌우의 대신, 대납언 2인, 중납언 3인, 참의 5인이 참상했다. 전상인도 임금과 동궁과 원에서 참상해서 남아 있는 사람이 적었다. 겐지의 자리며 여러 가지 세간들은 백목의 아버지 태정대신이 임금의 어의를 자세하게 듣고 준비했다. 당일에는 임금의 말씀이 있어 태정대신도 자리를 같이하였다. 겐지도 정말 황송한 마음으로 자리에 앉았다. 안채의 겐지의 자리와 나란하게 태정대신의 자리가 놓여 있었다. 태정대신은 아주 화려하게 아름다울 뿐 아니라 당당하게 살이 쪄서 한창 위엄과 덕망을 자랑하는 듯했다. 겐지는 아직도 어디까지나 젊게 보였다. 병풍 네 폭에는 임금 자신이 윤필(潤筆)을 했는데, 외래품인 능직의 청황색 바탕에 밑그림을 그린 것이 보통 물건일 수 없었다. 밝고 화려하게 사계의 경치를 그린 채색화보다도 이 병풍의 글자는 묵색이 눈부실 정도로 빛나고, 더구나 이것이 신필(宸筆)이라 생각하니 한층 더 좋게 보였다. 두 개의 문짝이 달린 장식의 궤나 현악기, 관악기 같은 것은 장인소로부터 하사되었다. 석무대장의 당당함까지 가세하여, 이날의 의식은 참으로 특별했다. 좌우의 마료(馬寮)와 육위부의 관인이, 말 40두를 차례로 마당으로 끌어와 나란히 세워 놓았다. 그사이 날도 저물었다.

춤은 만세락이나 하황은(賀皇恩)을 간단히 추어 끝내고, 관현의 놀이 쪽에 누구나 다 열중하고 있었다. 태정대신이 온 까닭에 분위기가 더욱 돋우어졌다. 병부경궁은 여러 악기의 드문 명수였는데, 비파를 맡아 누구도 맞설 수 없게 연주했다. 겐지는 거문고를, 그리고 태정대신은 화금을 탔다. 그 화금의 음은 워낙 명인으로 알려진 탓일까, 아주 아름답고 차분하게 마음속으로 파고드는 느낌이었다. 겐지의 거문고도 모든 기법을 거의 다 망라하는 훌륭한 음색이었다. 두 사람은, 옛날의 여러 가지를 회상하며 지금은 지금대로 이렇게 친한 사이니 앞으로도 정답게 지내자고 기분 좋게 이야기했다. 술잔을 몇 차례나 비우고, 자리의 흥취는 다할 줄을 몰랐다. 두 사람 다 취해서 울지 않을 수가 없었다.

겐지는 태정대신에게 명기인 화금과 마음에 드는 고려젓대, 그리고 자단의 상자 한 쌍에 당과 초가나[草假名]의 글씨본들을 넣어서, 수레에까지 뒤쫓아가 선물로 드렸다. 겐지가 선물로 받은 말들을 맞아들이고, 우마료의 관인들은 흥겹게 고려악을 연주했다. 육위부의 관인에게는 석무대장이 기념품을 주었다. 겐지의 의향대로 매사 간소하게 한 것이었지만, 임금, 동궁, 주작원, 추호중궁 등 친인척들의 당당하고 훌륭한 모습은 더할 나위가 없었다.

아들이 오직 석무대장 하나뿐인 것을 아쉽게 느꼈지만, 그는 여러 사람보다 빼어나고 세상의 신망과 인품도 겨룰 상대가 없었다. 모친 규의상이 어식소와 원한이 깊어서 서로 불화한 사이로 있을 때의 두 분의 운세가, 결국은 자식에 있어서는 여러 가지 다르게 나타난 것이었다.

　그날의 여러 가지 복장은 화산리가 준비했다. 기념품의 품목들은 삼조궁의 운거안이 마련한 것 같았다. 운거안은 집안끼리 모여 무언가 아름다움을 즐길 때에도, 그저 다른 집안의 일처럼 듣고만 있었다.

　"어떻게 하면 저렇게 당당한 분들과 함께 어울릴 수 있을까?"

　운거안은 늘 이렇게 걱정하고 있었는데, 석무대장의 인연으로 아주 훌륭하게 한 사람 몫을 할 수 있게 되었다.

24. 명석여어의 출산을 앞둔 가지기도.

　겐지 41세인 새해가 되었다. 명석여어는 13세로 출산이 아주 가까워져서, 정월 초부터 끊임없이 가지(加持) 기도를 하게 했다. 여러 절과 신사에서도 수없이 기도를 올렸다. 겐지는 아내와 사별한 불길한 경험을 했었으므로, 출산이라는 것을 오로지 무섭게만 알고 있었다. 자의상이 출산하지 못한 것을 유감으로 여겼지만, 한편으로는 기쁘게도 생각했다. 더구나 명석여어는 아직 아주 어렸으므로, 어떻게 될까 미리부터 걱정하고 있었다. 2월부터 묘하게 용태가 달라져서 괴로워하였고, 주위의 여러 분들마저 마음도 불안하기만 했다. 음양사들은 장소를 바꾸어 간호하는 편이 낫다고 했다. 저택과 따로 떨어진 곳은 안심이 안되어, 명석의군이 살았던 거리의 가운데 대옥으로 옮기게 했다. 그곳에는 큰 대옥이 두 채 있고, 몇 개의 복도로 둘러싸고 있었다. 그곳에 수법단(修法壇)을 빈틈없이 흙으로 바르고, 영험이 많은 수험자들이 모여서 소리를 지르고 있었다. 명석의군은 지금이야말로 자기의 운세가 확실해지는 때라고 생각하고는 마음을 단단히 먹고 있었다.

25. 여승이 여어에게 옛날 이야기를 하다.

　명석의군의 어머니 여승은 이제 아주 늙어 정신이 맑지 못했다. 여어의 모습을 보는 것을 꿈처럼 생각하여 하루속히 출산하기를 기다리며 늘 돌보아 드리고 있었다. 연래로 명석의군은 항상 옆에서 시중들고 있지만, 옛날 일들에 대해서는 자세하게 알리지 않았었다. 이 여승은 기쁨을 참지 못하여 시종 눈물을 흘리며, 옛일들을 이것저것 떨리는 목소리로 말했다. 명석여어는 처음에는 이상하고 기분 나쁜 사람이라고 생각했지만, 미리 이런 할머니가 있다는 것을 들었기 때문에 부드럽게 상대하고 있었다. 여어는 여승으로부터 자기가 태어나던 당시의 사정과, 겐지가 명석의 포구로 넘어온 경위들을 듣게 되었다.

"드디어 이별이라고 경으로 올라올 때, 모두 다 앞으로 어떻게 될지 모르니, 이제 이것으로 끝이었다, 이것뿐인 인연이었다고 슬퍼하였었는데, 어린 님이 출생하여, 이렇게 된 숙연이 사무치게 느껴져서 ⋯."

여승의 뺨에는 눈물이 조용히 흘러내렸다. 여어는, 만일 이렇게 들려 주지 않았더라면 아무것도 모르고 지냈으리라 생각하여 울어 버렸다.

"나는 확실히 이러한 높은 지위에 올라갈 수 없는 신분이었는데, 자의 상의 양육을 받고 모든 면이 세련되어, 남에게도 그렇게 나쁘게는 보이지 않을 수 있었구나. 그런데도 내 몸을 꽤나 귀한 것이라고 여겨, 동궁을 섬기는 동안 옆의 사람을 깔보거나 우쭐해서 거만한 마음을 갖기도 했다. 세상 사람은 숨어서 뭐라고들 소문을 내고 있을까?"

명석여어는 자신의 신상을 모두 깨닫게 되었다. 모군에 관해서도 원래 조금 신분이 떨어지는 집안 출신이라고는 알고 있었으나, 자신이 태어날 당시에 그러한 시골에서 살았었다는 것은 알지도 못했었다. 지난날의 자신이 지나치게 대범하였음을 깨닫고, 여어는 마음이 아팠다. 혼자 명석의 포구에 남아 있던 명석의 입도가, 지금은 선인처럼 속세를 버리고 지내고 있다는 이야기를 듣고 여어는 더욱 안타까웠다.

여어가 차분하게 생각에 잠겨 있을 때, 모군인 명석의군이 참상했다. 때마침 기도하는 수험자들이 모여들어서 떠들썩하게 큰소리로 기도하고 있을 때였다. 명석의군 앞에는 하녀들도 없어서, 여승은 이것을 좋은 기회로 생각하여 근처에 대기하고 있었다. 명석의군은 그것을 보고서 이렇게 말하며 조마조마해했다.

"아유, 보기 싫습니다. 낮은 칸막이라도 끌어당기고 사후하십시오. 바람이라도 불면 자연히 틈 사이로 바깥에 뵐 일도 있을 것입니다. 정말 나이를 너무 드셨습니다."

여승 자신은 충분히 취향을 담아서 행동하고 있다고 생각하면서도 나이가 들어 멍해지고 귀가 잘 들리지 않아 무슨 소리인지 머리를 갸우뚱거리고 앉아 있었다. 그러나 사실은 결코 그럴 정도의 고령은 아니었고, 65, 6세 정도였다. 여승다운 모양으로 아주 산뜻하고 기품 있는 모습이었다. 눈물에 젖은 눈이 부어 있고 얼굴이 이상한 것이 아무래도 옛일을 회상하고 있는 모양이었다.

"옛날의 근거 없는 이야기를 하였을 것입니다. 현실이 아닌 틀린 생각을 섞어서 말하기를 잘하니, 기묘하게 꾸며 낸 옛이야기도 있었을 것입니다. 그때의 일은 꿈 같은 생각이 듭니다."

명석의군은 가슴을 두근거리며, 쓴 웃음을 띠고 여어를 쳐다보았다. 보통 때보다도 침착하니, 무엇인가 괴로워하고 있는 듯했다. 명석의군은 자신이 낳은 아이라고는 생각도 안되고, 그저 황송하게만 여겨졌다.

'여승님이 애처로운 일을 이것저것 말씀하셔서, 마음을 상하신 것일까? 드디어 이것이 최고라는 위에 오르는 날에 들려 드리려고 생각했는데, 유감스러운 신상이라고 생각하여 희망을 버리시지는 않겠지? 무척이나 낙담하고 계실 것이다.'

이렇게 짐작하였다.

기도가 끝난 수험자들이 퇴출하고 나서 애달픈 얼굴로 과일 같은 것을 권해 드렸다.

"그런 대로 이 정도의 것이라도."

여승은 여어의 모습이 너무나 훌륭하고 귀여운 분이라고 생각하여, 눈물을 멈출 수가 없었다. 얼굴은 웃음을 짓고, 입이 보기 싫게 벌어지고 눈언저리는 눈물에 젖은 채로 앉아 있었다. 대단히 보기 흉하다고 눈짓을 했지만, 전혀 마음에 두지 않았다. 여승은,

"〈오래 산 보람이 있어, 이러한 화려한 곳에 나올 수가 있는 것이 감격스러워, 눈물에 젖어 있는 나를 누가 나무랄 수 있습니까?〉

옛날 세상에도, 나 같은 늙은이는 너그러이 봐주었다는데."

명석여어는 벼루 상자 속에 있는 종이에 적어 보냈다.

〈울고 계시는 여승님에게 바다 길의 안내를 부탁하여, 내가 태어난 고향 명석의 집을 보고 싶습니다. 〉

명석의군도 자제할 수가 없이 울고 말았다.

〈속세를 버리고 명석의 포구에 살고 있는 아버님도, 자손을 생각하는 마음의 어두움만은 개이게 할 수 없을 것입니다. 〉

애써 눈물을 숨겼다. 여어는 입도와 헤어졌다는 새벽의 일이 꿈속에도 생각이 나지 않아서 유감스러워하고 있었다.

26. 명석여어가 아들을 낳다.

3월 20일 지나서 여어는 무사히 출산하였다. 출생 전부터 지나치게 걱정하며 큰 소동을 벌였는데, 심한 고통도 없이 더구나 남자 아기를 낳아서 모두 희망대로 되어 겐지도 안심하였다.

이곳은 사람들 눈에 띄지 않는 깊숙한 집이어서 아주 변두리처럼 느껴지는 곳이지만, 산후 축하의 여러 가지 의식이 성대하게 거행되었다. 여승의 눈에는 과연 '보람 있는 포구'로 비쳤지만, 그래도 눈에 띄지 않는 곳이어서 본래의 동남의 침전으로 되돌아왔다. 자의상도 이쪽으로 건너왔다. 하얀 옷을 입고, 모친다운 모습으로 어린 궁을 꼭 안고 있는 모습은 매우 아름다웠다. 자신은 이러한 일은 경험이 없었고 남의 일조차 자주 보지 않아서 정말 신기하고 귀엽다고 생각하고 있었다. 다루기 어려울 것 같은 작은 몸을 자의상이 늘 떠맡아서 안고 있어서, 실제의 조모는 일체를 이쪽에 맡기고, 욕실을 챙기고 있었다. 동궁의 선지를 맡은 전시가, 갓난아기의 목욕을 시켰다. 그 상대역의 일을 열심히 맡아 하고 있는 것이 가슴에 걸린다고 생각했다. 전시는 속사정을 조금은 알고 있었다.

"만일 저 명석의군에게 조금이라도 결점이 있었으면, 여어에게는 무척 애처로운 일이었을 것이다. 그러나 놀랄 만큼 품위가 있어, 과연 이런 특별한 운세를 얻게 될 만한 분이다. "

그 시대의 예식들을 하나하나 세세히 전하는 것은 번거로운 일이니 그만두겠다.

엿새째에, 아기는 동남의 침전으로 옮겨졌다. 이렛날 저녁, 임금으로부터도 출산 축하 선물이 도착했다. 동궁의 부친인 주작원이 출가한 대신일까, 장인소로부터 수석 변관이 선지를 받들어, 예에 없을 정도로 성대하게 치러졌다. 기념품인 옷들은 따로 추호중궁으로부터 공식적인 것 이상으로 대대적으로 내려왔다. 친왕들이나 대신들의 집에서도 그때쯤 이 일에 골몰하여 너도나도 성의를 다하여 돌보아 드리고 있었다.

겐지도 이번의 의식들은 평소처럼 간소하게 하지 않아서, 세상에 예가 없을 정도로 평판이 높았다. 그러나 호화로움에 가려져, 내면의 풍류로운 멋들은 것은 별로 주목받지 못했다. 겐지도 어린 님 출산 후 얼마 안 되어서부터 안고서, 몹시 귀여워하고 있었다.

"석무대장이 아이를 많이 두고 있지만, 지금까지 나에게 보여 주지 않는 것이 원망스러웠는데, 이렇게 귀여운 사람을 얻게 되었다."

27. 자의상과 명석의군이 사이가 좋다.

어린 궁은 나날이 성장해 갔다. 유모를 고를 때에는 마음씨도 모르는 자를 성급하게 불러모으지 않고, 육조원에서 섬기는 하녀 중에서 집안이나 마음씨가 빼어난 사람만을 선발했다.

명석의군은 모든 면에 빈틈이 없고 기품이 높았지만, 자기를 낮출 곳에서는 낮추고, 어린 궁을 자기 것인 양 행동하는 일이 없었다. 그런 태도는 여러 사람들로부터 칭찬을 받았다. 자의상은 한때 명석의군에 대해 분하게 생각하고 있었지만, 지금은 어린 궁의 덕으로 아주 사이가 좋아져 소중한 분이라고 생각하고 있었다. 어린아이를 귀여워하는 성미여서, 천아(天兒 : 장난감) 같은 것을 자신이 만들며 바쁘게 지내서 아주 젊어 보이고, 자나깨나 이 어린 궁의 양육에 매달리고 있었다. 늙은 여승은 어린 궁을 마음껏 보지 못하는 것을 불만스럽게 생각했다. 어린 궁의 잠든 모습을 보고, 그리워서 명에 지장이 있을까 걱정할 정도였다.

28. 명석의 입도가 입산하다.

명석에서도 이렇게 어린 궁이 탄생했다는 소식을 전해 들었다. 세상을 버린 입도의 마음에도 정말 커다란 기쁨이었다.

"이제야말로, 이 속세로부터 안심하고 떠나게 되었다."

이렇게 제자들에게 말하였다. 이 집을 절로 고쳐 만들고, 그 주위의 토지들을 모두 이 절의 소유로 정했다. 이 파마국(播磨國)의 깊숙한 곳에 인적이 없는 깊은 산이 있었는데, 입도는 오래 전부터 그곳을 영지로 삼고 있었다. 입도는 거기서 산속에 들어간 후 다시는 사람에게 보이거나 알리지 않을 생각이었다. 다만 근심되는 것이 아직 남아 있기 때문에, 이때까지 쭉 이 포구에 살고 있었다. 그런데 드디어 지금에 와서는 산에서 나오지 않아도 되게 생겼다고 여겨, 신불의 가호를 믿고 산속으로 옮겨갔다.

그 동안 입도는 경으로 사자도 거의 보내지 않았었다. 경에서 보낸 사자에게만 전언하고, 여승으로부터 명색뿐인 편지를 받는 정도였다. 드디어 입산할 때에, 최후의 편지를 명석의군에게 보냈다.

"이제까지는 같은 속세에 섞여 살고 있었지만, 언제까지라도 그렇게 있지는 못하리라고 생각했다. 이대로 아주 딴 세상에 새로 태어났다는 생각으로, 중대한 일이 아니면 이쪽 사정을 보고하지도 않았었다. 또 그쪽 일을 물어보지도 않았다. 가나문〔假名文〕을 보는 것은 시간이 걸려서 염불도 게으르게 되므로, 무익하다고 생각하여 편지도 안 했다. 인편에 들은 바로는, 젊은 군〔명석여어〕이 동궁에 입내하여 남궁을 출산했다고 하니, 참으로 기쁘게 생각한다. 나 자신은 이렇게 산에서 기거하는 수도승으로 새삼스럽게 이 세상의 영화를 바라는 바는 아니지만, 이때까지 긴 세월 동안 연연해하고 아침 저녁의 근행 때마다 한결같이 너의 일을 마음에 두어 극락왕생의 소원을 접어 두고 기도하고 있었다. 네가 태어나던 해 2월의 그 밤에는, 꿈에서 내가 수미산(須彌山) [33]을 오른 손으로

---

[33] 세계의 중심에 있다고 전해지는 높은 산.

받들고 있지 않았던가? 그 산의 좌우에서 일월의 빛이 밝게 비쳐서 세계를 빛나게 하고 있었다. 나는 산 아래 그늘에 숨어서, 그 빛에는 닿지 않았다. 넓은 바다에 산을 띄워 놓고, 나는 조그만 배로 서방을 향해 저어 나가는 꿈이었다. 꿈에서 깨어난 뒤로, 변변찮은 이 몸도 장래에의 희망을 갖게 되었다. 막상 정말로 그런 행운을 기다려도 되는 것인지, 마음속에 의심도 들었지만, 바로 그때 네가 여승님의 배에 잉태되었다. 그 후 속세의 책을 읽을 때나 불교 서적의 진의를 찾을 때에 꿈을 믿어도 된다는 내용을 많이 보게 되었다. 나처럼 신분이 낮은 사람에 태어난 것을 황송하게 여기며 소중하게 너를 길렀다. 매사 역부족인 몸이어서, 이리저리 궁리한 끝에 이런 시골로 내려왔었다. 이 지방 업무에 관계되는 몸으로 전락하여, 늙은 몸으로 새삼스레 경으로 돌아가려는 희망을 버렸었다. 이 포구에서 오래 살아가는 동안에도, 너에게 의지하고 기대했던 까닭으로 몰래 나 혼자서 많은 소원을 빌고 있었다. 그 보답이 있어, 바라는 대로의 운세를 맞이했던 것이다. 젊은 님이 국모가 되어 소원이 이루어지는 날에는 주길신사를 비롯하여 신불에 감사를 드려라. 지금은 의심할 것이 뭐가 있겠는가? 명석여어가 황후가 되기를 바라는 나의 유일한 소원이 이제 곧 이루어지는구나. 이제 멀리 서방의 십만 억토 떨어진 극락에서 상품상생(上品上生)으로 왕생하려는 희망은 의심할 여지가 없게 되었다. 지금은 오직 미타(彌陀)가 마중 오시기를 기다릴 뿐이다. 그 동안 임종의 저녁까지, 물도 풀도 맑은 산속에 숨어서 근행하려고 한다.

〈빛이 퍼져 나올 새벽이 더욱 가까워졌다. 그래서 지금 처음으로 옛날에 본 꿈을 이야기하였다.〉

편지에는 이렇게 씌어 있었고, 날짜 다음으로 추신이 있었다.

"나의 명이 다하는 날을 꿈에라도 알려고 하지 말아라. 예로부터 사람이 상복을 물들이는 연보랏빛으로 몸을 초라하게 차릴 필요는 없을 것이다. 다만 너 자신은 신불이 변한 것으로 생각하고, 이 노법사를 위하여 공덕을 쌓아 달라. 이 세상의 즐거움에 젖어도, 후세의 일을 잊어버리지 말아 다오. 염원으로 하고 있는 극락에 태어날 수만 있다면, 꼭 다시 만날 일도 있을 것이다. 이 더러운 땅 밖의 피안에서 대면할 것을 생각하거라.”

입도는 주길신사에 소원을 세우고 있을 때 모아 둔 글들을, 큰 침향의 문갑에 넣어 편지와 함께 보냈다.

여승에게는 자세하게 쓰지 않고 이렇게만 적고 있었다.

“이 달 14일에 초막을 버리고 깊은 산으로 들어 가려고 합니다. 오래 산 보람도 없는 몸을 곰이나 늑대에게 주어 버리렵니다. 당신은, 역시 바라는 대로 손녀가 황후가 되는 세상에서 지켜보고 계십시오. 극락정토에서 틀림없이 다시 볼 수 있을 겁니다.”

여승은 이 편지를 읽고, 사자인 중에게 자세히 물어보았다.

“이 편지를 쓴 후 사흘째 되는 날에, 인적이 끊어진 봉우리로 옮겨 버렸습니다. 우리들도 그 배웅으로 산모퉁이까지는 같이 갔습니다만 다 되돌려보내고, 중 한 명과 동자 두 명을 데리고 가셨습니다. 출가하던 때가 최후의 슬픔인 줄로 생각했는데, 슬픔은 아직 남아 있었습니다. 오랜 세월 동안 근행 틈틈이 물건에 의지하여 타던 거문고와 비파를 끌어당겨 몇 번이나 타고서, 부처님에게 작별을 고하고 절에 봉납하셨습니다. 그 밖의 것들도 대부분 절에 봉납하시고, 나머지는 시중들던 가까운 제자들에게 분에 맞게 나누어 주셨습니다. 남은 물건은 경의 분들 몫으로 하셨습니다. 그리고는 정말 최후라는 기분으로 저처럼 먼 산의 구름 속에 모습을 감추셨습니다. 그 후 지금도 모습이 안 보이는 저택에 남아서 비탄에 빠져 있는 사람이 여럿입니다.”

이 중은 어린 시절에 입도를 따라서 하향한 사람으로서 지금은 노법사가 되어 명석에 남아 있는 사람이었다. 입도와의 이별을 몹시 슬퍼하여 심란하게 여기고 있었다. 부처님의 제자 중에 우수한 중들이라도 아무리 영취산(靈鷲山)을 확실히 믿는다 해도 열반의 밤을 깊이 슬퍼했다. 그러니, 여승의 슬퍼하는 마음은 더할 나위 없었다.

29. 명석의군과 여승의 슬픔.

명석의군은 여어의 곁에 있었지만, 편지가 왔다는 기별을 받고, 몰래 자신의 거처로 건너왔다. 엄숙하고 정중하게 행동하고 있어서 이런 일이 없었다면, 이쪽으로 와서 여승과 만나는 일은 흔하지 않았다. 슬픈 소식이 있었다는 말을 들어서, 걱정이 되어 몰래 건너온 것이었다. 여승은 몹시 슬퍼했다. 등불을 가까이에 끌어당기고 편지를 읽어보니, 흘러내리는 눈물을 막을 수가 없었다. 이제까지 지나 온 여러 가지 일들을 회상하며 언제나 입도를 그리워해 온 명석의군이었다.

'부군과 다시는 만날 수 없는 것이로구나.'

이런 생각에 슬픔은 형용하기가 어려웠다. 복받치는 눈물을 막을 길이 없었다. 그러나 한편 꿈이야기를 읽으니, 한편으로는 슬픈 생각이 들지만, 장래가 믿음직스럽게 여겼다.

'그리고 보니 부군이 상식 밖의 생각으로 나를 신분에 상응하지 않게 시집 보내어 불안한 지경을 방황하게 하였고, 홀로 명석에 남아 있을 때는 어찌 할 바를 모르고 있었지만, 이러한 덧없는 꿈에 희망을 걸고 마음을 굳게 가지고 계셨던 것이다.'

명석의군은 지금에야 겨우 그 뜻을 이해하게 되었다.

"당신의 덕으로 이 몸에 과분한 명예와 기쁨을 얻은 것을 고맙게 생각합니다. 그러나 슬프고 풀리지 않는 생각도 보통은 아닙니다. 내가 비록 하찮은 신분이나 오래 살았던 경을 뒤로하고 명석에서 초라하게 지나온 것만으로도 세상 사람들과 다르게 불운하다고 생각하고 있었습니다. 그래도 남편과 멀리 떨어져 살지 않으면 안될 줄은 생각도 못했습니다. 금생은 이렇지만, 내세에는 극락에서 같은 연꽃의 받침대 위에 살수 있을까 하고, 후세에 희망을 걸고 세월을 견뎌 왔습니다. 그런데 갑자기 이렇게 대언에 옮기는 행운을 만나서, 한때는 등져 있던 세상에 다시 돌아온 것이지요. 손녀가 남아를 출생하여 산 보람이 있는 당신의 모습을 보니 기쁘기는 하지만, 또 한편으로는 입도가 입산하는 불안하고 슬픈 생각이 이 몸에 붙어다녀 떨어지지 않았습니다. 드디어, 이렇게 서로 두

번 다시 볼 수 없게 된 채로 이 세상을 떠나게 되는 것이 참으로 유감입니다. 저분은 아직 속인으로 있을 때도, 보통 사람과는 다른 성미여서 세상과 등져 있었지만, 나하고는 언제나 서로 믿고 영생의 약속을 주고받으며, 서로 깊이 믿어 왔습니다. 어떤 이유로 이렇게 편지를 하면 곧 도착하는 가까운 곳에 살면서 이렇게 헤어지게 되었는지요?”

여승은 잠시 슬픈 가슴을 가라앉히고, 이렇게 말하며 슬피 울었다. 명석의군도 몹시 흐느끼며 말했다.

“앞으로의 행복 같은 것은 아무래도 좋습니다. 변변치 못한 나에게는 무엇이나간에 산 보람이 있을 것이라고는 생각도 못하지만, 부군과 슬픈 생이별을 하여 이대로 생사도 모르게 된 것만은 유감으로 여깁니다. 모두 다 그렇게 될 인연이 있는 부군을 위한 일이라고 생각하지만, 산에 혼자 있는 채로 무상한 세상에서 이대로 돌아가실지도 모르는 일이니, 그렇게 되면 살 보람도 없을 것입니다.”

그들은 슬픈 일들을 이야기하며, 그 밤을 밝혔다.

“어제 내가 아씨의 옆에 있는 것을 나리가 보셨으니, 몰래 자취를 감추고 있으면 이상하게 보일 것입니다. 나 혼자만의 일이라면 아무 걱정도 안됩니다만, 어린 궁과 함께 있는 여어에게는 딱한 일로 여겨지니, 제멋대로 여기에 있지도 못합니다.”

명석의군은 밝을 녘에 돌아갔다.

“어린 궁은 어떻게하고 있습니까? 제발 보고 싶습니다.”

여승은 이렇게 말하며 울고 있었다.

“곧 뵐 수가 있을 겁니다. 여어님도 그리워하며 입에 올리는 것 같습니다. 겐지도, ‘만일 세상이 바라는 대로 된다면, 여승님도 그때까지 오래 살아 계셨으면’ 하고 말씀하셨습니다.”

이렇게 말하니, 여승은 금세 웃는 얼굴이 되었다.

“어이구, 그러니까, 즐거운 것도 슬픈 것도 여러 가지로 세상에 유례가 없는 내 신세라는 것입니다.”

글을 모은 상자는 하녀를 시켜 여어가 있는 곳으로 옮겼다.

30. 동궁이 여어와 어린 궁의 참내를 재촉하다.

동궁은 여어에게 빨리 들어오라고 자꾸 재촉했다.

"그렇게 생각하시는 것은 지당합니다. 경사스럽게 어린 궁이 탄생하였으므로, 빨리 왔으면 하고 얼마나 기다리실까?'

자의상은 이렇게, 어린 궁을 조용히 데려 가려고 마음을 쓰고 있었다. 어식소[34]는, 동궁의 곁에서는 휴가를 얻기가 어려우므로, 이러한 기회에 좀더 친정에 있고 싶었다. 나이도 어린 몸으로 해산이라는 큰일을 경험하였으므로, 조금 얼굴이 야위고 연약하게 보였다.

"아직 회복이 아니 되었으니, 충분히 조리한 후에 참상하는 것이 어떨까요?"

명석의군은 애처롭게 생각하고 있었다. 겐지가 말했다.

"이렇게 얼굴이 야위어 있을 때에 앞에 나가는 것도, 도리어 정을 더하게 된다."

31. 명석의군이 입도의 발원문을 여어에 맡기다.

자의상이 돌아간 후 조용한 저녁 때에, 명석의군은 여어의 앞에 와서 문서를 알려 주었다.

"바라는 대로의 몸이 완전히 되기 전에는 보여 드리지 말자고 생각했지만, 세상 일은 정해진 것이 없으므로, 마음이 쓰입니다. 당신이 무엇이나 다 스스로 하나하나 판단할 때가 되기 전에, 내가 만일의 일로 죽어 버릴 수도 있는 것이지요. 당신은 나의 임종을 지켜보아야 할 신분도 아니므로, 역시 아직 멀쩡한 때에 시시한 이야기라도 말씀 드리는 것이 좋다고 생각합니다. 알아보기 힘든 글씨지만, 이것도 보아 주십시오. 이 발원문은, 문짝이 두 개 달린 궤 속에라도 넣어 두시고, 꼭 적당할 때에 보십시오. 이 중에 적혀 있는 발원의 일에 감사 인사를 하시기 바랍니다. 타인에게는 누설하면 안됩니다. 당신이 이만큼 된 것을 확실히 본 이상 나 자신도 출가하려는 마음이 깊어져서, 어떤 일에도 마음이 가라

---

34) 명석여어. 황자 탄생 후는 이렇게 불렀다.

앉지 않습니다. 자의상님의 은혜를 소홀히 하여서는 안됩니다. 세상에 다시없는 깊고 친절한 마음을 보고 있으면, 나 자신보다도 훨씬 수명이 길었으면 하고 바라게 됩니다. 원래 나는 당신의 옆에서 시중 드는 것도 삼가지 않으면 안될 신분이므로, 감히 이렇게까지는 바라지도 않고, 그 저 사양하며 세상 보통의 계모처럼 생각하고 있었습니다. 자의상님의 심 정을 안 지금은 아무 걱정도 없어졌습니다."

명석의군은 길게 이야기를 하였다. 여어는 눈물을 머금고 듣고 있었 다. 명석의군은 친 모녀가 이야기하고 있는 것인데도, 언제나 예의 바르 고 지나치게 사양하는 모습이었다. 입도의 편지에 있는 말들은 딱딱하고 무뚝뚝한 느낌이었다. 햇수가 지나서 노랗게 변한 두툼한 육오국지는 향 이 깊이 배어 있었다. 가슴이 뻐근해져서 앞머리가 점점 젖어 가는 여어 의 옆얼굴은 기품이 높고 아름다웠다.

32. 겐지가 입산을 알고, 기이한 숙연을 생각하다.

겐지는 여삼의궁의 방에 있었으나, 사이에 가로놓인 맹장지를 열고 갑 자기 이쪽으로 건너왔다. 명석의군은 문서 궤를 감추지도 못하고, 휘장 을 조금 끌어당겨 몸을 숨겼다.

"어린 궁은 눈을 떴습니까? 잠깐 사이라도 그리워서요."

겐지의 말에 어식소는 대답도 하지 않았다.

"자의상에게 옮겨 드렸습니다."

명석의군이 대신 대답을 하였다.

"정말 묘한데요. 저쪽에서 궁을 혼자 차지하고, 품에서 내놓지도 않으 며 보살피고 있습니다. 특히 고운 옷들을 오줌으로 적시는 바람에 자주 갈아입는 것 같습니다. 좀 경솔하군요. 이렇게 옮겨가지 말고, 여기에 와서 보살펴 주는 것이 좋을 텐데."

"아이, 너무합니다. 남의 마음을 헤아리지도 못하는 말입니다. 설령 여자아기라도 저쪽에서 친절하게 보살펴 드리는 것이 나을 겁니다. 더구 나 남자아기는 이 이상 없이 귀한 분이라도 다른 곳에 갈 수 있어 마음 편한 일이라고 생각하고 있는데. 농담이라도 그런 말이 저쪽의 귀에 들어가지 않도록 하십시오."

"두 분에게 맡기고, 나는 어린 궁과 상관하지 말라는 말이로군요. 나를 따돌리고, 쓸데없는 참견이라고 말하는 것은 점잖지 못한 일입니다. 당신도 이렇게 몰래 숨어서 나를 사정없이 헐뜯고 있으니."

겐지는 이렇게 말하며 생긋 웃고는, 갑자기 휘장을 젖혔다. 기둥에 기대어 있는 명석의군은 보기만 해도 기가 죽을 정도로 예뻤다. 당황하며 숨기는 것도 보기에 흉하여 그대로 둔 문서 궤를 보고, 겐지가 물었다.

"무슨 상자입니까? 깊은 사연이 있는 것 같군요. 당신의 애인이 긴 노래를 읊은 것을 소중하게 안에 넣고 봉한 것입니까?"

"어이구, 듣기 싫은 소리를. 화려하게 젊음을 되찾은 버릇으로, 때때로 뜻도 모를 농담을 하십니다."

명석의군은 웃어넘기려고 했지만, 어딘지 모르게 슬픈 표정이 어리어 있어서, 겐지도 이상하게 여겨 머리를 갸웃거리고 있었다. 명석의군은 난처하게 되어, 이렇게 말했다.

"저 명석의 집에서, 내밀히 했던 기도의 권수(卷數) 35) 와, 그밖에 아직 감사의 참배를 하지 않았던 기도문이 왔습니다. 나리에게 알릴 좋은 기회에 보여 드리려고 생각하고 있었습니다. 지금은 아직 그 시기도 아니니까, 열어볼 필요는 없을 것입니다."

명석의군의 가슴 아픈 모습도 당연하다고 생각했다.

"그 후 어떻게 수행을 쌓으며 지내고 계실까? 장수를 누리며, 오랜 수행에 힘써 공덕을 쌓아 올린 것은, 그 이상 없이 귀중할 것입니다. 교양이 있는 견실한 승려라도 잘 보면 이 세상에 집착하는 추악한 마음을 가지고 있는 수가 있습니다. 학문에는 빼어나도 한도가 있어, 도저히 입도에는 못 미칠 것입니다. 입도는 깨달음이 깊고, 그러면서도 품격이 있는 분이었지요. 깨끗한 승려처럼 이 속세를 버린 것이 아니어도 마음속에서

---

35) 기도하기 위하여 읽은 경권(經卷)의 명목과 도수를 쓴 목록.

는 극락정토를 왕래하며 살고 있는 것 같았습니다. 지금은 마음에 걸리는 굴레도 없어졌으니, 그때 이상으로 높은 깨달음의 경지에 도달하셨을 것입니다. 마음대로 움직일 수 있는 신분이라면, 조용히 만나러 가고 싶은데."

"지금은, 명석의 거처도 버리고, 새소리도 들리지 않는 산속에 들어앉아 있답니다."

"그러면, 이것은 그 유언이 되겠군요. 편지는 주고받고 했습니까? 여승님은 어떻게 생각하고 있을까요? 부부관계는 부녀사이보다도 각별한 것이 있을 터인데."

겐지는 눈물을 머금고 있었다.

'나이를 먹고, 세상의 모양이 이것저것 바뀌어 감에 따라, 이상하게 그립게 생각나는 저 인품이니, 부부라고 하는 깊은 숙연으로 맺어진 사이로서는 얼마나 더 슬픈 일일까?'

명석의군은 이 기회에, 이 꿈이야기도 겐지의 마음에 짐작이 가는 것이 있으리라고 생각했다.

"정말 이상한, 범자(梵字)와 같은 읽기 어려운 필적이지만, 보실 것도 있을까 하여. 이제는 못 만날 셈으로 떠나왔지만, 그래도 애달픈 생각은 후에까지 남았는가 봅니다."

명석의군은 이렇게 말하고 조용하게 울었다. 겐지는 입도의 편지를 쥐고서, 몇 번이나 눈물을 닦았다.

"정말 견실하고, 나이 들어 멍해진 점이라고는 없는 모양입니다. 필적과 그밖의 어느 면에서나 각별한 달인으로 통하게 될 사람이었는데, 다만 처세술이 모자랐던 것입니다. 저 선조의 대신은 아주 현명하여 세상에도 드물게 충성을 다해 조정을 섬겼는데, 그 동안에 무언가 엇갈림이 있어, 그 결과로 자손이 이렇게 쇠퇴해 버렸다고 사람들은 말하고 있는 모양입니다. 그러나 딸의 계통이긴 하지만, 이러한 후손이 나온 것은 다년의 근행의 효험이라 할 것입니다."

겐지는 꿈이야기를 적은 곳에 눈길을 멈췄다.

"이상한 성깔이 있어서 터무니없이 높은 것을 바라고 있다고 사람들이 이러쿵저러쿵 말하고 있고, 또 나 자신도 한때나마 걸맞지 않게 정을 통한다고[36] 미심쩍게 생각했는데, 이 명석여어가 태어났을 때에서야 비로소 전세의 인연이 깊었던 것을 깨달았습니다. 눈에 안 보이는 앞일은 오리무중이라고 생각해 왔는데, 입도는 이렇게 목표가 있어 무리하게도 나를 사위로 원하였던 것입니다. 내가 부당한 죄로 수마의 유적을 당하여 방황했던 것도 이 사람 하나가 태어나기 위한 것이었습니다. 대체 어떤 소원을 마음속으로 세웠던 것일까요?"

그것이 알고 싶어, 마음속으로 절을 하고 발원문을 집었다.

33. 겐지가 자의상을 칭찬. 명석의군이 자신의 몸을 생각하다.

겐지는 여어에게 말했다.

"이것에는 그밖에 함께 해 드려야 할 것이 있습니다. 나중에 또 얘기하겠습니다."

그 계제에, 이어서 말했다.

"지금은 이렇게 옛일을 어렴풋이 알고 있지만, 그래도 저쪽 분 자의상의 마음을 우습게 여기지 마십시오. 원래의 친자나 부부라는 끊으려야 끊어지지 않는 사이 이상으로 남이 겉으로만이라도 정을 주거나 한마디라도 호의를 보이는 것은 보통 일이 아닙니다. 더구나 생모가 언제나 당신의 곁에서 돌보아 드리는 것을 보면서도 자의상은 애초의 생각이 변하지 않고 친절하게 당신을 생각하고 있습니다. 예로부터 세상에서는, '저렇게 겉으로는 귀여워하고 있는 것 같지만…' 하고 이리저리 속을 떠보려고 하고 있습니다. 그러나 혹 자기에 대하여 내심 악의를 가지고 있는 계모라도 순진하게 따른다면, 그 때문에 계모도 마음을 돌려 귀엽게 여기는 법입니다. 이런 아이를 어떻게 미워할까, 그러면 벌을 받는다고 생각하며, 마음을 돌리는 경우도 있는 것입니다. 원수가 아닌 바에야 생각하는 바가 서로 다르더라도 자연히 화해가 이루어지는 예가 많이 있습니

---

36) 명석의 군과 정을 나눔.

다. 그렇게까지 하지 않아도 좋은 것에 모가 나게 트집을 잡아, 귀엽지도 않게 매정한 태도를 보이는 사람은 상대의 마음을 생각 못하는 사람이라고 할 것입니다. 많은 경험이 있는 것은 아니지만, 사람들은 저마다 성격과 재주가 각각이면서도, 그렇게 기대에 어긋나지 않는다는 정도의 마음가짐은 다들 갖추고 있는 것 같습니다. 각기 잘하는 방면이 있어 취할 점들이 있지만, 특별히 자기가 의지할 사람을 선택하려 하면, 이상적인 사람은 좀처럼 없는 법입니다. 인품이 훌륭하다는 점에 있어서는 이 자의상이야말로 남다른 사람이라고 생각합니다. 착한 사람이라 해도 야무진 데가 없이 믿음직스럽지 않다면, 아주 유감스러울 것입니다."

겐지가 계속 자의상 이야기만 하므로, 여삼의궁과의 일이 자연히 짐작되는 것이었다. 겐지는 명석의군에게 조용히 말하였다.

"당신은 얼마쯤 일의 도리를 알고 있는 것 같아서 정말로 다행입니다. 사이 좋게 지내고, 마음을 합하여 여어를 돌보아 드려 주십시오."

명석의군이 대답했다.

"안 그래도, 이 세상에 좀처럼 있기 어려운 인품이라고 생각하고 있습니다. 저를 눈꼴사나운 사람이라고 미워하여 허락하지 않았더라면, 나리도 저를 이렇게까지 돌보아 주시지 않았겠지요. 부끄러울 정도로 한 사람 몫으로 대우해 주시고 말을 걸어 주시니, 황송하다고 생각합니다. 변변치 않은 제가 살아 남아 있는 것이 괴롭고 서글픈 생각도 들었지만, 그것도 다 부족한 저를 언제나 감싸 주시는 덕분이라고 생각합니다."

"자의상이 당신에 대하여 특별한 호의를 갖고 있는 것은 아닐 겁니다. 다만 여어를 언제나 곁에서 돌보아 드릴 수 없으니, 당신에게 맡긴 것입니다. 당신이 혼자서 도맡아서 눈에 띄게 행동하지 않고, 만사 편안하고 원만하게 처리하니까 나는 정말 안심입니다. 일의 도리를 모르는 사람은 사소한 일에도 남에게 괴로움을 끼치곤 합니다. 그런 성가신 일이 전혀 없는 듯하여, 나는 마음이 편안합니다."

"그렇다. 나는 용케도 스스로를 낮추어 살아온 것이다."

겐지는 자의상의 거처로 건너갔다.

'총애가 점점 깊어지기만 하는 것 같다. 확실히 훌륭하게 빼어나고 무엇이나 천성으로 갖추고 있어서, 그것도 당연하게 보이는 것이다. 여삼의궁은 겉으로는 정실로 세워져 훌륭하게 보이지만, 나리가 건너가는 일도 많지 않은 것 같다. 두 분은 같은 혈통이지만, 여삼의궁이 한층 더 높은 신분인데, 참 애처로운 일이다.'

자의상은 이렇게 생각하며, 남들의 일을 생각하다 보니, 자신의 행운은 정말 대단한 것이라는 느낌이 들었다. 고귀한 신분이라도 남녀의 사이는 생각대로 되지 않는 것인데, 하물며 자기 같은 것은 어깨를 나란히 하기가 어려운 일이었다. 더구나 지금은 원망스러운 생각이 드는 것은 전혀 없었다. 다만 세상을 버리고 산속에 들어가 있는 아버지 생각에 애달프고 마음이 아팠다. 어머니 여승도 오로지 '복지(福地)의 동산에 씨를 뿌리고' 라는 한마디를 의지하고, 후세를 생각하며 살고 있었다.

34. 석무가 여삼의궁과 자의상을 비교하다.

석무대장은 여삼의궁의 일에 마음을 썼던 데다가, 눈앞에 가까이 살고 있으므로, 평온한 마음으로 있지 못하였다. 석무는 그럴싸한 기회가 있을 때마다 언제나 사후하며, 여삼의궁의 모습과 인품을 지켜보고 있었다. 궁은 표면적으로는 세상에 드물 정도로 소중한 대우를 받고 있었지만, 젊고 대범한 것 외에 눈에 띄는 특징은 없었다. 하녀들도 젊고 아름답고 화려하게 들떠 있는 사람이 많았고, 착실한 사람은 별로 없었다. 그러한 사람들이 모여서 시중들고 있었고, 생활하는 데에 아무 걱정도 없어 보였으나, 정숙하고 침착한 느낌은 들지 않았다. 설사 남모르는 근심이 있었더라도 크게 마음을 쓰지 않는 사람과 같이 있으면, 옆사람에 이끌려서 같은 가벼운 기분에 사로잡히는 법이다. 궁에게는 누구나 오직 아이 같은 놀이와 장난에만 열중하고 있어서 겐지는 정말 눈에 거슬렸다. 겐지는 천편일률적으로 세상 일을 생각하지 않는 성격이어서 이러한 일에도 나무라지 않고 못 본 척하며 내버려두었다. 다만 차림새만은 아주 열심히 가르쳐서, 그런 대로 잘 꾸미고 있었다.

이러한 실정을 보고 석무는 자연히 자의상과 비교하게 되었다.

'흠이 없는 여자는 좀처럼 없는 세상이지만, 그래도 자의상의 마음씨라든지 옷차림은 정말 완벽하다. 이것저것 세상에 알려져 소문이 난 일도 없고, 누구보다 조용하고 침착하고 부드러워서 남을 업신여기는 일이 없다. 또한 자신을 소중하게 가꾸고, 언제나 고상하게 행동하고 있다.'

몇 해 전에 본 자의상의 자취가 잊기 어려워, 자주 생각났다. 본처인 운거안을 여전히 사랑했지만, 그녀에게는 특별히 뛰어난 재주는 없었다. 원래 온순한 성격인데다, 이제는 모든 것이 안심이라고 생각하여 긴장이 풀어져 있었다. 육조원의 여인들은 다들 제각기 훌륭했다. 남모르게 가슴속에 단념하지 못해서일까, 석무의 눈에 이 궁은 남다른 신분에 비하여 겐지의 총애를 받지 못하는 듯 보였다. 부부관계는 그저 세상 체면을 지키는 정도일 뿐이라고 느껴졌다. 주제넘은 마음은 아니었지만, 언젠가 궁을 만날 기회가 있을까 하고 은근히 관심을 갖고 있었다.

35. 백목이 여삼의궁을 체념하지 못하다.

백목도 주작원에 늘상 참상하여 친히 사후하고 있었던 까닭으로 이 궁이 얼마나 소중하게 자랐는지를 잘 알고 있었다. 혼담을 결정할 때부터, 백목은 자기의 의중을 여러 가지로 말씀 드렸었다. 주작원도 별로 꺼려하는 기색이 없다고 생각했는데, 이렇게 의외의 결정이 난 것을 유감스럽게 여겨, 아직도 체념하지 못하고 있었다. 백목은 전부터 잘 알고 있던 하녀 소시종으로부터 궁의 상황을 전해 듣는 것을 마음의 위로로 삼고 있었는데, 그것도 생각하면 덧없는 짓이었다.

"자의상의 위세에 역시 압도당하고 있다."

세상 사람들은 그렇게들 소문내고 있었다.

"황송한 얘기 같지만, 나였더라면 그런 생각을 하게는 안 하였을 것이다. 분명 나는 겐지와 맞서기에는 역부족일 것이지만."

백목은 언제나 이 소시종에게 이렇게 말했다.

"세상 일이란 정해진 것이 아니므로, 나리가 전부터의 희망인 출가를 결행하게 될 때에는, 꼭 ….”

그는 끊임없이 틈을 엿보며 외곬으로 생각하여 언저리를 배회하고 있었다.

36. 육조원의 공차기 놀이.

하늘이 화창하게 개인 3월 어느 날, 육조원에 아우 병부경궁과 백목 등이 참상했다. 겐지가 그들을 맞아 세상 이야기를 나누었다. 겐지는 말했다.

“이러한 조용한 살림살이는 무척 심심하여 시름을 잊을 길이 없다. 언제나 무사태평이다. 무엇을 하고 해를 보내면 좋겠는가? 오늘 아침 석무대장이 와 있었는데 어디를 갔을까? 정말 쓸쓸한 기분이 드는데, 언제나처럼 소궁(小弓)을 쏘게 하여 구경하면 좋겠다. 젊은이들도 와 있었는데, 벌써도 가 버렸는가?”

석무가 화산리가 있는 동북의 거리에서 공차기를 구경하고 있다는 말을 듣고, 불러왔다.

“시끄러운 놀이지만, 그래도 훌륭한 기량이 돋보이는 놀이다. 어떠냐, 여기서 하면?”

많은 젊은이들이 이쪽으로 왔다.

“공은 가지고 있는가? 누구누구가 왔는가?”

“여럿이 와 있습니다.”

침전의 동쪽은 명석여어가 어린 궁을 데리고 있던 곳인데, 동궁으로 들어가자 퍽 조용했다. 그러나 근처에는 흐르는 물이 합치는 곳이 있어, 공차기에는 풍치 있는 장소였다. 태정대신의 아들 중에는 두변, 병위좌, 대부의군 등 젊거나 어린 사람들도 있었지만, 공차기의 기량은 남보다 뛰어났다. 날이 점점 저물고 바람도 불지 않는 좋은 날씨여서 변소장도 가만히 있기 어려워 끼여들었다. 겐지는 말했다.

“변관마저 참을 수 없을까? 당상관들이라도 젊은 위부사들은 왜 더 소리 지르지 않는가? 나도 저 나이쯤에는 묘하게 그저 구경하는 것만으로는 만족하지 못했다."

석무와 백목도 다 마당에 내려가서, 말할 수 없이 아름다운 벚꽃그늘 속을 뛰어다니고 있었다. 때마침 저녁 노을에 물든 모습은 정말로 아름답게 보였다. 겉모양은 그렇게 좋지 않고, 시끄러운 놀이라고는 하지만, 장소와 사람 나름으로 정취도 바뀌는 것이었다. 풍치 있는 뜰의 나무는 짙게 안개가 끼어 있는 곳에 색깔도 여러 가지로 꽃망울이 트기 시작하는 나무들이나 조금 싹을 내고 있는 나무들의 그늘에 이런 소박한 놀이였지만, 서로 실력을 겨루며 승부를 다투었다. 그 중에서도 백목은 그저 친목을 위해 또래에 끼어 있었는데도 발놀림이 유독 재빨랐다. 용모가 섬세하고 부드러운 백목이 열심히 왔다갔다하는 모습은 재미있어 보였다. 계단의 기둥과 기둥 사이에서 보이는 벚꽃나무의 그늘에서 꽃도 잊어버리고 열중하는 모습을 겐지와 병부경궁은 구석의 난간에서 보고 있었다.

아주 숙련된 사람들의 기량은 잘 알고 있는데다가, 횟수가 늘어남에 따라 신분이 높은 분들도 위엄을 풀었기 때문에, 관(冠)의 이마 근처가 조금 느슨해져 있었다. 석무도 그 신분 정도를 생각해 보면, 평소에 비해 도를 지나치는 면이 있었으나, 보기에 따라서는 다른 사람보다도 특별히 훌륭하였다. 벚꽃색의 평상복이 나긋나긋했고, 조금 부풀어 있는 바지의 단을 끌어올리고 있었는데, 그 모습이 경솔하다는 인상을 주지 않았다. 석무는 편안한 자세로 눈처럼 떨어지는 벚꽃을 흘긋 올려다보고는, 휘어진 가지를 조금 꺾고서 후련하고 편안한 자세로 계단에 앉았다. 백목도 따라서 옆에 앉았다.

"꽃이 몹시 흐트러지게 지는군요. 벚꽃을 피하여 바람이 불면 좋으련만."

석무는 여삼의궁의 앞을 곁눈질로 보았다. 여느 때와 같이 조심성이 없는 하녀들이 고운발의 끝이나 틈새로 보이는 모습이, 봄을 전별하는 투명한 주머니에 넣은 색조각처럼 보였다.

37. 백목이 여삼의궁을 보다.

휘장대 같은 것을 아무렇게나 방구석에 치워 놓았는데, 바로 거기에 사람의 기색이 느껴졌다. 조그만 당(唐)의 고양이가 조금 큰 고양이에게 쫓겨서 갑자기 방으로 달려들었다. 하녀들은 무서워 떠들어 댔다. 말을 제대로 못하면서 허둥대는 사람들의 기색이나 옷 스치는 소리가 귀에 시끄러웠다. 고양이는 아직 사람에게 익숙하지 않아서인지, 줄을 길게 달고 있었다. 무엇인가에 휘감겨 있어, 도망가려고 버둥거렸다. 그러는 사이에 고운발의 안쪽이 밖에서 죄다 보일 정도로 잡아당겨졌는데, 그것을 고쳐 놓는 사람도 없었다. 사람들이 다들 전전긍긍하며 무서워하고 있었다.

휘장대의 조금 뒤편에, 평복차림으로 서 있는 여인이 있었다. 방안은 숨길 곳도 없이 훤히 들여다보였다. 그 여인은 홍매색의 겹옷과, 진하고 엷은 색을 차례로 겹친 옷을 입고 있었다. 그것이 마치 색동처럼 보였고, 위에는 벚꽃색의 겹옷을 입은 것 같았다. 머리는 실을 꼬아 놓은 것 같이 장식했는데, 가지런히 잘려져 있는 머리 끝은 정말 귀여운 느낌이었고, 길이는 키보다도 더 긴 듯했다. 옷의 단만이 있는 것처럼 가늘고 작은 몸매였다. 자태와 옆 얼굴은, 무어라 말할 수 없을 정도로 기품이 높고 가련해 보였다. 저녁 볕이어서 확실하지는 않고, 속이 어둡게 보이는 것이 안타까울 뿐이었다. 공차기에 골몰한 젊은이들을 보느라고 하녀들은 이쪽에서 안이 죄다 보이는 것을 깨닫지 못하는 있는 듯했다. 울어대는 고양이를 돌아보는 표정이나 몸매는 무척 젊고 귀여워 보였다.

석무는 아주 위태롭게 여기고 있었으나, 고운발을 고치려고 가만히 다가가는 것도 경솔한 짓이어서 그냥 헛기침만 하고 있었다. 그 여인은 가만히 안으로 들어갔다. 석무 자신도 아쉬운 마음이어서 자기도 모르게 한숨을 쉬었다. 더구나 여삼의궁을 사모하고 있었던 백목은 가슴이 금방 차 올라서 저건 궁 이외의 아무도 아니다, 확실하게 눈에 띄는 평상복으로 보아도 다른 사람과 잘못 보았을 리가 없다고 생각했다. 백목은 그 자태를 잊을 수가 없었다. 쓸쓸한 마음을 위로하려고, 고양이를 불러들여 품에 안았다. 고양이는 향기로운 향내가 스며든 채 귀엽게 울고 있었다.

"당상관의 자리가 너무 허술하지 않은가? 모두 이쪽으로."

겐지가 이쪽을 보고 말하며 대옥의 남쪽 객실로 들어갔다. 젊은이들은 다 거기에 모여들었다. 형병부경궁도 자리를 옮겨, 거기에서 세상 이야기를 하고 있었다. 그 이하의 전상인들은 툇마루에 방석을 둥그렇게 깔고 앉았다. 아무렇지도 않게, 동백떡, 배, 홍귤 같은 먹을 것들을 늘어놓고, 젊은이들은 장난하면서 집어먹었다. 적당한 마른 안주를 곁들여 술잔이 오가게 되었다.

38. 백목이 여삼의궁에 대한 연모의 정으로 괴로워하다.

백목은 몹시 풀이 죽어 있었다. 툭하면 벚꽃 나무에 눈을 주고 멀거니 있곤 했다. 석무는 그 의중을 알고 있어서, 아까 묘한 기회에 살짝 본 고운발에 비친 여인을 회상하고 있을 거라고 생각했다. 석무는 궁의 거동이 너무 경솔하였다고 생각했다. 자의상이라면 결코 그런 모습은 아니었을 것이라고 생각하니, 바로 이러한 다른 점 때문에 신분에 못 미치게 겐지로부터 가볍게 다루어지는 것임을 깨달았다. 역시 마음쓰임이 주도하지 못하고 유치한 것은 귀여운 것 같지만 믿음직하지 않다는 생각에, 석무는 저도 모르게 경멸했다.

백목은 궁의 여러 가지 결점은 생각지도 않았다. 우연히 어렴풋이나마 궁의 모습을 보고서, 자기가 오래 전부터 연모하던 마음이 이루어지려는 계시가 아닐까 하는 기쁜 생각으로 끝없이 궁의 일만을 마음에 담아 두고 있었다.

겐지가 옛날의 추억담을 시작했다.

"백목의 아버지 태정대신이 어느 일에나 나와 어깨를 나란히 하여 경쟁했었는데, 그 중에서 나는 공차기만은 도저히 이길 수가 없었다. 이러한 작은 놀이에는 비법은 없을 것이고, 잘하는 사람의 혈통이 따로 있는 모양이다. 정말 나로서는 도저히 못 당하는 훌륭한 솜씨였지."

백목은 쓴웃음을 지으며 말했다.

"소중한 공무 방면에는 떨어지는 대신에, 그런 쪽으로만 재주가 전해 내려왔는가 본데, 자손으로서 자랑할 일도 아닐 겁니다."

"터무니없는 말이다. 어느 일에나 남보다 잘하는 점은 기록하고 전하는 것이 좋다. 가문의 비전서 같은 것을 써 둔다면, 그거야말로 재미있을 것이다."

농담으로 말하는 겐지의 모습이 부드럽고 기품이 있는 것을 보면서,

'이런 분을 남편으로 하고 있으면서, 마음을 옮길 여자가 있는 것일까? 이런 나의 생각을 귀엽게 여겨 허락할 정도로 궁의 생각이 바뀔 수가 있을까?'

이런저런 궁리를 했다. 더욱더 궁에게서 멀리 떨어져 있는 자기 신세가 사무치게 느껴져, 백목은 가슴이 꽉 막힌 채로 퇴출했다.

39. 백목이 석무와 궁에 대해 이야기하다.

석무와 백목은 같은 수레를 타고 집으로 돌아오는 길이었다. 백목이 말했다.

"역시 요즈음 같이 심심할 때는 원에 방문하여 마음을 푸는 것도 좋은 일인데요."

"오늘 같이 한가한 날에는 꽃이 한창일 때가 지나기 전에 또 오라고 하셨으니, 봄을 아낄 겸, 이 3월 안에 소궁(小弓)을 가지고 오지 않겠는지요?"

그들은 상의하고 약속했다.

두 사람이 헤어지는 길 근처에 오자, 백목은 여삼의궁의 일을 이야기하고 싶었다.

"겐지는 역시 자의상에게만 마음이 가 있는 것 같습니다. 그분에 대한 총애는 특별한 것 같아요. 여삼의궁은 어떻게 생각하고 계실까요? 주작원이 몹시 귀여워하였었는데, 겐지 생각은 그렇지 않아서 우울하게 계시는 것 같으니, 정말 애처롭습니다."

말하지 않는 것이 오히려 좋을 말을 했다.

"터무니없는 말이요. 그런 일은 있을 수 없는데요. 자의상이란 분은

나리가 피치 못할 사정으로 어렸을 때부터 키워서 친하기 쉬웠고, 거기에 궁과 다른 점이 있을 것이지요. 궁에 대하여는 무엇이나 간에 몹시 소중하게 아시는데요."

"그런 말 말아요. 나도 다 들어서 알고 있어요. 밤에 겐지가 오지 않아서 정말 불쌍하게 보이는 때가 있다고 듣고 있어요. 전에는 무척 아버지 주작원의 총애를 입었는데. 겐지 태도는 너무 냉담하지 않은지요?"

백목은 궁을 동정하고 있었다. 그래서 읊조리듯 말하였다.

"〈꽃에서 꽃으로 건너가는 꾀꼬리는, 어째서 벚꽃[여삼의궁]을 특별히 소중하게 여겨 자기의 보금자리로 삼지 않는 것일까?〉

봄 새가 벚꽃 하나에 머무르지 않고 변덕을 부리는 것은 납득이 안되는 일입니다."

"이 얼마나 쓸데없는 참견입니까? 생각한 대로 당신은 여삼의궁에게 연정을 품고 있는 것이 아닙니까?

〈보금자리의 장소를 깊은 산 나무[자의상]에 정하고 있는 예쁜 새[겐지]라도, 벚꽃의 색에 싫증 낼 때가 있겠는가?〉

무리한 이야기입니다. 오직 한 사람에 매달려 있지는 않겠지요."

석무는 이렇게 대답하고, 더 이상 여삼의궁의 일에는 관계하지 말도록 부탁했다. 화제를 바꾸어 어물어물하다가, 각기 헤어졌다.

40. 백목은 소시종에게 글을 보내다.

백목은 이날도 태정대신의 동쪽 대옥에서 혼자 지내고 있었다. 생각하는 바가 있어, 오랜 세월 이런 생활을 하고 있었다. 쓸쓸하고 불안한 때도 자주 있었지만, 자기만한 신상으로 희망이 이루어지지 않는 일은 없을 거라고 자부하고 있었다. 백목은 고운발의 틈으로 여삼의궁을 보았을 때부터 몹시 우울해져서, 생각에 잠기는 일이 많았다.

"어떤 기회에라도, 다시 한번 하다못해 멀리서라도 얼굴을 보고 싶다. 사람들 눈에 띄지 않는 신분의 사람은 남들이 꺼리는 방향으로 행동하기도 쉽고, 자연히 틈을 노려서 일을 잘 만들 수 있을 법도 한데."

백목은 깊은 방안에 있는 궁에 대하여 어떤 연고로 이렇게 깊은 생각을 갖게 되었는지에 대해서만은 꼭 알려 주고 싶었다. 그러나 방법이 없어서, 우울한 마음으로 소시종에게 전과 같이 편지를 내었다.

"전날, 바람에 이끌리어 육조원 안에 들어갈 수 있었습니다만, 궁은 나를 이때까지보다도 더 소홀히 여기고 계십니까? 그날 저녁부터 마음이 괴로워, 왠지 모르게 오늘은 우울하게 지냅니다.

〈멀리서 언뜻 볼 뿐으로, 꺾지도 않은 나무는 무성하지만, 자취가 그리운 꽃의 저녁노을입니다. 궁의 모습을 보기만 하고 만나지 못하는 한탄은 깊지만, 그 저녁에 틈으로 살짝 본 궁의 모습이 그립습니다.〉"

소시종은 '전 날'의 내막을 모르고 있어서, 다만 세상에 흔히 있는 호기심일 것이라고 생각했다.

마침 궁 앞에 하녀들이 별로 없는 때였으므로, 소시종은 이 편지를 가져갔다.

"이 사람이 어떻게도 잊지 못한다고 하며, 말을 걸어오는 것이 귀찮습니다. 그 불쌍한 모양을 보고도 못 본 체할 수는 없지 않을까, 내 생각이면서도 어떻게 될는지 모릅니다."

소시종은 웃으면서 말하였다.

"싫은 소리를 말하는 사람이군."

여삼의궁은 이렇게 말하며, 무심히 편지를 펼쳐보았다. 노래를 읽어보니, 뜻하지 않았던 고운발 끝의 사건이 저절로 생각나서, 궁은 얼굴이 달아올랐다.

"석무대장에게 모습을 보이면 안됩니다. 당신은 어린 구석이 있는 듯하니, 멍청하게 대장에게 모습을 보이게 되는 일이 있을지 모릅니다."

겐지가 언제나 이렇게 경고하였던 것이 생각났다. 석무가 그때의 일을 말할 기회가 생기면, 겐지는 얼마나 자기를 미워할 것인가 하는 생각만으로, 다른 사람에게 들킨 것은 마음도 안 썼다. 먼저 나리에게 마음을 쓰고 있는 것은 참으로 어린애다운 생각이었다.

궁으로부터 더 대답이 없고, 이 이상 무리하게 말씀드릴 수가 없어서,

소시종은 몰래 답장을 썼다.

"이때까지의 희망도 궁에게는 실례되는 일이라고 생각하여 거절했는데, 갑자기 이 편지는 어떻게 된 것입니까? 퍽 색정적입니다."

소시종은 이렇게 갈겨쓰고, 이어서 적어 놓았다.

"〈도저히 손에 닿을 수 없는 산벚꽃의 가지에 마음을 걸었다는 둥, 새삼스럽게 쓸데없는 생각을 얼굴에 나타내지 말았으면. 〉

보람도 없는 일이지요. "

35. 봄나물 2 (若菜*2)

대강 줄거리

겐지 나이 41세 늦봄부터 47세 연말까지.

백목은 여삼의궁에 대한 짝사랑이 자라나서, 동궁을 통해 여삼의궁의 고양이를 빌려와서 위로로 삼고 있었다. 식부경궁 집에서는 손녀 진목주와 백목을 짝지어 주려고 했지만, 결국 단념하고 형병부경궁을 왕래하게 했다. 그러나 이 결혼은 서로에게 행복한 것이 아니었다.

4년의 세월이 흘렀다. 냉천제가 퇴위, 동궁이 즉위하고, 외척인 수혹대장이 우대신으로 승진하여 정치의 실권을 장악했다. 명석여어 소생인 제일 황자가 동궁이 되었다. 그 해 10월, 겐지는 자의상과 명석여어와 명석 일족과 더불어, 소원성취의 답례로 주길신사에 참배했다. 그 성대한 의식은 겐지의 권세를 단적으로 대변하는 놀랄 만한 것이었다. 한편 여삼의궁은 이품으로 서임되어, 겐지도 여삼의궁에 대한 조정의 신임을 무시할 수 없었다. 앞날을 내다본 자의상은 출가의 뜻이 깊었지만, 겐지는 이것을 허락하지 않았다.

주작원은 자주 여삼의궁과의 대면을 희망했다. 그래서 겐지는 주작원의 50세의 축하연을 계획했다. 주작원이 여삼의궁의 거문고 연주를 듣기 원하였으므로, 겐지는 열심히 가르쳤다. 해가 바뀌어 2월에 예정된 축하연에 앞서, 겐지는 육조원의 여성들을 모아 여악을

---

* 주작원 50세의 축하연에서, 봄나물〔若菜〕이 들어 있는 노래를 불렀다.

개최했다. 그 직후에 자의상은 병을 얻어, 이조원으로 옮겨와 간호를 받아야 했다.

백목은 여삼의궁 대신으로 그 언니 여이의궁[낙엽의궁]을 처로 맞이하였으나, 여삼의궁을 잊을 수는 없었다. 겐지가 자의상의 병상에 붙어 있다는 소문을 듣고, 백목은 드디어 소시종의 도움으로 여삼의궁과 인연을 맺었다. 규제 불제의 전야였다. 여삼의궁은 그저 겐지를 두려워했다. 여삼의궁이 앓는다는 보고를 들은 겐지는 육조원으로 달려갔으나, 자의상이 위독하여 다시 이조원에 돌아왔다. 겐지는 거기서 육조어식소의 악령을 보고 소름이 끼치도록 놀랐다. 이조원을 문안한 백목은 자의상의 병세에 깊은 충격을 받은 석무의 모습에 의심을 품었다. 자의상은 간신히 소생했다. 자의상이 조금 나은 여름이 끝날 무렵, 겐지는 여삼의궁을 방문하여, 임신 사실을 알고서 의심을 품었다. 백목의 편지를 발견하여 모든 사실을 깨달았다. 백목도 비밀이 발각된 것을 알고, 죄의 깊음에 전율을 느꼈다.

그 무렵 농월야가 출가했다. 겐지는 정중하게 문안드렸다. 여삼의궁의 건강이 좋지 않아서, 겐지가 계획한 축하연은 연기되었다. 그 음악의 예행연습 자리에서, 겐지는 백목을 날카롭게 빈정대었다. 백목은 공포와 절망을 느끼고 병들어 누워서, 아버지인 치사의 대신집은 깊은 근심에 쌓였다. 연말이 다가온 12월 25일, 여삼의궁은 주작원에 참상하여 엄숙하게 축하연을 거행하였다.

1. 백목이 소시종의 답장을 보고 혼란에 빠지다.

"지긋지긋하게도 말해 왔구먼. 이런 하찮은 대우를 받으며 위안을 삼고 있으니, 앞으로 어떻게 살 수 있을까? 이런 인편으로 말고, 직접 한마디라도 말씀을 주실 수는 없을까?"

백목은 소시종의 답장을 받고, 이렇게 생각했다. 그 동안 언제나 황송하고 훌륭하게 여기던 겐지에 대해서도 묘하게 비뚤어진 생각이 들었다.

2. 육조원의 활쏘기 시합.

3월 그믐날에는 많은 사람들이 육조원으로 모여들었다. 백목은 왠지 모르게 기분이 우울해서, 안절부절못하고 있었다. 여삼의궁이 있는 근처의 꽃이라도 보면 마음이 위로될까 생각하여, 육조원에 참상했다. 2월에는 전상인들의 활시합이 있을 예정이었는데, 개최되지 않은 채 지나갔었다. 3월도 또 기월(忌月)1) 이어서, 사람들은 유감스럽게 생각했다. 그런데 육조원에서 이러한 모임이 있다는 소식을 전하여 듣고, 사람들이 모여들었다. 좌우의 대장[수흑대장과 석무]이 저렇게 친한 사이이므로2) 차장들도 앞을 다투어 모여왔다. 이날의 내기 활시합은 소궁(小弓)을 썼는데, 걸으면서 쏘아 맞추는 명수들도 있어서 함께 불러들였다.

전상인들도 사수에 어울리는 사람은 모두, 앞에 서는 좌편과 뒤의 우편으로 나뉘어 번갈아 가며 솜씨를 겨루었다. 조금 후에 해가 졌으나, 봄 안개와 꽃을 어지러이 흩어 놓는 저녁바람 때문에 이날이 가는 것이 한스러울 정도로 꽃그늘을 떠나기가 어려웠다. 사람들은 지나치게 취해서, 이렇게들 말했다.

"훌륭한 상품들에는 하나하나 육조원의 여러 여인들의 취미가 제각기 들어 있습니다. 버들잎에 백발백중3) 시킬 것 같은 명사수들이 쏘아서 선물을 나눠 갖는 것은 재미가 없어요. 점잖게 구경하고 있는 사람들도 겨

---

1) 냉천제의 어머니, 등호가 돌아가신 달.

2) 겐지 양녀의 남편과 친아들.

3) 백보의 거리에서 가늘고 흔들리기 쉬운 버들잎에 백발백중시켰던 초(楚)의 양유기(養由基)의 고사.

루게 하는 것이 좋겠습니다."

석무를 비롯하여 당상관들이 뜰에 내려섰는데, 백목만은 혼자서 생각에 잠겨 한숨을 쉬며 활을 들었다. 다소 진상을 알고 있는 석무의 눈에, 그 모습은 남다르게 느껴졌다.

"역시 정말 이상한 분위기다. 귀찮은 사건이 일어날 만한4) 관계로 발전되어 버린 것인가?"

석무는 자기까지도 번민을 짊어져 버릴 것 같았다. 석무와 백목은 사이가 아주 좋았다. 친한 사람들 중에서도 특히 서로 마음을 의지하고 있어서 상대방이 조그만 일에라도 마음을 빼앗기고 있으면 몹시 안타까운 심정이었다.

백목 스스로도 겐지를 만나면, 공연히 무서워 똑바로 바라보지도 못하게 되었다.

'이런 마음을 가져도 되는 것인가? 작은 일에라도 좋지 않은 행동이나, 이러쿵저러쿵 소문이 날 행동은 절대 하지 말자고 생각했는데, 더구나 이렇게 큰일을 저지르는 것은.'

'하다못해 그날의 고양이라도 손에 넣고 싶다. 마음속을 서로 얘기하지는 못해도 허전한 마음을 위로라도 하게 길들여 보고 싶다."

백목은 이것저것 생각한 끝에 이렇게 마음먹었다. 왠지 마음이 미칠 것 같은데, 어떻게 도둑질을 할까 생각하기도 쉬운 일이 아니었다.

3. 백목이 홍휘전여어를 찾아가다.

백목은 누이인 홍휘전여어 앞에 가서 세상 이야기를 나누며, 마음을 다른 데로 돌리려고 해보았다. 이 여어는 아주 조심성이 많아 직접 모습을 보이지도 않았다.

'이런 형제의 사이라도 남녀를 구별하는 것이 관습으로 되어 있는데, 여삼의궁을 엿본 것은 참 묘한 사건이었다.'

그러면서도 몹시 골똘히 빠져 버린 백목의 사랑하는 마음에는 여삼의

---

4) 두 사람 사이에 밀통이라도 일어나는 것을 상상하고 있다.

궁이 천박한 사람이라는 생각은 들지 않았다.

4. 백목이 동궁을 통해, 여삼의궁의 고양이를 빌리다.

백목은 동궁[5]에 참상했다. 이분은 당연히 여삼의궁과 닮은 데가 있을 것이라고, 주의를 집중시키고 보게 되었다. 동궁은 빛나는 얼굴 모습은 아니었지만, 워낙 높은 신분이어서인지 유별나게 기품이 높고 아름다웠다.[6]

궁중에서는 고양이가 새끼를 여러 마리 낳았는데, 그 중의 한 마리를 동궁이 가져다가 기르고 있었다. 정말 귀엽게 돌아다니는 고양이 새끼를 보면서, 백목은 여삼의궁의 고양이가 생각났다.

"육조원의 아씨궁에 있는 고양이는 이제까지 본 것 중에서 제일 귀여운 것 같았습니다. 아주 잠깐 본 것에 지나지 않습니다만."

백목의 말에 원래 고양이를 좋아하는 동궁은 자세하게 물었다.

"당의 고양이로, 여기 있는 것과는 다른 모양을 하고 있었습니다. 고양이면 어느 것이나 다 같다고 생각했는데, 온순하고 사람을 잘 따르는 것이 묘하게도 마음을 사로잡았습니다."

백목은 동궁이 보고 싶은 마음이 들도록 일부러 그렇게 말했다.

동궁은 잘 듣고서 명석여어를 통하여 고양이를 이쪽으로 가져왔다.

"정말 보기만 하여도 귀여운 고양이입니다."

사람들이 와글와글 모여 재미있어하고 있었다. 백목은 동궁이 그 고양이를 손에 넣었으리라고 짐작하고 며칠 지나서 참상했다. 백목은 아직 어렸을 때부터 주작원이 특별히 마음에 두고 곁에서 심부름시켰고, 출가한 후에는 이 동궁에도 친히 참상하며 돌보고 있었다.

"고양이들이 많이 있군요. 그래, 어디에 있습니까? 내가 본 그 녀석은?"

---

5) 주작원의 황자. 여삼의궁의 이모형.

6) 백목은 홍휘전여어, 동궁 등 자기가 대면할 수 있는 사람들에게서 여삼의궁의 분위기와 자취를 느껴보려 하였다.

거문고 등을 가르쳐 드리는 계제에, 이렇게 말하며 주위를 둘러보았다. 고양이를 찾아낸 백목은 몹시 귀엽게 느껴져서 어루만지며 앉아 있었다. 동궁이 말했다.

"정말 귀여운 모습이군. 그 고양이가 나를 아직 따르지 않는 것은 익숙하지 않은 사람이어서일까? 여기에 있는 고양이들도 그보다 못해 보이지는 않는데."

"고양이는 사람을 분간하는 능력이 거의 없어요. 그렇지만 특히 약은 고양이는 분별하는 능력을 갖추고 있지요. 이것보다 나은 고양이가 몇 마리 있는 모양이니까, 이놈을 잠시 동안 빌려가겠습니다."

백목은 스스로도 너무나 어리석은 행동이라고 느끼지 않는 것은 아니었다.

드디어 고양이를 겨우 손에 넣고서, 백목은 밤에도 자기 옆 가까이에서 재우고 있었다. 밤이 밝자마자 곧 고양이를 보살피기 시작하여, 온종일 쓰다듬으며 소중하게 다루었다. 사람을 따르지 않던 성질도 지금은 완전히 없어지고, 툭하면 옷단에 휘감기거나 몸을 바짝 붙이고 눕는 것이었다. 깊은 생각에 빠져 마루 끝에 나와 물건에 기대어 누워 있는데, 고양이가 옆으로 다가와서 귀엽게 울고 있었다.

"몹시 마음이 조급한 놈이군."

백목은 고양이를 쓰다듬으며, 말하고는 저절로 쓴웃음을 지었다.

"〈애달프게 사모하는 저분의 추억거리로 생각하며 길들이고 있는데, 너는 무엇하려고 우느냐?〉

이것도 전세부터의 인연 때문인가?"

백목은 고양이의 얼굴을 들여다보면서 얘기를 걸었다. 더욱 귀엽게 우는 고양이를 품안에 넣으며, 한숨을 쉬고 있었다.

"묘하게도 갑자기 고양이가 활개를 치는군요. 이런 것에 흥미를 가지고 계신 줄은 전혀 몰랐는데."

하녀들은 이렇게 말하며, 의심쩍어하였다. 동궁으로부터 재촉이 있어도 되돌려 드리지 않고, 숨겨 둔 채 얘기 상대로 삼고 있었다.

5. 옥만과 수흑과 식부경궁 일가의 동정.

수흑대장의 본처인 옥만은 태정대신의 아들들보다도 석무 쪽과 사이 좋게 지내고 있었다. 석무는 워낙 재기가 있고 사람을 잘 다루는 성미여서, 대면할 때에는 언제나 정 깊고 서먹서먹하지 않게 대해 주었다. 석무도 숙경사의 명석여어가 친 누이였지만, 고귀한 지위에 따라 쌀쌀하게 옆에 가기 어려운 태도를 보이므로, 옥만과 더욱 의좋게 지내고 있었다.

수흑대장은 이전보다도 더 처음의 처와는 관계를 끊고, 비교될 사람도 없이 옥만을 소중히 대하고 있었다. 옥만의 배에서는 남자아이가 있을 뿐이므로, 허전함을 달래기 위해서 진목주(眞木柱)를 떠맡아, 소중하게 키우려고 생각했지만, 조부궁[7]이 절대로 허락하지 않았다.

'적어도 이 애만이라도 세상의 웃음거리로는 만들지 말아야겠다.'

식부경궁은 이렇게 생각했다.

식부경궁의 신망은 대단히 커서 임금도 신뢰가 몹시 두터웠다. 식부경궁이 말씀 드리는 것은 외면하지 못하고, 어쩌다 거절하게 되면 미안하게 생각하고 있었다. 사람들도 겐지나 태정대신의 뒤를 이을 사람이라고 말하며 섬기고, 정중하게 대하고 있었다. 수흑대장도 그럴듯한 국가의 중진이 될 후보자였으니, 진목주의 평판은 나쁠 리가 없었다. 진목주에게 구혼하는 사람도 많았지만, 아직 결정하지 않고 있었다. 만일 그런 기색이라도 보이면 백목에게 주려고 생각하고 있었지만, 백목은 진목주를 고양이보다도 멸시하고 있는지, 전혀 마음에 두지 않는 것 같았다. 진목주는 친어머니가 이상하게 편벽된 사람인데다, 정상적인 모습이 아니어서 세상과 담을 쌓고 있는 것을 유감으로 여겼다. 진목주는 오히려 계모인 옥만의 곁을 마음으로부터 그립게 생각하는 현대적 성격이었다.

6. 형궁이 진목주와 결혼하지만, 부부 사이가 좋지 않다.

전처와 사별한 후 8년이 된 형병부경궁은 지금도 독신으로 지내고 있었는데, 열심히 소망했던 일[8]이 차례로 다 빗나가서, 세상 일도 귀찮아

---

7) 진목주는 어머니와 함께 외조부 집에 있다.

지고 웃음거리가 된 것 같았다. 병부경궁은 이대로 태평하게만 지낼 수는 없다고 생각하여, 진목주에게 마음이 있는 기색을 보였다. 식부경궁은 이렇게 말했다.

"소중하게 돌보아 주려고 생각하는 딸이라면, 먼저 궁살이를 생각할 수 있지만 그 다음으로는 친왕께 드리는 것이 좋은 일이다. 견실하고 보통인 신하를 두고, 친왕과 저울질하는 것9)은 품위가 떨어지는 일이다."

그리고 나서 병부경궁을 애태우지도 않고 쾌히 승락하였다. 너무나 성사가 순조로워 사랑의 한탄을 말할 기회도 없던 것을 불만으로 생각하였지만, 병부경궁 집안의 위세도 있어서 새삼스레 변명도 못하고 다니기를 시작하였다. 식부경궁 집은 이 서랑을 아주 잘 돌보아 드렸다. 식부경궁은 딸들이 많이 있었지만, 마음에 드는 혼사를 시키지 못했다.

"여러 가지10)로 한탄하는 일이 많아서 이제는 진절머리를 칠 형편이지만, 역시 이 애의 일을 내버려두지는 못할 것이다. 이 애 어미는 이상하게 편벽된 성격으로 해마다 그 정도가 심해지고, 부친인 수흑대장은 대장대로 자기의 말대로 한다고 냉담하게 방치하고 있으니, 그 애는 참 불쌍했었다."

식부경궁은 신방의 치장까지도 손수 장만하고 매사 황송하게 마음을 썼다.

병부경궁은 죽은 본처를 잊은 적이 없이 그립게 생각하여, 옛날 처의 자취를 간직한 사람을 처로 삼고 싶었을 뿐이었다. 그런데 진목주는 용모가 추하지는 않았지만, 닮은 데가 전혀 없었다. 그것이 유감이어선지 다니는 모습이 아주 마음 내키지 않은 듯이 보였다. 식부경궁은 실로 생각 밖이었다고 가슴 아파했다. 제정신이 아닌 모군도 기분이 정상으로 돌아올 때에는 참으로 괴로운 세상이라고 뼈저리게 느끼고 있었다. 수흑

---

8) 옥만과 여삼의 궁에게의 청혼.

9) 백목과 혼인시킬 희망이 무너진 것.

10) 식부경궁의 장녀는 수흑과 결혼하여 아이들이 있었지만 이혼당했고, 차녀는 입내는 하였지만 중궁이 되지 못하였다.

대장도 불쾌해했다.

"그것 보아라. 병부경궁은 여자에 들떠 있는 사람이었는데."

처음부터 나서서 허락한 혼담이 아니어, 더욱 그렇게 느꼈던 것이다.

상시인 옥만도, 이렇게 의지할 곳이 없는 듯한 진목주의 상황을 측근의 소문으로 듣고, 혼잣말을 했다.

"만일 내가 그런 부부 사이였다면, 이쪽의 겐지와 저쪽의 태정대신은 어떤 기분으로 보고 계셨을까?"

이렇게, 묘하게도 옛일을 애달프게 회상하였다.

"그 당시에도 병부경궁과 결혼하려고는 생각하지 않았었다. 병부경궁은 정도 두텁게 진심 어린 말을 계속 걸어 주었는데, 내가 이렇게 된 것을 경박한 처사로 여겨 틀림없이 경멸하였을 것이다."

옥만은 몇 년이 지난 지금도 아주 부끄러운 일이라고 여기고 있었다.

"진목주 아씨가 있는 곳에서 내 소문을 이것저것 들었을 것인데, 나도 모르게 마음에 걸린다."

옥만도 진목주를 적당히 보살펴 주었다. 진목주의 형제를 보내서, 이런 부부 사이는 전혀 모르는 척하며 붙임성 있게 돌보게 하였다. 병부경궁도 안되었다고 생각하여, 내버려둔 채로 있을 마음은 아니었다. 그러나 식부경궁의 본처인 조모는 성미가 고약한 사람이어서 언제나 조금의 잘못도 용서없이 미워하고 있었다.

"친왕이라는 이유로 마음을 졸이게 할 것 없이 허락했는데…. 화려한 생활을 못 하는 대신에 처 하나만을 소중히 여겨 줄 걸로 믿었는데."

조모가 잔소리를 하는 것을 병부경궁도 듣고는 이렇게 생각했다.

'생전 들어 본 일도 없는 불평을 하고 있지 않은가? 전처를 마음속 깊이 사랑하였어도 작은 바람기는 끊이지 않았었다. 그래도 이처럼 지독한 불만은 들은 적도 없었다.'

병부경궁은 옛날을 그립게 여기고는, 자기 집에 앉아 있어 생각에만 잠겨 있었다. 그런 대로 두 해가 지났는데, 이러한 관계에도 익숙해져 지금은 그저 그런 정도의 부부사이로 지내 오고 있었다.

7. 냉천제의 양위와 정계의 인사 이동.

별로 할 일도 없이 4년의 세월이 지나서, 지금의 임금이 즉위한 지 18년(이때 나이 28세)이 되었다.

"나에게는 뒤를 이어서 다음 임금이 될 황자도 없고, 세상 일에 아무 의욕도 보람도 없다. 홀가분하게 친하다고 생각되는 사람과도 만나고, 공무를 떠난 개인으로 멋대로 행동하며, 구김살 없이 세월을 보내고 싶다."

이때까지 오랫동안 생각도 하고 말로도 하였었지만, 이 수일 동안 몹시 고민하는 일이 있어 갑자기 퇴위하였다. 세상 사람들은 아직 젊고 성대한 치세에 이렇게 갑자기 퇴위하리라고는 생각도 하지 않았으므로, 애석히 여기고 한탄하였다. 주작원의 황자로 이때 20세가 된 동궁도 성인이 되어, 곧 위를 이어받았다. 세상 정치는 특별히 달라진 것이 없었다.

백목의 아버지인 태정대신은 사직원을 내고, 집안에 들어앉아 있었다.

"세상은 무상하다. 주상께서도 퇴위하여 버렸는데, 나이 든 몸이 관을 거는 일11)에 무어 아쉬워할 것이 있는가?"

수흑대장은 우대신이 되어, 정무를 집행하였다. 임금의 생모인 승향전여어는 이러한 자기의 치세가 도래하기를 기다리다 못해 돌아가셨다. 그래서 새 임금은 최고의 위에 올랐으나 빛이 안 드는 그늘에 있는 듯한 마음으로, 아무 보람도 없다고 생각했다. 명석여어 소생의 첫째 궁이 동궁으로 섰다. 당연히 그렇게 되리라고 전부터 예상되었던 일이나 막상 눈앞에 실현되고 보니, 역시 눈이 확 뜨이는 듯했다. 석무대장은 대납언이 되었다. 우대신과는 더욱더 친밀하고 말썽 없는 사이였다.

겐지는 퇴위한 냉천원(冷泉院)에게 후계자가 없는 것을 불만스럽게 생각하고 있었다. 지금의 동궁도 겐지의 혈통이었지만, 이때까지 냉천원이 실부문제로 괴로워하였던 것을 나타내지 않고 지내 온 만큼 죄가 세상에

---

11) 주관(拄冠). 후한(後漢)의 봉맹(逢萌)이 왕망(王莽)을 섬기는 것을 기피하여, 관
(冠)을 동부의 성문에 걸고 가족과 같이 요동(遼東)으로 도망갔다는 고사(故事)에
의한다. 관직을 사퇴하는 뜻.

알려지지는 않았고, 그 대신 임금의 자리를 다음다음의 자손으로 전하지 못하게 된 숙연을 분하고도 쓸쓸하게 생각하고 있었다. 그러나 다른 사람에게 알릴 일도 아니어서 몰래 혼자서만 고민하고 있었다.

동궁의 여어는 18세로, 그 후 왕자를 차례로 낳아 더욱 총애가 깊었다. 겐지성을 가진 사람이 이어서 후의 위에 오르는 것을 세상 사람들은 불만스럽게 생각하고 있었다. 냉천원의 후인 추호중궁은, 그럴듯한 이유도 없이 굳이 이렇게 중궁으로 세워 주신 후의를 생각하면, 세월이 지나감에 따라 몹시 고맙게 여겼다.

냉천원은 전부터 생각하였던 대로 자유로운 몸이 되어, 정말 이상적인 생활을 하고 있었다.

8. 자의상의 출가가 이루어지지 않다. 명석 일족의 모습.

임금은 여삼의궁의 일에 마음을 쓰고 있었다. 세상 사람들로부터도 소중한 분이라고 널리 존경받고 있었으나, 자의상의 위세에는 도저히 미치지 못했다. 세월이 지남에 따라 이 부부 사이는 더욱더 단단하고 아기자기해서, 무엇 하나 부족한 점 없이 한마음으로 지내고 있었다.

"이처럼 어디에나 있는 생활이 아니라, 조용한 마음으로 부처님을 섬기는 생활을 바라고 있습니다. 이 세상은 대략 이런 거라고, 죄다 알 것 같은 나이(38세)도 되었습니다. 아무쪼록 그렇게 되게 허락하여 주십시오."

자의상은 자주 진심으로 청했지만, 겐지는 이렇게만 말하고 허락하지 않았다.

"터무니없는 냉정한 생각입니다. 나 자신도 출가하려는 생각을 간직하고 있지만, 당신이 뒤에 남아서 쓸쓸하게 나날을 보내는 모습이 마음에 걸려 이렇게 연기하고 있습니다. 내가 드디어 숙원을 이루게 되면 그 후에 어떻게든 결정하십시오."

명석여어는 자의상을 한결같이 친어머니로 존경하고 있었다. 명석의 군은 그늘에서 돌보아 주는 이로만 생각하고 있어서, 자의상으로서는 장래를 믿을 수 있다고 생각하고 있었다. 여승인 외조모도 참기 어려운 기쁨의 눈물을 머금고 있어, 오래 살면 정말 행복하다는 것을 실례로써 보여주었다.

9. 겐지가 주길 참배를 계획하다.

겐지는 주길(住吉) 신사에 세운 소원을 성취하게 되어, 답례를 하고자 했다. 명석여어는 참배하려는 일로 입도가 남긴 상자를 열어 보니, 훌륭한 소원들이 많이 적혀 있었다. 매년의 춘추 신악(神樂) 12)에, 자손의 후예에까지 번영을 기원하는 소원들을 올렸음을 알 수 있었다. 정말 이러한 성대한 위세가 아니고는 도저히 이루지 못할 정도의 소원이었지만, 그것은 빈틈없이 예정되어 있었던 것 같았다. 그저 갈겨 쓴 정도의 필적이었지만, 학재(學才)가 있고 견실하고 신불도 들어줄 것 같은 명백한 문구였다.

"어떻게 저 산승이, 속세를 떠나서 이렇게 수많은 일을 생각해 냈을까?"

여어는 감탄도 하고, 어울리지 않는 것이라는 생각도 하면서 보고 있었다.

'적당한 숙연이 있어, 잠시 동안 현신(現身)으로 다시 태어난 전세의 수행자였던가?'

여러모로 생각하니, 더욱 명석의 입도를 가볍게 볼 수 없었다.

이번 참배는 입도의 소원성취의 답례라는 취지를 겉으로는 나타내지 않고, 다만 원의 참배라는 명목으로 출발했다. 포구에서 포구로 유랑하였던 때에 세웠던 수많은 소원은 모두 다 벌써 답례를 마쳤지만, 그 후에도 이처럼 오랫동안 여러 가지 영화를 경험했기 때문에 신의 가호는 잊기가 어려웠다. 자의상도 함께 참배하러 와서, 그 평판은 대단했다. 모든 일에 걸쳐 간략하게 하여 세상에 폐를 끼치지 않으려고 하였지만,

---

12) 신에게 제사 지낼 때 연주하는 무악. 연주와 함께 노래를 부르면서 춤을 춘다. 가구라(かぐら).

신분상 정해진 대로 대단히 성대한 행사가 되었다.

당상관들도 대신 두 사람을 제외하고는 죄다 따라왔다. 무악인은 위부(衛府)의 차장들로서 용모가 아주 깨끗하고 키도 비슷한 자들로만 골라 뽑았다. 여기에 선택받지 못한 것을 수치스럽게 여겨 한탄하는 풍류인도 많았다. 따라다니는 악사도 석청수(石淸水)나 하무(賀茂)의 임시 축제에 부르는 사람들로, 각각 특히 빼어난 자들로만 채워져 있었다. 임시로 참가하는 배종 두 사람으로는, 근위부에 평판이 좋은 명수만을 데리고 갔다. 신악의 쪽은, 아주 많은 사람들이 따라갔다. 임금 전속, 동궁 전속, 원 전속 각각의 전상인이, 각각 나뉘어서 정성 들여 보살폈다. 더없이 화려한 당상관들의 말이나 안장, 견마잡이, 수행원, 사인(使人)인 동자, 그 이하의 사인들까지 구경거리가 되었다.

여어와 자의상은 같은 수레에 타고 있었다. 다음 수레에는 명석의군이 타고 있었는데, 거기에 여승이 내밀히 함께 있었다. 여어의 유모는 참배의 속 사정을 아는 사람이었다. 겐지의 부인들을 따라간 사람들의 수레는, 자의상 쪽이 5대, 여어 쪽이 5대, 명석의군이 3대였다. 눈부실 정도로 장식을 한 의복 모양은 말할 것도 없었다.

"여승님을 이왕 데려가려면, 늙은 주름이 펴지도록 여어의 조모군답게 훌륭하게 꾸며 참배토록 하자."

겐지는 이렇게 말하였는데, 명석의군은 그를 말렸다.

"이번은 이렇게 세상이 떠들썩하게 되어 버렸으므로, 그 사이에 섞여 한데 있는 것만도 왠지 부끄럽습니다. 만일 희망대로의 세상이 찾아올 때까지 살아 있다면, 그때에 …."

그러나 여승은 이미 여생이 얼마 안 남았다는 생각과 못 견디게 구경하고 싶어서, 뒤를 쫓아 참배하게 된 것이었다. 원래 영화를 누리도록 정해져 있는 신분인 분들보다도 더 빼어난 운명을 타고났음을 분명히 알 수 있는 여승이었다.

10. 겐지의 주길신사 참배. 신사 근처에 위의를 떨치다.

10월 20일이어서, 신사의 담을 덮은 칡도 색이 변하고, 소나무의 아랫잎도 노랗게 물들었다. 바람소리가 운율 있게 들리는 가을의 경치였다. 허풍스러운 고려나 당나라의 아악보다도 귀에 익은 동국의 음색이 더욱 흥을 돋우었다. 물결이나 바람의 소리에 실려 높은 소나무에 울리는 젓대소리도 다른 데서 들은 가락과는 다르게 몸에 스며들었다. 박자는 거문고에만 맞춰 놓고 북은 사용하지 않았다. 요란스럽지 않고 우아하게 울리는 음악이 이러한 장소에서는 한층 더 훌륭하게 들렸다. 무용가들의 의복은 산의 쪽풀로 문지른 대마디 모양을 하고 있었는데, 소나무 녹색으로 잘못 보이기도 했다. 머리에 꽂는 여러 가지 색의 꽃들은 가을풀과 분간이 되지 않았다. 구자(求子 : 동국의 노래의 하나)가 끝나려고 할 때, 젊은 당상관들은 저고리의 한쪽 어깨를 빼고 마당으로 내려왔다. 윤기가 없는 검은 저고리에서 소방습(蘇芳襲)이나 포돗빛의 웃옷 소매를 잡아당겨 벗었으므로, 짙은 빨간색 속옷 소맷자락이 때마침 내리기 시작한 가을비에 조금씩 젖어 있었다. 그 모습은 여기가 솔의 들판인 것도 잊게 하고, 단풍이 지는 줄로 착각하게 만들었다. 무용가들은 누구 할 것 없이 아름다운 모습으로, 하얗게 시든 갈대를 높이 쳐들고 춤을 추다 되돌아갔다. 정말 언제까지라도 마음에 남는 구경거리였다.

겐지는 저절로 옛일이 생각나서, 전에 슬픈 지경에 가라앉았던 수마 유적의 시기의 모습도 눈앞에 있는 듯 생생하게 느꼈다. 그 당시의 일을 마음껏 이야기할 사람도 없어서, 옛적의 두중장이었던 치사의 대신을 그립게 생각하였다. 겐지는 명석의군과 여승의 수레 안으로 가만히 들어가서, 회중(懷中)의 종이에 이렇게 써 놓았다.

〈당신과 나 이외에 누가 옛일을 알고 있겠습니까? 주길의 신사 근처에서 해묵은 소나무에게 말을 걸어 볼까요?〉

여승은 눈물로 목이 메었다. 저 명석의 포구에서 이것이 마지막이라고 이별하던 때의 일, 여어가 뱃속에 있을 당시의 모습들을 회상하니, 이런 번영의 시절은 참으로 황송할 만큼의 행복한 운명이었다고 생각했다. 세상을 버린 입도의 일도 그립고 슬펐지만, 재수 없는 이야기가 될까 봐 입에 담기를 조심하였다.

〈오랫동안 살고 있는 어부들도, 주길이 살아 볼 보람이 있는 바닷가라는 것을, 성대한 참배를 본 오늘은 알고 있을 것입니다.〉

여승은 마음에 문득 떠오른 것을 말씀드렸다.

〈옛 일이 맨 먼저 떠오른다. 주길의 신의 영험이 뚜렷하고, 그 때문에 번영이 있었다고 생각하여.〉

겐지도 입에서 나오는 대로 노래가 되었다.

그날 밤은 쭉 가무의 놀이로 밤을 새웠다. 20일 밤의 달이 떠올라서, 바다까지 아름답게 멀리 내다보였고, 육지에는 서리가 몹시 많이 내려서 솔의 들판도 하얗게 덮여 있었다. 놀이의 흥겨움도 쓸쓸한 마음도 한결같이 깊이 사무쳐 왔다. 자의상은 언제나 집안에 있으면서, 계절마다 흥취 있는 관현의 놀이에는 듣기에 싫증이 날 만큼 익숙해지기도 했지만, 문을 나서서는 들놀이도 거의 하지 않았다. 더구나 경의 밖에까지 나온 일은 아직까지 경험이 없었으므로, 무척이나 흥미를 느끼고 있었다. 자의상이 노래했다.

〈주길의 소나무에 밤이 이슥해서 내리는 서리는, 신이 걸어 준 목면13)의 가발일까요? 아주 하얗고 아름답습니다.〉

황(篁 : 인명) 조신이 '히라(比良 : 산 이름)의 산마저도'라고 말한 서리의 아침을 떠올리니, 축제를 연 뜻을 신이 수락하였다는 증거라고 느껴져 더욱 믿음직하게 생각했다.

〈신관(神官)들이 손에 쥐고 있는 비쭈기나무 잎에 다시 목면을 붙여 첨가한 것처럼, 깊은 밤의 하얀 서리다.〉

여어는 이렇게 읊었다. 중무의군도 차례로 노래를 불렀다.

〈신관들의 목면이라고 잘못 본 하얗게 내린 서리는, 자의상의 말씀대로 신이 소원을 수납한 명백한 증거일 것입니다.〉

---

13) 닥나무껍질의 섬유로 만든 솜. 요새의 솜이 아니다.

이럴 때의 노래는 언제나 그런 것처럼 명수로 자부하는 남자들이 오히려 시원치 않았다. 상투적이지 않은 신선한 노래도 별로 없어서, 여기에다 적지는 않겠다.

어렴풋하게 날이 밝아오자 서리가 더욱 많이 내렸다. 신악 노래의 본말(本末)도 구별할 수 없도록 취한 신악 연주자들은 자기 얼굴이 붉은 것도 모르고 완전히 열중해 있었다. 뜰에 피워 놓은 횃불도 서서히 꺼져 가는데, 아직도 비쭈기나무 잎을 흔들며 축복을 하고 있으니, 그 후손의 번영은 생각만 해도 대단히 경사스러울 것이었다. 매사에 걸쳐 감흥이 끝나지 않고 일어나서, 천날 밤〔千夜〕의 길이를 억지로 이 하룻밤으로 줄여 놓은 듯했다. 어느새 밤도 밝아 가서, 젊은이들은 왔다가 밀려가는 파도처럼 서둘러 돌아가기가 유감스럽기만 했다.

소나무 들판 아득히 먼 데까지 세워 놓은 수많은 수레에서는, 바람에 나부끼는 발 아래로 옷의 빛깔들이 언뜻 드러났다. 위계에 따라 각기 다른 색깔의 웃옷들이 꽃의 비단처럼 보였다. 취미가 고상한 식기들을 순서대로 넘겨 식사를 드리는 모습을, 웃옷 색깔과 위계의 관계를 모르는 하인들은 눈을 떼지 못하고 신기하게 바라보았다. 여승의 앞에도, 천향(淺香 : 향목의 하나)의 각진 쟁반 위에 청둔색의 식기가 놓이고, 육기 없는 정진요리가 제공되었다. '눈을 의심할 정도로 훌륭한 운세다'라고 사람들은 뒤에서 이야기하고 있었다.

참배를 가는 길에는 주체하지 못할 정도의 봉납물(奉納物)이 많았었다. 그러나 귀로에는 이곳저곳을 구경하며 즐거움을 한껏 누렸다. 이렇게 화려한 모습을, 다른 세계에 있는 입도가 듣지도 보지도 못하는 것이 불만스러울 뿐이었다. 입도의 그러한 결심에 대하여 다른 사람들처럼 이러쿵저러쿵 말하는 것도 모양 사나운 일이다. 세상 사람들은 본보기로 삼아 이상을 높이 가지려고 하는 것이 그 시대의 풍조였다. 사람들이 '명석의 여승님'이라 하면, 그것은 행복한 사람이라는 뜻으로 여기게 되었다. 저 치사의 대신의 근강의군은 쌍륙을 칠 때에도, 버릇처럼 '명석의 여승님, 명석의 여승님' 하면서 주사위의 좋은 눈이 나오기를 빌었다.

11. 자의상의 쓸쓸함. 육조원 여성들의 근황.

주작원은 불도의 수업에 전념하여, 궁중의 행사에는 관심이 없었다. 오직 춘추의 행행 때에는 속세에 있던 때의 일을 회상했다. 여삼의궁의 신상만은 지금도 안심할 수가 없어서, 역시 겐지를 후견자로서 믿고 있었다. 주작원은 임금에게도 집안에 있을 때와 같이 여삼의궁에게 마음 써 달라고 부탁하고 있었다. 여삼의궁은 이품으로 승진하여 봉록도 많아졌고 위세도 더해져 갔다.

자의상은 이렇게 세월이 지나감에 따라 여러 가지로 높아지는 명석의 군과 여삼의궁에 대하여 생각할 때마다 이렇게 끊임없이 되뇌었다.

"내 신세는 오직 겐지 나리 한 사람의 보살핌에 의지하여 누구에게도 지지는 않지만, 너무 나이를 먹으면 그것도 결국은 쇠퇴할 것이다. 그런 때에 이르기 전에 자진해서 세상을 버리고 싶다."

그러나 겐지가 빈틈없고 매정한 사람으로 생각할까 하여, 똑똑히는 말을 못하고 있었다. 여삼의궁에 관해서는 금상의 임금까지도 특별히 마음을 쓰고 있어서, 겐지로서는 소략하게 다루지 못할 처지였다. 그러다 보니 여삼의궁에게 다니는 빈도가 차차로 자의상과 비슷해졌다. 자의상은 그렇게 되는 것도 무리가 아니라고 생각하였다. 마음은 언짢았으나, 역시 모르는 척하여 내색하지 않고 지냈다. 자의상은 동궁 바로 밑 여일의 궁을 특히 소중하게 양육하고 있었다. 그것에 시름을 달래면서, 혼자서 자는 밤의 쓸쓸함을 위로하고 있었다. 자의상은 여일의궁뿐 아니라 어느 궁이나 다 귀엽고 사랑스럽게 생각했다.

화산리는 자의상이 이렇게 여러 손주 궁들을 돌보고 있는 것이 부러워, 석무의 유광의 딸인 전시(典侍) 소생 아들을 굳이 맞아들여 보살피고 있었다. 석무의 아들은 무척이나 귀엽고 나이보다 영리하고 온순하여 겐지도 귀여워하고 있었다. 전에는 아이가 적다고 생각하였는데, 이제는 여기 저기 손주를 아주 많이 두고 있었다. 지금은 오직 손주들을 귀여워하며 돌보아 주는 것을 낙으로 삼고 있었다.

수흑대장은 전보다도 자주 육조원에 참상하고 있었다. 훨씬 성숙해진 옥만도 겐지가 옛적의 호색적인 마음을 버린 탓인지 자의상과도 스스럼없이 교제하고 있었다. 다만 여삼의궁만은 변함없이 젊고 철없이 지내고 있었다. 겐지는 여어의 일은 모두 임금에 맡기고, 여삼의궁 하나만을 어린 딸처럼 정성껏 돌보았다.

12. 주작원과 궁의 대면을 위한 축하를 계획하다.
주작원으로부터 육조원으로 소식이 왔다.

"이제 죽을 때가 가까워졌다는 생각이 들어, 왠지 불안하다. 절대로 이 세상 일에는 미련을 남기지 말자고 결심은 하였지만, 다시 한번만 만나보고 싶구나. 너를 다시 만나지 않고는 이 세상에 원한이 남을 것이다. 요란스럽지 않게 이쪽으로 건너오너라."

"정말 지당한 말씀이다. 이런 말씀이 없어도 궁 쪽에서 자진하여 참상하여야 할 터인데…. 이렇게 말씀하실 때까지 기다리고 있었던 것은 애처로운 일이다."

겐지도 이렇게 말하고 그 준비를 생각하고 있었다.

"아무 계기도 없고 취향이 없는 대로 마음도 가볍게 가는 것은 안된다. 어떤 식으로 뵙게 하였으면 좋을까?"

겐지는 거듭 생각하였다. 주작원이 이번에 마침 50세가 되는 해이니, 봄나물 같은 것을 마련하면 어떨까라는 생각이 떠올랐다. 여러 가지 법복(法服)이나 정진요리를 드리는 준비라든지, 이것저것 보통의 축하와는 내용이 다른 일이 많아서, 여러 여인들의 의향도 받아들여 열심히 궁리했다.

옛날에도 주작원은 관현의 놀이에 깊은 관심을 가지고 있었으므로, 무용인이나 음악인들에도 특히 마음을 써서 빼어난 자들만을 골랐다. 우대신인 수흑의 아들들과 석무의 아들들 중, 7세 이상의 아이들은 모두 동자 전상인을 시키고 있었다. 석무의 아들은 전시 소생을 합하여 모두 세 명이었다. 집안 좋은 젊은이들 중에서 용모가 잘생기고 춤추는 모습도 특별한 사람을 선정하여, 수많은 춤의 준비를 시키고 있었다. 지극히 화려한 이번 행사를 위해, 다들 여념 없이 연습을 하고 있었다. 이 방면의 스승이나 명수들은 촌가(寸暇)도 없이 바빴다.

13. 겐지가 궁에게 거문고를 가르치다.

여삼의궁은 원래 주작원에게 거문고를 배웠었는데, 너무 어려서 주작원과 헤어졌기 때문에 제대로 전수받지 못하였다. 겐지는 그것이 마음에 걸렸다.

"궁이 건너오는 계제에, 거문고 소리를 꼭 듣고 싶다. 무어라 해도 거문고쯤은 배워 두었겠지."

원이 나무라듯 말씀하시는 것을 임금이 듣고서 대답했다.

"말씀대로 무어라도 각별히 배워 두었을 겁니다. 원의 앞에서 기량의 전부를 다하여 타는 기회에 나도 가서 듣고 싶습니다."

겐지는 그 이야기를 인편으로 듣고서, 애닯게 생각하여 더욱 열심히 가르치고 있었다.

'이 몇 해 동안 적당한 기회가 있을 때마다 가르쳐 드린 일도 있었는데, 대체적으로는 기법이 정말 향상되었지만, 아직 들은 만할 정도로 흥취 깊은 경지에는 도달하지 못했다. 아무 준비도 없이 방문하였다가, 원이나 임금이 꼭 들려 달라고 청하면, 궁은 아주 쑥스러운 꼴을 당하게 될 것이다.'

겐지는 두세 개의 대곡(大曲)14)을 가르쳤다. 거문고는 사계절의 변화에 따라 울림이 변화하는 악기지만, 기온의 한난에 따라서 가락을 맞추고, 특별한 비곡만을 공들여 가르쳤다. 처음에는 믿음직하지 않던 여삼의궁도 차차로 주법을 터득하더니 나중에는 능숙한 솜씨가 되었다.

"낮 동안에는 사람의 출입이 많아서, 거문고를 누르기도 수선스러운 모양이니까, 밤마다 조용할 때에 심오한 경지를 터득하게 해 드리지요."

겐지는 자의상에도 말미를 얻어 자나깨나 가르치는 데 여념이 없었다.

---

14) 무악의 소단위가 첩(帖)인데, 한 첩(帖)만인 것을 소곡, 수 첩(帖)을 중곡, 십수 첩(帖)을 대곡이라 부른다.

14. 명석여어와 자의상이 거문고를 듣고 싶어하다.

명석여어나 자의상은 겐지에게서 거문고를 배운 일이 없었다. 거의 들어 보지 못한 진기한 곡을 타고 있을 거라고 생각한 두 사람은 그것이 듣고 싶어졌다. 명석여어도 쉽게는 허락받지 못하는 말미를 조금 얻어서 퇴출하였다. 여어는 이미 아이가 둘 있었지만, 다시 임신의 징조가 있은 지 5개월 정도 된 때였다. 여어는 궁중의 신사(神事)가 있는 것을 핑계 대어 퇴출했다. 11월이 지나고부터는 돌아오라는 분부가 빈번했지만, 여어는 밤마다 있는 음악의 놀이를 부러워하면서 조금씩 미루었다.

'어째서 나에게는 전수하지 않으셨을까?'

여어는 조금 원망스러웠다.

겐지는 겨울밤 달을 완상하기 좋아하는 성격이어서, 때마침 계절에 알맞은 곡을 몇 가지 타고 있었다. 궁을 돌보는 사람 중에서 다소라도 소질이 있는 사람에게 각각 현악기들을 타게 하는 합주를 했다. 연말이 되자 자의상은 신년맞이에 바빠, 이것저것 직접 지휘하였다.

"화창한 봄의 저녁때 꼭 이 거문고 소리를 들려주셨으면."

언제나 그렇게 소망하는 사이에 해가 바뀌었다.

15. 겐지가 여삼의궁에게 거문고에 관해서 말하다.

주작원의 50세 축하연은 조금 연기되었다. 임금이 주최하는 의식이 무척 성대하여, 이쪽에서 주최하는 것과 겹치면 좋지 않다고 생각했기 때문이었다. 결국 날짜는 2월 10일쯤으로 결정되었다. 악사나 무용수들은 늘상 끊이지 않고 참상하였고, 놀이가 끊일 사이가 없었다. 겐지는 말했다.

"자의상이 당신의 거문고 소리를 늘 듣고 싶어합니다. 저쪽 분들의 쟁과 비파에 맞추어, 여악(女樂)을 시도하여 보십시다. 당대의 명수들이라도 결코 육조원의 연인들의 취향의 깊이를 능가하지는 못할 것입니다. 나는 정확히 배운 것은 거의 없습니다마는, 무엇이든 아주 모르는 것은 없게 하려고 어릴 때부터 생각하고 있었습니다. 세상에 알려진 스승들과 유서 있는 집안의 비전(秘傳)들도 남김없이 배웠습니다. 그러나 특히 깊은 경지에 다다르고 내가 부끄럽게 여길 정도로 감복하게 하는 사람은 없었습니다. 그 당시보다도 요새의 젊은이들은 더욱 지나치게 멋을 내고 있습니다만, 이것 또한 천박하게 된 것입니다. 특히 거문고는 제대로 배우는 사람이 전혀 없다고 들었습니다. 당신의 거문고 소리만큼만 배워 전하는 사람도 거의 없습니다."

궁은 천진하게 생긋 웃으며, 자기의 기량도 이렇게 인정받을 만큼 향상하였는가 하는 생각에 기뻐했다. 궁은 21, 2세 정도가 되었는데도 예나 다름없이 몹시 아이다운 느낌을 주었다. 그저 가냘프고 귀여울 뿐이었다.

"주작원을 뵙지 않은 채로 7년이나 지났으므로, 훌륭하게 어른이 된 모습을 보여 드려야 합니다. 한층 더 마음을 써서 만나보십시오."

겐지는 무엇이나 자상하게 가르쳐 드렸다. 이런 구석까지 미치는 돌봄이 없었더라면, 궁의 유치한 모양은 숨김없이 사람 눈에 띌 것이라고 하녀들은 생각하고 있었다.

16. 정월의 여악.

정월 20일경이 되자, 하늘은 화창하게 개고 바람이 훈훈하게 불었다. 뜰 앞의 매화도 지금이 한창인 양 일제히 피어 있고, 그밖의 꽃나무들도 다 어슴푸레하게 봉우리가 붉어져 있었다. 일면(一面)에 안개가 끼어 있었다.

"달이 바뀌면 축하연의 준비가 가까워져 아무래도 시끄러워질 것이고, 그럴 때에 합주하게 되면 거문고의 소리도 축하연의 연습으로 들려 사람들의 입에 오르내릴 것입니다. 조용한 때에 합주하십시오."

이렇게 겐지가 말했다. 자의상도 여삼의궁이 있는 침전으로 왔다. 하녀들은 너도나도 몹시 듣고 싶어하였지만, 그 길에 어두운 사람은 제쳐 놓고, 다소 나이가 들고 소양이 있는 자를 뽑아서 수행원으로 데려갔다.

같이 온 하녀들은 얼굴 생김이 빼어난 네 사람이었다. 빨간 겉옷에 벚꽃 빛의 한삼을 덧입고, 행실이 모두 훌륭한 자들이었다. 명석여어도 실내의 장식도 새로워진 정월의 화려한 분위기 속에서 하녀들을 각각 다투어 아름답게 차려 입혔다. 여동들은 푸른 겉옷에 소방의 한삼을 덧입고, 당 능직의 겉치마와 당의 무늬가 있는 노란색 비단으로 똑같이 갖추어 입었다. 명석의군의 여동은 수수하게 차려 입혔다. 홍매의 웃옷이 두 명, 벚꽃의 웃옷이 두 명이었는데, 모두 청자(靑磁) 색의 한삼에다 짙고 옅은 속옷을 입었다. 광택을 낸 홑옷 등이 무어라 형용할 수 없이 고왔다. 여삼의궁도 이렇게 여러분이 모여 있다는 말을 듣고, 여동의 옷차림을 각별히 갖추게 했다. 청단색(靑丹色 : 파랑에 노란 기가 있는 색)의 겉옷에 녹색의 한삼, 포도색의 속옷 등으로 특별히 취향이 있는 옷차림이라고는 할 수 없어도 전체적으로 기품이 있었다.

아담한 방의 장지를 떼어 내고, 여기저기 휘장대만을 경계로 하여, 그 안의 방에 겐지의 자리를 마련했다. 가락을 맞추는 일은 남자아이에게 시키려고, 우대신인 수흑의 삼남, 즉 상시 옥만 소생의 형에게 생(笙)의 젓대를 맡기고, 좌대장 석무의 장남에게 젓대(橫笛)를 맡겼다. 그들은 삿자리에 대기하고 있었다. 방안에는 방석을 몇 장이나 깔아 늘어놓고, 여인들의 앞에 수많은 악기를 가지런히 놓여 있었다. 훌륭한 곤색의 주머니에 하나하나 넣어 두었던 비장의 악기들도 몇 개 꺼냈다. 명석의군은 비파, 자의상은 화금, 여어는 쟁의금을 받았다. 그리고 여삼의궁에게는 이러한 대단한 명기는 적합하지 않으리라고 생각하여, 언제나 쓰는 거문고를 조율하여 드렸다.

"쟁의 금은 현(絃)이 느슨하여지지는 않지만, 이렇게 합주할 때의 가락에 의하여 안족(雁足)의 위치가 움직일 수 있습니다. 세심하게 주의하여 가락에 맞출 일이지만, 여자로는 현을 충분히 펼치지는 못할 것입니다. 역시 대장을 불러오는 것이 낫겠습니다. 여기 모여서 젓대를 부는 사람들은 보기만 해도 아직 어리고, 박자를 맞추는 것도 그다지 믿음직하지 않습니다. 대장, 이쪽으로."

여러 여인은 숨이 막히는 것 같은 분위기였다. 명석의군을 제외하고는 누구나 다 겐지의 소중한 제자들이어서 석무가 듣더라도 결점이 드러나지 않도록 마음을 썼다. 여어는 조금 불안한 생각이 들었다. 평소 임금이 듣고 있을 때에도 다른 악가(樂歌)와 합주하는 것이 귀에 익었었지만, 화금이라는 것은 타는 방법이 일정치 않으므로, 예상하기가 어려웠다. 모두 함께 합주하는데, 이것의 가락만이 어긋나면 어쩌나 하고 걱정하고 있었다.

석무대장은 마음을 가다듬고 의식을 중요시하는 음악연습보다는 오늘의 긴장되는 분위기가 훨씬 각별하다고 느꼈다. 석무가 선명한 평상복에 향이 스며 있는 옷을 몇 개나 겹쳐 입고, 몸치장을 하고서 참상하였을 때는 해가 이미 저물었다. 홍취가 있는 황혼의 하늘에, 매화는 작년의 눈[雪]을 회상하게 할 만큼 가지가 휘도록 피어 있었다. 서서히 부는 바람에 고운발 안의 훈향이 떠돌고 있었고, 꾀꼬리를 유혹할 정도로 저택의 언저리는 화려했다. 겐지가 고운발 아래로 쟁의금의 끝을 조금 내밀며, 석무에게 말했다.

"느닷없는 것 같지만, 이 현을 단단히 하여 가락을 맞추어라. 여기에는 친하지 않은 사람은 들어오지 못하는 곳이니까."

송구해하며 받는 석무의 모습은 보기만 하여도 용의주도하고 훌륭했다. 석무는 일월조(壹越調 : 아악의 곡명)의 소리를 기준이 되는 현에 맞추고, 기다리고 있었다.

"역시 가락 맞추기는 한 곡쯤 타 보는 것이 홍취 있을 것이다."

"감히 오늘의 놀이상대로 참가할 기량이라고는 생각하지 않습니다."

석무는 사양했다.

"그것도 그렇지만, 여악을 상대하지도 못하고 도망갔다고 사람들이 소문내게 되는 것도 유감스러운 일이다."

이렇게 말하고 웃었다. 석무는 가락을 고르고 나서 가락 맞추는 곡을 홍취 있게 한 곡만 타고 악기를 도로 드렸다. 아주 예쁜 평상복을 입고 모여 있는 손주들 중 누구도 불어 맞추는 젓대의 소리는, 아직은 어리지만, 장래의 명수로 예상되어 홍을 돋우었다.

17. 네 여성의 화려한 연주.

각각의 악기의 조현(調絃)이 모두 끝나고, 드디어 합주가 시작되었다. 우열을 가릴 수 없는 중에도 명석의군은 비파를 뛰어나게 잘 타서, 그 소리가 아주 맑고 훌륭하였다. 자의상의 화금에는 석무도 귀를 기울였다. 부드럽고 마음을 돋우는 거문고 소리였고, 긁어 돌리는 음색이 신기하게 화려했다. 대단히 유명한 명인들이 위엄 있게 타는 가락에 뒤지지 않을 만큼 화려하게 들려서 대화금(大和琴)에도 이렇게 타는 방법이 있었는가 하고 놀랄 지경이었다. 열심히 연습을 쌓아 온 결과가 똑똑히 음색으로 나타났다. 겐지는 안심하여, 정말 비길 데가 없는 분이라고 생각했다. 명석여어의 쟁의금은 다른 악기들의 사이사이에 불안하게 새어나오는 음이어서 한결같이 귀엽고 싱싱하게 들렸다. 여삼의궁의 거문고는 역시 어린 솜씨였지만, 열심히 배우고 있는 중이라서 위태위태하지는 않았다. 다른 악기와 서로 잘 어울려서 우아한 음색이 나오고 있었다. 석무는 박자를 맞춰 가며 선율을 읊조렸다. 겐지도 때때로 부채로 소리를 내며 같이 읊조렸다. 그 소리는 옛적보다 한층 매력적이었고, 조금 굵직하여 묵직한 느낌이 더해진 것 같았다. 석무도 목소리가 듣기에 매우 훌륭했다. 밤의 정적도 깊어져 말할 수 없이 아름다운 밤의 놀이였다.

18. 겐지가 네 사람 여성을 각각 꽃에 비교하다.

달이 늦게 뜨는 때였으므로, 등롱을 여기저기에 켜고, 등불도 알맞게 밝혀 놓았다. 궁이 있는 곳을 들여다보니, 남보다 몸이 훨씬 작아서 옷만 있다는 느낌이었다. 부드럽고 예쁜 점에서는 떨어지지만 기품이 있어 귀엽고, 2월 20일경의 파란 버들이 조금쯤 가지를 늘어뜨리기 시작한 것처럼 보였다. 꾀꼬리 날개의 바람에도 흐트러질 것처럼 화사하게 보였다. 벚꽃의 옷에 머리칼이 좌우로 넘치듯 걸려 있어, 버들가지라는 느낌이 들었다.

최고의 신분이라고 할 만한 여어는 역시 아름다운 모습으로, 동작이나 태도가 그윽하고 고상하여, 아름답게 피어 넘치는 등(藤) 꽃이 여름까지 피어, 아침해를 듬뿍 받고 있는 것처럼 보였다. 그러나 임신하고 있는 모습이 아주 눈에 띌 정도로 몸이 좋지 않을 때였다. 여어는 거문고를 옆으로 치워 놓고, 사방침 앞에 몸을 기대고 있었다. 가냘프고 연약해서, 보통 크기의 사방침이 몸에 비해 커 보였다. 특별히 조그마한 사방침을 만들어 드렸으면 하는 생각이 들도록 애처롭게 보였다. 홍매의 겹옷에 머리가 걸려 있는 것이 확실히 기품 있게 보였고, 등불에 비쳐 나오는 모습은 세상에 둘도 없을 정도로 귀엽게 보였다. 자의상은 포도색으로 물들인 짙은 속옷에 엷은 소방의 평상복을 입고 있었다. 그 위에 머리가 걸려 있는 모습은 아주 유연하게 보였다. 몸도 적당한 크기이고, 전체적인 용모가 나무랄 데 없이 아름다웠다. 꽃이라면 벚꽃에 비길 만한데, 그것보다도 더 빼어난 모습은 참으로 각별했다.

이러한 분들과 나란히 하면 명석의군은 당연히 압도당하여 버릴 것 같지만, 반드시 그렇지는 않았다. 몸차림도 이쪽이 부끄러울 정도이고, 마음속이 깊은 듯, 어딘지 모르게 우아해 보였다. 유(柳 : 직물명)의 직물의 평상복에, 연둣빛 속옷과 항라의 치마를 입었는데, 그 태도가 그윽하고 고상하게 느껴져서 가볍게 다루지 못할 것 같았다. 고려의 푸른 비단으로 둘레를 만든 요에, 무릎만을 걸치고 앉아 있었는데, 비파를 앞에 가만히 놓고 익숙하게 발목(撥木 : 비파 타는 데 쓰는 나무로 만든 것)을 다루는 모습은, 그 소리를 듣는 것보다도 기분 좋았다. 5월을 기다리는 귤꽃을 꺾어 놓은 것 같은 아름다움이 느껴졌다.

이쪽 분도 저쪽 분도 깔끔하고 얌전하게 있는 모습을 눈과 귀로 마주치다 보니, 석무도 고운발 안을 몹시 보고 싶었다. 먼저 보았을 때보다도 나이와 더불어 아름다움을 더했을 자의상의 모습이 보고 싶어, 석무는 침착하지 못했다. 여삼의궁에 관해서는 조금 더 숙연이 깊었더라면 자기 것으로 하여 돌보아 드렸을 터인데, 일을 결정하지 못하고 망설였던 것이 후회스러웠다. 주작원은 몇 번이나 은밀하게 그런 이야기를 건넸다. 그러나 조금 가벼워 보이는 궁이어서, 경멸하는 것은 아니었지만 특별히 마음이 움직이지는 않았다. 석무는 아무런 방법도 없으면서도 멀리서 자의상을 생각하며 긴 세월을 지내 왔었다. 어떻게든 자기 마음을 보이고 싶다는 소원도 이루지 못하는 것이 유감스러워, 한탄했다. 석무는 도리에 어긋나는 욕심은 결코 갖지 않았다. 깊은 연모의 정을 마음속에 차분하게 갖고 있었다.

19. 겐지가 석무와 음악에 관하여 논하다.

밤이 점차로 깊어져, 싸늘하게 느껴지는 날씨였다. 늦은 달이 떠오르고 있었다. 겐지가 말했다.

"봄의 어스름 달밤은, 믿음직스럽지 못한 것이로구나. 그러나 가을의 정취는 음악소리에 벌레소리가 합쳐지는 것도 나무랄 데가 없고, 소리의 울림이 아름다움을 더하는 것 같다."

이 말에 석무가 대답했다.

"가을 밤 구름 한 점 없는 달 아래서는, 무엇이건 숨김없이 멀리 바라다 보이고, 거문고나 젓대의 소리도 아주 맑게 느껴집니다. 그러나 역시 음악을 위하여 특별히 만들어 놓은 것 같은 하늘의 모양이나 꽃 위에 맺힌 이슬의 모양 때문에 마음을 뺏겨 버리는 일도 있어, 좋은 것에도 한도가 있습니다. 봄 하늘 뿌옇게 안개 낀 구름 사이로, 어스름하게 보이는 달빛 아래에서, 조용히 젓대를 불어 소리를 합하는 정취에는 어떻게 가을이 따라갈 수 있습니까? 가을에는 젓대소리도, 끝까지 아름답게 맑을 수는 없습니다. '여자는 봄을 그리워하다'라고 고인이 말을 하였지만, 정말 그대로였습니다. 음악의 소리가 아름답게 조화되는 것은, 봄의 해질 무렵이 각별한 것입니다."

"아니, 이 논의는…. 옛날부터 누구도 봄인가 가을인가를 판단하기 어렵다고 했는데, 말세의 그보다 못한 사람으로서 명확히 결론을 내리기는 어려울 것이다. 음악의 가락이나 곡 같은 것에 관해서는 정말 네가 말하는 대로 율(律)을 제이(第二)의 것으로 하는 만큼,[15] 그럼직하다고는 생각된다. 어떠냐? 당대의 이름 높은 명수가 주상의 앞에서 연주하는

---

15) 여(呂)는 봄, 율(律)은 가을.

것을 보면, 정말로 달인의 수가 적어진 것 같다. 일류라고 자부하는 명수들도 실제로는 달인의 경지를 터득하지 못한 것 같다. 여기의 별로 대단하지도 않을 여자들과 함께 탄다고 해도, 특별히 그들이 훌륭할 거라고는 생각되지 않는다. 사실 나는 오랜 세월 이렇게 세상 물정에 어둡게 지낸 까닭으로 귀도 조금 둔하게 되었는지 모른다. 유감스러운 일이다. 이 저택에서는 이상하리만큼 조금 배운 예능도 잘 숙달되고, 다른 곳보다는 나은 것 같다. 주상의 앞의 행사에서 일류의 명수로 선택되는 사람들과 비교하면 어떻게 될까?"

석무가 말했다.

"실은 그 일을 말씀 드리려고 했습니다. 잘 알지도 못하는 사람이 어른처럼 깜찍한 소리를 하는 것이 어떨까 하는 생각이 들지만, 지금은 옛날과 비교할 수 없는 까닭인지, 백목의 화금과 병부경궁의 비파만이 요새의 명수인 듯합니다. 그러나 오늘 저녁의 수많은 음악도 나란히 견줄 수 없을 정도로 다 같이 놀랄 만한 것이었습니다. 이렇게 겉으로 나타나지 않는 모임이라고 방심하고 있던 탓이었는지, 창가는 정말 맞추기 힘들었습니다. 지금껏 화금은 저 대신만이 마음대로 음색을 맞추어 각별히 연주했습니다. 어지간해서는 그렇게 뛰어난 연주는 하기 어려운 것이지만, 오늘 저녁은 정말 모두 다 훌륭했습니다."

"아니 무어. 그리 대단한 기량은 아니었는데, 새삼스레 과찬하는가."

겐지는 득의에 찬 미소를 지었다.

"정말, 나쁘지 않은 제자들이다. 특히 비파는 어딘지 모르게 느낌이 전과는 다른 것 같았다. 생각지도 않은 장소에서 처음 들었을 때에는 신기한 비파라고 감탄했지만, 지금은 그때보다는 현격하게 향상되었다."

겐지가 굳이 자기의 공이었다고 나타내고 싶어하므로, 하녀들은 쿡쿡 찌르며 웃고 있었다.

"어떤 것이든 꾸준히 배우고 연습하면 재능에는 한계가 없다는 것을 점차로 깨닫게 되었다. 그러나 만족하는 한도가 없이 어디까지라도 습득하려는 것은 사실 곤란한 일이다. 조그만 재주를 몸에 지니는 것으로 만족하는 사람은 별 문제 없지만, 거문고라는 것은 그 비법을 깊이 연구한 사람은 특히 일정한 주법을 습득한 옛날사람은 천지를 요동시키고 귀신의 마음을 누그러뜨렸다. 모든 음악소리가 거문고의 소리에 따라, 몹시 슬픈 사람이라도 그 마음이 기쁨으로 변하고, 신분이 낮고 가난한 사람도 고귀한 신분으로 바뀌고, 재보를 얻고 세상에서 인정받게 한 예가 많았었다. 이 나라에 거문고를 타고 전했던 처음에는 깊이 음악의 길을 터득한 사람이 긴 세월을 낯선 외국에서 지내며,[16] 자기 몸을 던질 각오로 그 비법을 터득하려고 방랑했지만, 그러고도 바라는 바를 이루기는 어려운 것이었다. 하늘의 달이나 별을 움직인다든지, 계절에 맞지 않는 서리나 눈을 오게 하고, 구름이나 번개를 치게 한다든지 한 예가, 훨씬 옛날에는 있었던 것이다. 거문고는 이렇게 한도도 없이, 전하여진 대로 습득할 수 있는 사람은 거의 없다. 말세의 탓일까, 어디에 그 옛날의 비법이 일부라도 전해지고 있을까? 귀신의 귀를 잡아서 감동시킨 애초의 시작이어서 그런지 어설픈 정도로 공부하여 마음대로 되지 않은 예가 있은 후로는, 이것을 타는 사람에게는 재난이 있었다는 트집을 잡고서, 지금에는 거의 습득하고 가르치는 사람도 없는 것이 현실이다. 정말 유감스럽다. 거문고 소리를 빼고는, 어떤 악기를 써서 음조를 맞추는 기준을 삼을까? 확실히 만사에 걸쳐 쇠퇴하기만 하는 세상에, 그저 혼자서 세상으로부터 초월해서 높이 뜻을 세우고, 당이나 고려 같은 나라의 이곳 저곳을 헤매 다니며, 어버이와 아들이 따로따로 헤어진다는 것은 분명 세상의 따돌림을 당하고 마는 일이다. 그러나 어찌 보통 정도쯤도 거문고를 알지 않을 수 있단 말인가? 어떤 가락 하나를 마음대로 잘 타는 것 조차, 예측 못할 정도로 어려운 것일 게다. 하물며 여러 가락으로 된 어려운 곡이 많이 있다. 내가 거문고에 열중하고 있던 때에는, 정말 이 나라에 전하여진 악보라고 하는 악보를 전부 다 조사하여, 마침내는 스승이 없어질 정도로 전력을 들여 배웠었다. 그래도 역시 옛날의 명인을 따라

---

16) 이하 《宇津保物語》의 준음표류담 (俊蔭漂流譚).

잡을 수도 없었다. 더구나 이제부터 후세에는, 전수할 만한 자손도 없는 것이 정말 허전하구나."

석무는 그 말을 듣고 부끄러워졌다.

"황자들 중에서 나의 소원대로 성인이 되는 분이 있다면, 적당한 시기에 나의 모든 방법을 전하여 주고 싶다. 물론 그때까지 살아 있다는 전제로 하는 이야기지만. 이의궁17)은, 지금부터 재능이 있음직한 기미가 보인다."

명석의군은 정말 면목이 섰다고 여겨, 눈물을 머금고 듣고 있었다.

20. 겐지도 연주에 참가하다.

여어가 쟁의금을 자의상에게 양보하고 물건에 의지하여 누웠으므로, 자의상은 화금을 겐지 앞에 드리고 격의 없는 놀이에 들어갔다. '갈성(葛城)'을 합주했다. 쾌활하고 재미있었다. 되풀이되는 겐지의 노랫소리는 비길 데 없이 훌륭하였다. 달이 점점 하늘 높이 떠올라서, 매화의 빛깔과 향기는 한층 그윽하고 고상하였다.

먼저 여어가 탄 쟁의금의 거문고 소리는 정말 귀엽고 부드러웠다. 명석의군의 연주가 어우러져 요(搖)의 음색도 그윽하고 대단히 맑게 울렸다. 바꾸어 연주한 겐지의 솜씨는, 그것대로 취향이 달라졌는데, 유연하고 재미있었다. 듣는 사람들도 마음이 움직일 정도로 감동되었다. 윤(輪)의 수법도 재기 있는 연주였다. 돌아가며 연주하는 소리도 가락이 바뀌었다. 율(律)을 합주하는 다수의 곡은 모두가 친숙한 현대적인 것이었다. 거문고〔여삼의궁〕는, 수많은 연주법 가운데서 반드시 유의하여 타야 할 대여섯의 발목(撥木)을 아주 맑게 연주했다. 결코 비속하게 들리지 않았다. 춘추의 모든 사물에 응하는 가락인 듯, 조화롭게 느껴졌다. 여삼의궁은 가르친 대로 아주 잘 터득하고 있어서 겐지는 아주 귀엽고 체면이 섰다고 생각했다.

––––––––––

17) 명석여어 소생의 둘째 황자. 후의 식부경궁.

21. 여악이 끝나다.

겐지는, 귀엽게 젓대를 불어 대며 열심히 애쓴 젊은이들의 노고를 위로하였다.

"틀림없이 졸릴 터인데. 오늘 저녁의 연주는 너무 길어지지 않도록 아주 조금만 하려고 생각하였는데, 중간에서 그만 두는 것도 아까운 훌륭한 음악을 듣느라고 늦어졌다. 모두 다 훌륭하여 우열을 분별할 만큼 귀가 예민하지도 못하여서, 우물쭈물하고 있는 동안에 밤을 새워 버렸다. 동정심이 없는 짓을 하고 말았다."

생(笙)의 피리를 불던 수흑의 삼남에게 술잔을 돌리고, 입었던 옷을 벗어서 걸어 주었다. 젓대를 불던 석무의 장남에게는 자의상이 여자의 평상복과 치마를 형식에 따라 주었다. 석무에게는 여삼의궁이 술잔을 주고, 자기 옷을 한 벌 주었다.

"이것은 뜻밖이다. 스승인 나를 제일 소중하게 대접하여 주었으면 했는데 서운한 일이다."

겐지가 이렇게 말하자, 궁이 계시는 휘장 옆에서 하녀가 젓대를 드렸다. 겐지는 생긋 웃으며 받았다. 훌륭한 고려적(高麗笛)이었다. 겐지가 조금 불어 보니, 일어서서 퇴출하던 석무가 멈춰 서서, 아들의 젓대를 집어 함께 불었다. 누구나 다 겐지의 주법을 그대로 전수하여, 정말로 훌륭한 연주자들뿐이었다. 겐지는 자신의 재능이 세상에 드문 것임을 새삼 깨달았다.

석무는 아들을 자기의 수레에 태우고 달빛이 맑게 개인 시각에 돌아왔다. 그 도중에 자의상의 쟁의금이 세상 것과는 다르게 뛰어났다는 생각에, 그 음색이 귓속에 남아 그리운 마음이 들었다. 본처인 운거안은 돌아간 대궁으로부터 배웠는데, 아직 열심히 배우기 전에 대궁의 곁에서 떼어놓았으므로, 차분히 타는 법을 배우지 못했다. 그래서 남편 앞에서는 부끄러워 좀처럼 타지 않았다. 모든 일에 그저 얌전하기만 하고, 차례로 낳은 아이들을 돌보아 주느라 쉴 틈도 없이 분주했으므로, 정취를 알고 있을 것 같지도 않았다. 그래도 역시 샐쭉해하는 모습이 애교가 있고 귀여워 보였다.

22. 겐지가 자의상과 반생을 회상하다.

겐지는 자의상의 처소로 건너왔다. 자의상은 남아서 궁과 이야기를 하다가, 밤이 밝아서야 돌아왔다. 두 분은 해가 높이 뜰 때까지 자고 있었다.

"여삼의궁의 거문고 소리는 정말 섬세하게 향상되었지요. 어떻게 들었습니까?"

"처음에 저쪽에서 조금 들었을 때에는, 어떻게 될까 봐 위태로워하였는데, 그때와 달리 향상되었습니다. 그것도 그럴 까닭이 있었을 겁니다. 다른 것은 아무것도 하지 않고 가르쳐 드렸으니까요."

"바로 그것이오. 하나하나 믿음직스런 스승이 되어 가르쳤지요. 사실 귀찮고 시간도 걸리는 일이라서 그 동안 가르쳐 드리지 못했는데, 주작원과 주상이 기대하고 계시다는 말을 듣고는, 애처로운 마음이 들었습니다. 이렇게 특별히 궁을 돌보는 역할을 내게 맡기신 보답이라고 생각하며 가르쳐 드렸지요."

겐지는 얘기 끝에, 자의상에게 말했다.

"옛날, 아직 어렸던 당신을 소중하게 돌보아 드리던 때에는 시간적 여유도 없어 천천히 가르치지도 못했지요. 또 지금에 와서도 역시 세월을 분주하게 보내고 있어, 당신의 거문고 소리를 감상하지도 못했습니다. 그런데도 당신의 연주가 눈에 띄게 훌륭하여서, 나의 면목을 세워 주었습니다. 석무도 몹시 감동한 모습이어서 크게 기뻤습니다."

자의상은 나이 든 사람답게 궁을 도맡아 보살피고 있는 모습도 더할 나위 없이 보람이 있었다. 만사에 걸쳐 비난받을 만한 점도, 불안하거나 안타까운 점도 없었다. 세상에도 드문 인품이어서 정말 이렇게 모두 구비된 사람은 오래 살지 못한다는 옛말을 생각하며, 겐지는 불길한 마음도 들었다. 겐지는 여러 여인들의 인품을 보고 있는 만큼, 모두를 구비하고 있는 사람은 정말 자의상 하나뿐임을 분명히 알고 있었다. 자의상은 올해로 액이 겹친다는 37세였다.

겐지는 자의상과 같이 지내 온 오랜 세월의 일들을 차분히 회상했다.

"적당한 기도 같은 것을 예년보다 특별히 하고, 올해는 삼가 계십시오. 내가 바삐 지나느라 깨닫지 못하는 것이 있을 것이므로, 당신이 생각나는 대로 큰 법회를 열 일이 있으면, 나에게 맡겨 주십시오. 저 승도(僧都)가 안 계시게 된 것은 정말 유감스러운 일입니다. 평범한 불회를 부탁하여도 훌륭하게 잘해 주실 분이었는데."

겐지는 이어서 말했다.

"나는 어렸을 때부터 보통 사람과는 다르게 과분한 대접을 받아 왔고, 현재 세상의 존경이나 살림의 형편으로 보아도, 이때까지 예가 적었을 정도입니다. 그러나 다른 면에서는 수마 유적이라는 남다른 슬픔을 당하기도 했습니다. 나를 몹시 소중히 여긴 사람들이 차례로 먼저 가고, 혼자 남아 있는 이 만년은 왠지 불만스럽고 슬프게 생각되는 일도 많습니다. 이상하게 괴로운 것이 끼어서 마음속에, 성에 차지 않는 생각이 항상 따라 다녔습니다. 그렇게 세월을 보낸 대신, 내가 생각했던 것 이상으로 오래 살아온 것 같습니다. 당신에 관해서는, 저 한때의 이별 외에는 앞으로 고민하는 일은 없을 거라고 생각하고 있습니다. 황후의 신분이나, 그 외에 신분이 빼어나게 높은 분이라도, 다 반드시 불안한 것이 따라다니게 마련입니다. 고귀한 궁살이를 하는 사람도 이것저것 걱정이 많고, 다른 사람과 주상의 정을 다투는 일이 끊임없어서, 마음이 쉴 때도 없는 것입니다. 당신은 어버이의 보살핌 아래서 지내는 것과도 같으니, 당신처럼 마음 편한 이도 아마 없을 것입니다. 그런 점에서 당신이 다른 사람보다 좋은 운세였다는 것을 알고 있는지요? 뜻하지 않게 여삼의궁이 이렇게 이쪽으로 출가하신 것을 무언가 불쾌하게 생각하고 있겠지만, 이전보다도 몇 곱절이나 깊어진 내 사랑을 당신은 혹시 알고 있는지 모르겠어요. 당신은 사물의 이치를 깨닫고 있는 분이니, 모든 상황을 알고 있을 것입니다만."

"말씀대로, 불운한 저에게 과분한 처지라고 남의 눈에는 보이겠지만,

참으려 해도 참을 수 없는 한탄이 따라다닙니다. 오히려 그것이 제가 기도하는 것처럼 되어, 살아가는 데에 버팀목이 되었습니다."

자의상이 말했다. 아직도 할말이 남아 있는 것 같은 자의상의 표정은, 정말 다른 사람이 기가 죽을 정도로 그윽한 면이 있었다. 자의상이 계속해서 말했다.

"사실은 앞날이 얼마 남지 않은 것 같아서, 올해도 이렇게 무사히 지내는 것이 마음에 걸립니다. 전부터 바라던 출가를 모쪼록 허락해 주십시오."

"그것은 터무니없는 말입니다. 그렇게 당신이 속세를 버리고 나면, 뒤에 남아 있는 나는 무슨 사는 보람으로 살겠습니까? 그저 이렇게 그럭저럭 지나가는 세월입니다만, 아침 저녁으로 격의 없이 같이 있는 기쁨만은 무엇과도 바꾸기 어려운 것이라고 느끼고 있습니다. 당신을 생각하는 나의 특별한 애정은 최후까지 보아 주십시오."

겐지가 이렇게만 말하여서 자의상은 언제나처럼 괴로운 표정으로 눈물을 머금었다. 그 모습이 아주 애처롭게 보여서 기분을 달래 주려고 이런 저런 말을 건넸다.

23. 겐지가 여인들을 회상하고 논평하다.

"그렇게 많은 여인들을 경험한 것은 아니지만, 여자 분들의 처신하는 방법은 각각 특징이 있어, 버리기 어려운 점이 있다는 것을 차차로 알게 되었지요. 그러나 진정 마음속으로부터 곱고 침착한 사람은 거의 없다고 결론을 내리게 되었습니다. 아직 어릴 때 대장의 모군인 규의상을 처음으로 처로 삼아, 귀한 신분이었기 때문에 소략하게는 못 대할 분이라고 생각하였지만, 언제나 서로 어울리지 않고 터놓지 못하는 사이로 끝나 버렸습니다. 지금 생각하여 보니 애처롭고 후회스런 일입니다. 그러나 나만의 잘못은 아니었다고, 남몰래 생각하고 있습니다. 그분은 깔끔하고 묵직하여, 특별히 모자란다고 느낀 점도 없었습니다. 다만 편안한 데가 없고 너무 꼼꼼하고 조금 지나치게 현명하였다고 할까요. 그런 이유로 마음속으로는 신뢰했지만, 만나는 것은 숨막히는 인품이었습니다.

추호중궁의 모군인 어식소라는 분은 평범을 넘어 특별한 분으로 그윽하고 우아한 사람의 예로는 제일 먼저 떠오르는 분이지만, 만나는 데에 마음이 쓰여서 불안한 느낌을 주는 분이었습니다. 그래서 불평하는 것이 당연하고 무리도 아니라고 느꼈는데, 언제까지나 골똘히 생각하여 불만으로 여기고 있었으니, 아주 괴로웠습니다. 쉬지도 못할 정도로 마음이 쓰이고 이쪽이 방심하여 경계심을 풀기라도 하면 깔보지나 않을까 하고, 너무나 체면을 차리는 중에 그대로 끊어져 버린 사이입니다. 터무니없는 소문이 나서 몸을 망쳐 버렸다는 슬픔을 지니게 한 것이 정말 안타까웠습니다. 그분의 인품을 생각하여 보면 그것은 다 나의 죄라는 생각이 듭니다. 그렇게 끝내 버린 보상으로 중궁을 이렇게 특별히 보살피고, 세상의 비난이나 사람의 원망에도 불구하고 원조를 아끼지 않는 것을, 저 세상에서라도 지금은 다시 보아 주실 거라고 생각합니다. 지금이나 옛적이나 나의 무책임한 일시적인 변덕으로 애처롭고 후회스런 일이 많이 있습니다."

겐지는 스치고 간 옛 여인의 신상을 조금씩 말하였다.

"명석여어의 후견인 명석의군은 비교적 신분이 낮은 사람이라고 가볍게 보아, 마음 편한 상대로 생각했지만, 실제로는 마음의 밑바닥을 볼 수 없는 깊이를 지닌 분입니다. 겉으로는 사람들의 말대로 처신하여 온순하게 보이지만, 방심하지 못할 마음이 속에 숨겨져 있어서 어딘가 마음이 쓰이는 분입니다."

"다른 분들은 본 일이 없으니까 모르지만, 그분은 자연히 종종 모습을 뵐 수 있어서 저도 느끼는 바가 있습니다. 정말 말붙이기가 어렵고 부끄러운 생각이 들게 하는 분입니다. 아주 개방적인 저를 어떻게 생각하고 있을까 하고 마음을 씁니다만, 양모이었던 여어는 그런 저를 너그럽게 보아주리라고 생각합니다."

겐지는 꺼림칙하고 괘씸한 사람이라고 미워하던 명석의군을, 지금은 이렇게 용서하고 왕래하는 자의상이 참으로 기특했다. 그것이 다 여어를 생각하는 정성에 의한 것이기 때문이다.

"당신 역시 마음속에 홀로 생각하는 일이 없는 것도 아닐 텐데, 사람에 따라 일에 따라 아주 잘 적합하게 마음을 쓰는군요. 나는 여러 사람과 접촉하여 왔지만, 당신과 같은 인품을 지닌 사람은 전혀 본 일이 없었습니다. 가끔 남달리 질투심이 강한 기색은 보였지만."

겐지는 웃음을 띠고 말했다.

"여삼의궁이 거문고를 아주 잘 터득한 것에 감사해야 할 것 같습니다."

겐지는 저녁때에 나갔다. 궁은, 자기에게 마음을 쓰는 사람이 있을 것이라고는 조금도 생각지 않고서, 아주 스스럼없게 거동하며 거문고에 열중하고 있었다.

"이제 나에게 말미를 주시고 쉬십시오. 스승을 만족하게 하여 주는 것이 훌륭한 제자라고 할 것입니다. 정말 괴롭게 여겼던 나날의 공 들인 보람이 있어, 나도 안심할 수 있을 정도로 실력이 늘었습니다."

겐지가 이렇게 말하자, 궁도 거문고를 밀어내고 쉬었다.

24. 자의상이 발병하다.

자의상은 평소와 같이 겐지가 오지 않는 밤에는 늦게까지 자지 않고 하녀들에게 이야기책을 읽게 하여 듣고 있었다.

'세상 이야기를 써 모아 놓은 수많은 옛 이야기들은, 바람기가 많은 남자, 색을 좋아하는 남자, 두 여자를 동시에 상대하고 있는 남자와 관계하는 여자들을 자세히 써 놓아서, 결국은 그대로 결말이 나게 되어 있는 것 같지만, 나는 이상하게도 그것과는 반대로 정처없이 지내 온 신상이 아닌가? 정말 나리의 말씀대로 남과 다른 운명인 내 몸이었지만, 보통 사람으로서는 도저히 참지 못할 생각에서 해방되지 못하는 몸으로 끝나는 것인가? 한심한 일이다.'

자의상은 생각을 거듭하다, 밤이 이슥한 후에 쉬었다. 그 새벽녘에 자의상은 가슴이 몹시 아팠다.

"나리에게 알립시다."

하녀들은 간호하며, 말했지만, 자의상은 알릴 필요는 없다며 못하게 했다.

견디지 못할 괴로움을 억지로 참으며 아침이 되었다. 몸이 뜨겁게 달아오르고 기분도 매우 나빴지만, 겐지가 곧바로는 건너오지 않아서 상태를 말씀 드릴 수가 없었다. 여어로부터 편지가 와서 병환이라는 것을 말씀드리니, 여어가 놀라서 나리에게 알렸다. 겐지는 가슴이 미어질 것 같이 놀라서 급히 돌아왔다. 자의상은 아주 괴로워하고 있었다.

"좀 어떻습니까?"

겐지가 묻고 손을 뻗어 짚어 보니 열이 매우 높았다. 액년(厄年)이니 근신하라고 했던 어제의 말과 결부시켜 생각하니, 아주 무서운 생각이 들었다. 죽을 드렸지만, 본 체도 하지 않았다. 겐지는 하루 종일 옆에 붙어서 이것저것 돌보면서 걱정하고 있었다. 자의상은 과일 같은 가벼운 것도 싫다고 하고, 일어나지도 못한 채 며칠이 지났다. 겐지는 어떻게 될 것인지 몹시 걱정되어 여러 가지 기도를 무수하게 시켰다. 중을 불러 가지(加持) 같은 것도 시켰다. 특별히 어디가 어떻게 나쁜지도 모르는 채, 가슴은 때때로 발작을 계속했고, 고생하는 자의상의 모습은 무척이나 괴로워 보였다. 가지가지의 기도를 수없이 하였지만, 그 효험이 나타나지 않았다. 현재는 중태라도 차도가 있을 징조가 보인다면 마음도 든든하겠지만, 그런 징후도 없어서 겐지는 몹시 불안하였다. 슬픈 생각으로 바라보면서 다른 일은 일체 염두에도 없어서 주작원의 50세를 축하하는 소동도 가라앉았다. 주작원도 자의상이 이렇게 병환으로 누워 있다는 소식을 듣고, 정중하게 몇 번이고 문안했다.

그런 상태로 두 달이 지났다. 겐지는 말할 수 없이 걱정하고 탄식하였다. 시험 삼아 장소를 바꾸어 보려고, 자의상을 이조원으로 옮겼다. 육조원은 뒤흔들어 놓은 것 같이 소란스러웠고, 여러 사람들의 한탄하는 소리도 끊이지 않았다. 냉천원도 듣고 슬퍼하였다.

'이분이 돌아가시면 겐지도 반드시 출가의 소원을 이루고 말 것이다.'

석무도 이렇게 생각하여 정성을 다해 간병하였다. 불교의 수법 같은 것은 원래 예정했던 것들 외에도 석무가 특별히 명하여 시키고 있었다.

"바라던 출가하겠다는 것을 허락해 주지 않은 것이 괴롭습니다."

자의상은 조금 의식이 분명할 때에는 이렇게만 푸념했다. 겐지는 정해진 명이 다 되어 이별을 하는 것이라면 몰라도, 눈앞에서 출가하는 모습을 보는 것은 더더욱 잠시도 견디지 못할 만큼 서운하고 슬플 거라고 생각했다.

"예전부터 나 자신이 그렇게 출가하려는 생각을 절실하게 품고 있었는데, 당신이 뒤에 남아서 쓸쓸하게 지낼 것이 틀림없을 것 같아 만류하여 왔었는데, 당신이 거꾸로 나를 버리려고 하는 것입니까?"

겐지는 출가를 애석하게 여겼지만, 자의상의 병세가 전혀 회복할 기미도 안 보여서 이미 임종이라고 보일 때도 있었으므로, 어떻게 해야 할지 모르고 있었다. 여삼의궁편에는 잠시 동안도 건너가는 일이 없었다. 거문고 등에도 흥미가 없어져 다 걷어치우고, 육조원의 사람들도 모두 다 이조원으로 모여서, 육조원은 텅 빈 것 같았다. 육조원에는 여자들만이 남아서 지금까지의 활기찬 모습은 다 자의상 혼자의 위세였다는 것을 실감케 하였다.

여어도 건너와서 겐지와 함께 간호하고 있었다.

"홀몸도 아니신데, 악령이 붙으면 아주 무서운 것이니까 곧 돌아가십시오."

자의상은 괴로운 가운데에서도 말하였다. 양육하고 있던 여일의궁이 아주 귀여운 모습을 보며, 자의상은 몹시 울고 있었다.

"다 크는 것을 보지도 못하고 끝나리라는 것은! 내 일 따위는 잊어버리겠지요?"

여어는 눈물이 넘치는 것을 참지 못했다.

"불길한 말을! 그런 식으로 생각 마십시오. 설마 그렇게 나쁠 리가 있겠습니까? 사람 일은 마음가짐 나름입니다. 마음이 넓고 자신감이 있는 사람은 행복도 그에 따라 커지는 것입니다. 좁은 소견인 사람은 그렇게 될 인연이 있어 비록 고귀한 신분의 사람이 되었다 해도, 마음 편히 여유 있게 지내기는 어려운 것입니다. 또 성미가 급한 사람은 오래 그 지위를 갖고 있지를 못하는 것이고, 온화하고 대범한 사람은 수명도 길어 오래 보전하는 예가 많습니다."

겐지는 이렇게 말하고, 신불에도 자의상의 훌륭한 인품을 자세하게 써서 기도를 하였다.

수법하는 중이나, 밤에 수행하는 중들도 가깝게 지내는 신분 높은 고승들은 모두 이렇게까지 망연자실한 겐지의 모습을 접하고 너무나 애처로워 분발하여 기도를 드렸다. 조금 기분이 나은 것 같은 날이 5, 6일 계속되는가 하면, 또 중환자처럼 지내는 날이 이어졌다. 언제라고 회복될 기약도 없이 나날을 지내고 있었다.

"어떻게 될 것인가? 회복할 가망이 없는 병이 아닐까?"

겐지는 이렇게 마음 아프게 한탄하고 있었다. 나타날 악령도 없었다. 자의상은 괴로운 모습으로 어디가 어떻게 나쁜 것도 모르고, 그저 하루하루 쇠약해져 갔다. 겐지는 마음속으로부터 애절함을 참지 못하여 쉴틈도 없었다.

25. 백목이 여삼의궁을 단념하지 못하다.

백목은 중납언이 되었다. 임금의 신임이 아주 두터워, 앞으로 자기 시대를 만나 이름을 드날릴 사람이었다. 자기의 지위와 성망이 높아짐에 따라, 생각하는 일이 이루어지지 않는 것을 더욱 불만스러워하며 괴로워하고 있었다. 백목은 여삼의궁의 언니인 여이의궁을 본처로 맞아들였다. 여이의궁은 신분이 낮은 갱의(更衣) 소생이어서 다소 가볍게 대접을 하고 있었다. 여이의궁은 인품도 보통 사람보다 훨씬 훌륭하였지만, 백목은 역시 처음부터 마음에 있던 여삼의궁에게만 열중하고 있었다. 백목은 '위로하기 어려운 할미 버린 산'[18] 처럼 사람들이 눈치 채지 못할 정도로 본처답게 대접하고 있었다.

그러나 가슴속에 숨겨 놓은 생각은 잊을 수가 없었다. 소시종이라는

---

18) 이사산(姨捨山). 고려장 비슷한 이야기가 있다.

상담 상대는, 여삼의궁의 시종이었던 유모의 딸이었다. 그 유모의 언니라는 사람이 백목의 유모였던 관계로 일찍부터 궁의 소문을 친히 들을 수 있었다. 궁이 아직 어렸을 때부터 기품도 높고 곱게 자랐다는 것이나, 임금이 소중하게 양육하신 모습들을 듣고 있었다.

자의상이 앓아서 원도 떨어져 있을 때, 백목은 저택이 조용할 것이라고 짐작하여 몇 번이나 소시종을 불러 열심히 전갈을 부탁했다.

"예전부터 이렇게 목숨을 걸 만큼 깊이 연모하고 있었지만, 당신과 같은 친한 연줄이 있어 믿음직스럽게 생각한다. 궁의 모습을 전하여 듣기도 하고, 또 나의 참을 수 없는 생각을 궁에게 알려주리라고 믿었다. 그런데 조금도 그 보람도 없어서 몹시 괴롭다. 주작원까지도 '원이 저렇게 많은 여인과 관계하고 있어, 궁도 그 중에서는 다른 사람에 뒤져 있는 듯, 혼자 자는 밤이 많아, 쓸쓸하게 지내는 모양입니다' 라는 말을 전해 듣고, 유감이라고 후회하고 계시다. '어차피 같은 신하인 자를 사위로 삼을 것이었으면, 성실하게 돌보아 줄 수 있는 사람으로 결정을 내리는 편이 나았었다'라고 말씀하시고, '여이의궁편이 오히려 안심할 수 있고 장래가 긴 부부가 될 모양이다'라고 말씀하신 것을 인편으로 들었을 때 역시 애처롭기도 하고 유감스러운 일이어서, 여이의궁을 같은 혈통이라고 생각하여 처로 맞이하였지만, 여삼의궁의 일은 그와는 별개의 중요한 문제이다."

한숨을 쉬면서 말하였다. 소시종이 대답했다.

"정말 큰일날 소리를! 여이의궁님을 따로 놔 두고, 다시 또 여삼의궁에게 생각이 있다는 것은 얼마나 한도를 모르는 마음일까요?"

"정말 그렇게 되었다. 내가 여삼의궁의 일을 황송하게 바라보고 있었다는 것은, 주작원도 임금님도 알고 계시다. '저 사람을 사위로 하여서 어째서 나쁘다는 건가?'라고 어느 계제에 말씀하신 적도 있었다. 정말이지 한번 더 수고를 해주면 좋았을 것을."

"아주 무리한 부탁입니다. 이런 일에는 운명이라는 것이 작용하는 것 같습니다. 주작원이 말을 꺼냈을 때만 해도, 겐지 나리는 당신이 어깨를 나란히 하여 경쟁할 신분이 아니었습니다. 요새에 와서 위계도 조금 올랐지만."

소시종은 어떻게 대할지 모를 정도로 단호하게 말했다. 백목은 더 이상 하고 싶은 말도 못했다.

"이제 됐다. 지나간 것을 말하지는 않겠다. 다만 이렇게 사람이 적은 기회는 좀처럼 오지 않을 것이다. 이 기회에 궁에게 가까이 가서, 나의 심중을 조금이라도 말씀드릴 수 있도록 주선해 주게. 엉뚱한 마음은 전혀 없으니…. 잘 보아 다오. 정말 무서운 그런 일은 아예 체념하고 있다."

"이 일보다도 엉뚱한 일이 또 있겠습니까? 어떻게 그런 무서운 일을 생각하셨을까요? 저는 무엇 때문에 여기에 왔는지요?"

불쾌하게 대답했다.

"아이구, 듣기 거북하구나. 너무 과장해서 말하지 말아라. 대체, 세상의 남녀의 인연이란 것을 전혀 모르는 말이다. 여어나 황후 같은 신분이라도 그럴 만한 사정이 있으면 다른 남자와 관계를 맺는 예가 없는 것도 아니다. 더구나 저 여삼의궁의 용모라면, 나란히 설 사람도 없이 훌륭하지 않은가! 속으로는 불쾌한 일도 많을 것이다. 주작원이 여러 아이들 중에서 각별히 소중하게 양육하고 있었는데, 저처럼 신분이 떨어지는 여러 여인들 틈에 끼어 산다면 뜻밖의 일이 생길 수도 있을 거다. 나는 소문을 듣고 있다. 세상이라는 것은 전혀 정해진 대로 되는 것이 아니다. 그런데도 이처럼 함부로 무뚝뚝하고 매정한 말을 해서는 안된다."

"궁이 다른 사람에게 못하게 보인다 해서, 새삼스럽게 따로 좋은 분에게로 시집 가는 일은 없을 것입니다. 겐지와의 사이는 세상 보통의 부부 사이는 아닌 것 같습니다. 그저 돌보아 주는 사람이 없고, 기댈 곳 없이 지내는 것보다는 어버이 대신으로 돌보아 달라고 물려주었는데, 서로 그러한 기분으로 마음이 통하여 지내고 있을 것입니다. 당신의 말은 주제 넘은 모욕입니다."

소시종은 결국 화를 내었다.

"사실, 저처럼 비길 데 없이 훌륭한 겐지의 모습을 언제나 보고 있는 궁의 마음에, 나 같이 하찮은 모습을 버릇없이 보이려는 생각은 없다. 그러나 그저 한마디만 넌지시 드린다 하여 그것이 얼마나 궁의 신상에 상처를 입히겠는가? 신불에게 마음 먹은 것을 바란다면 그것도 죄가 될 것인가?"

이렇게 이것저것 달래고, 백목이 굳게 맹세하면서 말하니, 처음에는 정말 터무니없다고 말하려 했으나, 아직 사려가 부족한 젊은 여인이어서, 상대가 이렇게 목숨을 걸고 강한 어조로 열심히 호소하는 것을 끝까지 거절하지는 못했다.

"혹시 적당한 기회가 있으면 궁리하여 보겠습니다. 겐지가 오시지 않는 밤에는 침실의 주위에 사람이 많이 있어서, 반드시 누군가가 곁에서 시중들고 있으니, 어떤 때에 좋은 기회가 있을는지."

귀찮게 생각하면서 돌아갔다.

26. 백목이 소시중의 안내를 받아 여삼의궁에게 가까이 가다.

백목으로부터 어떻게 되었느냐고 매일 같이 책망당하여 곤혹스러워하고 있던 소시종은 적당한 기회를 가까스로 발견하고 편지를 보냈다. 백목은 기뻐하면서 모습을 몹시 초라하게 분장하고 몰래 건너갔다. 사실, 백목 자신으로서도 정말 괘씸한 짓이라고 생각했기 때문에, 궁의 옆에 가까이 가면 도리어 생각이 흐트러지게 되리라고는 생각도 안했다. 그저 모습을 슬쩍 본 봄의 저녁부터 한때라도 잊혀지지 않고, 떠오르는 저 모습을 조금 더 가까이에서 보고서, 의중을 숨김없이 털어놓으려는 마음뿐이었다. 한마디 대답 정도는 주시지 않을까, 불쌍한 자라고 생각하시지는 않을까, 백목은 이런저런 걱정으로 가슴이 두근거렸다.

4월 10일경의 일이었다. 목욕재계를 하루 앞두고, 여삼의궁은 재원을 거들어 드리려고 여인 12인을 보낼 생각이었다. 신분이 특별히 높지는 않은 젊은 여인과 여동들이 각각 바느질을 하거나 화장을 하면서, 구경 갈 준비를 열심히 하느라고 분주했다. 궁 앞은 쥐죽은듯 조용하고, 마침 사람도 별로 없는 때였다. 옆에 시중 드는 안찰의군도 때때로 오는 애인 원중장이 굳이 불러내어 방에 내려가 있는 틈에 소시종만이 궁 가까이에 대기하고 있었다. 좋은 기회라고 생각하여, 침소 동면의 좌석 끝에 몰래 백목을 앉게 했다. 정말 그렇게까지 할 필요가 있었을 것인가?

아무 생각 없이 쉬고 있던 궁은, 가까이에 남자의 기척이 있는 것을 느꼈다. 겐지가 건너온 거라고 생각했다. 그런데 황송한 태도로 침소 아래로 안아 내려놓는 것이 이상하게 느껴졌다. 무언가에 습격당하지나 않았나 하고 가까스로 눈을 떠보니 놀랍게도 다른 사람이 아닌가? 그는 무엇인지 모를 기묘한 이야기들을 하고 있었다. 깜짝 놀라고 어쩐지 기분이 나빠서 사람을 불렀으나, 가까이에는 아무도 대기하고 있지 않아, 다가오는 사람도 없었다. 후들후들 떨며 물처럼 땀을 흘리고 있었다. 정신을 잃을 정도로 놀란 얼굴은 아주 애처롭고 가련하게 보였다.

"변변치 않은 접니다만, 이렇게까지 싫어하실 줄은 몰랐습니다. 옛날 부터 제 분수도 모르고 그립게 여겨 왔습니다만, 한결같이 이대로 감추고 말았다면 마음속에서 썩어 없어져 버렸을 터인데, 어설프게 소원을 새어나게 하여 주작원의 귀에도 들어갔습니다. 원께서는 아주 당치도 않은 것으로는 말씀하시지 않았습니다. 그 일에 희망을 걸게 되어, 신분이 변변치 않다는 점 하나 때문에 누구보다도 깊은 이 뜻을 헛되이 꺾게 되었는가 하고, 분하게 여겼습니다. 그나저나 이렇게 된 이상은 뒤로 되돌릴 수도 없는 것이라고 다시 생각을 했습니다. 얼마나 마음속에 깊이 배어들었는지, 세월이 지나감에 따라 분하고도 괴롭고도 무섭고도 애절하게 생각되었습니다. 이것을 누를 수가 없어서, 이렇게 분수를 모르고 황송한 행동을 보여 드렸습니다. 한편으로는 정말 천박하고 부끄러운 마음이어서, 주제넘은 죄를 범하려는 생각은 다시는 없을 것입니다."

궁은, 그러고 보니 이 사람이었구나라고 알게 되어서, 무섭고도 의외라는 생각에 아무 대답도 하지 않았다.

"정말 지당한 일입니다만, 이러한 일은 세상에 예도 없는 것도 아닙니다. 지나치게 냉담한 마음으로 계시면, 정말 한심하게 생각한 나머지,

도리어 외곬으로 무분별한 마음을 갖게 될지 모릅니다. 하다못해 불쌍한 놈이라고 동정해 주십시오. 그 말을 듣고서 물러가렵니다."

백목은 여러 가지로 말씀드렸다.

멀리서나마 상상했을 때는, 너무나 위엄이 있어 허물없이 만나 보기에는 주눅이 들 것이라고 짐작되는 분이어서 그저 이렇게 골똘한 마음을 말씀 올리는 것 이상의 색정적인 행동은 하지 않으려는 생각이었었다. 그러나 눈앞에서 본 궁은 그렇게 기품이 높아 기가 죽을 정도는 아니었고, 그저 온순하고 귀엽고 나긋나긋하게만 생각되었다. 대단히 아름답고 사랑스러웠다. 단단하게 자기를 억제하려는 생각도 없어지고, 어디에라도 좋으니 궁을 데리고 가서 숨겨 두고, 함께 이 세상으로부터 모습을 감추고 싶다는 생각까지 들었다.

꾸벅꾸벅하는 것보다도 짧은 아주 잠깐 동안의 꿈속에서[19] 저 손에 익혀 온 고양이가 아주 귀엽게 가까이로 다가오고 있었다.[20] 이 궁에게 드리려고 자기가 데려온 것이라고 생각하였었는데 무엇 때문에 드리는 것일까 하고 생각하는 동안에 눈을 떴다. 어째서 이런 꿈을 꾸었는가 하는 생각이 들었다.

궁은 이러한 의외의 일이 현실의 일로는 생각이 안 들어서, 가슴이 답답한 채로 어찌할 바를 모르고 망연하게 있었다. 백목이 말했다.

"피할 수 없는 숙연이 얕지 않았다고 생각하고 체념하십시오. 저 자신도 맨 정신으로 한 일이라고는 생각되지 않습니다."

백목은 고양이가 고운발의 끝을 끌어 열었던 그 날 저녁의 일들을 말씀드렸다. 궁은 생각도 못했던 말을 듣고, 정말 그런 일도 있었던가 하는 생각에 분하기도 했다. 하여간 전세의 인연이 나쁜 탓이었다. 궁은 이렇게 된 지금, 겐지를 어떻게 뵐 수가 있을까 하는 생각에 슬프고도 불안하여, 아이처럼 울고 있었다. 백목은 죄송하고 불쌍하게 여겨서 궁의 눈물을 닦아 드렸다.

---

19) 여삼의궁은 몸을 허락하였다.
20) 짐승을 꿈에 보는 것은 임신의 꿈이다.

밤이 차츰 밝아져 가는 기색이었지만, 백목은 어떻게 돌아가면 될지 막막했다. 섣불리 만난 것에 생각이 흐트러져 있었다.

"저는 어떻게 해야 좋은지요? 몹시 미워하고 계시니, 두 번 다시 뵙고 말씀 드리기도 어려울 것 같습니다만, 모쪼록 한 말씀만 들려주십시오."

백목은 여러 차례 간청했다. 궁은 성가시고 괴로워 아무 말도 하지 않았다.

"드디어 저는 기분이 상하고 말았습니다. 이렇게 지독한 분은 어디에도 안 계실 겁니다."

백목은 궁이 너무나 무정하다고 생각했다.

"저는, 더 살아 있는 보람도 없는 것 같습니다. 제 몸을 버리는 수밖에 없습니다. 정말 목숨을 버리기 어려워서 지금까지 이렇게 살아왔습니다만, 일이 이렇게 되어 버린 것을 슬프게 생각합니다. 아주 조금이라도 용서하실 생각을 보여주신다면, 대신 제 몸이라도 바치겠습니다."

궁을 안고 나왔지만, 앞으로 어떻게 해야 할지를 모르고 있었다. 구석방의 병풍을 여니, 엊저녁에 들어온 남쪽의 문이 아직 열린 채로 있었다. 날은 채 밝지 않아 어둑어둑한 때에, 궁을 조금이라도 오래 보려는 마음에서 격자를 가만히 열어 올리고, 협박조로 말했다.

"이렇게도 박정한 태도를 보이시니, 저는 제정신도 잃어버렸습니다. 조금 마음을 가라앉히기를 바라신다면 부디 가엾다고만 말씀해 주십시오."

궁도 정말 너무나도 지나친 일이라고 생각하여 무엇인가 말하려고 했지만, 자꾸만 어린아이답게 몸이 떨려 왔다.

시시각각으로 날이 밝아 와서 마음이 몹시 급해졌다.

"마음에 배어들게 아까의 고양이 이야기도 하지 않으면 안되는데, 이렇게까지 미워하여서는…. 그러나 곧 알게 되실 겁니다."

쫓기는 마음으로 나오는데, 새벽의 침침한 분위기는 가을 하늘보다도 더 생각을 어지럽게 했다.

〈눈을 뜨고 나와 행선지도 모르고 있는 새벽녘에, 어느 곳 이슬로 이

렇게도 소매가 젖었을까?〉

궁은 백목의 말에, 이제 돌아가려는 모양이라고 생각하여 조금은 편안한 마음이 되었다.

〈새벽 어두운 하늘로 괴로운 내 몸은 사라져 없어지고 싶습니다. 이것은 꿈이었다고 생각하며 모든 것을 끝낼 수 있도록. 〉

이렇게 가냘픈 목소리로 말했다. 그 젊고 예쁜 모습에, 홀린 듯이 빠져나온 백목의 혼백은 언제까지나 궁의 옆에 남아 있을 것 같았다.

27. 백목과 여삼의 궁이 죄에 전율하다.

백목은 본처 여이의궁의 처소에도 오지 않고, 아버지 대신의 저택으로 몰래 돌아왔다. 누워 있었지만 자고 싶어도 잘 수가 없고, 아까 본 꿈이 정말 맞는 꿈인지 어떤지 마음이 혼란스러웠다. 저 꿈속의 고양이 모습이 무척이나 그립게 생각되었다.

"그래도, 아주 당치 않은 잘못을 저지른 내 몸이 아닌가? 앞으로 세상을 살아가는 데에 약점을 갖지 않으면 안되었다. "

백목은 얼굴도 못 들 것 같이 무서워, 외출도 하지 않았다. 여삼의궁을 위해서도, 그리고 물론 자신에게 정말 꽤씸한 일을 저질렀다고 생각하니, 소름이 끼치도록 무서웠던 것이다. 임금의 처를 상대로 잘못을 저지르고 그 비밀이 드러나서 이렇게 괴로운 생각을 맛보는 것이라면, 그 때문에 목숨을 버리더라도 괴롭지 않을 것 같았다. 이 일은 그런 대죄에 해당하지는 않는 것이었지만, 이 겐지로부터 고양 놈이라고 의심받거나 소원하게 여겨지면, 그것은 무섭고 면목 없다고 생각했다.

이 이상 없이 귀한 신분이라도 다소 색정적인 생각이 있어, 겉으로는 우아하고 대범하지만, 속마음은 그렇게는 되지 않아, 어떤 기회에 남자에 끌려 정을 통한 예도 있기는 있었다. 이 궁은 특별히 사려가 깊지도 않았지만, 무턱대고 겁이 많은 성격으로, 지금은 남이 그 일을 발견한 것처럼 얼굴도 들지 못하고 기가 죽어 있었다. 궁은 밝은 곳에는 무릎걸음으로도 나오지 못하였다. 아주 한심한 내 신세였다고 곰곰이 생각에만 잠겨 있었다.

궁이 몸이 편치 않은 것 같다는 말을 듣고, 겐지는 걱정이 하나 더 겹친 듯 당황하여 궁의 곁으로 건너왔다. 궁은 어디가 괴로운지 똑똑히 말도 않고 몹시 우울하여 얼굴을 들지도 않았다. 겐지는 오랫동안 찾아 주지도 않고 지내 온 것을 원망하고 있는 거라고 생각하며, 애처로운 마음이 들었다. 자의상의 병세를 얘기하고서 말했다.

"이것이 최후인가라고 걱정하고 있습니다. 새삼스레 낯선 태도는 보이고 싶지 않았습니다. 저분은 어렸을 때부터 보살펴 왔으므로, 지금에 와서 버려 두고 있을 수 없어, 이렇게 석 달 동안이나 만사를 잊고 지냈습니다. 이 일이 일단락되면, 나의 마음도 저절로 다시 알게 될 것입니다."

궁은 나리가 저 일에 관해서 전혀 알지 못하고 있는 것이 미안하기도 하고 괴롭기도 하여, 남몰래 눈물이 북받쳐 올랐다.

백목은 궁보다도 더했다. 엉겁결에 만났는데도 오히려 안타까운 고민이 점점 심해져, 자나깨나 괴로운 생각에 몸둘 바를 모르고 지냈다. 하무의 축제날에는 다투어 구경가려고 나서는 귀공자들이 찾아와 이것저것 말하며 외출을 권하였지만, 기분이 몹시 좋지 않아서 누운 채로 깊은 생각에 잠겨 있었다. 여이의궁에 대해서는 겉으로는 소중히 여겨 돌보아 드렸지만, 사실은 정답게 만나는 일은 거의 없었다. 백목은 자기의 방에 혼자 들어앉아서 불안한 생각에 잠겨 있었다. 그러던 중, 여동이 가지고 있는 접시꽃을 보고, 말했다.

〈분하게도 나는 죄를 짓고 말았다. 접시꽃 풀은 신이 허락한 머리 장식도 아닌데 그것을 따 버렸다.〉

정말 어설픈 만남 때문에 일어난 괴로움이었다. 화려한 우차의 울림들을 자기와는 인연이 없는 다른 사람의 일처럼 들으면서, 누구에게 호소할 길도 없었다. 자기가 불러온 안타까움이었으므로, 더욱더 고통스러운 하루하루였다.

여이의궁은 남편이 이러한 데에 흥미가 없다는 듯한 태도에는 이미 익숙해져 있었다. 어떤 사정인지는 모르고 있었지만, 소원하게 된 자기의 몸이 부끄럽고 뜻밖이라고도 여겨 우울한 생각에 잠겨 있기 쉬웠다. 하녀들이 모두 구경에 나가서 집안은 사람이 적어 조용한 때, 여이의궁은 망연히 생각에 잠겨, 쟁의금을 부드럽게 타면서 기분을 달래고 있었다. 그 모습도 역시 기품 있고 아름답기는 했지만, 백목은 이렇게 생각하고 있었다.

'같은 자매라도 이왕이면, 저분을 얻었으면 좋았을 텐데. 조금만 노력하면 될 것을 내 운이 없었던 것이다.'

〈제사용 머리장식[접시꽃과 침나무] 중에서도, 나는 어째서 열등한 낙엽 쪽21)을 주웠을까? 그 이름만은, 우열이 없이 화목한 머리 장식인데도. 〉

28. 육조어식소의 악령이 나타나다.

겐지는 때마침 여삼의궁에게 건너가서 곧바로 돌아오지 못하고 안절부절 못하고 있을 때, 심부름꾼이 찾아왔다.

"이제 막 숨을 거두셨습니다."

그가 전하는 말을 듣고는, 전후의 분별도 잃어버리고, 어찌할 바를 모르는 채 달려왔다. 돌아가는 길에서도 한시라도 빨리 가려고 초조하였다. 막상 도착하여 보니, 근처의 큰길까지 사람들이 모여 떠들고 있었다. 집안의 울부짖는 소리가 퍽 불길하게 들려왔다. 정신없이 안으로 들어갔다.

"요 며칠은 조금 나아진 것 같았는데, 갑자기 이렇게 되었습니다."

시중들고 있는 하녀들이 모두, 자기도 뒤를 쫓아 죽고 싶다고 하염없이 울고 있었다. 무어라 말할 수 없는 소동이었다. 보람없이 죽어서 수법의 여러 단들을 부수고, 중들도 꼭 남아야 할 사람만 빼고 뿔뿔이 돌아가려고 웅성거리고 있었다. 드디어 최후인가 하고, 겐지는 크게 낙담하고 있었다. 한심스런 마음을 무엇에 비길 수가 없었다.

---

21) 여삼의궁과 여이의궁 중, 여이의궁을 낙엽(落葉)이라고 하여 열등한 여자로 보고 있다. 뒤에 나오는 '낙엽의궁'이라는 통칭은 이 노래에 인한다.

"이렇게 된 것이 아마 악령의 소행일 것이다. 정말 그렇게 무턱대고 울고만 있을 일이 아니다."

사람들을 진정시키고, 더욱 대대적인 소원을 올렸다. 우수한 수험자를 있는 대로 불러모았다.

"정해져 있는 명이 다하여 돌아간 것이라 해도, 그저 조금만 유예를 주십시오. 부동존(不動尊)의 본원(本願)의 서약22)도 있는 것입니다. 하다못해 그 정도만이라도 이 세상에 머무르게 하여 주십시오."

머리에서 정말 부동존 같이 검은 연기가 나올 듯이, 모두들 용기를 북돋아 기도를 하였다.

"하다못해, 다시 한번 볼 수 있게 하여 주십시오. 정말 어이없이, 임종의 찰나조차 못 보고 끝난 것이 분하고 슬프다."

겐지도 이렇게 말하며 어찌할 바를 모르는 있었다. 도저히 다시 살아남으리라고 생각할 수 없는 마지막 모습을 보는 사람들의 생각에도, 짐작되는 것이 있었다. 비통한 심중을 부처님도 소람하셨는지, 이 몇 달 동안 전혀 나타나지 않았던 악령이 어린 동자에게 붙어서 큰소리를 지르며 소란을 피워 댔다. 그 와중에 자의상은 겨우 숨을 되돌렸다. 참으로 기쁘기도 하고 꺼림칙한 일이어서, 마음이 산란하여졌다.

육조어식소의 사령은 완전히 조복당하였다.

"다른 사람은 다 나가 주십시오. 겐지 한 사람에게 말씀드리고 싶습니다. 나를 몇 달 동안이나 기도로 굴복시켜 괴로운 꼴을 당하게 하는 것이 한심하고 괴롭습니다. 같은 값이면 깨달아서 알리게 하려고 생각했는데, 역시 자신의 목숨을 위태롭게 할 정도로 노심초사하는 모습을 보았습니다. 지금이야말로 이렇게 한심한 몸으로 환생했지만, 살아 있을 때의 옛적 집념이 남아 있어서 이렇게 여기까지 온 것입니다. 그토록 애통한 모습을 도저히 보아 넘길 수가 없어서, 결국 모습을 나타낸 것입니다. 절대로 알리지 않으려고 생각했는데."

---

22) 수명이 다한 자라도 6개월 한도 내에서 연명할 수 있다.

악령이 붙은 동자는 이렇게 말하며 머리를 흩뜨리면서 우는 것이었다. 그 모습은 정말 전에 본 귀신이었다. 겐지는 한심하고 기분이 나빴다. 옛날에 보았던 것과 조금도 다름이 없는 것이 더욱 불길하게 느껴졌다. 동자의 손을 잡아끌어 앉히고, 꼴사나운 일을 저지르지 못하게 단속하고 있었다. 겐지는 말했다.

"바로 그 사람이었던가? 사악하고 미친 여우 중에는, 돌아간 사람의 이름을 명예롭지 못하게 만드는 일도 있다는데, 똑똑하게 이름을 말해 다오. 나밖에는 알 수 없는 것들, 그리고 내 마음에 똑똑히 떠오르는 것을 말하여 다오. 그러면 조금은 믿어 주마."

귀신은 소리 없이 눈물을 흘리며, 울부짖었다.

"〈내 몸은 몰라보게 변해 버렸습니다만, 그렇게 시치미 떼고 있는 당신은 옛날 그대로의 당신입니다.〉

정말 원망스럽습니다."

그래도 어딘지 모르게 부끄러워하고 있는 것은 예전과 다름이 없었다. 그것이 기분 나쁘고 꺼림칙하여, 더 이상 아무 말도 못하게 하려고 했다. 그러나 악령은 말을 이었다.

"추호중궁의 일에 관해서는 정말 기쁘고도 고맙게 생각하고 있지만, 생사의 길을 달리하면 자식의 일까지도 그렇게 깊은 한이 남지 않는 것인지, 역시 나의 원망과 집착이 강하게 남았습니다. 그 중에도, 내가 세상에 살아 있을 당시에 규의상보다 가볍게 여기고 버렸다는 것보다, 친한 분끼리 이야기할 때에 나에 관해서 불유쾌하고 싫은 여자였다고 말을 하였던 것이 정말 더 원망스러웠습니다. 지금은 죽은 나의 체면을 보아 너그러이 용서하여 주십시오. 다른 사람이 욕을 하더라도 그때나마 부인하고 감싸 주시리라고 생각하였는데, 정말 원망스럽습니다. 이런 한심스런 몸으로 변해 버려서, 이렇게 큰일을 만들었습니다. 자의상을 깊이 미워하지는 않지만, 신불의 가호가 강해서 당신의 곁에서 멀리 떨어져 있다는 생각이 들고, 곁에 가까이 갈 수가 없어 목소리마저 희미하게 들릴 뿐이었습니다. 자, 이렇게 된 이상 성불하지 못하는 나의 죄가 가벼워지도록 공양을 해주십시오. 수법, 독경 등은 이 몸에게는 괴롭고 고통스러운 불꽃으로 달라붙어 다닙니다. 또한 전혀 존엄한 소리로 들리지 않는 것이 너무나 슬픕니다. 중궁에도 이 일을 전하여 주십시오. 절대로 궁살이하는 동안은 사람과 다투거나 질투하지 말라고 말하십시오. 재궁으로 있을 때의 죄가 가볍게 될 수 있도록 공덕을 꼭 쌓으라고 전하십시오. 그때의 일은 정말 뉘우쳐지는 일입니다."

계속해서 말하였지만, 악령과 마주 앉아 이야기하는 것도 보기 흉한 일이었다. 겐지는 악령을 가두어 넣고 자의상을 다른 방으로 가만히 옮겨 드렸다. 23)

29. 백목 등이 문상 오다.

자의상이 돌아갔다는 소문은 세상에 널리 알려져, 사람들이 문상으로 건너왔다. 이 또한 정말 불길한 일이었다. 재원 귀환의 행렬을 구경갔던 당상관들은 집으로 돌아오는 길에 그 소식을 듣고, 이렇게 말하는 이도 있었다.

"정말 큰일이로구나. 세상에 태어난 보람이 있도록 행복했던 사람이 빛을 잃은 날이어서, 이렇게 비가 부슬부슬 내리나 보다."

"저렇게 무엇이나 지나치게 갖추어져 있는 사람은, 반드시 오래 살지는 못하는 법입니다. '무엇을 벗꽃으로'(미인단명이라는 뜻) 라는 옛 노래도 있습니다. 이런 분이 정말 이 세상에 살아서 세상의 즐거움을 다 맛본다면, 다른 사람은 난처해질 것입니다. 이제야 여삼의궁이 기대했던 총애를 받을 것입니다. 그 동안은 보기만 해도 애처로운 대우를 받았었는데."

이렇게 또 작은 소리로 주고받고 있었다.

백목은 어제 하루 종일 집안에서 지내다가, 이날 아우들인 좌대변과 등재상을 수레 뒤쪽에 태우고 행렬을 구경갔었다. 사람들이 서로 말하는

---

23) 영화의 극을 맛본 겐지가 인생의 조락의 길을 더듬어 갈 때, 원한을 품는 집념들의 전형으로서 육조어식소의 악령을 등장시킨 것이라 생각된다.

것을 듣고 가슴이 미어지는 것 같았다.

"이처럼 괴로운 세상에 오래 살 것이 있겠는가."

백목은 이렇게 혼잣말을 하고, 이조원에 참상했다. 확실한 소문이 아니어서 불길한 일이 되면 어떻게하나 하고 다만 보통의 문안처럼 온 것이었다. 그런데 이렇게 사람들이 울고 떠들어서, 정말이었구나 하고 놀랐다.

자의상의 아버지 식부경궁도 놀라서 건너왔다. 그는 비탄한 나머지 전언도 부탁하지도 못하였다. 석무가 눈물을 닦으며 나왔다. 백목이 말했다.

"어떻습니까? 어떻게 되었습니까? 불길한 소리를 들었는데, 도저히 믿을 수 없습니다. 그저 오랫동안의 병이어서, 마음이 아파서 참상하였습니다."

"몹시 중한 병으로 세월을 보내고 있었는데, 오늘 새벽에 숨이 끊어졌었습니다. 악령의 소행이었습니다. 점차로 숨을 되돌렸다고 듣고 있어서, 지금은 조금 한숨 놓고 있습니다만, 아직 정말 안심할 때는 아닌 것 같습니다. 걱정입니다."

석무는 몹시 울었던 모습이었다. 눈도 조금 부어 있었다. 백목은 자기의 꽤씸한 생각을 기준으로 다른 사람의 마음을 추측하고 있었는지, 석무가 특별히 친하지도 않은 계모의 일에 이토록 애절하게 있었다는 생각이 나서 이상하게 여겼다.

겐지는 누가 문상 왔다는 말을 듣고는 말했다.

"중한 환자가 갑자기 숨을 거둔 것 같이 보여 하녀들이 당황하여 소동을 일으켰다. 나 자신도 안절부절못했다. 이렇게 문안 온 답례는 딴 기회에 하기로 하자."

백목은 가슴이 뛰고, 이런 복잡할 때가 아니면 도저히 참상할 수 없을 것 같았다. 사람들의 눈이 부끄럽게 생각되는 것도 마음이 켕기기 때문이었다.

겐지는 자의상이 살아 돌아온 후로 도리어 더욱 무서운 생각이 들었다. 온갖 정성을 다하여 다시 대대적인 수법을 올리게 했다. 그토록 기분이 나빴던 생령의 모습이 죽은 후에는 더욱 끔찍하게 느껴졌다. 추호 중궁을 돌보아 주는 것 마저도 요즈음은 어쩐지 마음이 내키지 않았다. 여자란 모두 다 죄업의 원인이 되는 것이며, 대체로 사람의 세상은 애처로운 것이라고 생각했다. 밖의 누구도 듣지 못하게 두 사람만이 나눈 정담의 내용을 귀신이 정확히 말하는 것을 보고 겐지는 무척이나 꺼림칙하게 여겼다.

자의상이 출가를 열심히 바라고 있어서, 겐지는 수계의 공덕도 있을 거라고 생각하여, 머리 위쪽을 그저 형식적으로 조금 자르고 오계(五戒)를 받게 하였다. 사승(師僧)이 수계 공덕의 고마움을 부처님께 말씀 올리는 원문에는, 진실로 존귀한 문구가 많이 들어 있었다. 사람 눈에 과할 정도로 자의상의 옆에 꼭 붙어, 몇 번이나 눈물을 닦으며 배려하는 겐지의 모습은, 이처럼 세상에 현명하다는 분도 이렇게 마음 아픈 일에 직면하게 되면 도저히 침착하게 있을 수는 없다는 것을 알려 주는 듯했다. 무슨 일을 해서라도 자의상을 구해 주고 이 세상에 머무르게 하려고 밤이나 낮이나 마음을 썼다. 망연자실한 표정에다 얼굴도 조금 여윈 것 같았다.

30. 겐지가 여삼의궁을 문안하다.

5월경에 자의상은 흐린 날씨처럼 기분도 침체되어 있었지만, 이전보다는 조금 나았다. 그러나 아직도 끊임없이 괴로워하고 있었다. 사령의 죄업을 구제하려는 불사에서는 매일 법화경을 일부 독경하며 공양을 올렸다. 겐지는 매일매일 존귀한 불사를 시켰다. 환자의 베갯머리에는 목소리가 훌륭한 중을 골라서 독경을 하게 하였다. 이 사령은 처음 한번 나타난 뒤로 때때로 슬픈 일들을 말하고, 조금도 떨어져 나가지는 않았다. 자의상은 점점 더위가 심해짐에 따라 숨이 넘어갈 듯 더욱 더 몸이 약해져서, 겐지도 말할 수 없는 비애를 느꼈다. 자의상은 살아 있는 것 같지 않은 몸으로도 이러한 겐지를 애처롭게 여겨, 설혹 자기가 이 세상을 떠난다 해도 아무런 유감이 없다고 생각했다. 그러나 겐지가 이렇게 마음 아파하고 있는데 자기가 죽는 것을 보게 하는 것은 정말 죄송한 일이라고 느꼈다. 기분을 북돋아서 약을 조금씩 먹은 까닭일까, 6월이 되어서는 때때로 머리를 들게 되었다. 겐지는 고맙고 기뻤지만 아직도 몹시 불안하여 육조원 쪽에는 잠시 동안도 건너가지 못하고 있었다.

여삼의궁은 저 괘씸한 일로 마음을 아파한 후, 평소와는 달리 기분이 좋지 않았지만 대단한 병환은 아니었다. 지난달부터 임신의 징조로 먹지도 않고 핏기가 없어지고 여위어 갔다. 백목은 어떻게도 참지 못할 적에는 꿈 같은 마음으로 만나고 있었지만, 궁은 어디까지나 괴롭게 생각하고 있었다. 겐지를 몹시 무서워하며, 감히 그 모습이나 인품을 나란히 놓고 두 사람을 비교할 수는 없었을 것이다. 백목은 깊은 멋이 있고 아름다운 분이었으므로, 일반 사람의 눈에는 보통 사람보다 낫다고 칭찬을 받고 있었지만, 궁은 어렸을 때부터 둘도 없는 겐지의 인품을 늘 접하고 있어서, 그저 어처구니없는 사람이라고만 생각하고 있었다. 그런데도 이러한 사태로 되어 번민을 계속하고 있는 것은 슬프고도 안타까운 운명이었다. 유모들이 임신이라는 것을 알고, 겐지가 건너오는 것도 겨우 어쩌다 있는 일인 것을 불만스러워했다.

이렇게 궁의 몸이 좋지 않다는 것을 듣고, 겐지는 그제서야 행차하려고 했다. 자의상이 덥고 갑갑해하여서, 머리를 감겨 주니 조금 상쾌해진 것 같았다. 누운 채 머리를 뒤로 펼쳐 놓아서 곧바로는 마르지 않았지만, 엉키거나 흐트러진 가닥도 없이 품격 있게 아름다웠고, 한들한들 흐르는 것 같았다. 투명하고 고운 살결이 이 세상에 둘도 없을 정도로 사랑스러워 보였다. 껍질을 막 빠져나온 벌레처럼 아직 물컹물컹한 느낌이었다. 오랫동안 사람이 살지 않아서인지, 이조원은 조금 거칠어진 느낌이었다. 어제 오늘은 자의상의 기분이 나아져서, 공 들여 고친 앞뜰의 수로와 보기 좋은 경치에 눈을 돌리고 있었다.

연못은 아주 시원스러웠고, 연꽃이 일제히 피고, 잎은 실로 온통 푸르고, 게다가 이슬은 반짝반짝 구슬 같이 빛나 보였다.

"저것 보십시오. 연꽃이 참으로 시원스럽지 않습니까?"

자의상이 일어나 밖을 내다보고 있는 것은 아주 오래간만의 일이었다.

"이렇게 좋아진 당신을 보는 것은, 꿈이 아닌가 생각됩니다. 당신의 상태가 몹시 나빠서, 나 자신까지도 이것으로 생명이 그만인가 하고 생각되었던 때도 있었습니다."

겐지가 눈물을 글썽이며 말할 때 자의상도 슬픔이 가슴에 복받쳤다.

〈연꽃에 맺혀 있는 이슬이 사라지지 않고 남아 있는 동안만이라도 살아 있을 수 있을까요? 그 이슬과도 같은 짧은 목숨이라고 생각됩니다. 〉

〈틀림없이 약속을 해 드리지요. 이 세상뿐 아니라 내세에도 마음이 변치 않고, 연잎의 이슬방울처럼 일련탁생(一蓮托生) 할 것을. 〉

겐지는 여삼의궁에게 가는 것이 마음에 내키지 않았지만, 임금이나 주작원이 어떻게 생각할까 걱정이 되었다. 궁의 몸이 좋지 않다는 것을 듣고도 며칠이 되었는데, 눈앞의 환자에게 마음이 쏠려 있어서 궁을 보지도 못했었다. 그러다가 자의상이 조금 나아진 사이에도 들어앉아 있는 것은 좋지 않다는 생각으로 궁에게 건너갔다.

궁은 어쩐지 비난받는 것 같아, 겐지를 보는 것도 부끄러웠다. 그래서 나리의 질문에도 대답을 못하고 있었다. 오랫동안 무소식으로 있었던 나날을 속으로 원망스럽게 생각하는 것이라고 생각하여, 애처로운 마음으로 이것저것 달랬다. 겐지는 나이 든 하녀들을 불러서 병세를 물었다.

"예사의 병환은 아닌 것 같습니다."

하녀들은 앓는 모양을 말씀 드렸다.

"이상한 일이다. 꽤 시간이 지난 후인데 신기한 일이 아닌가?"

겐지는 오래 데리고 살던 여인에게도 그 동안 임신이 없었는데, 확실한 일인지 아닌지 모르는 일이라고 생각했다. 그래서 이 일에 관해서는 아무 말도 하지 않고, 그저 앓는 상황을 애처롭게만 보고 있었다.

오래간만에 건너온 것이므로, 곧바로 돌아가기도 어려워서 이삼 일 묵었다. 그사이에도 자의상의 병세는 어떨까, 어떻게 하면 좋은가 걱정이 되어 편지를 차례로 보냈다.

"겨우 며칠 사이에, 못다 한 말이 쌓인 모양이지요? 이쪽은 아직도 안심하고 있을 수 없는 상태인데."

여삼의궁의 잘못을 모르는 하녀들은 말하였다. 소시종만이 몰래 가슴을 두근거리고 있었다.

백목도 겐지가 궁의 곁으로 와 있다는 소식을 듣고는, 분수도 모르고 거꾸로 원망하는 편지를 써 보내왔다. 겐지가 잠시 대옥에 들른 틈에, 소시종은 사람의 눈을 피하여 재빨리 편지를 보여드렸다.

"번거로운 것을 보여주니, 정말 싫다. 기분이 더욱 나빠졌다."

궁은 말하고 자리에 누웠다.

"그래도 역시 이것만은. 이 쪽지에 쓴 사연은 정말 가여운 일입니다."

궁이 편지를 펼쳐 보려고 할 때에 사람이 가까이에 와서, 곤란해진 소시종은 휘장대를 옆으로 끌어 놓고 나왔다. 궁은 걱정한 나머지 한층 더 가슴이 뛰고 있었다. 더구나 들어온 사람이 겐지였으므로, 편지를 제대로 숨기지도 못하고 요 밑으로 끼워 넣었다.

겐지는 그 밤에 이조원으로 돌아가려고 타이르는 투의 인사말을 하였다.

"당신은 그렇게 대단히 나쁘게는 안 보이지만, 저쪽 분은 여태껏 정말 위험한 병세였습니다. 내가 지금에 와서 내버려두는 것도 불쌍한 일이지요. 내 일을 나쁘게 말하는 사람이 있어도, 결코 마음에 두지 마십시오. 곧 나의 진의를 알게 될 것입니다."

여느 때는 시시한 농담 같은 것도 마음 편하게 할 수 있었는데, 오늘은 궁이 몹시 우울하여 마주 보지도 못하는 것을, 겐지는 그저 자기와의 사이를 원망스럽게 생각하기 때문이라고만 생각했다. 자리에 잠시 누워서 이야기하는 동안에 해가 저물었다. 조금 쉬고 있었지만, 쓰르라미가 화려하게 우는 소리에 눈을 떴다.

"그러면, 길이 어둡기 전에."

자리에서 일어나 이렇게 말하며 옷을 고쳐 입었다. 여삼의궁은

"사람들은 달을 기다려서 떠나가는 것이라고들 말하는데요."

아주 젊은 느낌으로 말하였다. 밉지 않은 정경이었다.

'잠깐이라도.'

이렇게 생각하며 더 머물기를 원하는 것 같아 애처로워서 멈추어 섰다. 여삼의궁이 읊조렸다.

〈저녁 이슬에 소매를 적시며 울까요? 쓰르라미 울음소리에 일어나 가시려는 것은.〉

어린 모습으로 순진하게 말하는 것도 애처로워 잠시 앉았다.

"아주, 괴로운 일이다.

〈나를 기다리고 있는 곳에서는 지금 어떻게 듣고 있는 것일까? 이것저것 나의 마음을 심란하게 하는 쓰르라미 소리를.〉"

마음은 갈피를 못 잡고 있었지만, 역시 이쪽에 너무 박정하게 하는 것도 불쌍하다고 생각되어, 그대로 밤을 보냈다. 역시 망연하게 마음을 뺏긴 채로 과일 같은 것을 먹고서 자리에 들었다.

31. 겐지가 백목의 편지를 발견하다.

서늘한 아침에 가려는 생각으로 겐지는 일찍 일어났다.

"엊저녁에 쓰던 부채를 어디에 놓았는지 잃어버렸구나. 바람이 미적지근하다."

지금 가지고 있는 부채를 놓고서, 어제 얕은 잠을 잤던 자리 근처에 멈추어 서서 찾고 있었다. 조금 흐트러진 요의 끝 부근에서 청록색의 얇은 편지가 살짝 보였다. 겐지가 무심히 꺼내어 보니, 그것은 남자의 필적이었다. 종이에 쪼인 엷은 향도 마음을 북돋우는 풍취였고, 의미 있게 보이려는 의도가 있어 보였다. 종이 두 장에 세세히 쓰여 있는 것을 보니, 틀림없이 백목의 필적이었다. 거울을 드리는 하녀는 겐지에게 온 편지를 읽는 것으로 여길 뿐, 실정을 알 까닭도 없었다. 그러나 소시종은 주의하여 보고는 어제의 편지와 같은 색이라는 것을 알았다. 너무나 뜻밖의 일로 깜짝 놀라 가슴이 두근두근 고동쳤다. 나리에게 죽을 드리는 하녀에게는 눈도 주지 않고, 소시종은 억지로 이렇게 생각했다.

"아니, 아주 비슷해도 그 편지는 아닐 것이다. 혹시라도 그렇다면 정말 큰일이 아닌가? 그런 일이 있을 리 없다. 꼭 감추어 두셨을 것이다.”

궁은 아무것도 모르고 아직 자고 있었다.

“저, 얼마나 어리석은고! 이러한 편지를 어질러 놓은 채 놓아 두다니. 만일 나 말고 딴 사람이 보기라도 하면.”

겐지는 궁을 업신여기고 싶었다.

“역시 그랬었구나. 그윽한 곳이 전혀 없는 인품이어서 걱정하고 있었더니.”

겐지가 나간 후 하녀들이 조금 물러나 있는 틈에, 시종은 가까이로 다가왔다.

“어제의 그 편지는 어떻게 하셨습니까? 오늘 아침 나리가 보고 계시던 편지의 색이 아주 비슷했는데.”

궁은 너무나 놀라서 눈물이 계속 넘쳐 흐르고 있었다. 소시종은 불쌍하다고 여기면서도 정말 어떻게도 할 수 없는 분이라고 생각했다.

“어디에 두셨습니까? 저는 그때 하녀들이 옆에 와서, 사정이 있음직한 얼굴로 가까이에 대령하고 있으면 안되겠다고 생각했습니다. 저는 그런 조그만 것에조차 양심의 가책을 받아 물러나 있었는데, 나리가 올 때까지는 조금 시간이 있어서 그 사이에 치워 놓았을 것이라고 생각하고 있었더니!”

“아니, 그렇지 않았다. 내가 편지를 보고 있을 때 들어오시기에 치울 사이도 없이 요 아래에 끼워 두었는데, 그 후 잊어버렸다.”

궁은 정말 다시 말할 것도 없었다. 숨겨 둔 곳에 가서 찾아보았으나, 편지가 있을 리 없었다.

“큰일 났습니다. 저 분〔백목〕도 몹시 두렵고 조심스러워 약간의 기색이라도 겐지의 귀에 들어가면 큰일이라고 삼가셨는데, 얼마 되지도 않아 이렇게 되어 버리다니. 매사에 어린 기미가 아직 가시지 않은 인품에다 저분에게 모습을 보인 것 때문에, 그 이래 몇 해 동안 내내 단념할 수 없었다고, 저에게 갈망하듯 계속 원망하는 말을 들어 왔었습니다. 정말 이렇게까지 되리라고는 생각하지 못했습니다. 모두에게 딱한 일이 되어 버릴 것입니다.”

거침없이 말하였다. 궁이 스스럼없는 젊은 분이었으므로, 이렇게까지 꺼리는 것 없이 말씀을 올렸을 것이다. 궁은 대답도 없이 그저 울기만 했다. 정말 괴로운 듯이 전혀 아무것도 듣지 않았다.

“이렇게 괴롭게 계시는 것을 내버려두고, 이미 많이 회복된 자의상님을 돌보는 데에 열심이시다.”

하녀들은 원망스럽게 생각하고 있었다.

32. 겐지가 밀통의 사실을 알고 괴로워하다.

겐지는 이 편지가 아무래도 의심스럽게 여겨져서, 사람이 안 보는 곳에서 되풀이하여 읽고 있었다. 궁을 돌보아 주는 하녀들 중 누군가가 백목의 필적을 흉내 내어 쓴 것이 아닌가 하는 생각도 해보았지만, 다른 사람하고는 혼동되지 않을 만한 백목의 말투가 역력했다. 오랜 세월에 걸쳐 그리워하였던 것이 때마침 숙원이 이루어지고, 그 때문에 도리어 마음이 수습되지 않는다는 등 써 있는 말은 정말 의미 있는 내용이었다.

“정말 이렇게 노골적으로 써도 되는 것인가? 저만한 인물이 이런 편지를 분별없이도 썼다. 나는 만일 사람 손에 들어가게 될까 두려워하여, 이런 자세한 것을 쓰고 싶은 때에도 생략하고 생략하여 모호하게 썼었는데, 사람이 신중하기란 정말 어려운 것이다.”

겐지는 백목의 마음속까지 경멸하였다.

“이제 이 궁을 어떻게 다루면 좋을까? 예사롭지 않은 임신한 몸인 것도 이러한 은밀한 소행의 결과였다. 얼마나 꺼림칙한 일인가? 이렇게 직접 비밀을 분명하게 알아 버리고도, 이때까지와 같이 돌보아 드려야 하는 것인가?”

겐지는 자신의 마음이지만, 도저히 생각을 바꾸기가 어려웠다.

“무책임하고 변덕스러워 처음부터 아무런 집착이 없었던 여인이라도 다른 남자와 마음을 나누게 되면 불유쾌해서 마음이 떠나는 법이다. 더구나 궁은 각별한 신분이니, 분수도 모르는 남자의 엉뚱한 생각이라고 하지 않을 수 없다. 물론 임금의 부인에 대해서도 잘못을 저지른 예가 있기는 했었지만, 그것과는 사정이 다르다. 궁살이라 해도 다른 여자들과 같이 임금에게 친히 시중들다 보면, 그 중에 남녀의 일에 관해서도 알기 시작하여 잘못이 여러 가지 일어날 수 있는 것이다. 여어나 갱의(更衣) 중에는 어느 면에서인가 결함이 있을 수 있다. 사리분별이 반드시 단단히 갖추어지지 않은 사람도 있어 생각지도 않은 사태가 일어나는 일도 있지만, 확실한 잘못을 모르는 동안에는 그대로 궁살이를 할 수 있는 것이어서, 즉시 누구의 눈에도 띄지 않는 잘못이 일어날 수 있는 것이다. 그러나 이렇게 비교할 사람도 없이 대접하여 드리고, 속으로는 더 마음을 쓰고 있는 분보다도 존귀하게 정실로 대우해 드리는 나를 제쳐두고, 이러한 일을 저지르는 것은 정말 말도 안되는 일이다."

겐지는 한탄하지 않을 수 없었다.

"부군이 임금이라 하더라도 총애를 입지 못하여, 그저 온순하게 조정에 봉사한다는 정신만으로 궁살이를 하는 것이 불만스러운 나머지, 친절하게 말을 걸어오는 남자에게 마음이 끌리는 경우라면, 같은 불의밀통(不義密通)이라도 동정을 받을 수 있을 것이다. 저 정도의 남자에게 여삼의궁이 마음을 빼앗긴다는 것은 생각하기 어렵다."

겐지는 몹시 불쾌했다. 겉으로 드러내지는 못하고 괴로워했다.

"돌아가신 동호원도 나와 같이 마음속으로는 알고 있었지만, 모르는 척하고 있었던 것이 아니었을까? 생각하면 저번 때의 일은 아주 무섭고, 있어서는 안될 잘못이었다."

겐지는 자신의 일을 생각해 보니, '사랑의 산 길(사련)'을 비난하지 못한다는 생각도 들었다.

33. 겐지와 여삼의궁과 백목이 각각 고민하다.

겐지가 내색은 안 하지만, 고민하고 있는 표정이 뚜렷이 보여서 자의상은 이렇게 짐작했다.

'가까스로 목숨을 건진 이 몸을 불쌍히 여겨 건너오셨지만, 저쪽 분에

대해서는 어쩔 수 없이 애처롭게 생각하고 있을 것이다.'

"제 몸은 좋아졌습니다. 여삼의궁의 몸이 좋지 않을 것인데, 바로 돌아오시면 불쌍합니다."

"그렇군요. 여느 때와는 달리 나쁘게 보였지만 각별한 증세도 없어서 저도 모르게 안심하고 이쪽으로 온 것입니다. 임금으로부터는 몇 번이나 문안의 사자가 왔었습니다. 오늘도 편지가 있었습니다. 부군인 주작원이 특히 소중하게 돌보도록 부탁하고 있어서, 임금도 이렇게 마음을 썼을 것입니다. 궁을 조금이라도 소략하게 하면, 두 분이 걱정을 하게 되어 미안해집니다."

"임금의 마음보다도, 장본인이 원망할 것이 틀림없습니다. 그것이 애처로운 것입니다. 자기는 내색하지 않게 하더라도, 험담을 일러바치는 하녀가 반드시 옆에 있을 것이라고 생각되니 정말 괴롭습니다."

"과연 당신은 무엇이든 매사에 생각이 깊습니다. 저쪽 하녀들의 마음까지 배려하고 있는데, 나는 그저 국왕의 비위를 건드리지 않으려고만 생각하고, 그 이상의 배려는 하지도 않았습니다."

겐지는 쓴웃음으로 어물어물 말을 흐리고 제안의 말을 하였다.

"같이 저쪽 집으로 돌아가 지내기로 합시다."

"저는 여기서 조금 더 마음 편하게 있겠습니다. 먼저 가십시오. 저는 궁의 몸이 좋아졌을 때에 가도록 하겠습니다."

그러는 동안에 며칠이 지났다.

여삼의궁은 그 동안 겐지가 안 오는 날에는 겐지의 차디찬 마음을 탓했었지만, 지금은 자기에게 과실이 있어 이렇게 되었다고 생각하며 걱정스러워했다. 주작원의 귀에라도 들어가게 되면 어떻게 생각하실까 하고 불안하기만 했다.

백목은 끊임없이 편지를 보내왔는데, 소시종은 번잡하고 성가신 일이라고 생각하여, 이렇게 알렸다.

"편지를 들켜 버렸습니다"

백목은 너무나 뜻밖의 일에 깜짝 놀랐다.

"대체 어느 사이에 그런 일이 일어났을까? 이런 일이 오래 계속되면 자연히 그 낌새가 다른 사람에게 알려지는 일도 생길 것이다. 생각만 해도 정말 기가 죽을 일이다. 하늘에 눈이 달려 망보고 있는 것처럼 두려웠는데, 더구나 얼버무릴 수 없는 증거가 되는 편지를 들켰다니."

백목은 부끄럽고 황송하여 안절부절못하고, 서늘하지 않은 철인데도 한기에 몸이 얼어 오는 것만 같았다.

"이때까지 오랜 세월, 공공연한 일에나 놀이 때에도 언제나 초대되어 옆에 참상하는 것이 버릇이 되었었는데. 누구보다도 친절하게 마음을 써 주셔서 마음으로부터 고맙고 기쁘게 여겼었다. 기막힌 고얀 놈이라고 미움을 받는 지경이 되면, 어떻게 얼굴을 들고 대할 수 있을까? 그렇다고 이대로 돌연히 물러나서 문안을 안 드리는 것도, 사람들 눈에 이상하게 생각될 것이다. 나리도 역시 그렇다고 생각하실 것이니 그것도 견디지 못할 일이다."

불안한 마음에 기분이 몹시 나빠져서, 이미 궁중에도 참상하지 않고 있었다. 그렇게까지 무거운 벌에 해당하는 것이 아니더라도, 자기 몸을 망쳐 버렸다는 생각이 들었다. 정말 걱정한 대로 되었다는 생각에, 한편으로는 자기 마음까지 원망스럽게 생각하였다.

"여삼의궁은 침착하고 그윽한 용모로는 보이지 않았던 분이었다. 도대체 저 고운발의 틈으로 보았던 사건부터가 있어서는 안되는 일이지 않은가? 석무대장도 경솔한 짓이라고 생각하는 것이 얼굴에 똑똑히 나타났던 것을."

지금에 와서야 백목은 그런 생각을 하게 되었다. 억지로 궁에 대한 생각을 식히기 위해, 무리한 트집을 잡고 있는 것일까?

"그저 대범하고 품위가 있는 분은 세상의 일을 잘 모르는 법이고, 또 옆에서 시중 드는 하녀들도 배려하는 것이 부족했다. 그래서 애처로운 일을 저지르게 된 것이다."

백목은 궁이 안쓰럽고도 원망스러웠다.

34. 겐지가 여삼의궁과 옥만의 인품을 비교하다.

궁은 계속 기분이 좋지 않은 상태로 있었다. 겐지는 그 모습이 역시 가여워서, 딱 잘라 체념하여 버리기도 괴로웠다. 건너가서 만나보는 것도 불쌍하다는 생각이 앞섰다. 겐지는 순산의 기도 같은 것을 이것저것 분부했다. 이전과 다름없이 친절하게 돌보았고, 소중하게 대접하는 것은 전보다도 더하였다. 단둘이 이야기할 경우에는 아주 소원한 생각이 들었다. 겐지는 다른 사람 눈에도 체면이 안 서서, 남들 앞에서는 애써 잘 보이게 꾸몄지만, 내심은 괴롭기만 했다. 궁의 마음은 더 괴로웠다. 겐지는 편지에 관해서는 아무 말도 하지 않았다. 궁은 어떻게 해야 좋을지 몰라 혼자서 곤혹스러워하고 있었다.

'이런 모양으로 있으니까 그런 사태를 일으켰다. 대범한 것이 좋다고는 하지만, 걱정이 될 만큼 지혜롭지 못한 것은 정말 믿음직스럽지 못하다.'

겐지는 남녀의 사이라는 것이 모두 어쩐지 불안하게 여겨지고 이런 생각이 들었다.

'저 명석여어도 너무나 마음이 곱고 지나치게 대범하다. 만일 이렇게 마음에 둔 남자가 있으면 아주 열중하게 될 것에 틀림없다. 여자란 그렇게 수동적이고 부드러워야만 남자편에서 다루기 쉽다고 보는 것일까? 있을 수 없는 일이지만 문득 눈에 띄어, 여자편에서도 강하게 거절하지 못하고 잘못을 저지르는 수가 있을 것이다.'

'수흑 우대신의 본처 옥만은 각별한 후견인도 없이 어릴 때부터 불안한 생활로 유랑하며 커 왔지만, 재치가 있고 사려도 깊다. 나로서도 겉으로는 친하게 거동하면서도 호색적인 마음이 없지는 않았던 것을, 느긋하게 모르는 척하며 흘려보냈었다. 또 수흑이 어떤 천박한 하녀와 결탁하여 숨어 들어간 때에도, 분명히 자기는 받아들이지 않았다는 것을 사람들에게 확인시켰다. 그리고 새삼스럽게 양부와 생부의 허락을 얻고자 하여, 자기가 나서서 만든 일이 아닌 것처럼 처리했다. 지금 생각하여 보면 다 지혜로운 방법이었다. 원래 두 사람은 인연이 깊어서 이렇게 오래 같이 살고 있는 것이겠지만, 장본인의 생각만으로 저렇게 되었다고 세상 사람이 수군대게 만들면 얼마쯤 경박한 느낌을 면하기 어려울 것이다. 옥만은 정말 훌륭하게 일을 처리했다.'

35. 농월야의 출가.

겐지는 아직도 상시 농월야를 회상하곤 했지만, 이러한 일이 꺼림칙하다는 것을 깨달아, 그분의 마음 약한 면도 얼마쯤은 천박하게 여기고 있었다. 겐지는 농월야가 드디어 숙원이었던 출가한 것을 듣고는, 몹시 유감스러운 마음으로 문안을 드렸다. 하다못해 자기에게 미리 넌지시 말해 주지 않은 것을 무정하다고 푸념했다.

"〈여승이 된다는 것이 다른 사람의 일로 생각될까요? 수마의 포구에 초라한 살림으로 눈물에 젖었던 것은, 다른 누구 때문이 아니라 바로 당신 때문이었는데. 〉

세상에는 정해진 것이 없음을 생각하면서 오늘날까지 출가를 미루고 있었는데, 당신이 먼저 실행한 것을 섭섭하게 여기고 있습니다. 당신이 나를 버렸다 해도 가장 먼저 나를 위해 회향(回向)24) 해 줄 것이라 굳게 믿고 있습니다."

농월야는 미리 결심한 것을 실행에 옮겼을 뿐이지만, 겐지가 이것저것 말하는 것에 끌려 남모르게 차분히 감회가 밀려왔다. 예전부터의 괴로운 인연은 역시 얕은 사이가 아니었다고 이것저것 회상했다. 이제부터는 편지를 주고받는 것도 할 수 없는 처지라고 생각하니, 가슴에 치미는 것이 있어 정성 들여 답장을 썼다. 농월야의 필적은 아주 훌륭하였다.

"무상한 세상이라는 것은 제 몸 하나뿐이라고 느꼈었는데, 제게 뒤떨어진다고 말씀하는 것은 정말 ….

〈여승[어부와 통함]의 배를 어떻게 놓칠 수가 있었겠습니까? 명석의 포구에서 어부처럼 살고 있던 당신이. 〉

회향에는 일체중생을 위하여 기원해야 할 터인데, 어째서 당신을 위한

---

24) 자기가 쌓아 온 공덕이나 선행을 타인에게 베풀어 극락왕생하게 기원하는 것.

것 만을."

짙은 푸른 남빛의 종이를 붓순나무[25]에 꽂아 보냈다. 신기한 취향은 아니었지만, 몹시 재치 있게 느껴졌다.

때마침 이조원에 있을 때여서, 겐지는 자의상에게도 편지를 보였다. 지금은 완전히 끊어진 사이라고 여겨 스스럼없이 내보였다.

"아주 호되게 당하여서 정말 나로서도 아주 정떨어집니다. 이것저것 불안한 세상을 잘도 그대로 보아 넘기며 살아온 것이지요. 세상에 흔히 있는 이야깃거리라도 정취와 풍류가 있게 말할 줄 알고, 떨어져 있어도 친하게 교제할 수 있는 사람으로는 조안 재원과 이 농월야의군만이 남아 있었는데, 이렇게 다 출가하고 말았어요. 재원은 대단히 근행에 열심이어서, 다른 일에는 눈도 안 돌리고 불도에 전념하고 있다고 합니다. 많은 사람들의 모습을 보고 듣고 하는 중에, 사려가 깊기로는 저 재원에 비교할 만한 사람은 없었습니다. 여자 아이를 키운다는 것은 정말 어려운 일이지요. 전세부터의 운명은 눈에 보이는 것도 아니고, 어버이 마음대로 되지 않습니다. 커 갈 때 어버이의 마음쓰임은, 정말 노력하지 않으면 안되는 것이지요. 나는 다행히도, 여기저기에 아이들이 적어서 고생하지 않아도 되는 운명이었지요. 여러 아이들을 돌보아 주게 되었으면, 하고 바랐던 때도 몇 번 있었습니다. 당신도 맡고 있는 여일의궁을 주의하여 키워 주십시오. 여어는, 물정을 아직 충분히 알지 못하는 나이에 이렇게 바쁜 궁살이를 하고 있으므로, 어느 일에나 의지할 곳 없어하실 것입니다. 여궁들에게는, 역시 사람에게 비난받지 않고 일생을 느긋하게 지낼 수 있도록, 걱정이 없는 마음씨를 심어 주고 싶습니다. 신분이 정해져 있어 각각 상응하는 남편을 고를 수 있는 보통의 여자아이는, 저절로 그 남편에게 도움도 받는 것이지만."

"저는 별로 도움이 될 만한 후견인도 못 될 테지만, 세상에 살아 있는 동안은 돌보아 드리려고 합니다. 그러나 세상 일이 어떻게 될는지요?"

---

25) 목련과(木蓮科)의 상록관목으로 불전에 바친다. 향목(香木)의 하나.

자의상은 역시 불안한 표정이었다. 저렇게 마음대로 아무 방해 없이 근행을 하고 있는 분들을 부러워하고 있었다.

"상시의군이 여승이 되었을 때에 입을 의복을 이쪽에서 드렸으면 하는데, 가사(袈裟) 같은 것은 어떻게 바느질을 하는 건가요? 그것을 만들어 주십시오. 한 벌은 육조의 동쪽의 화산리에게 부탁하기로 하겠습니다. 너무 판에 박은 여승의 옷이라면, 보기에 풍치가 없을 것입니다. 물론 그 취지는 잃지 않아야겠지요."

자의상은 푸른 남색의 승복을 장만하였다. 겐지는 궁중의 세간을 맡은 작물소의 관원을 불러, 여승이 쓰는 물건 중 적당한 것을 몰래 분부하였다. 요, 돗자리, 병풍, 휘장이었는데, 겐지는 무척 정성을 기울였다.

36. 축하연의 연기.

이러한 일로 주작원의 축하연도 연기되어, 가을로 예정이 되었다. 그런데, 8월은 석무의 기월이어서 악소를 주선하는 데에 지장이 있을 것이고, 9월은 원의 어머니가 돌아가신 달이었다. 다시 10월로 일정을 늦추었는데, 여삼의궁이 몹시 괴로워하므로 또 연기되었다. 백목이 맡고 있는 여이의궁인 낙엽의궁은, 그 달 축하연에 참가하였다. 전 태정대신이 스스로 지휘하여 장엄하고 세심하게 집행되었다. 백목도 이 기회에 기운을 되찾아 참상하였다. 그래도 아직 심기가 좋지 않아 여느 때와는 달리 환자처럼 보였다.

여삼의궁도 여전히 무엇에나 기가 죽어 그저 고통스럽게 지냈다. 달이 거듭됨에 따라 몸도 몹시 괴로운 듯하였다. 겐지는 괘씸하기도 했으나, 애처로운 생각도 들었다. 약한 모습으로 끊임없이 괴로워하는 것을 보면서, 이렇게 끝나 버리는가 하는 슬픈 생각도 했다. 겐지는 기도 같은 것으로 바쁘게 날을 보내고 있었다.

주작원도 임신한 것을 듣고서, 애처롭고도 사랑스럽게 생각했다. 몇 달 동안 겐지가 다른 데에서 지내고 여삼의궁에는 전혀 찾아오지 않는다는 것을 듣고, 어떻게 된 것인지 걱정이 되었다. 원은 부부 사이가 믿을 수 없다는 것을 새삼스럽게 원망스러워하고 있었다. 자의상이 중병으로 있을 때도, 그 간호 때문에 겐지가 집을 비운 것조차 마음에 걸렸었다.

"그 뒤에도 여전히 소식도 없이 있다니, 그때에 무엇인가 괘씸한 일이 일어났는가? 궁 자신은 몰랐어도, 좋지 않은 하녀들의 생각으로 무슨 일이 있었던 모양이다. 궁중에서 사랑을 받는 여인들에게도 괘씸하고 곤란한 소문이 나는 예가 흔히 있으니까."

주작원은 번다한 속세의 일은 버렸을 몸인데도, 역시 친자식의 일은 잊기 어려웠다. 원은 궁에게 세밀하게 편지를 내었는데, 마침 겐지가 와 있을 때여서 함께 읽었다.

"이렇다 할 볼일도 없어 자주 편지할 기회도 없는 중에, 어떻게 흘렀는지 모르게 세월이 지나 버린 것은 슬픈 일이다. 앓고 있는 상황을 자세하게 듣고는, 염불 독경할 때에 나도 모르게 네 일이 생각나곤 한다. 어떠냐? 나리와의 사이가 허전하고 의외의 일이 있더라도 가만히 참고 있거라. 원망스러운 표정을 짓는다거나, 어지간한 일은 무엇이나 알고 있다는 듯이 넌지시 말하는 것은 기품이 떨어진다."

겐지는 주작원의 생각이 아주 애처롭게 여겨졌다. 집안의 한심한 사건을 알 까닭도 없으니까, 겐지만을 불만스럽게 생각할 것이었다.

"이 답장을 어떻게 쓰렵니까? 애처로운 편지에 내가 정말 괴롭습니다. 당신의 일을 어처구니없다고 생각하고 있더라도, 소략한 대접이라고 남이 수상히 여길 일은 하지 않으려고 생각하고 있습니다. 도대체 누가 원에게 말씀 드렸을까요?"

부끄러운 듯 얼굴을 돌리고 있는 궁의 모습도 몹시 애처로웠다. 궁은 완전히 얼굴이 야위고 걱정에 잠겨 있었지만, 더욱더 기품이 높게 느껴졌다.

37. 겐지가 여삼의궁을 훈계하다.
겐지가 차분히 말했다.

"당신이 완전히 어린애의 티를 벗어나지 못한 것을 잘 알고 계시기 때문에 원이 몹시 걱정하시는 것입니다. 이제부터라도 매사 주의하여 주십시오. 이런 일까지는 될 수 있으면 말을 안 하려고 생각했지만, 내 본의가 잘못 알려지면 난처하니 적어도 당신에게만은 말하지 않으면 안되겠습니다. 잘 생각하지도 않고 그저 남이 말하는 것을 그대로 받아들이는 당신의 마음으로는, 내가 말하는 것이 사소하게만 생각될 것입니다. 그리고 또 지금은 아주 늙은이가 된 내 모습도 볼품없게 느껴질 것입니다. 모든 것이 유감되고 한심하게 생각됩니다. 나는 주작원이 정한 사람이니, 원이 재세하는 동안은 가만히 참고서 그렇게 멸시하지 마십시오. 이 노인에게도 주작원처럼 동정심을 가져 주십시오. 당신을 맞이하면 오래 전부터 굳이 뜻하였던 출가의 일이나 여러 부인들의 일이 난처할 것이었지만, 원이 출가하신 후의 후견으로 나를 결정하신 마음을 고마워하고 있었습니다. 내가 그 뒤를 쫓는 것처럼 출가하여 똑같이 당신을 내버려 둔다면, 원도 언짢게 생각할 것 같아서 참고 있었습니다. 걱정되었던 사람들도 있었는데, 지금은 말리는 굴레가 되는 분도 없습니다. 명석여어도 앞으로 어떻게 될 것인지 앞길은 모르지만, 아이들이 점점 많아질 것입니다. 그러니 내가 없다 하여도 별 지장은 없을 것입니다. 그밖의 여러분도 다 사정에 따라 나와 함께 출가하여도 아깝지 않은 나이가 되었으므로, 점점 홀가분한 마음이 되었습니다. 원의 수명도 앞으로 얼마 남지 않았을 것입니다. 병환도 중해지는 것 같아 불안하게 보입니다. 그런데 새삼스럽게 생각지도 않았던 당신의 소문으로 걱정을 끼쳐서는 안됩니다. 이 세상은 정말 별것이 아닙니다. 다만 후세의 성불에 방해되는 것이라면, 그 죄는 몹시 무섭습니다."

겐지가 분명하게 그 일을 입에 올리지는 않았지만, 궁은 계속 눈물을 흘릴 뿐이었다. 겐지도 울면서 말했다.

"옛날에는 노인의 쓸데없는 잔소리라고 생각했던 것을 내가 말하게 되어 버리다니! 정말 싫은 노인이라고 한층 불유쾌하고 귀찮게 생각하고 있겠지요."

겐지는 열등감을 느끼면서 벼루를 끌어당겼다. 직접 먹을 갈고 종이를 준비하여, 궁에게 대답을 쓰게 했다. 그러나 궁은 손이 오들오들 떨려서 도저히 쓸 수가 없었다. 저 애정이 깊었던 백목의 글에 대한 답장은, 이러한 사양도 않고 잘만 썼을 것이라고 상상하면, 애처롭다는 마음도 사라져 버릴 만큼 미워졌다. 그래도 답장에 쓸 말을 가르쳐 쓰게 했다.

주작원의 축하연에 참상하는 것은, 이달도 헛되게 지나 버렸다. 백목의 아내 여이의궁이 각별한 위세로 축하해왔기 때문에, 임신 8개월인 이 궁의 야윈 몸이 비교되는 것을 피하려는 생각이었다.

"11월은 동호원이 돌아가신 내 기월입니다. 올해의 끝에는 이 일 때문에도 바쁩니다. 대면을 즐겨 기다리고 계시는 원에게, 당신이 혼자 가서 핼쑥한 모습을 보이는 것은 내키지 않지만, 그렇다고 이렇게 연기만 해서는 안됩니다. 꾸물꾸물 괴롭게 생각하지 말고, 산뜻하게 기분을 고쳐 얼굴을 다듬으십시오."

겐지는 그래도 이 궁을 귀엽게 생각했다. 지금까지 백목은 취향 있는 모임마다 반드시 참상하곤 했었는데, 지금은 전혀 소식도 없었다. 겐지도 백목을 부르지 않았다. 얼굴을 맞대면 상대방의 눈이 더욱 멍청한 자로 보일 것 같아 내키지 않고 또 자기로서도 만나면 조용한 마음으로는 있기 어려울 것 같았기 때문이었다. 겐지는 백목이 몇 달 동안 출입하지 않는 것을 책망하지도 않았다. 세상 보통 사람들은 백목이 아직도 않고 있고, 겐지도 관현의 모임을 하지 않는 해라고만 생각하였다.

'무슨 까닭이 있어서일 것이다. 유별난 것을 좋아하는 남자니까, 그때의 일로 그리움을 못 견뎌하는 것이 아닐까?'

석무만은 이렇게 짐작하고 있었지만, 막다른 데까지 왔다고는 생각도 하지 않았다.

38. 백목이 겐지 앞에 참상하다.

12월이 되었다. 축하연을 10일께로 정하고, 춤을 여러 가지 연습하느라 댁 내는 흔들어 놓은 것 같이 혼잡하였다. 이조원의 자의상은 아직 이쪽으로 옮겨오지 않았었는데, 이 예행연습이 있다는 말을 듣고 겨우 옮겨왔다. 명석여어도 친정에 내려와 있었다. 이번에 탄생한 아이는 또 아들이었다. 차례로 낳는 아기는 정말 다 귀여워서, 겐지는 자나깨나 돌보고 있었다. 이것도 나이 든 보람이었나 하고, 기쁘게 여기고 있었다. 예행연습에는 수흑 우대신의 본처 옥만도 건너왔다. 석무는 화산리의 처소에서 집안의 연습 같이 미리미리 조석으로 연주하고 있었으므로, 나리 앞에서의 예행연습은 보지 않았다.

겐지는 이러한 기회에 백목이 또래에 끼지 않으면, 모처럼의 모임도 전혀 생색이 안 나고 사람들도 이상하게 여길 것 같아 초대하였다. 그러나 백목은 병환이 중하다고 오지 않았다. 사실은 어디가 특별히 아픈 병이 아니었다.

'무엇인가 괴롭게 생각하는 것이 있을까?'

겐지는 딱하게 생각하여 일부러 편지를 내었다.

"왜 사양하는 것인가? 원에게 비뚤어진 것처럼 보일지도 모르는데. 대단한 병도 아니니 참고서 참상하여라."

아버지 대신도 이렇게 권했다. 이렇게 거듭 말씀이 있어서 백목은 괴로운 일이라고 생각하며 참상했다.

아직 당상관들은 오지 않은 때였다. 겐지는 여느 때처럼 옆 가까이의 고운발 안으로 백목을 불러들이고, 자기는 고운발을 내리고 안방 안에 있었다. 백목은 정말 몹시 야위었고 안색도 나빴다. 평소 건강한 때에도 백목은 아우들과 달리 화려하게 행동하지 않았었다. 마음 씀씀이가 주도면밀하고 점잖은 사람이었다. 평소보다도 한층 차분히 가라앉아 있는 백목의 모습은 황녀들의 사위와 비교하여도 조금도 뒤지지 않았다. 다만 이번 사건에 있어서는 정말 무분별하였다고 겐지는 생각했다. 백목은 아무래도 죄는 용서받을 수 없는 거라고 생각하고 있었지만, 겐지는 그런 낌새를 안 보이고 부드럽게 말했다.

"특별한 용건 없이 만나는 것도 정말 오랜만이다. 이 몇 달 환자들을 돌보느라, 마음도 쉴 여유가 없이 지냈다. 주작원의 축하를 위하여 여기에 있는 아씨가 법회를 해 드리려고 하였으나, 차례로 지장이 많아 이렇게 연말이 가까워졌다. 도저히 생각대로는 할 수 없어서, 그저 명색뿐인 정진요리를 드릴 생각이다. 축하연이라고 하면 허풍스럽게 생각하기 쉬운데, 그저 그 동안 배워 둔 춤 같은 것이나 펼쳐 보이려고 한다. 박자 맞출 사람은 너밖에 없다고 생각한 끝에, 이 몇 달 동안 얼굴을 안 보였던 불만도 버리고 불러온 것이다."

겐지의 말하는 태도는 아무 거슬림이 없어 보였다. 백목은 몹시 기가 죽고 자기 얼굴 빛도 달라졌을 것만 같아 곧 대답할 수가 없었다.

"이 몇 달 동안, 이분저분 환자 때문에 상심하고 계시다는 것을 듣고 있었지만, 저도 봄부터 요새 유행하는 각기(脚氣)라는 것이 일어나서, 제대로 걷지도 못하는 형편입니다. 날이 지날수록 더욱 나빠져서 궁중에도 못 나가고, 세상과도 인연을 끊어 버린 것처럼 들어앉아 있었습니다. 원의 나이가 쉰이 되는 해는 누구보다 더 정성 들여 축하하여야 한다고, 치사의 대신이 말씀하셨습니다. 또 '이미 관을 걸고 수레를 버리고 물러난 몸이어서, 자진해서 섬기려고 하여도 앉을 자리가 없다. 너는 관위는 매우 낮지만, 나와 함께 원을 축하하는 뜻은 깊을 것이다. 그 뜻을 보이도록 하라'라고 재촉당하셔서, 무거운 병인데도 참상하였습니다. 요새 원은 더욱 조용하게 지내시며 완전히 깨달음의 경지에 도달하여, 허풍스런 의식 같은 것은 바라지 않는다고 알고 있습니다. 무엇이나간에 간소하게 하여, 조용히 서로 이야기하고 싶다는 원의 깊은 희망을 이루게 해 드리는 것이 좋을 겁니다."

백목은 아버지 대신의 덕으로 성대한 축하행사를 열고, 여이의궁도 주최한 것을 말하지 않았다. 겐지는 무척 사려 깊은 일이라고 생각하였다.

"이 간략한 잔치를 보고, 세상 사람들은 내 정성이 얕다고 생각할 것이지만 너는 사정을 잘 이해하여 말하고 있구나. 네 말이 내 생각과 일치하니 더욱 마음이 굳어진다. 대장은 공사 방면에서는 점점 제 몫을 하게 되었지만, 이런 풍류 방면에는 원래 서투르다. 주작원은 어느 일에나 통달하지 않은 것이 거의 없다. 그 중에도 음악의 방면에는 특히 열심이고, 정말 뛰어나시다. 지금 원은 모든 것을 버리고 있는 것 같지만, 마음이 맑고 조용하시니 지금이야말로 도리어 음악 감각을 만족하게 할 수 있으리라고 생각한다. 저 대장과 함께 춤추는 어린이들에게 조심할 점과 마음가짐을 가르쳐 주어라. 그 길의 스승이라는 사람이 있긴 하지만, 기예에는 정통할지 몰라도 용의주도하지 못하다.”

백목은 겐지가 친한 척 말을 걸어 준 것을 기쁘게는 생각하면서도, 기가 죽는 것 같아 한편으로 괴롭게도 여겼다. 말수도 적게 하고 한시라도 빨리 물러나려고 하여 평소처럼 자세한 이야기를 하지 않고 겨우 빠져나왔다.

화산리의 저택에서 석무가 준비한 악사와 무용인의 옷차림을 보고, 백목은 거기에다 새로운 취향을 보탰다. 석무도 최대한 궁리를 골똘히 한 것이었는데 다시 세심한 배려를 하는 백목을 보며, 정말 이 길에는 조예가 깊은 사람이라고 생각했다.

오늘은 예행연습이었지만, 여인 여러분들이 구경하고 있으므로, 무용하는 어린이들은 돋보이기 위해 마음을 썼다. 축하연 당일에는 빨간 겉옷에 포도색의 아래옷을 입을 예정이므로, 오늘은 파란 겉옷에 소방을 겹쳐 입었다. 악사 30인은 흰 옷을 입고, 동남쪽의 낚시 저택에서 이어지는 복도를 악소로 하여, 가산의 남쪽 끝에서 나왔다. 그러는 도중에 ‘선유하’(仙遊霞) 라는 곡을 연주했는데, 때마침 눈이 꽃잎이 지는 것처럼 조금 흩뿌려서, 봄이 바로 앞에 왔다는 것을 느끼게 했다. 매화의 정경도 멋지게 꽃봉오리를 벌리고 있었다. 겐지는 아담한 방의 고운발 안에서, 식부경궁과 우대신만을 가까이에 두고 기다리고 있었다. 그 이하의 당상관은 삿자리 위에 앉았다. 정식의 축하연 날이 아니므로 음식은 간단하게 드렸다.

우대신의 사랑군(四郎君), 대장의 삼랑군(三郎君), 병부경궁의 두 손 왕의군(孫王의 君)은, 만세락(萬歲樂)을 춤추기로 되어 있었다. 모두 아직 어린 나이였는데 정말 귀엽게 춤추었다. 네 사람은 누구에게도 빠지지 않는 고귀한 집의 아들로, 용모도 아름다운 데다 훌륭하게 차리고 나온 것은 보기에 무척이나 기품이 있었다. 또 석무의 아들로 전시 소생인

이랑군(二郎君)과 원중납언이 된 사람의 아들이 황장(무악의 곡명)을 춤추었다. 우대신의 삼랑군은 능왕을, 석무의 태랑은 낙준을, 같은 일족의 아이들과 함께 춤추었다. 해가 질 무렵 겐지는 고운발을 올리게 했다. 무악의 감흥이 높아질 때 아주 귀여운 손주들이 맨 얼굴로 춤추는 모습도, 다른 데서는 볼 수 없는 광경이었다. 스승들이 한 사람 한 사람 묘기를 모두 가르쳐 준 데다 빼어난 재능을 발휘하여 훌륭하게 춤을 마무리 했으므로, 누구나 다 몹시 귀엽게 여겼다. 나이가 든 당상관들은 누구나 눈물을 자아냈다. 식부경궁도 손주의 일을 생각하여 코의 색깔이 빨개지도록 훌쩍이며 울었다.

"나이가 들어 취하면 울기 쉽다는 버릇은 어떻게도 멈추게 할 수가 없습니다. 백목이 눈치 빠르게 발견하고 웃음을 띄고 있는 것은, 왠지 부끄러운 일이지요. 그래도 그 젊음도 잠깐일 것입니다. 거꾸로는 흐르지 않는 세월인 것을 누구라도 나이 드는 것은 어쩌지 못하는 것이지요."

주인인 겐지는 이렇게 말하고, 백목을 응시했다. 백목은 다른 사람보다 특별히 고지식하고 우울하고 기분도 몹시 좋지 않아서, 연예의 감흥도 외면하고 있었는데, 그 사람을 일부러 지명하여 취한 척 이런 말을 하는 것은, 농담이라 할지라도 백목을 더욱 조마조마하게 만들었다. 백목은 술잔이 돌아와도, 머리가 지끈거려 마시는 시늉만 하고 얼버무렸다. 겐지는 나무라며 몇 번이고 강제로 먹였다. 백목은 안 마시고는 배길 수 없어 주체스러워하고 있었다.

39. 백목이 병을 앓다.

백목은 참지 못하게 기분이 나빠져서, 아직 연회도 끝나지 않았는데 퇴출하여 버렸다. 곧바로 심한 착란을 일으켰다.

"실제로는 그렇게 몹시 취한 것도 아닌데, 왜 이렇게 괴로울까? 숨이 막히게 골똘히 생각하느라고 그랬을까? 그렇게까지 마음이 약하지는 않다고 생각했는데, 칠칠치 못한 일이다."

겐지는 이렇게 생각하였다. 자기 스스로도 깨닫는 게 있었다. 한때의 취해서 그런 것이 아니었다고 생각하며 그대로 앓아 누워 버렸다. 아버지 대신이나 어머니는 놀라 소동을 일으키고, 떨어져 있으면 걱정이 된다고 대신의 저택으로 데려오려 했다. 여이의궁의 괴로워하는 모습이 몹시 가여웠다.

그래도 그 동안에는 기대할 것도 없는 장래를 기대하며 지냈다. 백목이 특별히 깊은 정을 준 일도 없었지만, 막상 지금은 마지막으로 이별을 고하여야 하는 것을 생각하니, 여이의궁은 슬픔에 가슴이 미어졌다. 생모인 모친 어식소도 몹시 한탄하였다.

"흔히 그랬듯이 어버이는 물론 어버이로 받들어야 하지만, 이러한 부부 사이는 어떠한 때라도 떨어지지 않는 것이 관례로 되어 있는데, 이렇게 따로따로 떨어져 완전히 나을 때까지 저쪽에서 지내게 하는 것은, 걱정이 되어 안되겠습니다. 잠시 동안 여기서 이대로 조섭하십시오."

이렇게 권하며, 어식소는 휘장을 치고 간병했다. 백목이 말했다.

"지당한 말씀이십니다. 변변치 않은 나 같은 것에, 생각도 못했던 부부 사이를 굳이 허락하여 주셨습니다. 그 기쁨의 보답이라고는, 칠칠치 못한 몸이라도 오래 살아서 장차 조금은 나은 모습을 보여 드리려고 생각하였습니다. 그것이 이렇게 되어 버려서, 저의 깊은 뜻을 보여 드리지도 못하고 끝나고 마는군요. 어차피 길지도 않은 목숨이라고 생각하지만, 도저히 저 세상으로 떠나지는 못할 것만 같습니다."

두 사람은 함께 울었다. 당장은 처소를 옮기지도 못했다. 백목의 어머니는 걱정이 되어, 불평하였다.

"어째서, 곧 어버이에게 얼굴을 보이려고 생각을 안 할까요? 나는 몸이 조금이라도 좋지 않아 걱정일 때는, 여럿 있는 아이들 중에도 우선 백목을 만나보고 싶어했는데, 정말 불안해서 못 견디겠습니다."

"내가 장남으로 태어났다는 차이가 있어서인지, 어버이들은 쭉 특별하게 기대를 걸어 주셨습니다. 잠깐 동안이라도 얼굴을 안 보이면 괴롭게 생각하실 것입니다. 이 목숨도 이제 마지막이라고 느낄 때 뵙지 않는 것은, 죄가 깊다는 생각이 듭니다. 드디어 임종이라는 소식을 들으면, 그

때 몰래 와서 만나 주십시오. 꼭 또 만나게 되겠지요. 이상하게 결단력이 적고 어리석은 나의 성미로, 박정하게 느낀 일이 많았을 것이라고 후회하고 있습니다. 이렇게 짧은 목숨인 것도 모르고, 장래가 긴 줄로만 생각하였으니!"

백목은 울면서 부모에게로 옮겨갔다. 여이의궁은 뒤에 남아서, 말할 수 없이 애타게 그리워하고 있었다. 기다리고 기다리던 대신의 저택에서는 이것저것 큰 소동이 벌어졌다. 그러나 지금 갑자기 어떻게 될 중태는 아니었다. 지난 몇 달 동안은 거뜬하게 식사를 하지 못했었지만, 지금은 더욱 귤 같은 것도 손에 대려고 하지 않았다. 그저 점점 무언가에 끌려 들어가는 것 같이 보였다. 당대의 훌륭한 인물이 이런 모양으로 되어서, 세상에서는 유감으로 생각하고 다들 문안했다. 임금으로부터도, 주작원으로부터도 문안의 사자가 몇 번인가 와서는, 대단히 안타까워하고 걱정했다. 어버이의 마음은 점점 더 괴롭기만 했다. 육조원에서도 아주 놀라서, 정중하게 몇 번이나 아버지 대신에게 문안을 드렸다. 석무는 누구보다도 친했던 사이여서 가까이에 가서 몹시 한탄하고 있었다.

40. 주작원의 50세 축하연.

축하연은, 25일로 예정되었다. 이러한 때에 꼭 있어야 할 백목이 병환이 들었으므로, 다들 깊이 한탄하고 있었다. 화려한 축하는 어쩐지 어울리지 않았지만, 계속 지장이 생겨 연기를 거듭하여 온 것만으로도 변명할 여지가 없었는데, 어떻게 축하연을 이대로 내버려둔 채 중지할 수가 있겠는가? 주작원은 딸인 여삼의궁을 애처롭게 여기고 있었다. 여느 때처럼 50개의 절에서 독경을 하고, 또 주작원이 있는 절에서도 마가비로자나(摩訶毘盧遮那, 大日如來)의 독경이 있었다.

36. 떡갈나무 (柏木*)

대강 줄거리

겐지 나이 48세의 정월부터 가을까지.

백목은 괴로운 마음에 죽음을 원했지만, 비밀을 모르는 양친의 한탄에 한층 더 오뇌가 깊었다. 죽음의 병상으로부터 여삼의궁에게 최후의 글을 보내고, 소시종에게 궁에 대한 사모의 정을 호소했다.

여삼의궁은 사내아이 훈을 출산하였다. 겐지는 성대한 출산 축하연을 열면서도, 암울한 생각을 곱씹었다. 여삼의궁은 겐지의 흉중을 헤아려 절망하고 출가를 원했다. 주작원은 걱정 끝에, 밤 사이 몰래 산을 내려와 육조원을 방문하였다. 여삼의궁은 아버지 원에게 출가할 마음이 있음을 말하였다. 겐지는 출가를 만류했지만, 궁의 결의는 굳었다. 주작원은 딸의 소원을 받아 주어, 자기 손으로 득도시켰다. 그 직후 겐지는 궁을 출가로 밀어붙인 것도, 육조어식소의 사령이 시킨 짓이었음을 알았다.

석무는 낙엽의궁의 장래를 걱정하여 문안차 백목을 찾았다. 백목은 여삼의궁의 출가를 알고, 석무에게 이제까지의 경위를 말했다. 백목은 겐지에의 중재와 낙엽의궁의 앞날을 부탁하고, 그 후 얼마 안 있어 죽었다. 주위의 비탄은 말할 것도 없었다. 여삼의궁은 새삼스럽게 전세부터의 인연을 생각하고 눈물을 흘렸다.

---

* 백목(柏木)의 오뇌와 죽음, 그리고 여삼의궁의 출가를 이야기한다. 낙엽의궁(落葉의宮)의 노래에 나온다. 여기에서 백목(柏木)은 떡갈나무(가시와기, かしわぎ)라는 의미는 없고 대신(大臣)의 장남(長男) 백목(柏木)을 가리킨다.

겐지는 훈의 성장과 여삼의궁의 출가한 모습에, 복잡한 비애를 맛보았다. 손자의 탄생도 모르는 채 한탄하고 있는 치사의 대신 부부를 생각하고, 겐지는 백목의 비운에 눈물을 금할 수 없었다.

49일의 상을 마치고, 석무는 낙엽의궁을 문안했다. 어머니 어식소가 궁과 백목의 짧은 인연을 한탄했다. 석무도 동정하여, 어식소와 노래를 주고받았다. 석무는 이어 치사의 대신 댁을 찾아가 함께 백목을 그리워했다.

석무는 그 뒤에도 낙엽의궁을 자주 찾아갔다. 초여름에 들어선 지 얼마 안되어 어식소가 병이 들자, 낙엽의궁이 직접 석무를 응대했다. 석무의 마음은 어느덧 낙엽의궁에게로 기울기 시작했다. 하녀들은 석무의 늠름함을 칭찬하며 낙엽의궁의 재혼을 바랐다.

임금을 위시하여 궁중에서도 누구나 백목을 애석히 여겼다. 겐지도 훈의 성장에 따라 생각이 매우 복잡했다. 훈은 가을이 되자 기어다닐 정도로 성장했다.

1. 백목이 가까워 오는 죽음을 생각하다.

백목은 이렇게 쭉 앓고 있어서, 회복의 조짐이 없는 채 새해를 맞았다. 아버지 대신이나 어머니가 비탄에 빠져 있는 모습을 보면서, 백목은 생각했다.

'차라리 이 세상을 버리고 떠나고 싶으면서도, 부모보다 먼저 가는 죄가 무거운 것을 생각하지 않을 수 없다. 한편으로는 무리를 하여서까지, 이 세상에 살아 남으려고 하는 미련이 있기 때문일까? 어렸을 때부터 특별한 이상을 품고 무엇이나 다른 사람보다는 한층 더 훌륭하게 되려고 했다. 공적인 일에도 사적인 일에도 보통 이상의 기품을 가지고 있었는데, 그 희망이 좀처럼 생각대로 되지 않았었다. 하나 둘 차질이 있을 때마다 점점 나의 무력함을 깨닫고, 이 세상 일이 재미 없어 후세를 바라는 수행에 강하게 끌렸었다. 양친이 한탄하시는 것을 헤아렸기 때문에, 이것저것 마음을 달래면서 이 세상을 지내 왔었다. 그러나 역시 이 세상에 섞여 살아갈 수 없을 거라는 생각이 강하게 내 몸에 붙어 버린 것은 모두 나 자신의 탓이다. 모두 내 마음에서 과오를 범한 것이다.'

백목은 아무도 원망할 수가 없었다.

"부처나 신에게 원망해 보아도 다 소용 없는 일이고, 모두 전세부터의 인연인 것이다. 누구도 천 년의 수명을 사는 소나무가 아닌 이상, 결국 언제까지나 살려고 하여도 그렇게 될 수 있는 것이 아니다. 남들이 조금은 아까워하는 동안에 생명을 다하고, 잠시 동안의 연민이라도 보내 주실 분이 있는 것을 보람으로 생각하자. 이 이상으로 굳이 오래 살아 남는다면 저절로 몹쓸 소문도 날 것이고, 나로서도 궁으로서도 귀찮은 소동을 겪을지도 모른다. 차라리 내가 죽으면, 고얀 놈이라고 미워하는 겐지도 용서하는 마음이 생길 것이다. 어떤 일이 있었더라도 임종 때는 만사 사라져 버리는 것이다. 저 일만 빼고는 이렇다 할 잘못도 저지르지 않았다. 지금까지 오랫동안 무슨 일이 있으면 나를 불러서 친하게 대해 주신 연민의 정이, 겐지의 마음에 되살아날지도 모른다."

이렇게 생각하면 할수록, 백목은 자신의 처지가 한심하였다.

2. 백목이 궁과 노래를 증답하다.

"대체, 어쩌다 이렇게 수명을 단축시킬 일을 저질렀을까?"

백목의 마음속은 어두운 생각으로 가득 찼다. 베개가 뜰 정도의 눈물을 자초한 만큼, 남에게 호소하지도 못하고 세월을 보냈다. 조금 기분이 좋을 때, 사람들이 곁에 없는 틈을 타서, 백목은 여삼의궁 쪽에 편지를 보냈다.

"점점 내 명도 끝이 가까워집니다. 내 꼴을 저절로 귀로 들으실 터이데, 어떤 상태인가 물어 주시지도 않는 것은, 당연한 일이지만 아주 섭섭합니다.”

손이 부들부들 떨려서, 생각하는 것들을 모두는 쓰지 못하였다.

“〈나를 장사 지내는 마지막 연기를 내면서, 당신을 체념하지 못하는 불은 언제까지라도 이 세상에 남아 있을 겁니다.〉

하다못해 불쌍하다고라도 말씀하여 주십시오. 그러면 내 마음도 조용해지고, 어두운 길을 밝히는 빛으로 삼겠습니다.”

백목은 소시종에게도 안타까운 말들을 누누이 써 보냈다. 소시종은 당치 않은 생각이라고 지겹게 여길 수도 있었지만, 어렸을 때부터 그럴 만한 연고로 출입을 하여 친숙하게 지내는 사이인데다, 이미 임종도 가까워졌다는 것을 듣고는, 슬피 울면서 궁에게 말했다.

“역시 회답을 쓰십시오. 정말 이것이 최후일 것입니다.”

“내 명도 오늘내일 하는 것 같으니, 애달픈 것은 짐작할 만하다. 그러나 한심한 일로 지긋지긋해져서 도저히 그럴 생각이 안 든다.”

궁은 아무리 설득해도 쓰려고 하지 않았다.

궁은 본래 침착하고 조신한 성격이 아니었지만, 겐지가 때때로 불쾌한 내색을 하는 것이 몹시 무섭고 괴롭게 느껴지기 때문일 것이다. 소시종이 벼루를 준비하고 끈질기게 억지로 권하니까, 궁은 싫어하면서도 결국 답장을 썼다. 소시종은 그것을 가지고, 저녁때에 사람들 눈을 피하여 백목을 찾아갔다.

아버지 대신은, 갈성산(葛城山)¹⁾으로부터 초청하여 빼어난 수험자를 집에서 수법이나 독경 같은 것을 하느라고, 어마어마하게 큰소리를 지르고 있었다. 성(聖)²⁾스러운 수험자라고 알려진 사람에서, 세상에 별로 알려지지 않고 깊은 산에서 수행하고 있는 자까지도 아우의군들을 보내어 찾아내어 불렀다. 어쩐지 무뚝뚝해 보이는 산승까지도, 아주 많이 참상하였다. 환자의 병세는 이렇다 할 만한 것이 없었고, 다만 허전한 모습으로 때때로 소리를 내어 울곤 하였다. 많은 음양사들이 점을 쳐보고

---

1) 고래로, 산악 신앙의 중심지로 유명하였다.
2) 성(聖)은 원래 산야에 수행하는 민간 승의 총칭.

는, 여자의 혼령의 소행이라고 말하였다. 혹은 그런 일도 있을지 모른다고 생각하였지만, 귀신은 나타나지 않았다. 어떻게 된 것인지 곤혹스러워, 사람에게 알려지지 않은 깊은 산속의 행자들을 데려왔었다.

키가 크고 눈초리가 험상궂은 성자가 거칠고 과장되게 다라니경을 읽고 있었다. 백목은 생각했다.

'허, 참. 얼마나 보기 싫은가! 죄 깊은 내 몸이었던가? 다라니를 소리 높이 읽는 것을 들으니, 아주 무서워 금방이라도 죽어 버릴 것 같다.'

그리고는 가만히 병상을 빠져나와 소시종을 만났다.

대신은 그런 줄도 모르고, 자고 있다는 하녀들의 말만 믿고 있었다. 소리를 죽이고 그 성자와 여러 가지 이야기를 나누었다. 나이는 들었지만 여전히 쾌활하고 잘 웃는 대신이, 이러한 자와 심각하게 마주 앉아 있었다. 대신은 무엇인지 확실하지는 않지만 병이 심해졌다고 말했다.

"부디 귀신이 정체를 밝히도록 기도해 주시오."

대신은 애절하게 부탁하고 있었다.

"저것을 들어 보십시오. 어떤 죄인지도 모르고 점을 쳐서 알아낸 것이, 여자 귀신의 짓이라는 거다. 정말로 여삼의궁의 집념이 내 몸에 지펴 있다면, 초라한 이 몸도 갑자기 변하여 귀한 몸이 될 것이다. 당치 않은 마음을 먹어 있을 수 없는 과오를 저지르고, 저쪽의 이름을 더럽힌 예는, 옛날에도 있었다고 생각해 보았다. 그래도 역시 왠지 모르게 숨이 막히는 듯 불안하다. 저 원에게 이러한 과오를 알려지고 말았으니, 이 세상에 살아 남아 있는 것도 정말 면목이 없다. 이게 다 그분의 특별한 위세 탓일 게다. 그토록 깊은 죄를 범한 것은 아닌데, 눈을 마주친 저 저녁부터는 기분이 몹시 나빠졌다. 빠져나간 혼이 다시 내 몸으로 돌아오지 않을 것만 같다. 내 혼이 원의 속을 헤매고 다니는 것이라면, 긴 옷의 섶단을 맺어서라도 붙들어 주시오."

백목은 약한 모습으로 빈 껍질처럼 울고 웃으면서 이야기했다.

소시종은 궁 쪽도 무슨 일에나 부끄럼을 타서 꺼리고 있는 모습을 전하였다. 백목은 침울하고 야윈 궁의 모습이 눈앞에 보이는 듯했다. 과연 몸을 빠져나온 혼백은 저쪽을 떠돌아다니는 것인지, 백목은 점점 더 마음이 괴로워졌다.

'새삼스러운 궁에의 집착을 결코 알리지는 않겠다. 내 일생은 이런 모양으로 덧없이 지나 버리지만, 이런 집착이 영겁 후의 세상에서 왕생하는 데에 방해될지 모른다고 생각하면, 정말 슬퍼진다. 마음에 걸리는 출산을 무사하게 치렀다는 소식만이라도, 어떻게든 꼭 듣고 싶다. 그때 꾼 고양이의 꿈을 나 혼자서 생각해 보니, 아무에게도 이야기할 수 없는 것이 참으로 답답하다.'

복잡한 생각에 잠겨 있었다. 소시종은 그런 백목이 정말 싫고도 무섭게 생각되었지만, 한편으로 동정하는 마음을 누를 수 없어 몹시 울었다.

백목은 지촉을 가져오게 하여 궁의 답장을 보았다. 필적은 아직 믿음직하지는 않았지만, 곱게 씌어 있었다.

"애처롭게 생각은 하지만, 어떻게 문안 드릴 수가 있겠습니까? 그저 짐작할 뿐입니다. '남아 있을 겁니다'라고 노래하셨는데,

〈될 수만 있으면, 당신의 불타는 연기에 바싹 다가서서, 같이 꺼져 버렸으면 합니다. 내 쓰라린 생각의 불에 흐트러진 연기, 그 괴로움이 당신 것보다 심한가 아닌가를 비교하기 위해서.〉

당신에 지지 않을 것입니다."

백목은 차분하게 들여다보며 슬프고 황송한 일이라고 생각했다.

"정말 이 '연기'라는 말만이, 세상에 살았던 추억거리가 될 것이다. 생각하면 덧없는 것이었다."

더 세차게 울고, 누운 채로 답장을 쉬엄쉬엄 썼다. 말은 구절구절 끊겨 연결되지도 않고, 필적도 기묘한 새발자국 같았다.

"〈하염없이 하늘을 떠도는 연기가 되어 버려도, 나의 혼은 그립게 여기는 분의 근처를 떠나지 않을 것입니다.〉

저녁에는 특별히 하늘을 올려다보십시오. 나무라시는 겐지의 눈을 걱정 말고, 이제 와서는 보람도 없겠지만, 그래도 나에게 동정만은 해주십시오."

흐트러지게 쓰는 중에 백목은 병세가 더욱 나빠졌다.

"이제 됐다. 밤이 늦기 전에 돌아가서, 이렇게 임종이 다가왔다고 말씀드려 다오. 새삼스레 사람이 의심스럽게 느낄지도 모른다고, 죽은 후의 일까지 걱정한다는 것은 괴로운 일이다. 어떤 전세의 인연으로, 정말 이런 일이 마음에 파고 들었을까?"

울며 울며 무릎걸음으로 들어갔다. 평소에는 언제나 소시종을 앞에 앉히고 시시한 이야기라도 들으려고 하였는데, 오늘은 말수도 적었다. 소시종은 가여워서 곧바로 떠날 수도 없었다.

유모도 소시종에게 백목의 병세를 들려주고 슬퍼하였다. 대신 등이 가슴 아파하는 모습도 대단히 슬픈 것이었다.

"어제 오늘은 다소 나았었는데, 어째서 몹시 약해졌는가?"

대신은 소동을 피웠다.

"아닙니다. 역시 살아 남아 있기는 어렵다고 여깁니다."

백목도 울고 있었다.

3. 여삼의궁이 남자아이를 출산하다.

여삼의궁은 이날 저녁때부터 괴로워했다. 잘 아는 사람들은 산기가 있다고 큰 소동을 일으켰다. 겐지도 소식을 듣고, 놀라서 건너왔다.

'허, 참. 얼마나 분한 일인가? 아무 의심 없이 출산을 돌볼 수 있다면 얼마나 신기하고 기쁜 일이었을까.'

마음속으로는 이렇게 생각했지만, 겉으로 그런 내색을 하지는 않았다. 여러 수험자를 불러 쉬지 않고 수법을 시키고 있어서, 효험이 있다는 승려들은 모두 모여 있었다.

궁은 밤새 괴로워하다가 아침해가 뜰 무렵 아이를 낳았다. 사내아이였다는 것을 듣고 겐지는 말했다.

"세상에 싸 감추고 있는 일인데, 공교롭게도 분명히 닮은 얼굴로 태어났으면 곤란한 지경에 빠질 것이다. 여자아이였으면 어떻게든지 어물어물 넘어가기가 쉽고, 여러 사람에게 모습을 보이지 않아도 되어서 안심일텐데."

　한편, 또 이렇게도 생각했다.

　"마음쓰이는 의심이 따라붙어 있으면, 잔손이 덜 가는 남자아이인 것이 더욱 좋은 일이다. 그래도 이상한 일이 아닌가? 내가 언제나 두렵게 생각하였던 것의 과보인가 보다. 금생에 이렇게 생각도 않았던 응보에 마주치면, 후생의 죄도 조금은 가벼워질 것이다."

　다른 사람들은 이런 비밀을 모르고 있어서, 이런 특별한 분의 배에서 만년에 생겨난 젊은 군에의 총애는 대단할 것이라고 생각하였다. 그래서 모두들 더욱 마음을 써 시중들었다.

　출산 축하의 의식은 성대하고 허풍스러웠다. 여러 처첩들이 각각 취향대로한 산후의 양호 도구는, 관례대로 쟁반, 쟁반의 대, 고배(高杯) 등이었는데, 의장을 경쟁하다시피 정성껏 준비했다. 닷새 째의 밤, 추호중궁이 있는 곳에서 산부의 먹을 것과 하녀들의 하사품을 위세도 당당하게 보내왔다. 죽, 뭉친 밥 50인분, 게다가 여기 저기의 향응은 육조원에 시중드는 하인들이나 원의 잡일을 맡아 하는 하인들에게까지 성대하게 내려졌다. 대부를 비롯한 궁사의 관리들과 냉천원의 전상인들이 모두 와 있었다.

　칠일 저녁에는, 임금의 주도로 공식적인 축하의식이 거행되었다. 치사의 대신은 특별히 정성 들여 축하해야 할 것이었지만, 생각할 여유가 없는 때여서, 그저 대강의 인사만 보내왔다. 친왕들이나 당상관이 많이 참상했다. 이렇게 표면적인 축의의 모습은 세상에 유례없이 소중하게 해드렸지만, 겐지는 마음속에 괴로운 생각을 담고 있었다. 그래서 그다지 활기찬 대접은 하지 않고, 관현의 놀이도 따로 없었다.

4. 여삼의궁이 출가를 원하다.

　궁은 대단히 허약한 몸인데다 처음의 경험이라 아주 기분이 나빴다. 무서운 생각에 탕약도 먹지 않았다. 자신의 한심한 처지를 뼈저리게 느껴서, 차라리 이런 기회에 죽어 버렸으면 하고 생각하고 있었다. 겐지는 사람들 앞에서는 태연하게 있었지만, 아직 갓 태어난 어린 님을 특별히 보려고도 하지 않았다.

"글쎄, 어찌 이렇게 차디차게 계실까? 신기하게 태어난 어린 님의 모습이 이렇게 무서울 정도로 아름다운데."

늙은 하녀는 이렇게 말했다. 궁은 들으려고도 않는 중에 이 소리를 듣게 되었다.

'앞으로 나리와의 사이가 멀어지는 것도 더 심해질 것이 아닌가?'

이렇게 원망스럽고 숙운이 사납게 느껴져서, 차라리 여승이 되어 버리려고 생각했다.

원은 밤에도 궁 곁에서 자지 않고, 낮 동안만 잠깐 얼굴을 내밀었다.

"세상의 덧없는 모습을 보아서 알고 있습니다. 나도 장래는 길지 않다는 허전한 생각이 들어, 부처님 앞에서 근행을 하게 되었습니다. 소란스런 때라서 생각이 뒤흔들려, 도저히 문안도 못 드렸습니다. 어떻습니까, 기분이 좀 나아졌습니까? 애처로운 일입니다."

겐지는 이렇게 말하고, 휘장의 끝에서 살펴보고 있었다. 여삼의궁은 고개를 들고, 평소의 모습보다는 아주 어른스럽게 말했다.

"역시 도저히 살아나지 못할 것 같이 생각되지만, 이러한 일로 죽은 사람은 죄가 무거울 듯합니다. 여승이 되면, 혹시 그것으로 목숨을 연장시킬 수 있을까 하는데, 한번 시험해 보고 싶습니다. 목숨을 연장시키지 못하고 죽는다 해도, 죄를 없애는 일이라고 생각하고 있습니다."

겐지는 말했다.

"대단히 듣기 거북한 말씀을 하십니다. 어림도 없는 일입니다. 왜 그런 것을 생각하셨습니까? 아이 낳는 일은 두려운 것입니다만, 그렇다고 해서 살아나지 못하는 일은 없는 것입니다."

마음속으로는 이렇게 생각하기도 했다.

'정말 그렇게 결심하고 있다면, 그 희망대로 해 드리는 것이 동정심 깊은 일이 될 것이다. 이렇게 같이 살고 있으면서, 무엇에든 무의식중에 서먹서먹하게 되었다면, 더욱 애처로운 일이다. 나도 예전으로 되돌아

갈 거라고는 도저히 생각이 안되고, 싫어하는 처사를 하게도 된다. 그러
면 궁을 소략하게 다루었다고, 자연히 사람들에게 책망당하는 일도 있을
것이다. 그렇게 되면 정말 괴로울 것이고, 주작원의 귀에라도 들어갈 경
우에는 모두 내 잘못이 될 것이다. 몸이 허약하다는 것을 빌미로, 희망
대로 여승이 되게 할까?'

그러나 그것도 너무나 황송하고 미안했다. 궁의 이 치렁치렁한 긴 머
리를 잘라 없애는 것이 가슴 아프게 느껴졌다.

"그런 말씀 마시고, 마음을 굳게 가지십시오. 걱정하실 일은 아무것도
없습니다. 이제 그만이라고 생각되는 환자라도 좋아진 자의상의 예가 가
까이에 있으니까, 역시 속세를 버릴 것은 아닙니다."

겐지는 약탕을 권하였다. 궁은 정말 몹시 야위고 의지할 곳도 없어 보
였다. 힘없이 누워 있는 궁의 모습은 순하고 귀여워 보였다. 아무리 지
독한 과실이 있었어도 용서해 드리자고 마음이 약해졌다.

5. 주작원이 하산하고 여삼의 궁이 출가하다.

산의 임금 주작원은, 첫 출산이 무사하게 끝났다는 소식을 듣고, 만나
고 싶은 마음이 간절하였다. 그런데, 이렇게 쭉 앓고 있다는 말이 들려
오자, 그 안부가 궁금하여서 부처님에의 근행도 잘 안되고 걱정하고 있
었다.

궁은 아무것도 들지 않은 채 며칠이나 지나서, 몸이 더욱 쇠약해졌다.
언제보다도 아버지 원이 몹시 그립게 생각되었다.

'이제 두 번 다시 뵙지 못하게 되려는가?'

궁은 몹시 울고 있었다. 주작원은 이런 사정을 전해 듣고 참을 수 없
이 슬픈 생각이 들었다. 출가한 몸에 어울리지 않는 일임을 알면서도,
원은 밤의 어둠을 틈타 산에서 내려왔다.

미리 소식도 없이 주작원이 급히 건너오자, 겐지는 놀라서 황송해하
였다.

"속세의 일은 마음에 두지 말자고 생각하고 있었는데, 무어라 해도 자

식 걱정은 버려지지 못하는군요. 자식을 생각하는 어두움 때문에 근행도 게을리하게 됩니다. 만일 순서대로 되지 않고 뒤따라야 할 사람이 먼저 세상을 떠나게 되면, 이 원망이 서로에게 남을 것입니다. 그것이 한스러워 세상 사람으로부터 비난을 받을 것도 돌아보지 않고 이렇게 온 것입니다."

주작원은 모습은 중이면서도 우아하고 부드러워 보였다. 눈에 띄지 않게 옷차림도 초라하게 차리고 있었다. 단정한 법복이 아닌 먹색으로 물들인 옷차림이, 말할 수 없을 정도로 기품이 높고 아름답게 보였다. 주작원은 언제나처럼 먼저 눈물을 흘렸다.

"앓고 있는 병세는 특별한 병이 아닙니다. 그저 이 몇 달 동안 쇠약해져 있는 데다, 식사를 전혀 드시지 않아서 그럴 뿐입니다."

겐지가 말씀드렸다.

"부끄러운 자리입니다만."

겐지는 휘장의 앞에 자리를 마련하고 안내하였다. 궁도 이것저것 하녀들에게 몸단장을 시키고, 휘장대의 아래로 내려갔다.

"밤낮으로 기도하는 중의 모양으로 있다만, 아직 효험이 나타날 정도의 수행도 하지 못했다. 모양이 보기 싫겠지만, 그저 네가 보고 싶어서 온 나를 눈앞에서 잘 보아 두어라."

주작원은 휘장을 조금 제치고, 이렇게 말씀하시고 눈을 닦았다. 궁도 힘없이 울면서, 말했다.

"살아 남으리라고는 생각도 안되니, 이렇게 건너오신 기회에 저를 여승으로 하여 주십시오."

"그런 생각은 훌륭한 것이지만, 희망이 없다고 정해진 수명도 아니지 않느냐? 남은 인생이 긴 사람은 오히려 나중에 귀찮은 일이 일어날지 모른다. 세상 사람의 비난을 받기도 쉬우니 잠시 미루는 것이 좋다."

그러나 주작원은 겐지에게 이렇게 말했다.

"이렇게 자기가 희망하고 있는데, 이것으로 살아나지 못할 병세라면 남아 있는 나날이라도 그 공덕으로 있게 해주고 싶습니다."

"이 며칠 사이 그렇게 말하고 있습니다만, 귀신이 마음을 혹하게 하여 그런 생각을 일으키게 하는 일도 있으므로, 받아들이지 않았었습니다."

"귀신의 꼬임에 져서 그렇게 정해졌다면 조심도 해야 할 일이지만, 아주 쇠약해진 사람이 이제 그만이라고 생각하여 바라고 있는 것을 흘려듣는다면, 뒤에 후회되고 괴로워하지 않을까요?"

'처음에 나는 안심하고 궁을 여기에 맡겼었다. 그러나 겐지는 승낙하여 돌보고 있으면서도, 그렇게 대단한 사랑을 쏟은 것도 아니었다. 내가 처음에 기대한 것과는 다르게 지내고 있다는 것을 전해 들을 때마다 마음이 아팠었다. 겉으로 드러내어 원망할 일은 아니었지만, 세인들이 상상하여 소문을 내는 것도 유감스럽게 생각했다. 이 기회에 세상을 떠나는 것도, 부부 관계에 불안을 느껴서 출가하는 것 같게 보이지만 않으면, 나쁘다고 할 수 없을 것이다. 평범한 후견으로는 아직도 겐지를 신뢰하여도 좋을 것이니, 오직 그것을 맡긴 보람으로 생각하기로 하자. 배반한 것 같지는 않게 하고, 유품을 나누어 갖는 형식으로 삼조의 저택을 손질하여, 그쪽에 살게 하자. 내가 이 세상에 살고 있는 한은 여승의 생활이긴 해도 걱정되는 일이 없게 하고 싶다. 또 겐지도 설마 박정하게 내버려두지는 않을 것이다. 그 마음가짐도 확인하여 보자.'

주작원은 마음속으로 이렇게 생각을 정하였다.

"그러면 이렇게 건너온 기회에 하다못해 계(戒)만이라도 받아서, 부처님과 인연을 맺은 걸로 합시다."

겐지는 밉다고 여겼던 사건도 잊고서 대체 어떻게 된 일인가 하고, 슬프고 섭섭하게 생각되었다. 겐지는 도저히 참을 수가 없어서 휘장 안으로 들어갔다.

"무슨 까닭으로 여생이 얼마 남지도 않은 나를 뿌리치고 그렇게 생각하셨습니까? 역시 좀더 기분을 가라앉히고, 탕약을 드시고, 먹을 것도 좀 잡수십시오. 근행이 아무리 존귀한 것이라도 몸이 쇠약하면 할 수가 없습니다. 하여간 조섭(調攝)하신 후의 일로 ···."

궁은 머리를 가로저으며, 말했다.

"대단히 괴로운 말씀을 하십니다."

"겉으로 표현은 못하고 속으로 원망스럽게 생각하는 점도 있었을까?"

겐지는 궁이 애처롭고 가엾다고 생각하였다.

이것저것 설득하고 주저하는 사이에 밝을 녘이 되었다. 주작원은 대낮이 되면 형편이 나쁠 거라고 생각하여 산에 들어가는 일을 급히 서둘렀다. 기도를 위해 궁에 시중들고 있는 중 가운데, 신분 높고 덕이 있는 자를 불러들였다. 그들이 궁의 머리를 내리게 했다. 지금이 한창인 아름다운 머리털이 깎여 나갔다. 계를 받는 의식이 슬프고도 섭섭하게 여겨져서 겐지는 참지 못하고 몹시 울었다. 주작원도 특별히 소중히 길렀고, 누구보다도 행복하기를 바랐던 궁을 여승 모습으로 바꾸는 것이 말할 수 없이 슬퍼서 눈물에 젖어 있었다.

"아무튼, 제발 무사해서 염불에 힘쓰도록."

이런 말을 남기고, 날이 밝자 급히 떠났다.

궁은 꺼져 들어갈 것 같이 아주 약한 상태여서, 제대로 아버지를 뵙지도 못하고 인사도 똑똑히 드리지 못했다.

"꿈과 같은 무상함에 마음도 흐트러져서, 옛날이 그리운 행행에 답례도 못하고 있는 무례는…. 훗날 다시 참상하겠습니다."

겐지는 이렇게 말씀드렸다. 배웅으로 수행원을 보냈다.

"이 세상에서의 내 목숨도 오늘내일이라는 생각에, 남겨 놓는 궁이 따로 후견인이 없이 헤매게 될 것이 불쌍하여 이 세상을 버리기가 어려웠습니다. 당신 편에서는 본의는 아니었어도, 지난 세월 동안 이렇게 돌보아 주셔서 안심하고 있었습니다. 만일 궁이 목숨을 건지게 되면, 여승 모습으로는 사람의 출입이 많은 주거에는 어울리지 않을 것입니다. 그렇다고 산골에 떨어져 사는 것 또한 허전하겠지요. 여승이라 해도 언제까지라도 버리지 마시고…."

주작원은 이렇게 말하며 울먹였다.

"거듭거듭 이렇게까지 말씀하시면 오히려 부끄럽습니다. 너무나 놀란 마음에 무엇을 어떻게 해야 좋을지 분별하기 어렵습니다."

겐지도 정말 견디지 못할 지경이었다.

6. 육조어식소의 악령이 또 나타나다.

밤의 가지(加持) 때에, 악령이 나타나서, 말하며 웃었다.

"그것 보시오. 자의상의 일에서는 아주 잘 되찾았다고 생각하고 있었겠지만, 그것이 몹시 미워서, 며칠 동안 이 근처에 몰래 와서 붙어 있었습니다. 이제 떠나겠습니다."

겐지는 너무나 의외여서 몹시 놀랐다.

'결국에는 이 악령이 궁에게서도 떨어지지 않고 있었는가?'

이런 생각으로 궁이 애처롭기도 하고 후회스럽기도 했다. 궁은 조금 기운을 되찾은 것 같았지만 그래도 역시 못 미더워 보였다. 옆에서 시중드는 사람들도 모두 낙담하고 있었지만, 이런 모양으로라도 그런 대로 무사히 있게 된다면, 괴로움을 참고 수법을 다시 행하려고 했다. 겐지는 사람들이 게을러지지 않도록 성심껏 근행을 시키는 등 만사에 손을 쓰고 있었다.

7. 백목이 석무에게 후사를 부탁하고 죽다.

백목은 이러한 일을 듣고 더욱 회복이 어려울 것 같았다. 백목은 본처인 낙엽의궁을 불쌍히 생각했다.

'여기로 건너오십사고 바라는 것은 신분상 경솔한 일일 테고, 모친과 대신도 이렇게 내 옆에 바싹 붙어 계시니, 어떤 계제에 자연스럽게 얼굴을 보기도 곤란할 것이다.'

이렇게 생각하여, 낙엽의궁을 제발 다시 한번 뵙고 싶은 마음이 간절했지만, 아무리 애써도 허락되지 않았다.

백목은 낙엽의궁의 일을 여러 사람에게 부탁하였다. 처음부터 어머니 어식소는 궁과의 혼사를 마음에 내켜하지 않았지만, 아버지 대신이 여러 가지로 애를 쓰고 열심히 희망하였기 때문에 그 깊은 생각에 감복하여 주작원도 허락했던 것이었다. 원은 그 무렵 여삼의궁의 일로 이것저것 마음 아파하고 있던 때였다.

"오히려 이쪽 여이의궁은, 장래를 안심할 수 있는 확실한 후견인을 갖게 되었다."

이렇게 말씀하신 것을 듣는 것도 황송한 일로 생각했다.

"이렇게 뒤에 남겨 두게 되어 여러 가지로 애처롭지만, 생각대로 안되는 목숨입니다. 완수할 수 없었던 부부의 연이 원망스럽습니다. 궁이 얼마나 한탄할까 생각하면 괴로우니…. 제발 마음을 써서 문안 드려 주십시오."

백목은 이렇게 어머니에게 말하였다.

"왜 그런 불길한 말을! 당신이 먼저 가 버린 후에 내가 어느 정도 살아 남아 있을 거라고 생각해서 그렇게 나중의 일들을 말하는 것입니까?"

모친은 그저 울기만 해서 더 이상 뭐라고 말할 수도 없었다. 아우인 변에게 대체로 그 후의 일들을 부탁했다.

백목은 성미가 온화하고 매사 잘 갖추고 있는 분이어서 특히 아직 어린 막내 변은 어버이처럼 믿고 있었는데, 이렇게도 허전한 말을 하자 슬퍼하지 않을 수 없었다. 저택 내에 시중 드는 사람들도 모두 한탄하고 있었다. 임금도 애석하고 유감으로 여겼다. 이렇게 임종이 가까웠다는 소식에 급히 권대납원으로 승진시켰다. 이 기쁨에 마음이 북돋아서 다시 한번 참내하려고 생각했지만, 병세가 조금도 좋아지지 않아 병상에서 인사를 올렸다. 아버지 대신도 이렇게 후한 임금의 배려를 보고는 더욱 슬프고 유감스러워 어찌할 바를 모르고 있었다.

석무는 상심하여 언제나 문안을 왔다. 승진 축하에도 제일 먼저 왔다. 쉬고 있는 대옥의 근처와 옆문에는 말과 수레가 붐비고, 여러 사람들이 시끄럽게 떠들고 있었다. 백목은, 올해에 들어서는 거의 일어나지도 못했지만, 이 귀한 신분의 석무를 흐트러진 채로 만날 수는 없었다.

"전과 같이 아무쪼록 이쪽으로 들어오십시오. 아주 어질러 놓고 있는 죄는 너그러이 용서하여 주리라 믿습니다."

백목은 가지의 중들을 잠시 동안 물리고 쉬고 있는 베갯머리에 들어오게 했다.

어릴 때부터 아무런 스스럼없이 친하게 사귀는 사이여서, 이 분과 이별한다는 것이 얼마나 슬프고 그리운 것인가, 그 한탄이 어버이나 형제에 지지 않았다. 오늘은 승진을 축하하는 날이므로 조금 기분이 좋았으면 하고 바랐는데, 여전한 백목의 상태를 보고는 섭섭하고 의욕도 없어졌다.

"왜 이렇게 약해지셨습니까? 오늘은 축하하는 날이니, 조금은 기운을 내고 있을 거라고 생각하였는데 ….'

석무는 휘장의 끝을 끌어올렸다.

"아주 유감스러운 일입니다만, 이때까지의 나와는 딴사람이 되어 버렸습니다."

머리털을 밀어 넣은 것처럼 까마귀모자를 쓰고 조금 일어나려고 했지만, 정말 괴로운 것 같이 보였다. 백목은 길들여져 부들부들한 하얀 내복을 몇 겹으로 입고, 그 위에 이불까지 덮고 누워 있었다. 자리 근처는 말쑥하게 치워져 있었고, 훈물의 향기가 떠돌아서 운치가 그윽했다. 몸이 나쁜 상태에도, 취미는 잃지 않은 것 같았다. 중병에 걸린 사람은 머리나 수염도 흐트러지고, 웬일인지 지저분한 느낌이 드는 법인데, 백목은 야위긴 했지만, 한층 더 희고 기품이 있었다. 베개를 세우고 이야기하는 모습은 아주 힘이 없어 보이고, 숨도 제대로 못 쉬어 여간 애처로운 것이 아니었다.

"오랫동안 앓고 있는 데 비하면, 그렇게 심하게 여위어 있지는 않습니다. 평소의 얼굴보다 오히려 좋게 보입니다."

이렇게 말을 하면서도 석무는 떨어지는 눈물을 닦고 있었다.

"앞서거나 뒤지거나 하지 않기로 약속했었는데, 얼마나 슬픈 일입니까? 이 병세는 어떤 일로 나빠졌는지 그것마저 전혀 모르고 있습니다. 이렇게 친한 사이인데도 그저 초조할 뿐입니다."

"나도 어째서 병세가 중하게 되었는지 확실히 알고 있지 못합니다. 어디라고 아픈 곳도 없었지만, 갑자기 이렇게 되리라고는 생각도 않았었는데, 며칠도 안되어 이렇게 쇠약해져 버렸습니다. 지금은 살아 있다는 생각도 안 드는 상황이어서…. 아깝지도 않은 이 몸을 어떻게 해서라도 살려 보려는 기도와 소원의 힘을 입어서인지 지금까지 겨우 살아 있습니다. 그러나 이 세상을 떠난다고 생각하면 마음에 남는 것이 많습니다. 어버이에게 충분히 효도도 못했는데, 지금에 와서 이처럼 걱정을 끼칩니다. 임금님을 섬기는 것도 어중간한 상태고, 또 내 몸을 돌이켜보면 생각대로 안되었다고 하는 한탄만이 남아 있습니다. 그러한 엔간한 한탄은 그만두고라도, 정말로 마음속에 더 괴로워하는 것이 있습니다. 이런 임종 때에 입에 올리면 안되는 것이지만, 역시 가슴속에 묻어 두지 못할 일을 당신밖에 누구에게 털어놓고 이야기하겠습니까? 이 사람 저 사람이 많이 있지만 여러 가지 사정이 있어 넌지시 말하기도 어려운 형편입니다. 겐지나리에 대하여 대단치 않은 괘씸한 일이 있어, 이 몇 달 동안 마음속으로 죄송하게 생각하고 있었습니다. 그러나 전혀 본의가 아니었습니다. 세상이 허망하게 여겨져 그 때문에 병이 되고 말았습니다. 주작원의 축하하는 악소의 예행연습의 날에 참상 했을 때, 원은 역시 용서하지 못한다는 듯한 눈초리를 하고 계셨습니다. 그래서 한층 더 이 세상에 살아 남아 있는 것이 죄송하게 생각되어 쓸쓸하게 여겼습니다. 그 이후 가슴이 뛰고 가라앉지 않게 되었습니다. 제 구실을 할 수 없는 사람이라고 생각하셨을 겁니다. 어릴 때부터 깊이 의지할 수 있는 분이라고 여겼었는데, 어떤 중상이라도 있었는지, 그것만이 이 세상에 원망으로 남아 있을 겁니다. 이대로는 반드시 후생의 방해가 될 것 같아 걱정이 됩니다. 어떤 기회가 있으면 이 일을 말씀 올리시고 잘 수습하여 주십시오. 죽은 후에라도 이 노여움을 풀게 되면, 그것은 당신의 덕분이라고 기쁘게 생각할 것입니다."

백목은 말하는 동안에, 괴로움이 점점 더 심하여지는 것 같아, 못 견디게 슬퍼졌다. 석무는 마음속에 짐작이 가는 것이 있었지만, 그것을 확실하게는 도저히 밝힐 수 없었다.

"무얼 그렇게 마음쓰십니까? 원께서는 조금도 노여움이 없습니다. 이렇게 당신이 중병을 앓고 있다고 듣고는, 놀라서 탄식하고 더 없이 유감으로 여기고 계십니다. 이렇게 괴롭게 여기는 것이 있으면서, 어떻게 지금까지 입 밖에 내지 않으셨습니까? 여기저기의 일을 확실하게 해 드릴 수도 있었는데, 지금 와서는 어떻게도 안되는 것이 아닙니까?"

"정말 조금이라도 기운이 남아 있었을 때 상의해서 의견을 들었어야 했습니다. 이렇게 오늘 내일에 명이 끝나게 될 줄은 나로서도 몰랐습니다. 목숨을 느긋하게 생각하던 것도 덧없는 일이었습니다. 이 일은 당신의 마음속에 묻어 두고 결코 입 밖에 내서는 안됩니다. 적당한 기회가 있으면 그때에 배려해 달라고 말씀드리는 것입니다. 일조에 살고 계시는 낙엽의궁을, 어떤 계제가 있으면 문안 드려 주십시오. 애처롭게 있는 모습을 주작원도 들을 일이 있을 겁니다만 부디 살펴서 잘 처리하여 주십시오."

"이제 돌아가 주셨으면 합니다."

백목은 더 많은 것들을 말하고 싶었지만, 기분이 영 좋지 않아서, 이렇게 손으로 인사를 하였다. 가지승들이 가까이에 오고, 어머니와 아버지 대신 등이 모여왔으며, 하녀들도 떠들어 대고 있었다. 석무는 울면서 떠났다.

누이인 홍휘전여어는 말할 것 없고, 석무의 본처 운거안 등도 몹시 슬퍼하였다. 우대신의 본처 옥만도 이 군만은 친한 오빠로 생각하고 있었으므로, 무엇에나 걱정을 하고 기도를 특별히 시키고 있었으나, 아무 보람도 없었다. 백목은 낙엽의궁과도 끝내 대면하지 못하고 거품이 꺼지는 것처럼 숨을 거두었다.

백목은 오랜 세월 낙엽의궁을 마음속으로부터 깊이 사랑하였던 것은 아니었지만, 겉으로는 나무랄 데 없이 돌보아 주었다. 왠지 모르게 다정하게 정이 들었다. 이때까지 예의 바르게 다루어 주었으므로, 낙엽의궁은 별다른 원망도 품지 않았었다. 단지 이렇게 수명이 짧은 분이어서, 이상하게 보통 부부 사이에 흥미가 없었던 것이었나 하고 못 견디게 슬퍼했다. 우울하게 있는 궁의 모습은 더욱 애처로웠다. 모친인 어식소도 사람의 웃음거리가 된 것을 몹시 유감스럽게 여겨, 이 모습을 보고 한없이 슬퍼했다.

아버지 대신이나 어머니는 더욱 말할 수 없이 한탄했다.

"나 자신이 먼저 갔으면 좋았을 것을…. 세상의 도리가 아니니 얼마나 고통스러운 일인가!"

애타게 그리워하였지만, 아무 보람도 없는 일이었다.

여승이 된 여삼의궁은, 특별히 백목의 병세를 안타까워할 일도 아니었지만, 이렇게 되었다는 것을 듣고는 정말 가슴이 미어지는 것 같았다. 자기 아들이라고 믿고 있는 어린 훈의 일도 괴롭게 될 수밖에 없는 전세의 인연 때문인 것 같아서 마침내 울어 버렸다.

8. 어린 군의 50일 축의.

3월이 되니 하늘도 어딘지 화창하였다. 어린 군은 50일의 축의를 할 때가 되었다. 살결도 하얗고, 날 수에 비해서는 성장도 빨라 옹알이 같은 것을 하고 있었다.

"좀 어떠십니까? 정말 상대할 의욕이 안 나는군요. 옛날 그대로의 모습으로 이렇게 뵐 수 있다면 얼마나 기뻤을까요. 무정하게도 나를 버렸지요."

자의상 쪽에 가 있던 겐지가 건너와서, 이렇게 눈물을 글썽이며 불평하였다. 겐지는 매일 건너오고, 이제 도리어 이 이상이 없을 정도로 정중하게 대우하고 있었다.

50일의 축하에 떡을 올리려고 했지만, 궁이 여승 모습이어서 하녀들은 어떤 식으로 할까 하고 망설이고 있었다.

"무어 상관할 거 없다. 여자아이라면[3] 불길하다고 하겠지만…."

겐지가 건너와서, 이렇게 말하고 남향의 정전에 작은 자리를 마련하여 떡을 주었다. 유모는 아주 화려하게 차려 입고, 여러 가지 광주리에 담은 과일과 노송나무 상자에 담은 음식들을 차려 놓았다. 일의 내막도 모르는 채 훈이 제멋대로 노는 것을 보고 겐지는 괴로워서 눈을 돌리고 말

---

3) 남자아이라면 축하의 자리에 여승의 모습은 불길하지도 않다.

았다.

궁도 일어나서 짧은 머리를 매만지고 있을 때, 겐지가 휘장을 젖히고 앉아 있어서 아주 쑥스러워 외면하였다. 그 외모는 한층 더 작게 야위어 보였다. 머리는 다른 승려들보다 조금 길게 잘라서, 뒷모습은 여승인지 아닌지 모를 정도였다. 청둔색의 옷에, 유행하는 노란빛이 도는 색의 겉옷을 입고 있었는데, 아직 자리가 잡히지 않은 여승 모습의 옆얼굴은 오히려 귀여운 아이 같이 예쁜 느낌을 주었다.

"먹물옷은 역시 한심하고 싫은 느낌이 들고 눈도 어둡게 만드는 색입니다. 이런 모습으로라도 전과 다름없이 뵐 수 있을 거라고 생각하면 조금은 위로가 됩니다. 모든 것이 이렇게 버려진 내 몸의 허물 때문이라고 생각하고 체념하고 있지만, 여러 가지로 가슴이 아프고 유감스럽게 여깁니다. 다시 한번 옛날로 되돌아왔으면 하고 생각합니다."

겐지는 한숨을 쉬었다.

"이제 그만 이라고 나를 단념하신다면, 그것은 정말 본심으로 싫어서 버리고 떠난 거라고 생각될 것입니다. 얼마나 부끄럽고 원망스러울까요? 역시 이 몸을 가엾게 생각하여 주십시오."

여삼의궁은 대답했다.

"이렇게 여승의 몸이 된 사람은 이 세상의 정을 모른다고 듣고 있습니다만, 더구나 본래부터 분별력 없는 제가 어떻게 답을 해야 좋겠습니까?"

"보람도 없게 말하시는군요. 잘 아시면서."

이렇게만 말하고, 겐지는 어린 훈에게로 눈을 돌렸다.

유모들은, 신분이 높고 얼굴도 잘생긴 사람들만이 시중들고 있었다. 그들을 불러서 어린 군을 섬길 마음가짐들을 타일렀다.

"허, 참. 내 명도 얼마 남지 않았는데, 지금부터 언제 키워 나가야 할까?"

겐지가 받아 안았더니, 훈은 정말 천진하게 웃었다. 그 얼굴은 통통하고 희고 귀여웠다. 석무의 어릴 적을 어렴풋이 회상하니, 닮은 데는 전허 없었다. 명석여어 소생의궁들도, 아버지 임금의 핏줄을 받아서 황족답게 기품은 높지만, 특별히 뛰어나게 예쁘지는 않았다. 훈은 정말 품위 있을 뿐만 아니라, 상냥하고 눈매가 부드러운 웃음을 띠어서, 아주 사랑스러워 보였다. 그렇게 생각하고 보는 탓인지 역시 백목과 닮아 보였다. 이렇게 어린데도 눈매가 온화하고, 옆에서 보기에도 기가 죽을 것 같게 심상치 않고, 정말 향기가 나는[4] 듯한 예쁜 얼굴이었다. 궁도 겐지만큼은 확실하게 분별을 못하고 있는 것 같았다. 더구나 타인은 전혀 모르는 일이어서, 겐지 혼자 가슴속으로만 생각하고 있었다.

"어허, 얼마나 덧없던 저 백목의 운명이었나!"

이 세상의 무상함을 생각하니 눈물이 소리 없이 흘렀다.

'오늘은 눈물을 금하는 날인데.'

이렇게 속으로 말하며 겐지는 눈물을 숨겼다. 그리고 읊조렸다.

"조용히 생각하고 한탄을 참았다."[5]

겐지는 58세에서 10년이 적은 나이였으나, 인생도 황혼기에 들어선 느낌으로 몹시 차분한 마음이 되었다. '너의 아비에'라고 충고하려고 생각하였을까?

'이 내막을 아는 사람이 하녀 중에도 있을 것이다. 내 가슴속을 알지도 못하는 것이 분하다. 나를 두고 틀림없이 어리석은 사람이라고 생각할 것이다.'

평온하지 못했지만,

'나에 대한 비난은 참을 만하다. 쌍방을 말할 것 같으면 죄를 지은 궁의 처지야말로 불쌍하다.'

이렇게 생각하며 시치미를 떼었다. 훈은 무심히 무엇인가 중얼거리고 웃기도 하였는데, 그 눈매나 입언저리가 참으로 귀여웠다.

"사정을 모르는 사람은 어떻게 생각하고 있을까? 정말 생부와 아주 닮

---

4) 이것으로 훈(薰)이라는 이름이 생겼다.

5) 백낙천(白樂天)이 58세에 남아를 얻고 쓴 시의 일부. "五十八翁方有後, 静思堪喜亦堪嗟," 《백씨문집》(白氏文集).

은 얼굴이다.”

훈의 얼굴을 유심히 들여다보았다.

“백목의 양친은 하다못해 아이만이라도 있었다면 하며 울겠지만, 그렇다고 보여줄 수도 없고 누구에게 알릴 수도 없었다. 덧없는 추억거리로 이 세상에 남겨 놓은 저처럼 품위가 높았고 잘 성장한 사람이었는데, 몸을 스스로 망쳐 버렸는가?”

겐지는 애석하게 여겨서 밉다는 생각도 버리고 울고 말았다.

하녀들이 살짝 자리를 비운 동안에 겐지는 궁의 옆으로 다가갔다.

“이 아이를 어떻게 보고 있나요? 이런 사람을 버리기까지 하면서, 세상에 등을 돌려야만 했을까요? 아이구, 무정도 해라!”

이렇게 말했다. 궁은 얼굴을 붉혔다.

“〈대체 누가 어느새 씨를 뿌렸을까 라고 사람이 물으면, 바위 뿌리의 소나무인 어린 군은 어떻게 대답을 할까요?〉

애처로운 일입니다.”

겐지는 이렇게 가만히 작은 소리로 말했다. 궁은 아무 소리도 못하고 엎드려 있었다. 무리도 아닐 거라고 생각하여, 겐지는 더 이상은 말하지 않았다.

“어떻게 생각하고 있을까? 일을 깊게 생각하는 분은 아니지만, 그래도 설마 태연하지는 않겠지.”

심중을 짐작하는 것도 아주 괴로운 일이었다.

9. 석무가 백목을 회상하다.

대장의군 석무는 백목이 마음에 가두지 못하고 넌지시 말한 것을 곰곰이 생각하였다.

‘대체 어떤 복잡한 사정이 있었을까? 좀더 마음을 단단히 가지고 있었으면, 저렇게 말을 꺼냈으니 더 자세하게 사정을 알아볼 수 있었는데 …. 어떻게도 할 수 없는 임종 때라서 아무것도 확실하게 하지 못한 채 슬프게 되어 버렸다.’

석무는 백목의 자취를 잊지 못하여 형제들보다도 더욱 슬프게 생각하였다.

'그렇게 대단한 병도 아니었는데, 여삼의궁이 저렇게 속세를 버린 사정도 용케도 후련하게 결심한 것이었다. 그렇다고, 그것을 부친이 허락하여도 좋은 것이었을까? 이조의 자의상님이 몹시 위독할 때에 울며 울며 출가를 원했다고 들었는데, 그것은 터무니없는 생각이라고 하며 굳이 말렸었는데 ….'

석무는 이것저것 생각에 잠겼다.

'역시 공차기 했던 때부터 쭉 내색했던 그 생각을, 결국 참을 수 없었던 것이다. 겉으로는 조용하고 안정되고 누구보다도 소양 있고 온화하였다. 이 사람이 마음속으로는 어떤 생각을 하고 있는지 짐작할 수 없었던 것은 정에 약한 면이 있고, 지나치게 부드러웠던 까닭일 것이다. 어떻게 굳은 마음을 먹고, 있어서는 안될 일을 저질러 고민한 끝에 이렇게 목숨과 바꾸었을까? 그렇게 될 전세의 인연이었다고는 하지만, 아주 경솔하고 쓸데없는 일이었다.'

석무는 혼자서만 생각하고, 백목의 누이인 운거안에게도 말하지 않았다. 적당한 기회가 없어서 겐지에게도 물어보지 못했다. 그러나 언젠가는, 백목이 넌지시 그런 말을 했었다고 말씀드려서, 어떤 태도를 보이는지 알아보려고 생각했다.

백목의 부모는 눈물이 마를 새도 없이 우울하게 있어서, 덧없이 흘러가는 날 수도 알지 못했다. 법회의 법복이나 옷 등도 아우들이나 자매들이 각각 준비하였다. 경(經) 이나 부처의 치장 같은 것도, 우대변이 지휘했다.

"나에게는 아무것도 말하지 말라. 이렇게 몹시 슬퍼하고 있는데 도리어 왕생에 방해가 될 것이다."

7일 7일의 독경에 대해 사람들이 이야기할 때에도, 대신은 이렇게 말하고 살아갈 맛도 없는 듯이 망연하게 있었다.

10. 석무가 일조궁을 방문하다.

낙엽의궁이 있는 일조궁에서는 더더욱 슬픔이 깊었다. 임종에도 만나보지 못하고 이별하였던 원망이 나날이 더해졌다. 넓은 저택 안에는 사람의 기척이 적어져서 허전해 보였지만, 백목이 옆에 두고 부리던 사람들은 지금도 참상하여 문안을 드리고 있었다. 좋아하였던 매나 말 등을 맡았던 사람들도 다 의지할 곳 없이 기가 죽어 쓸쓸하게 출입하고 있었다. 백목이 쓰던 세간의 여러 가지, 언제나 타던 비파와 화금의 현도 떼어 내고 소리를 내는 일도 없었으니, 정말 침울하고 쓸쓸하였다.

뜰 앞의 나무들은 엷은 녹색으로 움트기 시작하고, 꽃은 때를 잊지 않고 피고 있었지만, 그런 경치를 멍청하게 바라보며 슬픈 기분에 쌓여 있었다. 옆에 시중 드는 하녀들도 다 청둔색의 상복을 입고 쓸쓸하게 지내고 있었다. 그런 대낮에 떠들썩하게 벽제소리를 내며 이 집 문 앞에 멈춘 사람이 있었다.

"슬프군요. 나리가 돌아가신 것을 잊고, 문득 돌아 기신 나리가 건너오신 줄 알고 있었습니다."

이렇게 말하며 우는 이도 있었다. 방문객은 석무였다. 곧 안내를 청했다. 사람들은 백목의 아우인 변군이나 재상들이 온 줄로 생각하였다가, 아주 기품이 높은 석무의 아름다운 모습을 보게 되었다. 안채의 아담한 방에 자리를 마련하고 들어오게 하였다. 하녀들이 응대하는 것은 실례가 될 거라고 생각하여, 여이의궁의 어머니 어식소가 대면하였다.

"상고를 당한 나의 마음은 혈육의 분에게도 지지 않을 정도이지만, 타인으로서 일정한 예절이 있으므로, 위안의 말도 드리지 못했습니다. 그러나 임종 때에도 유언이 있었으므로, 결코 소원하게 여기지는 않습니다. 누구나 언제까지라도 오래 살 수는 없는 이 세상입니다. 내가 아주 조금 후까지 남아 있는 것이므로, 그 동안은 생각나는 대로 깊은 뜻을 보여 드리려고 생각합니다. 신(神)에 관계되는 일이 많은 때여서, 사적인 감정 때문에 부질없이 들어앉아 있는 것도 좋지 않고, 게다가 또 선채로 인사말만 하는 것도 도리어 아쉬울 것이라고 생각되어, 이렇게 지금까지 며칠이 지났습니다. 아버지 대신께서 괴로워하신다는 것을 보고 듣기도 하였습니다. 자식을 생각하는 어버이 마음의 어두움은 말할 것도 없을 것입니다만, 부부의 사이는 얼마나 깊이 유감일 것인가 헤아려 보니 정말 생각이 끝이 없습니다.”

석무는 이렇게 말하며 눈물을 닦고 코를 풀었다. 무슨 일이든 척척 해내고 기품이 높은 데도, 한편 부드럽고 우아한 분이었다.

어식소는 코를 훌쩍이며, 울면서 말하였다.

“슬픈 일은 말씀하신 대로 일정하지 않은 이 세상의 관습일 것입니다. 어떤 괴로운 일이라도, 나이를 먹은 나 같은 사람은 구태여 마음을 강하게 하여 체념하고 있습니다. 아주 골똘히 생각하고 있는 궁의 모습이, 정말 곧 뒤따라갈 것처럼 보일 정도였습니다. 무슨 일에나 한심하게 여기고 있는 이 몸이 지금까지 살아 남아 있어서, 이렇게 덧없는 세상의 끝을 보아야만 하다니, 정말 마음도 가라앉지 않습니다. 친한 사이였으니까, 자연히 들었을 것이라고 생각합니다. 나는 처음부터 그다지 찬성을 안한 편이었는데, 대신의 소망이 하도 안타깝고, 원께서도 적당하다고 승낙하시어, 내 생각이 모자랐는가 하고 구태여 생각을 바꾸어 저 분을 맞아들였던 것입니다. 이렇게 꿈 같은 일을 눈앞에서 당했다고 생각하니, 그럴 바에는 저번 때 굳이 반대하였더라면 좋았을 것을 하는 생각도 듭니다. 너무나 후회스럽습니다. 이렇게 되리라고는 전혀 생각도 못했던 일입니다. 나는 원래 구식이어서, 황녀분들은 여간한 일이 아니면 시집 가는 것을 고상하지 못하다고 생각하고 있었습니다. 어디에도 속하지 않은 불행한 운명이었으므로, 차라리 이러한 계제에 같은 연기에 휩싸여 끝나 버렸다면, 자기를 위해서나 세상 체면을 생각해서나 특별히 유감스러울 것도 없었겠지요. 그렇다고 그렇게 깨끗이 단념할 수도 없어서 슬프게 생각하고 있는데, 정말 고맙고도 친절하게 여러 차례 찾아 주셔서 과분하게 알고 감사드리고 있습니다. 돌아간 사람과 약속이 있었다고 하셨지요. 실은 고인에게는 이쪽에서 바랐던 대로의 애정이 없는 것처럼 보였는데, 임종 때에 누구누구에게 유언을 남겨 놓았다는 것이, 괴로운 가운데서도 기쁜 일입니다."

석무도 눈물을 멈출 수가 없었다.

"이상하리만큼 정말 나무랄 데 없는 분이었는데, 이렇게 될 운명이었었는지, 2, 3년 전부터 몹시 침울하여 왠지 쓸쓸하게 보였습니다. 지나치게 세상의 도리를 알고 생각이 깊은 사람은, 깨달음이 지나쳐 솔직함을 잃기 쉽고 활발하지 않다고, 언제나 나의 모자라는 생각을 충고하고 있었습니다. 아마도 나를 사려가 얕은 사람이라고 생각하였을 겁니다. 그런 것보다도 말씀하신 대로 비탄하고 계시는 분의 마음 속이 황송한 일이지만 정말 애처롭습니다."

석무는 부드럽고 정답게 말씀드리고 조금 시간이 지나서 돌아갔다.

백목은 대여섯 살 위였으나, 그래도 아주 젊고 아름답고 붙임성이 있었다. 석무는 고지식하고 엄숙하고 남자다운 모습으로, 기품이 높고 특별한 아름다움이 있었다. 젊은 하녀들은 어쩐지 슬픈 생각도 조금 덜해진 것 같아, 손님을 배웅하였다.

〈계절이 돌아오면, 옛날과 다름없는 빛으로 곱게 꽃피지요. 한쪽 가지가 말라 버린 묵는 집의 벚꽃도.〉

뜰 앞의 벚꽃이 곱게 피어 있는 것을 보고서 석무는 이렇게 천연덕스럽게 읊고 떠나갔다. 어식소는 곧 노래했다.

〈올 봄은, 버들의 싹에 이슬의 구슬을 꾀는 것처럼, 눈에 눈물을 머금고 있습니다. 깊은 슬픔에 잠겨서 피고 지는 꽃의 행방도 모릅니다.〉

어식소는 그다지 훌륭한 용모는 아니었으나, 화려하고 재기가 있는 분이라고 평판이 높았던 갱의(更衣)였다. 석무는 과연 그럴 만한 분이라고 생각했다.

11. 석무가 치사의 대신을 찾아가다.

석무는 그대로 치사의 대신 댁에 참상 하였다. 대신 아들이 많이 모여 있었다.

"이쪽으로 들어오십시오."

석무는 객실로 들어갔다. 대신은 슬픔을 가라앉히고, 석무와 대면하였다. 언제까지도 늙을 줄을 모르는 말끔한 얼굴이 몹시 여위고 수염도 거칠어져 있었다. 어버이의 상을 치를 때보다 훨씬 초라한 모습이었다. 석무는 그 얼굴을 뵙자마자 참지 못하고 눈물이 흘러내렸으나, 스스로 꼴사납다고 여겨 억지로 숨기려고 애썼다. 대신도 석무가 고인과 특별히 친했음을 알았기 때문에, 그저 눈물이 떨어질 뿐이었다.

석무는 일조궁에 갔었던 일을 이야기하였다. 대신은 더욱더 추녀의 낙숫물처럼 눈물을 떨구고 있었다. 석무는 회지에 적은 어식소의 노래를 대신에게 드렸다.

"눈도 흐려져서 보이지 않는다."

대신은 눈물을 닦으며 보고 있었다. 그 모습은 평소의 굳세고 활발하고 자신만만하던 것과는 아주 달랐다. 이 노래가 특별히 빼어난 것은 아니었지만, '구슬을 꾀는'이라는 부분에 공감하여, 눈물을 참지 못하였다.

'당신의 모친 규의상이 돌아간 가을에는, 정말 이 이상 슬픈 일이 없을 것이라고 생각했다. 여자는 활동에 한도가 있어 만나는 사람도 적었고, 슬픔도 마음속에나 숨겨 두었다. 그렇지만 이번의 백목은 미거는 하였지만, 조정에서도 버리지 않았다. 이제 겨우 한 사람 몫을 하게 되니, 관위도 높아짐에 따라 의지하는 사람도 많아졌다. 그래서 놀라고 유감으로 여긴 사람도 적지 않은 것 같다. 내가 이렇게 깊이 탄식하는 것은, 그런 세상 일반의 인망이나 관위를 생각하고 그러는 것은 아니다. 다만 특별히 다른 사람과 다름 없었던, 있는 그대로의 인품만이 못 견디게 그립기 때문이다. 대체 어떻게 하면 이 생각을 떨쳐 버릴 수 있을까?'

대신은 하늘을 보며, 망연히 생각에 잠겨 있었다.

저녁때의 구름은 엷은 먹색으로 아련한데, 대신은 꽃이 져 버린 나무 끝에 처음으로 눈을 돌렸다. 대신은 회지(懷紙)를 꺼내어 썼다.

〈자식을 잃은 슬픈 눈물에 젖어, 거꾸로 어버이가 상복을 입고 있는 봄이다.〉

〈돌아간 사람도 생각지도 못했을 것입니다. 당신을 버리고 가게 되어,

상복을 입으시게 한 것을.〉

석무는 이렇게 썼다.

변의군[6]이 읊었다.

〈원망스러운 일입니다. 먹으로 물들인 옷을 누구에게 입히려고, 봄보다도 먼저 꽃은 져 버렸을까요?〉

법회를 유례없이 성대하게 개최하였다. 대신 부부와 석무 부부 모두가 차분하게 깊은 신심으로 송경(誦經)을 하였다.

12. 석무가 낙엽의궁과 노래를 증답하다.

석무는 일조궁에도 항상[7] 문안드렸다. 4월의 하늘은, 왠지 모르게 기분이 상쾌하였다. 나무 끝에 감도는 연록 일색으로 둘러싸고 있었다. 집 안은 비탄에 젖어 무엇이나 조용하고 허전했다. 날을 보내기 어려워하고 있을 때, 석무가 모습을 나타냈다. 뜰도 모처럼 푸른 싹을 낸 어린 풀이 환히 내다보이고, 여기저기 길에 깔린 흰모래 속에, 옅은 그늘을 지으며 쑥이 무성하게 자라나고 있었다. 고인이 잘 가꾸던 억새풀도 기세 좋게 뻗어 있었다. 석무는 벌레소리가 들려오는 가을이 생각나서, 끝없는 슬픔이 밀려왔다. 눈물의 이슬에 젖으면서, 석무는 그 길을 밟고 들어왔다. 집에는 대발을 일면에 걸어 두었는데, 거기에 비쳐 보이는 사람의 그림자까지 시원스럽게 보였다. 깨끗하게 차린 여종의 짙은 청둔색 한삼이나 머리 형태가 풍취 있게 보였지만, 겉보기에는 덜컥 가슴을 아프게 하는 색이었다.

오늘은 삿자리에 앉았으므로, 주인은 방석을 내었다. 석무는 언제나처럼 어식소가 응대하기를 바랐지만, 어식소는 요즘 몸이 좋지 않아서 물건에 의지하여 누워 있었다. 하녀들이 무어라 말하는 동안, 뜰 앞의 나무와 경치를 보며, 석무는 차분한 감개에 젖었다. 떡갈나무와 단풍나

---

6) 백목이 죽은 후, 아우 변이 대신가를 대표하는 인물이 되어간다.

7) 먼저의 조문을 시작으로 하여, 석무의 방문이 계속된다. 백목의 유언을 충실히 실행하고 있다.

무가 다른 나무보다도 싱싱한 색을 자랑하고 서로 가지를 얹고 있었다.

"어떤 전세의 인연이 있어서인지, 나무 끝이 하나가 되어 있는 것은 믿음직해 보인다."

석무는 이렇게 중얼거리면서 가만히 옆에 가서, 말했다.

"〈이왕이면, 연리(連理)8)의 가지처럼 친하게 대해 주셨으면 좋겠습니다. 나뭇잎의 수호신이 허락하였다고.〉

고운발 밖에서 내외하는 것 같은 대접이 원망스럽습니다."

이렇게 말하고는 중방에 의지하여 앉아 있었다.

"요염한 모습이 대단히 나긋나긋하게 보인다."

하녀들이 쿡쿡 찌르며 소곤대고 있었다.

"〈떡갈나무에 나뭇잎의 수호신이 없더라도, 사람을 가깝게 하려고 하는 이 묵는 곳의 나무 끝일까요?〉

너무 돌연한 말에, 마음이 한심스러운 분이라고 생각이 듭니다."

소장의군이라는 하녀를 중개로 하여 낙엽의궁은 이렇게 말했다. 석무는 아주 지당하다고 생각하여, 조금 쓴웃음을 지었다.

어식소가 무릎걸음으로 나오는 기색이 있어 석무는 자세를 고쳤다.

"슬픈 세상에 한탄으로 가라앉은 세월을 쌓아올린 때문인지, 이상하게 몸이 좋지 않고 멍청히 지내고 있지만, 이처럼 자주 와 주시는 것이 정말 고맙게 여겨져서 기분을 북돋아 주는군요."

어식소는 아주 괴로운 모습이었다.

"한탄하시는 것이, 세상의 운명이니 지당한 일이지만, 너무 그렇게 계시는 것도 좋지 않습니다. 매사 그렇게 될 운명이라 생각하십시오. 무엇이나 정해진 것이 없는 세상입니다."

석무는 위로의 말을 드렸다.

'정말 이 낙엽의궁은 소문으로 듣던 것보다는 그윽하게 보이지만, 애처롭게도 세상의 웃음거리가 되는 것을 괴로워하고 있을 것이다.'

---

8) 한 나무의 가지가 다른 나무의 가지와 맞닿아서 결이 서로 통하는 일.

　이렇게 생각하니 마음이 움직여, 석무는 궁의 근황을 여러 가지로 물어보았다.

　'용모는 그렇게 훌륭한 편은 아니지만, 남의 눈에 매우 곤란한 지경이 아니라면, 어찌 용모 때문에 여자에게 싫증을 낸다든지 도리에 어긋나는 일을 해서야 되겠는가? 꼴사나운 일이 아닌가? 결국은 심지만이 소중한 것이다.'

　이렇게 석무는 생각했다.

　"지금은 역시 나를 돌아간 분하고 똑같이 생각하고 남남처럼 서먹서먹하게 대하지 말아 주십시오."

　석무는 일부러 사랑한다는 말은 않고, 친절하게 의미 있는 말을 하였다.[9] 석무의 평복차림은 정말 느슨한 점이 없고, 키도 커서 당당하고 날씬하게 보였다.

　"저 백목 나리는 무엇이나 부드럽고 우아한 분으로, 품위 있게 사람을 끌어들이는 매력이 남달랐었다. 이 분 석무는 남자답게 활달하여 첫눈에 확 띄게 훌륭한 점이 누구와도 다른 점이다."

　하녀들은 이렇게 작은 소리로 말하고, 또 이렇게도 소곤거렸다.

　"하다못해 이렇게라도 종종 와 주셨으면 좋겠다."

13. 세상 사람들이 백목을 애석히 여기다.

　석무가 읊조렸다.

　"우장군의 봉분에 풀이 처음으로 푸르다."[10]

　그것도 가까운 때에 돌아간 사람을 애도한 시구였다. 가깝게 혹은 멀게 가지각색으로 마음에 슬픔을 남겨 주는 것이 많은 이 세상에, 귀한 사람이나 천한 사람이나 다 같이 백목의 죽음을 애석히 여기고 정을 쏟지 않는 사람이 없었다. 학예가 뛰어난 것은 물론이고 이상하리만큼 정이 깊은 분이어서, 신분이 낮은 관리나 늙은 여자들까지도 애모의 마음

---

9) 백목의 유언에는 낙엽의 궁을 석무에게 허락한다는 의사가 있었다.
10) 등원시평(藤原時平) 의 장남 보충(保忠) 의 죽음(47세) 을 애도하는 시.

을 표시했다. 더구나 임금은 관현의 놀이 때마다 우선 생각나서 그를 그
리워하였다. 사람들은 입버릇처럼 '불쌍한 위문독'이라고 하곤 했다. 겐
지는 세월이 지날수록 생각나는 추억이 많아졌다. 어린 훈을 혼자서 마
음속으로 백목의 유물로 알고 있지만, 다른 사람은 생각도 못할 일이니
아무 보람도 없었다. 가을이 되어, 훈은 기어다니기도 하고 앉은뱅이걸
음을 하기도 했다.

37. 젓대 (橫笛*)

대강 줄거리

겐지 나이 49세의 봄부터 가을까지.

백목의 일주기에 겐지는 고인을 아쉬워하며, 법회 때 특별한 성의를 표했다. 깊은 내막을 모르는 치사의 대신은 한결같이 감격했다. 석무가 낙엽의궁 모녀에게 보인 마음에 대해서도 대신 부처는 고맙게 여겼다. 주작원은 계속되는 황녀들의 불행을 한탄하면서도 이제 자신과 마찬가지로 불도에 전념하고 있는 여삼의궁에게 끊임없이 편지를 보냈다.

주작원이 죽순과 산마를 보내온 날, 겐지는 여삼의궁에게 문안을 갔다. 젊은 여승차림의 모습을 보고, 겐지는 두 사람이 저지른 허물을 애통하게 여겼다. 아장아장 걷기 시작한 훈은, 이제 막 나기 시작한 이로 죽순을 깨물었다. 그 무심한 모습을 가엾게 여긴 겐지는 어린 훈의 고상한 얼굴을 새삼 주목했다.

석무는 백목의 유언을 겐지에게 이야기하지 못하였다. 대개 짐작은 하고 있고 진상을 규명하려고도 했으나, 건드리는 것이 그만큼 두렵기도 했다. 가을 저녁때, 석무는 낙엽의궁 모녀를 문안했다. 보기만 해도 쓸쓸하고 조용한 것에 몹시 마음이 아팠다. 석무는 타다만 거문고를 화제로 하여 어식소와 백목을 추억하고, 낙엽의궁도 차

---

* 백목이 아끼던 젓대를 어식소로부터 받고, 석무가 얼마 안 있어 그것을 겐지에게 맡긴 데에 유래한다. 또 석무의 노래에도 나온다. 요코부에(よこぶえ)라 읽는다.

분히 석무와 합주하고 노래를 주고받았다. 어식소는 백목이 남긴 젓
대를 석무에게 주었다. 석무는 일조궁의 분위기에 끌려, 일상의 평
온을 문득 다른 각도에서 바라보기도 했다. 그날 밤의 꿈에 백목이
나타나서, 젓대를 줄 사람이 따로 있다고 했다.

석무는 백목을 위하여 공양을 하고, 젓대의 처치를 물으러 겐지를
방문했다가, 거기서 백목과 아주 닮은 훈을 보았다. 겐지는 석무의
얘기를 듣고, 자기가 가질 이유가 있다고 말하며 젓대를 받았다. 조
금 있다가 훈에게 전하여 주려는 생각에서였다. 석무는 백목의 유언
을 암시하며 진실을 알아보려고 했으나, 겐지는 짐작되는 것이 없다
고 말했다. 석무는 입에 올리는 것이 아니었다고 후회했다.

1. 백목의 일주기.

백목이 덧없이 돌아간 슬픔을 유감스러운 일로 여기며, 언제까지나 그
립게 생각하는 사람들이 많았다. 겐지도 세상에서 아깝게 여기는 사람이
라면 관계가 없는 경우라도 죽음을 애석해하는 성미인데, 더구나 아침
저녁할 것 없이 언제나 몸소 참상하여 다른 사람 이상으로 가까이 지내
던 백목이어서 불쾌한 마음이야 남아 있었지만, 애상의 마음도 깊었다.
겐지는 일주기에 보시를 특별히 정중하게 시켰다. 아무것도 모르는 천진
난만한 훈을 보고 있으면, 정말 만감이 밀려왔다. 마음속으로는 그 아들
몫의 공양료를 몰래 계산하여, 사금 백량을 특별히 희사했다. 치사의 대
신은 사정을 모르고 황송하게 감사했다.

석무도 여러 가지 공양을 하며 돌보아 주고, 정중히 법회를 열었다.
일조궁에게도 두텁게 마음을 써서 문안을 드렸다. 백목의 여러 아우들보
다도 더 친절했으므로, '정말 이렇게까지 마음 써 줄 줄은 몰랐다'고 하

며, 대신 내외가 기뻐하였다. 죽은 후까지도 세상의 신망이 이렇게 좋은 아들을 잃었다고 대신 부부는 새삼스럽게 그렇게 생각했다.

2. 주작원이 여삼의궁에 노래를 보내다.

산의 임금 주작원은 여이의궁도 이렇게 세상의 웃음거리가 된 것을 우울하게 여겼다. 여삼의궁도 세상 보통의 살림살이와는 아주 연을 끊고 있었으므로, 이것저것 불만스러웠지만, 일체 속세의 일에는 걱정을 하지 말자고 다짐하며 참고 있었다.

'여삼의궁도, 나와 같이 불도에 부지런히 힘쓰고 있을 것이다.'

근행의 사이에도 이렇게 생각했다. 궁이 이렇게 출가한 후에는, 조그만 일에라도 끊임없이 편지를 주었다.

절 근처의 숲에 모습을 드러낸 죽순이나 근처 산에서 캔 산마[野老]들이, 산골 살림처럼 보여 마음에 스며드는 것이 있어 이것을 보내면서 자세한 편지 끝에 이렇게 적었다.

"봄의 산야는 안개가 끼어 근처도 똑똑히 볼 수 없지만, 너를 기쁘게 하려는 일념으로 캐게 한 것이다.

〈속세를 떠나 정진하는 부처님 도리는 나보다 늦게 깨닫겠지만, 같은 산마가 있는 곳1)을 너도 찾아내어 오너라. 〉

이 세상을 해탈하는 것은 참으로 어렵다."

여삼의궁이 눈물을 글썽이며 보고 있을 때에 겐지가 건너왔다.

'이것은 어떤 것인가? 묘한 것이로군.'

평소에는 못 보았던 술잔 같이 생긴 죽순을 보고, 이렇게 생각하고 있는데, 원의 편지가 있는 것을 발견했다. 편지를 읽어보니, 정말로 마음에 스며드는 내용이었다.

"목숨의 한계가 오늘인가 내일인가도 모르는 기분일 터인데, 생각대로 만나지도 못하는 것은 …."

'산마가 있는 곳을' 이라는 표현으로 별로 재미가 없는 승려의 말투였

---

1) 산마와 곳은 동음이의어. 도코로(ところ).

지만, 편지에는 주작원의 심정이 자세하게 씌어 있었다.

'정말 그렇게 생각하실 것이다. 나까지도 궁을 소원하게 하였다고 생각하셨다면, 더욱 근심이 끊이지 않을 것이다. 정말 애처로운 일이다.'

이런 생각이 겐지에게 들었다. 답장을 쓰고, 심부름하는 사람에게 청둔색의 능직옷 한 벌을 주었다. 답장의 초고로 쓴 휴지가 방장 옆에서 언뜻 보였다. 겐지가 그것을 손에 집어들고 보니, 필적은 아주 서투른 느낌이었다.

〈꺼림칙한 이 세상의 울타리 밖으로 나가고 싶어, 아버님이 출가하여 있는 산속에 깊이 마음을 두고 있습니다.〉

"원을 걱정하는 모양이나, 이렇게 다른 곳에 가려는 것은 정말 한심한 일입니다."

겐지는 이렇게 말하였다. 그러나 궁은 얼굴을 마주하지도 않았다. 아주 예쁘고 귀여운 앞머리와 용모는 정말 어린아이 같았다. 왜 이런 꼴이 되었을까 하고 겐지는 죄를 범한 듯한 생각이 들었다. 방장을 사이에 두고 있었지만, 그렇다고 또 몹시 남남처럼 서먹서먹하지는 않은 정도로 대하고 있었다.

3. 무심한 훈의 모습과 겐지의 한탄.

어린 훈은 유모 처소에서 자고 있었으나, 눈을 뜨고 기어나와서 겐지의 소매를 잡아당기며 달라붙었다. 그 모습이 아주 귀여웠다. 훈은 희고 얇은 옷에 조그만 무늬가 있는 당 능직의 홍매 옷단을 길게 끌고다녔다. 옷이 잔등 쪽으로 단정치 못하게 몰려 배가 드러나 보인 모양은, 젖먹이에게서 흔히 볼 수 있는 모습이었지만 유난히 귀여웠다. 살결이 희고 키가 늘씬하여 버들을 깎아서 만들어 놓은 것만 같았다. 머리는 닭의장풀로 특별히 색을 낸 것 같고,[2] 입가에는 귀여운 윤기가 흐르고 있었다. 눈썹 근처는 느긋하게 보였고, 옆에서 보면 기가 죽을 듯이 반들반들한 아름다움을 담고 있었다. 겐지는 자신도 모르게 저 사건이 뚜렷이 생각

---

2) 당시 유아의 머리는 빡빡 깎았다.

났다. 백목은 이렇게 예쁘지는 않았는데, 훈은 어째서 이렇게 아름다운지, 모궁과도 닮지 않은 듯했다. 지금부터 기품 높게 보통 사람과는 달라 보이는 모습은, 거울에 비치는 자신의 모습과 닮지 않은 것도 아닌 듯 싶었다.

훈은 이제 겨우 아장아장 걸음마를 배우는 참이었다. 술잔과 닮은 죽순이 있는 곳에 아무것도 모르는 채 가깝게 다가와서, 이것저것 집어내어 근처에 흐트러뜨리고, 덥석 물거나 집어던지거나 하였다.

"아이구, 버릇이 없군. 저것들을 치우시오. '먹을 것에 걸신들렸다'고, 입빠른 하녀들이 떠들어 대면 안되지요."

겐지는 이렇게 말하며 웃고 있었다. 아기를 받아 안으면서, 말했다.

"이 군의 눈매가 아주 보통내기가 아닌 것 같다. 어린아이를 많이 못 보아서인지 어린아이란 그저 분별이 없다고 생각하고 있었는데, 벌써 지금부터 이 지경이면 성가신 일이지요. 여궁3)이 있는 근처에서도 이런 사람이 나온다면, 틀림없이 곤란한 일이 일어날 것입니다. 으음, 이들이 나이가 들어가는 모습까지 볼 수 있을까? 꽃의 한창때가 돌아오는데."

겐지는 어린 훈을 뚫어져라 들여다보고 있었다.

"아이구, 듣기 싫은 말을. 불길한 말씀만 하신다."

하녀들이 말하였다.

훈은 이빨이 나오기 시작하는 곳에 대려고, 죽순을 꽉 잡고서 주르륵 침을 흘려 가며 갉아먹고 있었다.

"정말 기묘한 호색한이군.

〈싫은 일이 잊혀지지도 않고 있는데, 이 아이가 귀여워서 그냥 내버려둘 일은 아닐 것 같다.〉"

죽순을 떼어놓고 데리고 와서 말을 거는데도, 훈은 생긋 웃고 있을 뿐 아무것도 알지 못하고 성급하게 무릎에서 기어 내려오고 있었다.

---

3) 명석여어 소생인 여일의궁이 자의상의 보호 아래 육조원에 와 있었다.

4. 겐지와 석무가 감회를 숨긴 채 계절이 바뀌다.

세월이 지남에 따라 훈은 불길하게 느껴질 정도로 예쁘게 성장하여 갔다. 정말 저 망측한 일을 다 잊을 것만 같았다.

"이 사람이 세상에 태어나기 위하여, 저러한 의외의 사건도 일어났을 것이다. 도저히 도망칠 수 없는 것이었다."

겐지는 조금은 생각을 바꾸었다. 그러나 겐지 자신의 운명에도 역시 불만스러운 것이 많았다. 육조원에 모아 놓고 있는 여러 여인 중에서도, 특별히 여삼의궁은 무엇하나 부족함 없는 인품이리라고 여겼었는데, 이렇게 생각지도 않은 모습을 보게 된 것이 분하기만 했다. 벌써 과거의 것이 되어 버린 저 죄가 지금도 여전히 용서 못할 것 같이 생각되었다.

석무는 백목이 임종 때 뒤에 남겨 놓은 한마디를 가슴 속에 새기면서 때때로 생각하고는 있었다. 어떤 사정이 있었는지 물어보고 싶기도 하고, 얼굴 표정 같은 것으로 진상을 더듬어 보려고도 했다. 어렴풋이 사정을 헤아려 보면 자연히 떠오르는 것도 있어서, 도리어 입 밖에 내어 말씀드리지 못했다.

"어떤 기회가 생기면, 그 일의 자세한 내막도 밝히고, 또 골똘히 생각하고 있던 백목의 모습도 알려 드리자."

석무는 이런 생각을 계속하고 있었다.

5. 석무가 일조궁을 찾다.

차근한 정취가 도는 가을 저녁에, 석무는 일조궁의 일에 생각이 미쳐 건너갔다. 여이의궁은 편히 앉아 조용히 거문고를 타고 있는 참이었다. 악기를 뒤쪽으로 치워 놓지도 못하고, 그대로 남쪽의 작은 방으로 들어오게 하였다. 가장자리에 있던 사람이 앉은뱅이걸음으로 안으로 들어가는 기척을 느낄 수 있었다. 옷 끄는 소리도, 언저리 일대에 풍기는 향기도 그윽하게 느껴졌다. 언제나처럼 어식소가 응대에 나서, 옛이야기를 여러 가지 건네었다. 석무는 아침이나 저녁이나 빈번하게 사람들이 출입하여 시끄러운 것에 익숙하였다. 어린 군들도 모여서 언제나 정신없게 만들고 있었다. 그런데 이쪽은 아주 조용하여 차분하게 애수를 느끼게 했다. 황폐한 느낌은 들지만 기품이 있고 품위가 높은 집이었다. 뜰의 나무와 꽃들이 '벌레소리 빈번한 들판'이라고 노래하듯, 저녁 노을 속에 흐드러지게 피어 있었다.

화금을 잡아당겨 보니 율(律)의 가락에 맞추어 잘 길들여져 있었다. 여자의 잔향이 남아서, 마음이 끌렸다.

'이러한 곳에서, 점잖지 않은 호색한 사람은 자제하지 못하고 꼴사나운 거동을 보여 엉뚱한 염문을 홀리게 된다.'

석무는 이렇게 생각하면서 화금을 타고 있었다. 그것은 돌아간 백목이 평소에 타던 악기였다. 재미있는 곡을 하나 둘 타고나서 말했다.

"저 분은 정말 좋은 음색으로 타고 있었지요. 이 거문고에도 그것이 배어 있을 것입니다. 아무쪼록 똑똑하게 들려주십시오."

"거문고의 현이 끊어진[4] 후로는, 옛날 아이 시절 솜씨의 자취조차도 생각나지 않는 것 같습니다. 주작원의 앞에서 여궁들이 각각 거문고 솜씨를 겨루었을 때도, 이 방면의 것은 확실히 습득하였다고 원이 칭찬하신 일이 있었습니다. 그런데 지금은 아주 다른 사람처럼 멍청해져서, 침울하게 나날을 보내고 있습니다. 고인의 슬픈 회상거리가 되니, 지당하다고 생각하고 있습니다."

"정말, 무리가 아닌 심경일 겁니다. 헤아릴 만합니다."

석무는 침울하게 말하고, 화금을 어식소 쪽에 밀어 주었다.

"음색 속에 망인이 전하여지는 일도 있을 것이니, 내 귀에도 변별되게 타 주십시오. 하다못해 우울하게 가라앉아 있는 요새의 귀만이라도 밝게 하고 싶습니다."

어식소는 이렇게 말하였다.

"그렇게 음색이 전하여 내려오는 부부의 가운데 현만은 정말 특별한 것일 것입니다. 그것을 들려 달라고 하였는데…"

---

4) 백아(白牙)는 거문고를 잘 타고, 종자기(鍾子期)는 잘 들었는데, 종자기가 죽은 후 백아는 현을 끊었다는 고사. 음을 아는 자가 없어서였다.

석무는 이렇게 말하며, 화금을 고운발의 근처에까지 밀어 주었으나, 여이의궁은 머뭇거렸다. 석무도 굳이 그 이상은 강권하지 않았다.

달이 떠서 구름 한 점 없는 하늘에 날개를 교환하며 나는 기러기[5]를, 궁은 부러워하고 있는 듯했다. 바람이 차고 차분한 기분이어서, 궁은 자기도 모르게 마음이 움직여 쟁의금을 아주 조금만 탔다. 깊은 맛이 나는 음색이어서 석무는 더욱 마음이 기울어졌다. 섣불리 이 정도로 듣는 것은 안 듣는 것보다 못하다고 생각하여, 석무는 비파를 끌어당겨 고운 음색으로 상부련(想夫戀)이라는 곡을 탔다.

"함부로 짐작하여 말씀드리는 것은 죄송한 일이나, 이 곡에 대해서는 무어라 한마디 말씀하여 주셔도 좋지 않습니까?"

석무는 자주 고운발 안을 향하여 재촉을 하였지만, 이 대답은 특히나 꺼려지는 것이어서, 궁은 그저 잠자코 깊은 감개에 잠겨 있을 뿐이었다. 석무는 노래했다.

〈말하지 않는 것도 말하는 것 이상으로 깊은 마음이 담긴 것이라고, 부끄러워하는 당신의 모습을 보며 그렇게 생각합니다. 〉

궁은 그 곡의 끝 부분을 조금 탔다.

〈깊은 밤 당신의 거문고 소리에 담겨 있는 차분한 마음만은 잘 알고 있습니다만, 그 일밖에는 무엇을 말씀 드릴 수가 있을까요?〉

석무는 궁의 연주를 언제까지라도 듣고 싶었다. 오래 전해 내려오는 그 곡은 가락이 같아도 새삼 몸에 배게 마음을 치는 것이었다. 궁은 아주 조금만 타고 그만두어서, 원망스럽게 생각하였다.

"호기심이 나는 데를 이것저것 타서 들려주셨습니다. 이런 가을밤을 지새고 있자니, 돌아가신 분의 꾸지람을 들을 것 같아 꺼려지는군요. 이제 그만 가는 것이 좋겠습니다. 또 언젠가 다시 듣기 위하여 오겠습니다. 이 거문고들의 가락을 바꾸지 말고 기다려 주지 않으시렵니까? 기대에 어긋나게도 되는 세상이어서 걱정입니다만."

---

5) 금슬이 좋다는 비익(比翼) 새의 연상.

석무는 은근히 마음속을 암시하고 떠났다.

"오늘밤의 풍류놀이는, 망인도 나무랄 일이 없을 것입니다. 두서없는 옛이야기로 얼버무리고 말았군요. 생명을 연장시킬 인연도 못되었던 것은 정말 애달프게 아쉬운 일이었습니다."

이렇게 어식소는 말하고 기념으로 젓대(橫笛)를 건넸다.

"이것은 정말 옛날의 사연이 담긴 젓대입니다만, 이런 풀이 우거진 곳에 숨겨져 있는 것도 가슴 아픈 일이지요. 전구의 소리에 지지 않게 부는 음색을 멀리서나마 듣고 싶습니다."

"내게는 걸맞지 않은 호위 무관인 것 같습니다."

석무가 말하고 받아보니, 이 젓대는 정말로 고인이 언제나 손 닿는 데에 놓고 애완하던 물건이었다.

"나 자신도 이 음색의 모든 것을 불어 익히는 것은 도저히 불가능한 일입니다. 이것에 집념하는 사람이 있으면 꼭 전해 주려고 생각합니다."

이렇게 때때로 말하였던 것이 생각났다. 석무는 더욱 가슴에 와 닿는 그리움에, 시험 삼아 젓대를 불어 보았다.

"옛사람을 그리워하는 거문고의 독주는 잘 못 타도 관대하게 보아주기도 하였지만, 이 피리는 어쩐지 쑥스러워서….."

반섭조(盤涉調)를 중간쯤에서 그만두고, 이렇게 말하고 떠났다.

〈이슬이 함빡 내리고 풀이 우거진 이곳에, 옛 가을과 변함 없는 벌레가 우는 듯합니다. 눈물에 젖은 우리 집에서, 고인과 다름없는 그리운 젓대소리를 듣게 된 것은….〉

어식소는 고운발 안에서 말했다.

〈젓대의 가락은 예전과 별로 다른 것이 없는데, 고인이 불던 음색은 언제까지라도 세상에 전하여 갈 것입니다. 내가 부는 이 음색하고는 아주 다를 것입니다.〉

이렇게 말하며 석무는 떠나기 어려워 머뭇거렸다. 그러는 사이에 밤도 매우 깊어졌다.

6. 백목이 꿈에 나타나다.

석무가 집에 돌아오니, 격자들도 내려져 있고 모두 잠이 들어 있었다. 사람들은 석무가 여이의궁에 대해 집념이 대단하여, 과도한 친절을 베푸는 것을 너무 하시는 것이라고 수군거렸다. 본처인 운거안은 석무가 이렇게 밤 늦게 돌아오는 것이 왠지 불만스러워 방에 들어오는 기색을 듣고도 자는 척하고 있었다. 석무는 '그대와 내가 있는 이루사 산에'라고 아름다운 목소리로 혼잣말처럼 노래하고, 신음하듯 말했다.

"어이고, 문단속을 참 잘하고 있다. 아이구, 답답하다. 초저녁 달을 보지 않는 곳도 세상에는 있었던가?"

석무는 격자를 올리게 하고, 고운발을 손수 걷어 올리고, 툇마루 근처에 누웠다.

"이런 달밤에, 태평하게 꿈을 꾸고 있는 사람이 있다니. 정말 운치도 없다. 잠깐 이리로 나오십시오."

석무가 이렇게 이야기를 거는 데도, 운거안은 화가 나서 건성으로 듣고만 있었다. 석무의 어린애들은 여기저기서 잠들어 있었고, 하녀들도 혼잡스럽게 자고 있었다. 아까의 장소와 비교하여 보면 너무나 달랐다. 석무는 젓대를 불어 보고서, 이런저런 생각을 하였다.

'내가 돌아온 후에도 얼마나 생각에 잠겨 있을까? 거문고는 예전대로의 가락으로 타고 있을 것이다. 어식소도 화금의 명수였었으니까.'

'돌아간 군은, 그저 체면상 본처답게 소중히 다루고 있었지 정말 깊은 사랑은 없었던 것이 아닐까?'

이런 생각을 하니, 여이의궁 얼굴이 몹시 보고 싶어졌다.

'그래서 실망하게 되었으면, 그거야말로 정말 애처로운 일이겠다. 그러나 일반적으로는 최상의 평판인 사람에게는 꼭 그런 일이 있는 법이다.'

이렇게 생각해 보니 자기들의 부부 사이는 너무나 평범했다. 갑자기 얼굴빛을 바꾸며 상대를 의심하여 본 일도 없었고, 사이 좋게 지내 왔던 오랜 세월을 세어 보니 차분한 기분이 들었다. 운거안에 고집 세고 제

맘대로 하는 버릇이 생긴 것도 부득이한 일이라고 생각되었다.

석무는 조금 잠이 들었는데, 꿈에 백목이 생전 그대로의 속옷바람으로 옆에 앉아 젓대를 보고 있었다.

'망인이 귀찮게 이 젓대소리에 끌려서 왔을 것이다.'

꿈속에도 석무는 이렇게 생각하고 있었다.

"〈대에 불어오는 바람, 젓대를 바라고 가까이에 오는 사람 중에서, 같은 값이면 후세까지 길이 자손에게 전하여 주시오. 〉

전하려고 마음 먹었던 것하고는 틀립니다."

백목은 이렇게 말하였다. 그 다음을 들으려고 귀를 기울이는데, 어린 아이가 우는 소리에 눈을 뜨고 말았다.

이 어린애는 몹시 울고는 먹은 젖을 토해 놓았다. 유모도 일어나서 허둥대고, 운거안도 어린애를 안고 앉아서, 얼른얼른 치우게 하였다. 운거안은 통통하고 아름다운 가슴을 헤치고, 젖을 먹이는 시늉을 하였다. 어린아이도 정말 살갖이 희고 예뻤다. 젖은 전혀 나오지도 않았지만, 아이를 어르며 달래고 있었다.

"어떤 상태입니까?"

석무도 가까이에 와서 묻고, 액막이로 쌀을 뿌리는 등 어수선하였다. 꿈의 자취도 어딘가로 사라져 버리는 것 같았다. 운거안이 말했다.

"기분이 나쁜 듯합니다. 젊은이처럼 집을 외면하고 방황하다가, 밤 늦게 명월의 감상이니 하고 격자도 올렸으니, 그 틈에 귀신이 따라 들어왔을[6] 겁니다."

젊고 예쁜 얼굴로 푸념을 늘어놓았다. 석무는 웃고 나무랐다.

"귀신을 불러들였다니 묘한 트집이군요. 내가 격자를 올리지 않았으면, 통로가 없어서 정말 들어올 수도 없었을 겁니다. 아이를 여럿 두어서 생각이 깊어졌는지, 좋은 말을 하게 되었군요."

살짝 보는 석무의 눈초리가 쑥스러워서 운거안은 그 이상 무어라고 탓

---

[6] 귀신은 어둠에 숨어 있다는 당시의 믿음.

도 하지 않았다.

"자, 그만둡시다. 꼴사나운 일입니다."

이렇게 말하고는 등잔불을 밝게 하였다. 말로는 그렇게 했지만, 역시 부끄러워하는 모습은 미워할 수가 없었다. 정말 그 아이는 멀쩡하게 나아지지 않은 채, 울고 칭얼거리면서 아침을 맞았다.

석무는 꿈의 일을 생각하였다.

'이 젓대는 귀찮은 물건이 되었군. 백목이 애착을 두고 있던 물건이 엉뚱하게 내게 왔다. 불지도 않는 여자에게 전수하는 것은 있을 수 없는 일이다. 어떻게 생각하였을까? 살아 있을 때에는 그렇게 소중하다고 생각 않았던 일도, 임종 때에는 원망스럽거나 그리움에 일념으로 매달리면, 무명장야의 어둠을 헤매게 된다고 듣고 있다. 이러니까 이 세상에 아무것에도 집착은 갖지 말아야 한다.'

석무는 화장장이었던 애탕(愛宕)에서 공양을 올렸다. 고인이 마음을 두었던 절에도 공양하게 하였다.

"유서 깊은 물건이라 일부러 어식소가 선물로 주신 것인데, 철거덕 절에 기증하는 것도, 기특한 일이기는 하나 허황된 일일 것이다."

젓대에 관해서는 이렇게 생각하며, 육조원으로 왔다.

7. 석무가 황자들과 훈을 보다.

때마침 겐지가 명석여어의 방에 있을 때였다. 세 살쯤 된 삼의궁[7]은 형제 중에도 제일 귀여워서 특별하게 대우하며 기르고 있었다. 그 삼의궁이 뛰어나왔다. 그리고는 자기에게 경어를 붙여 가며 분별도 없이 말을 하였다.

"대장, 궁을 안아 모시고 저쪽으로 데려가 주시오."

"갑시다. 그러나 어찌 고운발 앞을 그냥 지날 수 있겠습니까? 정말 경솔한 짓이 됩니다."

석무는 웃으며 이렇게 말하고는 주저앉아 있었다.

---

7) 삼의궁(三의宮). 명석여어 소생의 셋째 황자. 후의 내궁.

"아무도 보지 않는다. 내가 얼굴을 감춰 주지, 자."

이러면서 삼의궁은 소매로 석무의 얼굴을 가렸다. 석무는 귀여워 못 견뎌서 데리고 갔다. 이쪽에서도 겐지가 이의궁(5, 6세)과 어린 훈이 같이 놀고 있는 것을 귀여워하고 있는 참이었다.

"나도 대장에게 안기고 싶다."

이의궁이 보고 말하였다. 그러나 삼의궁이 대꾸하듯이 말했다.

"내 대장이니까."

그러면서 놓지 않았다. 겐지도 그 모습을 보고서 꾸짖으면서 돌보아 주고 있었다.

"정말 버릇이 없는 분들이군요. 주상의 근위대장을 자기들의 호위 무관으로 독점하려고 싸우다니! 삼의궁편이 특히 고약합니다. 언제나 형하고 경쟁하고 있으니."

석무도 웃고서 말했다.

"이의궁은 정말 형답게 아우에게 양보하는 것 같습니다. 나이에 비해서는 두려울 정도로 훌륭합니다."

방긋이 웃고, 어느 분이나 정말 귀엽다고 생각하고 있었다.

"꼴사납고 변변치 않지만, 공경(公卿)의 자리다. 저쪽으로."

겐지는 이렇게 말하며 떠나려 했지만 궁들이 달라붙어 떨어지려고 하지 않았다. 여삼의궁의 어린 훈을, 궁들과 동렬로 대우할 수는 없다고 마음속으로는 생각하고 있었지만, 약점을 가지고 있는 모군이 그러한 마음을 쓸 것처럼 짐작하여 애처로운 나머지 정말 귀여워하고 소중히 다루고 있었다.

석무는 훈을 아직 제대로 보지 못했었다. 훈이 고운발의 틈 사이로 얼굴을 내민 것을 보고, 석무는 벚꽃의 가지를 손에 쥐고 흔들어 보이면서 손짓을 했다. 훈이 석무에게로 뛰어왔다. 훈은 이람(二藍) 평상복만을 입고 있었는데, 살갗이 희고 빛날 것 같이 부드러운 모습이 황자들보다도 더 섬세하고 기품이 높았다. 그렇게 보려고 해서 그런지, 눈매가 매섭고 재기가 넘치는 용모는 백목 이상이었지만, 올라간 눈꼬리가 아름답게 빛나고 있는 것은 매우 닮아 보였다. 입가가 특히 예뻤고, 방긋이 웃고 있는 모습은 완전히 그대로 닮고 있었다.

'내가 갑자기 그런 생각으로 보고 있는 까닭일까? 아버지는 반드시 알고 있을 것이다.'

석무는 더욱 그 얼굴을 자세히 살피고 있었다. 궁들은 황자라고 생각하고 보아야만 기품도 높게 느껴지는 정도였고, 그저 세상 보통의 귀여운 어린애와 마찬가지로 보였다. 그런데 훈은 품위가 있는데다 누구와도 다른 아름다움이 갖추어져 있었다.

'으음, 얼마나 애처로운 일인가? 만일 내가 의심을 품고 있는 것이 사실이라면, 치사의 대신이 저처럼 몹시 멍청한 사람 같이 슬퍼하며, 아들의 아이라고 이름을 밝히는 사람도 없다니, 적어도 추억으로 삼아 돌보아 줄 사람이라도 뒤에 남겨 두었다면 좋을 것을, 하고 애태우고 있으므로, 이것을 알려 드리지 않는 것은 죄가 될지도 모른다.'

석무는 생각했지만, 한편으로는,

'아니, 아니, 어떻게 그런 일이 있을 수 있겠는가?'

이런 생각으로 머리를 저었다. 역시 납득이 가지 않는 점[8]이 있기 때문이다. 훈은 성격도 호감이 가고 사랑스러웠다. 유난히 석무를 잘 따라서 더욱 귀여웠다.

8. 겐지가 젓대를 받다.

서쪽 대옥에 돌아와서 겐지와 천천히 이야기하는 동안에, 해도 저물어 갔다. 어젯저녁 일조궁에 찾아갔을 때의 저쪽 형편을 얘기하자, 겐지는 웃음을 띠면서 듣고 있었다. 감개가 깊은 옛일들을 이야기하는 동안에, 겐지가 말했다.

"상부련(想夫戀)을 탄 마음씨는 확실히 옛날 풍류의 예를 듣는 것 같았지만, 여자라는 것은 역시 사람의 마음을 움직일 정도의 소양이 있더

---

8) 훈이 백목의 아이라는 생각에는 한 가지 믿어지지 않는 점이 있었다. 석무에게는, 육조원의 정처인 여삼의궁에게 백목이 가까이 갈 가능성은 전혀 없어 보였다.

라도 어지간한 일에는 밖으로 흘러나오게 하면 안된다고 생각한다. 옛날의 우의를 잊지 않고 이렇게 언제까지라도 변하지 않은 너의 배려를 상대도 이미 알고 있을 것이다. 이왕 깨끗한 교제를 했다면, 고생을 하거나 재미없는 귀찮은 일에 얽혀들지 않도록 해라. 그러는 것이 모두를 위해서 그윽한 일이고, 남의 눈에도 좋은 것이라고 생각한다.”

‘정말 그렇다. 남에게 타이를 적에는 견실하지만, 자신의 일이 되면 색정이 일어나는 것은 어찌된 일인가?’

석무는 속으로 이렇게 생각하였다.

“무슨 잘못이 일어나겠습니까? 무상한 세상이니 애도의 마음을 유족들에게 보내고 왔습니다만, 그것이 오래 계속되지도 않으면 그거야말로 도리어 세상의 의혹을 사게 될 일이라고 생각하였습니다. 상부련의 일은 주제넘거나 불유쾌하지 않을 정도의 풍류였습니다. 그런 기회에 아주 조금 탄 것은, 때에 잘 맞고 흥취가 있었습니다. 무엇이나 사람에 따라, 그리고 상황에 따라 다른 법입니다. 나이가 그렇게 젊은 것도 아니고, 또 이쪽도 바람기가 있어 호기심으로 하는 거동에는 익숙하지도 않아, 상대방도 안심하고 있었을 겁니다. 대강의 어림으로는 귀엽고 무난한 인품이었습니다.”

석무는 이야기 도중에 알맞은 계기를 만들어내어, 조금 옆으로 다가가서 꿈이야기를 했다. 그러나 겐지는 아무 말도 않고 듣고 있었다. 석무는 뭔가 짐작이 가는 점도 있었다. 겐지가 드디어 입을 열었다.

“그 젓대는 내가 맡을 만한 이유가 있다. 저것은 양성천황(57대)의 젓대다. 그것을 고(故) 식부경궁이 대단히 소중히 간수하고 있다가, 백목이 아이 때부터 아주 좋은 음색을 내는 것에 감탄하여, 싸리잔칫날에 선물로 준 것이다. 어쨌든 여자 생각으로, 깊은 유서가 있는 사정을 찾아 알려고도 하지 않고, 그냥 너한테 넘겨주었을 것이다. 자손에 전하려고 하는 것은 내 아들 이외의 누구에게 잘못 전해지지는 않을 것이다. 그렇게 생각하였을 것이다.”

“석무도 이미 잘 알고 있어서, 이에 관해서는 짐작이 가는 점이 있을 것이다."

겐지는 마음속으로 이렇게 생각했다. 9)

석무는 겐지의 얼굴을 보고 있으면서 더 깊이 물어보기도 어려워, 갑자기는 백목의 유언을 말씀드릴 수가 없었다. 그러나 꼭 알려 드려야 한다고 생각하여, 지금 막 생각난 듯이 시치미 떼고 말했다.

"막 임종하려는 때에 문안을 갔었는데, 죽은 뒤의 일을 이것저것 말을 남겨 놓았습니다. 그 중에 아버님에게 죄송하다는 말을 하였는데, 어떤 일로 그랬을까요? 지금에 와서도 그 이유로 생각되는 것이 없어서 마음이 쓰입니다."

석무는 정말 납득되지 않는 알 수 없는 말인 것처럼 이야기했다. 겐지는 '생각한 대로다'라고 느끼면서도 결코 그 당시의 자세한 것을 노골적으로 말하면 안된다고 여겨, 잠시 동안 이해가 안 가는 체했다.

"그렇게 사람의 원한을 받을 만한 일을 언제 무심코 보였을까? 확실히 나에게도 생각나는 것이 없다. 그것은 그렇다 치고, 그 꿈의 일은 앞으로 여러 가지로 생각해 보고 이야기하기로 하자. 밤에는 꿈이야기를 안 하는 것이라고 여자들이 전하여 말하는 것 같지만."

겐지의 말에는 대답다운 것이 별로 없었으므로, 석무는 입에 담아 말씀드려 버린 것을 쑥스럽게 여겼다.

---

9) 백목에게 전하여진 유서 깊은 젓대를 자기의 가까이에 놓으려는 겐지의 주장에는 비약이 있어, 그 자체로는 납득될 리가 없다. 그러나 훈이 백목의 아이가 아닐까 하는 의혹을 가지고 있는 일은 겐지도 이미 알고 있었다. 석무의 그런 의혹을 가미하여 생각하면, 수수께끼는 풀릴 것이라고 생각하였다.

38. 청귀뚜라미 (鈴蟲*)

대강 줄거리

　겐지 나이 50세의 여름부터 8월 중순까지.

　연꽃이 한창일 때, 여삼의궁은 지불 개안의 공양을 올렸다. 겐지는 궁을 위해 불구 일습을 새로 만들어 주었다. 정성을 들인 지불이 훌륭하여, 모두 넋을 잃고 지켜보고 있었다. 자의상도 불구와 승복까지 준비했는데, 취미가 고상하다고 칭찬을 받았다. 그러나 당일에 무심히 떠드는 하녀들 속에서, 당사자인 여삼의궁의 여승 모습은 꺼져 없어질 것 같이 덧없게만 보였다. 겐지는 때마침 핀 연꽃을 빌려, 궁에게 내세를 맹세하였다. 주작원과 임금의 선물도 각별했다. 주작원은 궁에게 삼조원에 옮겨 살 것을 권유하였으나, 겐지는 궁을 손에서 내놓는 것을 거절했다. 그러나 상속받은 궁의 재산에다 많은 희귀한 보물을 보태어, 삼조궁으로 운반했다.

　가을에는 여삼의궁이 사는 집의 뜰 앞을 들판으로 꾸미고, 벌레를 풀어 놓았다. 궁은 주야로 불사에 힘쓰며 평온한 나날을 원했지만, 아직도 꺼지지 않은 겐지의 집념에 당혹해하는 때도 있었다.

　8월 15일 밤, 겐지는 궁의 곁에서 청귀뚜라미 소리를 완상하며 거문고를 타고 있었다. 마침 석무와 형병부경궁이 찾아와서 관현의 놀이가 시작되었다. 그때 냉천원으로부터 사자가 와서, 겐지는 일행에 끌려 참상했다. 냉천원 앞에서 그들은 밤새 시가를 만들어 읊었다.

---

* 겐지와 여삼의궁(女三의宮)의 노래에 나온다. 스즈무시(すずむし)라 읽는다.

냉천원은 스스로 성세를 버리고, 지금은 걱정할 것 없는 나날을 보내고 있었다.

퇴출하는 도중에, 겐지는 추호중궁을 방문했다. 중궁은 어머니 육조어식소의 망집을 소문으로 듣고는 슬퍼하며 출가하려는 의사를 암시했다. 겐지는 출가를 말리고 추선공양을 권했다.

1. 여삼의궁의 지불 개안 공양.

연꽃이 한창인 여름에, 여삼의궁은 지불(持佛)[1]을 만들어서 개안공양(開眼供養)을 하고 있었다. 이번 일은 본래 겐지의 뜻에 따라 이루어졌다. 겐지는 염송당(念誦堂)에 필요한 여러 가지 불구(佛具)를 미리부터 세세하게 준비하여 놓았었다. 이번 공양에 그대로 장식하여 놓았다. 깃발[幡][2]은 각별히 좋은 박래품의 비단으로 재봉하여 그윽하기 그지없었다. 이것은 자의상이 준비한 것이었다. 꽃 책상의 덮개 같은 것의 홀치기 염색도 참으로 멋있었다. 고운 염색과 의장의 모양도 다른 데서는 볼 수 없는 정취였다. 장식은 여삼의궁의 침소를 사용하여, 사방의 칸막이의 천을 모조리 올리고 준비했다. 안쪽에 법화만다라(法華曼陀羅)를 걸고, 은의 꽃병에 기장이 긴 훌륭한 꽃을 가지각색으로 받쳐 놓았다. 그리고 박래의 백보의 향을 태워 놓았다. 본존의 아미타불을 비롯하여 협사(脇士)의 보살도 모두 열대산(熱帶産)의 백단(白檀)으로 만들었는데, 세공에 정성을 들여 엄숙한 느낌이 들었다. 알가(關伽)의 용구도 극히 조그마하게 만들어, 파랗고 희고 보랏빛의 연꽃을 곱게 장식하였다. 하

---

1) 수호본존(守護本尊)으로 몸 가까이에 가지고 있는 부처님.
2) 불구의 하나. 불의 위덕을 나타내려고 그 주위를 장식한다. 당(堂) 안의 기둥, 천개의 갓에 매달아 놓았다. 이것에 손을 대면 멸죄의 공덕이 있다고 한다.

엽(荷葉) 의 방법으로 조합한 명향을 꿀과 섞어서 분말로 만들어 향내를 내었는데, 꽃의 향과 어우러져서 말할 수 없이 훌륭한 향기가 흐르고 있었다. 육도(六道)3) 의 중생제도(衆生濟度) 를 위하여 여섯 부를 쓰게 하였는데, 입도의궁이 가질 경 한 권은 겐지가 스스로 붓을 들어 썼다. 이 세상에서는 적어도 이만큼 불교와 인연을 맺는 것으로 하고, 서로 극락정토에 인도되어 만나자는 내용의 원문을 만들었다. 당의 종이는 물러서 조석으로 가까이에 두고 사용하기에는 적당치 않아서, 지옥원(紙屋院) 의 사람에게 일부러 일러 정취도 풍부하게 거른 종이를 사용했다. 봄부터 정성 들여 부지런히 쓴 보람이 있어, 끝을 조금 열어 본 사람들도 넋을 잃고 경탄하였다. 금니(金泥) 의 괘선을 비롯하여, 게다가 빛나는 먹색도 정말 유례없는 것이었다. 또 축이나 표지, 경의 궤 같은 것이 새삼스럽게 말할 필요도 없을 만큼 훌륭했다. 궁이 몸소 가질 경은, 특별히 침향으로 만든 화족의 책상에 실어서, 부처님과 함께 침소 위에 장식하였다.

2. 겐지가 여삼의궁과 노래를 주고받다.

불당의 장식을 모두 마치자, 강사(講師)4)가 올라가고 행도(行道)5) 하는 사람들도 모였다. 겐지도 그쪽으로 나가려고 하다가 궁이 있는 서쪽의 방을 들여다 보니, 좁은 듯한 임시의 방에 갑갑하고 어마어마하게 차려 입은 하녀들 5, 60명이 모여 있었다. 거기에 못 들어간 여동들은, 북쪽의 삿자리까지 넘쳐서 우왕좌왕하고 있었다. 훈향을 쬐게 하는 부잡이 향로를 여러 개 내놓고, 열심히들 부채질을 하고 있었다. 겐지는 옆으로 가서 타일렀다.

"하늘에서 태우는 것처럼, 대체 어디서 향기를 내는지 짐작이 가지 않을 정도로 은은한 것이 좋다. 부사(富士) 의 봉우리보다도 굉장하게 방

---

3) 육도는, 지옥(地獄), 아귀(餓鬼), 축생(畜生), 수라(修羅), 인간(人間), 천상(天上).
4) 불전(佛典) 을 강설(講說) 하는 주역(主役) 의 승. 불전(佛前) 의 왼쪽에 있는 고좌(高座) 에 올라가서 오른쪽의 고좌(高座) 에 있는 독사(讀師) 와 대좌한다.
5) 불상이나 불당 주위를 오른쪽으로 돌아가는 것을 말함. 경례의 마음을 나타낸다.

가득히 연기가 나는 것은 좋지 않다. 강설하는 동안 될 수 있으면 근처에 소리가 안 나도록 하라. 침착하게 이야기의 내용을 잘 듣지 않으면 안되니, 제멋대로 옷 끄는 소리를 낸다든지 사람의 기척을 내지 않도록 하라."

언제나처럼 들떠 있는 젊은 하녀들에게, 겐지는 타일렀다. 여삼의궁은 사람이 많이 모인 것에 기가 죽어 아주 조그맣게 엎드려 있었다. 겐지는 말했다.

"어린 군이 있으면 시끄러울 것입니다. 안아서 안 보이게 하십시오."

북쪽의 맹장지를 떼어놓고 고운발이 걸려 있었다. 하녀들이 그 고운발 안으로 들어갔다. 겐지는 사람들을 조용하게 한 다음, 여삼의궁에게도 법회의 취지를 이해시키고 있었다. 그 모습은 정말 차분하게 애정이 깃들이어 있었다. 장식한 부처님에게 침소를 양보한 것을 보며 겐지는 여러 가지 생각에 잠겼다.

"이런 근행까지도 같이 준비를 하는 것은 생각도 못 했었습니다. 자아, 이것도 좋습니다. 지금에 와서는 하다못해 저 세상에서, 저 연꽃 안에서 같이 살아간다고 생각하고 계십시오."

겐지는 말하고 울어 버렸다.

〈후생의 일련탁생(一蓮托生)을 약속은 했어도, 점점 불도에 깊이 들어가는 당신과, 속세에서 이별하는 오늘은 참으로 슬픕니다. 〉

겐지는 붓끝을 먹에 조금 적셔서, 향을 쪼인 부채에 써 주었다.

〈내세에서는 같은 연의 대에 앉는다고 약속은 하시지만, 당신의 마음은 나를 용서하지도 않으셨으니, 같이 살 생각도 안 하실 것입니다. 〉

궁은 이렇게 썼다. 그것을 보고 겐지는 말했다.

"말도 안될 정도로 나를 몹시 멸시하는군요."

웃고는 있었지만 역시 차분하게 가라앉은 모습이었다.

3. 귀빈들이 참상하다.

여느 때처럼 친왕들도 매우 많이 참상했다. 겐지의 여러 여인들 쪽에서 앞을 다투어 바친 헌상품들은 취향이 제각기 남달랐고 놓을 자리도 없을 정도였다. 칠승(七僧)[6]의 법복 같은 것은 대체로 자의상이 준비했다. 그 법복은 훌륭한 능직으로, 가사(袈裟)의 솔기까지 보통의 솜씨는 아니라고, 보는 눈이 있는 사람은 모두 칭찬이 대단하였다. 그 화려한 것을 일일이 소개하는 것도 귀찮은 일이다. 강사가 아주 존엄하게 이 공양의 취지를 말했다. 궁이 전성기의 이 세상을 떠나고, 미래영겁의 부단한 신심을 법화경에 둔 것은, 존엄하고 마음 깊은 업이라는 것을 말했다. 재학도 빼어나고 변설도 시원한데다, 꼼꼼하고 도도하게 진술하는 것이 고마워서 다들 눈물이 넘쳐흐르고 있었다.

이 공양은 집안끼리 염송당을 영위하는 시작으로만 삼으려고 결심하였는데, 금상의 임금과 산의 임금 주작원도 듣고는 각각 사자를 보냈다. 그 때문에 송경의 보시는, 정말 놓을 자리도 없이 굉장했다. 겐지가 처음부터 준비한 것만으로 간략하게 하려고 생각하였는데, 보통의 규모로는 수습되지 않았다. 더구나 이런 명예롭고 화려한 것이 더해졌으므로, 중들은 저녁때 절에 가져가도 어디에 놓을까를 걱정할 정도로 많은 보시를 받고서 돌아갔다.

4. 겐지가 여삼의궁을 세심하게 배려하다.

이렇게 되고 보니, 겐지는 도리어 궁이 더욱 사랑스럽게 여겨져서, 끝이 없을 정도로 마음을 써 주었다. 주작원은 이 기회에 궁이 아버지 동호원으로부터 상속받은 삼조궁에 별거하는 것도 좋겠다고 생각했다. 앞으로 언젠가는 그렇게 될 것이기 때문에, 지금쯤이 세상 체면상 좋을 거라고 권했다. 그러나 겐지는 이렇게 사양의 말을 했다.

"궁과 떨어져 있으면 불안하여 견딜 수 없을 것입니다. 아침 저녁으로

---

6) 강사(講師), 독사(讀師) 등과 같은 일곱 가지 승려. 칠승을 갖추는 것은 대법회(大法會).

뵙고 도울 일을 들어 드리거나, 나도 무어라고 말씀드리지 못하게 되면, 원래의 뜻에도 어긋나게 될 것입니다. 정말 옛노래에 있는 것처럼 나도 앞으로 얼마나 살는지 모르지만, 적어도 살아 있는 동안이라도, 돌보아 드리려는 생각을 헛되게는 하고 싶지 않습니다.”

겐지는 한편으로는 삼조궁도 정성 들여 손질하고 궁의 봉록과 가치가 있는 물건들을 삼조궁의 창고에 넣어 두게 했다. 창고를 새로 세워 늘리고, 주작원으로부터 상속받은 여러 가지 물건들과 궁에 속하는 재산들을 모두 이 저택으로 옮겨 놓았다. 겐지는 정성스럽고 엄중하게 단속을 하였다. 조석으로 신변을 돌보는 것은 물론, 신분이 높은 하녀부터 잡역을 하는 하녀까지 생활에 드는 경비를 모두 겐지가 부담하였다. 겐지는 급히 증축의 일을 추진하고 있었다.

5.여삼의궁의 출가생활.

가을에는 서쪽 대옥으로 건너는 복도의 앞쪽과 칸막이 담의 동쪽을 터서 들판으로 고쳐 만들었다. 알가의 선반을 만들어 불도수양에 맞게 모양을 바꾼 것은, 정말 고상하고 품위 있어 보였다. 궁의 뒤를 쫓아 출가를 원한 여인들이 유모나 옛날부터 시중들던 하녀들 중에서 출가하여도 미혹되지 않고 차분히 생애를 마칠 만한 사람을 잘 골라서 허락했다.

“어이없는 일이다. 제정신으로 시중들 마음이 없는 사람이 조금이라도 섞여 있으면, 주위 사람에게도 폐가 되고 경솔하다는 평판도 나기 쉽다.”

너도나도 앞을 다투어 출가하려 했지만 겐지는 이렇게 말하면서 말려, 십여 명만이 여승 모습으로 시중들게 하였다.

겐지는 가을의 들처럼 만든 뜰 앞에 벌레를 풀어 놓았다. 바람이 조금씩 시원해지는 저녁때면, 겐지는 자주 건너와서는 앞뜰의 벌레소리를 듣는 척하면서, 아직도 궁에의 아쉬움을 끊지 못했다. 그런 마음을 말로 표현하여 궁을 곤혹스럽게 만들기도 하였다. 속인 같은 생각을 가지고 있으면 안된다는 생각에 궁은 겐지의 행동을 귀찮게 여기고 있었다. 겐지는 저 일이 있은 후로, 타인의 눈에는 이전과 달라 보이지 않았지만, 내심으로는 싫은 내색을 역력히 보였었다. 궁은 그런 겐지를 어떻게 해서라도 보지 않고 싶다고 결심하여 출가하였던 것이다. 이제는 부부의 관계도 끊어져 버려 걱정할 것 없다고 생각하였기 때문에, 겐지의 이런 태도는 궁을 괴롭히고 있었다. 겐지와 떨어져서 살 수 있는 곳은 없을까 하고 생각하였지만, 그런 것을 굳이 말씀드릴 수는 없었다.

6. 중추 15야의 놀이 잔치.

8월 15일 저녁 때, 궁은 부처님 앞에 앉아서 염불 독경을 하고 있었다. 젊은 여승 2, 3인이 부처에 꽃을 드리느라 알가의 잔이 울리는 소리와 물소리가 들려왔다. 궁은 이때까지와는 다르게 다들 근행에 열심인 모습에 차분한 애수를 느끼고 있는데, 마침 그런 때에 겐지가 건너왔다.

"벌레소리가 몹시 어지러운 저녁이군요."

겐지가 말하고, 자신도 낮은 소리로 아미타여래 근본 다라니를 읽었다. 그 소리가 아주 존엄하고 희미하게 들렸다. 여러 벌레소리가 들려오는 가운데, 청귀뚜라미가 울기 시작하였다. 더욱 화려하고 이색적인 정취였다.

"가을 벌레소리는 어느 것이나 우열을 논할 수 없는데, 그 중에서도 방울벌레가 빼어나다고 합니다. 추호중궁이 먼 들판에서 일부러 사람을 시켜 잡아다가 앞뜰에 풀어 놓은 일이 있었으나, 들판의 울음소리를 그대로 전하는 일은 드물었다고 합니다. 아마도 꼭 수명이 짧은 벌레일 것입니다. 마음껏 들어주는 사람도 없는 산속이나 먼 들의 소나무 벌판에서 소리를 아끼지 않고 운다는 것은, 정말 낯을 가리는 벌레인가 봅니다. 그것과 비교하면, 청귀뚜라미는 애정이 있고 유쾌하게 우는 것이 귀엽습니다."

〈가을은 대체로 우울한 것이라고 생각하는 나지만, 청귀뚜라미의 소리만은 미련을 버리지 못하겠습니다. 〉

궁은 이렇게 소리를 죽여 가며 말했다. 실로 우아하고 품위 있었다.

"무어라고 하셨습니까? 생각 밖의 말씀입니다.

〈자진해서 이 세상을 버렸더라도, 청귀뚜라미처럼 전과 다름없이 젊고 아름다운 목소리입니다〉"

겐지는 거문고를 끌어당겨 회한하게 탔다. 궁은 염주 만지던 손을 자기도 모르게 멈추고, 거문고에 귀를 기울였다. 밝고 아름다운 달도 차분하게 생각을 돋우는데, 겐지는 꼼짝 않고 하늘을 바라보고 있었다. 인연을 맺었던 많은 여인들이 이렇게 저렇게 맥없이 세상을 등지고 마는 모습들이 차례로 생각났다. 그래서 다른 때보다도 조용한 음색으로 타고 있었다.

오늘밤은 예전처럼 중추의 잔치를 하지는 않나 하고, 병부경궁이 찾아왔다. 석무도 알맞게 당상관들을 이끌고 왔다. 겐지가 있는 곳을 거문고 소리로 알고 석무는 이쪽으로 건너왔다.

"정말 부질없어, 오랫동안 쉬고 있던 음악의 소리들을 들어 보자고 혼자서 타고 있었는데, 참으로 잘들 오셨군요."

병부경궁도 이쪽에 자리를 마련하여 불러들였다. 공경들은 이날 밤 임금 앞에서 달의 잔치가 있을 예정이었으나, 중지되어 무언가 아쉬워하고 있었다. 그러던 중 육조원에 사람들이 모여 있다는 소식을 듣고 여럿이 모여들었다. 다 같이 앞뜰의 벌레소리를 품평했다.

"달 보는 저녁은 언제라도 감개를 불러일으키지 않는 적이 없는데, 특히 오늘 밤 맑게 갠 달빛은 정말 현세 밖의 일들마저 이것저것 생각나게 합니다. 고(故) 권대납언 백목은 이런 기회마다 더욱 그립게 생각이 나서, 공사에나 사사에나 무엇인가 흥미도 덜해지는 것 같습니다. 꽃의 색깔도 새의 울음소리도, 이야기 상대로 삼기에는 더할 나위 없이 빼어난 사람이었는데 …."

거문고의 합주도 하고 흥이 한창일 때, 이렇게 말을 하는 바람에, 모두들 참지 못하고 소매를 적셨다. 고운발 안에서도 궁이 귀를 기울여 듣고 있을 것이었다. 그래도 겐지는 관현의 놀이 때마다 우선 먼저 백목이 그립게 생각났다. 임금도 같은 마음이었다. 겐지가 말했다.

"오늘밤은 청귀뚜라미의 잔치라고 생각하고, 놀이로 밤을 새우자."

술잔이 두 순배[7] 돌았을 때에, 냉천원으로부터 편지가 왔다. 임금 앞에서의 관현놀이가 중단된 것을 아쉬워하여 좌다변과 식부대보 등이 참상하고 있을 때, 석무 등이 육조원에서 사후하고 있다는 말을 듣고 사자를 보낸 것이었다.

"〈퇴위한 나의 처소에도, 중추의 명월은 잊지 않고 빛을 보내준다. 당신은 찾아 주지 않는데. 〉

이왕이면, 이 명월을 당신이 찬양하여 주셨으면 합니다."

'사사로운 신분으로 공사도 없이 조용히 살고 계시는데, 사후하는 일도 거의 없는 것을 불만스럽게 여기시는구나. 이렇게 재촉을 받은 것은 황송한 일이다.'

겐지는 이렇게 생각하여, 서둘러 참상하려 했다. 답장은 이렇게 썼다.

〈주상은 예전과 다름없는 위용이라고 생각하고 있는데, 사후 못한 것은 우리의 신상이 생각대로 되지 않는 까닭입니다. 〉

옛날과 지금의 일을 차례로 회상하여, 생각나는 대로 읊은 것이었다. 사자에게는 술을 주고 기념품도 둘도 없는 것들로 준비하였다.

7. 겐지가 냉천원에 참상하다.

사람들의 수레를 신분에 따라 다시 늘어놓고, 전구의 사람들이 북적거렸다. 관현의 놀이도 그것으로 끝내고 함께 출발했다. 겐지의 수레에는 병부경궁이 같이 탔다. 석무 좌위문독, 등재상 등 그곳에 왔던 사람들은 한 사람도 빠짐없이 모두 참상했다. 다 평상복의 가벼운 차림이었다. 때마침 달이 점점 높이 올라 밤하늘도 아름다운 때에, 젊은 귀공자들에게 젓대를 불게 하며 출발하는 광경은 참으로 인상 깊었다. 그리고 조용한 참내라는 취지에도 맞았다. 공적으로 격식을 차려야 할 때에는 위풍 당당하고 위엄 있게 대면했지만, 때에 따라서는 옛날 신하 때의 생각으로

---

7) 당시의 주연에서는 하나의 술잔을 참회자에게 차례로 돌려가면서 술을 마셨다. 보통 삼순으로 끝난다.

되돌아가 몸 가볍게 움직였다. 겐지가 돌연히 이렇게 참상해서 냉천원은 놀라며 기쁘게 마중했다. 32세인 나이와 더불어 관록이 붙어 아름답게 된 얼굴은, 더욱 겐지와 남처럼은 보이지 않았다. 그는 임금으로서 전성을 누리던 중, 스스로 결심하여 퇴위하였었다. 이렇게 조용하게 살고 있는 모습을 보고 겐지는 깊은 감개에 젖었다. 그날 밤에 지어진 노래들은 한시든 화가(和歌)든 모두 취향이 깊고 훌륭하였다. 밝을녘에 시문(詩文)들의 피로(披露)가 있은 뒤 이른 아침에 다들 퇴출했다.

8. 겐지가 추호중궁을 찾아 출가의 뜻을 말리다.

겐지는 그 길로 추호중궁의 처소에 건너가서 이야기를 나누었다.

"지금은 이렇게 조용하게 지내고 있으니까, 언제나 살펴보고 싶어도 뜻대로 되지 않습니다. 나이를 먹어 감에 따라 점점 잊기 어려운 옛날의 추억담이라도 나누려는 생각으로 있었습니다. 그러나 준태상천황이라는 이도 저도 아닌 신분이라서 갑갑한 점도 있습니다. 연하의 사람들에게 이래저래 먼저 가 버린다고 생각도 하게 됩니다. 정말 무상한 이 세상의 허전함은 좀처럼 위로받을 수도 없다고 생각하니, 출가라도 하였으면 하는 마음이 듭니다. 그러나 뒤에 남을 사람들은 의지할 곳 없는 처지가 될 것 같아서, 사람들을 길가에 헤매게 하는 일이 없게 하려고 전부터 작정을 했습니다. 부디 마음에 두고서 그들을 돌보아 주십시오."

겐지는 이렇게 진실한 마음으로 말했다.

중궁은 평소와 같이 젊고 대범한 모습으로 대답했다.

"깊은 궁중 안에 살고 있을 때보다도 한층 뵙기 어렵게 된 지금의 신상은 정말 아무런 보람도 없습니다. 사람들이 다 버리고 가는 이 속세가 나도 싫은 생각이 듭니다. 아직 그러한 생각을 말하거나 의견을 물어보지는 않았지만, 마음이 활짝 개지 않습니다."

"재위하는 임금의 황후라는 처지로는, 기회 있을 때마다 정해진 법도대로 자주 친정으로 맞이했었는데, 지금으로는[8] 이렇다 할 핑계도 없어

---

8) 재위중의 임금에게는 중궁 이외의 여러 비(妃)가 있었으나, 양위 후에는 중궁 이외

서 자유롭게 출입하지 못하지요. 이 세상은 무상한 것이라고 말하지만, 그럴 만한 특별한 사정도 없는 사람이 시원스럽게 출가할 까닭은 거의 없습니다. 마음 편한 신분인 사람조차 무엇인가 마음이 쓰이는 굴레가 있습니다. 그런데 어째서 그런 말씀을 하십니까? 주위 사람의 흉내를 내어 자기도 빨리 출가하겠다는 생각으로는 도리어 다른 사람들의 비난을 받을지도 모릅니다. 출가의 일은 추호도 생각하지 마십시오."

젠지의 말에 중궁은, 자기의 생각을 충분히 이해하지 못하는 것을 한스럽게 생각했다.

중궁이 그렇게 말하는 것은, 모친인 어식소가 저 세상에서 괴로운 꼴을 당하고 있는 듯한 느낌을 받았기 때문이었다. 어떤 지옥의 업화(業火) 가운데를 방황하고 계셔서, 돌아가신 후까지 사람이 싫어하는 사령이 되어 나타난 것인지, 중궁은 몹시 괴로웠다. 젠지는 그 일을 감추고 있었지만, 자연히 소문으로 중궁의 귀에도 들어갔던 것이다. 중궁은 그 일로 너무나 슬퍼서 이 세상의 모든 것이 싫어졌다.

"돌아가신 어머니가 저 세상에서 죄업이 가볍지 않은 모양이라고 흘끗 소문을 들었습니다. 이때까지는 먼저 가신 것을 슬퍼하기만 하고 저 세상일까지는 생각도 못하였으니, 얼마나 어리석은 짓이었습니까? 잘 인도하는 승려에게 가르침을 받아, 하다못해 나만이라도 모군의 업화를 꼭 꺼 드리겠다는 생각이 점점 쌓여서 자연히 생각이 굳어진 것이랍니다."

중궁은 이렇게 슬며시 속생각을 말했다. 정말 그렇게 생각하는 것도 지당한 일이라고, 젠지는 애처롭게 여겼다.

"이 세상에 살고 있는 잠깐 동안은 그 업화의 원인을 버릴 수가 없는 것입니다. 목련존자(木蓮尊者)9) 가 성불하기 직전의 존엄한 몸으로 지옥의 모친을 구제했다는 예를 흉내를 낼 수는 없습니다. 지금의 지위를 버

───────────────

의 사람은 모두 궁중에서 나가는 것이 관례였다. 임금 옆에서 시중 드는 것은 중궁 한 사람으로 되어 있어, 중궁은 양위 후 오히려 틈이 없다.

9) 석가 십대 제자의 하나. 목련이 처음으로 여섯 가지 신통력을 얻어, 부모의 은혜를 보답하려고 도안(道眼)으로 세상을 보니, 죽은 어머니가 아귀의 가운데 다시 태어났으므로, 부처님께 모친의 구제를 부탁하였다는 이야기.

리고 출가하는 것은 후회를 남기는 일이 될 것입니다. 모군에 대한 그런 생각을 단단히 가지고서 그 괴로움을 개이게 하는 공양을 올려 드리십시오. 나 자신도 그런 것을 생각은 하고 있었지만, 왠지 모르게 침착하지 않은 나날이어서 뜻대로 실행하지 못했습니다. 이제 곧 나의 후생을 위한 근행과 더불어 마음 편히 모군의 공양도 하리라고 생각하며 조금 연기하고 있었지요. 지금 생각하면 정말 사려가 얕은 것이었습니다."

이 세상의 모든 것은 덧없으니 속히 모든 것을 버리고 싶다고 서로 이야기하고 있었지만, 어느쪽도 아직은 당장 묵색으로 염색한 모습으로 변하지는 못할 신상이었다.

9. 추호중궁의 불심이 깊어지다.

겐지가 건너온 것이 널리 알려져 버려서, 냉천원에 사후하였던 당상관들은 남김없이 겐지를 배웅하러 왔다. 겐지의 마음속에는 세상에 둘도 없이 소중하게 키워 온 명석여어가 그 보람이 있는 신상이 된 것이나, 특별하게 빼어난 석무의 모습이 모두 만족스러웠다. 이 냉천원에 대한 마음은 특별히 깊고 차분한 것이었다. 냉천원으로서도 늘상 겐지와 대면하지 못하던 것이 불만스러워 마음 편한 퇴위의 임금이 되리라고 결심했었다.

냉천원과는 반대로 추호중궁은 도리어 친정에 내려가는 것도 어렵게 되어 있었다. 보통 신하의 부부 사이처럼 언제나 함께 있었으므로, 도리어 재위중보다도 화려하게 관현의 놀이도 열곤 했다. 무엇하나 이루지 못한 것도 없는 지경이었지만, 다만 저 어식소의 일을 생각하면 가슴이 미어졌다. 출가는 겐지가 허락할 것도 아니어서, 그저 공덕의 불사를 남몰래 영위할 뿐이었다. 중궁은 불도에 들어가려는 마음도 깊어지고 점점 세상의 무상함을 깨닫고 있었다.

39. 저녁 안개 (夕霧[*])

대강 줄거리

　겐지 나이 50세의 8월 중순부터 겨울까지.

　석무는 낙엽의궁에 대한 연정을 불태우지만, 새삼스럽게 충실한 보호자로서 태도를 바꾸는 것에 주저하고 있었다. 모친인 어식소는 병환의 가지를 위하여 낙엽의궁과 함께 산장으로 처소를 옮겼는데, 석무는 여러 가지를 원조하였다. 8월 중순경 추색이 아름다운 소야를 찾았다. 어식소에 대신하여 몸소 응대하는 궁에, 석무는 연정을 호소했다. 어두울 때부터 자욱해진 안개를 구실 삼아, 석무는 낙엽의궁 곁에서 하룻밤을 밝혔다. 낙엽의궁은 몸둘 바를 몰라 번민하며, 아버지 주작원이나 시아버지 치사의 대신이 어떻게 생각할까를 꺼려 두려워했다.

　어식소는 기도승으로부터 석무가 숙박했다는 말을 듣고 마음이 아팠다. 어식소는 낙엽의궁과 일부러 대면하였지만, 사실을 확인도 하지 못했다. 그때 석무로부터 편지가 와서, 어식소는 낙엽의궁의 처지를 우려하며 답장을 내었다. 석무는 어중간하게 되어가는 사랑에 애를 태웠다. 운거안이 어식소의 편지를 빼앗아 숨겨 놓았기 때문에, 석무는 답장을 쓸 수도 없었다. 어식소는 낙담한 나머지 병세가 더욱 심해져 타계했다.

---

* 석무가 읊은 저녁 안개[夕霧]에 관한 노래에서 따온 제목이다. '夕霧'는 유우기리(ゆうぎり)라 읽는다.

석무는 장례를 위해 만반의 준비를 했다. 낙엽의궁은 망연자실하여 나날을 보내고 있었다. 석무는 시녀 소장을 졸라서, 낙엽의궁이 글씨를 연습한 종이를 손에 넣기도 했다.

겐지는 낙엽의궁과 석무의 소문을 듣고 괴롭게 여겼으나, 말로는 나무라지 않았다. 자의상도 여자라는 숙명에 대해 가슴 아파하고 있었다. 낙엽의궁은 출가를 바랐지만 아버지 주작원이 굳이 만류했다. 결국 석무는 수리한 일조궁으로 낙엽의궁을 데려왔다. 석무는 낙엽의궁의 마음을 풀리기를 느긋하게 기다리고 있었다. 주위의 상황으로 보아 그것은 시간문제였다. 석무는 이미 공공연하게 된 관계를 화산리에게 변명했다.

석무는 운거안을 화나게 하면서 낙엽의궁에게 출입하다가 복상중인데도 인연을 맺었다. 운거안은 참다못하여 친정으로 돌아갔다. 치사의 대신은 어찌할 바를 모르고, 낙엽의궁과의 융화를 꾀했다. 유광의 딸인 등전시는 운거안에게 위로의 노래를 보냈다. 석무는 이두 여인으로부터 많은 자녀를 낳았다.

1. 석무가 낙엽의궁을 사모하다.

부지런하고 현명하다는 평을 얻고 있는 석무는 낙엽의궁의 모습에 강한 호감을 가졌다. 세상 사람이 보기에는 망인 백목을 잊지 못하는 마음으로 행동하면서, 아주 친밀하게 문안을 드리고 있었다. 그러나 내심으로는 그리움이 도저히 가라앉지 않을 것 같았다. 세월이 지남에 따라 점점 더 애를 태웠다. 어식소는 쓸쓸한 나날에 언제나 찾아 주는 석무를 진심으로 고맙게 여기고 있었다. 세상에도 드문 친절한 분이라고 생각하며, 여러 가지로 그에게 의지하고 있었다.

석무는 처음부터 색정적인 말을 한 것은 아니었다.

"새삼스럽게 손바닥을 뒤집는 것 같아, 갑자기 사랑한다는 표현을 하는 것도 쑥스러운 일이다. 그저 오로지 깊은 마음을 보여 드리면, 언젠가는 마음을 허락하실 기회도 없지는 않을 것이다."

이렇게 생각하며 적당한 기회가 있으면 놓치지 않으려고 궁의 언행이나 모습에 주의를 쏟고 있었다. 궁이 직접 대답하는 일은 전혀 없었다.

"기회가 있으면 생각하는 것을 모두 말씀드리고 저 분의 반응을 지켜보자."

그러던 중 어식소가 악령에 몹시 시달려서, 소야(小野)의 근처 산장으로 옮겨갔다. 악령을 항복시켰던 일이 있는 율사(律師)가 비예산(比叡山)에 은둔하여 인가에는 내려오지 않는다는 말을 듣고, 어식소는 특별히 부탁하여 하산시켰다. 어식소의 수레를 비롯하여 전구들은 모두 석무가 보냈다. 백목의 형제들은 오히려 언제나 이것저것 일이 많고 각자의 살림에 바빠서 도저히 이쪽 일을 생각할 겨를이 없었다. 변의군만은 마음에 둔 것이 있어 슬며시 암시를 하기도 했지만, 당치도 않는다는 태도로 대한 뒤로는 굳이 찾아오지도 않고 있었다.

석무는 아주 묘하게 아무런 내색도 하지 않고 친하게 가까이에 갔다. 가지 기도를 하고 있다는 소식을 듣고는, 승려들에 줄 보시와 중의 의복 같은 것을 세심하게 준비하여 선물하였다. 환자인 어식소는 편지도 쓸 수 없었다.

"형식적인 대필로는 상대방에게 반드시 실례가 될 것입니다. 또 대단한 척하는 듯이 보이기도 쉽습니다."

하녀들이 말하므로, 낙엽의궁이 직접 답장을 썼다. 아름다운 필적으로 된 단 한 줄의 대범한 편지였다. 말씨는 다정한 마음씨를 담고 있었다. 석무는 그 편지를 받고는 점점 더 궁이 보고 싶어져 자주 편지를 주고받았다.

"이런 상황이라면, 역시 나중에 무슨 일인가 일어날 것만 같다."

석무의 본처 운거안은 눈치를 채고 있었다. 석무는 그것이 귀찮아서 방문하려는 생각을 곧 실행하지 못하는 일도 많았다.

2.석무가 소야를 찾아 어식소의 병환을 문병하다.

8월 20일경, 들판의 가을 경치가 아름다운 계절이었다.

"유명한 율사가 어렵게 산에서 내려왔다니, 꼭 뵙고 상의 드릴 일이 있습니다. 어식소가 병환중이라는 말도 있으니, 거기도 문병 삼아 들여다보겠습니다.

석무는 예사로운 방문처럼 이야기하고 집을 나왔다. 전구도 규모를 작게 하여, 친한 사람 5, 6인 정도만이 평상복차림으로 함께 갔다. 특별히 깊은 산길은 아니었지만, 송기(松崎 : 지명)의 바위에 비할 수 있을 정도로 가을 경치에 물들어 있었다. 둘도 없는 취향을 모아 놓은 도회지의 정원보다 역시 마음에 스며드는 정취였다.

조그맣게 만든 섶울타리도 풍취를 가득 담은 솜씨였다. 임시의 숙소라고는 하지만, 품위 있게 살고 있었다. 침전이라고 생각되는 건물의 동쪽 방 앞에, 수법(修法)의 단이 마련되어 있었다. 어식소는 북쪽의 조붓한 방에 있고, 서쪽 안채에 궁이 있었다. 같이 있으면 악령이 옮겨 붙을 염려가 있어, 어식소는 궁을 경에 남겨 놓으려고 하였었다. 그러나 궁은 어떻게 모친과 떨어져 있을 수 있겠느냐고 떼를 써 건너왔었다. 어식소는 악령이 궁에게로 옮기는 것을 두려워하여, 가운데에 칸막이를 해 놓고, 이쪽으로 건너오는 것을 허락하지 않았다. 손님이 앉을 자리가 없어서, 석무는 궁의 방 고운발 앞으로 인도되었다. 상급 하녀인 듯한 사람이 석무가 말한 내용을 중개하였다. 어식소가 말했다.

"정말 황송하게도 일부러 건너와 주신 것을 감사히 여기고 있습니다. 만일 이대로 저승으로 가게 되면, 이 답례조차도 못 올리고 말 것 같아, 그것이 괴롭습니다. 아직은 잠시 동안이라도 목숨을 연장시키려고 생각하고 있습니다."

"옮겨 올 때에 전송해 드리려고도 생각하였습니다만, 그 사이에 마침 할 일이 있어서 뜻대로 하지 못했습니다. 앉아서 걱정해 드리는 저를 두고 성의가 부족한 자라고 생각하실 것 같아 괴롭습니다."

3. 석무가 낙엽의궁과 노래를 주고받다.

궁은 방의 안쪽에 조용하게 있었지만, 설비가 간소하여 자연히 기척이 똑똑히 전해졌다. 부드럽게 몸을 움직이는 대로 옷 스치는 소리도 들려와서, 석무는 저 근처일 것이라고 귀를 기울이고 있었다. 인사를 전하러 간 하녀가 돌아오기를 기다리며, 석무는 시중들고 있는 소장의군 등과 이야기를 나누고 있었다.

"언제나 방문하며 일을 거들게 된 것이 벌써 몇 해째입니다만, 남을 대하는 것처럼 대우하시는 것이 한스럽습니다. 이런 고운발 앞에서 인편으로 인사를 조금 하고는, 중개를 부탁해야 하다니 …. 아직까지 이런 꼴을 당해 보지는 않았습니다. 구식이라고 얼마나 여러분이 조소하고 있을는지 쑥스럽습니다. 나이도 어리고 신분도 낮았을 때 얼마쯤 연애 경험을 하였더라면, 이렇게 부끄러운 생각이 들지는 않았을 것입니다."

하녀들은, 석무의 태도가 가볍게 다루지 못할 진지한 마음이니, 역시 예상했던 대로 되어 버렸다고 생각했다.

"어설픈 중개로 답변을 드리는 것은 쑥스럽다."

하녀들은 이렇게 말하며 서로 쿡쿡 찔렀다.

"저렇게 진지하게 호소하고 있는데, 중개를 두시는 것은 사람의 정을 모르는 일이 될 것입니다."

하녀가 이렇게 말씀드리니, 궁은 직접 대답을 했다.

"모친이 직접 인사를 못 올리는 것은 실례가 되므로, 제가 대신해서 말씀드리는 것이 도리이겠지요. 그러나 무서울 정도로 괴로워하는 것을 간병하는 동안에, 저까지도 제정신을 잃은 것만 같아서, 무엇이라 말씀을 드릴 수가 없습니다."

"지금 것은 궁의 말씀입니까?"

석무는 앉은 자세를 고치고 말하였다.

"애처로운 병환을 내 몸이 대신하고 싶다고까지 생각하고 있는 것은 무엇 때문일까요? 황송하지만, 걱정이 많으신 궁의 생활이 후련하게 해결되는 것을 볼 때까지는, 무사히 지내야겠다고 생각합니다. 그저 어식소를 위한 것으로만 받아들이고 계시니, 오랜 세월 보내왔던 내 마음을 몰라주시는 것이 정말 섭섭합니다.”

“정말 지당한 일입니다.”

하녀들도 말하였다.

해질 무렵이 다가오자 하늘 모양도 쓸쓸하고, 생각을 돋우는 안개가 끼었다. 산 그늘이 어둑어둑해지면서, 쓰르라미가 울어 대고, 담장 밑에 나 있는 패랭이가 색깔도 곱게 나부꼈다. 앞뜰의 꽃들은 제멋대로 피어 흐트러지고, 흐르는 물소리도 시원스러웠다. 산에서 불어오는 바람은 마음에 배어 왠지 쓸쓸하고, 솔바람의 울림이 깊은 숲 전체에서 들려왔다. 종소리와 함께 경 읽는 승려들이 교대하는 소리도 엄숙하게 들렸다. 이러한 곳이어서 그런지 모두다 허전하게 생각되어, 석무는 차분한 감개에 마음을 내맡기고 있었다. 이제는 이곳을 떠나야 한다는 생각도 들지 않았다. 가지를 하는 소리와 다라니를 독경하는 소리도 들려왔다.

어식소가 몹시 괴로워하고 있다고, 사람들이 그쪽으로 모여들었다. 이쪽은 한층 더 사람도 적어져서, 궁은 생각에 젖어 있었다. 석무는 가슴속을 털어놓을 좋은 기회가 아닌가 싶어 그대로 앉아 있었다. 때마침 안개가 바로 추녀 밑에까지 밀려왔다.

“돌아갈 방향도 보이지 않게 되었습니다만, 어떻게 하면 좋겠습니까?

〈쓸쓸한 생각을 북돋아 주는 산골의 저녁 안개가 끼어 와서, 어느 방향으로 가면 되는지도 모르고, 곁을 떠날 생각도 안 나는 것입니다.〉”

석무는 이렇게 읊조렸다. 낙엽의궁이 답했다.

〈산사람 집의 울타리를 싸고 끼어 있는 안개도, 마음이 여기에 있지 않고 돌아가려 하시는 분을 만류할 리는 없습니다.〉

희미하게 들려 오는 이런 노래 소리에 위로가 되어, 석무는 정말 돌아갈 일을 완전히 잊어버렸다.

“이도 저도 아니라서 곤혹스럽게 되었습니다. 돌아갈 길은 안개로 보이지 않고, 안개의 울타리는 머무를 수도 없게 쫓아내려 합니다. 어울리지 않는 사람이라면 이러한 처사도 지당한 일일 텐데.”

석무는 잠시 머뭇거렸지만, 더 이상은 참을 수가 없어 결국 가슴속을 슬며시 털어놓았다. 이제까지 긴 세월 동안 전혀 느끼지 못했던 것은 아니었지만, 언제나 모르는 것처럼 지내 왔었다. 그런데 이렇게 석무가 불만처럼 말하는 것이 곤혹스러워서, 궁은 아무 대답도 하지 않았다. 깊이 탄식하고 마음속으로 이렇게 생각했다.

‘두 번 다시 이런 기회가 주어질까?’

‘설령 몰인정한 경박한 남자라고 생각하여도 하는 수 없다. 하다못해 오랫동안 사모하고 있었다는 것만이라도 알려 드리자.’

같이 온 사람을 불렀다. 근위부의 장감에서 오위를 받은 측근이 왔다. 가만히 곁에 불러서, 말했다.

“저 율사에게 꼭 일러야 할 말이 있다. 호신법(護身法) 같은 것으로 틈이 없어 보이지만, 아마 지금은 휴식하고 있을 것이다. 오늘밤은 이 근처에 묵고서, 초야의 근행이 끝날 무렵에 율사가 대기하는 곳으로 가려고 생각한다. 몇 명만 함께 가기로 한다. 무관은 율서야(栗栖野 : 지명)에 집이 있을 것이니, 거기서 말이라도 먹이고 이쪽에는 드나들지 말도록 하라. 이러한 외박은 경솔한 일이라고들 생각하기 쉬우니까.”

그는 무엇인가 사정이 있을 것이라고 생각하고서 나왔다.

4. 낙엽의 궁이 굳게 마음을 닫다.

그렇게 하고 나서 석무는 아무렇지도 않은 듯이 말했다.

“돌아가는 길이 너무 험해서, 이 근처에서 숙소를 빌리려고 합니다. 이왕이면 이 고운발 근처를 허락하여 주실 것으로 믿고 있습니다. 아사리가 대기실에 내려올 때까지.”

보통 때는 이렇게 오래 있지도 않고 추파를 던지지도 않았는데, 곤란한 일이라고 궁은 생각했다. 그러나 부랴부랴 도망가는 것도 보기 흉하다고 생각하여, 그저 소리도 없이 가만히 앉아 있었다. 석무는 이것저것

이야기하며 가까이로 와서, 궁은 안으로 들어간 하녀의 뒤를 따라 들어가려고 했다.

안개에 쌓여서 방안은 어두컴컴한 때였다. 하녀가 놀라서 뒤돌아보니, 궁은 기분이 나빠져서 북쪽의 맹장지 밖으로 무릎걸음으로 나가려고 했다. 석무는 손으로 더듬어 찾아내어 잡아 끌었다. 궁은 몸만은 맹장지 저쪽으로 나가 있었지만, 옷자락은 이쪽에 남아 있었다. 맹장지는 밖에서 걸쇠를 내리지도 못하게 되어 있어서, 궁은 물 흐르듯이 땀만 흘리며 후들후들 떨고 있었다. 하녀들도 기가 막혀, 어떻게 하면 좋은가 생각도 나지 않았다. 거칠게 끌어내지도 못할 분이어서, 울 듯이 말하였다.

"정말 한심한 일입니다. 그런 마음인 줄은 전연 생각도 못했습니다."

"이 정도 옆에 있는 것이 그렇게 무례한 일입니까? 변변치 않은 몸이지만, 내 진심을 3년이란 오랜 세월 지켜보았을 텐데."

석무는 보기 싫지 않을 정도로 가슴속을 호소하였다.

궁은 들어줄 리가 없었다. 이렇게까지 자기가 멸시당하고 있었는가 하는 생각으로 분한 마음만 들었다.

"정말 괴롭습니다. 어른답지 않은 처사가 아닙니까? 남모르게 가슴속에 간직한 사랑이라는 꾸중은 들을 수 있겠지만, 이 이상의 지나친 행동은 허락이 없이는 결코 하지 않겠습니다. 얼마나 애절한 생각을 맛보았는지 그 괴로움은 더 이상 참지 못하겠습니다. 무어라 해도 자연히 알아주실 일인데, 억지로 모르는 척 냉담하게 대하시니까 어떻게도 말씀드릴 수가 없습니다. 이왕 이렇게 된 바에야 하는 수가 없습니다. 설령 사리를 모르는 미운 남자라고 생각할지 모르지만, 이대로 가슴속에 썩혀 버릴 이 번민은 똑바로 알리고 싶을 뿐입니다. 말할 수 없이 무정한 얼굴이 불만스럽지만 황송한 일이어서."

석무는 이렇게 말하고, 될 수 있는 한 따뜻하게 대하려고 마음을 썼다. 궁은 그저 맹장지를 누르고 있었는데, 그 것만으로는 아무런 소용이 없었다. 석무는 맹장지를 열려고도 하지 않고, 웃으며 말했다.

"이 정도를 칸막이라고 생각하고 계시는 마음이 애처롭습니다."

그러나 더 이상의 행동은 자제하고 있었다. 부드럽고 기품 있고 정숙한 궁의 인품은 역시 각별하게 보였다. 끊임없는 걱정 때문인지 몹시 야위어 가련한 느낌마저 들었다. 평상시의 모습처럼 꾸밈 없는 소매언저리도 보드랍고, 옷에 스며 있는 훈향도 애처로운 느낌을 전하고 있었다.

바람도 아주 쓸쓸하게 불어서, 새어 가는 밤의 정취는, 벌레소리와 사슴이 우는 소리와 폭포의 소리도 모두 다 우아하게 어우러져 있었다. 평범한 사람이라도 그냥 잠들지 못할 만큼의 하늘 경치였다. 격자는 그대로 올려져 있었고, 질 녘의 달이 산 끝에 매달려 있는 정취는 눈물도 막을 수 없을 정도로 마음에 스며들었다.

"아직도 이러한 제 마음을 알아줄 수 없다는 거동이시니, 도리어 마음 속이 얕다고 생각됩니다. 이처럼 세상을 모르는 것도, 달리 찾을 데가 없을 것입니다. 무엇이나 마음 가볍게 행동할 수 있는 신분인 사람들은 저 같은 인간을 천치라고 비웃고 동정심이 없이 대합니다. 너무 업신여김을 당하여, 도저히 참지 못하게 되었습니다. 당신도 전혀 정을 모르고 있는 것은 아닐 텐데."

석무가 아무리 달래고 비난해도, 궁은 대답할 말을 찾지 못해 괴로워하고 있었다.

남편을 가진 경험이 있었으니 마음 편하다는 듯이 넌지시 그것을 말하는 것도 의외여서, 궁은 몹시 한심한 처지라고 생각하며 죽어 버리고 싶었다.

"본의 아닌 제 자신의 잘못은 잘 알고 있습니다. 정말 이렇게 한심한 처사를 어떻게 생각해야 합니까?"

꺼져 가는 목소리로 말하고, 슬프게 울었다. 낙엽의궁이 답했다.

〈내가 불행한 남녀 사이를 경험하고 있는 여자라고 해도, 여기에 또 당신과의 일로 누명을 쓰고 다시 슬픈 일을 당하여, 세상으로부터 나쁜 소문에 휘말리지 않으면 안되는 것입니까?〉

석무는 궁의 노래를 입 속에서 되뇌며 쓴웃음을 지었다. 궁은 어쩌다 그런 말을 하였는가 하고 후회하였다.

"〈제가 당신에게 누명을 씌우지 않더라도, 일단 소문이 난 세상의 평판은 꺼지지 않을 테지요.〉

지금은 똑바로 바른 마음이 되십시오."

석무는 이렇게 말하며 달이 밝은 쪽으로 꾀었다. 궁은 의외의 일이라고 생각하며 애써서 저항했지만, 퍽 쉽게 끌어당겨졌다.

"이처럼 둘도 없는 내 생각을 알아주시니 이제부터 안심하고 계십시오. 허락이 없으면 결코, 결코…."

몹시 단호하게 말하는 동안에, 새벽이 가까워졌다.

밝은 달빛이 안개를 뚫고 방 구석구석까지 들어오고 있었다. 궁은 쑥스럽게 생각하여 얼굴을 숨기고 있었다. 그 모습들이 말할 것 없이 우아한 정취였다. 죽은 남편의 이야기를 조금씩 화제에 올리면서, 알맞은 정도로 조용히 이야기했다. 그래도 역시, 궁은 죽은 남편에게 향했던 마음만큼은 자기를 생각해 주지 않는다는 것이 원망스러웠다. 궁은 마음속으로, 생각했다.

'돌아가신 저 분은 관위도 높지 않았었지만, 주작원, 모친 어식소, 치사의 대신 등 누구라도 다 허락하여 주셔서 자연히 정에 끌려 부부의 금실을 유지하고 있었지만, 그것도 실제로는 의외라고 할 정도로 냉담하였었다. 그런데 또 석무의군과 터무니없는 일이 일어난다면…, 적어도 남남인 사이였다면 그런 대로 괜찮겠지만, 그렇지도 않은데 시아버님이 들으시면 어떻게 생각하실까? 세상의 비난은 물론이고, 아버지 주작원도 한탄하시지 않을까?'

깊은 인연으로 맺어진 이분 저분 여러 가지로 생각해 보니 오늘밤의 일이 너무나 유감스러웠다. 자기 한 사람 마음만은 이렇게 든든히 기품을 지키고 있어도, 사람의 소문은 어떨까 걱정스러웠다. 어머니 어식소가 모르고 있는 것이 양심에 걸렸다. 이러한 경과였다고 나중에 말씀드려도 무분별한 일이었다고 나무랄 것을 생각하니 마음이 쓰라렸다. 제발 날이 새기 전에 돌아가 주기만을 바랄 뿐이었다.

"어이없는 처사군요. 사랑을 나눈 후에 이별하는 모습으로 풀숲을 헤쳐 나가는 이 몸을, 아침이슬이 무어라고 생각하겠습니까? 그래도 역시 그렇게 하라고 하시면, 이것만을 알고 계십시오. 이런 어리석은 모습을 보신 후로, 솜씨 좋게 따돌려 내보냈다고 생각하여 돌보지 않으신다면, 그때는 어떻게도 참지 못하고 저 자신도 억제할 수 없는 엉뚱한 일들이나 생각들이 일어날지 모릅니다."

석무는 정말 앞으로의 일이 걱정스럽고, 이대로는 너무 어중간한 것 같은 생각이 들었다. 그러나 갑자기 색정적인 행위로 나오는 것은 이때까지 보여주지 않았기 때문에 궁에게도 미안하고 또 자신이 멸시당할지도 모른다고 생각했다. 어느쪽을 위해서도 사람 눈에 띄지 않고 아직 사물이 똑똑하게 보이지 않는 시간에, 아침이슬에 젖으며 떠났다. 그러나 그 마음은 역시 들떠 있었다.

"〈갈대 밭 처마 끝의 이슬에 흠뻑 젖으면서, 몇 겹으로 끼어 있는 안개를 헤치고, 나는 돌아가지 않으면 안되는 걸까?〉

젖은 옷[1]은 역시 말리지 않으면 안될 것입니다. 이렇게 나를 쫓아내다시피 하는 것은 당신의 마음 탓일 것입니다."

'정말 이 뜬 구름 같은 이름은 결코 향기롭지 못하고 세상에 누설되면 틀림없이 비난받을 일이라도, 적어도 내 마음만큼은 단호하게 지키도록 하자.'

궁은 이렇게 생각하여, 더욱 소원하게 말하였다.

"〈밟고 헤쳐 나갈 풀잎의 이슬을 트집으로 하여, 아직도 나에게 누명을 씌우려는 생각일까요?〉

의외의 일입니다."

나무라는 모습은 매우 예뻐서 석무도 쑥스러울 정도였다. 이 몇 해 동안 여느 사람과는 달리, 여러 가지로 친절하게 돌보아 온 그 보람도 없이, 방심시킨 후 결국 색정적인 행동으로 나온 꼴이 되고 말았다. 궁에게도 정말로 죄송스럽게 되었다고 진심으로 차분히 반성하였다. 그러나

---

1) 누명을 쓰는 것과 동의어.

한편으로는 이렇게 억지로 궁의 말을 따른다면, 후에 어리석은 꼴이 되지 않을까 하는 생각도 들었다. 돌아오는 도중에 이슬은 넘칠 듯이 맺혀 있었다.

5. 석무가 낙엽의 궁에게 편지를 보내다.

석무는 이러한 미행에 별로 경험이 없었다. 재미없고 안타까운 느낌도 들었다. 이대로 집에 돌아가면, 이슬에 젖은 모습을 이상히 여겨, 운거 안이 틀림없이 나무랄 것 같았다. 석무는 육조원의 동쪽 화산리의 저택으로 향했다. 아직 아침이슬도 마르지 않았는데, 저 산골 소야의 산장은 어떤 모습일까 하고 생각을 달렸다.

"평소에 없는 미행을 하셨다."

하녀들은 그렇게들 소곤거렸다. 잠시 동안 쉬고 나서 옷을 갈아입었다. 화산리는 여름 겨울 할 것 없이 항상 옷가지들을 곱게 준비해 놓고 있었다. 향을 넣어 두는 궤에서 새 옷을 꺼내 드렸다. 석무는 죽을 든 후에 원에게로 갔다.

궁에 편지를 보냈지만, 궁은 본 척도 하지 않았다. 궁은 갑작스러운 석무의 행동을 부끄러운 일이라고 생각했다. 석무가 지겹게 느껴지고, 어식소의 귀에 들어가게 될까 두렵기도 했다. 어식소는 그런 일이 있었다는 것을 꿈에도 모르고 있었다가 평상시와는 모습이 달라진 곳을 발견하기라도 하여 여러 가지로 알아보고 소문을 확인하게 될지도 모른다. 그렇게 되면 자기를 따돌림당한 사람으로 생각할 것이었다.

"사람들이 있는 대로만 말했으면 좋을 텐데."

궁과 어식소는 모녀 사이 중에서도, 조금의 숨김도 없는 친한 사이였다. 남에게는 비밀이 다 알려져 있어도 어버이에게는 숨겨 두는 예가 옛날이야기에도 흔히 있는 것은 사실이었다. 그러나 궁은 결코 그렇게는 생각하지 않았다. 하녀들은 말했다.

"조금쯤 귀에 들어갔더라도, 정말 무슨 일이라도 있었던 것처럼 이것저것 걱정하실 필요가 있습니까? 미리 걱정하는 것도 애처로운 일입니다."

두 사람이 어떻게 될 것인지 궁금해하며, 석무의 편지를 보고 싶어했다. 그러나 궁은 펼쳐 보려고도 하지 않아서 애를 태우고 있었다.

"전혀 답장을 않는 것도 오히려 이상합니다. 정말 아이다운 태도로 보일 것입니다."

하녀들은 이렇게 말하며 편지를 펼쳐보려고 했다.

"그분에게 그 정도라도 모습을 보였다는 것만으로도 경솔하고 천박한 잘못이었다. 염치없고 한심한 거동을 보면, 기분이 가라앉지 않는다. 글을 볼 수 없다고 전하여 주시오."

궁은 이렇게 말하며, 답장 같은 것은 당치도 않다는 얼굴로 돌아누워 버렸다. 그러나 편지는 아주 정성 들여 씌어 있어서 그다지 나쁜 느낌을 주지는 않았다.

"〈혼을 박정한 당신의 소매 속에 남기고 왔기에, 제 탓이기는 하지만, 멍청히 헤맬 뿐입니다.〉

생각대로 되지 않는 것이 나의 마음이라고, 옛날에도 그런 예가 있었으니 체념하려 하지만, 이 사랑의 행방은 전혀 알 수가 없습니다."

아주 많은 글자들이 적혀 있었지만, 하녀로서는 충분히 다 알아볼 수가 없었다. 보통의 후조의 글처럼 보이지는 않았지만, 역시 의심은 풀리지 않았다. 하녀들은 궁의 애처로운 얼굴을 탄식하며 바라보았다.

"어찌된 일일까? 세상에 드물게 다정히 돌보아 주시던 마음은 이때까지 오래 계속되었지만, 나리와 결혼하여 기대고 있으면 지금만 못하게 되는 것이 아닌가 걱정입니다."

친히 옆에서 시중들던 사람들은 모두 저마다 마음을 졸이고 있었지만, 어식소는 그런 일을 전혀 모르고 있었다.

6. 율사가 석무의 체류를 어식소에게 알리다.

악령에 시달려서 괴로워하고 있는 어식소는 기분이 상쾌해지며 제정신을 되찾았다. 낮의 가지가 끝나자, 아사리 한 사람이 남아서 다라니를 읽고 있었다. 아사리는 어식소가 조금 나아진 것을 기뻐하며, 냉정하게 말했다.

"대일여래(大日如來 : 진언밀교의 본존)는 거짓을 말하지 않습니다. 저 같은 사람이 정성 들여 하고 있는 수법이 효험이 없을 리가 있습니까? 악령은 끈질긴 것 같지만, 업장(業障)에 사로잡힌 분별없는 놈입니다."

자기가 무슨 명승인 것처럼 행세하고 있었는데, 무척 말재주가 없는 율사였다.

"그래, 저 대장은 언제부터 궁의 방에 드나들었습니까?"

그는 갑작스럽게 이렇게 물었다. 어식소는 놀라서 말했다.

"그런 일은 없었습니다. 고(故) 백목대납언과 아주 친한 사이여서 후사를 부탁받고, 이 몇 해 동안 무슨 일이 있을 때마다 끔찍이도 친절하게 보살펴 줍니다. 특히나 이렇게 일부러 나를 문병하러 들러 주어서 황송하게 여기고 있습니다."

"아니, 아니, 듣기 거북하군요. 제게 숨기는 것은 좋지 않습니다. 오늘 아침 후야(後夜)의 근행 때에, 저 서쪽 문으로부터 말끔히 차린 남자가 나오는 것을 보았습니다. 안개가 짙어서 제게는 누군지 분별되지 않았지만, 여기에 있는 법사들이 '대장님이 나오고 있다,' '어젯밤에 수레를 돌려보내고 묵으셨다'라고, 저마다 말하고 있었습니다. 향기 좋은 훈향이 자욱히 흘러 머리가 아플 정도였던 것이 그제야 납득이 갔습니다. 대장은 언제나 그렇게 향내를 풍기고 있지 않습니까? 정말 어이없는 일입니다. 인물은 어디로 보나 매사 빼어나 있습니다. 저희들도 조그마할 때부터 저 군을 위해서라면, 대장의 조모인 고 대궁의 말씀에 따라 수법을 떠맡고 있습니다만, 이 사건만은 전혀 무익한 것입니다. 본처 운거안의 위세가 당당합니다. 저렇게 지금이 한창으로 아주 강대한 세력입니다. 어린것도 7, 8명이 되었습니다. 이쪽의 낙엽의궁으로는 도저히 누를 수 없을 것입니다. 또 여성이 악업[2]의 몸으로 이 세상에 태어나서, 사후도 무명장야(無明長夜)의 어둠에 헤매는 것은, 바로 이런 치정의 죄 때문이

─────────

2) 불교에서는, 여성은 죄가 깊어서 성불하기 어려운 것으로 되어 있다.

아닙니까? 지옥에 떨어져 무서운 과보를 받게 될 것입니다. 일단 본처의 노여움을 사게 되면, 미래 영겁의 성불에 지장이 있을 것입니다. 저는 전혀 찬성할 수 없습니다."

그는 머리를 가로 저으며 거침없이 말했다.

"정말 이상한 이야기군요. 만에 하나라도 그런 일은 없을 분입니다. 내가 병에 걸려 정신을 잃고 있어서, 잠깐 휴식하고서 만나볼 요량으로 기다리고 있다고, 하녀들이 말했었습니다. 어떤 사정으로 묵고 있었을까요? 얼마나 진지하고 소행도 단단한 분인데."

어식소는 의아스럽게 말하였지만, 마음속으로는 이런 생각을 하고 있었다.

'그런 일도 있었을까? 때때로 심상치 않은 얼굴로 보였지만, 인품이 정말 훌륭하고 비난받을 만한 일에는 될 수 있는 한 손을 안 대려고 근엄하게 행동하고 있었다. 그래서 궁은 무례한 일이 없으리라고 방심하고 있었을 것이 틀림없다. 측근 사람도 얼마 없는 모습을 보고, 몰래 잠입하였을까?'

7.어식소가 궁과 대면하다.

율사가 돌아간 후에, 어식소는 소장의군을 불렀다.

"율사로부터 말을 들었다. 어떻게 이런 일이 일어날 수 있는가? 왜 나에게는 이렇게 되었다는 말을 들려주지 않았는가? 설마 그런 일이 있었을 거라고는 생각도 안했는데."

소장의군은 궁에게는 미안한 일이었지만 처음부터 경위를 자세하게 말씀드렸다. 오늘 아침 편지의 모양이나 궁의 혼잣말도 말씀드렸다.

"대장의군은 오랜 세월 참고 있었던 마음속을 알아주었으면 했던 것일까요? 마음을 써서 날이 밝기 전에 떠나 버렸습니다만, 그것을 다른 사람이 어떻게 알고 말씀을 드렸을까요?"

소장의군은 그것이 율사였다는 것은 생각도 못하고, 다른 하녀가 살짝 말씀드린 거라고 생각했다. 어식소는 아무 말도 없이, 정말 한심하고 유감된 일이라는 생각에 소리 없이 눈물을 흘렸다.

'어째서 있는 그대로를 말씀 드렸을까? 몸도 약하신데 더욱 괴로워하실 것이다.'

소장은 그 모습이 아주 가여워서 이렇게 생각하며 후회하고 있었다.

"맹장지에 걸쇠가 걸려 있었습니다."

상황을 좋게 꾸미려고 노력하였지만 어식소는 이렇게 말했다.

"어떻더라도 그럴 정도로 아무 준비도 없이, 경솔하게도 사람에게 모습을 보였다는 것은 정말 큰일 날 일이다. 내심으로는 결백하여도 그렇게까지 말을 한 법사들이나 하찮은 동자들은, 이것저것 말을 퍼뜨리지 말라는 법도 없다. 사람들에게 어떻게 변명할 것이며, 실제와 다르다고 설명할 수 있을까? 사려가 부족한 사람들만이 시중들고 있어서 ···."

그 이상은 말을 계속할 수도 없었다. 정말 괴로운 병에 걸렸을 때에, 이러한 상상외의 일을 들어서, 아주 풀이 죽어 있었다. 궁이 황녀다운 기품으로 하루하루를 지냈으면 하고 바라고 있었는데, 세상에 경솔한 염문을 날리게 된 것이 몹시 가슴이 아팠다.

"이렇게 조금 제정신으로 있는 동안, 잠시 오시라고 궁에게 말해라. 그 쪽으로 가 뵙는 것이 예의이나, 움직일 것 같지가 않아서 ···. 꽤 오래 뵙지 못한 것 같다."

"오시라고 전하라 하셨습니다."

소장의군은 궁의 앞에 가서 이렇게만 말씀 올렸다.

궁은 눈물에 젖은 앞머리를 고치고 올이 풀린 홑옷을 갈아입느라고, 곧바로는 건너오지 않았다.

'하녀들은 어떻게 생각하고 있을까? 어머님도 아직 모르고 있고 ···, 후에 조금이라도 귀에 들어간다면, 시치미를 딱 떼고 있었다고 생각하시겠지만, 그것도 대단히 부끄럽다.'

궁은 이렇게 생각하여 다시 누워 버렸다.

"기분이 몹시 나쁘다. 이대로 좋아지지 않으면, 차라리 정말 잘된 일일 텐데 ···. 각기(脚氣)가 올라온 것 같다."

궁은 말하고 주무르게 하였다. 너무 괴롭게 여러 가지를 생각하느라고 몸이 상했던 것이다.

소장이 말했다.

"어식소에게 저 일을 넌지시 말씀 드린 사람이 있는 것 같습니다. 어찌된 일인가 물어보시기에 있는 그대로를 말씀드렸습니다. 다만 맹장지의 방비만은 조금 사실보다 견고하게 말씀드렸습니다. 혹시 넌지시 말을 하시면 그렇게 말씀하십시오."

소장은 어식소의 한탄하던 모습은 언급하지 않았다. 생각한 대로라고 아주 괴로워서 침묵을 지키고 있는 궁의 베갯머리에서는 눈물 방울이 떨어졌다.

'이 일 때문만은 아니다. 과부의 몸이 된 이래로, 대단히 걱정만 끼치게 되는구나.'

낙엽의궁은 이렇게 생각하니, 사는 보람도 없는 것만 같았다.

"이 대장은, 이대로는 체념하지 못하고 무어라고 말하며 쫓아올 것이다. 그것도 귀찮은 일이고, 볼썽도 사나울 것이다. 더구나 무기력하게 남의 말대로 되면, 얼마나 좋지 않은 평판을 듣게 될 것인가?"

적어도 몸이 결백하였다는 것이 조금은 위로가 되었지만, 그렇더라도 황녀라는 존엄한 신분으로 얼떨결에 사람에게 모습을 보이게 된 것은 있으면 안될 일이었다고, 자신의 숙운을 한심하게 여겼다. 그날 저녁 어식소로부터 다시 재촉이 있어서 궁은 좁은 방의 가운데 문을 양쪽 다 열고 넘어왔다.

어식소는 몸이 편치 않았는데도, 아주 겸손하고 정중하게 응대하였다. 어식소는 예의범절대로, 잠자리에서 일어났다.

"아주 어지럽혀 놓아서 모처럼 넘어 오시게 하는 것도 괴롭습니다. 이삼일 뵙지 못한 사이 긴 세월이 지난 것처럼 생각됩니다. 한편으로는 내가 정말 제정신이 아니라고 생각하고 있었습니다. 당신하고는 일세의 연이므로 내세에서 꼭 만나게 될 까닭도 없습니다. 만일 만난다 하더라도, 전세의 인연을 알 수 없으니 무슨 보람이 있겠습니까? 생각해 보면 짧은 동안 만났다가 멀리 헤어져야 할 이 세상인데, 자기 생각대로 살아왔던 것도 지금에 와서는 후회되는 일뿐입니다."

궁도 슬픔이 겹쳐서 애달프게 여겼다. 대답도 못 드리고, 그저 가만히 어머니의 얼굴을 보고 있었다. 몹시 내향적인 성미여서 기분을 상쾌하게 하는 말도 똑똑히 드리지 못하고, 부끄러워하고 있었다. 어식소는 그 모습을 정말 불쌍하게 여겨, '엊저녁에는 어떻게 되었지요?'라고 물어보지도 못하고 말았다. 등불을 서둘러서 가까이에 하고, 식사를 그곳에서 드렸다. 궁이 아무것도 먹지 않는다는 말을 듣고, 어식소는 이것저것 몸소 권하기도 했다. 그러나 궁은 젓가락을 델 생각도 하지 않았다. 그저 어식소의 기분이 좋은 것 같아서, 얼마쯤 안도하였다.

8. 석무에게 어식소가 답장을 쓰다.

석무로부터 다시 편지가 왔다.

"대장님이 소장의군에게 전하라고 하는 편지가 있었습니다."

사정을 모르는 하녀가 편지를 받고서, 이렇게 말했다. 역시 곤란한 일이었다. 편지는 소장이 받았다. 어식소가 물었다.

"어떤 편지인가?"

어식소는 마음이 약해져서 대장이 건너오는 것을 은근히 기다리고[3] 있었는데, 찾아올 것 같지도 않아서 애가 타던 중이었다. 편지를 보니 가슴이 설레었다.

"자아, 편지에는 역시 답장을 내어 드리십시오. 이대로는 난처합니다. 남의 소문을 좋은 편으로 전해 주는 사람은 별로 없는 법입니다. 설혹 자기의 생각으로는 결백하다고 생각해도, 그것을 그대로 믿어 주는 사람은 적을 것입니다. 솔직히 편지를 주고받아, 이때까지와 똑같이 대하는 것으로 보이게 하십시오. 대답도 않는 것은 상대에게 지나치게 친숙한

---

3) 어식소는 낙엽의 궁이 대장과 관계하였다고 생각하고 3일 동안은 대장이 오리라고 여겨서 은근히 기다리고 있었다. 그래서 낙엽의 궁과 대장을 결혼시키려고 체념하고 있었다. 그런데 편지의 내용은 어식소를 실망시켰다.

것처럼 보일 겁니다."

어식소는 석무의 편지를 가져오게 했다. 소장은 곤혹스러워하면서 건네었다.

"놀랄 만큼 냉담한 마음을 또렷하게 보아서, 도리어 지금은 거리낌없이 한결같은 생각이 되어 버렸습니다.

〈제 생각을 막으려고 하시니, 그 생각이 어리석다는 것을 저도 분명히 압니다. 세상의 눈은 끝까지 숨기지는 못하는 것이니까. 〉"

편지에는 이렇게 적혀 있고, 그밖에 여러 말이 씌어 있었지만, 어식소는 끝까지 보지도 않았다. 이 편지에는 똑똑히 결심이 나타난 것도 아니었고, 오늘밤에 오겠다는 기색도 없이 태연한 것이 너무나 의외였다.

'돌아간 백목위문독의 마음이 생각대로 되지 않을 즈음에도 아주 괴로웠었다. 그러나 겉으로는 다른 사람과 달리 소중히 다루어 주셔서, 아직 이쪽에 승산이 있는 것처럼 위로가 되기도 했다. 그래도 아주 불만스러웠었는데…. 정말 어떻게 된 것인가? 치사의 대신인 나리 쪽의 사람들이 어떻게 생각하시고, 어떻게 말씀을 하실까?'

어식소는 골똘히 생각에 잠겼다.

그래도 역시, 저쪽이 어떻게 나오는지를 분명히 확인하고 싶어졌다. 어식소는 몸이 괴로워 어둑어둑한 눈을 억지로 가늘게 뜨고, 새 발자국 모양 괴상한 글씨로 답장을 썼다.

"궁의 문병으로 건너왔을 때에, 전혀 의지할 수 없는 모양이 된 것을 보고, 대답을 하라고 권하였습니다. 그러나 정말 석연치 않은 모양으로 있으므로, 보다못해,

〈궁이 울어 풀 죽어 있는 들판, 이 소야의 산장을 당신은 대체 어찌 생각하고 단지 하룻밤만 묵었을까요?〉"[4]

어식소는 이렇게만 쓰고, 그대로 누워 몹시 괴로워하고 있었다. 그 동안 악령을 방심하게 하였는가 라고 사람들이 떠들어 댔다. 언제나처럼

---

4) 이 노래는 후에 석무가 낙엽의 궁을 설복하는 데 이용된다.

수법에 자신이 있는 자는 모두 가지를 하러 와서, 떠들썩하게 소리를 내고 있었다. 궁에게, 전과 같이 안에 들어가 계시라고 말하였지만, 궁은 모군이 돌아가신 다음에 살아 남으려고도 생각지 않았다. 자기의 고통스러운 운명이라고 느끼며 바싹 붙어 있었다.

9. 석무가 어식소의 글을 운거안에게 빼앗기다.

석무는 이날 낮에 삼조의 집으로 돌아왔다. 이날 밤 소야의 산장으로 가게 되면, 정말 이미 무슨 일이 있었다는 듯이 보일 것이었다. 아직 그렇게까지는 일이 진행되지도 않았는데, 지금은 오히려 그 이상으로 괴로워서 탄식하고만 있었다. 운거안은 이런 미행을 소문으로 언뜻 듣고, 불쾌하게 생각했다. 그러나 남 모르게 아이들을 상대로 마음을 달래며 자기 방에 누워 있었다.

초저녁이 지날 무렵, 심부름하는 사람이 어식소의 답장을 가지고 왔다. 석무는 새 발자국 같은 필적을 곧바로는 알아볼 수가 없어서 등불을 가까이에 끌어당겨 보고 있었다. 운거안은 좀 떨어져 있었지만, 그것을 재빨리 발견하고 가만히 다가가서 뒤에서 빼앗았다.

"어이없는 일을…, 대체 무슨 짓을 하는 겁니까? 정말 괘씸하군. 육조의 동쪽 화산리라는 분의 편지입니다. 오늘 아침 감기에 걸려서 기분이 나빴는데, 겐지의 앞에 서 기다리고 있다가 곧바로 돌아왔습니다. 다시 한번 뵙지 못한 것이 안타까워, 지금은 몸이 조금 나아지셨는지 말씀을 전했습니다. 보십시오. 이것이 사랑을 속삭이는 편집니까? 그렇더라도 품위 없는 짓이 아닙니까? 세월이 지남에 따라 몹시 나를 경멸하고 계시는 것이 한심합니다. 내가 어떻게 생각하든 쑥스럽다는 생각도 전혀 안 하는 것입니까?"

석무는 탄식하였다. 운거안은 편지를 들고도 곧바로 보려고 하지 않고 손에 가지고 있었다.

"세월이 흐름에 따라 무시하는 것은 당신 쪽의 버릇이겠지요."

석무가 이렇게 태연하게 있는 것에 마음이 놓이고, 젊고 귀여운 모습을 하고 있어서, 석무는 웃으면서 말했다.

"그것은 어떻게도 말할 수 있는 거겠지요. 부부라는 것은 언제나 그런 것입니다. 그러나 상당한 지위에 올라 있으면서, 이렇게 미행도 안 하고 한 사람에게 쩔쩔매고 있는 사람은 아마 나밖에는 없을 것입니다. 얼마나 사람들로부터 조롱받을까요? 그런 융통성이 없는 남자에게 언제나 귀여움을 받는 것은 당신에게도 그렇게 명예로운 일이 못 됩니다. 여럿 있는 여인들 중에 한층 뛰어나서 남과의 차이가 똑똑히 보이는 것이야말로 남의 눈에도 그윽하게 보이는 법입니다. 당신 자신의 생각으로도, 당신은 언제까지나 젊고, 세상의 재미있는 것이나 가슴에 스미는 감개가 다하지 않으리라고 생각합니다. 노인이 무언가를 소중하게 지키고 있었다는 옛이야기처럼, 언제까지라도 당신 한 사람을 지키며 어리석게 헤매는 것은 정말 멋없는 일입니다."

석무는 그 편지를 똑똑히 보지 못하게 하고 속여서 뺏으려는 속셈으로 좋은 말만 했다.

"나 같은 옛사람(31세)에게는 젊고 화려하다는 것은 어울리지 않습니다. 게다가 이때까지 우리가 그런 사이로 지냈다는 것도 모르고 있었기에 정말 괴롭습니다."

운거안은 이렇게 불평했다. 그 모습이 그다지 밉지는 않았다.

"당신에게 무슨 고통스런 처사를 하였다고 생각하는 것입니까? 정말 야속한 마음속입니다. 무언가 좋지 않은 일을 일러바쳐 말하는 사람이 있는 것 같습니다. 별나게 옛날부터 나를 용서하지 않고 있었습니다. 지금도 저 녹색 소매의 일5)이 남아 있어서, 나를 업신여길 구실을 찾아 기묘한 방식으로 당신을 조종하려는 것입니다. 여러 가지 듣기 거북한 소문을 가끔 듣고 있습니다. 아무 관계없는 낙엽의궁을 생각해도 애처로워서…."

석무는 이렇게 말했다. 그러나 마음속에서는 결국은 낙엽의궁과 그렇

---

5) 석무가 어렸을 때 "육위의 주제에"라고 운거안 집 하녀에게 업신여김을 받은 일.

게 되리라고 생각하고 있었기 때문에, 강하게는 언쟁하지 않았다. 운거안은 이 편지를 감추어 버렸는데, 석무는 무리하게 찾아 뺏을 수도 없어서 태평한 척하였지만, 가슴이 두근거렸다.

"꼭 저것을 되찾고 싶다. 어식소의 편지일 것이다. 무엇이 적혀 있었을까?"

걱정으로 눈이 말똥말똥한 채 누워 있었다. 운거안이 자고 있어서, 어젯밤의 요 아래 같은 데를 아무것도 아닌 양 찾았지만, 편지는 눈에 띄지 않았다.

'감출 만한 시간도 없었는데.'

이렇게 생각하며 안절부절못하다가, 날이 밝았는데도 곧바로 일어나지도 않았다. 운거안은 아이들이 깨워 침소로부터 무릎걸음으로 나왔다. 석무는 자기도 지금 막 일어난 척하고 팔방으로 엿보았지만, 전연 발견하지 못하였다. 운거안은, 석무가 찾으려고도 하지 않는 것을 보고 정말 사랑의 편지는 아니었다고 생각하여 마음에 두지도 않았다. 운거안은 아이들과 분주하게 어울려 놀면서 인형에 옷을 입히고 있었다. 아이들과 책을 읽기도 하고, 습자를 하기도 했다. 작은 아이가 기어다니며 끌어당기기도 해서, 운거안은 빼앗은 편지 같은 것은 생각도 하지 않았다. 남자는 다른 것은 염두에도 없고, 저쪽에 빨리 답장을 해야 한다는 생각으로 마음이 급했다. 편지를 똑똑히는 보지도 못해서, 어떻게 답장을 쓸 수도 없었다. 보지 않은 것을 단박 알 수 있는 답장을 쓰는 것도 난처하기만 했다. 저쪽에서 잃어버린 것으로 짐작할 것이라고 이것저것 생각하며 괴로워하였다.

10. 종일 어식소의 편지를 찾지 못하다.

집 사람들이 모두 식사를 끝내고 조용해진 낮에, 석무는 생각다못해 운거안에게 물었다.

"어젯밤의 편지에는 무엇이 적혀 있었습니까? 괘씸하게 보여주지도 않고 …. 오늘도 문안을 가야만 합니다. 그러나 기분이 나빠서 육조원에는 가지도 못할 것 같은데, 편지만큼은 올리려고 합니다. 무슨 말이 있었습니까?"

이렇게 말하는 얼굴빛이 아무것도 아니라는 표정이어서, 운거안은 편지를 뺏는 등 소란을 피운 것이 어리석은 일이었다고 후회하였다. 그러나 그 일에는 관계도 없이, 말했다.

"요전날 밤 심산(深山) 바람을 쐬어서 기분이 나빠졌다고 여유 있게 변명하십시오."

"그런 쓸데없는 일을 언제까지 말하는 것은 좋지 않습니다. 무슨 여유가 있겠습니까? 나를 세상 남자와 똑같이 생각하는 것은 정말 이상하군요. 나는 여기 있는 하녀들에게도 지나칠 만큼 냉담합니다. 당신이 그렇게 말씀하시는 것을 하녀들도 쓴웃음을 지으며 들을 겁니다. 그 편지 말인데, 어디에 있습니까?"

그러나 운거안은 곧바로 가져오지도 않았다. 그래서 다시 이것저것 이야기하다가 잠깐 누워 있는 사이에 날이 저물었다.

11. 편지를 석무가 발견하다.

석무는 쓰르라미 소리에 잠이 깨었다.

"산골의 집에는, 얼마나 어둡게 안개가 끼어 있을까? 어이없는 일이 아닌가? 오늘은 정말 답장만이라도 ….."

석무는 딱하게 생각했다. 벼루를 준비해 놓고, 뭐라고 꾸며 얘기할까 생각하며 멍하니 주위를 돌아보았다.

요 안쪽이 조금 부풀어 있는 곳을 시험 삼아 들추어보니, 놀랍게도 여기에 편지가 들어 있는 것이 아닌가! 기쁘기도 하고 어처구니없기도 하여 웃으며 읽어보았더니, 그런 가슴 아픈 내용이 적혀 있었다. 석무는 가슴이 터질 것만 같았다.

"어젯저녁만 해도6) 어떤 생각으로 밤을 새우셨을까? 이때까지 편지도

---

6) 어식소의 판단에 따르면, 어젯저녁은 결혼한 지 이틀째 되는 날인데, 석무는 그 소중한 날을 무시한 결과가 되어 버린다.

드리지 않았으니 ···."

석무는 말로 표현할 수 없는 기분이 되었다. 정말 괴롭게 의지할 곳 없이 알아듣기 힘들 듯이 써 있었다.

'얼마나 생각한 나머지, 이러한 편지를 쓰셨을까? 냉담한 남자라고 원망하면서 어젯밤을 밝혔을 것이다.'

변명할 여지도 없어서 편지를 감춘 운거안이 몹시 원망스러웠다.

'이렇게 장난을 하여 숨겨 놓다니 ···. 그것도 내가 평상시의 예의범절을 잘못 가르친 탓이다.'

이것저것 생각하니, 석무는 자기 몸도 원망스러워져 한바탕 울고만 싶었다.

'마음 편하게 궁과 대면도 안되겠지만, 저편에서 저렇게[7] 말하고 있는 것은 또 어떻게 할 것인가? 오늘은 생각하여 보니, 감일(坎日)[8]이기도 하다. 뜻밖에 어쩌다가 허락한다 하여도, 오늘은 불길할 것이다. 더 만전을 기한 날을 생각하자.'

그대로 궁에게 가려고 하였지만, 또 이렇게 생각하였다. 꼼꼼한 성미여서 우선 답장만 드렸다.

"정말 희한한 편지를, 여러 가지로 기쁘게 받았습니다만, 비난하시는 것을 황송하게 여깁니다. 어떻게 들으신 것입니까?

〈가을 벌의 우거진 풀을 가르고 산장에 찾아는 갔으나, 한뎃잠의 베개를 맺은 일은 없었습니다. 궁의 방에 들어는 갔습니다만, 부부의 인연을 맺은 일은 없었습니다. 〉

이런 변명을 늘어놓는 것도 조리가 서지 않는 것이지만, 어젯저녁의 죄에 대해서는 이대로는 승복하지 못하겠습니다."

궁에게는 더욱 많은 이야기를 썼다. 마구간의 말에 안장을 얹고, 지난번의 대부를 사자로 보냈다.

---

7) 어식소는 낙엽의궁과의 결혼을 허락한다는 말투로 썼다.

8) 만사에 흉하다는 날. 이런 긴급한 때에 음양도의 흉일 따위를 생각하는 석무의 태도는 성의가 없는 것이라고 볼 수 있다.

"엊저녁부터 육조원에 사후하다가 지금 바로 물러나왔다고 말하도록."
석무는 이렇게 이르고, 전할 말을 몰래 가르쳐 주었다.

12. 어식소의 병세가 급변하다.

소야에서는 엊저녁에도 무정하게 건너오지 않은 소행을 참지 못하고 있었다. 이제는 후일의 소문을 꺼려서만이 아니라 진심 어린 원망의 말을 적어 보냈는데, 그 대답조차 없는 채로 날이 저물고 있었다. 석무가 어떤 생각일까 생각하면 정나미도 떨어졌다. 너무한 일이라고 아주 낙담해, 어식소는 조금 가라앉았던 병세가 도져서 몹시 괴로워했다. 궁 자신의 마음은, 도리어 이런 일이 특히 고통스러워할 정도의 문제라고 생각하지 않고, 그저 생각지도 않던 사람에게 부주의하게 용모를 보여 버린 것을 유감으로 여기고 있었다. 무어 그렇게 생각하지도 않았던 것인데, 이렇게 어식소가 몹시 비탄에 빠져 있는 것이 퍽 부끄러웠다. 그렇다고 사정을 자세하게 말할 기회도 없어서, 평소보다 왠지 모르게 쑥스러웠다. 어식소는 걱정만이 겹쳐 가는 자기 신상이라고 생각하여 가슴이 미어지게 슬펐다.

"새삼스럽게 번거로운 것을 말씀드리지는 않겠지만, 그래도 역시 아무리 운명이라고는 해도 뜻밖에 사려가 부족하고 사람들에게 비난받을 만한 일을 했지요. 되찾을 방법이 없는 것이지만, 이제부터는 더욱 조심하십시오. 변변치 못한 나지만, 매사 될 수 있는 한 최선을 다하여 돌보아 드렸기 때문에, 지금은 어느 것이나 잘 알아들을 수 있고, 세상의 사정을 헤아릴 수 있게 가르쳐 드려서, 안심이라고 생각하고 있었습니다. 그런데 아직 정말 세상 물정을 모르는 상태이고, 단단한 마음의 준비도 안 되어 있으니 걱정입니다. 얼마 남지 않은 목숨이라도 조금 더 오래 살아 있어야겠다고 생각합니다. 조금이라도 나은 신분인 여자가 두 사람의 남편을 섬기는 예는 한심하고 경솔한 일입니다. 더구나 이런 고귀한 신분인 분이라면 그처럼 무책임한 일로 사람에게 얕보이면 곤란한 일인데 …. 돌아간 분과의 인연도 생각대로 안되어 납득하기 어려웠지요. 오랫동안 그런 모습을 보고 괴로워해 왔는데, 그것도 그렇게 될 전세부터의 인연 때문이었겠지요. 주작원을 비롯하여 저 분의 아버지 대신도 허락하신 것이어서, 나 혼자만 고집을 부려서 어떻게 될 일도 아니라고 체념을 했던 것입니다. 후에까지 시원치 않은 당신의 신상은 당신 자신의 잘못은 아니어서, 하늘을 우러러 원망하면서 지켜보아 왔습니다. 정말로 석무 나리에도 이쪽의 궁에도 무언가 듣기 거북한 일이 계속 일어날 것 같아서, 어쩐지 …. 남의 평판 같은 것은 접어 두고라도 적어도 보통의 부부로 어울린다면, 세월이 지나가는 사이에 저절로 마음의 위로도 될 수 있으리라고 생각하고 있었는데, 몹시 박정한 저 분의 생각이었습니다."

어식소는 자주 눈물을 흘렸다.

정말 어쩔 수 없이 모든 것을 혼자서 결정하여 말하므로, 궁은 변명할 말도 모르고 그저 울고만 있었다. 그 모습은 순진하고 애처로워 보였다.

"허허, 무엇하나 누구에게도 빠지지 않는 분인데 …. 어떤 전세의 인연으로 이렇게 고생만 하는 운세를 타고났을까요?"

어식소는 그런 궁을 유심히 보면서 말하였다. 그러는 사이에 몸이 몹시 괴로워졌다. 악령들은 이러한 약한 틈을 타서 세력을 뻗친다고 하는데, 어식소는 정말 갑자기 숨이 막혔다. 어느 사이에 벌써 몸이 식어 갔다. 율사도 당황하여 서원(誓願)을 세우고 큰소리를 질렀다. 율사는 단단한 맹세를 하고 이대로 생애를 마칠 결심으로 산에 들어앉아 있다가, 남다른 결심을 하고 하산했었다. 그 보람도 없이 수법의 단을 뜯고 산에 돌아가 버리면, 면목도 세울 수 없고 부처님을 원망스럽게 생각하게 될 것이었다. 율사는 더욱 분발하여 기도를 했다. 궁은 울며 몸부림을 치고 있었다.

13. 어식소가 사망하다.

이렇게 떠들고 있는 동안 석무로부터의 편지가 도착했다. 의식이 조금 돌아온 어식소는 그 소식을 듣고, 오늘밤도 건너오지 않을 것을 알았다.

'한심스럽다. 이렇게 하룻밤만에 소박을 맞았다고 세상 사람들의 입에

오르내릴 것이다. 어째서 나까지도 결혼을 청하는 노래를 보내어, 얘깃거리를 만들어 놓았을까?'

이렇게 번민하는 중에 어식소는 그대로 숨을 거두었다. 어이없다거나 슬프다고 말하는 것도 어리석은 일이었다. 예전부터 어식소는 때때로 악령에 괴롭힘을 당했다. 정말 최후처럼 보였던 때도 자주 있었으므로, 사람들은 언제나와 같이 악령에게 잠시 혼을 뺏긴 것이라고 생각하며 가지를 시켰다. 그러나 이번에는 임종의 모습이 틀림없었다.

궁은 뒤따라 떠나겠다고 생각하고 있어서, 시신 옆에 가만히 누워 있었다.

"지금은 어떻게도 할 수 없습니다. 아무리 그렇게 슬퍼한다 해도, 이 세상에 돌아오시지는 않습니다. 뒤를 쫓아가려고 해도, 뜻대로는 안될 것입니다."

하녀들이 와서 이렇게 새삼스럽게 도리를 말씀드렸다.

"정말 꺼려야 할 것입니다. 이것은 돌아가신 분을 위해서도 죄업이 깊은 일입니다. 어서 저쪽 방으로 가십시오."

모두 궁을 끌어내어 옮기려고 했지만, 몸이 움츠러들어서 살아 있다는 생각도 들지 않았다. 중들도 수법의 단을 뜯고 하나 둘씩 밖으로 나왔다. 몇 명만이 남아 있는 것도 이미 다 끝난 것을 느끼게 하는 허전한 풍경이었다.

14. 주작원에서 소식이 오다.

여러 곳의 분들에게서 곧 위문이 있어서, 어느새 소식이 퍼졌는지 이상하게 생각될 정도였다. 석무도 듣고서 몹시 놀라, 가장 먼저 위문의 인사를 드렸다. 육조원의 겐지와 치사의 대신에게서도 조문이 왔다.

산의 임금 주작원도 듣고, 슬픈 마음이 배어 있는 편지를 써서 보냈다. 궁은 이 편지를 받고서 가까스로 머리를 들었다.

"그 사이에 위중하게 앓고 있었다는 소식을 듣고 있었지만, 평소 병환이 잦았으므로, 조금 방심하였더니 …. 할 수 없는 일은 차치하고라도

얼마나 비탄해 있을는지 모습을 짐작해 보면 참으로 가슴이 아프다. 이
것도 세상 모든 사람의 도리라고 생각하고 마음을 가라앉혀라."

눈물로 글자가 제대로 보이지도 않았지만 간신히 답장을 드렸다.

15. 어식소의 장례.

어식소는 평소부터 꼭 곧바로 장송을 해 달라고 말해 두었었다. 대화
수(大和守)였던 조카가 급히 장례를 맡아 돌보고 있었다. 궁은 시체만이
라도 잠시 뵙고자 말하며 이별을 아쉬워했지만, 언제까지나 그렇게 할
수는 없는 일이었다. 모두 급히 준비를 서둘러서 막 출발하려고 할 때에
석무가 건너왔다.

"그 동안 일진이 나빠서."

석무는 체면상 그렇게 변명했다. 궁이 얼마나 슬프게 한탄하고 있을까
석무는 그 마음을 헤아릴 수 있었다.

"이렇게 급하게 건너갈 것도 없습니다."

하녀들이 만류하였는데도 석무는 굳이 건너왔다.

그 길은 참으로 멀게만 느껴졌다. 산장에 들어설 때에는 쓸쓸함이 몸
에 스며들었다. 상중처럼 주위에 장막을 쳐 놓았는데, 의식을 행하는 사
람들은 석무에게는 보이지 않게 저 서쪽 방으로 들어갔다. 대화수가 응
대에 나서 울면서 감사드렸다. 문 앞의 삿자리에 앉아서 난간에 기대어
하녀들을 불렀다. 사람들은 저마다 놀라서 허둥지둥하고 있었다. 조금은
마음의 여유가 생겨났을 때, 소장의군이 앞으로 왔다. 석무는 무어라고
말도 할 수 없었다. 눈물을 쉽게 흘리지 않는 씩씩한 성격이었지만, 이
장소의 분위기, 궁의 모습을 짐작해 보니 울음을 참지 못했다. 덧없는
세상의 모양이 남의 일 같지 않은 것도 슬프게만 느껴졌다.

"조금은 병에 차도가 있었다고 듣고 방심한 사이에 …, 꿈도 깰 사이가
있다는데 이 얼마나 생각도 못한 일인지 …."

잠시 마음을 가라앉히고 이렇게 말했다. 궁은 소장의 중개로 그 말을
들었다. 궁은 어식소가 가슴 아파하던 모습을 떠올리며, 바로 석무가 원

인이 되어 몸이 나빠졌던 것을 원망스러워했다. 명이 이미 정해졌다고는 하여도 정말 야속한 인연이라 대답조차 하지 않았다.

"어떻게 말씀을 전해야 할지 ···."

"정말 가벼운 신분도 아닌데, 일부러 급히 건너오신 마음을 알아주지 않는 것은 너무한 일입니다."

하녀들은 이렇게들 말하였지만,

"그저 당신들이 생각하여 적당히 ···. 나는 무엇을 말하여야 할지 생각도 안 나서 ···."

이러며 궁은 누워 있을 뿐이었다.

"지금은, 정말 돌아가신 분이나 다를 것이 없습니다. 건너오신 것만은 전해 드렸습니다."

하녀들은 대답 대신 전했다. 하녀들도 눈물로 숨막힐 것 같은 모양이었으므로, 석무는 이렇게 말했다.

"어떻게 말씀드려야 할지 모르겠습니다. 좀더 나 자신도 마음을 가라앉히고 오겠습니다. 왜 갑자기 이렇게 되었는지 그 경과를 알고 싶습니다만."

소장의군은 있는 그대로는 아니지만 한탄하고 있던 어식소의 정황을 조금 이야기했다.

"불평할 일이 되어 버릴 것 같습니다. 오늘은 특히 마음도 흐트러져 있어, 틀림없이 잘못 말씀드린 것도 있겠지요. 궁이 언제까지나 이렇게 절망적이라고 생각하고 계시지는 않을 것이니, 조금 가라앉은 다음에 이야기하시지요."

소장의 망연자실한 얼굴을 보며, 석무는 말하고 싶은 것을 다 말할 수 없었다.

"정말 저도 어둠 속을 헤매고 있는 것 같습니다. 그래도 역시 궁을 위로해 드리고, 조금이라도 대답을 들었으면 합니다만."

떠나기가 어려웠지만, 머물러 있는 것도 경솔한 짓 같고, 또 워낙 사람들이 떠들고 있어서 하는 수 없이 그대로 돌아왔다.

설마 오늘 저녁은 아니겠지 하고 있던 장례의식이 단시간에 머뭇거림 없이 진행되었다. 석무는 너무도 어이없다는 생각으로 가까이에 있는 장원의 사람들을 불러, 적당한 일들을 돌보아 드리라고 이르고 돌아왔다. 일이 급한 탓으로 간략하게 치러지던 장례는, 일하는 사람 수가 늘자 훌륭한 의식으로 변하였다.

"좀처럼 없는 나리의 배려다."

대화수는 기뻐 황송해서 말했다. 모친의 형적마저도 없어져 버리자, 궁은 너무한 일이라고 엎드려 뒹굴면서 슬퍼하였으나, 어쩔 수 없는 노릇이었다. 어버이라고 하여도 정말 이렇게까지 친하게는 지내지 말아야 한다는 생각이 들 정도였다. 시중들고 있던 하녀들도 궁의 이런 모습을 보고는 또다시 불길한 일이 생기지나 않을까 걱정하고 있었다. 대화수는 뒤에 남아 있는 집안일을 정리했다.

"이렇게 불안한 상태로는 세월을 보낼 수도 없을 것입니다. 마음이 쉴 때가 전혀 없을 것입니다."

그녀는 하다못해 봉우리의 연기를 가까이에서 보며 어식소를 그리워하려고 언제까지라도 이 소야 마을에 살려고 작정하고 있었다. 상중이 49일이어서 근신하고 있는 중들은 침전의 동면이나 하인들의 방에서 여기저기에 조그맣게 장막을 치고, 조용히 살고 있었다. 궁은 서쪽의 방의 장식들을 떼고서 거기서 살고 있었다. 날마다 아침 저녁의 구분도 안되는 양 망연히 있었지만, 어느덧 날짜가 지나가서 9월이 되었다.

16. 석무가 위문을 거듭하다.

비예산에서 불어내리는 세찬 바람에 잎들이 우수수 떨어져 내렸다. 만상이 모두 슬픈 계절이었다. 아무 일이 없어도 생각을 자아내게 할 만한 하늘 경치 때문에 궁은 더욱 눈물이 마를 새도 없이 한탄하고 있었다. 목숨도 생각대로 안된다고 여기며, 이 세상을 귀찮고 고통스럽게 생각하고 있었다. 시중 드는 사람들도 어찌할 바를 모르고 있었다. 석무는 날마다 문안 사자를 보내왔다. 허전한 염불 승려에게는 시름을 잊을 수 있도록 물건을 드려서 위로하였다. 궁에게는 차분하고 상냥하게 정이 담긴 말을 전하여 위로했지만, 궁은 그것을 들여다보려고도 하지 않았다. 석무가 궁의 방에 들어 간 일로 오해를 하고 그대로 돌아가신 모친을 생각하니, 금생의 불효는 물론이요 후생의 성불에도 지장이 될 것만 같았다. 궁은 가슴이 터질 것 같아서, 석무의 일이라면 듣기만 하여도 한층 더 원망하는 눈물을 흘렸다. 하녀들도 무어라 드릴 말씀이 없이, 몹시 곤혹스러워하고 있었다. 얼마 동안은 너무 놀라서 한마디 대답도 없을 만하다고 이해하였지만, 너무나 시일이 지나가자 석무는 마음이 복잡했다.

"슬프다는 것도 한이 있는 것이다. 이렇게도 내 마음을 몰라주어도 되는 것인가? 철부지처럼 행동하고 있지 않은가? '꽃이여 나비여' 하고 연문처럼 쓰는 편지라면 몰라도, 마음에 깊은 슬픔을 품고 한탄하고 있을 때 찾아오는 사람에게는 친하고 차분하게 정애를 느끼게 마련이다. 조모 대궁이 돌아가신 것을 정말 슬퍼하고 있을 때, 치사의 대신은 그다지 슬퍼하지도 않고, 어버이를 잃는 것은 당연한 일이라고 잘라 말하였었다. 치사의 대신이 표면상의 의식에만 효도를 다하는 것이 원망스럽고 불쾌하게 생각되었다. 아버지인 겐지는 친어버이가 아니면서도 도리어 정성 들여 나중의 법회까지 주선하시는 것을 보고, 나의 부친이라는 것을 떠나서 기쁜 일이라고 느꼈었다. 그때 위문독인 백목에게도 각별히 호의를 갖게 되었다. 인품이 대단히 침착하고 일을 깊이 마음에 새겨 두는 성미였으므로, 대궁이 돌아가신 것을 슬퍼하는 것도 남보다 한층 더 깊었었다. 그것이 나에게는 각별하게 여겨졌던 것이다."

부질없는 대로 차례로 생각에 잠겨서 날을 보내고 있었다.

17. 운거안의 불안.

운거안은 석무와 낙엽의궁과의 관계를 제대로 알지 못하고 있었다.

"어떻게 되어가고 있는 것일까? 어식소하고는 정성 들여 편지를 주고받는 것 같던데."

석무가 생각에 잠겨서, 저녁 하늘을 가만히 바라보며 누워 있을 때에,

운거안은 때마침 어린아이[9]를 시켜 편지를 드렸다. 그 종이의 끝에는 이렇게 적혀 있었다.

"〈애달픈 생각을 어떻게 짐작하여 위로해 드리면 좋을까요? 뒤에 남은 분이 그리워지는 것입니까, 돌아가신 분의 일이 슬픈 것입니까?〉

분명한 것을 모르고 있는 것이 괴롭습니다."

석무는 쓴 웃음을 지으며 생각했다.

'여러 가지 일에 이렇게 마음을 써서 귀찮게 한다. 걸맞지 않는 상상을 하는구나.'

석무는 곧바로 아무렇지도 않은 듯이 답했다.

"〈그 어느쪽의 분 때문인지 특별히 구별하고 생각에 잠겨 있던 것은 아닙니다. 맺히고는 곧 꺼지는 이슬처럼, 사람의 운명도 마찬가지로 덧없는 세상이므로.〉

대체로 무상한 이 세상이 슬프게 생각되는 것입니다."

운거안은 역시 이렇게 숨기고만 있다고 서운해했다. 이슬 같은 세상의 슬픔 같은 것은 제쳐 두고, 적지 않게 가슴 아파하고 있었다.

18. 석무가 낙엽의궁을 방문하다.

석무는 궁의 일이 못 견디게 걱정되어 또 소야로 나섰다. 49일을 지나서 천천히 찾아가리라고 마음속에서는 생각을 누르고 있었지만, 도저히 그때까지 참을 수가 없었다.

'이렇게 된 바에는, 아무 근거도 없는 소문에 굳이 마음을 쓸 필요도 없는 것이다. 그저 세상의 남자들이 하는 것처럼 내 생각을 이루면 된다.'

석무는 각오를 단단히 하고서, 본처가 어떻게 마음을 쓰든 굳이 변명을 하려고도 하지 않았다.

"궁 본인은 완고하게 나를 거절하겠지만, 어식소의 불평하던 말을 근

---

9) 석무와 운거안 사이에 태어난 아이에게 편지 심부름을 시킨 것은 확실히 운거안다운 방식이다. 부부관계를 다시 자각시켜, 그 애정을 자기편으로 돌리려는 것이었다.

거로 하여 설득하면 설마 결백을 내세우지는 못할 것이다."

이렇게 마음을 굳게 먹었다.

9월 10일이 지나서 산야의 경치는 정취를 잘 모르는 사람 마음도 움직이게 만들고 있었다. 산바람에 시달리는 나무 끝의 잎사귀도, 봉우리에 얽힌 칡의 잎도 어수선하게 앞을 다투어지고 있었다. 존엄한 독경소리도 희미하게 들려올 뿐 사람의 기척도 거의 없었다. 찬바람이 불어제치면 암사슴이 그리워 운다는 숫사슴은 담장의 곁에 잠시 멈춰 섰다가, 논의 판자소리에도 놀라지 않고, 색이 짙어진 벼의 논에 들어가서 우는 것이었다. 모두가 자기 가슴속의 생각을 호소하는 것만 같았다. 폭포도, 생각에 잠긴 사람에게 제정신을 일깨워 주려는 듯 한층 시끄럽게 소리를 내고 있었다. 풀숲의 벌레만은 의지할 곳도 없어 울음소리가 약해졌다. 마른 풀 속에서 혼자 명이 길다는 것을 보이며 길게 뻗어나 있는 용담(龍膽)은 이슬에 흠뻑 젖어 있었다. 모두 다 이 계절의 정취라고 하지만, 때가 때이고 장소도 장소인 탓일까, 유난히 견디지 못할 정도로 슬픈 생각을 자아냈다.

석무는 여느 때처럼 문 쪽에 가까이 가서, 그대로 바깥을 내다보며 서 있었다. 착용감이 좋을 것 같은 부드러운 평상복에 진한 분홍옷의 다리미 자리가 곱게 어울려 보였다. 석양이 무심히 눈부시게 비쳐 들어와서, 석무는 자연스럽게 부채를 펴 얼굴을 가리고 있었다.

"여자라도 이렇게는 아름답지 않겠지."

하녀들은 이런 생각으로 바라보고 있었다. 위로해 주고 싶은 생각이 절로 드는 부드러운 아름다움이었다. 석무는 소장의군을 가까이로 불렀다. 삿자리는 그렇게 넓지 않았지만, 방안에 다른 사람이 있지 않나 마음이 쓰여 자세한 이야기를 할 수는 없었다.

"좀더 가까이. 그렇게 매정하게 있지 마십시오. 이렇게 산속까지 찾아온 제 마음을 서먹서먹하게 다루어도 되는 것입니까? 안개도 아주 깊습니다."

"좀더 이쪽으로."

　석무는 일부러 산 쪽을 바라보며, 이렇게 거듭 말했다. 소장은 하는 수 없이 청둔색의 휘장 끝 쪽을 조금 끌어내어, 옷단을 한쪽으로 모으고 앉아 있었다. 그녀는 대화수의 누이여서 궁과는 가까운 인척간이었다. 게다가 어식소가 어릴 때부터 키워 왔으므로, 훨씬 짙은 쥐색의 상복을 입고 있었다. 석무가 말했다.

　"이렇게 한없이 슬픈 장례는 물론이고, 그 위에 무어라 말할 수 없는 궁의 냉랭한 마음을 생각하면, 마음도 혼도 빠져나가 버릴 지경입니다. 만나는 사람마다 어떻게 된 일이냐고 이상하게 여깁니다. 이미 이렇게 된 바에는 참으려야 참을 수가 없습니다."

　석무는 계속 불평하였다. 그는 어식소의 임종 때의 편지 내용도 밝히면서 몹시 울었다. 소장도 흐느껴 울면서 말했다.

　"그날 밤의 답장을 결국 못 받고 가셨지요. 임종 때의 괴로움 가운데서도, 나리 일을 골똘히 생각하시다가 정신이 어지러워지셨습니다. 그런 약한 틈을 타서, 언제나처럼 악령이 잠시 명을 빼앗은 거라고만 생각하였습니다. 지난번의 나리 장례 때에도, 어식소는 거의 제정신을 잃었던 때가 여러 번 있었습니다. 그러나 궁이 똑같은 상태로 있는 것을 아시고 위로하려고 마음을 잡고 계셔서인지, 이내 제정신으로 돌아오셨습니다. 이번 장례에도 궁은 그저 제정신이 아니게 망연자실하고 계십니다."

　소장은 눈물을 누를 수가 없어서, 한숨을 쉬느라 시원시원하게 말도 못하였다.

　"바로 그것입니다. 저렇게 계시는 것도 너무나 믿을 수 없는 처지입니다. 황송한 일입니다만, 이제부터는 누구를 의지하여 살아갈 것입니까? 주작원도 깊은 산속에서 속세의 일을 체념하고 살고 계시니, 편지를 주고받기도 어려울 것입니다. 정말 이렇게 한심한 상황을 당신이 잘 말씀드려서 납득시켜 주십시오. 모두 전세부터 약속된 일입니다. 이 세상에 오래 살기를 원하지 않는다고 하여도, 그렇게는 안되는 것이 이 세상입니다. 이번의 사별만 보더라도, 세상이 생각대로 되는 것이라면 일어날 수 있는 일입니까?."

연이어 많은 말을 했지만 소장은 대답도 없이 탄식하고 있었다. 사슴이 서럽게 울고 있었다.

"처를 그리워하는 점에서는 나도 사슴에 지지 않는다

〈사람이 사는 동리와는 멀리 떨어진 소야의 들판을 찾아와서, 나도 이렇게 사슴처럼 소리를 아끼지 않고 울고 있습니다. 〉"

석무의 노래에 소장은 답했다.

〈상복으로 눈물 흘리기 쉬운 가을 산에 사는 저는, 사슴이 우는 소리와 함께 소리를 내어 울고 있습니다. 〉

그렇게 잘 지은 노래는 아니지만, 때가 때인 만큼 조그맣게 읊조리는 소리가 그럭저럭 좋은 취미라고 생각했다.

인사로 무엇인가 말하였더니, 소장은 쌀쌀맞게 대답을 했다.

"지금은 이렇게 뜻하지 않은 슬픈 꿈을 꾸고 있지만, 조금이라도 생각이 가라앉으면, 이렇게 끊이지 않고 문안 와 주신 데 대한 감사도 드리겠습니다."

몹시 허탈하게 여기고 한숨을 쉬면서 돌아왔다.

19. 운거안의 한탄.

돌아오는 도중, 석무는 마음에 스며드는 밤 하늘을 올려다보았다. 13일의 달이 아름답게 떠올라 있었다. 소창(小倉 : 지명)의 산에서 헤매지도 않고 돌아왔는데, 가는 길에 낙엽의궁의 본집 일조궁을 지나고 있었다. 그곳은 이전보다도 더 황폐해져 있었다. 남쪽 구석의 무너진 매립지에서 집안을 기웃거리니, 격자가 저쪽까지 내려져 있어서 사람 그림자도 보이지 않았다. 달만이 흐르는 물의 수면을 똑똑히 비추고 있어서, 언제나 이 저택에 붙어 살고 있는 것 같은 모습이었다. 석무는 백목이 여기에서 관현의 놀이를 하던 것을 회상하였다.

〈옛날에 본 사람 그림자는 이제 비치지도 않는 수면 위에, 홀로 가을밤의 달만이 그림자를 비추며 집을 지키고 있다. 〉

이렇게 혼잣말을 하면서 집으로 돌아왔다. 마음은 달을 따라 하늘을 날아간 것 같았다.

"정말 보기 흉하다. 지금까지는 이런 버릇이 없었는데."

하녀들은 모두 석무를 미워하였다.

운거안은 마음속으로부터 한심했다.

"마음도 건성인 것처럼 계시다. 처음부터 그런 일에 익숙하였더라면, 도리어 보통의 일로 알고 어떻게든지 지내 왔을 텐데…. 세상에 모범으로 삼아도 좋을 분으로 여기고, 누구라도 나를 기쁘게 그의 배필로 허락하여 주었는데, 지금에 와서 그 결과는 겨우 이런 거란 말이냐?"

운거안은 몹시 슬퍼하였다.

20. 소장이 궁의 노래를 답장으로 보내다.

두 사람은 서로 아무 말도 안하고 등을 돌린 채로 밤을 밝혔다. 석무는 아침이슬이 마를 사이를 기다리지 않고, 여느 때와 같이 급하게 편지를 썼다. 본처는 정말 기분 나쁘게 여겼지만, 전날과 같이 편지를 빼앗지는 않았다. 석무는 자세히 적은 후 편지를 내려놓고 읊조리고 있었다. 소리를 죽여 가며 읽고 있었지만 그 소리가 운거안의 귀에도 들려왔다.

"〈긴 밤의 꿈이 깨어났을 때라고 말씀하신 한마디를, 언제의 일이라고 생각하여 찾아가면 되겠습니까?〉

위에서 쏟아져 오는 소리 없는 폭포. [10]"

석무는 이렇게 써 놓고 편지를 봉한 후에도, 읊조리고 있었다.

"어떻게 하면 좋은가?"

석무는 사람을 불러 편지를 건네주었다.

"저쪽의 답장이라도 보고 싶다. 어떻게 된 일일까?"

운거안은 이렇게 말하면서 사실을 알려고 애썼다.

해가 높아지자 답장이 도착했다. 젊은 보라의 종이에 적은 소장의 쌀쌀맞은 편지였다.

"미안한 나머지 편지를 받고 나서 심심풀이로 쓰신 것을 훔쳤으니, 그

---

10) 만족스러운 답장이 없어서 어떻게 하면 좋은지를 모른다는 뜻.

것을 ….”

이때까지와 별다른 것 없는 내용에 덧붙여, 이렇게 씌어 있었다. 속에 무슨 종이가 들어 있었다. 편지를 보기는 보았다고 생각하니, 그것만으로도 즐거워지는 것이었다. 두서없이 적혀 있는 것을 들여다보니, 이렇게 적혀 있었다.

〈소야산의 근처에 아침 저녁 소리 내며 울고 있는 나의 끝없는 눈물이, 소리 없는 폭포가 되는 것일까?〉

그밖에 옛날노래 같은 것을 시름없이 써 놓은 필적이 훌륭하게 보였다.

“이것이 남의 일이라면 이런 애 타는 바람기를 일으키는 사람을 보거나 듣거나 하면, 제정신이 아닌 것으로 생각하고 있었는데, 막상 나의 일이 되고 보니 정말 참기 어려운 일이다. 이상한 일이 아닌가? 어째서 이렇게까지 생각하며 그리워하지 않으면 안되는가?”

석무는 생각을 고치려고 했지만 어떻게 할 수가 없었다.

21. 겐지가 소문을 듣고 상심하다.

겐지도 아들 석무가 분별을 갖추어 어느 일에나 냉정하고, 사람에게 원한을 사는 일도 없이 무난히 지내 오는 것을 보고, 어버이로서 체면이 선다고 생각하고 있었다. 자기가 옛적에 염문을 날린 불명예를 보상하는 것으로 여겨, 오랜 세월 기쁘게 생각하였었다. 그런데, 이 일을 듣고는 이렇게 생각되었다.

'불쌍하게. 어느쪽의 분들도 여러 가지로 고통스럽게 생각하고 있을 것이다. 아주 남남[11]도 아닌 사이인데, 대신은 어떻게 생각하고 있을까? 하긴 생각하면 이해가 안되는 일도 아닌 것이다. 타고난 운명이라는 것은 어떻게도 도망할 수 없는 것이다. 어찌 되었든 간에 내가 나서서 말할 계제는 아닌 것 같다. 그저 여인의 입장에서는 어느쪽이나 다 애처롭게 되었다.'

---

11) 치사의 대신편에서는, 조카이기도 하고 사위이기도 한 석무가, 딸 운거안을 배반하여 슬프게 하고, 자식인 백목의 미망인인 낙엽의궁을 괴롭히는 것이 된다.

자의상에게도 이때까지의 일과 앞으로의 일을 이야기하며, 말했다.

"이런 일을 들으면, 내가 죽은 후의 일이 걱정[12] 이 된다."

자의상은 얼굴을 붉히며 생각했다.

'한심한 일을. 그렇게 나를 뒤에 남겨 두려고 생각하였을까? 여자만큼 몸의 처리가 어렵고 애처로운 존재가 있을까? 깊은 멋이 스며드는 정취나 재미있고, 풍류로운 계절에도 전연 모르는 척 얌전하게만 있으면, 무엇에 의지하여 이 세상을 살아갈까? 무상한 세상을 어떻게 위로받을 수 있을까? 일의 도리도 모르는 무력하고 하잘것없는 존재가 된다면, 모처럼 한 사람 몫으로 키워 온 어버이에게도 정말 본의 아닌 일이다. 저 무언태자(無言太子)[13] 나 소법사(小法師) 들의 비통한 예와도 같이, 나쁜 일 좋은 일을 잘 알고 있으면서 적극성이 없는 것은 좋지 못하다. 나로서도 정도에 맞게 몸가짐을 하는 것은 쉬운 일이 아니다.'

자의상은 요즘 오직 자기가 맡아 있는 여일의궁의 일을 걱정하고 있어서, 더욱 이런 생각이 드는 것이었다.

22. 겐지가 석무에게 궁의 일을 탐문하다.

석무가 육조원에 온 기회에 겐지는 아들의 생각을 알아보려 했다.

"어식소의 49일은 끝났는가? 바로 엊그제의 일로 알고 있었는데, 백목이 죽은 것도 어느새 3년을 넘어서 옛일이 되어 버렸다. 세상은 참 따분하다. 저녁 이슬이 내릴 사이도 없는 짧은 명을 탐하고 있구나. 빨리 머리를 깎고 이 세상을 버리려고 생각은 하면서도, 아직 이렇게 태연하게 나날을 보내고 있다. 정말 보기 흉하다."

"세상을 버리는 것이 아까울 게 없는 사람들조차, 좀처럼 버리지 못하는 것이 세상이겠지요. 어식소의 49일 법회 같은 것은 대화수 조신이 혼자서 맡아 하고 있는데, 정말 기특한 일입니다. 든든한 인척도 없는 사

---

12) 석무가 자의상을 사랑하게 될지 모른다.

13) 바라나국왕(波羅奈國王) 의 태자. 과거, 현재, 미래의 것을 모조리 알고 있어서, 낳은 지 13년 동안 무언(無言) 으로 있었다 한다.

람에게는 사후가 더욱 슬픈 것입니다. ”

“주작원으로부터도 위문이 있었을 것이다. 저 황녀 낙엽의궁도 얼마나 마음 아파하고 있을까? 이 수년간 보고 들은 것에 의하면, 저 갱의(更衣)는 무난하고 훌륭한 분이었다. 세상 일반으로서도 아까운 사람을 잃었다. 그런 대로 괜찮다는 생각이 드는 사람이 이렇게들 죽어 가는 것이다. 원도 몹시 생각 밖의 일이라고 낙심하고 계셨다. 저 황녀는 여기에 있는 입도의궁 다음으로 귀여워하셨으니까, 인품도 좋을 것이다. “

“성미는 어떠하였을까요? 어식소는 먼발치로 보기에도, 분위기나 마음 쓰임에 아무런 모자라는 점이 없는 분이셨지요. 친히 마음을 터놓지는 않으셨지만, 대수롭지 않은 기회에 자연히 사람의 소양도 잘 알게 되었습니다. ”

석무는 궁의 일은 내색도 않고, 아주 시치미를 떼고 있었다.

‘이렇게 혼자서 골똘히 생각하고 있는 것을, 타이른다 하여도 소용이 없을 것이다. 어차피 받아들일 일도 아닌데, 그럴싸하게 말하는 것도 쓸데없는 일이다. ’

겐지는 이렇게 생각하여 그대로 두었다.

23. 석무가 법회를 주재하다.

어식소의 법회는 석무가 도맡아서 거행하였다. 그 일에 관한 소문은 저절로 숨김없이 퍼져 나가, 치사의 대신도 듣게 되었다. 그런 일이 있어도 되는 것인가 하고 생각하며, 여자 쪽을 무분별하게 여기는 것도 어쩔 수 없는 일이었다. 옛날부터의 우의도 있어서, 치사의 대신의 아들들도 왔다. 대신은 호사스럽게 보시를 했다. 그밖의 사람들도 지지 않게 공양을 하여서, 위세가 한창인 분들의 불사에 떨어지지 않는 성대한 법회가 되었다.

24. 주작원이 낙엽의궁의 출가를 말리다.

궁은 이대로 산 속에서 일생을 보내려고 결심하였는데, 주작원이 그 소문을 들었다.

"아주 좋지 않은 일이다. 거듭하여 이사람 저사람에게 신상을 맡기는 것은 좋은 일이 아니겠지만, 후견이 없는 사람은 어설피 여승이 되어도 곤란하다. 오히려 괘씸한 소문이 나서 죄를 지은 것이 되어 버리면, 이 세상과 후의 세상 어느쪽에도 죄업을 짓게 된다. 내가 이렇게 세상을 버린 뒤로 여삼의궁도 여승이 되어 버렸다. 후손이 없을 것이라고 사람들이 말하는 것이 세상을 버린 내게는 특별히 고통일 것도 없지만, 너마저 반드시 그렇게 서둘러 뒤따르려고 하지는 않아도 된다. 한탄할 일이다. 이 세상이 괴롭다고 싫어하며 떠나는 것은 도리어 보기에 흉한 법이다. 잘 생각하면 깨닫는 것이 있을 테니, 조금 마음이 가라앉은 후에 어떻게든 결정하는 것이 좋다."

주작원은 여러 번 이런 말을 하였다. 원은 이미 궁의 염문을 들었던 것이 틀림없었다. 그런 일이 생각대로 안되어 세상을 싫어하게 되었다고 사람들이 떠들 것을 걱정하는 것이었다. 그렇다고 한편 공공연하게 부부가 되는 것도 경솔하게 생각되었지만, 이것저것 말하면 궁이 부끄럽게 여길 것이 애처로워서, 그 일에 대해서는 한마디도 하지 않았다.

25. 석무가 궁을 일조궁에 옮기기 위해 준비하다.

'이때까지 아무리 말해도 소용이 없었다. 궁은 받아들일 마음이 되지 않았을 것이다. 일찍이 어식소가 알고 계셨다고 사람들 눈을 얼버무리는 것이 좋겠다. 그밖에는 다른 도리가 없다. 고인에게 조금 사려가 얕았다는 죄를 씌워서 얼버무리자. 새삼 젊어져서, 남녀관계의 일로 눈물을 흘리며 여인을 쫓아다니는 것은 풋내기처럼 보여 부끄러운 일이다.'

석무도 드디어 이렇게 결심했다. 석무는 일조궁으로 옮길 날짜를 정하고 대화수를 불러 여러 가지 준비를 시켰다. 저택 내를 청소하고 시설도 갖추었다. 여자들만 살고 있던 풀이 무성한 저택을 갈고 닦은 것처럼 장식하였다. 그 마음 씀은 대단한 것이어서, 장막, 병풍, 휘장에까지 정성을 들였다. 대화수도 석무의 명령대로 급히 준비를 하고 있었다.

26. 궁이 울면서 귀경하다.

일조궁에 모셔오는 당일에 석무는 전구들을 보냈다. 궁은 절대로 돌아가지 않겠다고 말하였지만, 하녀들이 성심껏 권유하였다.

"당치 않은 생각입니다. 허전하고 슬픈 모습을 보고 마음이 아파서, 이때까지 할 수 있는 데까지 보살펴 왔습니다. 그러나 지금은 임지 일도 있고 하여, 경에서 내려가 있어야 합니다. 시중 드는 일을 맡길 사람도 없어서, 어떻게 해야 할까 걱정이었습니다. 그런데 대장님이 이렇게 매사 호의를 가지고 돌보아 주셨습니다. 이쪽편에서 생각하면 반드시 옮기지 말아야 할 사정이 있더라도 모든 일이 생각대로는 안되는 법입니다. 세상의 비난을 받을 것도 없습니다. 정말 생각이 어리십니다. 아무리 마음을 굳게 먹는다 해도 여자의 생각 하나로 자신의 몸을 깔끔하게 돌볼 방법이 있겠습니까? 역시 누군가가 소중하게 받들어 주는 것을 믿고 지내야 합니다. 출가하려는 마음도, 이로 인해 비로소 돋보이는 것입니다. 당신들은 잘 말하여 드리지 못하고 있습니다. 소용없는 말들만 하고 있군요."

이렇게 말하며, 대화수는 좌근이나 소장을 나무랐다.

모두가 모여 어르고, 달래므로 궁은 아주 곤란해졌다. 하녀들은 색깔도 고운 옷들로 갈아입히고 있는데, 궁은 제정신이 아니었다. 깎으려고 생각하였던 머리를 가지런히 하여 보니, 길이가 육 척이나 되었다. 조금 숱이 적어졌지만, 남의 눈에는 훌륭한 머리로 보였다.

'몹시 쇠약해졌구나. 누구에게도 보여줄 모습은 아니다. 이것저것 한심한 이 신상이다.'

자신으로서는 그러나, 이렇게 계속 생각하다가 또 누워 버렸다.

"시간에 늦습니다. 밤도 새어 버릴 것입니다."

다 같이 떠들고 있었다. 바람에 섞여 비가 어수선하게 내리고 있었다. 궁은 까닭 모르게 슬픈 생각이 들었다.

〈어머니가 올라갔던 봉우리의 연기와 함께 하며, 생각지도 않은 방향으로 나부끼지 않으려는 것입니다. 대장이 말한 대로 되지 않고 죽어 버

리려고 합니다. 〉

궁의 마음은 굳건했지만, 하녀들은 가위 같은 것을 모두 치워 없애고, 꼼짝 못하도록 늘 지켜보고 있었다.

'어리석고 무분별하게 몰래 그런 일을 할 까닭은 없다. 듣기에도 거북한 일이니까.'

궁은 이렇게 생각하고 있었으므로, 자기가 생각대로 할 까닭도 없었다.

하녀들은 모두 이사할 준비에 열중하고 있었다. 빗, 반짇고리, 궤짝 등 대단치 않은 물건들까지 죄다 먼저 운반하였으므로, 자기 혼자만 남아 있지도 못할 상황이었다. 궁은 울며 울며 수레에 올랐다. 옆자리가 비어 있는 것을 보고, 궁은 어식소를 생각했다. 이쪽으로 올 때, 몸이 불편한 중에도 머리를 매만져 주시거나 수레에서 내려 주시던 것을 생각하니, 눈물로 눈이 흐려졌다. 호신용의 칼이 불경의 상자와 함께 놓여 있었다.

〈어머님의 유물인 소중한 상자를 보는 것도 그리운 마음에 위로가 되지 않고, 눈물에 눈 앞이 흐려집니다. 〉

검은 불경의 상자를 아직 마련하지 못하여, 어식소가 가지고 있던 나전(螺鈿) 상자를 그대로 쓰고 있었다. 독경 보시로 만든 것인데, 유물로 남겨 놓은 것이었다. 궁은 포도태랑(浦島太郞)[14]과 같은 생각이 들었다.

27. 궁이 일조궁으로 돌아오다.

일조궁에 도착하여 보니 저택 안은 슬픈 기색도 없고 인기척이 많아서 전과는 딴판이었다. 수레를 대고 내리려고 하였지만, 오래 살았던 내 집 같이 익숙하지가 않아 내려오고 싶지도 않았다.

"정말 어른답지 않은 거동이다."

하녀들도 애를 먹고 있었다. 석무는 동쪽 대옥의 남면을 자기의 방으로 하여 일시적인 시설을 해 놓고, 주인 행세를 하고 앉아 있었다.

---

14) 거북을 살려 준 덕으로 용궁에 가서 호화롭게 지내다가 돌아와 보니, 많은 세월이 지나 친척 등 아는 사람은 다 죽고, 모르는 사람뿐이었다는 전설의 주인공.

"갑자기 어이없는 일을 저질렀군요. 어느 사이에 이렇게 되었을까?"

운거안이 있는 삼조의 저택에서는 하녀들이 이렇게 말하며 놀라고 있었다. 평소 풍류로운 일에 흥미를 가지고 있지 않던 사람은, 이렇게 때때로 생각지도 못하는 행동을 하는 법이었다.

'오랜 세월 남몰래 소문도 안 내고 관계를 계속하며 지냈었다.'

세상에서는 이렇게만 생각하였다. 여인편에서 마음을 허락하지 않았다고 생각하는 사람은 한 명도 없었다. 어느쪽이라도 궁으로서는 애처로운 상황이었다.

상중이라 준비하는 것도 달라서 신혼 초에는 꺼리는 법이었지만, 식사를 드리고 다 잠들었을 때, 석무가 모습을 보이고, 소장의군을 매우 볶아 대었다. 소장이,

"언제까지라도 정말 친절하게 대하려고 생각하셨다면, 오늘 내일을 지내고서 말씀드리십시오. 여기 모시고는 오히려 침울하게 계셔서 살아 있는 사람 같지도 않아 보입니다. 달래 드리려고 하여도 원망스럽다고만 생각하고 계십니다. 귀찮은 것도 말씀드리기 어렵습니다."

"정말 이해하기 어렵다. 분별없고 수긍하기 어려운 인품이로군."

석무는 자기의 생각이 궁을 위해서나 자기를 위해서 좋은 일이며, 세상의 비난이 있을 수 없는 일이라고 강조하였다.

"아닙니다. 이미 지금에 와서는 만일의 사태가 일어나지 않을까, 그저 그것이 걱정입니다. 궁께서 흐트러진 마음으로 계시므로 아무것도 분별을 못하고 있습니다. 아무쪼록 바라는 바는 무엇이나 무리한 일을 하시거나 정색하고 대드는 일은 하지 말아 주십시오."

소장은 이렇게 말하며 손을 비비고 절을 하였다.

"정말 이런 꼴을 당한 일은 없었다. 마음에 없는 남자라고 남보다도 특별히 낮춰 보고 있는 것이 몹시 한심스럽다. 다른 사람이 이것을 어떻게 판단하는지 꼭 물어보고 싶다."

석무는 말할 수 없는 처사라고 화가 나 있었지만, 역시 불쌍해 보이기도 했다.

"이런 일이 딴 곳에 없다고 말씀하셨지만, 그것은 이런 길에 익숙해 있지 않은 마음 탓입니다. 사람들은 대체 어느쪽을 편들까요?"

소장은 이렇게 말하며 웃음을 띠었다.

28. 석무가 낙엽의궁에게 다가서다.

소장이 이렇게 마음을 굳게 하고는 있지만, 지금에 와서는 거절당한 채로 있을 까닭도 없어, 그대로 소장을 끌고 안으로 들어갔다. 궁은 동정심도 없는 분이라고 생각하며, 분하고 원망스러웠다. 무분별하게 떠들어 대도 소용없다고 여겨, 흙을 두껍게 바른 좁은 방〔塗籠〕에 돗자리 한 장을 깔게 하고, 안에서 자물통을 채우고 누워 있었다. 이것이 언제까지 지켜질는지. 이렇게 부질없는 사람들의 마음은 아주 슬프고 유감된 일이었다. 석무는 의외의 상황을 원망하였지만, 이쯤의 일로 체념해 버릴 수는 없었다. 밤새 느긋하게 여러 가지를 두루 생각하였다. 석무는 골짜기를 달리하고 잔다는 산새 같은 마음이 들었다. 겨우 밝을 녘이 되었다. 이렇게 사람에게 얼굴을 보이는 것도 쑥스럽다고 생각하니, 이제 떠나야 할 것 같았다.

"조금만 문틈으로라도."

석무는 계속 호소하였지만 상대는 끄떡도 하지 않았다.

"〈열리지 않는 문을 원망하느라 가슴이 개이지 않는 긴 겨울밤에, 나를 막고 떼어놓는 자물통이라니 …〉

말할 수도 없이 쓰라린 당신의 마음이었다."

석무는 울면서 그곳을 떠났다.

29. 석무가 육조원에 가다.

석무는 육조원에 건너와서 쉬고 있었다.

"일조궁에 옮겨 드렸다는 것이 치사의 대신 댁까지 소문이 났는데, 대체 어떻게 된 일입니까?"

화산리는 이렇게 조용하고 대범하게 물었다. 발에 휘장대가 붙어 있기는 했지만, 끝에서 흘긋 얼굴이 보였다. 석무는 조용히 대답하였다.

"역시 사람들이 그렇게 말했을 것입니다. 돌아간 어식소는 아주 완고하게 당치 않다고 거절하셨었는데, 임종 때에 마음이 약해져서, 저밖에는 뒤를 맡길 사람이 없음을 슬퍼하셨지요. 돌아가신 뒤의 후견이 되어 달라는 부탁이 있어, 고인과의 우의를 생각하여 받아들인 것인데, 어떤 사람들이 재미있다고 화제로 삼는 것일까요? 별일 아닌 것도 사람들은 아주 이상하게 험담을 좋아하는 법입니다. 그 장본인은 지금도 역시 보통의 생활은 하고 싶지 않다고 굳게 결심하고 여승이 되어 버릴 생각인 모양입니다. 여기저기 듣기 싫은 소문이 퍼질 것이지만, 어식소의 유언을 배반하지 말자는 생각으로 그저 이렇게 돌보아 드리고 있습니다. 원이 건너오실 때에라도, 어떤 계제가 있으면 이렇게 전하여 주십시오. 결국은 마음에 안 드는 일을 한다고 생각하시고, 또 그렇게 말로도 하시는 것이 마음에 걸리지만, 정말 이런 일은 사람들의 충고나 자기의 생각대로도 되지 않는 것이었습니다."

"남들이 거짓을 말하는가 보다고 생각하였었는데, 실제로 무엇인가 까닭이 있을 법한 당신의 모습이군요. 세상에 흔히 있는 일이지만, 삼조의 운거안 아씨가 어떻게 생각할지 불쌍합니다. 이때까지는 쭉 무사하게 지내고 있었는데."

"아씨라고 귀엽게 말씀하시는군요. 아주 귀신처럼 입이 건 사람인데. 어찌 그 일조차 나쁘게 다루겠습니까? 황송합니다만 자기의 일이라고 상상하여 주십시오. 평온한 사람이 결국 제일 좋은 것입니다. 입이 걸고 일을 거칠게 하면, 잠시 동안은 무엇인가 성가시고 귀찮아서 그만둘 마음이 생기기도 하겠지요. 그러나 언제까지나 처가 하라는 대로 할 수도 없는 것입니다. 그만둘 마음이 생기기도 하겠지요. 무엇인가 염문이라도 나면 자기도 상대도 밉게 생각하니, 정나미가 떨어집니다. 역시 남쪽 저택의 자의상의 마음 씀이야 말로, 세상에 좀처럼 없을 만한 것입니다. 그 다음으로는 당신의 마음씨가 훌륭하다고 생각하고 있습니다."

석무가 칭찬을 하자 화산리는 웃으며 말했다.

"남편의 냉대에 화도 안 내는 본보기로까지 생각하여 주는 것은, 오히려 체면이 안 서는 내 평판을 겉으로 드러내는 이야기군요. 여하튼 재미있는 것은, 원이 아주 조금이라도 당신의 바람기 있는 마음을 보면 큰일이라고 여겨 충고를 하거나 험담을 한다는 것입니다. 자기의 일은 모르고 있는 것만 같습니다."

"정말 그렇습니다. 언제나 특히 이 방면에 관해서 충고를 주시곤 합니다. 그러나 사실은 고마운 교훈을 안 들어도 스스로 성심껏 주의하고 있는데."

석무는 말하며, 정말 재미있다고 생각했다.

석무는 겐지의 앞으로 문안을 갔다. 그 일을 듣고는 있었지만, 알고 있다는 얼굴을 하는 것도 옳지 않다고 생각하여 겐지는 그저 가만히 얼굴을 보면서 이렇게 생각하고 있었다.

'요새는 특히 한창 때에 다다른 모습이다. 실제로 훌륭하고 아름답구나. 저런 호색적인 일을 저질렀다 해도, 귀신이라도 그 죄를 관대하게 보아줄 것만 같다. 사람들 눈에 띄게 말쑥하고 젊은 아름다움을 과시하고 있으니, 분별없는 젊은 나이도 아니고, 특별한 결점도 없이 어른스러우니까, 이번 일도 무리는 없을 것이다. 여자라면 어째서 저 사람을 훌륭한 남자로 여기지 않을 수가 있겠는가? 거울을 보면, 어째서 자랑스럽지 않겠는가? 내 아들이지만.'

30. 석무가 운거안의 질투를 달래다.

해가 높아진 후에, 석무는 삼조의 저택으로 왔다. 들어오자마자 어린 군들이 차례로 귀엽게 달라붙었다. 석무는 그들과 같이 놀았다. 운거안은 침소 안에 누워 있었다. 석무가 들어가도 눈을 맞추려고도 하지 않았다. 원망하고 있을 거라고, 그것도 당연한 일이라고 생각을 하면서도, 석무는 아무렇지 않은 얼굴로 옷을 잡아당겼다.

"집을 잘못 찾으셨군요. 저는 훨씬 전에 죽었습니다. 언제나 귀신 같다고 이야기하셔서 차라리 귀신이 되어 버리려고 생각하고 …."

"마음은 귀신보다도 더하지만 모습은 밉살스럽지 않으니, 내버려둘 수도 없습니다."

일부러 아무렇지 않게 말하는 것에 더욱 화가 났다.

"훌륭한 모습의 호색한 곁에 언제까지나 있을 수 있는 몸도 아니어서, 어디로든지 없어지고 싶습니다. 헛되게 오랜 세월(10년)을 같이 지내 온 것만도 후회스러워서 …."

이렇게 말하며 일어나는 모습은 매우 매력적이었다. 반들반들하게 화색이 도는 얼굴은 아주 예쁘게 보였다.

"어째서 어른스럽지 않게 화가 나서 그럴까? 이제는 익숙해져서 그 귀신이 조금도 무섭지 않습니다. 더 무서운 느낌이 들게 해주었으면 좋겠습니다."

석무는 농담으로 말하였다.

"무슨 말을 하는 것입니까? 얌전하게 죽어 버리십시오. 저도 죽겠습니다. 얼굴을 보면 밉고, 소리를 들으면 정나미가 떨어지고, 그렇다고 당신을 버려 두고 죽어 가는 것도 마음에 걸리니."

석무는 그러는 운거안이 점점 귀여워져서, 상냥하게 웃고 있었다.

"가까이에서 보지 않아도, 다른 데서 소문이 들려올 수도 있습니다. 그렇게라도 해서 부부의 연이 깊은 것을 내게 가르쳐 주려는 작정이군요. 뒤를 쫓아서 급히 저승의 길을 나서겠다는 것은 내 쪽에서 했던 약속이지요."

석무가 정말 시치미를 떼면서 어르고 달래자, 운거안은 멋대로 지껄이는 말이라고 생각하면서도 자연히 온순한 태도로 돌아갔다. 석무는 무척 갸륵하다고 생각하면서도 마음이 들떠 있었다.

'낙엽의궁도 마음이 강하거나 위엄 있는 분으로는 보이지 않지만, 만일 나와의 사이를 본의 아니게 여겨 여승이 되려고 고집을 부리면, 어리석은 꼴이 될 것이다.'

석무는 오늘은 답장조차 없었다는 생각을 하니 몹시 걱정이 되었다.

운거안은 어제 오늘 전혀 들지 않았던 식사를 이제 조금 들고 있었다.

"옛날부터 당신에게 특별한 생각을 가졌다가 대신의 냉혹한 처사로 세상에서 어리석은 남자라는 평판을 들었지요. 그래도 참기 어려운 것을 참으며 여기저기의 혼담을 물리쳤습니다. 여자라도 이렇게 정조를 내세울 수는 없을 것입니다. 지나치게 고지식하다고 남들은 좋지 않은 말을 하기도 했습니다. 지금 생각하면 어째서 그랬는지 모르겠습니다. 내가 생각하기에도 옛날 젊었을 때부터 신중하였었지요. 지금은 설혹 이렇게 미워한다 해도, 저 여러 명의 어린것들 때문에 제멋대로 덜컥 집을 나가지는 못할 것입니다. 내 생각을 두고 보십시오. 사람의 명은 정해져 있지 않다고 하지만."

석무는 이렇게 말하며 울기 시작하였다. 운거안도 옛일을 회상하니, 지금은 몹시 괴롭다고는 하나, 역시 깊은 인연이라는 생각이 들었다. 석무는 풀기가 빠진 옷을 벗어 버리고, 취미도 각별한 옷에 향을 담뿍 쪼였다. 아름답게 몸치장을 하고 화장을 한 뒤 집을 나왔다. 등잔불로 전송을 하며 운거안은 참으려고 해도 참기 어려운 눈물이 쏟아져 나왔다. 벗어 두고 간 옷의 소매를 끌어당기며, 혼잣말처럼 중얼거렸다.

"〈지나치게 익숙해져서 당신이 싫증을 내는 이 몸을 원망하기보다, 차라리 여승의 옷으로 갈아입을까?〉

역시 이 세상 사람으로서는 살아갈 수 없을 것 같습니다."

석무는 그 소리를 언뜻 듣고 가다가 멈추어서 대답했다.

"얼마나 한심한 생각일까요?

〈지나치게 익숙해서 내가 싫증을 냈다고, 나를 버리고 여승이 되었다는 소문이 나도 좋을까요?"

급하게 읊은 탓으로 아주 평범한 노래가 되어 버렸다.

31. 궁이 석무를 거절하다.

궁은 일조궁에서 여전히 좁은 방에 들어앉아 있었다.

"언제까지 이렇게 계실 필요는 없습니다. 어른답지 않은 곤란한 사람이라고 평판이 날 것입니다. 평소처럼 거실에서 말씀을 나누셔도 좋을 것을 ···."

하녀들은 이것저것 말씀드렸다. 궁은 그것도 일리 있는 말이라고 생각은 했지만, 이제부터 세상에서 어떻게 여길까 또 이 때까지 얼마나 괴로웠는가를 생각하면, 오로지 석무가 원망스러울 뿐이었다. 결국 그 밤도 석무와는 대면을 하지 않았다.

"농담도 못하겠다. 생각할 수 없는 일이다."

석무는 이렇게 투덜거렸다. 소장도 참으로 가엾게 여겼다.

"'조금이라도 제정신이 드는 때에, 내 일을 그때까지 잊지 않고 계시다면, 무엇이든 말씀을 드리겠다. 하다못해 이 상중 동안만이라도, 다른 일에 마음을 쓰지 않고 한결같이 지내고 싶다' 라고 말씀하셨습니다. 그러나 이렇게 체면이 서지 않게 소문이 나 버린 것을 몹시 괴로워하고 계십니다."

"저 분을 그립게 여기는 내 생각은 보통과는 달라서 아무것에도 마음을 쓸 필요가 없는데, 생각대로 안되는 사이입니다."

석무는 이렇게 탄식하며, 낙엽의궁에게 호소하였다.

"좁은 방에서 나와 계시면, 멀리서라도 내 생각을 말씀 드리고 그 이상으로 심란하게는 하지 않을 것입니다. 오랜 세월이 걸린다 해도 이대로 기다리고 있겠습니다."

"역시 이렇게 어수선한 곳에 무리한 마음으로 계시는 것이 몹시 고통스럽습니다. 예사롭지 않은 내 몸의 불운은 접어 두고라도, 정말 한심한 것은 당신의 마음가짐입니다."

낙엽의궁은 이렇게 거절하였다. 정말 가까이에 가지도 못하게 하였다.

32. 소장이 석무를 방안으로 인도하다.

'그렇다고 언제까지 이렇게만 있을 수는 없다. 사람들이 이것저것 수군거리는 것도 당연하다.'

석무는 쑥스럽게 여기며, 여기 있는 사람들 눈에도 꼴사납게 보였다.

"내심으로 걱정하는 것은 이해하고 있지만, 잠시 동안은 겉으로만이라도 부부 사이처럼 행동하자. 보통 부부처럼 행세하지 않으면 곤란하다.

낙엽의궁이 냉담하다고 해서 이쪽에서 발을 끊으면, 궁의 신분에 손상이 가고 말 것이다. 단순하게 일을 생각하여, 어른답지 않게 처신하는 것이 애처롭다."

석무가 이렇게 책망하자, 소장은 그것도 지당한 일이라고 생각하였다. 더구나 너무도 황송하게 여겨지는 석무의 외모였기에, 소장은 하녀가 출입하는 북쪽 문을 통해 석무를 좁은 방에 인도하였다. 궁은 너무나 어이없고 원망스럽기만 했다. 시중 드는 하녀마저도, 자기를 더욱 괴로운 꼴로 만든다는 생각에 세상 인심을 한탄하게 되었다. 믿을 만한 사람이 없어진 신세를 거듭 슬프게 생각했다.

석무는 납득이 가도록 여러 가지로 세상의 도리를 설득하였다. 그러나 궁은 석무를 원망스럽고 싫은 사람으로만 생각하고 있었다.

"정말 이렇게 업신여김을 당하는 내 신세도 다시없이 부끄럽습니다. 터무니없이 사랑한다는 생각을 일으킨 것도 후회가 됩니다만, 이제 와서는 되돌릴 수 없는 일입니다. 그렇게나 훌륭한 이름이라도 있다는 것입니까?15) 이미 어떻게도 할 수 없는 일이라고 체념하십시오. 생각대로 되지 않을 때는 몸을 물에 던진다고도 말하지만, 그저 저의 이러한 사랑을 깊은 강물이라고 생각하시고, 그 강물에 던진 몸이라고 생각하십시오."

궁은 홑옷을 머리까지 뒤집어쓰고, 소리내어 울고 있었다. 참으로 애처로웠다.

"정말 한심하다. 어째서 이렇게 외곬으로만 생각하실까? 고집이 센 사람이라도, 여기까지 왔으면 저절로 마음이 풀어지는 법이다. 목석에도 지지 않게 무정한 것은 전세부터의 나쁜 인연 때문이라는데, 우리도 정말 그런 것일까?"

석무는 이런 생각이 떠올라서 몹시 우울해졌다. 운거안이 어떻게 생각하고 있을까 하는 생각도 들었다. 천진하게 서로 사랑하던 옛날의 일과, 오랜 세월 안심하여 아무 의심도 품지 않고 마음을 터놓았던 모습이 떠

---

15) 낙엽의 궁은 백목의 미망인이요, 경제적으로 가난하고, 부 원의 총애도 두텁지 않아, 명성이라 하여도 뻔한 일이다.

올랐다. 자기 때문에 이렇게 된 것이 쓸쓸하여, 억지로 궁을 달래지는 않고 한숨으로 그 밤을 보냈다.

33. 석무와 궁이 부부의 인연을 맺다.

언제나 이런 어리석은 모양으로 출입하는 것도 이상하여, 석무는 이날 거기서 묵고 갈 생각이었다. 그래서 서두를 것 없이 천천히 처신하고 있었다. 궁은 이렇게까지 한결같이 있는 것을 어이없게 생각하여 더욱 싫증이 났다. 어리석은 사람이라고 원망스럽게 생각하면서도, 불쌍하다고도 생각했다. 좁은 방에는 자그마한 물건들도 별로 없었다. 궤짝 같은 것을 모아 놓고 있었다. 내부는 어두운 감이 들었지만, 해가 뜰 기색이 느껴졌다. 석무는 뒤집어쓴 궁의 옷을 끌어내리고 부부의 인연을 맺었다. 석무는 몹시 흐트러진 궁의 머리를 쓸어 올리고, 어렴풋이 얼굴을 보았다. 정말 기품이 있는 여자답게, 곱고 부드러운 느낌이었다. 석무의 모습은 위의를 바로 하고 왔던 때보다도, 편안히 쉬고 있는 편이 훨씬 산뜻하고 곱게 보였다. 돌아간 백목은 각별히 용모가 나은 사람은 아니었는데도, 언제나 우쭐하여 궁의 용모가 여삼의궁보다도 떨어진다고 말하곤 했었다. 궁은 그것이 생각나서, 한층 더 야위어 있는 자기를 잠시 동안이라도 참아 줄까 하고 생각하니 몹시 걱정스러웠다. 궁은 애써 마음을 가라앉히려고 했다. 그러나 주작원이나 치사의 대신 등이 어떻게 생각하고 있을까 그 비난을 피할 수 없는 것이 가슴 아팠다. 더구나 지금은 복상중이기에 더욱 마음을 위로할 길이 없었다.

세면용의 물이나 밥은 평소의 거실에서 드렸다. 평상시와는 다른 색의 장식도 재수가 없을까 하여, 동쪽의 조붓한 방에 병풍을 세우고, 황색을 띤 엷은 분홍 빛의 휘장을 달았다. 어마어마하지는 않았지만 침향의 이층선반을 놓고, 풍치 있게 준비해 두었다. 대화수가 꾸며 놓은 일이었다. 하녀들도 화려하지는 않지만 노란 겹옷, 분홍 겹옷, 푸른 먹색 같은 것으로 갈아입게 하고, 엷은 보랏빛의 치마를 입게 했다. 여자만 사는 집이어서 매사 깔끔히 정리하는 습관이 없었던 곳이었다. 대화수는 예의

범절에 마음을 쓰고, 심부름하는 사람들을 잘 부려서 일을 도맡아 하고 있었다. 이렇게 소중한 분이 찾아온다는 말을 듣고, 이때까지 근무를 태만히 하고 있던 사무원들도 급히 와서는 일을 열심히 보고 있었다.

34. 운거안이 아버지 집으로 돌아가다.

석무는 궁의 저택에 머물러 있었다.

'이렇게 되면 이미 끝난 일이다. 이 정도까지 되지는 않으리라고 한편으로는 기대하고 있었는데, 성실한 사람이 한 번 생각이 바뀌면 전혀 다른 사람이 된다더니 정말 그렇다.'

운거안은 이렇게 생각했다. 부부 사이라고 하는 것의 진상을 알아 버린 것 같았다.

'어떻게 해서라도, 이렇게 짓밟히는 꼴은 당하지 말자.'

이런 생각으로 치사의 대신 집에 방향이 틀린다는 핑계로 옮겨가 버렸다. 마침 언니인 여어가 친정에 와 있는 때였다. 만나뵈니 조금은 괴로운 생각도 덜어지는 것 같아서, 운거안은 서둘러 돌아오지도 않았다. 석무가 소식을 듣고서, 생각했다.

"생각한 대로다. 정말 성질도 급하다. 저 치사의 대신의 쪽도 어른스럽게 침착한 점이 부족하여, 성급하고 요란한 분으로 내 마음에 안 든다. 얼굴도 보기 싫다, 소리도 듣기 싫다고 생각하여 여러 가지 뜻밖의 일을 할 것이 분명하다."

석무는 급히 삼조의 집으로 돌아왔다. 운거안은 어린 군들도 몇 명은 남겨 두고 여자아이와 아주 어린아이들만 데리고 갔었다. 군들은 아버지를 발견하고 좋아서 달라붙거나, 혹은 어머니를 그리워하여 훌쩍훌쩍 울고 있었다. 석무는 그것이 가엾기만 했다.

편지를 몇 번인가 보내도, 운거안은 답장조차 없었다.

"이렇게 어리석고 경솔한 여자다."

석무는 화가 났지만, 치사의 대신이 마음에 걸려서, 해가 지는 것을 기다려 직접 찾아 나섰다. 침전에 있다고 하여, 언제나 건너오던 방에는 하녀들이 대기하고 있었다. 어린 군들은 유모와 같이 있었다.

"새삼스럽게 젊은이처럼 하자는 것이군요. 이렇게 아이들은 여기저기에 떼어놓고, 잘도 무사태평하게 침전에서 쉬고 있군요. 나에게는 맞지 않는 당신의 성미라는 걸 전부터 알고는 있었지만, 인연 때문인지 절대 떨어질 수 없는 분으로 여겼지요. 지금은 아이들 수도 이렇게 늘어, 그것이 불쌍해서라도 헤어지리라고는 생각도 않고 있었습니다. 쓸데없는 일 하나로 이런 처사로 나오셨군요."

석무는 몹시 푸념하였다. 운거안이 대답했다.

"무엇이고 간에 이미 나에게 싫증을 내어 버린 상태이지 않습니까? 새삼스럽게 나의 성미가 좋아지는 것도 아니고, 무리하게 할 것도 없다는 생각입니다. 아이들을 내버려두지만 않는다면, 기쁘게 생각할 것입니다."

"온당한 대답이군요. 이것이 결국은 누구에게 명예손상이 될까요?"

굳이 이쪽으로 오라고도 않고, 그 밤은 혼자서 지냈다. 묘하게도 요새는 이것도 저것도 아닌 꼴을 당한다고 생각하며 아이들을 곁에 재웠다. 일조궁에서는 또 얼마나 괴로워하고 있을까 상상하니, 한없는 걱정으로 마음도 쉬지 못하고 있었다.

'대체 어떤 사람이 이런 사랑의 길에 흥미를 느낄 것인가?'

정말 지긋지긋하다고 생각하였다.

날이 샜으므로, 이렇게 협박하듯 말하였다.

"남들이 어른답지 않다고 생각하니, 아무래도 이것이 마지막이라고 말한다면, 시험 삼아 그렇게 해봅시다. 저쪽에 있는 어린 것들도 귀여운 모습으로 당신을 그리워하고 있는데, 골라서 남겨 놓고 간 것에는 어떤 이유가 있을 거라고는 생각하지만, 그냥 내버려둘 수는 없으니 이럭저럭 어떻게든 해보겠습니다."

석무는 결단력이 있는 성미로, 저 어린것들을 아무도 모르는 장소로 데리고 가는 것이 아닌가 하고 불안한 생각이 들었다.

"자, 이쪽으로 오너라. 내가 만나보려고 이쪽으로 오는 것도 체면이 있어 쉽지는 않을 것이다. 저쪽에도 귀여운 애들이 있으니, 같은 장소에서 지내는 게 좋겠다.”

여자아이들에게 이렇게 말했다. 그리고 아직 아주 어리고 귀여워서 가슴이 미어지는 기분으로 바라보면서, 타일렀다.

“어머니가 말하는 대로 하면 안된다. 진상을 알아보려고도 않는 것은 아주 한심스럽고 나쁜 것이다.”

35. 장인소장이 일조궁을 방문하다.

치사의 대신은 이런 일을 듣고서, 세상의 웃음거리가 된 것을 가슴 아파하고 있었다.

'잠시 그대로 지켜보았어야 했는데 …. 대장도 자연히 그러는 중에 생각나는 것이 있었을 것이다. 여자가 이렇게 성질이 급하면 오히려 무시당하게 된다. 음, 좋다. 이렇게 말을 낸 이상은, 어리석게 이쪽에서 서둘러 돌아갈 수는 없겠지. 저절로 저쪽의 태도나 생각도 똑똑히 알 수 있을 것이다.'

치사의 대신은 낙엽의궁에게 백목의 아우인 장인소장을 심부름으로 보냈다.

“〈그대의 일을 지금도 마음에 두고 애처롭게 생각하는데, 원망스러운 소식을 듣게 되었구나. 〉

역시 이쪽을 생각하지 않을 수 없었을 텐데 ….”

편지를 갖고서, 서슴지 않고 저택 안으로 수레를 타고 들어왔다.

남쪽의 삿자리에 둥근 짚방석을 내놓고 하녀들은 말씀 드리기 어려워하고 있었다. 궁은 더욱 곤혹스러웠다. 이 군은 형제들 중에도 대단히 용모가 예쁘고 태도도 훌륭하였는데, 조용히 주위를 살펴보며 옛일을 회상하고 있었다.

“자주 와서 익숙해졌으니 남처럼 서먹서먹하게 행동하지는 않겠습니다만, 새로 석무의군에게 시집와서 그걸 대범하게 보아주시지 못할 일인지 모릅니다.”

장인소장은 넌지시 빗대어 말을 하였다.

"도저히 붓을 들 생각이 안 납니다."

대답을 드리기가 너무나 어려워서 이렇게 궁은 말하였다.

"그러면 마음이 통하지 않아서 어른답지 않게 보일 것입니다. 답장을 대필로 드려서야 되겠습니까?"

하녀들이 옆에 모여 말씀드리니, 궁은 눈물이 앞을 가렸다.

"어머님이 만일 살아 계셨다면, 아무리 마음에 안 들어도 내 결점을 숨겨 주려고 하였을 텐데 …."

이렇게 생각하니, 눈물이 종이 위로 떨어져 내릴 것 같아 끝까지 쓰지 못하였다.

〈어떤 까닭으로, 변변치 않은 제 일을, 한심하다느니 슬프다느니 생각 하시게 되는 것일까요?〉

마음에 떠오른 대로 쓰다가 만 것 같은 내용의 편지를 종이에 싸서 드 렸다.

"때때로 들여다보았어도 고운발 앞에서는 믿음직하지 않은 느낌이었지 만 이제부터는 인연도 깊어졌으니 더 자주 오기로 하지요. 고운발 속으 로 들어가는 것도 허락하여 주시겠지요. 오랫동안 알고 지낸 보람도 있 을 것 같은 생각이 듭니다."

장인소장은 하녀들의 이야기 상대를 하다가, 빈정대는 투로 말하고 나 왔다.

36. 등전시가 운거안과 노래를 증답하다.

궁은 더욱 상심하고 있는데, 석무는 마음도 들떠서 우왕좌왕하고 있었 다. 운거안은 날이 갈수록 점점 더 마음이 아팠다. 석무의 애인인 전시 는 이 소식을 듣고, 생각하여 편지를 드렸다.

'나를 용서하지 못할 여자라고 언제나 말하였다지만, 이렇게 모르는 척 할 수 없는 상황이 되었으니까.'

〈보통의 경우라면 부부 사이가 괴로운 것을 이해하겠지만. 당신을 위

하여 눈물로 소매를 적시고 있습니다. 〉

무언가 색다른 편지이긴 했지만, 차분한 기분으로 있는 때여서 동정심이 생겨나기도 했다.

"등전시도 아주 평온한 마음으로 지내지는 않았을 것이다. "

〈남의 부부 사이를 가엾게 생각한 적은 있었지만, 아랫사람한테서 동정받을 거라고는 생각하지 않았습니다. 〉

운거안은, 이렇게만 적어 보냈다. 전시는 생각한 대로라고 느끼며 불쌍하게 여겼다.

그 옛날 두 사람 사이가 일시적으로 끊어졌을 때에 석무는 이 전시만을 연인으로 숨겨 두고 마음 써 주었었다. 그러나 상황이 바뀌어서는 만나는 일도 아주 드물어졌고, 냉담하기만 했었다. 그래도 아이들은 여럿이 있었다. 본처 소생으로는, 태랑군(太郎君), 삼랑군(三郎君), 오랑군(五郎君), 중의군(中의君), 사의군(四의君), 오의군(五의君)이 있었다. 전시소생으로는, 대군(大君), 삼의군(三의君), 육의군(六의君), 이랑군(二郎君), 사랑군(四郎君)이 있었다. 모두 합하여 열두 분이었는데 모두 다 각기 아름답게 성장하고 있었다. 전시 소생의군들은 특히 용모가 빼어나고, 재기가 훌륭하였다. 삼의군과 이랑군은 화산리가 맡아서 특별히 소중하게 키우고 있었다. 겐지도 언제나 몹시 귀여워하고 있었다. 이분들 사이에 있었던 일은 모두 다 얘기할 수도 없다.

40. 불법 (御法[*])

대강 줄거리

겐지 나이 51세의 3월부터 가을까지.

자의상은 중병 이래 계속 건강이 나빴다. 출가를 원했지만 겐지는
허락하지 않았다. 겐지도 출가하고 싶었지만 병이 있는 자의상과 차
마 떨어질 수 없었다.

자의상은 오랫동안 써 왔던 법화경 1,000부를 공양하려 했다. 겐
지는 자의상의 극진한 불사에 새삼 경탄했다. 공양은 3월 10일 이조
원에서 열렸다. 임금, 동궁, 석무, 황후의궁(추호, 명석)들과 화산
리, 명석의군까지도 뜻을 합하여, 생각 밖의 성대한 모임이 되었다.
자의상은 명석의군과 화산리와 노래를 주고받으며 넌지시 이별을 고
했다.

여름에 들어, 자의상의 건강은 더욱 악화되었다. 명석중궁은 친정
인 이조원으로 내려와서 자의상을 문병했다. 자의상은 중궁에게 넌
지시 나중 일을 부탁했다. 특히 총애하였던 삼의궁인 내궁에게는,
뜰의 홍매와 이조원을 물려주기로 약속했다.

가을이 되어도 병세는 좋아지지 않았는데, 궁에 돌아가게 된 명석
중궁은 자의상의 병상을 방문했다. 바람이 부는 저녁때, 자의상은
겐지와 중궁이 지켜보는 가운데 이슬 같은 목숨을 거두었다. 겐지는

---

* 원문은 御法(佛法). 자의상이 열었던 법화경 공양의 법회에서 화산리와의 노래를
증답한 데에 나온다. 미노리(みのり)라 읽는다.

유해에나마 수계를 시키고자 했다. 겐지 곁에서 자의상의 싸늘한 얼굴을 보게 된 석무는 그 유례없는 아름다움에 눈이 어지러워졌다.

장례는 중추명월의 밤에 행해졌지만, 겐지의 눈에는 달도 해도 보이지 않았다. 출가하고 싶은 마음이 간절했으나, 슬픔이 너무 깊은 나머지 충동적인 출가가 될까 하여 참았다. 고인을 연모하여, 출가하는 하녀들도 적지 않았다. 치사의 대신도 정중하게 조문했다. 추호중궁의 조문에 겐지는, 중궁과 자의상이 봄, 가을 중 어느 것을 더 좋아하는가를 두고 다투던 옛날을 회상하였다.

1. 자의상의 병이 위중하다.

자의상은 몹시 앓았던 병환 후로 건강이 아주 나빠졌다. 어디가 아프다고 꼭 집어 말할 수도 없이 오랫동안 늘 괴로워하고 있었다. 아주 중태인 것은 아니었지만, 긴 세월에 걸쳐 좋아지지 않고 점점 약해지기만 했다. 겐지의 근심은 이만저만이 아니었다. 겐지는 자의상이 돌아간 후에 잠시라도 살아 남게 된다면 참을 수 없이 슬프리라는 생각을 했다. 자의상 자신의 생각으로는 이 세상에 더 이상 바랄 것도 없고 마음에 걸리는 자식들도 없는 상황이었다. 목숨을 억지로 연장하고 싶은 마음도 없었다. 다만 오랜 세월 이어진 겐지와의 연을 끊고 그에게 비탄을 주게 되는 것만이 가슴속에 스며드는 슬픔이었다. 자의상은 후생을 위해서 존엄한 불사를 이것저것 영위했다. 역시 어떻게 해서라도 전부터 바라 왔던 출가를 이루어, 살아 있는 잠깐 동안이라도 불도수행에 전념하려고 생각하고 있었다. 그러나 겐지는 출가를 허락하지 않았다. 사실은 원 자신도 내심으로는 출가를 생각하고 있어서, 자의상이 이렇게 열심히 바라는 기회에 자기도 발심하여 불법수행의 길에 들어가려는 마음도 있었다. 일단 출가하면, 어떠한 일이 있더라도 속세를 돌아보지 않겠다고 각오를 단단히 하고 있었다. 저 세상에게는 하나의 연꽃에 나란히 있자고 서로 굳게 약속을 하고, 그것을 의지하고 있는 두 사람이었다. 그러나 이 세상에서 수행하는 동안은, 가령 같은 산에 들어간다 해도 봉우리를 사이에 두고 얼굴을 맞대는 일이 없이 따로따로 살 예정으로 있었다. 자의상이 이렇게 중병으로 괴로워하고 있어 회복도 어려운 용태인 것을 생각하면, 그 애처로운 모습을 버려 두기 어려운 생각이 들었다. 어차피 산수가 깨끗한 주거에 들어가더라도 마음이 어지러워질 것이라고, 결심을 못하고 있었다. 그저 천박한 생각대로 불도를 신봉하는 도심을 일으키는 사람들에 비하면, 몹시 늦게 되어 버릴 것 같았다. 또 자의상 편에서는, 겐지의 허락이 없는 채로 혼자 출가를 결심하는 것은 옳지 않다는 생각이었다. 이 때문에 자의상은 겐지를 불만스럽게 생각했다. 또 자신도 죄업이 깊은 몸일 것이라고 불안하게 생각했다.

2. 자의상이 법화경 천부 공양을 하다.

이 수년에 걸쳐서, 자의상 혼자 발원하여 쓰게 하였던 법화경 천부를 급히 공양했다. 자신의 저택이라고 생각한 이조원에서 개최했다. 자의상은 칠승(七僧)의 법복(法服) 등을 각각 나누어 주었다. 그것들은 색깔이나 바느질 솜씨가 아름다움의 극에 달하였다. 전체적으로 무엇이나 엄숙하고 훌륭한 법회였다. 대규모라고 하지는 않아서, 겐지의 편에서는 굳이 끼여들어 가르치지는 않았다. 여자의 조처로서는 모든 면에 빈틈이 없었다. 불교의식에까지 능통한 자의상의 교양에, 겐지는 정말 훌륭한 분이라고 감탄하면서 대강 준비하는 것만을 돌보고 있었다. 악사나 무용인에 관해서는 석무가 특별히 돌보았다.

임금, 동궁, 명석중궁들을 비롯하여 여러 분들이, 송경이나 부처님께 드리는 물건 등을 많이 준비했다. 더구나 이 법회 준비에 힘쓰지 않는 분이 없어서, 정말 어마어마한 의식이 되었다.

"언제 이렇게도 가지각색으로 준비하였을까? 정말 아주 옛날부터 세워 놓았던 소원이었을까?"

다들 그렇게 짐작했다. 화산리와 명석의군도 와 있었다. 자의상은 남쪽과 동쪽의 문을 열고 앉아 있었다. 겐지의 처첩들은 침전의 북쪽 조붓한 방에 자리를 마련하고 맹장지만을 칸막이로 두었다.

3월 10일의 일이어서 꽃도 한창때였고, 하늘도 화창하여 풍치가 가득했다. 부처님이 계시다는 서방정토의 모습도 이곳과 그리 다를 것 같지 않았다. 특별히 신앙심이 깊지 않은 사람이라도 죄를 없앨 수 있을 것 같았다. '땔감을 메고'1) 라 하는 찬탄의 소리나 사람들의 웅성거리는 소리가 근처를 요동하다가, 그것이 뚝 끊어져 조용하게 된 허전함조차도 차분한 감개를 맛보게 했다. 더구나 몸이 약해져 있는 자의상은 요즘이면 어떤 일에든 깊이 허전함을 느끼고 있었다. 그 기분은 삼의궁을 통하여 명석의군에게 전했다.

〈아까울 것도 없는 이름이지만, 최후의 땔감이 다 타서 불이 꺼지는 것 같이 수명이 다하는 것 같습니다. 그것이 슬픕니다.〉

대답으로 불안한 내용을 말하는 것은 재치가 없는 것이라는 생각이 들어, 명석의군은 애써 무난하게 읊었다.

〈천 년이나 되는 동안 땔감을 메고 물을 길으며 부처님을 섬겨서 법화경을 터득하기까지는, 오늘의 법회가 그 처음입니다. 이승에서 불법을 얻기까지의 길은 멀고도 멉니다. 그런 불법을 원하고 있는 당신의 수명도 오래오래 계속될 것입니다.〉

밤이 새도록, 존엄한 불사의 소리에 맞추어 울리는 북의 소리는 끊임없이 흥을 돋우었다. 희끄무레하게 날이 밝는 새벽에, 안개 사이로 보이는 갖가지의 꽃들은, 역시 봄이 제일이라는 생각이 들도록 빛깔도 곱게 피어 있었다. 지저귀는 새들의 소리도 피리 소리에 지지 않는 흥취였다.

---

1) 땔감 행도(行道) 라는 의식. 자신이 법화경을 터득한 것은 땔감을 메고 물을 긷고 과일을 따서 행도한 것이라고 국왕이 아사선(阿私仙)에 한 말. 행도(行道) 는 대법회에는 반드시 하는 의식.

근처의 차분한 분위기와 아름다운 감흥도 이 이상은 없을 것 같았다. 그
때 무곡 능왕을 춤추었는데, 급(急)2)의 가락이 끝날 무렵 음악소리가 화
려하고 활기차게 들려오자, 누구나 옷을 벗어 주었다. 갖가지 색깔들의
옷들도 때가 때인 만큼 정말 훌륭하게 느껴졌다. 친왕들이나 당상관들
중에, 능숙하다고 일컫는 상수들이 숨은 재주를 다하여 자랑했다. 신분
의 상하를 막론하고 누구라도 홍겨워하는 모습을 보니, 자의상은 자신의
남은 목숨이 길지 않음을 알고 있어서, 매사에 차분하고 깊은 감개를 느
끼고 있었다.

3. 자의상이 죽음이 가까움을 알고 이별을 아쉬워하다.

종일 일어나 있었던 탓일까, 자의상은 다음날 도저히 몸이 말을 안 들
어 누워 있었다. 몇 해째 이런 모임이 있을 때마다, 연주하는 사람들의
얼굴이나 거문고, 피리의 음색도, 오늘이 마지막일 것이라고만 생각하며
보고 듣고 있었다. 그래서인지 평상시 같으면 그렇게까지 눈에 띄지 않
을 사람들의 얼굴도, 차분하게 슬픈 마음으로 한사람 한사람 눈여겨보게
되었다. 여름 겨울 할 것 없이 사계절 각각 계절에 맞춘 음악이나 놀이
를 경쟁하듯 즐기며 정을 나누던 여러분을 보면 그 아쉬움이 한층 더했
다. 누구라도 언제까지나 살아 있을 수는 없는 세상이라는 것을 알면서
도, 자기 혼자서 행방도 모르게 떠나 버리는 것이 슬퍼졌다.

젠지의 여러 여인들은 법회가 끝나자 각자 돌아가려 하고 있었다. 자
의상은 그것도 멀리 떠나 버리는 이별 같이 생각되어 섭섭한 기분이 들
었다. 그래서 화산리에게 전하였다.

〈내 수명은 머지않아 끊어질 것이니 법회도 마지막이겠지만, 그 법회
에서 설명된 법화경의 취지대로, 생생세세(生生世世)로 맺어진 당신과의
깊은 인연이 믿음직하게 생각됩니다.〉

화산리는 그 대답으로 노래했다.

〈평범하고 앞날이 길지 않은 몸이긴 하지만, 이 성대한 법회에 의하여

---

2) 무(舞)의 악에서 말하는 서(序), 파(破), 급(急)에서의 급. 종결이 되는 부분.

맺어진 인연이 끊어지는 일은 없을 것입니다. 〉

이 법회에 이어 자의상은 끊임없이 독경이나 지은 죄를 참회하는 참법 등을 정성 들여 했다. 그 동안 수법은 특별히 효험이 있는 것은 아니었지만, 오랜 세월 동안 계속해서 일상의 일이 되어 있었고, 적당한 절들에서 여전히 올리고 있었다.

4. 자의상이 중궁과 대면하다.

여름이 된 후로 자의상은 보통의 더위에조차 정신을 잃을 뻔하는 일이 많았다. 특별히 나쁜 용태는 아니었고, 그저 아주 쇠약해져 있었다. 옆에서 시중들고 있는 하녀들은 앞으로 어떻게 될 것인지 몰라, 눈앞이 캄캄했다. 이분이 먼저 가는 것이 아깝고 슬프게만 생각되었다.

자의상의 용태가 이러하니, 명석중궁도 이조원으로 퇴출하였다. 중궁은 동쪽 대옥에 묵기로 되어 있어서, 자의상도 동쪽의 대옥에서 기다리고 있었다. 행계(行啓)의 의식 같은 것은, 여느 때와 다름이 없었다. 자의상은 이 세상에서 정을 나눈 분들의 앞날을 마지막까지 지켜보지 못하게 되었다는 것이 가슴에 사무치게 서러웠다. 행차에 참가한 사람들의 이름을 대는 소리를 들으며, 누구의 음성인지 무의식중에 귀를 기울여가며 듣고 있었다. 당상관들이 아주 많이 와 있었다.

중궁과는 오래간만의 대면이어서 더욱 정답게 얘기를 나누었다.

"오늘 밤은 새가 둥지를 떠난 것 같이, 정말 허전하고 따분합니다. 실례하고 쉽니다."

겐지가 거기에 와서, 이렇게 말하며 방으로 들어갔다. 자의상이 일어나 앉아 있는 것을 정말 기쁘게 생각하고 있지만 그것도 덧없는 한때의 위안에 불과했다.

"이쪽 저쪽으로 떨어져 있으니, 이쪽으로 오시라는 것도 황송하고, 내가 건너가는 것도 이미 무리한 일이 되었습니다."

자의상은 이렇게 말하고, 잠시 동안은 그곳에 머물러 있었다. 명석의 군도 와서 서로 진심 어린 이야기를 나누었다.

자의상은 마음속으로는 생각하는 것이 여러 가지 있었지만, 마음이 굳센 것처럼 자기가 죽은 후의 일 같은 것을 말하지는 못했다.[3] 다만 일반적으로 사람 사는 세상이 덧없다는 것을 대범하게 말했다. 그것도 천박한 느낌을 받지 않도록 간단하고 차분하게 말하는 것이 불안한 마음을 엿보게 했다.

"한 사람 한 사람의 장래를 꼭 보고 싶지만, 결국 이렇게 덧없는 이 몸 가운데 아쉬워하는 마음이 어디에 있었을까요?"

자의상은 중궁의 아이들을 보면서도, 이런 말을 하며 눈물지었다. 그 얼굴 모습은 훌륭하고 아름답기만 했다.

"어째서 이렇게만 생각하시는 것일까?"

중궁은 가슴이 아파서 울어 버렸다. 불길하게 들리는 말씨를 자제하며 이야기하는 계제에, 자의상은 오랜 세월 친하게 시중들고 있는 사람 중에 이렇다 할 친척이 없어서 불쌍한 이 사람 저 사람에 대해 부탁했다.

"내가 없을 때, 잊지 말고 돌보아 주십시오."

계절마다 있는 독경이 시작되어, 자의상은 평소 자기 방으로 돌아갔다.

5. 자의상이 이조원을 내궁에게 물려주다.

몇이나 되는 황자 중에서 삼의궁이 특히 귀여운 모습으로 걸어다니는 것을 가만히 앞에 앉혀 놓고, 아무도 없는 때에 물어보았다.

"내가 없게 되면, 내 생각을 할 것입니까?"

"그리워 죽게 될 것입니다. 나는 아버지 임금님보다도 어머니 중궁보다도 할머니를 더 소중하게 생각하고 있어서, 안 계시게 되면 마음이 상하게 될 것입니다."

삼의궁은 이렇게 말하며 눈물이 나오는 눈을 비비며 얼버무렸다. 자의상은 그 모습이 귀여워서, 웃으면서도 눈물이 떨어졌다.

---

3) 자의상은 자기가 죽은 후의 일에 관하여 부탁하는 유언을 남기고 싶었으나, 죽을 시기를 예측하고도 흐트러지지 않고 이성적으로 행동하는 것은 여성답지 않은 태도로 꺼리는 시대였다.

"어른이 되면, 이 저택에 사십시오. 이 집의 서쪽 대옥 앞에 있는 홍매와 벚꽃은, 꽃이 필 때마다 잊지 말고 감상하십시오. 무언가 그럴 만한 때에는 부처님에게도 올려 주십시오."

궁은 머리를 끄떡하고, 얼굴을 쳐다보니 눈물이 날 것 같아서, 일어서 저쪽으로 갔다. 특별히 키워 왔던 삼의궁과 여일의궁을 계속에서 돌보아 주지 못하게 되는 것이 유감스럽고 슬펐다.

6. 자의상은 겐지와 중궁과 결별한 후에 사망하다.

고대하고 있던 가을이 되어, 날씨가 조금 시원하게 된 후로는 자의상의 몸도 얼마쯤은 나아졌다. 그러나 그것도 또 나빠질 수 있는 상태여서 불안했다. 몸이 스며들 정도의 가을바람도 아니었는데, 자의상은 눈물에 젖기 쉬운 나날을 보내고 있었다.

그 무렵 중궁이 궁중에 들어가려고 했다. 자의상은 조금 더 머물러 달라고 바라고도 싶었지만, 지나친 것 같기도 했다. 임금으로부터 재촉하는 칙사가 끊임없이 오는 것도 걱정이 되어, 자의상은 그런 말을 하지 못했다. 자의상은 저쪽으로 건너갈 수도 없어서, 거꾸로 중궁이 이쪽으로 나오셨다. 황송한 일이지만, 뵙지 않는 것도 정말 아쉬워서 특별히 자리를 마련했다.

자의상은 어느때보다도 야위어 있었지만, 도리어 한없이 기품이 높고 아름다운 느낌이 더하였다. 이때까지 너무나 아리따움이 넘쳐, 화려하게 보였던 한창 때에는 꽃의 고운 것에도 비겼지만, 지금은 어디까지나 애처롭다는 생각을 솟아나게 하는 모습이었다. 이 세상을 그저 임시의 숙소라고 여기는 모습이, 비교할 수 없을 정도로 애처롭고 슬퍼 보였다.

바람이 무서울 정도로 불기 시작한 저녁때에, 자의상은 앞뜰의 화초를 보려고 사방침에 기대어 있었다. 겐지가 건너와서 그것을 보고 말했다.

"오늘은 일어나 있군요. 몸도 아주 후련하게 보입니다."

이 정도만으로도 몹시 즐거워하는 겐지의 표정을 보는 것도, 자의상에게는 고통스러운 일이었다. 결국 마지막이 되었을 때에는 얼마나 한탄할 것인가를 생각하니, 차분하고 슬펐다.

〈싸리 위에 이슬이 맺힌 것을 보는 것도 덧없고, 자칫 잘못하면 곧바로 바람에 흐트러져 버립니다. 제가 일어나 앉은 것을 보이는 것도 순간적으로 곧 꺼질 것입니다.〉

자의상은 노래하며, 싸리의 이슬에 자기를 비유했다. 자의상은 때가 때인 만치 슬픈 마음을 참을 수가 없이 뜰 앞의 경치를 보고 있었다.

〈어쩌면 앞을 다투어 꺼지는 이슬과도 같은 이 세상에서, 뒤지거나 앞서거나 하는 사이를 두지 말고 언제나 같이 있고 싶습니다.〉

겐지는 이렇게 읊고는 그치지 못할 정도로 눈물을 흘렸다. 중궁이 노래했다.

〈가을바람에 불려서 잠시라도 머무르지 않는 이슬과 같은 이 세상의 일을, 누가 풀잎 위의 일만이라고 생각할 것입니까? 우리들도 같은 것이겠지요.〉

서로 노래를 읊는 이분들의 용모는 참으로 나무랄 데가 없이 아름다웠다. 겐지는 이대로 천 년도 지날 수 있었으면 하고 소원했지만, 이루지 못할 일이었다. 꺼져 가는 목숨을 말릴 도리가 없는 것은 슬픈 일이었다.

"이제 물러가 주십시오. 몸이 몹시 괴롭습니다. 어떻게 할 수 없을 정도로 쇠약해진 모습을 보여드려 죄송합니다."

휘장을 잡아 끌고 옆으로 누운 자의상의 모습이 여느 때보다 정말로 위태롭게 보였다.

"어떻습니까?"

중궁이 손을 잡고 울면서 용태를 보니, 정말 꺼져 가는 이슬처럼 느껴졌다. 이미 임종의 모습이어서, 송경하는 승려들이 수없이 출입했다. 예전에도 이런 상태에서 소생한 일도 있어, 이번도 악령의 소행인가 하고 떠들었다. 하룻밤새 수단을 가리지 않고 여러 가지 기도를 올려 보았지만, 그 보람도 없이 자의상은 날이 샐 때에 숨을 거두었다.

7. 겐지가 석무와 자의상의 삭발을 계획하다.

중궁도 돌아가지 못하고 이렇게 임종을 본 것을 깊은 인연이라고 생각했다. 누구에게나 이것은 당연한 이별이고 어디에라도 있는 것이라고 체념하려 했지만, 더없이 슬퍼서 모두 당황하고 있었다. 마음이 단단한 사람은 아무도 없었다. 전속의 하녀들도, 그 자리에 있는 사람은 모두 다 어찌할 바를 모르고 있었다. 더구나 겐지는 마음을 가라앉힐 수도 없었다. 석무가 옆 가까이에 와 있는 것을 휘장 앞으로 불러들였다.

"이렇게 이미 임종인 모양이다. 전부터 바라고 있던 출가를 이럴 때라도 이루어 주지 못하면 왠지 애처로워 못 견디겠다. 가지에 종사하는 승려나 독경하는 중들도 다들 퇴출한 모양인데, 그래도 아직 남아 있는 사람이 있을지도 모른다. 금생을 위해서는 새삼스레 무슨 소용이 있겠느냐마는, 부처님의 공덕을 저승에의 조상으로라도 의지하지 않으면 안될 것 같다. 머리를 깎아 달라고 전하여라. 적당한 중이 누가 남아 있는가?"

이렇게 말하는 겐지의 모습은, 될 수 있는 한 마음을 굳게 먹으려고 애쓰고 있는 모양이었지만, 얼굴빛도 보통 때와는 달랐다. 참으로 견디지 못할 것 같이 눈물을 한없이 흘리고 있는 것을 석무는 슬픈 마음으로 보고 있었다.

"악령들이 사람의 마음을 흩뜨리려고 이런 일을 하는 모양이므로, 그런 일도 있을 것입니다. 어찌되었건 전부터 희망했던 출가는 좋은 일이라고 생각됩니다. 일일일야(一日一夜)라도 계를 지킨 효험은 반드시 있다고 들었습니다. 그러나 정말 숨을 거둔 후에 머리만을 깎는 것으로 부처님이 금생과는 아주 다른 저 세상을 비춰 인도하지는 않을 것이니, 오히려 남아 있는 우리의 슬픔만을 더하는 것이 아닐까요?"

석무는 이렇게 말씀드렸다. 그러나 결국, 상중에 보살펴 드리려고 아직 퇴출하지 않은 중을 불러, 해야 할 일들을 지시하였다.

8. 석무가 자의상의 죽은 얼굴을 넋을 잃고 보다.

'어떤 때엔가, 저 때 본 정도로라도 모습을 볼 기회가 있을까? 희미한 말소리조차 다시 들은 적이 없었던 것은….'

석무는 어떻게 하려는 엉뚱한 생각은 없었지만, 이렇게 잊을 날도 없이 자의상을 생각하였었다.

'목소리는 결국 못 듣고 말았지만, 혼이 없어진 유해라도 다시 한번 보고 싶다. 그럴 기회는, 지금 말고 또 있을 것인가?'

석무는 사람 눈도 꺼리지 않고 눈물을 흘렸다. 거기에 있던 하녀들이 모두 흐트러져 떠드는 것을 말리는 척하면서 석무는 휘장의 칸막이를 들어올리고 시신을 보았다. 겐지는 날이 아직 어슴푸레해서 등불을 밝게 하여 죽은 자의상의 얼굴을 바라보고 있었다. 어디까지나 훌륭하고 기품도 높게 보이는 황송한 얼굴이었다. 겐지는 석무가 이렇게 들여다보고 있는 것을 알고 있으면서, 굳이 감추려고도 하지 않았다.

"이렇게 아직 달라진 것이 없는 얼굴을 하고 있지만, 죽었다는 모양은 이미 분명하다."

겐지는 소매를 얼굴에 대고 있었다. 석무도 눈물로 눈앞이 캄캄하여 아무것도 안 보였지만, 그 눈을 억지로 뜨고 보니, 섣불리 본 것이 도리어 끝없는 슬픔을 몰고와서 미칠 것만 같았다. 머리도 생전 그대로였다. 그것은 탐스럽고 기품 높게 정돈되어 있고, 조금도 흐트러짐이 없었다. 부드럽고 아름다운 모습은 그 이상이 없을 정도였다. 밝은 등불 아래에서, 얼굴빛은 정말 창백하게 빛을 내는 것 같았다. 무언가로 몸치장을 하고 있던 예전의 용모보다도, 지금 이렇게 무심히 누워 있는 모습이 더욱 나무랄 데가 없었다. 그러나 이 모든 것이 허망할 뿐이었다. 죽어서 가는 이분의 혼이 그대로 유해에 남아 있었다면 하는 생각이 들지만, 그것은 허황된 희망이었다.

오랫동안 섬기고 있던 하녀들이 아무도 제정신을 차리지 못해서, 겐지가 애써 마음을 가라앉히고 장례의 일을 지휘했다. 아주 옛날에도 슬픈 사별은 몇 번 겪었지만, 이렇게까지 사랑하던 사람의 죽음은 아직 경험

이 없어서, 지금까지도 이제부터도 이런 슬픈 일은 다시 없을 것이라고
생각하고 있었다.

9. 그날로 장례를 거행하다.

그날 곧바로 이것저것 필요한 것을 준비하고 장례를 거행했다. 정해진
예가 있어서, 언제까지라도 유해를 보면서 지낼 수 없는 것은 무정한 일
이었다. 넓은 들판에 빈 자리도 없을 정도로 사람이 들어차서, 매우 엄
숙하게 장례가 진행되었다. 그러나 실로 덧없는 연기가 되어, 하염없이
하늘에 떠올라서 그것으로 끝나는 것은, 언제나 그렇지만 허무한 일이었
다. 발이 허공을 딛는 것 같아서 겐지는 남의 어깨를 빌려 서 있었다.
그 모습을 보는 사람들도, 저처럼 존귀하였던 분이 이런 일을 당한 것을
슬퍼하지 않는 이가 없었다. 장례의 전송에 온 하녀는, 겐지보다도 꿈속
을 헤매 걷는 것 같아 수레에서 굴러 떨어지려고까지 했다.

옛적에 석무의 모친 규의상이 돌아가던 새벽을 회생하니, 그때에는 그
래도 일의 구분을 할 수 있었는지 달이 똑똑히 보였었는데, 오늘 저녁은
그저 눈앞이 캄캄하여 아무것도 분별하지 못했다. 자의상이 돌아간 것은
14일이었고, 이 날은 15일의 새벽이었다. 해는 아주 화창하게 떠올라서,
들판의 이슬도 숨을 곳 없이 또렷이 비추고 있었다. 이 이슬 같이 덧없
는 사람의 세상이라고 생각하니, 더욱더 서러웠다. 이 세상에 살아 남아
있더라도 얼마쯤 더 살 수 있을까 하는 생각으로 예전부터의 염원을 이
루어 버릴까도 생각했지만 마음이 약해졌다고 후세 사람들이 비난할까
보아 당분간은 이대로 지내려고 했다. 겐지는 가슴이 고통으로 꽉 차서
참기 어려웠다.

10. 석무가 태풍의 날을 회상하다.

석무도 상중에 들어앉아 잠시도 쉬지 않고, 아침 저녁으로 겐지의 옆
에 있었다. 애통하고 기운이 없이 애처롭게 꺾여 버린 겐지의 모습을 무
리도 아닌 슬픈 것이라고 여겨 매사 위로해 드렸다.

석무는 바람이 태풍처럼 부는 저녁때, 자의상을 흘긋 보았던 것이 그

립게 회상되었다. 게다가 임종 때 꿈을 꾸는 것 같은 마음이 되었던 것 등 남몰래 생각을 계속했다. 남의 눈에는 그렇게 보이지 않으려고 참으며, '아미타불, 아미타불' 하고 외고, 손가락으로는 염주알을 세면서 간신히 눈물을 참았다.

〈옛날 모습을 보았던 가을의 저녁때가 그립다. 게다가 임종 때라고 생각되던 저 나날의 꿈과 같은 모습. 〉

석무에게는 눈에 남아 있는 그 일까지가 다 애달픈 것이었다. 귀중한 자리에 있는 승려에게 정해진 염불 외에도 법화경 같은 것을 읽게 하였다. 이것저것 차분한 감개에 젖었다.

11. 겐지의 출가가 뜻대로 안되다.

겐지는 자나깨나 눈물로 세월을 보내고 있었다. 눈은 눈물로 흐려 어두컴한 채로, 젊었을 때부터의 신상을 쭉 돌아보았다.

"거울에 비쳐 보이는 얼굴은 재능, 재산, 인망 등이 보통 사람과는 달랐지만, 어렸을 때부터 슬프고 무상한 것이 이 세상이라는 것을 뼈저리게 알았다. 전부터 부처님이 가르쳐 주셨는데, 굳이 모르는 척하고 지내왔다. 결국은 이렇게 비길 데도 없는 슬픔에 봉착했다. 지금은 이미 이 세상에 근심될 일이 아무것도 없다. 곧바로 불도수행에 나아가는 데 지장을 주는 것은 없지만, 이런 진정시킬 방도도 없는 어지러운 마음으로는, 전부터의 소원인 불도에도 좀처럼 못 들어가는 것이 아닌가? 지금의 이 마음을 조금 누그러뜨려서, 잊을 수 있게 하여 주십시오."

겐지는 아미타불에게 빌고 있었다.

12. 임금 이하의 조문.

임금을 비롯하여 여러분들의 조문은, 의례적인 인사를 넘은 정성이 담겨 있었다. 이미 출가를 결심한 겐지의 마음에는 무엇이나 정말 눈에도 귀에도 들어오지 않고, 근심이 될 것도 없었지만, 사람들에게 멍청하게 정신을 잃은 모습으로 보이기는 싫었다. 새삼스레 이 나이가 되어, 어리석게도 마음이 약해져 낭패한 생각으로 출가해 버렸다는 소문이 떠돌게 될 것이 두려울 뿐이었다. 그 때문에 바라는 바대로 결심도 못하고, 한탄스럽게만 여기고 있었다.

13. 차사의 대신이 조문하다.

치사의 대신은 조문하는 데에도 시기를 놓치지 않는 성미였다. 이 세상에 둘도 없는 분이 어이없이 돌아간 것을 유감스럽고도 슬프게 생각하여 아주 빈번히 조문하였다.

"옛적에 대장의군의 어머니 규의상이 돌아간 것도 이 계절이었지요."

회상하니 어쩐지 슬퍼졌다.

"지난 때, 저 분이 돌아가신 것을 애석히 여긴 사람이 지금은 많이 돌아가셨다. 앞서거니 뒤서거니 해도 거기서 거기인 것이 인간 세상이라는 것이다."

차분한 저녁 풍경을 울적하게 바라보고 있었다. 하늘 모양도 시름을 자아내게 하는 풍취여서, 아들 장인소장을 시켜 육조원에 편지를 보냈다. 이런저런 이야기를 적은 끝에, 이렇게 적었다.

〈규의상이 돌아간 옛적의 일도 이 계절의 일이어서, 돌아간 규의상을 애도하는 눈물로 젖은 소매에, 또 이슬이 내려앉는 것 같습니다. 〉

〈이슬이 내려앉은 것 같이 눈물로 소매를 적시는 것은, 옛날이나 지금이나 똑같습니다. 대체 가을밤이라는 것이 괴롭다는 생각을 돋우고 있습니다. 〉

겐지의 답장에는 이렇게만 적혀 있었다. 몹시 슬퍼 견디지 못하는 마음을 그대로 읊으면, 치사의 대신이 기개가 없다고 비난할 것에 틀림없기 때문에, 그런 대신의 성미여서 보기 흉하지 않게 하리라 생각하여,

"자주, 정성어린 조문을 몇 번이나 받아서…."

이렇게 고마움을 표했다.

14. 세상 사람이 모두 자의상을 추모하다.

옛적에 '한이 있는 엷은 먹색의 옷'이라고 읊었었지만, 그때의 것보다는 조금 진한 색의 상복을 입었다. 이 세상에서 행운을 만난 훌륭한 사

람이라도, 세상 일반으로부터 시기를 받기도 하고, 행세한다고 하여 지
나치게 자랑스러워 주위의 사람을 곤혹하게 하는 이도 있었지만, 그러나
자의상은 이상하리만큼 누구에게나 인망이 있고, 평범한 일을 하여도 매
사 세상으로부터 칭찬을 받았다. 언제나 그윽하게 매력이 있고, 때에 따
라 전혀 빈틈이 없는, 세상에도 드문 훌륭한 성품이었다. 그래서 그다지
인연이 닿지 않는 보통사람까지도, 바람소리와 벌레소리를 듣는 것으로
도 눈물을 흘리지 않는 사람이 없었다. 더구나 오랫동안 몸소 옆에서 시
중들고 있던 사람들은 조금이라도 자기의 수명이 아직 남아 있는 것을
한스럽게 생각하여, 여승이 되거나 산속에 묻혀 살려고 생각했다.

15. 추호중궁의 조문.

냉천원의 후궁인 추호중궁으로부터도 차분한 마음이 담긴 편지가 있었
다. 다하지 못하는 슬픔을 말씀을 하고, 이렇게 적었다.

"〈이 말라 버린 들판의 풍치를 싫어하고 돌아간 분은, 가을을 좋아하
지 않아서일까요?〉

이제 와서 비로소 그 까닭을 알 수 있었습니다."

겐지는 사리도 분간할 수 없었지만, 내려놓지도 않고 되풀이하여 보고
있었다.

'얘기할 보람이 있고 풍취를 나눌 수 있는 사람으로 아직 추호중궁만
은 남아 있었구나.'

이렇게 생각하니, 조금은 위로도 되었다. 그래도 또 눈물이 흘러나와
서 소매가 마를 사이도 없어, 도저히 답장을 쓰지도 못하였다.

〈높은 하늘 위 궁전에 있으면서, 멀리서나마 나를 생각해 주시오. 내
인생은 이 가을이 끝나는 대로 같이 끝나 버려서, 무상한 이 세상에 싫
증이 나 버렸습니다.〉

간신히 편지를 써 놓고도, 잠시 동안은 망연히 생각에 잠겨 있었다.

16. 겐지가 출가를 생각하며 불도 수행에 전념하다.

겐지는 마음도 단단하지 않고 의외로 기운이 빠져 있어서, 그것을 감추려고 여자들이 있는 쪽으로 방을 옮겼다. 부처님 앞이어서 사람이 많이 오지 않게 하고, 서서히 근행을 열심히 하였다. 천 년이라도 함께하리라고 생각하였던 사이인데, 그것도 이루어지지 않고, 정해진 이별을 하였다는 것이 분하게 여겨졌다. 지금은 서방정토(西方淨土)에서 하나의 연화대(蓮花臺)에 같이 태어나기를 원하는 마음으로 후생을 위한 수행을 게을리하지 않고 있었지만, 세상 체면을 걱정하고 있는 것이 정말 답답한 일이었다.

추선법요의 일은 겐지가 이렇다 할 지시도 내리지 않아서, 석무가 맡아 하였다. 겐지 자신도 출가할 기회는 많았지만, 어느 사이에 시일만이 덧없이 흘러가서, 그저 꿈을 꾸고 있는 것만 같았다. 명석중궁 등도, 자의상을 언제나 잊지 않고 그리워하고 있었다.

41. 환상 (幻*)

대강 줄거리

겐지 52세의 정월부터 12월까지.

해가 바뀌었지만, 겐지는 복상중이었다. 여인들도 피했다. 오래 함께 지내 온 하녀들을 상대로 고인을 그리워하고 있었다. 자의상을 괴롭게 하였던 나날이 후회스럽기만 했다. 홍매가 피고 벗꽃이 피자, 어린 내궁은 자의상의 유언에 따라 꽃을 바쳤다. 그 모습만이 겐지에게 위로가 되었다.

겐지는 계절이 바뀌는 것조차도 지겹게 여기며, 출가의 뜻을 키워 갔다. 여삼의궁을 찾아갔으나, 슬픔을 나눌 만한 사람은 아니었다. 명석의군과의 대화에서 겨우 위안을 얻었지만, 밤도 이슥하지 않은 채 돌아왔다. 명석의군은 원망스러워하면서 감개가 깊었다.

첫 여름이 되자, 화산리는 겐지에게 갈아입을 옷을 드렸다. 규제의 날, 겐지는 중장의군과 대화하며 쓸쓸함을 달랬다. 5월의 장마가 개인 달 밝을 때에 석무가 찾아와, 일주기가 가까이 왔음을 이야기했다.

칠석도 헛되이 지나고, 일주기가 되었다. 자의상이 생전에 쓰게 한 만다라와 경을 공양했다. 국화나 기러기소리로도 슬픔은 달랠 길이 없었다. 오절에는 석무의 아들들이 동자전상이 되었다. 그들은

---

* 원문은 환(幻). 환상은 저승과 이승을 왕래한다는 환술사가 하는 일. 겐지의 노래에 나온다. 마보로시(まぼろし)라 읽는다.

치사의 대신의 아이들과 함께 겐지를 찾아왔다. 겐지는 해가 지나면 출가할 예정으로 있어서, 차분히 신변을 정리했다. 수마 유적 때, 자의상과 주고받은 편지도 태워 버렸다. 불명도 올해뿐이라고 생각하면, 감개가 한층 더했다. 악귀를 쫓는 행사를 좋아하는 내궁의 천진한 것을 보니, 속세를 떠나는 마음이 착잡할 듯했다. 세속의 사람으로서는 최후인 새해를 맞이하기 위해, 겐지는 정성을 들여 접대 준비를 했다.

1. 해가 바뀌어 겐지가 형병부경궁과 노래를 주고받다.

새 봄의 빛을 보는 겐지의 마음은 더욱 어둡게 흐트러질 뿐이었다. 세월이 흘러도 슬픔은 사라질 것 같지 않았다. 정면 저택에는 예년처럼 사람들이 연하로 참상하였지만, 겐지는 몸이 좋지 않다고 고운발 안에만 들어앉아 있었다. 형(螢)병부경궁이 건너왔을 때에야 비로소 은밀한 곳에서 만나려는 뜻을 전했다.

〈나의 처소에는, 꽃을 사랑하고 칭찬할 사람도 이미 없습니다. 그런데도 당신, 봄은 무엇 때문에 일부러 이 집을 찾아오셨는지요?〉

〈나는 이 홍매의 향, 당신을 찾아서 여기까지 왔는데, 그 보람도 없이 그저 보통의 꽃을 즐기러 온 거라고 말씀하십니까?〉

궁은 눈물을 머금고, 대답했다. 홍매 나무 아래로 걸어나오는 궁의 모습을 보고, 겐지는 그리움이 북받쳤다. 이 꽃을 사랑하여 칭찬할 사람은 이미 없는가 하는 생각에 가슴이 아팠다. 홍매화는 어슴푸레 피기 시작하여, 알맞게 정취 있는 향을 풍기고 있었다. 올해는 관현의 놀이도 없고, 예년과는 다른 점이 많았다.

2. 춘한 때, 자의상을 괴롭게 하였던 지난 일을 생각하다.

하녀들도 오랫동안 시중들던 사람은 다들 먹색이 짙은 상복을 입고, 언제까지라도 슬프고 그립게 생각하고 있었다. 겐지가 출입을 삼가고 있기 때문에 언제나 가까이에서 볼 수 있는 것을 위로로 삼으며, 옆 가까이에서 시중들고 있었다. 진지하게 정을 나눠 주진 않았어도, 그 동안 잘 돌보아 주었던 하녀들도, 이렇게 쓸쓸하게 혼자 지나게 된 후로는 도리어 아주 소원하게 다루었다. 밤의 숙직 때에도 수많은 하녀들을 모두 침소에서 먼 곳에 대기하게 하였다.

심심하고 허전한 때면 오래된 추억담을 할 때도 가끔 있었다. 예전부터 있었던 호색적인 마음은 자취조차 없어지고, 한결같이 불도의 마음만 깊어져 갔다. 이루어질 수 없었던 정사들 때문에, 한동안 원망스러워했던 자의상의 모습이 겐지의 머리에 떠올랐다.

'그때만의 장난이었든 진실로 괴로운 생각이었든, 어째서 그런 들뜬 마음을 보인 것일까? 어떤 일이라도 잘 견디는 성미였으니까, 사람의 마음속을 죄다 알고 있으면서도, 끝까지 원망하지는 않았을 것이다. 그러나 때때로 어떻게 될 것인가 애를 태워서, 그 때문에 다소라도 고생하였을 것이다.'

겐지는 그 일이 애처로워, 후회하는 마음이 솟아났다. 그 당시의 사정을 잘 알고 지금도 가까이에서 시중 드는 하녀들 중에는, 넌지시 마음을 달래 주는 사람도 있었다.

지금은 여승이 된 여삼의궁이 처음으로 육조원으로 옮겨왔을 때, 얼굴에는 전혀 내색하지 않았지만 왠지 우울해하던 자의상의 모습이 가슴 저리게 떠올랐다. 그 중에도 눈이 내리던 새벽녘에 쌀쌀한 바깥에 멈춰서서, 친절하고 대범하게 대응하면서도 눈물에 젖은 소매를 감추느라 애쓰던 모습도 생각났다. 꿈속에서라도 다시 한번 볼 수 있을까 하는 생각이 밤새도록 떠나지 않았다.

"몹시 쌓인 눈이로군요."

그 희미한 밝을녘에, 조그만 방으로 물러 나오는 하녀가 이렇게 말하는 것이 들렸다. 겐지에게는 그것이 정말 그날의 새벽녘의 일로 생각되어, 자의상이 옆에 없는 허전함이 견딜 수 없이 슬펐다.

〈고통스러운 생각을 하게 하는 이 세상에 눈이 사라져 없어지는 것처럼, 나도 사라져 버리려고 생각합니다. 그러나 그 눈이 뜻밖에도 내리는 것 같이, 본의 아니게 아직도 이 세상에서 세월을 보내고 있습니다.〉

3. 추운 밤, 중장의군과 대화하다.

겐지는 슬픈 기분을 달래려고, 손을 씻고 수행을 했다. 묻어 둔 불씨를 일으켜, 하녀들이 화로를 드렸다. 중납언의군과 중장의군이, 앞 근처에 대기하여 얘기 상대를 했다.

"혼자 자는 것은 원래 쓸쓸한 일이지만, 엊저녁은 한층 더 쓸쓸한 밤이었다. 지금처럼 조용하게 살려고 하면 그렇게도 될 인생이었는데, 어이없이 세속의 일에 말려들고 말았다."

겐지는 침울해하고 있었다.

'나까지 이 사람들을 내버려둔 채 돌보지 않았으면, 지금까지보다도 더 한탄하고 슬퍼할 것이다. 그 일이 애처롭고 불쌍하다.'

겐지는 그런 생각을 하며 그 자리의 하녀들을 둘러보았다. 남의 눈을 피해서 수행을 하고 경을 읽는 겐지의 목소리를 듣고 있으면, 여느 때라도 하녀들은 눈물을 그칠 줄 모르게 되기 마련이었다. 그런데 지금은 더 한층 몸에 스며들게 애처롭고 가슴이 무너지는 것이었다.

"현세의 업보라는 점에서 보면, 부족한 것이 거의 없을 정도로 높은 신분으로 태어났지만, 한편 세상 사람보다 특별히 본의 아닌 숙연의 몸이었다고는 생각하였다. 이 인생이 덧없이 쓰라린 것임을 일깨워 주려고, 부처님이 정해 놓은 몸일 것이다. 그 부처님의 의향을 굳이 모르는 척하고 속세에서 살아온 것인데, 앞일이 보이기 시작한 말년에 와서, 이렇게도 비통한 결말을 맞이하였구나. 내 숙운이 어디까지인가, 내 기량의 한계가 어디인가를 남김없이 확인하였으니, 이제는 마음 편하게 되어 출가에 이슬만큼의 방해거리도 없다. 이렇게 이전보다도 더 친하게 된 사람들이 드디어 따로따로 헤어질 때는, 지금보다도 더 마음이 산란해질 것에 틀림없다. 정말 덧없다. 얼마나 체념하기 어려운 근성일까?"

겐지는 이렇게 말하고 눈을 닦았다. 옆에서 지켜보는 하녀들은 한층 더 흐르는 눈물을 막을 수가 없었다. 뒤에 남겨질 슬픔을 누구도 말하려 하지 못한 채 눈물에 젖을 뿐이었다.

이런 일로 한탄하며 밤을 밝힌 새벽이나 멍하니 생각에 잠겨 있는 하루를 보낸 저녁때에는, 특별히 정을 주던 사람들을 가까이에 불러 자신의 심정을 이야기하곤 했다. 중장의군은 어릴 때부터 언제나 겐지 옆에서 심부름을 해 왔는데, 겐지는 극히 은밀히 정을 주고 있었다. 겐지는 중장을 그렇게 가깝게 대하지는 않았지만, 사랑하는 감정과는 달리 다른 하녀보다는 특별히 귀엽다고 여겼다. 성품이나 얼굴 생김도 나쁘지는 않고, '마렵송'[1]을 생각하게 하는 느낌이었다. 만일 그런 관계가 없는 보통의 여자였다면 어떻게 되었을까, 그런 사람보다는 품위 있고 귀엽다고 생각했다.

4. 겐지가 사람들을 만나지 않다.

겐지는 친하지 않은 사람은 전혀 만나지 않았다. 당상관들이나 친하게 지내는 형제인 친왕들도 만나지 않았다.

"누구와 만나게 되면, 그때만은 마음을 다잡고 침착하게 있으려고 해도, 이 몇 달 동안 멍청한 상태로는 추태를 보이기 쉽고, 후의 사람들로부터 곤란한 사람으로 여겨질 것이다. 죽은 후까지도, 듣기 싫은 소문을 남길 것이다. 정신이 나가서 누구도 만나지 않는다는 말이 돌면, 그것도 좋은 평판은 아닐 것이다. 그래도 역시 사람의 소문을 듣고서 제멋대로 상상을 하게 하는 것보다도, 보기 싫은 것을 직접 사람 눈에 내보이는 편이 더욱 어리석은 일이다."

겐지는 석무조차도, 고운발을 사이에 두고 상대했다. 이렇게 겐지는

---

1) 말갈기처럼 날카롭게 한 봉분에 나는 소나무. 이 소나무를 돌아간 분의 유물로 보듯이, 중장의군을 자의상의 유물로 보았다.

사람이 달라진 것 같다고 세상 사람들이 떠드는 동안만이라도 꼼짝 않고 지내려고 하루하루를 견디고 있었다. 이 세상을 등지는 일이 되더라도 어쩔 수 없었다. 이따금 여인들의 처소에 잠깐 얼굴을 보이면, 무엇보다 먼저 막기 어려운 눈물이 비처럼 내려, 그것이 너무나 괴로웠다. 결국은 어느 분과도 어떻게 지내고 있는지 걱정을 할 정도로 멀리하며 지내고 있었다.

5. 벚꽃을 돌보는 내궁을 보고 슬퍼하다.

명석중궁은 궁중으로 돌아가고, 삼의궁인 내궁만이 허전한 겐지의 곁에 남아 있었다.

"할머님이 말씀하셨으니까."

이렇게 말하며, 대옥 뜰 앞의 홍매를 특별히 소중하게 여겨 돌보고 있었다. 겐지는 그 모습을 정말 귀엽게 바라보고 있었다. 2월이 되어 꽃나무들의 꽃이 모두 한창일 때에, 아직 꽃 피지 않은 나무들도 어느것이나 나무 끝이 정취 있게 보이는 중에, 자의상의 유물인 홍매나무에 꾀꼬리가 앉아 즐거이 노래하고 있었다. 겐지는 밖에 나와서 그 경치를 보고 있었다.

〈이 매화나무를 심고 꽃을 즐기던 주인도 없는 숙소에, 그런 것을 모르는 척 와서 우는 꾀꼬리로군. 〉

겐지는 이렇게 읊으며 걸어다녔다.

봄이 깊어 갈수록, 뜰의 모양도 자의상의 생전과 다름없이 아름다워져 갔다. 특별히 봄의 정취를 완상하려고 한 것도 아닌데, 생각이 흔들려 어쩐지 가슴이 아프고 슬퍼졌다. 이 근심 많은 세계와는 다른 세계처럼, 새소리도 안 들리는 신속으로 들어가고 싶은 생각이 더욱더 간절해졌다. 황매화 꽃들이 기분 좋게 흐트러져 핀 것도, 문득 눈물의 이슬에 젖은 듯 보였다.

한 겹짜리 꽃들은 지고, 겹으로 피는 벚꽃도 한창때를 지났다. 산벚꽃은 아직 피어 있고, 등꽃은 그것보다도 늦게 피어서 한창이었다. 자의상

은 꽃이 피는 시기를 각각 잘 알고서, 모든 종류의 꽃나무를 심어 놓았
었다. 그것들이 저마다 때를 잊지 않고 각기 피고 있었다.

"내 벚꽃이 곱게 피었네. 어떻게 해서라도 언제까지나 지지 않게 하고
싶다. 나무 둘레에 휘장을 치고, 그 칸막이를 늘어뜨려 놓으면, 바람도
불어오지 않을 것이다."

삼의궁은 이러고는 좋은 생각을 하였다고 여겼다. 그 표정이 정말 귀
여워, 겐지는 무의식중에 싱긋 웃었다.

"하늘을 덮을 만큼의 소매가 있었으면 하고 말했던 사람보다는, 정말
좋은 것을 생각해 냈다."

겐지는 삼의궁만을 놀이 상대로 삼고 있었다.

"너하고 사이 좋게 지낼 날도, 얼마 남지는 않았겠지. 목숨이라는 것은
그저 잠시 이어진다 해도 이런 이야기를 하는 것도 어렵게 될 것이다."

평소와 같이 눈물을 머금고 있었다. 궁은 싫은소리를 한다고 여겨, 말
했다.

"불길하게, 할머님이 말씀하신 것과 똑같은 말씀을 하신다."

이러면서, 눈을 내려뜨고 옷의 소매를 잡아당기거나 하여, 생각을 얼
버무리고 있었다.

겐지는 건물 구석방 높은 난간에 기대어 앞뜰이나 고운발 안을 바라보
며 생각에 잠겨 있었다. 하녀들 중에는 돌아간 분을 생각하는 상복을 아
직 입고 있는 사람도 있고, 평상복을 입은 사람도 있었지만, 능직 같은
화려한 옷은 입지 않았다. 겐지 자신도 평상복을 특별히 화려하지 않게,
무늬 없는 것으로 입고 있었다. 방 세간이나 장식도 전적으로 손가는 일
은 생략하여 꾸몄다. 그저 왠지 모르게 허전하고 침착하고 조용하였다.

〈돌아간 사람이 정성 들여 만들어 놓은 봄의 저택 안이지만, 그것을
이미 마지막이라고 아주 거칠어진 채로 내버려둘 것인가? 아무래도 무엇
이나 달라질 것이다. 〉

겐지는 자기가 선택한 것이었지만, 모든 일이 슬프게 생각되는 것뿐이
었다.

6. 여삼의궁을 찾아가 도리어 자의상을 생각하다.

겐지는 몹시 심심하여 여삼의궁에게 건너갔다. 삼의궁도 하녀에게 안기어 같이 갔다. 삼의궁은 이쪽의 어린 훈과 같이 뛰어다니며 놀고 있었다. 그 모습은, 벚꽃을 아끼는 깊은 생각을 지녔다고는 생각되지 않는 순진한 어린이였다.

여삼의궁은 부처님 앞에서 경을 읽고 있었다. 깊이 깨달은 도심도 아니었지만, 세속적 욕망을 버리고 있어서, 마음을 흐트러뜨리지 않고 수행하였다. 겐지는 외곬으로 세속을 떠나 편안한 나날을 보내고 있는 것이 아주 부러웠다.

'나는 이렇게 속이 얕은 여자 분에게도 뒤져 있었다.'

겐지는 쓸쓸한 생각이 들었다. 알가통에 넣어 바친 꽃이 저녁의 어두운 빛에 비쳐 유난히 곱게 보였다.

"봄에 마음을 두었던 사람이 없어진 후, 꽃의 빛깔도 흥을 잃은 것처럼 보이지만, 부처님의 장식이 되었을 때는 고운 것이지요. 대옥 뜰 앞의 홍매화는, 역시 다른 곳에서는 볼 수 없을 만큼 아름답게 피어 있습니다. 꽃송이가 큰 것도 아주 훌륭합니다. 품위 있게 피겠다는 생각은 아주 없는 꽃일 텐데, 화려하고 활기찬 점에서는 정말 돋보이는 꽃입니다. 심은 사람도 없어진 봄인 줄을 모르는 양, 예년 이상으로 빛깔이나 향기를 더하고 있는 것이 생각을 깊게 하게 되는군요."

그 대답으로 궁은 아무 생각없이 말하였다.

"골짜기에는 봄도 …."

'달리 말할 수도 있는데, 생각도 없이 중얼거리는군.'

겐지는 이렇게 생각했다. 이런 조그만 일에라도 저 돌아간 자의상은, 이쪽의 생각에 맞지 않게 말한 적이 한번도 없었다는 생각이 들었다. 어렸을 때부터의 그 모습을 차분히 회상하게 되었다. 그때 그때마다 재기가 구석구석 미치고, 따뜻함과 우아함이 풍부하던 태도나 말까지도 차례로 떠올랐다. 어김없이 눈물이 흘러나와 버리는 것이 정말 괴로운 일이었다.

7. 명석의군과 대화하고 쓸쓸하게 돌아오다.

안개가 아련히 끼어 있는 저녁때에, 겐지는 곧바로 명석의군에게로 갔다. 오래 전부터 이런 정도로도 얼굴을 내민 일이 없었는데, 명석의군은 뜻밖의 방문에 깜짝 놀랐다. 집은 역시 그윽하게 잘 꾸며 놓아서, 보통 사람보다는 낫다는 생각을 갖게 하였다. 그러나 돌아간 자의상이 또 이와는 다른 방식으로 그 독특한 멋을 보여 주었다는 생각이 자연히 떠오르는 것이었다. 그 모습이 눈앞에 보여서, 그리움과 슬픔이 더하여질 뿐이었다. 이 마음을 어떻게 하면 위로받을 수 있을까, 겐지는 정말 어떻게 하여야 좋을지 몰랐다.

겐지는 천천히 옛이야기를 꺼냈다.

"사람에 끌려 집념을 갖는 것은 정말 좋지 않은 일이라고 전부터 알고 있었습니다. 어떤 성질의 일에라도 이 세속에 집착을 남기지 않으려고 주의하고 있었습니다. 세상 사람으로부터 완전히 낙오하여 쓸모 없는 몸이 되었다고 생각되던 때, 목숨마저 버려도 좋다고 생각하였었지요. 산야의 끝간 데에 시체를 내던져 버리는 것도 별 지장이 없을 것으로 생각했습니다. 그러나 이 만년이 되어 정말 최후가 가까워진 몸이면서, 가져서는 안될 굴레에 끌려 오늘까지 지내 온 것은 얼마나 무기력한 일입니까? 나 자신도 초조합니다."

겐지는 돌아간 사람으로 인한 슬픔 때문이라고 말은 안했지만, 명석의군은 그 심중을 헤아릴 수 있었다. 그것도 지당한 일이라는 생각에 더욱 애처롭게 보였다.

"보통 사람들이 보기에 별로 아깝게 생각되지도 않는 사람조차도, 장본인으로서는 심중의 굴레는 어느 사이에 많이 싸여 있다고 말합니다. 더구나 준태상천황의 신분이신 분이 어떻게 그렇게 쉽게 세상을 버리려는 것입니까? 목숨을 천박하게 여기는 것은 도리어 경솔하다는 비난도 받게 될 일입니다. 섣불리 그런 일은 하시지 말았으면 좋겠습니다. 단호한 결심을 위해 신중을 기하는 것이, 결국은 굳건한 경지에 이르는 길이라고 생각됩니다. 옛날의 예를 보면, 강한 충격을 입었거나 일이 뜻대로 되지 않아서 그것이 세상을 버리는 계기가 된다든지 하면, 그 역시 좋지 않은 일이라고 생각됩니다. 아무래도 잠시 동안은 출가를 서두르지 마시고, 궁들이 성인이 되어 흔들림 없이 지내는 모습을 끝까지 보기 전에는, 지금까지와 다름없이 지내십시오. 그것이 저에게는 안심이 되고 기쁜 일입니다."

사려 깊게 말씀드리는 모습은 정말 좋은 분이라고 생각되었다.

"그렇게까지 생각하여 출가를 미루는 것이, 천박한 것보다도 못할지 모릅니다."

겐지는 예전부터 생각하였던 것을 이것저것 얘기하였다.

"등호궁이 돌아가신 봄에는, 꽃의 색을 보아도 사실 '마음 있으면 벚꽃도 먹색으로 피어라' 하는 생각이었습니다. 아름다웠던 궁의 모습을 어릴 때부터 보고 마음에 새겨 두어, 그것으로 최후의 슬픔도 남보다 특별히 강하게 느꼈습니다. 마음속을 파고 드는 슬픔은 특별히 그 사람을 사랑하기 때문이라고만은 할 수 없습니다. 오랜 세월 같이 살아온 사람을 먼저 가게 하고 마음을 정리할 수 없는 것도 다만 부부사이의 슬픔 때문만은 아닙니다. 어렸을 때부터 키워 온 인연이 참으로 깊습니다. 같이 나이가 든 인생의 마지막에 혼자 살아 남아 있으니, 내 신상과 그 사람의 신상을 이것저것 생각하면 슬픔을 참을 수가 없습니다. 가슴에 스며드는 감개도, 정취도, 풍류도, 이것저것 생각나는 것이 너무나 많고 깊기 때문입니다."

밤이 깊을 때까지 겐지는 명석의군과 추억담이나 세상 이야기를 나누었다. 명석의군은 겐지가 이렇게 여기서 자고 가리라고 생각하였는데, 굳이 그래도 돌아갔다. 명석의군도 어쩐지 차분하게 쓸쓸한 생각이 들었다. 그것이 스스로도 이상하게 변해 버린 자신의 마음이라고 골똘히 생각했다.

겐지는 들어와서도 여느 때처럼 수행하고, 밤중이 되어 기대앉은 채로 조금 선잠을 잤다. 다음날 아침 겐지는 명석의군에 편지를 썼다.

〈기러기가 울면서 고향의 상세(常世)의 나라로 들어오는 것 같이, 나도 울면서 나의 옛날 집으로 돌아가 버린 것입니다. 잠깐 머물다 돌아가는 인생에는, 영원히 쉴 수 있는 잠자리, 상세의 나라가 있을 리 없는데.〉

엊저녁 겐지가 돌아간 것을 섭섭하게 여겼었는데, 이전과는 달리 자신을 잃고 있는 겐지의 모습이 안타까워, 자신의 몸이 어떻게 될까는 내버려두고 무의식중에 눈물을 머금고 있었다. 명석의군은 답장을 썼다.

〈기러기가 있던 못자리에서 물이 죄다 없어진 후로는, 물에 비쳐 보이던 꽃의 그늘조차 사라졌습니다. 당신 곁에 저 분이 안 계신 후로는 때때로 보였던 당신 모습을 그 동안 한번도 볼 수 없었습니다.〉

겐지는 여느 때와 다름없이 풍취 있게 쓴 것을 보고서, 과거 일을 회상했다.

'돌아간 분은 이 사람을 왠지 밉살스럽다고 생각하였지만, 나중에는 서로 상대의 마음을 아는 동지가 되어, 서로 의지하며 사귀었다. 생각해 보면 명석의군에게 전적으로 마음을 허락한 것도 아니었다. 풍취 있게 거동하였는데, 나 자신 말고는 누구라도 이해하지 못했었다.'

너무나도 쓸쓸할 때에는, 이렇게 그저 조금 얼굴을 내미는 때도 있었다. 그러나 전처럼 자고 가는 일은 전혀 없는 것 같았다.

8. 화산리로부터 여름옷을 받다.

화산리는 겐지의 갈아입을 옷을 자의상 대신 마련하여 드렸다.

〈여름옷으로 갈아입는 오늘은, 옛일에 매여 있는 생각이 점점 더해지는 것은 아닌지요?〉

화산리의 편지에 겐지는 답장을 내었다.

〈매미의 날개처럼 얇은 여름옷으로 갈아입는 오늘부터는, 그 매미의 허물(空蟬)과도 같이 덧없는 이 세상이 지금까지보다도 더욱 슬퍼집니다.〉

9. 축제의 날, 중장의군에게 애정을 느끼다.

'오늘은 구경을 나서는 일로 다들 즐거워하고 있을 것이다.'

하무신사의 축제 날, 겐지는 아주 적적해서 접시꽃 축제의 여러 가지 일들에 생각을 달리고 있었다.

"하녀들이 얼마나 불만스럽게 여기고 있을까? 살짝 친정에 가서 구경하거라."

중장의군은 동쪽의 방에서 선잠을 자고 있었는데, 그 모습을 보고 있으니, 정말 몸집이 작고 귀여웠다. 중장의군은 겐지의 기척을 알아차리고 일어났다. 화려하고 부드러운 얼굴을 숨기려고 하였지만, 잠자는 바람에 조금 흐트러진 머리가 걸려 있는 모습이 아주 어여뻤다. 조금 노래진 분홍의 치마, 원추리색의 홑옷, 매우 짙은 청색 속옷에 검은 겉옷 등이 조금 흐트러져 있었고, 치마나 당의도 벗어 놓았다가 급히 도로 입고 있었다. 겐지는 옆에 놓인 접시꽃을 손에 들고는 말했다.

"무어라고 하였던가, 다른 것도 아닌 이 꽃[2] 이름을 잊어버렸다."

〈말씀하신 대로, 신령이 지피는 항아리의 물이 오래되어 수초가 생겨날 정도여서, 신이 지피지는 않을 것입니다. 저를 찾아 주지 않으신지 오래되었습니다만, 그것은 다름 아닌, 접시꽃〔만나는 날〕입니다. 그 이름조차 잊어버렸다는 것은 너무하신 말씀입니다.〉

중장의군은 부끄러운 듯이 말씀드렸다. 겐지는 '과연'이라고 불쌍하게 여겨, 말했다.

〈세상 일은 대체로 버린 일이어서 색정도 버렸다고 생각하였는데, 접시꽃을 보면 '여자와 만나는 날'이라는 생각으로 전과 같이 손을 대고 싶어진다.〉

이 중장의군에게만은 아직 생각을 버리기 어려운 모양이었다.

---

2) 규제의 날에 머리에 꽂는 접시꽃은 '만나는 날'과 통용되는 말. 남녀의 만남을 의미한다.

10. 5월 장마 때 석무와 대화하다.

5월 장마 때에는, 어느때보다도 생각에 잠긴 나날을 보내고 있었다. 신기하게 구름이 개어서 달이 밝게 떠올랐을 때, 석무가 겐지의 앞에 왔다. 귤꽃이 달빛에 선명하게 보였다.

'오래 길들인 꾀꼬리소리가 들려도 좋을 텐데.'

귤꽃 향기가 바람에 실려 은근히 흘러 와서, 이런 생각으로 기다리고 있었다. 갑자기 하늘에 나타난 뭉게구름이 공교롭게도 비를 몹시 뿌렸다. 싸늘한 바람에 등불의 불꽃이 흔들려 꺼지려고 했다. 하늘이 캄캄해질 때, '창을 치는 소리' 등의 평범한 고시를 읊었다. 그것도 때에 어울려서일까, 처〔자의상〕의 울타리에 들려주고 싶은[3] 목소리였다.

"혼자 사는 것이 전과 비해 특별히 다른 점은 없지만, 묘하게 허전해서 못 견디겠다. 깊은 산에 살아도 지금과 같이 익숙하여지면, 더없이 맑은 마음이 될 것이다."

이렇게 말하였다.

"하녀들은 없는가? 과일 같은 것을 좀 가지고 오너라. 남자들을 부르는 것은 소란스러운 시간이니까."

그리운 사람을 생각하며 하늘을 보고 있는 겐지의 모습이, 석무에게는 애처롭기 그지없었다.

'언제나 이렇게 기분을 전환하지 못해서는, 마음을 맑게 하여 수행에 힘쓰기도 어려운 일이 아닌가?'

석무는 생각했다. 전에 희미하게 살짝 본 자의상의 자취조차도 좀처럼 잊혀지지 않는데, 부친에게는 더욱 지당한 일이라는 마음도 들었다.

"어제 오늘의 일이라고 생각하는 중에, 일주기도 점점 가까워졌습니다. 어떤 법회를 열 예정이십니까?"

"보통과 다르게 하려는 생각은 없다. 저분의 뜻으로 만들어 놓은 극락의 만다라 같은 것을 이 기회에 공양하기로 하자. 경 같은 것도 많이 있

---

3) 목소리가 좋은 겐지를 꾀꼬리에 견주었다.

었는데, 잘 아는 승도가 곁에서 자세하게 돌보았다고 하니, 그 승도의 말에 따라 하는 것이 좋겠다."

"이렇게 공덕이 될 일에, 생전부터 특별히 마음 썼던 것은 후생을 위해서 마음 든든하게 생각됩니다. 그러나 금생을 임시의 인연만으로 생각하시어 아이조차 남기지 않은 것이, 유감천만이라고 여겨집니다."

"그것은 나 자신도 유감으로 여긴다. 너만이라도 이 가문을 널리 번창하게 하여라."

겐지는 마음 약한 모습을 보이기 싫어, 지난 일을 상세하게 말하지는 않았다. 이승과 저승을 왕래한다는 뻐꾸기가 우는 것을 듣고, 겐지는 어떻게 알고서 왔는지 듣는 사람의 마음을 휘저어 어지럽힌다고 생각했다.

〈돌아간 이를 그리워하는 저녁 소나기에 젖어 날아왔는가, 산뻐꾸기여, 너는.〉

겐지는 이렇게 읊고 나서, 멍하니 하늘을 바라보고 있었다.

〈뻐꾸기여, 돌아간 님에게 전해 주려무나. 옛날에 살던 집의 귤꽃은 지금이 한창이라고.〉

석무는 이렇게 노래했다. 하녀들도 연달아 읊조렸지만, 여기에 다 쓰지는 않겠다. 석무는 그날 거기서 숙직했다. 허전한 겐지가 혼자 자는 것이 애처로워, 석무는 겐지를 때때로 모신 적이 있었다. 자의상이 살아 있을 동안은 가까이에 가기도 어려웠던 그분의 거처가 그렇게 멀지 않은 곳에 있는 것을 생각하니, 마음이 어수선했다.

11. 쓰르라미와 반디에 슬픔을 담아 노래하다.

몹시 더운 계절, 겐지는 서늘한 방에서 생각에 잠겨 있었다. 못의 연꽃이 한창인 것을 보면서, 맥이 빠져 멍하니 있는 사이에, 어느덧 해가 졌다. 쓰르라미소리가 높이 들리고, 뜰 앞의 패랭이가 저녁노을에 빛나고 있었다. 그 광경을 혼자서만 보는 것은 서글픈 일이었다.

〈심심하여 하루 종일 울고 지내는 여름날을 내게 빗대어 울고 있는 벌레소리로군.〉

반디가 어지러이 뒤섞여 날고 있어, '석전에 반디가 날고'[4] 라는 고시도, 자연히 입에 떠올랐다.

〈밤이 된 것을 알고 빛을 내며 나는 반디를 보아도 슬프게 생각되는 것은, 밤낮 끊일 사이도 없이 죽은 사람을 그리는 불이 타고 있는 까닭이다. 〉

12. 칠석의 깊은 밤에 이별의 눈물을 노래하다.

7월 7일, 칠석날도 예년과 다른 점이 많고, 관현의 놀이도 없이 생각에 잠긴 채 하루를 지냈다. 견우와 직녀의 상봉을 보는 하녀들도 없었다. 아직 깊은 밤에 그냥 혼자 일어나 문을 여니, 앞뜰을 흠뻑 적신 이슬이 복도의 문을 통해 건너다 보였다. 겐지는 밖으로 나와, 읊조렸다.

〈직녀성과 견우성이 만나는 기쁨은 구름 위의 다른 세상 일이라고 생각하고, 지상에서는 사람과 사람이 슬픈 이별을 하는 이 뜰에 또다시 이슬이 흠뻑 내려, 슬픔의 눈물이 자꾸 흐른다. 〉

13. 8월 일주기 날, 만다라의 공양을 올리다.

바람소리마저 예사롭지 않게 허전한 느낌이 들어 가는 월초에는, 법회의 준비로 바쁘게 돌아갔다.

"오늘까지의 세월을 잘도 살아서 지내 왔다."

이런 생각에 겐지는 어이없는 기분으로 밤을 새우고 있었다. 일주기 날은, 모두 다 정진하여 만다라를 공양했다. 예에 따라, 초저녁의 수행 때에는 맑은 물을 바쳤다. 그 일을 맡은 중장의군의 부채에, 이렇게 적혀 있었다.

〈돌아간 분을 그리워하는 눈물은 1년이 지난 오늘도 한없이 흐르는데, 오늘이 대체 무엇의 끝이라고 하는 것인가?〉

겐지는 그것으로 미진하게 느껴졌는지, 더 써 넣었다.

〈돌아간 분을 그리워하는 내 몸도 생애의 끝이 되어가는데, 언제까지

---

4) 당(唐) 의 현종(玄宗) 이 죽은 양귀비(楊貴妃) 를 생각하여 부른 시의 한 토막. "夕殿螢飛思悄然." 백낙천(白樂天) 의 장한가(長恨歌) 에 나온다.

라도 끝나지 않고 남아 있는 눈물인가?〉

14. 9월 9일, 연명장수를 비는 꽃에 씌운 솜에 눈물짓다.

9월이 되어 9일 중양(重陽)의 날, 겐지는 솜으로 씌운 국화를 보고서, 읊었다.

〈전에는 같이 일어나서 국화에 솜을 넣고 연명장수를 빌었는데, 그 국화의 아침이슬도, 나 혼자의 소맷자락에 눈물이 되어오는 올해의 가을이다.〉

15. 기러기를 보며 죽은 혼의 행방을 생각하다.

10월은 본래 찬비가 자주 오는 계절이어서 겐지는 한층 더 생각에 잠겼다. 저녁때의 하늘 풍경도 무어라 말할 수 없이 허전하여, '비가 나려도'라고 혼잣말을 하였다. 하늘을 건너가는 기러기의 날개도, 부부가 같이 열을 지어 나는 것이라고 생각하니, 부럽기만 하여 지켜보고 있었다.

〈하늘을 날아서 오가는 환술사(幻術士)여! 꿈속에조차 모습을 보이지 않는 사람의 혼의 행방을 찾아내 다오.〉

무슨 일에나 전혀 기분을 달랠 수 없고, 세월이 흐름에 따라 그리움은 더해만 갔다.

16. 오절을 즐거워하는 사람들을 보아도 감흥을 느끼지 못하다.

오절(五節)이라고 하여 세상이 왠지 들떠 있을 때, 석무의 어린 군들이 동자전상인이 되어 겐지에게 참상했다. 두 사람은 같은 또래로 아주 귀여웠다. 숙부인 두중장이나 장인소장 등이 소기(小忌)[5]의 역을 맡았다. 그들은 푸른 소기의 의상으로 말쑥하고 시원하게 차려입고, 두 아이를 돌보면서 함께 참상했다. 그런 사람들을 보고 있자니, 그 옛날 오절의 무희에게 편지를 보내고 만났던 일이 떠올랐다. 그리고 햇빛 그늘의 가발을 쓰고 춤을 추었던 때의 일이, 아득하게 회상되었다.

---

5) 관인(官人)이 대상제(大嘗祭), 신상제(新嘗祭)의 신사에 참여하는 것. 또 소기(小忌)의 관인(官人)이 착용(着用)하는 소기의(小忌衣).

〈궁중의 사람들이 화려한 풍명(豊明)의 절회(節會)라고 급히 참내한 오늘, 나는 햇빛도, 햇빛그늘의 가발도 모르고 하루를 보냈구나.〉

17. 일주기를 마치고, 눈물을 흘리면서 자의상의 편지를 태우다.

1년을 이렇게 간신히 참고 지내면서, 겐지는 드디어 속세를 버릴 때가 되었다는 생각으로 차분한 감개에 잠겼다. 그전에 해야 할 일들을 심중에 남몰래 생각하고 있었다. 이것이 최후라고 생각될 만큼 허풍스러운 것은 삼갔다. 가까이에서 섬기고 있는 하녀들은 전부터의 뜻을 이루려고 하는 조짐으로 받아들였다. 하녀들은 일 년이 저물어 가는 것도 허전하게 느껴지고, 슬픔은 한이 없었다.

겐지는 그 동안, 남의 눈에 띄면 보기 흉할 편지들도 없애는 것은 아깝다고 생각하여 남겨 두었다. 그러나 어느 기회에 편지들을 발견하고 찢게 했다. 저 수마에 있을 당시, 여러 애인들로부터 받은 편지들 중에, 자의상의 것은 특별히 모아, 묶어 두었다. 겐지 자신이 한 일이지만, 그것도 퍽 오래된 옛일로 느껴지는데, 방금 것인 양 보이는 먹 색깔이 감회를 돋우었다. 정말 천년 후까지 유물로 해도 좋을 것 같은 것이었다.

'이제 이것을 볼 기회도 없을 것이다.'

이렇게 생각하니, 남겨 놓을 가치도 없는 것이어서, 마음속을 잘 아는 하녀 2, 3인에게 지켜보는 앞에서 찢게 했다.

대단치 않은 사람의 편지라도 죽은 사람의 필적은 깊은 감회를 갖게 하는 법이다. 하물며 이것은 한층 눈앞이 캄캄하여, 필적도 구별 못할 정도로 눈물이 흘러내렸다. 하녀들이 보기에도 겐지는 무척 무기력한 모습이었다. 그것이 체면상 좋지 않고 보기 싫은 것이어서, 겐지는 하녀들을 밀어내었다.

〈죽어서 산을 넘어가 버린 사람 뒤를 쫓아가려고 남겨 놓은 발자국, 붓의 자취를 보면서도 아직도 생각이 흔들리는가?〉

모시고 있던 하녀들은 직접 펴 보지 못했어도 짐작되는 것이 있어서, 마음을 움직이는 것이 보통이 아니었다. 같은 이 세상인데도 수마와 경에 따로 떨어져 있는 것을 몹시 슬퍼했던 내용들을 보고서, 겐지는 정말 그 당시보다도 더 참기 어려운 슬픔을 느꼈다. 심한 혼란이 부끄럽고 한심하여, 겐지는 자의상의 글씨 옆에, 이렇게 썼다.

〈긁어 모아도 아무 보람이 없는 일이다. 조렴풀〔藻鹽草〕6) 편지여, 돌아간 사람과 같은 하늘의 연기가 되는 것이 좋다.〉

그리고는 모두 태워 없애 버렸다.

18. 불명의 날, 처음으로 사람 앞에 모습을 나타내다.

불명회(佛名會)7)도 금년뿐일 것이라고 생각해서인지, 특히 석장(錫杖)을 집고서 게(偈)를 부르는 소리가 예년보다 더욱 깊은 감회를 자아냈다. 언제까지나 오래 살 것을 기원하는 것도, 부처님이 어떻게 들을는지 생각했다. 눈이 몹시 내려 온통 쌓이고 있었다. 겐지는 도사(導師 : 법회의 중심이 되는 승려)가 퇴출하는 것을 앞으로 불러, 술을 평소의 관례보다 많이 주고 특별한 기념품을 내주었다. 몇 해째 쭉 참상하고 있는 이 도사는 머리가 점점 흰색으로 변해 가고 있었다. 그것도 겐지에게는 차분한 감개를 자아냈다. 친왕들이나 당상관들도 여럿 참회했다. 매화꽃이 어렴풋이 벌어지기 시작하여 풍치가 뛰어났다. 관현의 놀이가 있어도 좋을 만한 곳이었는데, 역시 금년만은 거문고나 피리소리도 흐느껴 울 것 같은 심정이어서, 간단히 읊는 정도로 했다.

겐지는 도사에게 술을 주면서 말했다.

〈봄까지의 목숨도 어떻게 될지 모른다. 그러니 이 눈 속에 붉어지기 시작한 매화를 오늘의 머리장식으로 하자.〉

도사가 답했다.

〈천 년에 걸쳐서 봄을 보는 꽃이라고 원의 장수를 빌어 놓고, 내편은 눈이 옴에 따라 저는 나이도 들어갈 것입니다.〉

---

6) 끓여서 만드는 소금을 굽는 데 쓰이는 해조.

7) 매해 12월 19일부터 세 밤 사이, 과거, 현재, 미래의 3천 제불의 이름을 불러, 그 해 안의 죄업을 참회하고 소멸시키는 법회. 이것을 귀족의 집에서도 했다.

다른 사람도 많이 읊었지만, 적어 두지 않고 말았다.

그날 처음으로 겐지는 사람들 앞에 나타났다. 그 용모는 옛날의 빛나던 아름다움 위에 다시 빛남을 더한 듯 몹시 훌륭하게 보였다. 보는 사람들은 까닭 없는 눈물을 끝없이 흘리고 있었다.

19. 세모, 일년도 내 인생도 끝난다고 생각하다.

올해가 갔다고 생각하는 것도 허전한데,

"귀신을 쫓을 때, 큰소리가 나도록 어떤 것을 시킬까?"

이러면서 내궁이 뛰어다니고 있었다.

'이 귀여운 모습을 이제는 보지도 못할 것이다.'

겐지는 무엇이나간에 참지 못하였다.

〈무엇을 생각하는지 지나가는 세월을 모르고 있는 사이에, 이 일 년도 내 인생도 오늘로 끝나는 것인가?〉

정월의 행사를 예년보다 각별하게 하려고, 겐지는 특별히 그것을 지휘하고 있었다. 친왕들이나 대신에의 선물, 사람들 각각에의 선물 등을 둘도 없을 정도로 준비하였다.

〔겐지는 새해 얼마 안되어 출가하여, 차아(嵯峨)의 절에 들어간다. 뒤의 '겨우살이'(宿木)에서 그것이 밝혀진다. '일년도 내 인생도 끝났다'라고 술회하는 겐지는 다시 모습을 나타내지는 않는다.〕

자취를 감추다 (雲隱)

　‘환상’의 권(卷)과 다음 ‘내궁’권(卷) 사이에, 이 ‘자취를 감추다’(雲隱)라는 권[원문에는 없다]의 이름을 두는 것이, 중세 이래 보통으로 되어 있다. 이 권명을 전하는 가장 옛날의 예는, 백조지(白造紙 : 1199) 가운데, ‘겐지의 목록’일 것이다. 대략 같은 시기에 쓰인 ‘무명초자’(無名草子)가 ‘운은’(雲隱)을 들지 않은 것은 당시에 아직 ‘운은’을 두는 것이 보통으로 되어 있지 않았던 까닭일 것이다. 그러나 1264년경에 씌어졌다고 생각되는 ‘자명초’(紫明抄)나 ‘원중최비초’(原中最秘抄)에는 ‘운은’을 들고, ‘원래에는 없었다’라거나 ‘옛 목록에도 원래에는 없었다고 썼다’라고 말하면서, 또 한편으로는 권명만으로 본문이 없는 것에 관한 설(說)을 싣고 있다. 그에 의하면, ‘환상’권의 후를 이어서 ‘운은’에서는 겐지의 죽음을 쓸 예정이었으나, 이것은 말로는 다할 수 없는 고통스러운 것이므로, 권의 이름만을 싣고 본문을 쓰지 않았다고 하였다(原中最秘抄).

　‘환상’권과 ‘내궁’권 사이에, 8년간의 공백이 있다. ‘내궁’권은 그 후를 ‘빛이 숨겨진 후’라고 하여 겐지 사후의 상황을 쓰고 있다. 그 8년간, 특히 겐지 출가 후의 모습을 알고 싶어하는 독자가 있었다는 것은 상상하기 어렵지 않다. 그러한 사람의 생각을 받아서 운은육첩(雲隱六帖)이라 일컫는 것이 만들어졌다. 후인(後人)들은 그 동안의 일을 속편(續編)으로 보작(補作)하였다. ‘팔교’(八橋), ‘앵인’(櫻人), ‘차아야 상’(嵯峨野 上), ‘차아야 하’(嵯峨野 下), ‘소수’(巢守), ‘삽즐’

(挿櫛), ‘조전(釣殿)의 여승(女僧)’, ‘종다리 새끼’의 각권(各卷)이다. 현재는 모두 산일(散逸)되었다. 가마쿠라 말기(鎌倉 末期)부터 아시카가 초기(足利 初期) 사이의 일이라고 생각된다. 그러나 이것들은 정말 없는 편이 나을 듯한 내용이고, 또 현존 54첩(帖)의 형식으로도 이야기의 진행에 별 곤란한 점은 없다.

오늘날에는 본래 권명(卷名)도 없었다는 설과 권의 이름만은 있었으리라는 설로 나뉘지만, 후자를 택하면 어째서 본문에 없었는가를 설명하지 않으면 안된다. 전술한 ‘원중최비초’의 설을 근대풍으로 다시 해석한 설을 비롯하여, 여러 가지 특색 있는 설들이 널리 퍼지고 있다. 그러나 결정적인 자료가 없어서, 어떤 설이 옳다고 단정할 수 없다. 겨우 말할 수 있는 것은, ‘환상’ 권의 끝 부분은 히카루 겐지(光源氏)의 생애를 얘기해 온 《겐지이야기》(源氏物語)의 말미로, 비평의 여지는 있겠지만, ‘내궁’ 권 이후를 읽는 데에도 지장은 없을 것이다. 이 이야기(物語)의 작자는, ‘운은’이라는 권명만을 남기는 불필요한 일을 하지는 않았을 것으로 생각된다.

(제 3 권으로 계속)

경기도 파주시 교하읍 출판도시 518-4
Tel:031)955-4600 Fax:031)955-4555
www.nanam.net

서희를 위한 노래
길상을 위한 눈물

土地

긴긴 밤이 온다
사람들은 허전하다

무엇이 완성이고
무엇이 불멸인가?

소설다운 소설 하나 보고 싶다

인간의 긴긴 江을 읽고
생각의 노을이 되고 싶다

- 전권 21권 세트판매 (각권 9,500원으로 낱권으로도 사실 수 있습니다)
- 등장인물 600여 명의 토지인물사전 (이상진 저, 150p)을 증정합니다.

박경리 장편소설 〈김약국의 딸들〉, 〈파시〉, 〈가을에 온 여인〉, 〈시장과 전장〉, 〈표류도〉, 시집 〈우리들의 시간〉, 기행문 〈만리장성의 나라〉 절찬 판매중!

거짓과 비겁함이 넘치는 오늘, 큰 사람을 만나고 싶습니다

조지훈 전집

제①권:詩 · 제②권:詩의 원리 · 제③권:문학론
제④권:수필의 미학 · 제⑤권:지조론 · 제⑥권:한국민족운동사
제⑦권:한국문화사서설 · 제⑧권:한국학연구 · 제⑨권:채근담

長江으로 흐르는 글과 사상! 우리의 소심함을 가차없이 내리치는 준열한 꾸중!《조지훈 전집》에는 큰 사람, 큰 글, 큰 사상이 있습니다.

난세라는 느낌마저 드는 요즈음 나는 젊은이들에게 지훈 선생의 인품과 기개, 그리고 도도한 글들로 사상의 바다를 항해하고 마음밭을 가는 일을 시작하면 어떻겠는가, 말해주고 싶다.

— 딸의 서가에 〈조지훈 전집〉을 꽂으며, 韓水山

NANAM 나남출판 경기도 파주시 교하읍 출판도시 518-4
Tel : 031) 955-4600 www.nanam.net